Editorial Planeta convoca
el Premio de Novela Fernando Lara,
fiel a su objetivo de estimular la creación literaria
y contribuir a su difusión.

Esta novela obtuvo el XXVII Premio de Novela
Fernando Lara, concedido por el siguiente jurado:
Fernando Delgado, Pere Gimferrer,
Ana María Ruiz-Tagle, Clara Sánchez y Emili Rosales,
que actuó a la vez como secretario con voto.

El Premio de Novela Fernando Lara
cuenta con el patrocinio de
la Fundación Axa.

Hasta

Alaitz Leceaga

Hasta donde termina el mar

Premio de Novela Fernando Lara

Planeta

Avda. Diagonal, 662-664, 08034 Barcelona (España)
www.planetadelibros.com

Adaptación de la cubierta: Booket / Área Editorial Grupo Planeta
Fotografía de la cubierta: © Rekha Garton / Trevillion Images
Primera edición en esta presentación en Colección Booket: febrero de 2024

Depósito legal: B. 20.524-2023
ISBN: 978-84-08-28370-6
Impresión y encuadernación: CPI Black Print
Printed in Spain - Impreso en España

Biografía

Alaitz Leceaga nació en Bilbao en 1982. Es la autora de las novelas superventas *El bosque sabe tu nombre* (2018) y *Las hijas de la tierra* (2019). Fue aclamada como la autora revelación del año 2018 con su debut literario, *El bosque sabe tu nombre*, que se ha traducido a varios idiomas y cuyos derechos audiovisuales están en fase de desarrollo. Esta novela la llevó a ser finalista del Premio El Ojo Crítico de RNE de narrativa de 2018 y a ser la ganadora del Premio de la Asociación de Libreros de Vizcaya de 2019. Con su tercera novela, *Hasta donde termina el mar*, ganó el Premio de Novela Fernando Lara 2021. *Las dos vidas de Mina Índigo* (2023) es su cuarta novela.

Si quieres saber más, sigue a la autora en:

@alaitzleceaga

@AlaitzLeceaga

@Alaitz Leceaga

Para I. Por todo

Esas flores que siempre asocio con él;
que son blancas.
Y ensucian.

Angela Carter,
La cámara sangrienta (Barba Azul)

El hombre tiraba de la chica hacia el precipicio. La sujetaba con fuerza por el brazo, mientras los dos avanzaban entre las hierbas altas que crecían en el acantilado de Santa Catalina.

Ella se resistía y luchaba para soltarse, tenía los dedos de la mano libre entumecidos. Gruñó en el aire oscuro de la medianoche y clavó los talones descalzos en el suelo de tierra húmeda para ralentizar la marcha. Pero él era mucho más fuerte y la tenía bien sujeta, así que siguió tirando de ella hacia el mar.

—Estate quieta, monstruo —dijo él entre dientes.

Pero ella no obedeció y todavía forcejeó un poco más para intentar huir. Lo único que consiguió fue que la mano de hierro del hombre se cerrara con más fuerza alrededor de su muñeca, marcándole los dedos en su piel pálida.

La borrasca que soplaba desde el mar era afilada y arrastraba pequeñas gotas de agua salada, que se pegaban a la cara de la joven y le empapaban el pelo conforme se acercaban al borde del abismo. En ese mismo viento helado la joven sintió la tempestad sobre la costa; la tormenta crecía mar adentro y ella podía notar su sabor en la punta de la lengua, la electricidad que flotaba en el aire oscuro mordisqueándole la piel.

La joven apenas podía caminar por el peso de la larguísima cola del vestido de novia que llevaba puesto —confeccionado con metros de tul y seda blanca—, ahora manchado de barro y hecho jirones.

—Dicen que trae mala suerte devolver a la mar a las que son como tú: tormentas, niebla, desgracias, mala mar y poca pesca, eso es lo que provocáis. Pero ya te advertí de lo que pasaría

—masculló él—. Pronto empezarán a sospechar de mí, tendría que haberme librado de ti hace mucho tiempo.

Las dos figuras pasaron junto al faro de Santa Catalina: alto y solitario en la atalaya al final del cabo del mismo nombre. Una potente ráfaga de luz pasó por encima de ellos y los iluminó durante dos segundos, después el mundo volvió a llenarse de sombras.

La chica estaba cansada por la caminata y la lucha, se sentía más débil a cada paso. Le dolía el brazo del que él le tiraba, y los pequeños botones de nácar de la manga se le clavaban en la muñeca por la presión como una pulsera de espinas. Las hierbas altas se le enredaban en las capas de tul del vestido, arañándole las piernas al pasar.

Otra ráfaga de luz pasó volando sobre ellos. La joven tuvo el tiempo justo de ver los helechos inclinándose por la mano invisible del viento del norte, antes de que todo volviera a quedarse a oscuras. Su largo pelo suelto se había convertido en una cortina pálida que flotaba en el aire de la noche, impidiéndole ver lo que tenía delante, como un improvisado velo de novia. Cuando la joven intuyó el final del acantilado un poco más adelante, dejó escapar un gruñido animal que le arañó la garganta seca y mordió con fuerza la mano del hombre. Él aulló de dolor y la soltó. Fue solo un segundo, pero ella aprovechó para alejarse corriendo tan deprisa como pudo.

El corazón le latía con fuerza bajo las capas de tela blanca mientras corría hacia el faro. Le pareció que las hierbas salvajes se aferraban a la cola del vestido como si intentaran detenerla en su huida, pero, aun así, con un último esfuerzo, logró llegar a la verja de hierro que rodeaba el faro. Estaba tan cerca que sus dedos casi pudieron rozar el metal oxidado.

—¡¿Adónde crees que vas?! —gritó el hombre por encima del viento que soplaba desde el mar—. Solo hay un sitio adonde pueden ir las que son como tú.

La sujetó por el brazo, más fuerte ahora, y tironeó de ella hacia el acantilado. Entre el velo de su pelo suelto, la joven vio la sangre que manaba de la herida en la mano del hombre: una marca profunda y roja entre el pulgar y el índice, justo donde ella le había mordido. Al agarrarla, su sangre tiñó el encaje de la manga de su vestido, esparciéndose deprisa entre los finos hilos bordados.

Llegaron al borde del acantilado y el mar los recibió con una ráfaga de viento soplando en sus oídos. La joven miró hacia abajo: las olas chocaban una y otra vez contra las rocas afiladas al fondo del precipicio. Temblaba, pero no por el frío, y supo que la tempestad sobre ellos era una criatura hambrienta que no dejaría nada en pie en esa lengua de tierra.

El hombre la miró un momento más, sin soltarla todavía.

—Monstruo. Vuelve al mar.

Y empujó a la joven al vacío y la vio caer con su vestido blanco agitándose en el aire nocturno.

Ella sintió el vértigo en el estómago mientras caía y, después, el golpe doloroso contra la superficie del mar. El agua helada del Cantábrico empapó los metros de tul y seda de su vestido volviéndolo más pesado conforme se hundía: una mortaja blanca que tiraba de ella hacia el fondo oscuro.

Dio unas cuantas brazadas desesperadas para intentar mantenerse a flote y nadar hacia tierra firme. Era ágil y buena nadadora, pero estaba muy cansada y no veía la costa: tan solo el altísimo acantilado desde el que el hombre la había tirado como una pared infinita que se levantaba ante sus ojos. Trató de luchar contra los golpes de las olas, asomando la cabeza para poder respirar entre la espuma blanca que burbujeaba a su alrededor, pero pronto estuvo demasiado cansada para seguir luchando y el aire se volvió plomo caliente en sus pulmones.

De pie al borde del acantilado, él esperó hasta que la vio desaparecer en el oleaje. La joven se hundió definitivamente, con su pelo rubio claro y su seda blanca, arrastrada hasta el fondo por el vestido de novia y las corrientes submarinas que llegaban desde el norte.

Pero el hombre todavía se quedó allí un momento más, estudiando la superficie revuelta del mar para asegurarse de que la joven no lograba salir a flote. Solo cuando se convenció de que se había ahogado, dio media vuelta y caminó de regreso entre los helechos salvajes.

PRIMERA PARTE

—

MAREAS VIVAS

Octubre de 1901

LA TEMPESTAD

—

La mañana amaneció tranquila. Era uno de esos días en los que parece que nada importante va a suceder, uno de esos cientos de días normales que llenan nuestra vida entre los momentos determinantes que deciden nuestro destino. El cielo estaba despejado y tenía ese tono azul brillante que tienen los primeros días de octubre, cuando el recuerdo del verano todavía flota en el aire. Nada hacía presagiar lo que sucedería después.

Como cada día durante la temporada de verano —que cada año se alargaba un poco más—, a las cinco de la mañana zarparon del pequeño puerto de Ea dos barcos boniteros, un puñado de *txalupas* de remos y un barquito de vela, a la vez que se hacía lo mismo en los demás pueblos pesqueros a lo largo de todo el Cantábrico. Ese día también salió a faenar el vaporcito *Annabelle*: el buque insignia de la flotilla de barcos de la familia Morgan. Sesenta hombres en total —solo en Ea— se hicieron a la mar aquella madrugada.

Mar adentro soplaba una brisa suave del este y las olas fueron amables durante toda la mañana. Sin embargo, a mediodía el aire empezó a cambiar de dirección, arrastrando fuertes ráfagas heladas de viento del norte hacia la costa. El cielo se oscureció de repente, como si un siniestro eclipse solar cubriera de noche los pueblos costeros. Ahí fue cuando todos en tierra supieron que algo terrible iba a suceder. La tragedia se avecinaba ese fatídico 10 de octubre. Los vecinos se olvidaron de sus quehaceres y miraron el cielo nublado sobre sus cabezas, intranquilos, con la mirada de quien ha visto muchas tormentas antes y conoce bien el precio en vidas que dejan a su paso.

A bordo de las embarcaciones, los *arrantzales*, marineros, pescadores y trabajadores se afanaban en recoger las capturas para regresar al pequeño puerto seguro de Ea lo antes posible, pero la tormenta los sorprendió cuando todavía estaban lejos de la costa. El Cantábrico enfureció de repente, desatando un violento temporal sobre los barquitos. La superficie del mar se volvió del mismo color que el cielo, gris oscuro de medianoche, y el viento frío sopló con tanta fuerza que las tejas de los edificios más cercanos al puerto salieron volando. En el mar, las gigantescas olas negras que habían salido de la nada hicieron zozobrar los barcos como si fueran cáscaras de nuez.

A las cinco de la tarde, desde las atalayas en tierra repartidas por toda la costa, se izaron las banderas en señal de peligro para que todas las embarcaciones regresaran a puerto cuanto antes. Bajo un cielo cada vez más oscuro, las familias y los vecinos se acercaron al muelle en busca de alguna noticia sobre los marineros; algunos incluso se atrevieron a subir por los acantilados suaves que rodeaban la pequeña bahía de Ea para intentar ver algo en el horizonte apagado. Las olas llegaban vivas al puertecito con forma de uve, trepando por encima de los muros de piedra como una criatura salvaje y poderosa con la piel hecha de espuma de mar.

El silencio entre los vecinos allí reunidos era absoluto, nadie en el pueblo —ni siquiera los más ancianos— recordaba haber vivido una tempestad semejante.

—Es una galerna —dijo Dylan Morgan con sus ojos azules fijos en el horizonte.

A su lado en el muro de piedra, su hermano Ulises se estremeció debajo de su jersey de punto al escuchar esa palabra.

—¿Estás seguro? —preguntó disimulando el temblor en su voz—. Tal vez sea una tormenta de verano tardía que se ha descolgado hacia el sur.

—No. —Dylan miraba la lucha de los barquitos contra las olas intentando regresar al puerto—. Estoy seguro: es una galerna.

Galerna. Esa palabra estaba prohibida en un pueblo de pescadores: era como una maldición, llamar en voz alta a la mala suerte. La galerna era uno de los temporales marítimos más temibles —de ahí que nadie se atreviera a pronunciar esa palabra a la ligera— y también de los más fulminantes. Era una trampa mortal que comenzaba de repente, justo por eso era tan letal: no había manera de prepararse para sus golpes. Se formaba mar adentro incluso en los días más cálidos y despejados, atrapando a los barcos con sus vientos huracanados y sus olas imposibles.

—¿Recuerdas lo que pasó el sábado de Gloria? Esa tarde de abril de 1878 murieron casi trescientas cincuenta personas ahogadas en una galerna.

Dylan Morgan amaba el mar y también amaba la historia marítima. A sus veintitrés años conocía al detalle todas las anécdotas que aparecían en los libros y en los diarios de navegación que su abuelo guardaba en el despacho. El mar era casi la única cosa en el mundo que le interesaba, además de su familia.

Su hermano Ulises apretó los puños hasta que sus nudillos, todavía bronceados por el sol del verano, se volvieron pálidos.

—El *Annabelle* aún no ha regresado a puerto.

Ninguno de los dos había tenido el valor de decirlo en voz alta hasta ese momento.

—Lo sé.

Un rayo cortó el cielo iluminando las calles de Ea con su luz fantasmal y solo un segundo después empezó a llover: una lluvia fría que caía como una columna de agua empapando a todos los que estaban en el puerto. Pero nadie se movió de allí.

—El abuelo Devon ha vivido muchas galernas antes, sabes lo que cuentan sobre él. También saldrá de esta, ya lo verás. —Había una tenue esperanza en la voz de Ulises.

Devon Morgan había llegado a Ea junto con su único hijo, Silvestre —cuando este aún era un niño—, navegando desde Bretaña. Tras la muerte de su esposa, los dos solos se hicieron a la mar y recorrieron la costa atlántica: salieron del puerto de Doëlan y navegaron durante semanas en un barquito de vela hasta alcanzar tierra firme.

—Sí, yo también he escuchado esa historia cien veces.

Los dos hermanos habían crecido escuchando las hazañas de su abuelo en el mar, casi como si Devon Morgan fuera el protagonista de un libro de aventuras.

—Y por eso sé que los marineros del *Annabelle* siguen vivos —añadió Ulises—. El abuelo es fuerte, y no hay hombre más valiente que él.

Su hermano estaba de acuerdo, pero no dijo nada.

—Una tormenta de verano no basta para acabar con él —continuó Ulises—. Y mucho menos para hundir el *Annabelle.*

Annabelle Morgan era el nombre de su abuela paterna, fallecida muchos años antes de que ellos nacieran, y ese fue precisamente el nombre con el que su abuelo había bautizado el primer barco de su flotilla. El *Annabelle* fue uno de los primeros pesqueros a vapor que faenaron en la costa cantábrica, y aún era el orgullo de la empresa familiar Vapores Morgan e Hijos.

—Ya verás como pronto regresan a puerto sanos y salvos. Estoy seguro —terminó Ulises, con un optimismo casi infantil a pesar de sus veintidós años.

Pero el temporal empeoró de nuevo, como si estuviera empeñado en llevarle la contraria. Una ráfaga de viento helado los golpeó agitando su pelo y ululando en sus oídos, y al instante una ola trepó por encima del muro de contención del puerto y los caló hasta los huesos.

Las campanas en las iglesias de los pueblos pesqueros resonaron entre los árboles que cubrían los acantilados, alertando a los vecinos para que corrieran a refugiarse en sus casas. La galerna había llegado a tierra.

Durante toda esa tarde interminable, muchos vecinos de Ea hicieron guardia silenciosa bajo la cortina de lluvia, que se volvía más intensa por rachas. Algunos paraguas negros florecieron tras el muro del puerto, pero los dedos invisibles del viento huracanado que soplaba desde el norte doblaba las varillas y los dejaba inservibles.

Pasadas las siete de la tarde empezaron a arribar los barcos de vela, más rápidos que los demás, y que, en su camino de vuelta, habían conseguido rescatar a una docena de náufragos de las embarcaciones más pequeñas. Los vecinos se arremolinaron en el muelle para recibirlos, buscando noticias sobre los barcos que aún seguían en el mar.

A lo largo de las siguientes dos horas, el resto de los barquitos fue llegando a salvo a Ea, o a los demás puertos bien protegidos de la zona, pero no había noticias del *Annabelle.*

—Ya deberían haber vuelto. —Ulises Morgan se secó la lluvia de las mejillas con la manga empapada de su jersey—. El vapor es mucho más rápido que los demás barcos, hace horas que tendría que estar aquí. A lo mejor se han refugiado en algún otro puerto cercano, puede que estén en Lekeitio o en Elantxobe.

Dylan llevaba un buen rato sin abrir la boca, estaba empapado de pies a cabeza por la lluvia y las olas. Una hora atrás había empezado a darle vueltas a una idea.

—Algo extraño ha tenido que pasar. Tienes razón, el *Annabelle* es el barco más rápido de toda la costa: deberían haber llegado hace horas. —Apartó los ojos del mar revuelto y miró a Ulises—. Voy a salir a buscarlos.

—¿Qué? No, ni hablar. No puedes hacerte a la mar con la galerna. Eso es una mala idea, incluso para ti.

Dylan le ignoró y dio un paso decidido hacia la rampa que bajaba hasta el muelle, dispuesto a coger uno de los barcos de la empresa. Su hermano le sujetó por el brazo para intentar detenerle.

—Suéltame. —Dio un manotazo y se zafó de Ulises.

—¡Es un suicidio!

—No lo es. Conozco el mar mejor que ninguno de los que están aquí, incluso con tormenta. Sé que puedo salir con un barco y regresar a puerto a salvo con el abuelo y los demás hombres.

Algunos vecinos que hacían guardia cerca de ellos se volvieron para mirarlos. No era la primera vez que veían una discusión entre los hermanos Morgan y sabían que tampoco sería la última.

—Por favor... —Ulises insistió, pero sabía que era inútil tratar de razonar con su hermano cuando se ponía así: su naturaleza era tan salvaje como el mismo mar.

—No voy a quedarme aquí esperando noticias como todos los demás. —Dylan caminó decidido bajo la lluvia hasta el comienzo de la rampa—. Tú puedes quedarte aquí si quieres o hacerte a la mar conmigo y ayudarme a gobernar el barco, pero yo voy a ir a buscarlos.

—Navegar me da miedo, lo odio, lo sabes de sobra. —Los ojos de su hermano, muy parecidos a los suyos, le miraron bajo las pestañas cuajadas de lluvia—. No lo hagas, piensa en madre antes de hacer una locura. O si eso no es suficiente para detenerte, piensa en lo que dirá padre si se entera de que has cogido un barco sin permiso, o peor, si te sucede algo.

Su madre, Penélope, se había retirado a su habitación para rezar por las almas de los marineros, y su padre llevaba horas reunido de urgencia con los demás patrones y jefes de cofradías de la zona para una primera evaluación de los daños provocados por la galerna.

—No me importa, voy a ir igualmente —respondió Dylan con su media sonrisa desafiante en los labios.

Pero en ese momento, uno de los hombres que habían sido rescatados del agua por el barco de vela se acercó hasta ellos. Estaba pálido como la cera, pero parecía sereno.

—Sois los nietos del patrón Morgan, ¿verdad? Del *Annabelle.*

Los dos hermanos se quedaron congelados al escuchar el tono sombrío del hombre, presagio de malas noticias.

—Sí. —Dylan fue el único capaz de responder.

El marinero estaba empapado hasta el alma, con los labios amoratados por el frío, y sus manos temblaban debajo de la manta con la que una vecina le había cubierto al llegar a tierra. Aun así, les dedicó una mirada de lástima.

—Algo ha pasado a bordo, no sé el qué, pero llevaban un rato parados en el mismo lugar ya antes de que comenzara la tormenta. Les hemos hecho señales para advertirles de lo que se avecinaba, pero no hemos visto a nadie en cubierta. Lo último que sé del *Annabelle* es que una ola lo ha golpeado con tanta fuerza que los ha escorado y ha abierto un boquete en su proa.

Sus palabras se quedaron suspendidas un instante en el viento helado.

—¿Estás seguro de eso? Podría ser otro barco, alguno de los vapores del puerto de Bermeo —insistió Dylan.

—Lo lamento. Era el vapor del patrón Morgan, estoy seguro. He visto con mis propios ojos cómo la pared de agua lo golpeaba mientras intentábamos regresar a tierra.

Dylan conocía de memoria cada rincón del *Annabelle*, aun cuando no tenía permiso para salir a navegar: su trabajo consistía en ayudar a su padre en las tareas administrativas y de dirección de la empresa familiar, pero siempre que podía se escabullía de las oficinas de Vapores Morgan e Hijos para bajar al puerto y perderse en la sala de motores o recorrer las estrechas entrañas del *Annabelle*. En su mente imaginó la ola abriendo un agujero en el casco del barco, como una boca negra por la que se colaba el mar entero.

—No, es imposible —musitó, pero ya no estaba tan convencido.

—Cuando nos hemos alejado, el *Annabelle* se hundía a unas pocas millas de la costa. Dadle también mi pésame a vuestro padre.

El marinero se alejó cabizbajo, sabiendo que los hermanos Morgan le recordarían siempre como el hombre que les dijo que su abuelo había muerto.

La tempestad continuaba, salvaje, haciendo imposible que ningún otro barco se acercara a buscar a los posibles náufragos del *Annabelle*, aunque después de un golpe de mar como el que había recibido el pesquero, y de las horas que llevaba a la deriva en el agua helada, nadie —y especialmente nadie en un pueblo de pescadores— tenía muchas esperanzas de encontrar supervivientes.

La noche cayó sobre ellos aplastando cualquier posibilidad de rescate. Un rato después, Ulises murmuró algo y echó a andar hacia la casa familiar en el centro de Ea, para informar a su padre de las últimas noticias sobre el *Annabelle*.

Dylan no se movió del puerto. Calado hasta los huesos y con sus ojos de agua fijos en el horizonte, soportó la lluvia durante toda esa noche interminable.

La sirena apareció la mañana después de la tormenta.

La encontraron en la cala de Natxitua. Su cuerpo flotaba boca arriba mientras las olas la mecían despacio acercándola más y más a la orilla, como si quisieran que alguien diera con ella.

La galerna de la noche anterior había sido la más violenta de los últimos años; tanto que los vecinos de los pequeños pueblos pesqueros que se amontonaban en el golfo de Vizcaya hablarían de ella durante décadas, y la bautizarían como «la gran tempestad de 1901». Esa había sido la tormenta más temible que Ea había conocido. El poder destructor del viento del norte hizo que los tejados de las casas más cercanas al puerto salieran volando, algunos árboles del bosque de pinos que crecían junto a los acantilados amanecieron en la pequeña playa al final del estuario natural: el viento los había sacado de la tierra, con raíces y todo, y arrastrado hasta allí. La lluvia torrencial que anegó los pisos más bajos de las casas también empujó el elegante carro de caballos de la familia Laguna —sin los caballos—, que apareció flotando en el muelle a la mañana siguiente. El viento arrancó los tejados e incluso algunas de las contraventanas de colores de las casas que se levantaban a ambos lados de la ría desaparecieron en la tempestad, arrancadas de sus goznes, y no las encontrarían hasta semanas más tarde en una colina cerca del barrio de San Bartolomé.

Durante las largas horas de la noche se habían sucedido los telegramas entre las autoridades de los pueblos golpeados por la tempestad, los patrones de embarcaciones y delegados del Gobierno para empezar a tener una idea aproximada de las consecuencias de la tragedia. Ulises se durmió en el bonito sofá tapizado que decoraba la sala de visitas de las oficinas de la empresa —ubicada en la planta baja de la casa familiar de los

Morgan—, casi sin darse cuenta. Estaba agotado después de haber pasado la tarde anterior —y buena parte de la noche— en el puerto bajo la tormenta, vigilando el horizonte y conteniendo la respiración con cada nuevo golpe de las olas contra el muelle. Se quedó dormido después de medianoche, nada más cerrar los ojos, mientras esperaba a que su padre terminara de hacer el primer recuento provisional de daños en sus libros de contabilidad.

Dylan le sacudió por el hombro sin miramientos pasadas las nueve de la mañana, y por un momento, cuando Ulises abrió los ojos con la mente todavía entre la niebla del sueño, le pareció que era su abuelo Devon quien se inclinaba para despertarlo.

—Abuelo..., has vuelto —masculló con la voz pegajosa por el sueño.

Dylan se apartó de su hermano cuando le escuchó mencionar a su abuelo, sintiendo un pinchazo de dolor casi físico.

—No. Ni el abuelo ni ninguno de los marineros a bordo del *Annabelle* han regresado aún y el mar todavía no ha devuelto ningún cuerpo —respondió secamente—. Venga, levántate. Quiero ir a Natxitua, seguro que desde allí puede verse el *Annabelle*.

—Claro. Dame un minuto para asearme un poco.

—Bien, te espero fuera, necesito que me dé el aire. Pero si me acompañas no quiero tener que hablar en todo el camino.

Ulises asintió y se pasó la mano por el pelo mientras se desperezaba. Vio que alguien —seguramente su madre— le había tapado con una manta mientras dormía.

Los hermanos Morgan querían ver con sus propios ojos el barco a medio hundir de su abuelo, que aún se mecía entre las olas a pocas millas de la costa. Sabían que nadie los buscaría en la pequeña playa, así que atravesaron el pueblo silencioso, todavía envuelto en la bruma matutina, y después bajaron el sendero sinuoso entre los árboles —que se volvía resbaladizo y mucho más peligroso cuando llovía, hasta llegar a la cala escondida—. No intercambiaron una sola palabra durante todo el camino, Dylan caminaba unos cuantos pasos por delante de su hermano, con las manos en los bolsillos del pantalón y el ceño eternamente fruncido.

Llegaron a su playa secreta y el sonido de las olas entre los guijarros los recibió con un susurro familiar. Natxitua era una cala aislada y separada del resto del mundo por un bosque de altísimos pinos, abedules y fresnos. A los Morgan les gustaba ir a esa playa remota, donde el aire siempre olía a resina y a salitre.

—No has dicho una sola palabra sobre el abuelo desde anoche.

—Ya habíamos acordado que si me acompañabas no tendríamos que hablar sobre el abuelo; además, ¿qué quieres que te diga? —respondió Dylan sin ocultar su fastidio—. El abuelo está atrapado en ese maldito barco y lo único que podemos hacer es esperar y ver cómo se hunde poco a poco. Ya no lo soporto más. Deberías haberme dejado salir a buscarlo anoche.

—Y ahora tú también estarías muerto.

—Eso no lo sabes.

Ulises miró a su hermano, alto y desgarbado, con los ojos perdidos en el mar mientras el viento marino le revolvía el pelo oscuro. Se parecía mucho a su abuelo, y ellos dos siempre habían estado muy unidos. Ambos eran de carácter apasionado e impulsivo, dos hombres de acción admirados por cuantos los conocían, dos líderes natos. Ulises lo sabía y en secreto sentía celos de esa relación y de esa capacidad de su hermano para dejarse guiar siempre por su corazón. Él también adoraba al abuelo Devon, pero su carácter más tranquilo y discreto le hacía sentirse más unido a su padre, a quien se parecía más.

—Sabes que es posible que el abuelo no regrese jamás, ¿verdad? Tenemos que prepararnos para lo peor —dijo con delicadeza—. El mar no siempre devuelve lo que se lleva.

Dylan dejó escapar un bufido y le dio una patada a uno de los cantos rodados que formaban el suelo de la playa.

—No quiero hablar del tema. Por lo que a mí respecta, no

pienso aceptar que está muerto hasta que vea su cuerpo con mis propios ojos.

Aún había mala mar y ningún barco de rescate había podido salir a buscar supervivientes. El mar tampoco había devuelto durante la noche ninguno de los cuerpos de los catorce marineros a bordo del *Annabelle*, así que Dylan había decidido abrazarse a esa diminuta esperanza. Dylan sintió un nudo en la garganta, aunque no dijo nada. Esa noche había llorado, pero no lo admitiría jamás. Fue al llegar a casa, justo antes del amanecer. Fue entonces cuando decidió ir a su playa secreta para ver la silueta borrosa del *Annabelle*, que se mecía sobre las olas como un animal herido.

—Hay casos de hombres que sobreviven después de pasar horas o incluso días en el mar... —aceptó Ulises—. Aun así, tarde o temprano tendrás que aceptarlo y dejar de buscarle en el horizonte, Dylan.

Su hermano se volvió hacia él y le lanzó una mirada salvaje.

—¿Dejar de buscarle? ¿Ya te rindes? ¿Es eso, o es que tienes miedo de que padre se entere de que nos hemos largado de casa sin decírselo a nadie? Ya somos mayorcitos, deberías empezar a pensar por ti mismo en vez de hacer siempre lo que padre te ordena. A lo mejor hasta te gustaba.

Los dos hermanos se habían escabullido por la puerta trasera de la casa evitando encontrarse con su padre, que a esas horas desayunaba solo en el comedor formal como hacía cada mañana.

—No es eso. Yo ya pienso por mí mismo, y desde luego que no necesito el permiso de padre para hacer lo que me dé la gana —se defendió Ulises—. Es solo que anoche pude hablar con él unos minutos: me contó que la empresa familiar no puede permitirse perder un barco ahora mismo, estamos casi en la ruina y con el hundimiento del *Annabelle*...

—Pues claro que no podemos permitirnos perder otro barco. «Vapores Morgan e Hijos es nuestra herencia, nuestro legado» —repitió Dylan, imitando la voz de Silvestre Morgan.

A pesar de todo, Ulises se rio en voz baja. Por muy mayores

que fueran, siempre le hacía gracia cuando su hermano imitaba a su padre.

—Siempre estamos «casi en la ruina», así es este negocio. Cambia casi cada año y nos vamos quedando atrás: hay nuevas técnicas de pesca, mejores redes, barcos más rápidos... Es imposible estar al día —terminó.

Los dos hermanos se acercaron a la orilla para ver mejor el barco que se hundía en el horizonte. El *Annabelle* flotaba unas pocas millas mar adentro herido de muerte, a medida que sus entrañas se iban llenando de agua.

—Desde aquí casi parece una ballena varada —murmuró Dylan sin apartar los ojos de la sombra oscura del vapor.

Por lo general el agua en la cala era transparente y clara, aunque esa mañana aparecía sucia, turbia, por la tormenta que había removido el fondo marino. Desde allí tenían una vista privilegiada del *Annabelle,* que ya apenas asomaba por encima de las olas.

Fue entonces cuando vieron a la chica. Flotaba a pocos metros de la orilla, envuelta en su vestido de novia.

—¿Qué es eso?

—¡Es una chica! —exclamó Dylan—. Corre, ayúdame a sacarla del agua. ¡Vamos!

Dylan se quitó los zapatos y abandonó su grueso jersey de lana en la orilla y los dos corrieron adentrándose entre las olas, pero Ulises se detuvo cuando el agua fría le llegó por las rodillas. El agua del mar siempre estaba más fría después de una tormenta.

—Mejor ve tú a buscarla. Yo te espero aquí —dijo Ulises con voz temblorosa.

—¡Gallina! —le gritó su hermano.

Dylan era un buen nadador, su altura y su cuerpo atlético eran una ventaja, así que se zambulló en el mar helado sin pensarlo siquiera y nadó hasta la muchacha.

Las olas arrastraban todo tipo de objetos hasta las playas: tablones, un remo, un moderno poste eléctrico que dejaría sin luz a toda la comarca, ramas de árbol e incluso algo que parecía un libro mojado. Dylan nadó hacia la chica evitando los restos de la tormenta que flotaban a su alrededor, pero una viga de madera astillada le arañó el brazo al pasar, tiñendo el agua turbia con su sangre.

—¡¿Crees que está muerta?! —gritó Ulises desde la orilla.

Dylan llegó hasta ella. La chica flotaba boca arriba sobre las olas, igual que si fuera otro más de los misteriosos objetos que la tormenta había empujado hasta la playa. Ahora que estaba a su lado, vio que su piel era muy blanca, casi transparente, pero pensó que era por haber estado flotando en el agua helada. Llevaba puesto un vestido blanco que las olas habían lamido y desgastado en las mangas. Tenía los ojos cerrados, y algunas algas verdes y onduladas enredadas en su larga melena rubia.

—¡No lo sé! —gritó por encima del ruido de las olas.

Dylan Morgan había pasado toda su vida en un pueblo pesquero: sabía bien que cuando encontraban un cuerpo flotando cerca de la orilla, era porque el mar ya había terminado con él. O con ella. Pero a pesar de eso sujetó a la chica por el brazo, y tiró de ella hacia la orilla. Nadó el camino de vuelta entre los restos desperdigados que flotaban a su alrededor dejando atrás las olas turbias.

Salió del agua llevando el cuerpo de la chica en brazos, arrastrando la cola empapada de su vestido de novia. Ulises lo ayudó cuando estuvo en tierra y entre los dos la tendieron en el suelo.

—Creo que no respira. —Dylan trataba de recuperar el aliento después del esfuerzo.

—¿Y qué hacemos? Aunque esté muerta no podemos dejarla aquí. —Ulises miró a la muchacha—. Tal vez deberíamos ir a Lekeitio para avisar al doctor Leguina...

Dylan se arrodilló junto a la chica y la observó, mientras pensaba deprisa.

—No, claro que no vamos a dejarla aquí sola. Nosotros la hemos encontrado, ahora ella es nuestra responsabilidad.

—Tal vez la pobre se ha caído de un barco de pasajeros y la tempestad la ha empujado hasta aquí.

Dylan la estudió un momento más: se fijó en su pelo largo

y enredado, su piel blanca como la nieve y sus ojos cerrados. No se parecía a ninguna otra chica del pueblo o alrededores, era difícil de explicar, pero había algo diferente en ella.

—Estamos lejos de las rutas de navegación de los barcos de pasajeros. Si se ha caído de un barco o de un trasatlántico de los que van a América, ha tenido que ser muchas millas mar adentro. No ha podido llegar ella sola hasta la orilla desde alta mar. No creo que se haya caído de ningún barco. Mírala bien: lleva puesto un vestido de novia.

Aunque estaban en la orilla, la cola de seda blanca del vestido era tan larga que todavía estaba metida en el agua, y se mecía suavemente con las olas.

—He oído que se han suspendido todas las bodas y los bautizos en los pueblos de la zona por la tormenta, ya sabes, en señal de respeto por las víctimas —empezó a decir Ulises—. A lo mejor iba a casarse con uno de los hombres que han muerto en la tempestad y se ha quitado la vida llevada por el dolor. Deberíamos preguntar en los pueblos de la zona, por si acaso alguien la echa de menos.

Dylan se inclinó sobre ella y acercó el oído a los labios de la chica. No parecía respirar.

—Está muy pálida, pero no parece muerta.

—Es una sirena —afirmó Ulises muy convencido de repente—. Tiene que serlo. Esta es una zona de sirenas y lamias, por toda la costa se cuentan historias sobre marineros y pescadores arrastrados a la desgracia por criaturas marinas con aspecto de hermosas mujeres. El abuelo Devon siempre nos habla de las mujeres de agua, son muy reales para él.

—No digas tonterías, se supone que tú eres el hermano sensato —le cortó—. Ya eres mayorcito para seguir creyendo en las historias que cuentan los marineros borrachos en las tabernas del puerto. Las sirenas no existen.

—Vale. Y entonces ¿qué es?

Los dos hermanos se quedaron un momento en silencio, con la mirada fija en la extraña joven que yacía sobre los cantos rodados.

—No lo sé —admitió Dylan, molesto por no tener una respuesta—. Pero desde luego no es una sirena y seguro que alguien la está buscando en algún sitio. Puede que sea la hija de una de esas familias ricas que vienen a pasar el verano en los elegantes balnearios y hoteles de lujo que hay a lo largo de toda la costa. Alguien debe de estar echándola de menos.

—Puede ser, sí, pero si es una sirena, entonces ella ha provocado la tormenta y ha hundido el barco del abuelo. Es todo culpa suya. —Ulises sonaba convencido—. El abuelo y padre dicen que las sirenas y las lamias son criaturas malvadas que arrastran a marineros y pescadores a la perdición. Mujeres muy hermosas que provocan tormentas, enloquecen a los hombres y dan mala suerte a quien tiene la desgracia de enamorarse de una de ellas. Hay que devolverla al mar.

—Ya vale, enano —le cortó Dylan con brusquedad—. Te digo que solo es una chica y que desde luego no vamos a devolverla al mar.

Dylan solo llamaba «enano» a su hermano cuando se enfadaba o cuando quería fastidiarle. O ambas cosas. Se pasó la mano por su pelo oscuro empapado sin apartar los ojos de la chica, intentando decidir deprisa qué debía hacer a continuación; sabía que el tiempo era fundamental si la joven no estaba muerta, pero sentía que sus pensamientos eran lentos y torpes, como sucede en los sueños.

—Voy a tratar de reanimarla —dijo Dylan de repente.

—¿Qué? Puede que lleve horas muerta, ¿y acaso sabes reanimar a los ahogados?

—No estoy seguro. Pero no voy a quedarme cruzado de brazos pensando en si podría haber hecho algo para salvarla. No he podido ayudar al abuelo, pero tal vez aún haya esperanza para ella.

Le abrió la boca con cuidado a la chica y un hilo de agua salada salió de ella cuando le ladeó la cabeza con delicadeza. Se inclinó sobre ella y colocó sus labios contra los de la joven. Le pareció que sus labios estaban muy fríos, como si fueran de hielo. Respiró con fuerza dentro de ella dos veces hasta que sintió que le dolían los pulmones y empezaba a marearse, después colocó las manos sobre su vestido mojado y le apretó en el pecho cinco veces para que su corazón volviera a latir.

Pero no pasó nada.

—Igual sí que está muerta después de todo. No sabía que las sirenas pudieran morir. Creía que vivían para siempre, como en los cuentos.

—Esto no es un cuento y desde luego ella no es una sirena. Lo que pasa es que lo estoy haciendo mal, nunca he reanimado a nadie.

Se lamió los labios despacio y notó el sabor del salitre. Había recuperado un poco el aliento, así que volvió a inclinarse sobre ella. Pero justo cuando lo hizo, la muchacha abrió los ojos.

Asustado, Dylan dio un salto hacia atrás sobre las rocas arañándose la palma de la mano con una piedra. La joven se inclinó hacia un lado y tosió el agua que todavía inundaba su garganta.

—¿Cómo te encuentras? —preguntó Dylan, todavía sorprendido por haber conseguido traerla de vuelta de entre los muertos.

La joven no respondió, terminó de toser y se limpió el agua salada de la barbilla con el puño de encaje del vestido. Se quedó sentada en el suelo, mirando a los dos hermanos con los ojos nublados como si no entendiera nada de lo que decían.

—¿Cómo te llamas? —quiso saber Ulises—. ¿Por qué no hablas? ¿Qué te ha pasado?

—Solo déjala respirar. ¿No ves que la pobre casi se ahoga? Dale un poco de tiempo para que se recupere.

Los dos hermanos la miraron en silencio, esperando alguna reacción por su parte, pero ella se limitó a estudiar con atención el delicado encaje que cubría sus brazos como si no lo hubiera visto antes. Cuando hubo terminado, extendió los dedos y hundió sus manos pálidas entre los guijarros del suelo, cogió uno especialmente blanco y pulido por las olas, lo examinó con curiosidad un momento y se lo guardó en el bolsillito oculto para llevar el rosario de su vestido de novia.

—Ahora está claro que es una sirena, por eso no puede

hablar. Todo el mundo sabe que las sirenas dan su voz a cambio de sus piernas humanas para poder venir a tierra firme.

—Ya basta —le cortó Dylan; después se volvió hacia ella y añadió, con voz más suave—: ¿Te has escapado de casa? ¿Te has caído de un barco?

—Nunca antes te habíamos visto por aquí. ¿Eres de alguno de los pueblos de la costa? Si quieres, podemos pedirle a alguien que avise a tu familia para que sepan que estás bien.

Pero ella pareció olvidarse de los dos hermanos y miró hacia el *Annabelle*, que se hundía entre las olas. Se fijó en el oleaje suave que llegaba a la orilla, en la manera en que la brisa comenzaba a secar su vestido, casi como si todo fuera nuevo para ella.

Dylan la estudió con curiosidad, había algo en esa chica que le resultaba vagamente familiar.

—¿Seguro que no eres de la zona? Es curioso porque me recuerdas a alguien, a una chica del pueblo que desapareció hace tiempo. —Dylan hablaba pensativo—: Su madre, Anastasia, la buscó durante un tiempo, llenó Ea y los caminos de la zona de carteles con su retrato por si alguien la había visto. Es la propietaria de la única funeraria que hay por aquí; vive con su otra hija en la casona con el tejado rojo que hay sobre la colina. —Se volvió hacia su hermano—. ¿Te acuerdas? ¿Cómo se llamaba esa chica?

—Cora —dijo Ulises, que apenas tenía un año por entonces, pero lo recordaba porque su madre aún guardaba uno de los carteles con el retrato de la joven en la cómoda de su dormitorio.

—Eso es, sí. Cora Amara.

Intercambiaron una mirada rápida, intentando decidir si era posible que esa chica fuese la misma que desapareció hacía más de veinte años.

—No puede ser Cora Amara —negó Ulises—, no habría envejecido ni un solo día desde que desapareció. —Se volvió hacia la chica—: No, no es posible que seas tú.

La muchacha no respondió, solo se puso en pie despacio con las piernas aún temblorosas, dio unos pasos sobre los cantos rodados y arrastró la cola del pesado vestido blanco fuera del agua. Los hermanos Morgan se levantaron y fueron tras ella.

—Da igual quién seas, lo primero es sacarte de esta playa.

—¿Y adónde vamos a llevarla?

Dylan lo meditó unos segundos, sin apartar los ojos de ella. Por imposible que sonase, el parecido con Cora Amara era tan asombroso que no podía ser una casualidad.

—La llevaremos a casa de las Amara, por si ellas la reconocen o pueden ayudarla.

—¿Quieres que la acompañe yo? —se ofreció Ulises—. Padre y tú tenéis esa reunión con los patrones que han venido desde Lekeitio y Bermeo para hablar de los daños. No vas a llegar.

La reunión. Dylan se había olvidado por completo de la maldita reunión. A última hora de la noche habían empezado a llegar las primeras cifras provisionales de las pérdidas causadas por la galerna, y no eran buenas. Esa mañana, su padre había organizado una reunión con los demás empresarios y patrones para formar un frente común antes de hablar con los delegados del Gobierno y las demás autoridades locales.

—La reunión... Ya estoy en la cuerda floja por culpa del último encontronazo que tuve con el idiota de Lorenzo Laguna, y ahora voy a perderme la maldita reunión. Padre va a matarme, de esta seguro que me aparta de la dirección de la empresa —dijo Dylan con aire resignado. Suspiró y miró a la chica—. Ya llego tarde, así que os acompaño a la casa de las Amara de todas formas. —Ya suplicaría luego perdón. Otra vez.

Antes de empezar a subir, los dos hermanos miraron hacia el horizonte para ver por última vez la silueta oscura del *Annabelle*, escorado, a punto de hundirse en el mar para siempre. Distinguieron un pequeño bote de remos y un vapor junto al naufragio buscando supervivientes. Las gaviotas sobrevolaban en círculos la zona del hundimiento y graznaban tan alto que podían oír sus gritos desde la cala.

—Volvamos ya, estoy empapado y tengo frío —añadió Dylan, en tono mucho más áspero ahora—. He cambiado de opinión, no quiero quedarme y ver cómo el *Annabelle* se hunde por completo.

Cabizbajo, Dylan empezó a caminar de regreso hacia el sendero.

Ulises y la joven misteriosa le siguieron en silencio mientras los gritos de las gaviotas llenaban el aire. Los tres juntos caminaron hacia el bosque que abrazaba la cala, de vuelta al sendero que ascendía por la ladera de la colina. Pero antes de desaparecer entre los árboles, Dylan se volvió una última vez para mirar el mar: el *Annabelle* se había hundido para siempre en el horizonte. Tragó saliva, intentando deshacer el nudo que le atenazaba la garganta, y decidió que no iba a llorar por su abuelo hasta estar a solas, en algún lugar donde su hermano pequeño y esa chica de ojos extraños no pudieran verle y sentir lástima de él; cualquier cosa menos eso. La lástima le hacía parecer débil, solía decir su padre.

Los tres desaparecieron entre los árboles mientras la marea subía en su playa secreta.

LA MANSIÓN DE LA COLINA

La funeraria de la familia Amara se alzaba en una de las colinas bajas que abrazaban Ea. Para llegar hasta el caserón había que dejar atrás las casitas de colores, que se levantaban bien ordenadas en los dos márgenes de la ría, y después subir hacia la izquierda por un camino ondulante entre los árboles. La mansión estaba a unos quince minutos a pie del centro del pueblo —diez minutos a buen paso—, aunque la última parte de la cuesta que subía hasta el caserón era las más empinada. El tejado de la casa, de un intenso color rojo sangre, se asomaba entre las copas de los árboles cuando el viento soplaba desde el mar.

—Esta casa siempre me ha dado escalofríos, incluso desde lejos. Cuando éramos niños, madre nos tenía prohibido acercarnos aquí, ¿te acuerdas? —comentó Ulises mientras subían por el camino.

La brisa suave agitó las ramas de los árboles que crecían sin aparente control a ambos lados de la calzada. El bosque que empezaba pasada la casa de las Amara y que cubría colinas enteras no estaba lejos, así que incluso desde allí podía sentirse el olor de la tierra mojada llenando el aire. Aunque Dylan ya no tenía frío, se estremeció cuando el viento oscuro del bosque voló hasta ellos y se coló bajo su ropa húmeda.

—Sí, lo recuerdo bien, pero tú siempre has sido un gallina, no hacía falta que madre te prohibiera acercarte. Cuando éramos niños, Lorenzo Laguna y yo solíamos jugar a ver quién se acercaba más a la entrada de la casa antes de salir corriendo. Subíamos esta misma cuesta fanfarroneando todo el camino, hasta que veíamos asomarse el tejado de color rojo entre los árboles y empezaban a temblarnos las rodillas —recordó Dylan con una nota de amargura; eso fue mucho tiempo atrás, cuando Lorenzo y él aún eran amigos.

—Todavía hoy hay quien cree que las Amara son lamias, sirenas, y que por eso mismo no tienen padre ni marido. Dicen que la muerte las ronda.

A pesar de su edad, a Ulises le seguían fascinando las leyendas locales y las historias sobrenaturales que se apartaban de lo establecido: lamias, monstruos marinos o barcos fantasmas... Aunque intentaba disimular su pasión por lo desconocido para no enfrentarse a la mirada de desaprobación de su padre.

—¿Lamias? ¿Sirenas? Menuda idiotez. —Dylan se rio como si de pequeño él mismo no hubiera creído en aquellas historias—. La muerte nos ronda a todos, sobre todo en un pueblo pesquero. ¿O cómo crees que las Amara han podido permitirse una mansión así? La muerte es un negocio seguro.

La procedencia de la fortuna de las Amara era un misterio, al igual que sucedía con el marido de Anastasia Amara y padre de sus dos hijas. Por supuesto, donde hay un misterio también hay habladurías y rumores, en especial cuando se trata de una mujer sola con dos hijas y una inexplicable fortuna.

La intensa lluvia de las últimas horas había embarrado el camino que llevaba hasta la casa, haciendo que sus pasos se volvieran lentos y pegajosos. Las hojas de los árboles arrancadas por la tempestad cubrían el suelo como una alfombra verde que crujía bajo sus pies mientras subían la pendiente.

—¿Y qué crees que pasa con ella? —preguntó Ulises en voz baja—. ¿Crees que es una Amara?

—No lo sé —admitió Dylan contrariado—. Lo más probable es que sea una chica de la zona que se ha perdido o que se ha escapado de casa y que su parecido físico con las Amara sea solo una casualidad.

No sabía bien por qué había dicho eso. Echó un vistazo por encima del hombro hacia la chica silenciosa, que los seguía a una distancia prudencial, con la larga cola de su vestido detrás de ella, como una sombra. Desde luego el parecido era asombroso, no podía tratarse solo de una casualidad.

Los dos hermanos se detuvieron. El aire les llevó flotando el olor dulce de los magnolios que crecían en el jardín de las Amara. El tejado rojo de la funeraria aparecía al final del camino, cortando el cielo de mediodía con su silueta afilada.

—¿Qué pasa? No me dirás que aún tienes miedo de acercarte a la casa —bromeó Dylan, en tono mucho más suave ahora.

—No es eso... —Ulises se mordisqueó los labios antes de continuar, visiblemente nervioso—: ¿Y qué pasa si es una de esas chicas desaparecidas? Ya sabes, de esas que han desaparecido en los últimos años. Nunca han encontrado a ninguna, viva o muerta. Ella sería la primera en aparecer.

Dylan también lo había pensado, era inevitable: todos en los pueblos costeros de la zona convivían con esa sombra sobre sus cabezas desde hacía más de veinticinco años; el miedo a la puesta de sol. El terror oscuro de quién sería la siguiente. Alrededor de una docena de muchachas habían desaparecido en los pueblos pesqueros de la zona en esos últimos años. Nunca encontraban sus cuerpos, ni tampoco una sola pista sobre ellas. Nada; igual que si se las hubiera tragado la tierra, o el mar. Las misteriosas desapariciones habían levantado el interés de la prensa, y no era extraño ver reporteros de medios importantes por la zona haciendo preguntas a los vecinos. De vez en cuando incluso se publicaba algún reportaje más o menos sensacionalista sobre el misterio de las desaparecidas.

Dylan miró a la chica, que no había dicho una sola palabra desde que la habían sacado del agua.

—Si ella es una de las desaparecidas, entonces seguro que alguien la está buscando —dijo—. Me preocupa más la otra posibilidad.

—¿La otra posibilidad?

—Sí. ¿Qué pasa si de verdad es la hija perdida de Anastasia Amara? —Esa era la pregunta que ninguno de los dos se había atrevido a hacer en voz alta hasta ese momento—. Si lo es, parece tener casi la misma edad que cuando desapareció. Si las

Amara confirman que esa chica es Cora, entonces ya pueden ir cerrando su negocio, porque eso significaría que los muertos pueden volver.

Su ropa húmeda casi se había secado cuando llegaron al final del camino. El sol débil de mediodía se filtraba a través de las ramas de los abetos y pinos que crecían en la cima de la colina. Desde allí arriba se veían los tejados de las casas de Ea al fondo del valle, formando un sendero ordenado que se extendía hasta la pequeña bahía envuelta entre colinas de color verde brillante. Más allá de la bahía y del puerto, el mar mostraba el aspecto plomizo y revuelto que dejaba siempre la tormenta.

—Nunca me había acercado tanto a la casa —confesó Ulises.

Desde donde estaban podían ver la entrada principal de la finca, la gran puerta roja en el frontal de la fachada, y el bonito jardín que crecía bien cuidado alrededor de la casa. Pero los tres se habían detenido unos metros antes de llegar a la entrada, justo donde el camino dibujaba una pendiente suave, ofreciendo a los paseantes y curiosos una última oportunidad de dar media vuelta y regresar a la seguridad del pueblo.

—Si tanto miedo tienes, puedes darte la vuelta.

—No tengo miedo, es solo que ahora, viéndola más de cerca, la casa no es como pensé que sería —se defendió Ulises—. Es muy diferente a las que hay por la zona.

En eso tenía razón: la casa parecía sacada de un cuento de hadas. El caserón se mantenía en buenas condiciones, con la fachada pintada en un bonito color tostado, pero el tejado rojo en punta, el jardín lleno de flores y todas esas ventanas de color rojo sangre daban a la casa una apariencia poco habitual, muy diferente de la que tenían las casitas blancas del centro del pueblo o de los antiguos *baserris* de piedra y tejado a dos aguas, que asomaban dispersos por las colinas cercanas.

—Es una casa de estilo inglés, por eso no se parece a las casas que tenemos por aquí. Anastasia Amara ordenó que la construyeran así para poder instalar su negocio en el bajo y vivir con sus hijas en los pisos superiores de la casa, es algo normal en otros lugares. Ellas llegaron al valle hace muchos años, dicen que vinieron desde una pequeña isla que hay al norte de Escocia, no recuerdo todos los detalles, pero seguro que madre conoce toda la historia.

La casa fúnebre de la familia Amara tenía cuatro pisos de altura, contando el sótano, que era donde embalsamaban a los difuntos y los preparaban para el funeral. Un bonito jardín con parterres de flores rodeaba la mansión, se extendía sobre la colina y llegaba casi hasta el final del cabo sobre el mar: allí crecían magnolios, tejos y limoneros de hojas verdes y frondosas, que contrastaban con el rojo de su tejado doble y de las contraventanas del mismo color en su fachada.

—Ninguna de las dos sale mucho de la casa, ¿verdad? —preguntó Ulises.

—Dicen que Anastasia Amara se pasa el día encerrada en el caserón y que solo sale después de la puesta de sol para pasear por el bosque y recoger flores.

El menor de los Morgan asintió.

—A la hija la conozco solo de vista.

Claudia Amara solía bajar al pueblo todos los días para hacer recados o para ir a la tienda de ultramarinos de las hermanas Arrieta. No era raro verla paseando por las callejuelas de Ea con su bastón y su pelo rubio dorado bien recogido en la nuca, siempre vestida con ropa algo pasada de moda, pero elegante. Claudia conocía a todo el mundo por su nombre, era agradable, charlaba con las vecinas y los hombres la saludaban educadamente al pasar, y sin embargo nadie sabía mucho acerca de su pasado. Tal vez era por su piel pálida y sus modales distinguidos, o puede que fuera solo porque se pasaban el día rodeadas de muerte, pero las Amara seguían despertando los recelos de algunos de sus vecinos incluso después de tantos años.

—Yo estuve dentro de la casa una vez, hace tiempo, cuando desapareció la hija de uno de los hombres que faenan con el abuelo en el *Annabelle*, bueno... que faenaban. —Dylan bajó la cabeza al pensar en su abuelo Devon y dejó pasar un momento antes de añadir—: A la chica nunca la encontraron, como a las otras, pero la madre quiso organizar un funeral por ella de todos modos. Al enterarse de la desgracia, madre insistió en correr con todos los gastos del sepelio. La casa por dentro me pareció... triste, lúgubre.

—Normal, es una funeraria. Sería de mal gusto que fuera alegre.

—No me refiero a eso: cuando estuve dentro de la casa noté lo mismo que se siente al entrar en una habitación en la que alguien ha estado llorando justo antes, no puedes verlo, pero todavía puedes notarlo en el aire, la tristeza atrapada entre las paredes. Me pareció que había algo siniestro flotando en el ambiente.

—Ahora eres tú el que habla como un gallina. —Ulises se rio en voz baja—. Aunque viéndolo ahora, las dos ventanas alargadas del último piso, las que están justo debajo del tejado, parecen ojos —señaló—. Creo que alguien nos observa.

Dylan hizo una mueca.

—Nadie nos observa. En esa casa solo viven dos mujeres y no creo que se pasen el día acechando tras las ventanas del desván por si acaso alguien se molesta en subir todo el camino hasta aquí —respondió Dylan, pero miró las dos ventanas perfectamente simétricas una a cada lado en lo más alto de la fachada—. Sí que parecen ojos.

—¿Te resulta familiar esta casa? —quiso saber Ulises, volviéndose hacia la chica.

Ella permanecía en una especie de silencio sereno e imperturbable. Miraba la mansión con sus extraños ojos, parecidos a los de las criaturas que viven en la oscuridad del fondo marino adonde no llega la luz del sol.

—Si eres Cora, han pasado muchos años desde que desapareciste, por eso igual no te acuerdas de que antes vivías aquí. Pero quizá te acuerdes de todo de repente al llamar a la puerta —sugirió Ulises.

La muchacha no se movió. Con evidente gesto de fastidio, Dylan se adelantó y atravesó el jardín delantero de la casa con andares decididos y llegó al pórtico. El tejadillo a dos aguas sobre la entrada estaba pintado del mismo color rojo que la gran puerta principal. Cerró el puño y llamó dos veces. El sonido lento de unos pasos y un bastón golpeando el suelo llegó desde dentro de la casa, un momento después la pesada puerta se abrió y una mujer apareció bajo el pórtico.

—Hola. ¿En qué puedo ayudarte? —le preguntó en tono amable.

—Soy Dylan Morgan, el nieto del patrón...

—Sé quién eres, Dylan Morgan —le cortó ella con una sonrisa agradable.

Claudia Amara tenía ese tipo de belleza lánguida y de aspecto casi enfermizo, parecida a esas heroínas del teatro de gesto dramático o a las divas de ópera justo antes de representar la escena de su muerte. Llevaba puesto un bonito vestido de tarde de color azul marino de manga larga que resaltaba su piel clara. Parecía que rondaba los cuarenta años, con el pelo rubio y los labios del mismo color que las rosas al final del verano, aunque tenía marcas oscuras bajo sus ojos y Dylan la había visto guardarse un pañuelo bordado en el puño de su vestido como si estuviera enferma o hubiera estado llorando justo antes de abrir la puerta. Claudia se apoyaba en su bastón para mantener el equilibrio: era un elegante bastón de madera oscura casi negra, probablemente ébano, con aspecto de ser sólido, y también, muy caro. Dylan notó la manera en que su mano pálida se aferraba a la empuñadura de plata del bastón con la forma labrada de una garra de animal.

—Lamento mucho la muerte de tu abuelo... —dijo mirándole a los ojos; al parecer, la noticia ya había recorrido todo Ea.

Al pensar en él y en los demás, Dylan los imaginó hundiéndose en el fondo del mar, con los ojos abiertos en un gesto de sorpresa. La imagen de sus cuerpos alejándose de la superficie era tan nítida que casi pudo sentir el salitre en la garganta como el nudo que le atenazaba a él mismo.

—Aún no sabemos si ha muerto —replicó él—. Y de todos modos no he venido por él o los demás marineros. Lo que sucede es que... —Se volvió y señaló más allá de su espalda—: Mi hermano y yo hemos encontrado a una chica en la playa.

—Omitió intencionadamente en cuál, para evitar que descubrieran su escondite—. No habla, pero se parece mucho a su hermana perdida.

Una chispa se encendió detrás de los ojos de Claudia. Solo duró un momento, pero a Dylan le pareció el principio de un incendio que llevaba años dormido.

—Cora. ¿Habéis encontrado a mi hermana Cora? —preguntó con una diminuta sonrisa.

Dylan abrió la boca para decir algo, pero entonces otra mujer apareció en la puerta.

—Vuelve dentro, Claudia, ya te he dicho muchas veces que no tienes permiso para abrir la puerta. Yo me ocupo de este asunto —le dijo con voz seca.

Claudia asintió y obedeció la orden de su madre sin protestar, pero antes de desaparecer en la penumbra del interior de la casa, lanzó una mirada a la chica tras ellos, y sonrió para sí.

—Soy Anastasia Amara. Tú eres el nieto del patrón Morgan, ¿verdad? El propietario de esos dichosos barquitos a vapor que recorren la costa envenenando el mar.

No era fácil intimidar a Dylan Morgan, pero esa mujer lo había conseguido con una sola frase.

—Sí, señora.

Al igual que sucedía con su hija, no era fácil adivinar la edad de Anastasia Amara. Su pelo se había vuelto de color plata y lo llevaba sujeto en un elegante recogido bajo con ayuda un alfiler de plata, que brillaba en un lado de su cabeza. Tenía la misma piel pálida que Claudia y que la chica misteriosa: una tez casi transparente que dejaba adivinar las venas tras sus párpados. Los dedos de sus manos estaban cuajados de anillos con enormes aguamarinas engarzadas, todas talladas en formas y tamaños diferentes, que centelleaban cada vez que Anastasia se movía. Su vestido de color ciruela, con el corpiño ceñido y una falda larga que caía recta hasta el suelo, se ajustaba en sus puños decorados con encaje y le daba un aspecto pasado de moda, pero distinguido.

Al verlas era fácil dejarse atrapar por la ilusión de que la imponente casa, sus vestidos de terciopelo o los modales anticuados de las Amara estaban congelados en el tiempo, igual que sucede con esas bolas de nieve que representan un paisaje atrapado dentro de una esfera de cristal.

—Ya estoy enterada de lo del naufragio. Lamento mucho lo que le ha pasado a tu abuelo y al resto de los marineros. ¿Por eso estás aquí? ¿Quieres que organicemos los funerales? —continuó en el mismo tono seco.

Muy enfadado, Dylan iba a responder que no, y que él desde luego no estaría listo para darle el visto bueno a ningún funeral por su abuelo hasta que viera el cuerpo con sus propios ojos. Pero entonces el rostro severo de Anastasia se quebró.

—¿Quién es esa? —preguntó al descubrir tras él a la muchacha—. ¿Por qué la habéis traído a mi casa?

Los dos hermanos se miraron un momento sin saber muy bien qué responder. Desde luego, esa no era la reacción que ellos esperaban después de haber reunido a una madre y una hija separadas durante tantos años.

—Habla. ¿Por qué la habéis traído a mi casa? —La voz de Anastasia Amara sonó ahora más aguda—. ¡Habla, he dicho!

—La hemos encontrado en el agua. Creímos que estaba muerta, pero le he dado mi aliento y ha vuelto a la vida —respondió Dylan intimidado por el tono y la presencia de Anastasia—. La chica se parece mucho a su hija Cora, la que...

—Sí, sé bien a quién te refieres —le cortó ella.

La sombra de la casa los cubrió por completo, Dylan miró con aprensión hacia la mansión y vio que la cortina se movía en una de las extrañas ventanas simétricas del último piso, justo donde Ulises había señalado antes. Pensó que sería Claudia, aunque le sorprendió que hubiera podido subir la escalera y llegar hasta allí tan deprisa ayudándose con su bastón.

—Por eso la hemos traído, porque se parece mucho a su hija desaparecida. A mi madre le impresionó su historia y aún guarda alguno de sus carteles en la cómoda. —Dylan habló con valor renovado—. Pensábamos que quizá fuera ella, Cora, aunque parece tener casi el mismo aspecto que cuando desapareció, así que lo más seguro es que se trate de una pobre chica que se ha caído a la mar arrastrada por la tempestad. Será mejor que nos la llevemos de aquí y preguntemos en los pueblos de la zona por si acaso alguien la reconoce.

Le hizo un gesto con la cabeza a su hermano y ambos fingieron dar media vuelta para llevarse a la joven misteriosa de regreso por el camino, pero la voz firme de Anastasia los detuvo.

—Un momento.

Dylan sonrió sin que ella le viera, bajo toda esa hostilidad había visto un destello de interés por la joven en la mirada de Anastasia. Se dieron la vuelta y los ojos fieros de la mujer estudiaron a la muchacha mirándola de arriba abajo.

—A ver los pies —dijo Anastasia con dureza.

Confundido, Dylan se miró los zapatos sin comprender.

—Tú no. Ella. A ver los pies. Enséñamelos.

Los dos hermanos pensaron que la muchacha iba a seguir inmóvil, sumida en esa especie de ensueño que la envolvía desde que la habían encontrado. Pero en vez de eso obedeció y se levantó un poco el bajo de su vestido de novia, sucio y destrozado por las olas.

Sus pies eran perfectamente normales, excepto por los últimos tres dedos, que estaban unidos entre sí por lo que parecía una membrana de piel, similar a las patas de los cisnes y otras aves acuáticas.

—Pero ¿qué...? ¡Sabía que era una sirena! —exclamó Ulises con emoción casi infantil, al ver sus extraños pies.

Su hermano le dio un codazo nada discreto para que se callara.

Claudia Amara apareció de nuevo en la entrada y Dylan la miró sorprendido, preguntándose si había estado escondida ahí todo el tiempo escuchando la conversación.

—Hola, jovencita. Me llamo Claudia. ¿Qué te parece si vamos dentro y te quitamos ese vestido tan pesado? —le dijo con voz suave—. ¿Te parece bien? Vamos, yo te ayudaré. Y después podemos lavarte un poco y buscarte algo de ropa seca también. Te sentirás mucho mejor, ya lo creo.

La chica asintió despacio con la cabeza y la sonrisa de Claudia se volvió más brillante.

—Perfecto entonces. No se hable más —añadió—. Te prepararé un baño caliente y después veremos qué hacemos para desenredar esa maraña de pelo que tienes. Vamos dentro, seguro que tienes hambre, apuesto a que ni siquiera has desayunado.

Claudia le tendió la mano, la chica dudó y tardó un momento más en decidirse, pero por fin aceptó su invitación y ambas se perdieron en la penumbra dentro de la casa. Antes de desaparecer en la oscuridad de la mansión Amara, la joven se volvió para mirar a los hermanos una última vez.

Anastasia todavía se quedó en la puerta un instante, mirando el lugar por el que ambas habían desaparecido dentro de la gran casa. Después se volvió hacia los hermanos con el rostro desencajado:

—Ojalá nunca la hubierais traído a esta casa.

LA CALMA

Protegido entre dos colinas y rodeado de frondosos bosques de un intenso color verde, el pueblo de Ea estaba dividido por una ría del mismo nombre que se volvía más caudalosa justo antes de desembocar en su pequeño puerto. Algunos de sus barrios estaban dispersos alrededor y subían por las colinas cercanas, formando agrupaciones escondidas de *baserris*, caminos estrechos casi sin tráfico de carros ni animales e incluso un frontón donde nunca daba el sol. El casco urbano del pueblo lo componían varias calles empedradas de diseño recto y sin cuestas que corrían paralelas, siempre siguiendo el cauce natural de la ría hasta el mar.

Las casas del centro, todas con sus fachadas de un impecable color blanco, se levantaban perfectamente ordenadas con sus grandes balconadas y galerías acristaladas de colores vivos: rojo, verde o azul colgando sobre las aguas tranquilas de la ría. Los vecinos más mayores del municipio todavía recordaban un verano especialmente lluvioso, en el que el nivel del agua desbordó su apacible ría inundando los bajos y sótanos de las casas cercanas con la fuerza de la marea. La marca oscura que había dejado el agua todavía era visible en la fachada de piedra de algunos de los edificios más antiguos del pueblo.

La familia Morgan vivía en la calle principal, en una de aquellas casas blancas de tres alturas en el margen derecho de la ría, con las ventanas de la galería de cristal de color azul. En la planta baja del edificio estaban las oficinas de la empresa familiar: Vapores Morgan e Hijos. También el salón de las visitas, el comedor formal con su enorme mesa de nogal en el centro, y la diminuta cocina donde el hogar solía estar encendido y siempre hacía calor. Hacía ya varios años que la casa necesitaba algunos arreglos y reparaciones, pero a pesar de eso no había perdido ni pizca de su encanto típicamente marinero: alta, estrecha y atravesada por una resistente escalera de madera rojiza de elondo a modo de columna vertebral, la casa de los Morgan tenía gruesas paredes de piedra y ventanas pequeñas para dejar fuera la humedad que se filtraba cada tarde desde la ría.

De niños, Dylan y Ulises tenían prohibido entrar en las oficinas de la empresa, pero cuando su padre no estaba en casa, el abuelo solía dejarlos pasar para curiosear entre las pilas de facturas, los misteriosos cachivaches de navegación que adornaban las vitrinas y estanterías, los libros de derecho marítimo con el lomo descolorido por el tiempo, las cartas de navegación, los viejos diarios, las delicadas pipas de espuma de mar que su abuelo coleccionaba o las maquetas de los barcos que Devon Morgan soñaba con construir en un futuro ahora perdido.

«No le contéis a Silvestre ni a Penélope que os dejo merodear por aquí. Vuestros padres creen que aún sois muy jóvenes, pero yo a vuestra edad ya tenía clara la importancia de nuestro apellido. Del legado de los Morgan. Al final tendréis que enfrentaros a la vida y más vale que estéis preparados para que esa perra no os devore vivos.»

Esa tarde, Dylan y Ulises se enfrentaban a la vida sentados muy juntos en el mismo escalón de la escalera, mientras veían el desfile interminable de hombres que entraban y salían de la casa para reunirse con su padre. Todos ellos llevaban trajes oscuros y sobrios, y un gesto solemne que se intuía bajo el ala de sus sombreros. El silencio en la casa de los Morgan era casi total desde la noche de la tempestad, solo interrumpido por las voces de los hombres que se acercaban a darle el pésame a su padre, o por el ruido de las tazas y los platos de postre que llegaba desde la pequeña cocina.

Desde donde estaban sentados los dos hermanos veían la puerta principal de la casa, de color azul, el vestíbulo estrecho pero elegante y la mullida alfombra de la entrada que amortiguaba el frío en las mañanas de invierno. Cuando eran niños, Dylan y Ulises solían sentarse en ese mismo peldaño, hombro con hombro, para observar el ritmo de la casa.

—¿Te acuerdas de cuando nos sentábamos aquí para espiar a padre y al abuelo en su despacho? —preguntó Ulises con un matiz de añoranza en la voz—. Solíamos verlos discutir y hablar del «legado de los Morgan» durante horas, hasta que madre entraba para llevarles el almuerzo y los dos cambiaban deprisa de tema, porque a ella no le gusta que se hable de trabajo en su presencia.

—Yo solo recuerdo que todo ese asunto del «legado de los Morgan» me parecía mucho más interesante cuando era un crío y no sabía todo el trabajo que tendría que hacer para la empresa familiar.

—¿Quiénes son esos hombres?

—Son los inversores de Bilbao. Los conozco de una reunión con padre y el abuelo hace un año —dijo Dylan sin ningún interés—. No es nada bueno que se hayan molestado en venir hasta aquí con las carreteras aún llenas de barro. Nada bueno. Querrán saber cómo vamos a devolverles su parte del dinero ahora que la embarcación principal de nuestra flota está en el maldito fondo del mar.

Había pasado casi un día y medio desde del naufragio del *Annabelle* y aún no habían podido recuperar el cuerpo de ninguno de los hombres que iban a bordo, incluido el de su abuelo. En las últimas horas un par de lanchas habían intentado acercarse al lugar del naufragio, pero la mala mar y la prudencia les había hecho volver a puerto para evitar otra desgracia.

—He oído que mañana a primera hora un grupo de voluntarios de Bermeo y Lekeitio van a salir a peinar la zona junto con algunos hombres del pueblo —murmuró Ulises—. Llevarán vapores y alguna *txalupa* de remos para acercarse más a los acantilados por si acaso hay supervivientes.

—No importa cuántos barcos o lanchas salgan a la mar: como si toda la maldita flota del Cantábrico sale a buscarlos, eso no cambiará nada. Están todos muertos, enano. Yo ya he empezado a hacerme a la idea, y te sugiero que hagas lo mismo —respondió Dylan con aspereza.

Ulises miró a su hermano sorprendido por su cambio de actitud. Al principio Dylan se había negado a aceptar la posibilidad de que su abuelo estuviera muerto, luchaba contra esa idea con todas sus fuerzas —así era Dylan, siempre rebelándose contra algo—, pero con el paso de las horas la certeza de la muerte había ido aplastando sus esperanzas. En realidad, aunque nadie se atrevía a mencionarlo en voz alta, la promesa de la muerte flotaba en el aire húmedo que ascendía desde la ría.

—Bueno, aún no han encontrado ningún cuerpo —empezó a decir Ulises—. La mar suele devolverlos a la costa después de un par de días en el agua...

—El agua del mar ya está muy fría en esta época y llevan casi dos días perdidos. Están todos muertos, los catorce hombres —le cortó—. Si no los han encontrado aún, es porque la mar se los ha tragado, igual que hace con algunos barcos de los que nunca se vuelve a saber nada, o con esas pobres chicas que desaparecen.

Los ojos azules de Dylan estaban fijos en la alfombra que cubría el suelo de madera del vestíbulo. Solo se permitía llorar cuando no había nadie más delante, pero sentía las lágrimas acumulándose al final de su garganta, amargas y calientes. Estaba furioso, mucho más de lo que recordaba haber estado jamás, y todavía le dolía la mano después del puñetazo que le había dado a la pared de su habitación aquella mañana. Se miró los nudillos enrojecidos y escondió disimuladamente el puño en la manga de su grueso jersey de lana azul oscuro para que su hermano no se diera cuenta.

—Pues yo creo que todavía hay esperanza de encontrarlos con vida. —Ulises intentó sonar convencido, pero fracasó miserablemente—. Un día y medio no es tanto tiempo. Si lograron llegar hasta los acantilados tras el naufragio, a lo mejor se refugiaron entre las rocas. Esa chica, la que encontramos en Natxitua, ella también estaba flotando en el agua helada y está viva. Se me ocurre que, si una muchacha puede soportar la temperatura baja del mar en esta época, razón de más para creer que un hombre, acostumbrado al frío y al mar, también puede haberse salvado.

—Tú eres un idealista, enano. Crees que siempre hay esperanza, esa es la diferencia entre nosotros dos.

Ulises bajó la cabeza y estudió la veta oscura en la madera de los escalones sin verla realmente.

—Eres un idiota, Dylan. Puede que el abuelo esté muerto y tú actúas como si nada hubiera pasado, parece que ni siquiera te importe. ¿Y para qué? ¿Para parecer más fuerte o más sereno a ojos de nuestro padre? —Miró a su hermano sin ocultar su decepción—. Es curioso, ya somos adultos, pero desde que puedo recordar siempre he querido parecerme a ti; ser como tú, qué estupidez, ¿verdad? Total, a ti todo te da igual. Ahora me doy cuenta de que intentar ser como tú no vale la pena.

—Sí, así soy yo: una decepción constante. Nunca estoy a la altura: ni de lo que tú esperas, ni de lo que padre espera, ni de lo que todo este maldito pueblo espera de mí.

Miró hacia la casa: se había perdido la reunión del día antes y desde entonces su padre no le dirigía la palabra. Cerró el puño herido bajo la manga de su jersey hasta que sintió el dolor de sus nudillos magullados subiéndole por el brazo. Ese dolor era casi lo único real que había sentido en los últimos dos días.

En ese momento, su madre se asomó a la puerta de la cocina para mirar a sus hijos, pero Andrea, la mujer que trabajaba en su casa, la llamó discretamente desde la cocina y volvió a desaparecer. Penélope Morgan tampoco tenía permitido entrar en las oficinas de la empresa, pero se había pasado toda la mañana llevando y trayendo bandejas con tazas de café recién hecho y bollitos de mantequilla a los hombres que visitaban a su marido. La tetera de plata —la única buena que tenían en la casa— y las tacitas de porcelana tintineaban en la bandeja entre las manos temblorosas de su madre con cada paseo que daba desde la cocina hasta las oficinas de la empresa al otro lado del pasillo.

—¿Qué pasará ahora con la empresa? ¿Estamos arruinados? —Ulises quería cambiar de tema.

Dylan se encogió de hombros. Su pelo, espeso y negro como la medianoche igual que el de su hermano, le caía sobre los ojos dándole un aire melancólico. Pensó en la última vez que había hablado con su abuelo.

Había sido cuatro días atrás, y a espaldas de su padre: aunque Devon Morgan tenía la misma naturaleza apasionada y batalladora que Dylan, en esa última conversación le notó muy preocupado por el futuro de la empresa, ahora que la competencia era cada vez mayor y los peces parecían haber desaparecido misteriosamente de las primeras millas de la costa donde solían faenar.

«Cada día tenemos que adentrarnos más en el mar para hacer buenas capturas. Eso significa más tiempo, más combustible y más dinero. No sé cuánto más podremos aguantar así.» Dylan recordó la voz grave de su abuelo, con su acento extranjero todavía marcado a pesar de los años que llevaba viviendo en Ea; su voz aún no había empezado a desdibujarse, pero sintió el pellizco del duelo al darse cuenta de que tal vez nunca más le escucharía hablar.

—No lo sé —respondió Dylan al fin—. Somos más pobres que antes de que se hundiera el *Annabelle*, eso seguro. Padre está ahora al cargo del negocio y se ocupará de todo el papeleo. El seguro del *Annabelle* cubrirá parte de los gastos y de las facturas pendientes. Aunque no creo que él salga a faenar como hacía el abuelo. Eso a él no le va, no le gusta mucho el mar, es como tú. Al menos no hay que cambiar el nombre de la empresa: Vapores Morgan e Hijos.

—Tampoco habría que cambiarlo si tú quedaras al mando. Seguiría siendo Vapores Morgan e Hijos.

Dylan resopló y Ulises miró de refilón a su hermano.

—¿No quieres que padre te deje al mando de la empresa cuando llegue el momento? —preguntó sorprendido—. A mí me encantaría ser el próximo gerente, pero tú llevas años preparándote con él para aprender cómo funciona la empresa desde dentro, pensé que te gustaba el trabajo.

—Y me gusta. Pero me hubiera gustado que alguien me preguntara qué quiero hacer antes de suponer que iba a dedicar mi vida a dirigir Vapores Morgan e Hijos —dijo con un regusto amargo—. Es mi vida después de todo, y ni siquiera he podido elegir. Además, en el fondo, padre nunca ha creído que yo pueda hacerme cargo de los negocios familiares por culpa de mi carácter. También soy una decepción para él.

Dos hombres con traje oscuro y gesto severo salieron del despacho. Su madre apareció en el vestíbulo llevando las chaquetas de mezclilla de ambos. Ellos murmuraron un escueto «gracias, señora» mientras se las ponían.

—Hay cosas peores que tener que llevar la empresa familiar, Dylan. Mucho peores, y estoy seguro de que no eres una decepción para nuestro padre. Lamento haber dicho antes que eras un idiota —dijo sin mirarle.

—No lo sientas, soy un idiota.

Intentaron sonreír, pero se les encogió un poco más el estómago cuando los hombres salieron de la casa y una corriente de aire húmedo entró por la puerta abierta formando un remolino invisible, que llegó hasta donde ellos estaban sentados hombro con hombro. El aire frío se coló debajo de su gruesa ropa erizándoles la piel.

—¿Has pensado en la sirena?

—¿Te refieres a la chica que encontramos en Natxitua?

Ulises suspiró frustrado; a su hermano mayor le encantaba sacarle de quicio.

—Sí, la chica misteriosa —aceptó de mala gana—. ¿Crees que estará bien? Las Amara no parecían muy felices con su aparición, sobre todo la vieja. Casi me pareció que le tenía... miedo.

—Seguro que está bien —respondió Dylan, aunque no tenía modo de saberlo.

—En fin, ya sé que con todo lo del abuelo, el barco y el negocio familiar no debería hacerlo, pero he estado pensando mucho en ella. En la sirena —admitió Ulises con una pequeña sonrisa en los labios.

Dylan no respondió, pero él también había estado pensando en la sirena.

Esa noche, cuando todos en la casa familiar de los Morgan dormían, Dylan se levantó de la cama y salió de puntillas de la habitación que aún compartía con su hermano.

Su madre había insistido muchas veces en que ambos tenían ya edad más que suficiente como para dormir en cuartos separados, pero ellos seguían durmiendo juntos. Cuando apenas eran unos niños, Ulises solía tener pesadillas terribles que le despertaban gritando de madrugada, con los ojos llenos de lágrimas y el rostro desencajado de dolor. Soñaba que caía de espaldas en un vacío oscuro y frío; algunas veces ese vacío absoluto resultaba ser el mar en tinieblas, oscuro como la medianoche, que se lo tragaba para siempre entre las olas negras. Otras veces ese vacío era tierra de cementerio que caía sobre él hasta cubrirle la cara, los ojos y finalmente la boca, bajando por su garganta y haciendo que no pudiera siquiera gritar para pedir ayuda; sin voz, solo tierra negra en la boca.

Cuando eso pasaba, Ulises se despertaba aterrado sobre un revoltijo de mantas empapadas y con un grito mudo de socorro en la garganta. El pequeño Ulises corría hasta la cama de su hermano al otro lado del dormitorio, y se acurrucaba bajo las mantas todavía temblando de miedo. Cuando eso sucedía, Dylan se hacía el dormido. Incluso ahora que ambos eran adultos, seguía fingiendo que nunca había descubierto a su hermano pequeño durmiendo hecho un ovillo a su lado.

Hacía años que Ulises no soñaba que perdía la voz engullido por tierra de cementerio o por un mar de agua negra, pero le reconfortaba saber que su hermano dormía al otro lado de la misma habitación, casi como si solo la presencia de Dylan bastara para espantar las pesadillas, por eso seguían compartiendo dormitorio a pesar de su edad.

En la planta baja de la casa familiar de los Morgan, el silencio era total. Dylan conocía la casa como la palma de su mano, era su reino, el único lugar en que había vivido, y conocía cada centímetro de memoria incluso en la oscuridad, así que avanzó por el pasillo sin molestarse en encender ninguna luz. Además, no quería arriesgarse a despertar a su padre: había discutido con él esa misma tarde y no quería volver a enfrentarse a la mirada de decepción en sus ojos.

Buscó sus botas de piel en el gabanero, donde solían guardar la ropa más pesada y abrigada para protegerse del frío y la humedad en lo peor del inverno. Mientras terminaba de calzarse, sus dedos rozaron un abrigo que estaba colgado en el armario. Lo reconoció incluso en la oscuridad: era el abrigo marinero de su abuelo. Confeccionado en paño grueso de color azul medianoche, corte largo y amplio y cuellos reforzados para protegerse del viento del norte en alta mar. Devon Morgan solía llevarlo siempre, pero esa última mañana que salió a navegar en el *Annabelle* el día estaba despejado y el sol brillaba en el cielo, así que su abuelo lo dejó en el armario.

Dylan lo cogió y se lo puso por encima de su grueso jersey de lana. Enredado en la tela, todavía sintió el olor a salitre y al humo dulzón del tabaco para pipa que su abuelo solía fumar, respiró hondo y dejó que ese aroma familiar le envolviera un segundo en el pasillo oscuro. De repente, con ese poder mágico que conecta los olores con nuestra memoria, Dylan se acordó de una vez, cuando era solo un niño, que había acompañado a su abuelo por el camino que llevaba hasta el taller de la empresa familiar; por aquel entonces el pueblo era más pequeño, menos poblado, y el bosque de pinos y hayas que cubría los acantilados se extendía ladera abajo por la colina hasta casi la entrada del taller. Dylan tendría unos ocho años entonces y caminaba junto a su abuelo, con ese orgullo inocente que sienten los niños cuando un adulto les presta atención. Entonces oyeron un crujido que salía del bosque, Dylan se quedó congelado en el sitio, asustado de eso que se movía entre los árboles, pero su abuelo se plantó delante de la primera línea de pinos con los brazos en jarras y miró desafiante a la oscuridad detrás de los troncos centenarios.

«En este bosque vive un monstruo, Dylan. Pero no tengas miedo: yo lo tengo bajo control. El monstruo tiene miedo de mí.»

La imagen de su abuelo, valiente, frente a los árboles, con el abrigo ondeando en el viento de la tarde y plantándole cara al supuesto monstruo acompañaría a Dylan durante los siguientes años de su infancia; un recuerdo agradable al que regresar. Acarició la tela gruesa del abrigo. Ahora era él quien debía enfrentarse a los monstruos. Terminó de atarse las botas con tristeza y salió de la casa.

El frío de la noche en la cara le espabiló. La neblina que subía desde la ría llenaba la calle principal y le humedecía el pelo; Dylan se abrochó el abrigo de su abuelo y caminó por la calle silenciosa hasta el final del pueblo.

Dejó a un lado el edificio del Beletxe, el pequeño puerto donde dormían las embarcaciones y la bahía natural con forma de media luna, para subir por un camino estrecho que había a la derecha. Allí los árboles crecían desordenados invadiendo el sendero sin ningún control. Dylan avanzó con las manos metidas en los bolsillos del abrigo hasta que el sendero se volvió más estrecho. Durante el día, el sol de octubre no llegaba a traspasar las ramas de los árboles y el suelo aún estaba húmedo por la tormenta. Un poco más adelante vio la silueta de una pequeña construcción y supo que había llegado.

Era la ermita de la Atalaya, o Talako Ama, como la llamaba casi todo el mundo en la zona. Se trataba de una antigua capilla aislada, construida sobre una atalaya natural que se levantaba sobre el mar, de ahí su nombre. Según las historias, tiempo atrás los pescadores, marineros o sus familias subían por el mismo camino imposible entre árboles antes de que los barcos se hicieran a la mar para depositar ofrendas, velas o exvotos como agradecimiento, o para que sus seres queridos encontrasen el camino de vuelta a tierra incluso en las noches más oscuras.

Dylan no era un hombre religioso, tampoco creía en las leyendas marinas que hablaban de lamias, sirenas o dragones —aunque las conocía de memoria igual que cualquiera que viviese en un pueblo marinero—, pero esa noche, tal vez empujado por el eterno optimismo casi infantil de su hermano o por la dolorosa certeza de que su abuelo ya nunca regresaría, Dylan había salido a hurtadillas para colocar unas velas en esa atalaya sobre el mar con la esperanza de que iluminaran el camino de regreso a tierra a su abuelo y a los demás.

Sacó las velas del bolsillo, las encendió con un fósforo largo que protegió del viento con la mano libre, y se agachó para dejarlas sobre la tierra, muy cerca del límite del cabo. Desde el mar seguramente se veían como dos faros diminutos, los ojos brillantes de una criatura vigilante sobre la atalaya.

Dylan volvió a guardar las manos en los bolsillos del abrigo de su abuelo, el viento nocturno le removió el pelo e hizo titilar las llamitas de las velas. Miró el horizonte oscuro sobre el mar: pronto las primeras luces asomarían en el cielo y se reanudarían las labores de búsqueda de supervivientes. Observó las velas titilantes una última vez antes de dar media vuelta y regresar por el sendero entre los árboles. Antes de que él llegara abajo, una ráfaga de oscuro viento del norte llegó desde el mar y apagó las velas de un soplido.

Dylan nunca le contaría a nadie que esa noche subió por el camino de la ladera hasta la atalaya en un último intento desesperado por traer de vuelta a su abuelo. Lloró todo el camino de regreso hasta la casa familiar, se metió en la cama sin quitarse la ropa y soñó con el recuerdo de su abuelo encarándose con un monstruo imaginario con las manos en la cintura.

«El monstruo tiene miedo de mí.»

Casi dos días después de que los hermanos Morgan la llevaran a la mansión sobre la colina de las Amara, la chica misteriosa seguía en silencio y no pronunció una sola palabra cuando Claudia le sirvió tostadas con mantequilla y miel, y un poco de té con leche caliente para acompañarlas. La muchacha se lanzó sobre el plato con la montaña de tostadas igual que haría un animal después de pasar varios días sin comer. A pesar de su aspecto frágil y delicado, había algo salvaje en ella. La joven se sentaba en la silla con las piernas subidas y las rodillas despellejadas apretadas contra el pecho, sin que sus pies llegaran a rozar el suelo de la cocina. No utilizaba los cubiertos: comía directamente del plato con las manos, desmenuzando con sus dedos pálidos los alimentos en pedazos más pequeños antes de llevárselos a la boca. Sentada al otro lado de la mesa en la enorme cocina, Claudia la observaba devorar con avidez tostadas con miel o bonito con tomate, como si la muchacha fuera un lobo hambriento.

La chica tampoco pronunció una palabra cuando Anastasia la interrogó a solas en la salita de invitados del caserón, fue la misma tarde que los hermanos Morgan la llevaron a la casa. Durante el interrogatorio, sus ojos claros se limitaron a estudiar la habitación mientras Anastasia le exigía respuestas, sentada en su butaca de cuero junto a la chimenea. Ella era la única persona a la que no parecía intimidar el tono apremiante y seco de Anastasia. Ni siquiera se sentó para escucharla; en vez de eso, la joven curioseó las estanterías de la acogedora salita tocando los lomos de todos los libros y dándoles golpecitos con el dedo a las campanitas que Anastasia exponía meticulosamente ordenadas en una de las baldas de la estantería de la pared: campanas de hierro, porcelana, madera, cristal..., todas de diferentes tamaños y formas. Cuando hubo terminado con las campanitas se dedicó a juguetear con el reloj de mesa que decoraba la repisa sobre la chimenea, siguiendo el contorno de delicada porcelana de la esfera con el dedo mientras Anastasia le hablaba desde su asiento. Pero no respondió ninguna de sus preguntas.

Esa mañana, dos días después de su llegada, Claudia por fin logró convencerla para que se diera un baño.

—Ya lo verás, te sentará de maravilla. Un baño con agua caliente y unas sales hará que se te relaje el cuerpo y la mente. Puede que te ayude a recordar algo, y si no, al menos dejarás de oler igual que las redes de pesca que se secan al sol.

Grandes baldosas esmaltadas en color marfil brillante revestían hasta media altura la pared del baño principal de la mansión, y un elegante papel pintado con ramilletes de diversos tonos de rosa subía hasta las molduras de corona en el techo. En el centro, la gran bañera de hierro fundido con patas torneadas en forma de garra de animal llena de agua tibia, a la que Claudia había añadido un puñadito de sales de rosa; el vapor que salía por la puerta llenaba la casa con un olor a delicado jabón de talco y a rosas de verano.

La chica no dijo ni una palabra cuando Claudia se sentó en un taburete junto a la bañera, cepillo en mano, para desenredarle pacientemente su largo pelo rubio pálido, que se hundía en el agua rosada por las sales.

Claudia Amara era de ese tipo de personas que no soportan el silencio. Si estaba en una habitación con alguien más, tenía que hablar, aunque no obtuviera respuesta alguna, así que mientras la ayudaba a quitarse el camisón de algodón blanco que le había prestado, le contó a la chica los últimos rumores y chismes del pueblo, y también la puso al día con las pocas noticias que se conocían sobre el naufragio del *Annabelle* o los daños que la galerna había provocado en los demás pueblos de la zona.

—Todos esos marineros... Catorce hombres contando el patrón del barco, Devon Morgan. Pobres familias, menuda desgracia, es imposible recuperarse de un golpe así. Nosotras lo sabemos bien, ya lo creo. —Claudia le daba un tono dramático a todo lo que decía, casi como si estuviera hablando delante de una multitud—. Y no solo es una desgracia para las familias de esos hombres: todos en el pueblo vamos a sufrir por ese naufragio porque esta es una comunidad muy unida, todos miramos por el bien de los demás y nos conocemos mucho; nos costará recuperarnos de algo así. Bastante tenemos ya con lo de esas pobres muchachas desaparecidas. Es como si nos persiguiera la mala suerte. Nadie se atreve a decirlo en voz alta, pero así es.

Mientras seguía hablando, Claudia se echó una mano a la pierna derecha y la masajeó unos segundos. No siempre había sido coja, aunque nadie sabía exactamente qué era lo que le había pasado en la pierna y ella jamás lo mencionaba. Ese era otro de los enigmas que envolvían a las Amara; ese, y el del misterioso destino del marido de Anastasia y padre de Claudia y Cora, al que nadie de la zona había llegado a conocer.

En el pueblo se contaba que poco después de que su hermana desapareciera, Claudia dejó de bajar a hacer los recados, y cuando reapareció semanas más tarde, ya cojeaba y necesitaba de su bastón para poder caminar.

—Bueno, parece que hemos conseguido quitar la mayoría de los nudos. ¡Hay que ver qué melena tan larga tienes! Parece que no te lo hayas cortado nunca ni te hayas pasado un peine jamás —dijo Claudia en voz baja, hablando solo para ella misma—. Creo que habrá que cortarlo un poco, seguro que madre no te deja llevarlo tan largo y suelto, aunque es una pena, es muy bonito. Yo misma te lo cortaré si ella lo manda, no te preocupes, te quedará bien, ya lo he hecho antes.

Claudia le dedicó una sonrisa cuando terminó de cepillarle el pelo y dejó el cepillo plano de madera sobre el mueblecito. La chica la miró con sus ojos nublados muy abiertos, pero no respondió.

—Sí, ya está. Ha quedado bastante bien —dijo, satisfecha con su trabajo—. Todo queda mucho mejor con paciencia y un poco de agua y jabón, ya lo creo.

La joven sacó una mano del agua y se pasó los dedos pálidos por su larga melena desenredada, disfrutando de la sensación.

Unos pasos decididos se acercaron por el pasillo y abrieron la puerta del baño sin molestarse en llamar antes.

—¿Ha dicho algo?

—Ni una palabra.

El aire cálido y fragante del baño se enfrió al escaparse por la puerta abierta. El enorme espejo de la pared, empañado, se aclaró hasta que la chica pudo ver su reflejo. Sorprendida, se pegó al borde suave de la bañera para intentar acercarse más al reflejo en el espejo. La joven alargó un brazo mojado y se tocó la cara despacio: primero las mejillas, el arco de las cejas, la nariz pequeña y después recorrió la línea de su mandíbula con una mezcla de emoción y regocijo, casi como si fuera la primera vez que veía su propio reflejo.

Las dos mujeres se quedaron un momento más observando a la chica en silencio, mientras ella terminaba de examinarse en el espejo.

—¿Has descubierto quién es? —preguntó Anastasia con voz seca—. Cuanto antes sepamos quién es, antes podremos mandarla de vuelta con su verdadera familia. No la quiero en mi casa ni un minuto más de lo necesario.

—Creo que las dos sabemos bien quién es —susurró Claudia sin atreverse a mirar a su madre, de pie detrás de ella—. Es Cora. No sé cómo es posible, pero sé que es ella, y usted también lo sabe. Me lo dice el corazón.

Los ojos oscuros, casi negros, de Anastasia se clavaron en su hija.

—Mejor no hacerle caso a tu corazón, ya sabemos lo que sucedió la última vez.

Claudia bajó la cabeza.

La chica en la bañera parecía completamente ajena a su presencia. Ahora estaba interesada en el bote de cristal que contenía la montaña de sales de baño color rosa palo. Abrió la tapa de cristal para hundir los dedos en las sales, fascinada con los pequeños cristales de sal rosados que se pegaban a su piel.

—¿Qué es eso que tienes en el brazo, muchacha? El brazo izquierdo. Enséñamelo.

Anastasia atravesó el baño, se acercó a la bañera y sin miramientos sujetó el brazo de la chica. Ella le enseñó los dientes en señal de amenaza y dejó escapar un siseo semejante al bufido de un gato.

—¡Dios! —exclamó Claudia al ver mejor el brazo—. ¿Eso es lo que yo creo?

La zona de la piel que iba desde la muñeca hasta el codo de la chica estaba recubierta de algo que parecían escamas. Allí su piel tenía un aspecto ceniciento y más grueso, similar a la piel de algunos peces.

—Son escamas.

Anastasia soltó el brazo de la chica igual que si su contacto le hubiera quemado y ella le respondió con un gruñido amenazante antes de volver a juguetear con las sales.

—Es Cora, tiene que ser Cora. Ella tenía esas mismas extrañas marcas en la piel, en el mismo lugar —añadió Claudia con una nota de nerviosismo en la voz—. ¿Ahora por fin está usted convencida?

—No —murmuró Anastasia con la boca seca, pero ya no estaba tan segura como un momento atrás.

Se apartó de la bañera como si la visión de esa piel grisácea en el brazo de la muchacha le provocara espanto. Sus elegantes botines con cordones resbalaron en el suelo mojado del baño y estuvo a punto de perder el equilibrio y caer, pero no le importó. Lo único que quería era apartarse de aquella chica que la miraba con los ojos abiertos como platos.

—¿Qué más necesita para aceptar que se trata de Cora? Es su hija, ha vuelto a casa tras todos estos años. Usted precisamente debería ser quien más feliz estuviese de su regreso, después de lo que pasó entre usted y ella...

—¡Ya basta! —Cuando gritó, su rostro imperturbable se quebró en pedazos, su expresión cambió de golpe asemejándola a un animal a punto de atacar. Anastasia respiró deprisa, su pecho subía y bajaba dentro de su vestido de tarde mientras intentaba calmarse—. Asegúrate de que nadie en el pueblo la vea. Ni a ella ni esa cosa que tiene en el brazo. Nada de salir de paseo por ahí, ¿estamos? Se quedará encerrada aquí, en la casa, hasta que pensemos qué vamos a hacer con ella.

Anastasia dio media vuelta y salió del baño sin molestarse en cerrar la puerta detrás de ella. Antes de desaparecer por el largo pasillo de la casa, Claudia vio cómo su madre tenía que sujetarse a la gruesa barandilla de la escalera para terminar de recuperar el aliento.

Claudia sonrió y miró a la chica en la bañera, que ahora se dedicaba a intentar atrapar el agua perfumada en la palma de la mano para llevársela a la boca para beber.

—No te preocupes por madre, ya verás cómo se le pasa la impresión y su humor mejora. Necesita algo más de tiempo, eso es todo. Madre es un poco... especial. Lo ha pasado mal en la vida y eso le hace tener un carácter difícil. No siempre nos quiere, algunas veces no puede ni soportar nuestra presencia —le explicó Claudia con voz calmada—. Pero al final se rendirá.

La chica se olvidó del agua de la bañera y recorrió con la yema de los dedos las baldosas esmaltadas que cubrían la pared, formando caminos invisibles mientras hacía algo parecido a tararear: no pronunciaba palabras, tan solo una especie de gemido ininteligible que parecía nacer del fondo de su garganta.

—¿Te gusta cantar?

Ella la ignoró por completo y continuó con su cancioncilla sin siquiera despegar los labios; el sonido se parecía al que hacen algunas criaturas marinas para comunicarse con sus crías.

—Vamos, sal del agua y sécate bien.

Claudia cogió una toalla limpia del armario y la extendió frente a ella para guiarla. La joven dudó un momento, pero al final obedeció: dejó de tararear, cogió un puñadito de sales de rosa del bote de cristal y salió de la bañera. Claudia la envolvió con la toalla y la secó con delicadeza mientras ella inspeccionaba fascinada los cristales de sal que brillaban en la palma de su mano.

—Te secaré un poco el pelo para que no te enfríes. Creo que aún guardamos algunos vestidos de Cora en un baúl del desván: madre quiso tirarlos cuando desapareció, pero yo los escondí antes y seguro que siguen ahí arriba. Están un poco pasados de moda para lo que se lleva ahora, aunque seguro que te sirven. —La estudió intentando calcular el peso y las medidas—. Y después, cuando te hayas vestido, podemos bajar dando un paseo hasta el puerto. Madre te ha prohibido salir de casa, así que no puede enterarse, pero creo que te vendrá bien un poco de aire fresco. Será nuestro pequeño secreto.

Claudia le guiñó un ojo en señal de complicidad y la chica le devolvió el guiño en un gesto reflejo.

EL MAR ESTÁ NUBLADO

—

El pequeño puerto de Ea solo era practicable con marea alta. Los barquitos y las lanchas que se resguardaban detrás de sus muros de la fuerza del Cantábrico se apoyaban inevitablemente en la arena del fondo con cada bajamar.

Para llegar al puerto por tierra era necesario atravesar las calles estrechas del casco urbano, siguiendo siempre la dirección que marcaba la ría hasta su desembocadura en el mar, y dejar atrás la pequeña playa.

Ea era un pueblo dividido en dos: con solo dos vocales en el nombre y dos iglesias, una a cada lado de la ría. El reguero de casas se hundía entre los acantilados que lo rodeaban igual que una cicatriz irregular dibujada en la tierra. Siguiendo la calle principal hasta el puerto se encontraban algunas tiendas, tabernas y hostales adonde solían ir los marineros, pescadores o los hombres de negocios que hacían noche en el pueblo. Algunas de esas tabernas eran famosas incluso entre los turistas —tanto españoles como europeos, entre los que se contaban escritores famosos, cantantes de ópera, aristócratas o políticos—, que se acercaban cada verano a los pueblos de la zona atraídos por los balnearios, los casinos y los hoteles más elegantes que se extendían a lo largo de toda la costa hasta más allá de Biarritz. En las tabernas del puerto de Ea se podía degustar el *txakoli*: un vino afrutado y fresco que elaboraban en el caserío Goiti con las uvas maduras que la familia recogía en su propio viñedo suspendido sobre el mar. Además del *txakoli*, era muy popular entre visitantes y locales el marmitako del día, la tortilla de patatas con pimientos asados sobre madera de encina o un buen cuenco de *zurrukutuna* servido con un huevo escalfado encima.

Después de las tabernas y pasada la pequeña playa y el estuario natural que marcaba el final del pueblo, se levantaba, sobre poderosas vigas de piedra, el Beletxe: un edificio para guardar los aparejos de pesca, herramientas o celebrar reuniones improvisadas de las cofradías de marineros y el ayuntamiento. El paseo del puerto y la playa solía ser una zona animada, sobre todo al mediodía, cuando las tabernas estaban abiertas y el olor a pimentón y a brasa llenaba el aire, pero aquel día el silencio era total y cubría la bahía y el puerto como una espesa niebla matutina.

—Estás muy guapa. Sabía que la ropa de Cora te serviría, ya lo creo. Y tu pelo ya no es esa maraña sucia y llena de algas que tenías cuando te trajeron —dijo Claudia con voz suave.

Algunos vecinos se volvieron para mirarlas con curiosidad cuando las vieron acercarse desde el centro del pueblo. Dos mujeres que caminaban bajo los aleros de las casas para protegerse de la lluvia fina que caía incluso se detuvieron por completo y una de ellas se cubrió la boca con la mano, igual que si acabara de ver una aparición.

—¿Sabes? Cora siempre fue la más hermosa de las dos y cuando éramos niñas le gustaba que la peinara, ella solía pedirme que le peinara su larga melena rubia; luego crecimos y todo se complicó un poco entre nosotras, pero igualmente yo la peinaba todas las noches sin excepción, aunque estuviéramos enfadadas por tonterías de hermanas. —Claudia advirtió la reacción alarmada de sus vecinos al verlas pasar—. Fíjate en cómo te miran todos, vas a ser la sensación de la semana en el pueblo. O del mes. Pero no te preocupes, ya nos inventaremos algo que contar cuando nos pregunten de dónde has salido. No es fácil explicar, así de repente, que Cora Amara ha regresado de entre los muertos.

La chica caminaba a su lado en silencio bajo el mismo paraguas, sin perder detalle de nada: sus ojos casi transparentes estudiaban con atención las casas, el bosque frondoso que subía por las laderas a ambos lados del pueblo, o a los vecinos, como si todo a su alrededor fuera nuevo para ella. Al pasar junto a la puerta abierta de una taberna: el olor a café y a leña salió del local y las rodeó. Algunos clientes se asomaron a la puerta al verlas pasar, y uno de los habituales se santiguó al ver a la joven.

Sorprendida, la chica le miró sin comprender e imitó su gesto con torpeza.

—No pasa nada, al principio es un poco extraño ser el centro de atención —dijo Claudia con una pequeña sonrisa—. Pero enseguida te acostumbras. Tú no te separes de mí y todo irá bien.

La tempestad había pasado, pero había dejado tras de sí un ejército de nubes, oscuras y bajas, que bajaban por las laderas arboladas hasta cubrir el cielo, descargando una lluvia fina pero interminable sobre el valle, y provocando que el bastón de Claudia resbalara en el suelo mojado.

—No pensé que fuera a haber tanta gente aquí, lo más seguro es que alguno ya le haya ido con el cuento a madre —continuó a pesar de que su acompañante no daba señal de estar escuchando—. Si madre se enfada porque hemos bajado al puerto, tú no te preocupes, yo se lo explico y cargo con todas las culpas como solías hacer tú por mí cuando éramos niñas. No pretenderá que te tengamos encerrada en la casa toda la vida, vamos, digo yo. ¡Ni que fueras un monstruo!

Monstruo. Por algún motivo esa palabra hizo que la chica se estremeciera debajo de su vestido. Miró a su alrededor con sus ojos pálidos, asustada de algo que no era capaz de recordar.

—¿Estás bien? Solo es un poco de lluvia, aunque más vale que te acostumbres porque aquí llueve casi todos los días: es por culpa del viento marino y de las colinas que nos rodean, que no dejan marcharse a las nubes tierra adentro —explicó Claudia mirando el cielo fuera del paraguas—. Cuando llegue el verano, tendremos que buscarte un parasol para que puedas salir a pasear sin peligro de que te llenes de pecas o te quemes, con esa piel tan blanca que tienes; miedo me da solo pensarlo.

Pero todavía faltaban meses para que los primeros rayos de sol asomaran por detrás de las colinas que rodeaban la bahía; ahora, la luz lechosa del otoño se derramaba sobre los tejados de las casas y las calles de piedra igual que una nevada temprana.

—Este verano que hemos dejado atrás ha sido uno de esos veranos raros, ¿sabes a qué me refiero? —le preguntó Claudia—. De esos donde no deja de llover y escasea la pesca, como si todos los peces de aquí hasta Inglaterra se hubieran largado a otros mares más cálidos. En fin. Los hombres y los barcos salen menos a navegar cuando hay mala mar y suele haber menos muertos, pero este año... Qué desgracia para un pueblo tan pequeño. Aunque no todo es malo: el mar también te ha traído a ti.

En el puerto esperaban unas veinte o treinta personas de pie tras el muro que contenía al mar. Todos debajo de paraguas negros para protegerse de la lluvia y con los ojos fijos en el horizonte. Nadie hablaba. Solo se oía el sonido de las olas rompiendo contra el espigón y la lluvia golpeteando la piedra.

Al aproximarse vieron las lanchas y los barquitos en la distancia que recorrían la zona donde se había hundido el *Annabelle.*

—Han tenido que esperar un par de días a que la mar se calme para evitar otra desgracia, pero por fin han llegado los voluntarios desde Lekeitio, Bermeo y otros pueblos de la costa para ayudar en las tareas de recuperación de los cuerpos. Dan vueltas sobre las olas bajas y se acercan tanto como pueden a los acantilados —le explicó Claudia rompiendo el silencio contenido en el puerto—. También hay hombres del pueblo que han querido salir a buscar a sus compañeros desaparecidos. En los pueblos pesqueros, sobre todo en uno tan pequeño como este, la pérdida de un solo hombre o una sola vida en la mar es una tragedia para todos. Imagina el golpe que supone la pérdida de catorce vidas: eso son catorce viudas, cuarenta o cincuenta huérfanos, hermanos, padres... Arrastraremos esta desgracia durante años.

Algunos vecinos lloraban en silencio debajo de sus paraguas; al pasar junto a ellos la joven los miró con curiosidad.

—Para algunos de los que están hoy aquí esta no es la primera vez que pierden a alguien de su familia en el mar, y saben que no será la última. Enfrentarse al mar cada día es una labor peligrosa, por eso mismo el dolor y la pérdida forman parte de su cuerpo tanto como sus huesos o la sangre. Es suyo por derecho. De vez en cuando el mar se cobra una recompensa en vidas —continuó Claudia, ajena a las miradas de desaprobación de algunos vecinos—. Cuentan que una vez, hace muchos años, encontraron a un marinero perdido en el mar después de casi cuatro meses. Todo el mundo le daba por muerto, claro, hasta su familia, y habían perdido la esperanza de encontrar su cuerpo. Pero él, herido y débil después de que su barquito de vela se hundiera no muy lejos de aquí, consiguió llegar hasta una de las cuevas que hay cerca del acantilado de Santa Catalina. No se puede regresar a pie desde allí, así que el marinero se refugió en la cueva hasta que estuvo curado de sus heridas y se sintió lo bastante fuerte como para volver a nado a la playa.

Más vecinos se volvieron para mirarlas. Una joven vestida con ropa oscura y un pañuelo en el pelo estudió a la chica sin ningún disimulo, como si fuera uno de esos animales exóticos traídos desde tierras lejanas que se exhiben en los zoológicos. La chica se sintió incómoda por primera vez y tiró de las mangas de su vestido prestado como si de repente quisiera ocultarse de la mirada indiscreta de los vecinos.

—Tú no te preocupes, y deja ya de tirar o el encaje se dará de sí. Ese vestido tiene más de veinte años y no está para muchos trotes.

Claudia le había rescatado del baúl del desván un vestido de color lavanda con la manga larga y cerrada alrededor del puño, adornado con una hilera de botones del mismo color que la tela del vestido. Le quedaba un poco largo, pero a la joven le habían gustado las capas de muselina de la falda, y el corpiño decorado con diminutas flores bordadas que se ajustaba a su figura: se había pasado un buen rato fascinada abrochando y desabrochando los pequeños botones del vestido. Ahora que sentía la mirada fija de algunos vecinos, sus dedos largos y pálidos buscaron nerviosos la superficie familiar de los botones como una suerte de rosario para esconderse de las miradas indiscretas. Pronto se les unieron más vecinos hasta que se formó un corrillo de curiosos al otro lado del puerto. El silencio respetuoso se convirtió en un murmullo bajo que llenaba el viento salado que llegaba desde el mar. Ahora casi todos en el puerto las miraban. La joven, preocupada, apretó el brazo de Claudia hasta hacerle daño.

—No te preocupes porque te miren tanto, es normal —dijo Claudia con voz calmada—. Tú eres como el marinero de la historia que te acabo de contar, solo que en lugar de cuatro meses has estado perdida más de veinte años. Les haces creer que sus seres queridos pueden regresar del mar incluso después de tanto tiempo, por eso te miran así. Pero no me aprietes el brazo que me lo vas a arrancar, hay que ver qué fuerza tienes. Ya lo creo.

Los hermanos Morgan también se habían acercado a la playa para ver las labores de rescate. No se habían molestado en coger un paraguas antes de salir de casa, así que ahora su pelo oscuro —idéntico en los dos hermanos— y empapado se les pegaba a la frente. Dylan fue el primero en reparar en la joven, con su vestido de color lavanda y su largo pelo suelto de pie en primera línea en el puerto. Era imposible no verla. La observó en secreto un momento más a través de la cortina de lluvia antes de que ella sintiera sus ojos y se volviera para mirarlo.

—Es la sirena —dijo Ulises a su lado, y agitó el brazo en el aire a modo de saludo antes de que su hermano pudiera detenerle.

—¿Estás loco? Baja la mano, ¿no ves que estamos todos esperando a que traigan a los muertos, incluido el abuelo? Muestra un poco de respeto, te recuerdo que estamos aquí representando a nuestra familia, pero también a Vapores Morgan e Hijos.

Al mencionarle a su abuelo perdido, el rostro de Ulises se volvió serio. Pensó en él, en su pelo completamente blanco por las canas, el sol y el viento salado del mar o en sus ojos afilados. Le extrañaba, sí, pero su padre le había insistido en que no debía mostrar su dolor delante del resto de los vecinos y trabajadores, para que nadie sintiera lástima por ellos: no quería que sus hijos, y por extensión su legado familiar, fuera visto como algo débil o roto. Así que Ulises intentaba esconder su dolor por la pérdida al igual que hacía su hermano. A Dylan se le daba mucho mejor, porque llevaba años practicando.

—Descuida —respondió él, recuperando la compostura—. No me olvido de por qué estamos aquí, solo quería saludarla.

—Mírala, parece confundida. No creo que se acuerde de nosotros.

Sin embargo, en ese instante la chica alzó la mano y devolvió el saludo.

—Sabía que se acordaba de nosotros, estaba seguro —respondió Ulises en tono triunfal.

Dylan resopló y le dio un empujón afectuoso con el hombro.

—Cállate ya. Creo que los barcos están regresando.

Los dos hermanos miraron el horizonte por donde las lanchas y *txalupas* de remos arribaban al puerto. Un vaporcito de Bermeo fue el primero en llegar; detrás de él, una estela de embarcaciones le seguía en una procesión silenciosa. Los vecinos que llevaban horas esperando alguna noticia se acercaron para recibir a los valientes marineros. Un grupo bajó la rampa hasta el muelle para ayudar a los hombres, cansados y mojados hasta los huesos.

—¿Quieres que nos acerquemos un poco para ver mejor? —preguntó Claudia, que ya había empezado a caminar hacia el final del muelle—. Es bueno enterarse de las noticias de primera mano, antes de que pasen por la boca de todo el mundo y cada uno se invente algo nuevo. Sobre todo cuando son malas noticias, así una está preparada para el golpe.

La chica tardó un momento en decidirse, pero por fin la siguió, avanzando entre la gente. El murmullo respetuoso que había llenado el puerto hasta ese instante se convirtió pronto en un coro de voces, cuando un grupo de personas se arremolinó junto a las escaleras resbaladizas que descendían hasta el agua. Un hombre caminaba penosamente ayudado por uno de sus rescatadores para no perder el equilibrio; su ropa estaba hecha jirones de tela que dejaban al descubierto la piel amoratada de su torso y brazos, como si alguien le hubiera estado golpeando con un remo durante horas. Estaba descalzo y sangraba por una herida irregular en la frente, pero lo peor eran sus ojos: tenía una expresión de espanto congelada en la mirada igual que si gritara de puro terror; sus labios cortados estaban pegados entre sí por la deshidratación y el salitre.

—Qué horror... Pobre —murmuró alguien a su lado—. ¡Agua! ¿Alguien tiene agua fresca para darle?

Un vecino se abrió paso entre la multitud con una jarra de cerámica en la mano: era blanca y sencilla, de las que usaban en las mesas de las tabernas del puerto cuando llegaba el calor para mantener el agua fresca durante más tiempo. El náufrago cogió la jarra con las dos manos, hinchadas y torpes, y se la llevó a la boca para beber. Tosió después de dar el primer trago, un hilo de agua se escurrió por su barbilla hasta los restos de su camisa de trabajo. Volvió a toser, pero no soltó la jarrita, se aferraba a ella igual que si fuera un salvavidas.

La mirada de horror y el grito mudo de ese pescador reptaría hasta las pesadillas de la chica aquella noche. Le miró cuando pasó a su lado, arrastrando una pierna que ya nunca se curaría. Instintivamente la chica buscó el brazo de Claudia.

—No te preocupes, enseguida nos vamos —le prometió mientras se acercaba a una de las mujeres en el puerto, a quien había visto hablar con uno de los rescatadores de Lekeitio—. Oye, Tomasa, ¿qué han traído de vuelta?

«¿Qué han traído de vuelta?» Era una manera delicada de preguntar cuántos cuerpos habían conseguido arrebatarle al mar.

—Diez cuerpos, entre ellos el del patrón del barco, y un superviviente. Hay tres hombres desaparecidos.

—¿Y sabes quién es ese hombre? El superviviente.

Ella asintió.

—Sí, es Diego Armariz, uno de los fogoneros del *Annabelle.*

Tomasa Abellán llevaba el cabello oculto bajo un pañuelo

oscuro y las manos en los bolsillos de su abrigo marrón. Su marido había desaparecido doce años atrás en otro naufragio, cerca de Bayona. Nunca hablaba de él ni pronunciaba su nombre en voz alta, pero todavía, cada vez que había mala mar o una embarcación tardaba mucho en regresar a puerto, Tomasa caminaba hasta la playita para rezar por las vidas de los hombres a bordo, casi esperando ver a su marido bajar del barco.

—¿Y ha sobrevivido después de pasar más de dos días él solo, en el mar? ¿Cómo es posible?

Tomasa se encogió de hombros.

—Está vivo, pero creo que el pobre ha perdido la cabeza: dice que una sirena le salvó de morir ahogado.

—¿Una sirena?

La voz de Claudia sonó más aguda que solo un momento antes, pero Tomasa no se dio cuenta, sus ojos castaños se habían llenado de lágrimas al ver al último de los voluntarios bajar del barco y comprobar que ninguno de ellos era su marido, perdido tantos años atrás.

—Sí, eso es lo que dice. Los hombres que lo han rescatado cuentan que mientras lo sacaban del agua no dejaba de hablar sobre una sirena con el pelo rubio que apareció entre las olas y le ayudó a llegar a las rocas después del naufragio. Lo que ha tenido que sufrir el pobre...

—¿Y ha dicho algo más? ¿Sobre la sirena? —quiso saber Claudia.

—No mucho, está muy impresionado, claro.

Claudia suspiró y negó con la cabeza antes de despedirse de Tomasa y volverse hacia la chica:

—Será mejor que nosotras regresemos a casa ya. A madre no le gustará descubrir que nos hemos escabullido sin permiso para bajar al puerto —la apremió.

Ella se dejó guiar mientras desandaban el camino entre los vecinos, cuando alguien comenzó a cantar. Era una canción triste y lenta, con la melodía quebradiza. Pronto más vecinos se unieron hasta que sus voces sonaron por encima de los chillidos de las gaviotas:

—*Itsasoa laino dago... Baionako barraraino.*[1]

Todo el mundo a su alrededor cantaba con la mirada fija en el horizonte, desafiantes, como si la letra de esa canción pudiera de algún modo ahuyentar la tempestad o el viento del norte; como una especie de hechizo entonado con la emoción desbordada.

Incómoda entre los vecinos y su lamento, Claudia volvió a tirar de la joven con urgencia, pero ella no se movió, hechizada por la música y por la cadencia de las voces a su alrededor.

—Están cantando por los hombres que han muerto y por los tres que se ha tragado el mar; es una vieja canción de cuna, pero supongo que también es apropiada como canción de despedida. No sé lo que dice la letra de la canción porque está en euskera y a pesar de llevar tantos años viviendo aquí apenas conozco unas pocas palabras sueltas.

La joven cerró los ojos para oír mejor. No reconocía la canción, nunca había escuchado una palabra de aquel idioma extraño lleno de kas y zetas, pero la melodía la conmovió hasta el borde del llanto. Se sintió muy triste de repente sin saber por qué.

—Vámonos antes de que suban los cadáveres de los marineros a casa, tenemos que apresurarnos.

Claudia caminó con ayuda de su bastón en sentido contrario, abriéndose paso entre los vecinos mientras sus voces eran arrastradas por el viento de vuelta al mar. Pero la joven todavía se retrasó un momento más dejando que la música la envolviera. Nunca olvidaría ese momento: un pueblo entero cantando por encima del sonido de las olas. Esa canción melancólica se quedaría guardada para siempre en su mente como uno de sus «primeros nuevos recuerdos».

Se alejaron de la playa por fin, del mar y de la brisa salada que había empezado a soplar en el puerto; pero la canción las persiguió en el aire hasta que se perdieron entre las calles.

1. «Hay niebla en el mar... Hasta la bahía de Bayona.» *Itsasoa laino dago*: en otras traducciones, «El mar está calmado».

OFELIA

La casa fúnebre de las Amara no solía recibir muchas visitas, tan solo cuando la familia de algún difunto subía la colina que la separaba del pueblo para aprobar los preparativos y el precio del entierro, o durante los funerales que se celebraban en la gran sala para velatorios que había en la planta baja de la vieja casona. Cuando la familia de un difunto optaba por celebrar el velatorio en la mansión, las Amara decoraban el jardín y el salón con flores frescas, velas, coronas funerarias, estampitas de santos y hasta un bonito libro en blanco para que los asistentes pudieran escribir su pésame y que después entregaban a los familiares. Las Amara estaban acostumbradas a la visita de la muerte, pero no a las visitas sociales. Precisamente por eso les sorprendió tanto oír el sonido del timbre de la puerta principal a última hora aquella tarde.

Anastasia estaba sentada a la mesa de la cocina pasando con delicadeza las páginas de su herbario. Coleccionaba plantas, hojas o flores que ella misma recogía por la zona, en sus paseos a solas por el bosque y por las praderas que rodeaban la mansión. Después las secaba y prensaba para conservarlas con ayuda de una prensa casera, fabricada con dos tableros de madera unidos entre sí por correas de piel. A Anastasia le gustaba clasificar las flores y plantas en un impresionante álbum, donde colocaba y etiquetaba cada espécimen con delicadeza y mimo. Era la propia Anastasia quien cosía las flores secas al papel grueso de las páginas del álbum con un fino hilo de seda para que no se movieran, y después escribía etiquetas debajo de cada planta con el nombre de la flor, la fecha y lugar de recogida. Ese herbario era uno de sus mayores tesoros, lo guardaba envuelto en un retal de terciopelo al fondo de su armario y no consentía que nadie, mucho menos su hija Claudia, lo tocara. Por eso mismo, cuando el timbre de la puerta se coló impertinente en la casa silenciosa, cerró el álbum de mala gana y caminó hasta el recibidor.

Maravillas Aranguren, su hija Katixa y otras seis mujeres estaban de pie delante de la puerta roja de la casa Amara.

—Buenas tardes, Maravillas. —El tono siempre altivo de Anastasia dejaba claro lo que pensaba de la visita—. ¿En qué puedo ayudarte?

—Hola, Anastasia; no me andaré con rodeos porque seguro que ya sabes para qué hemos venido: en el pueblo se dice que tu hija Cora ha vuelto de entre los muertos después de más de veinte años. —Maravillas Aranguren hablaba con voz serena a pesar de todo—. ¿Es verdad?

Anastasia no respondió inmediatamente. Frunció sus labios finos en un gesto de disgusto al descubrir que Claudia la había desobedecido.

—Los hermanos Morgan trajeron hace dos días a una chica que encontraron en la playa, eso es todo lo que puedo deciros con seguridad. Se parece mucho a Cora, eso es cierto, aunque podría ser alguna otra chica perdida de la zona.

Las mujeres intercambiaron una mirada silenciosa, pero llena de intención. Anastasia sabía bien quiénes eran y por qué habían ido hasta su casa precisamente la tarde en que habían recobrado los cuerpos de los marineros ahogados en el *Annabelle.*

—¿Otra chica perdida? —preguntó Maravillas.

—Sí. Iba vestida de novia cuando la encontraron y pensamos que tal vez es una muchacha de algún pueblo cercano que intentó quitarse la vida por algún lío de amores. Las jóvenes pueden ser un poco impetuosas, sobre todo cuando se trata de asuntos del corazón.

—¿Podemos verla? Por favor. —Maravillas le cogió las manos adornadas con sus anillos de aguamarina en un gesto de súplica—. Si tu hija Cora ha regresado de entre los muertos después de tantos años, igual ella puede decirnos algo de nuestras hijas desaparecidas.

Anastasia miró sus manos pálidas y lisas entre las manos ásperas de Maravillas Aranguren, que la soltó rápidamente al darse cuenta de que había ido demasiado lejos.

—No estoy segura de que sea una buena idea. Ya te digo que lo más seguro es que sea una muchacha que se ha fugado de casa por asuntos del corazón.

Anastasia sujetó la puerta roja un poco más fuerte de lo necesario, casi como si temiera que el grupo de mujeres se colara en su casa como una exhalación.

—Ponte en nuestro lugar, Anastasia —le rogó—. Hasta hace dos días tú también tenías una hija perdida.

—Por lo que a mí respecta, mi hija sigue perdida —respondió ella secamente.

—Pero quienes la han visto juran que es igualita que Cora: mismo color de pelo, de piel —insistió Maravillas—. ¿Acaso tú no habrías dado cualquier cosa por tener respuestas sobre tu hija perdida? Aunque esas respuestas parezcan imposibles o desafíen las leyes de la naturaleza. Déjanos verla, no nos iremos hasta que la hayamos visto.

Anastasia tomó aire, sabía que no podía ganar aquella discusión, así que se hizo a un lado.

—Bien. Podéis pasar, pero ya os advierto que la chica no habla.

Las mujeres se acomodaron en la salita de estar de la planta baja mientras Claudia encendía la chimenea que ocupaba la pared frontal de la estancia. Fuera estaba helando y una niebla blanquecina que nacía en el suelo oscuro del bosque bajaba rodando por las colinas hasta la ría. Aquella sería una de esas noches gélidas en las que se congelaba hasta el aire. La oscuridad fuera contrastaba con el resplandor del fuego en el hogar, que iluminó la salita creando un ambiente acogedor y tranquilo, que nada tenía que ver con el ánimo de las mujeres.

La mansión de las Amara se construyó para que fuera una

casa fúnebre, de modo que el sótano estaba ocupado por el almacén y una sala especial para el embalsamamiento y la preparación de los difuntos. Con excepción de la cocina y de esa salita, casi todo el espacio de la planta baja estaba destinado a la celebración de funerales, oficina y papeleo. Anastasia y Claudia tenían sus habitaciones y salón privado en la primera planta, lejos de las recepciones y de los familiares llorosos. Los sofás de la salita eran enormes. Dos de ellos estaban tapizados en terciopelo verde y un tercero en lino de grandes flores primaverales, pero los tres habían conocido mejores tiempos y la tapicería aparecía desgastada en algunas zonas de los reposabrazos. A pesar de su tamaño, no había sitio para que se sentaran todas, así que Anastasia llevó un par de sillas del salón para los velatorios.

—Enseguida empezará a calentar la chimenea, no solemos usar esta habitación, por eso no estaba encendida —se disculpó Claudia con una sonrisa—. ¿Os apetece una taza de té para entrar en calor después del paseo hasta aquí?

—Ya es suficiente, no han venido a tomar el té —le recriminó su madre con brusquedad.

Claudia bajó la mirada y ocupó en silencio una de las sillas cerca de la chimenea. Un murmullo de voces llenó el aire cuando la muchacha apareció en la salita; Claudia la vio acercarse a la chimenea sin importarle que todas las mujeres de la habitación la estuvieran observando.

—¿Eres Cora Amara? —le preguntó Maravillas desde el sofá—. ¿O te has escapado de casa?

—El parecido con Cora es realmente asombroso —murmuró otra de ellas.

—Apenas ha cambiado... —Una tercera se santiguó.

La joven estaba de pie, apoyada en un rincón de la salita. Ajena al grupo de mujeres, se entretenía acariciando con la punta de sus dedos las molduras de los elegantes paneles de madera oscura que cubrían las paredes de toda la planta baja. Todavía llevaba puesto el vestido de color lavanda con encajes y flores bordadas que Claudia le había rescatado del desván y su pelo suelto centelleaba con la luz del fuego.

—¿Y de verdad no recuerdas nada de lo que te pasó? —insistió—. ¿Nada? En todos estos años... ¿Ningún detalle que pueda ayudarnos?

Pero no hubo ninguna respuesta.

—¡Di algo, por Dios! —le pidió la mujer.

Ella se olvidó de la moldura y la miró como si acabara de reparar en su presencia.

—Desapareciste una tarde igual que las demás chicas. ¿Te llevó alguien? ¿Un hombre? ¿Y cómo llegaste hasta la orilla? —preguntó otra de las mujeres con la desesperación creciendo en su voz—. Mi hija se llamaba Amaia Izaguirre, era morena y tenía los ojos castaños como yo. Tengo una imagen suya, mira. ¿La has visto? ¿Está muerta?

Le tendió la fotografía manoseada a la chica. Ella la estudió con cuidado un momento: en la imagen se veía a una muchacha de unos quince o dieciséis años sentada muy derecha entre sus padres. Ella negó con la cabeza y se la devolvió a la mujer, que la guardó debajo de su vestido con un gesto de pesar.

—Ya os he advertido de que no habla. Lleva tres días aquí y todavía no ha dicho una palabra. —Anastasia miró de refilón a la chica—. No creo que os ayude a encontrar a vuestras hijas.

—Desde luego, esta chica no es tu hija, Anastasia. Es imposible que sea Cora, esta chica tiene casi la misma edad que tu hija cuando desapareció. —Una de ellas negó con la cabeza mirando a la joven con recelo—. No puede ser Cora.

—Yo creo que tienes razón y que solo es una pobre chica que ha intentado quitarse la vida saltando al mar. Lo mismo está embarazada de un muchacho que no quiere saber nada de casarse con ella.

—O igual la pobre está mal de la cabeza y solo es casualidad que haya terminado en vuestra puerta. Puede que solo estemos viendo fantasmas.

—Fantasmas es lo único que tenemos.

Maravillas Aranguren estudiaba su perfil, distinguido y familiar, desde el sofá verde.

—Es Cora... Pero no ha cambiado, no ha envejecido ni un

solo día, ¿cómo es eso posible? —murmuraba sin dejar de mirarla—. Mi hija Nagore desapareció una noche durante las fiestas de San Juan de 1889. Hoy ya estaría casada y puede que incluso tuviera hijos, pero nunca regresó a casa. Tenía diecisiete años. ¿Ha estado encerrada contigo? ¿La has visto en estos años? ¿O has visto a alguna de las demás chicas?

La joven negó despacio con la cabeza.

—Ella es mi hija pequeña, Katixa. —Maravillas señaló a la chica que estaba sentada a su lado—. Tenía siete años cuando Nagore desapareció, había ido a buscarla para bajar las dos juntas a la verbena, por eso sé que no se marchó por las buenas, alguien se la llevó: mi hija no hubiera dejado sola a su hermana. Nunca.

Katixa Aranguren tenía el pelo oscuro y lacio, sujeto en una larga trenza que le caía de lado y de la que se escapaban algunos mechones y unos ojos oscuros, casi negros. Con las cejas pobladas y la nariz menuda, Katixa parecía casi una niña a pesar de sus diecinueve años. Al mencionar la noche de la desaparición de su hermana, Katixa se removió incómoda en el sofá donde estaba sentada al lado de su madre.

—Anastasia, de madre a madre, por favor. ¿De verdad no hay nada que puedas contarnos que nos ayude a encontrar a nuestras hijas?

Una arruga recta cruzó la frente de Anastasia.

—No, nada.

—Pero...

—Ya es suficiente, *ama* —la cortó su hija Katixa—. Está claro que la señora Amara no va a ayudarnos. Mírala: ella no es como nosotras. Ni siquiera es del pueblo, a pesar de todos los años que lleva viviendo aquí sigue siendo una forastera. Siempre mirándonos por encima del hombro, como si ella y su familia no tuvieran cosas de las que avergonzarse también.

—¿Cómo te atreves? Mi hija desapareció el día en que cumplió diecinueve años —le recordó Anastasia con frialdad—. Desapareció. Igual que tu hermana. Igual que el resto de vuestras hijas. Soy una de vosotras, mal que me pese.

—No, igual no. Ella ha regresado —respondió Katixa, mirando con rencor a la chica, que había perdido todo el interés en la conversación y jugueteaba con las campanas diminutas que adornaban la repisa de la chimenea—. Y ella tampoco va a decirnos nada útil. O es una mentirosa de las buenas o está muda de verdad, pero en cualquier caso no va a ayudarnos a encontrar a Nagore.

—No es una mentirosa, lo que pasa es que la pobre está un poco afectada por todo lo que ha pasado —la defendió Claudia—. Necesita más tiempo para recuperarse, solo eso. Después seguro que nos dará algunas respuestas acerca de dónde ha estado todos estos años, pero no creo que la ayude mucho a recuperarse que os presentéis aquí con exigencias y acusaciones ridículas.

—No es esa nuestra intención, Claudia. Solo buscamos algunas respuestas. No queremos hacerle ningún mal a la muchacha, seguro que ella ya tiene suficiente con lo suyo, no hay más que verla para darse cuenta de que lo ha pasado mal en la vida —dijo Maravillas—. Pero aquí todas vivimos con miedo: miedo por nuestras hijas perdidas y miedo por las hijas que aún nos quedan, y también por todas las muchachas que viven en la zona. Y ya llevamos así muchos años, demasiados.

Un murmullo bajo se extendió por el grupo de mujeres; Maravillas hizo una pausa y miró a Katixa.

—Nuestro miedo no le importa a nadie —intervino la joven—. Hemos esperado viendo cómo se sucedían guerras lejanas, gobiernos corruptos en la capital, colonias perdidas más allá del mar, atentados anarquistas..., siempre esperando a que fuera nuestro turno para empezar a importarle a alguien, pero los años pasan y nadie nos presta atención. —Katixa no hablaba como su madre: su voz estaba llena de furia contenida y de rabia luchando por salir—. ¿Qué más podemos hacer?

Maravillas suspiró visiblemente cansada y se frotó las sienes: cada día le costaba más mantenerse serena, sus pérdidas de memoria eran más frecuentes que hacía solo unos meses. Empezó con cosas pequeñas, como no poder recordar dónde había dejado el dedal u olvidarse de la leche que hervía en el cazo sobre el fuego hasta que el olor a leche quemada inundaba la cocina y su hija tenía que correr para retirarlo del fuego. Pero Maravillas había aprendido a disimular sus lagunas y su fragilidad, sobre todo delante de Katixa. No quería que su hija se distrajera de lo realmente importante, el doloroso motor que empujaba sus vidas: descubrir la verdad sobre lo que le sucedió a Nagore. Hacía años que aquello se había convertido en una obsesión para ella —secretamente Maravillas sospechaba que su búsqueda de respuestas era lo único que la mantenía unida a sus recuerdos, evitando que su mente se descompusiera por completo— y estaba decidida a que su hija Katixa continuara con su búsqueda cuando ella ya no estuviera.

—Es extraño, ¿en todo este tiempo nunca ha habido una investigación oficial sobre las desapariciones? —preguntó Claudia con suavidad.

Las Amara vivían aisladas de habladurías, y a pesar de la desaparición de Cora, ni su madre ni ella habían seguido los casos de las demás chicas demasiado de cerca.

—No, nunca. Como nunca ha aparecido ningún cuerpo, es muy difícil demostrar que las chicas están muertas y que no se han marchado de casa por su propia voluntad. Además, no todas las familias llegan a denunciar la desaparición de sus hijas, algunas por vergüenza y otras por miedo a que no las crean.

—¿Y tampoco se ha abierto el caso formalmente?

—Bueno, hace algunos años, unos guardias y un inspector muy estirado vinieron desde Bilbao para investigar el asunto: interrogaron a algunos hombres de la zona, hablaron con las familias de las chicas, escribieron un informe y se volvieron a Bilbao. El inspector me dejó su dirección y de vez en cuando me escribe para preguntarme si tenemos alguna nueva pista, creo que a pesar de ser un poco estirado se siente mal por no poder hacer más —admitió Katixa—. Nos carteamos de vez en cuando, y si algún día tenemos una buena pista, él volverá para investigar.

—Al menos tenemos a la prensa y los diarios locales, los medios sí tratan el caso de las chicas desaparecidas.

—Sí, pero de aquella manera. Los periódicos han publicado un puñado de artículos especulando sobre asesinatos rituales, forasteros y criminales que se ocultan en nuestro bosque o creencias paganas que aún se mantienen vivas en algunos pueblos pequeños del interior. —Maravillas tragó saliva para intentar pasar la bola de alambre de espino que se había formado en su garganta—. Las desapariciones de nuestras hijas deberían ser un escándalo en todo el país, y no le importan a nadie porque solo son hijas de pescadores, marineros, trabajadoras de las conserveras de pescado... No son nadie. Pero nosotras no vamos a parar hasta encontrar respuestas.

La madera seca chisporroteó en la chimenea, fuera había empezado a llover hacía un rato y las gotas de agua golpeaban los cristales de la casa con un ritmo lento pero constante.

—Comprendo lo que dices, Maravillas, y es terrible que nadie se moleste en investigar lo que sucede, pero algunas veces las respuestas pueden ser más terribles que no saber la verdad, y también más dolorosas —respondió Anastasia intentando que su voz sonara lo más conciliadora posible, pero las demás mujeres en la salita la miraron incrédulas.

Dos de ellas le lanzaron una mirada de desprecio que habría hecho sonrojarse a cualquiera, pero no a Anastasia Amara, que fingió que no se daba cuenta y siguió con la mirada fija en Maravillas.

—Ya se nota que tú tienes alguna respuesta más que nosotras, Anastasia. Por eso puedes sentarte en tu bonita casa sobre la colina y seguir con tu vida como si no hubiera pasado nada, lo que no entiendo es por qué no nos cuentas todo lo que sabes. Si esta chica a quien habéis acogido no es Cora, entonces también tu hija continúa desaparecida, igual que las nuestras.

—Sí, tienes razón: he pasado por lo mismo que todas vosotras y por eso no entiendo cómo os atrevéis a venir a mi casa a acusarme de ocultar algo —la cortó ella.

—Eres una mujer con secretos, Anastasia, yo respeto eso. Entiende que no son tus secretos lo que estamos intentando descubrir, solo nos interesa averiguar la verdad sobre nuestras hijas, nada más.

—Bueno, todas tenemos secretos.

Un silencio tenso inundó la salita. La planta baja de la mansión de las Amara siempre olía a flores de funeral: lirios, camelias, claveles... El aroma dulzón de las flores flotaba en el aire incluso horas después de que los familiares del difunto se hubieran marchado a llorar en la intimidad de sus casas: era como una sombra invisible adherida a las paredes y el suelo del caserón, el recuerdo de la muerte. Pero esa noche otra sensación llenaba el aire de la salita, igual de asfixiante que el olor de la muerte: la esperanza contenida de aquellas mujeres que buscaban respuestas.

—Diego Armariz, el hombre al que han rescatado del *Annabelle*, ha dicho algo sobre que una sirena le ha salvado la vida —empezó a decir una de las mujeres, rompiendo el silencio con cautela.

A esas horas ya todo Ea sabía que, según el fogonero del *Annabelle*, una sirena de pelo rubio había aparecido entre la espuma del mar y le había salvado de morir ahogado. «No puedo acercarme más al pueblo», le había dicho la sirena mientras le ayudaba a llegar hasta la roca donde le habían encontrado tres días después.

—El pobre Diego también ha contado que algo extraño sucedió en el vapor antes de que esa ola los golpeara. Algo sobre uno de los marineros que iban a bordo.

—Sí, yo estaba delante cuando lo ha contado en la taberna de los Azkona, en el puerto, después de lanzarse a comer como un lobo un plato de pimientos asados y un poco de queso de oveja con unas rebanadas de pan que le ha sacado Muriel Azkona. El pobre hombre ha farfullado algo sobre una pelea a bordo del *Annabelle* justo antes de que llegara la tempestad: dice que por eso mismo no pudieron regresar a puerto a tiempo como todos los demás barcos.

—¿Una pelea a bordo?

Maravillas asintió.

—¿Y ha dicho por qué fue la pelea? —preguntó Anastasia como si no estuviera muy interesada en el asunto.

—Al parecer todo empezó por una discusión a causa de algo que Devon Morgan tenía entre los dedos: un botón. Armariz cree que fue por un lío de faldas y que el botón pertenecía a la mujer en cuestión, el caso es que la pelea subió de tono entre los hombres y ya no pudieron regresar a puerto.

Anastasia pensó en el patrón Morgan; lo conocía de vista del pueblo, siempre con su abrigo azul de marinero y sus ojos brillantes. Recordó a su nieto mayor, Dylan, de pie en la entrada de su casa, con su misma mirada desafiante.

—Extraño. No parecía de ese tipo de hombres, el patrón Morgan, quiero decir.

—Bueno, todos tenemos secretos —le recordó Maravillas.

—Ya. ¿Y cómo está? El marinero al que han rescatado del naufragio, ¿cómo se encuentra?

—Pues ya te lo puedes imaginar: el pobre hombre ha pasado más de dos días en el mar abrazado a una de las rocas grandes que hay junto a los acantilados, eso le ha salvado la vida, pero no va a quedar bien. El doctor ha venido desde Lekeitio para reconocerle, aunque ya se ve que no podrá volver a salir a faenar nunca más. Tiene una pierna destrozada, así que será un pobre cojo el resto de su vida...

Maravillas enmudeció al darse cuenta de lo que acababa de decir y miró a Claudia, apoyada en su bastón con la empuñadura de plata.

—No te preocupes, mujer. Es una vieja herida y ya estoy acostumbrada a la cojera y a las miradas —dijo Claudia con una media sonrisa—. Este es un pueblo pequeño.

—Perdona, no quería faltarte al respeto, Claudia. Es que algunas veces todavía me parece que mi hija vaya a regresar, aunque yo en el fondo sé que está muerta. Muerta desde el mismo momento en que desapareció. Lo sé aquí. Dentro. —Maravillas se llevó la mano al pecho y el resto de las mujeres asintió en silencio. Ellas también lo sentían, ese vacío mordisqueándolas desde dentro con sus dientes afilados, un poco más cada día—. Malvivía con la certeza de que mi hija estaba muerta, pero ahora la miro a ella y ya no sé qué creer. ¿Acaso mis sentidos de madre me engañan? ¿Y si mi hija todavía está por ahí y yo he dejado de buscarla? No podría perdonarme algo semejante. Ninguna podríamos.

Un silencio espeso y denso llenó el saloncito. Una de las mujeres se limpió con el dorso de la mano una lágrima traicionera que caía por su mejilla. No habían ido allí para llorar juntas en una suerte de reunión informal para contarse las penas.

—Todas las que estamos aquí hemos perdido a una hija o a una hermana, como si se las hubiera llevado el viento. Hay muchas más chicas desaparecidas a lo largo de los pueblos de toda la costa. Casi una docena de muchachas desaparecidas en estos años, y esas son solo las que sabemos que faltan. A saber cuántas más desaparecidas hay. —Maravillas miró a la chica silenciosa con una mezcla de esperanza y dolor—. Hace años que desaparecen nuestras hijas y ni una pista. Ni cuerpos, ni ropa...

—Encontraron la cinta del pelo de una chica de Bermeo cerca del puerto, pero nada más. Solo eso, una cinta del pelo —intervino otra.

—Y las flores —recordó una de las mujeres que no había dicho nada hasta ese momento—. No te olvides de esas malditas flores que deja el asesino en la orilla a la bajamar después de llevarse a una chica. Esa es la única prueba que tenemos.

Un gesto de amargura recorrió el rostro de Maravillas.

—Las flores, es verdad. Esas flores blancas. El monstruo que se lleva a nuestras hijas tiene el descaro de dejar una corona de lirios blancos en la orilla de alguna playa cercana, siempre en la siguiente bajamar después de una desaparición. No podemos vigilar toda la costa y el muy desgraciado lo sabe. —Maravillas hizo una pausa para contener la rabia que le subía desde las entrañas. Miró de nuevo a la chica—. Por eso te pedimos que, si tú sabes algo de nuestras hijas, muchacha, una pista o lo que sea, nos lo cuentes. Aunque creas que es algo pequeño o algo en lo que te has visto involucrada sin poder evitarlo, lo que nos cuentes no saldrá de esta habitación. No queremos venganza ni buscarte problemas, solo queremos recuperar a nuestras hijas o lo que queda de ellas para poder enterrarlas como es debido. Y dar con el monstruo que se las ha llevado para que pague por lo que ha hecho.

Sentada junto a su madre, Katixa Aranguren se retorció las manos hasta que los nudillos se le volvieron blancos. Ella sí quería venganza.

—Lamento mucho lo que les ha sucedido a vuestras hijas, de corazón. Para una madre no hay sufrimiento comparable en el mundo a perder a un hijo, es una crueldad, bien lo sé —empezó a decir Anastasia con voz inusualmente suave—. Pero no podemos ayudaros, lo siento.

Maravillas asintió despacio.

—Lo entiendo, cada una se enfrenta al dolor como buenamente puede. Pero si la chica empieza a hablar o si recuerda algo que pueda servirnos para encontrar a nuestras hijas, confío en que nos lo contarás —dijo mientras se levantaba del sofá—. Aunque ella estuviese implicada en el asunto de las desapariciones nos da igual, solo queremos respuestas. ¿Lo harás?

—Por supuesto —le prometió Anastasia—. Si dice algo que pueda ser de ayuda, yo misma iré a tu casa para contártelo. Cuenta con ello.

Las mujeres fueron saliendo de la salita en silencio. Algunas no habían dicho una palabra durante toda la reunión y caminaban cabizbajas hacia la puerta principal, pero otras miraron a la chica pálida con la duda flotando en sus ojos: ¿era realmente Cora Amara?

Anastasia y Claudia las acompañaron hasta la puerta y, como una procesión, las mujeres desfilaron fuera de la casa funeraria.

La joven se asomó al pasillo para verlas partir. Al pasar junto a ella, Katixa Aranguren sacó algo de un diario con las tapas de cuero y se lo mostró: era una fotografía. En la imagen desgastada se veía a una muchacha con sus mismos ojos oscuros y el pelo lacio.

—Es mi hermana Nagore. Era costurera, igual que mi madre y que yo misma; era muy buena, tenía verdadero talento, ¿sabes? Quería marcharse a Bilbao o incluso a Madrid y abrir su propio taller, quería ser modista. Soñaba con confeccionar elegantes vestidos de fiesta para artistas famosas, cantantes y hasta vestidos de novia para futuras reinas.

La chica miró la fotografía en su mano.

—Nagore tampoco solía hablar mucho, en eso me recuerdas un poco a ella. Mi hermana era decidida, lista y mucho más valiente de lo que yo soy. Siento lo que he dicho antes, no creo que seas una mentirosa —le dijo Katixa en tono conciliador.

Ella no respondió, pero devolvió la fotografía manoseada a Katixa, que se reunió con su madre en el vestíbulo de la casa.

—Si esa chica es de verdad tu hija Cora, es un milagro —murmuró Maravillas, mirando hacia el pasillo—. Pero si no se trata de tu Cora... Entonces deberías tener cuidado, por si acaso. Podría ser una estafadora que quiere sacarte los cuartos, no te fíes y ten cuidado con las cosas de valor, no la pierdas de vista. No sabéis de dónde ha salido y le habéis abierto las puertas de vuestra casa.

Anastasia asintió despacio y le estrechó la mano, sus anillos de aguamarina centellearon en sus dedos.

—Cuídate, Maravillas. Y vuelve si crees que debes hacerlo. Prometo contarte todo lo que descubramos sobre la chica.

La noche ya había caído y el camino de vuelta al pueblo aparecía oscuro al final del jardín. Antes de perderse en la noche con las demás mujeres, Maravillas Aranguren dio un último vistazo esperanzado a la chica misteriosa.

—Buenas noches, Anastasia.

La mujer esperó hasta que las perdió de vista antes de cerrar la pesada puerta roja asegurándose de echar el cerrojo.

—Te dije que la chica no debía salir de la casa, fui muy clara al respecto, pero tú nunca aprendes —siseó entre dientes cuando estuvieron a solas—. Acompáñame.

Claudia obedeció y la siguió cabizbaja por el largo pasillo hasta el fondo donde estaba la gran cocina de la mansión. La chica fue tras ellas acariciando los paneles de madera oscura a su paso con la punta de los dedos.

—La única cosa que te he pedido en todos estos años es que guardaras en secreto lo de la chica, solo eso. Y ni siquiera de eso has sido capaz.

—Los chicos Morgan lo habrían acabado contando igualmente, madre.

Anastasia abrió la prensa que utilizaba para secar sus flores antes de colocarlas en el álbum y colocó una lámina de papel secante sobre los tableros de madera.

—Pon los dedos en la prensa, los dos que prefieras. Tú eliges —le dijo a su hija con voz calmada; Claudia se encogió dentro de su vestido y cerró los dedos de la mano en un intento por protegerse—. Escoge tú o lo haré yo.

Temblando, Claudia se acercó a la mesa en la cocina sobre la que descansaba la prensa y colocó el meñique y el dedo anular de su mano izquierda sobre la prensa. Su madre la cubrió con el otro tablón de madera, sin prisa, y tiró de las correas de cuero que unían la prensa, que se cerró sobre los dedos de Claudia como la mandíbula de un animal salvaje. Se oyó un crujido en la cocina y el grito ahogado. Anastasia todavía esperó un momento más, después soltó las correas, la prensa se abrió y Claudia apartó los dedos deprisa gimiendo de dolor. En el papel secante había dos manchas de sangre.

—¿Te duele? —le preguntó su madre.

Claudia asintió mientras sus dedos heridos e hinchados latían de dolor y una gota de sangre caía al elegante suelo de baldosas blancas y negras.

—Bien. Recuerda ese dolor la próxima vez que decidas desobedecerme.

Anastasia salió de la cocina, subió la escalera hasta el primer piso y cerró la puerta de su habitación dando un portazo.

Claudia miró a la chica.

—Ya te dije que madre no siempre nos quería.

Esa noche, la joven soñó que caía durante lo que le pareció una eternidad hasta que su cuerpo golpeaba la superficie oscura del agua, que se la tragó envolviéndola en una negrura absoluta y gélida. En su sueño, el agua del mar era viscosa, petróleo que inundaba sus sentidos y le bajaba por la garganta hasta llenarle los pulmones robándole el aire.

Una voz familiar la despertó de repente. Abrió los ojos sin saber dónde estaba hasta que vio el altísimo techo del desván de casa de las Amara. Una capa de sudor frío cubría su piel y aún notaba el regusto pegajoso de la pesadilla en la lengua.

Volvió a oír esa voz conocida por encima de su respiración acelerada, y la niebla que cubría sus recuerdos se hizo menos espesa de repente.

Le pareció que la voz provenía del suelo del caserón, casi como si se colara a través de los gruesos tablones de cerezo. Se levantó de la cama sin pensar y acercó el oído al suelo. Fuera de la cama y de las mantas hacía frío, pero a ella no le importaba, su piel parecía ser inmune a la humedad o al viento del norte. Contuvo la respiración para oír mejor. Ahí estaba otra vez: era la voz grave de un hombre.

Caminando de puntillas salió del desván y bajó la escalera. El camisón blanco de algodón con pasacintas y entredós en el pecho que le había dado Claudia le quedaba un poco largo, tuvo que levantar el bajo de la tela para no pisarlo. La pesada escalera que recorría la casa crujió cuando apoyó los pies descalzos en el primer escalón.

La mansión de las Amara estaba completamente a oscuras, pero ella podía ver a través del aire de la madrugada, igual que si su vista —que no era especialmente buena a la luz del día— estuviera acostumbrada a ver en la oscuridad. Miró hacia la primera planta convencida de que la voz salía de uno de los dormitorios de las Amara, pero sabía que eso era imposible: en esa casa no vivía ningún hombre.

Bajó otro peldaño y entonces la voz enmudeció, como si le preocupara haber sido descubierto. Ella esperó un segundo, inmóvil en la oscuridad casi total de la casa hasta que los susurros regresaron. Oyó la voz de nuevo y le pareció que los susurros provenían del sótano, así que abrió la puerta y bajó el último tramo de escalones. Anastasia le había prohibido bajar allí: era donde las Amara preparaban a los difuntos para el funeral o para que sus familiares los vieran en el estado menos lamentable posible antes de despedirse de ellos para siempre.

En el sótano hacía más frío que en el resto de la casa, por eso lo utilizaban para conservar los cuerpos hasta el funeral. El aire olía a una mezcla de alcohol, líquido de embalsamar y el salitre que se había pegado a la piel de los marineros ahogados en el *Annabelle.* Habían llevado los diez cuerpos rescatados del naufragio a casa de las Amara esa misma tarde, para que se ocuparan de prepararlos para el funeral.

—Ya te he dicho que nos iban a pillar —murmuró una voz—. Y todo porque no sabes estarte callado.

La chica escuchó el ruido de algo pequeño que se caía al suelo y después un resplandor iluminó el sótano. Los hermanos Morgan salieron de detrás de una pila de cajas donde estaban escondidos y se acercaron a ella, visiblemente aliviados de que no fuera Anastasia Amara quien los había descubierto.

—Lo sentimos. No nos hemos colado en la casa para robar ni nada de eso —fue lo primero que se le ocurrió decir a Ulises.

Su hermano puso los ojos en blanco.

—Le da igual, Ulises. Y, de todas formas, si sigue sin hablar, tampoco es que ella pueda contárselo a nadie. —Dylan acercó la lámpara que llevaba en la mano para verla mejor.

Ella estudió el perfil de los dos hermanos bajo la luz titilante de la lámpara de aceite. Como ella recordaba, Dylan era más alto y sus ojos tal vez eran algo más grandes, pero aparte de eso los Morgan tenían los mismos rasgos delicados y hermosos.

—Hemos venido para ver a nuestro abuelo Devon —confesó Dylan un poco avergonzado—. Quería... Bueno, supongo que necesitaba estar seguro de que realmente había muerto. No podíamos esperar a mañana. He pasado los últimos días deseando que nuestro abuelo regresara a casa, negándome a aceptar la verdad, así que cuando hemos oído que han traído su cuerpo a vuestra casa, hemos decidido venir a verlo con nuestros propios ojos.

Un crujido sonó en alguno de los pisos superiores de la casa y los tres miraron hacia arriba al mismo tiempo.

—¿No te da miedo quedarte aquí? Ya sabes, ¿dormir sabiendo que aquí abajo hay muertos? —preguntó Ulises.

Ella negó con la cabeza. No le daban miedo los muertos. Había estado ayudando a Claudia con los marineros ahogados en el *Annabelle.* Nada importante: solo se había ocupado de planchar sus trajes, preparar los ataúdes o pulir los zapatos para que estuvieran relucientes el día del entierro.

—¿Has recordado algo de lo que te pasó? ¿Ya sabes cómo llegaste hasta la orilla de la cala?

Esa misma madrugada había empezado a recordar algunas cosas: la voz familiar que la había despertado o la extraña pesadilla en la que caía al vacío parecían haber iluminado algo en su memoria, aunque sus recuerdos todavía se asemejaban a las imágenes brumosas de un sueño que se esfuman al despertar. Recordaba el mar, el viento frío, una luz brillante que volaba sobre ella... y un hombre. No podía ver su cara, pero el puro terror inundaba sus sentidos solo con pensar en él.

Negó con la cabeza y vio la decepción flotando en los ojos azules de los hermanos.

—Pues es una pena, todo el mundo en el pueblo habla de ti, ¿lo sabías? —masculló Ulises—. Aunque es curioso que no puedas recordar nada, es como en esas novelas por fascículos de detectives que tú sueles leer a escondidas, Dylan.

Dylan Morgan sentía verdadera pasión por las historias de detectives. Cada mes, cuando acompañaba a su padre a Lekeitio para reunirse con unos socios, o cuando intentaban cerrar un acuerdo sustancioso por las capturas de la próxima temporada, él se escabullía hasta un quiosco que había en una de las callejuelas cerca del centro. Según su padre, ya no tenía edad para malgastar el tiempo con esas tonterías que le distraían de sus obligaciones laborales y familiares, pero Dylan adoraba perderse en esas historias llenas de intriga, damiselas en apuros y detectives adustos con un pasado turbulento. La quiosquera de Lekeitio —una mujer enorme que siempre estaba sentada en un diminuto taburete dentro de la garita de madera— le entregaba los fascículos atrasados de las historias a cambio de algunos reales. Algunas veces, cuando ella ya los había leído, también se los daba gratis.

—No hay nada de malo o morboso en leer historias de detectives y misterio. Son muy entretenidas —añadió.

Por primera vez desde que se había despertado en la orilla la chica misteriosa hizo algo parecido a una sonrisa.

—Perdona a Ulises, siempre ha tenido mucha imaginación. Supongo que ese es su privilegio como hermano menor: ser el último en madurar, aunque ya haya cumplido los veintidós. De hecho, sigue convencido de que eres una sirena. —Le miró con afecto un instante antes de volver a mirar a la chica—. Y perdona también por habernos colado aquí, no ha estado bien. Espero que podamos mantenerlo en secreto, solo nosotros tres.

Ella asintió despacio. Dylan se fijó en la manera en que su pelo suelto caía sobre la tela blanca de su camisón, en sus manos pálidas, en sus labios...

—Eso es para hacer retratos de los muertos, ¿verdad? —preguntó Ulises de repente, mientras señalaba el trípode de la máquina de fotografiar de Claudia—. He visto algunas de esas fotografías de difuntos. En la mayoría parece que los muertos están durmiendo o sentados en el sofá. ¿Le habéis hecho una de esas fotografías a nuestro abuelo? ¿Podemos verla?

La chica negó con la cabeza.

Esa tarde, mientras ella merodeaba por el sótano, Claudia le había contado que una vez que estuvieran listos, fotografiaría a los diez marineros recuperados del naufragio del *Annabelle*. Todos en sus ataúdes con los ojos cerrados —los párpados pegados con un pegamento especial para evitar que la piel se recogiera al secarse y abrieran los ojos en el momento menos oportuno—, como en una especie de sueño perturbador y el nudo de la corbata perfecto. Claudia también le había contado que aquellas fotografías eran «un secreto, mi propio álbum de criaturas muertas, igual que el herbario de madre».

—¿Sabes utilizar esa máquina? —preguntó Dylan.

Ella miró la máquina y asintió con la cabeza. No recordaba por qué, pero le fascinaba todo sobre el mundo de la fotografía y los retratos, había algo dentro de ella que la empujaba a querer saberlo todo sobre el arte de tomar fotografías.

—¿Qué os parece si nos hacemos una fotografía los tres juntos? —sugirió Ulises—. Nos serviría como recordatorio de la noche en que por fin nos colamos en la casa fúnebre de las Amara. Es curioso, cuando éramos niños acercarse a esta casa era casi como salir a pescar ballenas: algo muy peligroso solo al alcance de unos pocos valientes. Pero ya no somos niños...

Hacía mucho tiempo que ya no era un niño, Dylan lo sabía bien; sin embargo, fue precisamente esa noche, la misma en la que se coló en la casa que tanto miedo le había dado de pequeño, y en la que vio el cuerpo adecentado de su abuelo dentro del ataúd con los ojos cerrados, cuando se dio cuenta de que su infancia había quedado definitivamente atrás. Le pareció que acababa de despertar de un largo sueño.

—Déjate de tonterías. Ya somos mayorcitos para estas cosas.

Ignorándole y sin decir nada, la joven se alejó un poco para preparar la máquina de fotos tal y como había visto hacer a Claudia.

Sus dedos ágiles cargaron los polvos de magnesio en la cámara y manipularon las pequeñas ruedecitas de la máquina con la familiaridad de quien sabe lo que hace. Después se aseguró de coger el disparador a distancia y se acercó a los hermanos.

—Vamos, tú ponte en el centro, entre nosotros dos —dijo Ulises, haciéndole un hueco entre su hermano y él—. Yo sujeto la lámpara, para que nos ilumine bien a los tres.

Los tres sonrieron, apretados en el círculo de luz que dibujaba la lámpara de aceite en las manos de Ulises. Un momento después el destello de los polvos de magnesio al arder iluminó la habitación.

—Puedes llevarnos la fotografía al funeral, si te parece bien... —sugirió Dylan—. Por cierto, ya veo que sigues sin hablar, pero ¿quieres que te llamemos Cora o prefieres que te llamemos de otra manera?

La chica parpadeó, sus ojos sensibles a la luz todavía veían las chispas brillantes del *flash* flotando en el aire como cientos de estrellas fugaces.

Asintió. Nadie le había preguntado su nombre hasta ese instante.

—Ofelia.

Los hermanos Morgan sonrieron asombrados al oírla hablar por fin. Su voz sonó ronca y entrecortada, como si llevara años en silencio.

—Encantado de conocerte, Ofelia. Él es mi hermano Ulises y yo soy Dylan. —Le tendió la mano a modo de saludo.

Ofelia le dio la mano. Le sorprendió comprobar que la piel de Dylan era caliente al tacto, muy diferente de la suya. Le gustó.

—Gracias por salvarme la vida en la playa —dijo ella sin soltar su mano aún.

—Un placer —respondió él.

Y los ojos de color azul mar de Dylan Morgan centellearon.

LIRIOS BLANCOS

El cementerio estaba a rebosar aquella mañana. No solo los vecinos de Ea habían acudido al funeral por los marineros del *Annabelle*, también mucha gente de los pueblos costeros cercanos llegaron a presentar sus respetos: todos conocían bien el dolor de perder padres, maridos e hijos en el mar. Los diez ataúdes estaban perfectamente colocados junto a las tumbas abiertas en la tierra húmeda. Algunas de las viudas lloraban bajo sus velos negros apretando un pañuelo contra los labios, otras se apoyaban en familiares o amigos para mantenerse en pie a pesar del dolor, y otras simplemente guardaban silencio con gesto serio. Los niños, de pie en primera fila, tenían la mirada fija en los ataúdes ordenados, todos ellos vestidos con la ropa para ir a la iglesia los domingos y los zapatos llenos de barro.

Ofelia no tenía ningún vestido de luto —o de ningún otro tipo—, así que cuando Claudia apareció por su habitación con un vestido oscuro en la mano, ella sonrió.

—Gracias —dijo con timidez.

—¡Hay que ver! Todavía no me acostumbro a que hables. ¡Y qué voz tan bonita tienes! —le había dicho mientras le cepillaba el pelo para ayudarla a sujetarlo con una cinta negra—. Una lástima que hayas tardado tanto en empezar a usarla, ya lo creo. Pero tus motivos tendrías para estar callada todo este tiempo.

Anastasia las miraba con frialdad desde el pasillo. Ella no se había alegrado al descubrir que Ofelia tenía nombre y que, además, podía hablar. La matriarca de las Amara llevaba puesto uno de sus muchos vestidos negros de luto —algo indispensable cuando eres la dueña de una funeraria—, confeccionado con organza rígida que le ajustaba el talle y le subía por el pecho cubriéndole el cuello, con mangas largas y estrechas terminadas en unos elegantes puños de terciopelo ribeteado. El contraste de la tela negra con su pelo plateado perfectamente peinado y recogido le daba un aire anticuado, como si fuera la silueta de un viejo camafeo.

—Ahora que ya hablas podrías contarnos de dónde has salido y qué es lo que te ha pasado —dijo con gesto severo.

—No recuerdo más —se disculpó Ofelia con torpeza, ya que todavía le costaba articular frases largas.

—Ya, qué oportuno que no puedas recordar nada más aparte de tu nombre —masculló Anastasia antes de alejarse hacia la escalera en dirección a la puerta—. ¡Vístete ya o nos vamos sin ti!

—Ten, vístete y yo te cerraré los botones cuando estés lista. Y date prisa, madre es muy capaz de irse sin nosotras —la apremió Claudia, dejando el vestido sobre la cama y saliendo de la habitación.

Cuando Ofelia se quedó sola se quitó el camisón y estudió un instante la piel escamosa que le cubría el antebrazo izquierdo. No le dolía, pero tampoco recordaba si siempre había sido de esa manera, si era una marca de nacimiento o una cicatriz. La acarició un segundo con curiosidad y después se vistió deprisa. El vestido que Claudia le había llevado no era negro, sino de un color azul tinta muy oscuro con manga larga y escote cerrado con un delicado encaje del mismo color que la cubría casi hasta la barbilla.

Había dejado de llover antes del amanecer, casi como si después de haber descargado su furia con ellos ahora el cielo quisiera regalarles una pequeña tregua durante el funeral. Pero las nubes grises volaban deprisa por encima de las tumbas, arrastradas por el viento salado que llegaba desde el mar.

El pequeño cementerio estaba en una de las suaves colinas que rodeaban la bahía, en el camino que salía hacia la capital, un poco antes de la primera iglesia. Las Amara llegaron al cementerio acompañando al cortejo fúnebre. Ofelia iba tras ellos y al verla pasar, algunos vecinos se pusieron a cuchichear entre sí.

—Mejor vete al fondo y quédate ahí hasta que termine el funeral, no quiero tener que escuchar más chismes, y menos cuando estamos trabajando. Bastante he oído ya por no tener un marido como para tener que preocuparme también por lo que cuenten de ti —la apremió Anastasia—. Ve atrás y no te muevas hasta que mande a Claudia a buscarte.

Ofelia obedeció y serpenteó cabizbaja entre los asistentes para esconderse al fondo de la multitud y lejos del párroco, que estaba frente a los ataúdes hablando en voz alta y firme sobre el mal invisible que se escondía entre ellos:

—La tragedia del *Annabelle* es un aviso, una advertencia para que nos unamos más como comunidad frente al miedo y luchemos juntos contra los monstruos que se ocultan a plena vista...

—Ofelia... —la llamó alguien en voz baja.

Era Ulises Morgan. Él y su hermano estaban algo apartados de los demás vecinos, aunque los dos vestían luto formal por su abuelo y por el resto de los marineros.

—Bonito vestido —dijo Dylan a modo de saludo cuando ella estuvo a su lado.

Ofelia acarició la falda vaporosa de su vestido prestado dejando que sus dedos se perdieran en la tela.

—Gracias. Era de Cora Amara.

—¿Seguro que no eres una Amara? —preguntó Ulises—. Aún será cierto que eres una sirena.

Dylan dejó escapar un suspiro frustrado al escuchar las palabras de su hermano.

—No sé quién soy, pero sé que me llamo Ofelia —admitió ella encogiéndose de hombros—. Es lo único de lo que estoy segura.

—Bueno, por algo se empieza —la animó Dylan—. ¿Ya sabes dónde vas a quedarte hasta que recuerdes algo más?

—Las Amara dejarán que me quede con ellas un tiempo, a

cambio de que las ayude con las tareas en la funeraria y en la casa. Ha sido idea de Claudia.

La conversación sobre su estancia en la casona había terminado la noche anterior con Anastasia dando un manotazo cargado de furia a su taza de té. La delicada taza de porcelana pintada a mano en colores vivos había caído desde la mesa al suelo, rompiéndose en mil pedazos. «Crees que no sé lo que estás haciendo, Claudia, pero soy tu madre y te conozco bien. A mí no puedes engañarme», había dicho Anastasia, mirando a su hija con fuego en los ojos antes de salir de la gran cocina.

Cuando Anastasia se fue, Claudia barrió los pedazos de porcelana con la paciencia de quien está acostumbrado a hacerlo. Después secó del suelo los restos del té especial de flores que su madre tomaba cada noche antes de acostarse para poder dormir profundamente.

«No pasa nada. A madre ya se le pasará. Lo importante es que ya puedes quedarte aquí con nosotras, así estaremos juntas. Todo arreglado», le dijo cuando hubo terminado de limpiar.

—Sí, ya imagino que a esa vieja araña de Anastasia no le habrá hecho gracia que te quedes en su casa —dijo Dylan con una sonrisa torcida en los labios.

—¿Y no te acuerdas de nada más? —quiso saber Ulises—. ¿El nombre de tu madre o dónde vivías antes?

—No. Pero recuerdo a un hombre sin rostro, que me persigue, quiere hacerme daño. Él me sujeta así. —Ofelia se apretó la muñeca por encima del puño de su vestido—. Y cuando duermo, me parece oír su voz.

Ofelia no tenía frío, pero tembló bajo el vestido al pensar en el hombre sin rostro que la perseguía en sus pesadillas.

—No pasa nada, ahora estás a salvo. Nosotros te protegeremos —le prometió Dylan muy seguro.

Ofelia hizo una mueca con algo parecido a una sonrisa.

—Sí, investigaremos por nuestra cuenta: será como en una de esas novelas policiacas que sueles leer. —Ulises hablaba con su habitual entusiasmo casi infantil—. Por si te sirve, yo no creo que seas Cora Amara, ni tampoco una muchacha que intentó quitarse la vida. Tu pasado tiene algo que ver con las demás chicas desaparecidas.

—¿Y eso cómo lo sabes, enano?

Ulises se encogió de hombros, estaba acostumbrado al tono brusco de Dylan.

—Lo sé —respondió sin más.

—Casi se me olvida. —Ofelia sacó algo que llevaba escondido en un bolsillito de su vestido—. Es la fotografía que nos hicimos la otra noche. La he revelado yo sola sin que Claudia se entere.

Los dos chicos se acercaron más a ella: en la imagen se los veía a los tres, iluminados únicamente por la luz tenue que salía de la lámpara. Su piel pálida, el camisón blanco y su largo pelo suelto contrastaban con la piel bronceada de los hermanos. Los tres tenían la sonrisa de quien sabe que está haciendo una travesura que nunca será descubierta.

—Ha quedado muy bien. Muy profesional —admitió Dylan admirado.

—A lo mejor ya habías tomado fotografías antes, y no puedes recordarlo —se le ocurrió a Ulises.

Ofelia miró la fotografía un momento y volvió a guardarla.

—Sí, a lo mejor —respondió pensativa—. Ojalá recuperar mis recuerdos sirva para ayudar a encontrar a esas chicas desaparecidas. No he podido dejar de pensar en ellas desde la visita de sus madres a la casona.

—Encontrarlas a ellas, y en el camino, encontrarte tú. Me gusta el plan.

—Eso es, sí —respondió ella con una diminuta sonrisa.

Por algún motivo que no podía comprender, Dylan Morgan le hablaba como si la conociera desde siempre: directamente a ese lugar secreto en su cabeza donde se formaban sus pensamientos.

La brisa del mar volaba entre las callejuelas de Ea y llegaba al cementerio arrastrando el aroma a salitre. Su mano invisible les revolvió el pelo oscuro a los dos hermanos Morgan, ambos con gesto serio de repente.

—¿He dicho algo malo? —La voz frágil de Ofelia tembló.

—No, es solo que... —Dylan se humedeció los labios nervioso—. Esas pobres chicas llevan desaparecidas varios años, algunas desde antes de que nosotros naciéramos. Nadie sabe qué ha sido de ellas... Me gustaría ayudarte a recordar y también ayudarlas a ellas y a sus familias, pero no sé por dónde podemos empezar a buscar.

Dylan tenía los ojos del mismo color que el agua más helada y profunda del Cantábrico, y miraba a Ofelia con la intensidad de una tormenta de hielo. Desde que le conoció en la playa, la chica había sabido de modo casi instintivo que Dylan era el hermano rebelde. Pensó que tal vez ella también era una rebelde y precisamente por eso se había reconocido en él. Aunque no pudiera recordarlo.

—Bueno, se me ocurre que, si estuviéramos en una de esas novelas de detectives tuyas, ¿cuál sería el siguiente paso? ¿Qué hacen para encontrar a los desaparecidos? —preguntó Ulises.

Dylan lo pensó un momento.

—Necesitaríamos encontrar un sospechoso y una teoría.

—¿Una teoría? —Ofelia repitió sin comprender.

—Sí, ya sabes, un motivo: descubrir por qué lo hace. ¿Por qué se lleva a esas chicas y qué tiene eso que ver contigo? Si es que las dos cosas están relacionadas.

—Y no te olvides de las flores, los lirios blancos que deja en la orilla después de que una chica desaparezca —recordó Ulises.

—¿Lirios blancos?

Dylan miró a su alrededor para asegurarse de que nadie más escuchaba su conversación. Los tres estaban al fondo del pequeño cementerio junto a la tapia de piedra mientras todos los ojos seguían fijos en el párroco y en los ataúdes.

—Sí. Después de las desapariciones siempre encuentran una corona de lirios blancos flotando cerca de la orilla. Piensa, ¿te resulta familiar?

Ofelia hizo un esfuerzo por buscar entre sus recuerdos la imagen de las flores flotando entre la espuma blanca de las olas que rompían cerca de la orilla, pero lo único que encontró fue la niebla que cubría su memoria como una pesada manta.

—No, lo siento. No recuerdo nada de unas flores —se disculpó ella retorciéndose las manos hasta hacerse daño.

—Ya te acordarás, tranquila, igual que de repente te acordaste de tu nombre —le prometió Ulises con suavidad.

—No fue así. Tuve una pesadilla, en el sueño oí una voz familiar, de hombre. Eso me hizo despertar y recordar.

Al abrir los ojos, Ofelia había recordado su nombre con la misma intensidad que si la hubiera alcanzado un rayo.

—Seguramente seríamos Ulises y yo al colarnos en el sótano de la mansión. —Dylan le regaló una sonrisa arrepentida.

Estaba a punto de decir algo más cuando un chico y una chica muy bien vestidos se acercaron hasta ellos.

—Aquí estás, la sirena de la que habla todo el mundo. ¡La chica resucitada! —El chico lanzó a Ofelia una mirada de desdén—. No eres para tanto. Menuda decepción, solo eres una muchacha pálida con los mismos ojos que tenía mi tía Catalina, que era ciega desde niña.

—Déjala tranquila, Lorenzo —le cortó Dylan—. ¿No deberías estar con tu padre conspirando para robarnos algún otro contrato de pesca? No sería la primera vez que tu familia hace algo tan rastrero.

—Ya, de cosas rastreras tú sabes bastante, ¿eh, Morgan? Alguien se ha colado en el despacho de mi padre para robarnos el libro de actas de la última reunión que celebramos con los patrones, tu abuelo incluido.

Dylan le dedicó una sonrisa de superioridad.

—No sé de qué hablas. Lárgate, anda, no quiero tener que sacudirte en un funeral y delante de tu hermana.

A su lado, Helena Laguna los miraba con el gesto hastiado de quien ya ha visto esa misma escena muchas veces.

—Déjalo estar, Lorenzo. Dylan asegura que él no ha tenido nada que ver con el allanamiento y no tenemos motivos para dudar de su palabra, a no ser que solo estés buscando una excusa para volver a pelearte con él. Y deja tranquila a la chica, no es más que una muchacha normal. Mírala: ni escamas, ni cola de pez, ni agallas. Ya es suficiente —le advirtió ella en voz baja—. ¿No querrás dar el espectáculo delante de todos los vecinos en el funeral? Piensa en lo que dirían todos, incluido nuestro padre, si empiezas una pelea.

Helena Laguna tenía el pelo dorado y unos bonitos ojos castaños que siempre parecían estar buscando algo. Llevaba un discreto pero caro vestido de luto, con chaquetilla negra a juego para protegerse los hombros de la brisa marina.

Lorenzo y Dylan se conocían desde niños, y aunque habían sido buenos amigos en el pasado, hacía ya algunos años que la distancia entre ellos —y entre sus respectivas familias— había ido creciendo como un abismo oscuro de desprecio y frialdad que solía terminar en pelea: puñetazos, patadas, sangre y hasta mordiscos. Un par de años atrás, Lorenzo había vuelto a casa con un ojo morado después de que los dos se pelearan cuando Devon Morgan consiguió un contrato para construir un nuevo vapor. Y unos meses después de eso, Lorenzo le había tirado por encima de su mejor traje tinta negra y tripas de chipirón en venganza por el puñetazo. Dylan se desquitó de aquello robándole su libro de *Economía y gestión avanzadas* para arrancarle una a una las páginas, que se alejaron volando en el viento, y lanzar las tapas vacías al mar desde el espigón ante las narices de Lorenzo. Silvestre Morgan le castigó durante meses por aquello y estuvo a punto de apartarle de la gerencia de la empresa familiar.

Dylan se acercó a él con esa media sonrisa desafiante tan suya en los labios.

—Haz caso a tu hermana, Lorenzo —dijo mientras fingía que le limpiaba una mota invisible de polvo de las solapas de su elegante traje de funeral—. Vuelve con tu madre o vas a terminar llorando, y no de pena precisamente.

Ulises intentó contener una risita al escuchar la ocurrencia de su hermano, pero fracasó.

—¿Y tú de qué te ríes? Además de perder al patrón, habéis perdido otro de vuestros barquitos y los Morgan estáis a un paso de la ruina. Antes de un año estaréis llamando a nuestra puerta, pidiendo trabajo para no moriros de hambre, y cuando eso pase, haré que vuestra madre tenga que ocuparse de fregar los retretes de mi familia.

Dylan se rio en voz baja y cuando los cuatro le miraron sorprendidos por su reacción, le dio un puñetazo a Lorenzo, que cayó al suelo del cementerio antes de saber qué había sucedido. Se tocó la mandíbula donde había recibido el golpe con un gesto de dolor. Un hilo de sangre le caía por el labio.

—¡Bastardo! Me has partido el labio —gritó Lorenzo en el suelo, escupiendo sangre.

Los vecinos que estaban más cerca y que habían permanecido ajenos hasta ese momento, se volvieron para ver qué estaba pasando.

—Ya te he dicho que ibas a terminar llorando —respondió Dylan, orgulloso de lo que acababa de hacer—. Ahora lárgate y la próxima vez que quieras venir a decir algo malo sobre mi familia piénsatelo antes dos veces.

Pero Lorenzo apretó los puños, se puso en pie y se abalanzó sobre él. Los dos cayeron al suelo embarrado del cementerio. Sus gruñidos ásperos y algún grito ahogado hicieron que todos los asistentes al funeral se volvieran para ver la escena e incluso el párroco interrumpió el sermón al advertir el revuelo. Silvestre Morgan apareció junto a ellos.

—Dylan, pero ¿cómo se te ocurre?

Al oír la voz de Silvestre, los dos dejaron de pelearse y se levantaron del suelo igual que si algo los hubiera mordido. Sus trajes estaban manchados de barro y a Dylan le faltaban varios botones de su chaqueta. Ambos estaban despeinados, sucios y con gesto avergonzado. Ahora Lorenzo sangraba más profusamente de su herida en el labio y Dylan sentía que el ojo derecho le latía por un golpe que se convertiría en un moratón en un par de horas.

—Perdone, padre —murmuró Dylan. Su voz había perdido cualquier rastro de arrogancia—. Lo siento, pero ha sido culpa de Lorenzo, yo solo defendía el honor y el buen nombre de nuestra familia, como usted me ha enseñado a hacer.

Silvestre frunció el ceño al ver el estado lamentable de su hijo mayor. Todo el mundo los miraba esperando su reacción, conteniendo el aliento en el cementerio silencioso.

—A casa. Ahora.

LA TRENZA

Era más de medianoche cuando Claudia entró a despertarla. Ofelia tenía el sueño ligero, así que ya había oído los crujidos de sus pasos suaves en el suelo de madera del descansillo, acercándose a la puerta.

La habitación que le habían preparado a su llegada era grande. En el techo abuhardillado Ofelia podía ver el revestimiento formado por grandes tablones de madera de roble oscurecida por el paso del tiempo y por la humedad, que parecía colarse por cada grieta de la casa. Su habitación estaba terriblemente vacía: apenas una cama con el cabecero de hierro forjado que chirriaba cada vez que se movía, una silla, un viejo aparador, el baúl con los vestidos de Cora y una mesita improvisada para dejar la lámpara de aceite por las noches. Las ventanas gemelas en el techo inclinado le daban a la estancia la apariencia de tener un par de ojos sobre el jardín que rodeaba la finca. A Ofelia le gustaba abrir las ventanas y sentarse fuera, en el tejadillo de color rojo sangre peligrosamente resbaladizo, para sentir la brisa que llegaba desde el mar y mirar al horizonte.

—¿Estás despierta? —susurró Claudia inclinándose sobre ella.

Ofelia se sentó en la cama y asintió con la cabeza; aunque había recuperado el habla, todavía prefería guardar silencio si no era absolutamente necesario.

—Acompáñame a la cocina, por favor. Madre quiere que te corte el pelo.

Ofelia parpadeó sorprendida.

—Lo siento, pero madre ha sido muy clara y cuando decide algo es mejor no llevarle la contraria.

Ella dudó un momento, pero al final obedeció y salió de la cama.

La cocina de la mansión estaba silenciosa y, aparte de la luna llena, la única luz era la que salía de la lámpara de parafina que Claudia solía llevar consigo por las noches cuando se movía por la casa: un bonito quinqué con el depósito de vidrio verde tallado y la tulipa de cristal.

—Siéntate en la silla mirando hacia el frente —le pidió Claudia mientras le colocaba una toalla sobre los hombros para evitar que el camisón se llenara de pelo—. No te dolerá. Te prometo que solo te cortaré un poco, lo justo para calmar a madre y que te deje tranquila. Y el pelo crece, en unos pocos meses volverás a tenerlo tan largo como ahora, ya lo creo.

Las tijeras brillaron sobre la mesa cuando Claudia dejó la lámpara, y el fuego de la mecha dibujó un círculo de luz en la oscuridad de la cocina.

—Lo mejor es que te haga una trenza para que sea más fácil de cortar, así lo haremos más rápido y podrás volver a la cama.

Claudia le pasó los dedos con delicadeza por la melena suelta antes de empezar a entrecruzar los cabos de la trenza, que sujetó con una cinta.

—La verdad es que es una pena... —murmuró para sí.

Tuvo que apretar las tijeras para poder cortar la trenza desde su base, después la cogió con delicadeza y la ató en el extremo con una cinta roja para evitar que se deshiciera.

—Lo peor ya ha pasado, no te preocupes.

Ofelia no se movió y no pronunció una sola palabra mientras escuchaba el abrir y cerrar de las tijeras. Notó caer los mechones de pelo rubio sobre sus brazos y su camisón blanco.

Cuando Claudia por fin terminó de cortarle el pelo, le dio permiso para marcharse de vuelta a la cama —«Yo limpiaré este estropicio, tú ya has tenido bastante por una noche»—, Ofelia subió cabizbaja la escalera de vuelta a su dormitorio en el desván, tocándose los mechones más cortos de su melena, que ahora no le llegaba más abajo de los hombros.

Claudia terminó de barrer el pelo del suelo de la cocina, lo recogió con cuidado de no dejarse nada y lo tiró al fondo de la basura. Luego acarició la larga trenza sobre la mesa, sujeta con el lazo de color rojo brillante. Tarareaba una canción en voz baja mientras regresaba a su dormitorio en el primer piso, con la trenza en la mano. Una vez en su habitación se aseguró de cerrar bien la puerta y sacó una vieja cajita metálica de galletas que escondía en un falso fondo del cajón de sus medias de invierno.

Dentro de la caja había algunas cartas viejas y otra trenza, también rubia y sujeta con otro lazo de color rojo. Guardó la trenza de Ofelia en la caja junto con la otra, las acarició con delicadeza y sonrió complacida. Tarareó la misma cancioncilla en voz baja, cerró la cajita metálica y después la devolvió a su escondite.

PIPAS DE ESPUMA DE MAR

—

Silvestre Morgan no dirigió la palabra a su hijo en todo el día, como si necesitara forjar con yunque y martillo las frases antes de lanzarlas. Lo hizo al fin por la noche, en la penumbra de su despacho de Vapores Morgan e Hijos.

—Estoy muy decepcionado contigo, Dylan. Has avergonzado a toda nuestra familia. Pelearte en el funeral de tu abuelo y de todos esos pobres hombres, y delante de todo el mundo, además —dijo Silvestre sentado detrás del que ahora era su escritorio—. Y con el hijo de los Laguna, otra vez. Te he dicho mil veces que tenemos que llevarnos bien con esa familia: Marcel es el delegado del Gobierno en la zona para asuntos de pesca y embarcaciones. Nuestro negocio depende en gran parte de que ellos estén a buenas con nosotros.

Dylan no respondió. Estaba de pie, cabizbajo ante la mesa del despacho. Las cosas de su abuelo Devon todavía estaban en las estanterías de madera de caoba que ocupaban toda la pared frontal de la habitación, el cenicero de porcelana con una de sus pipas seguía sobre el escritorio. Podía sentir el olor familiar del humo del tabaco aún atrapado en el aire del despacho.

—Ya sé que Lorenzo Laguna es un imbécil. Su hermana Helena es más espabilada, aunque sea una mujer, pero el pobre muchacho no vale ni para ocuparse de la correspondencia del padre. Antes erais amigos, pero llevas tiempo peleándote con Lorenzo no sé muy bien por qué, aunque imagino que es por lo de aquel asunto turbio de los contratos amañados en el que Marcel Laguna se mezcló hace algunos años. —Su padre hizo una pausa—. Aun así, deberías intentar llevarte bien con Lorenzo, esto ha ido demasiado lejos y nos perjudica a todos: ya sabes que, si algo es malo para nosotros, es malo para todo el pueblo. Han tenido que coserle el labio por el puñetazo que le diste en el cementerio, Dylan. Lorenzo se pasará las próximas dos semanas babeando y comiendo puré.

Dylan sonrió orgulloso al imaginar a Lorenzo Laguna sorbiendo puré de verduras como un bebé, pero al momento se miró la sangre seca de Lorenzo en sus nudillos y se sintió culpable: Lorenzo y él habían sido amigos de niños y ahora su sangre salpicaba sus nudillos y la camisa que había estrenado para el funeral de su abuelo. La sonrisa se congeló en sus labios.

—Estoy harto de arreglar tus desastres, Dylan —añadió como si estuviera muy cansado. Se frotó los ojos detrás de las gafas—. Eres mi primogénito, eres un Morgan. Tienes una responsabilidad con nuestro apellido y con nuestro legado. El legado es lo más importante que tenemos. Piensa en el legado de tu abuelo Devon, ¿qué diría él de que te liaras a puñetazos en su propio funeral?

—Fue el abuelo Devon quien me enseñó a pelear. Yo creo que estaría muy orgulloso de mí.

Silvestre levantó sus pobladas cejas en un gesto de sorpresa. Tenía el mismo pelo oscuro y abundante que sus hijos, pero los ojos de agua los habían heredado de Penélope, su madre. Los suyos eran castaños.

—¿Orgulloso? ¿Eso es lo que crees? Te equivocas, tu abuelo tenía grandes planes para ti, hijo. Él deseaba que fueras tú, el primogénito, quien se ocupara de los asuntos de nuestra familia dentro de unos años. Supongo que veía algo de sí mismo en ti y quería prepararte porque confiaba en que tú podrías continuar con nuestro legado. Nuestra labor es importante, lo que hacemos en este pueblo y por esta comunidad lo es todo, Dylan. —Silvestre Morgan le miró decepcionado. Dylan ya estaba acostumbrado a ver esa mirada en los ojos de su padre, pero esta vez había algo más—. En el fondo, siempre he sabido que tu carácter apasionado y rebelde no es bueno para manejar un negocio o los asuntos familiares. Por eso, y en contra de los deseos de tu abuelo, he ido posponiendo tu formación para sustituirme al frente de Vapores Morgan e Hijos cuando llegue el momento. Ahora sé que tomé la mejor decisión: esta no es la primera vez que miro hacia otro lado con tus desmanes y tu mal genio, pero sí será la última.

La media sonrisa desafiante de Dylan se esfumó de sus labios: sabía bien lo que implicaban las palabras de su padre.

—Después de lo que ha pasado hoy en funeral, sé que no estás listo para llevar la empresa y que nunca lo estarás.

—Padre, por favor... no lo haga, puedo cambiar. Seré mejor hijo. Le prometo que a partir de ahora me dedicaré en cuerpo y alma a la empresa...

Dylan siempre había odiado el destino que le habían impuesto como hijo mayor, primero su abuelo y después su padre: el legado de los Morgan. Pero ahora que esa responsabilidad y ese honor se esfumaban ante sus ojos, sintió que el fracaso le arañaba el costado. Había pasado toda su vida preparándose para ser Dylan Morgan. Y de repente ya no sabía quién era.

—Mi decisión ya está tomada. El futuro de nuestro negocio se presenta incierto, cada vez tenemos más competencia en el mar y hay menos captura, ya no puedo seguir confiando en ti y en tu inexistente buen juicio, no para las cosas importantes. Lo siento, Dylan.

Silvestre le miró una última vez y después se lamió las yemas de los dedos para pasar las páginas de un libro de facturas que tenía sobre el escritorio.

—¿Y ya está, padre? ¿Yo no tengo derecho a decir nada o a protestar? Es su decisión y nadie puede cuestionarla, ¿no? —La rabia contenida flotaba en sus palabras—. No es justo, he pasado toda mi vida preparándome para hacerme cargo del negocio familiar. Usted nunca me ha preguntado si eso era lo que yo quería y aun así lo he sacrificado todo por el futuro de la empresa y por su aprobación: amigos, estudios, tiempo, mi vida entera..., y ahora un pequeño error y me castiga así, me deja fuera...

Su padre ni siquiera alzó los ojos de las facturas para mirarle, casi como si no le hubiera escuchado.

—El error ha sido mío, Dylan, por creer que podrías hacerte cargo del legado familiar. Tu abuelo creía que tu carácter luchador te hacía fuerte, pero es justo al contrario: eres débil. Cuando salgas, dile a Ulises que entre —ordenó Silvestre dando el asunto por zanjado.

Dylan sabía que no había nada que hacer. Notó las lágrimas inundando sus ojos mientras caminaba hacia la puerta cerrada del despacho, pero no iba a llorar delante de su padre, eso solo confirmaría todo lo que Silvestre acababa de decir: era débil. Pasó junto a la estantería donde su abuelo exhibía orgulloso su colección de brújulas, pipas de espuma de mar y todo tipo de artefactos marítimos. Estaba furioso y, sin pensar, le dio un manotazo a una de las baldas tirando al suelo todo lo que había en ella. Su padre dio un respingo detrás del escritorio y por fin levantó la cabeza de las facturas para mirarlo.

—Siento haberle decepcionado, padre. —Escupió las palabras—. Siento mucho haberle fallado y no ser el hombre que usted quería que fuera.

Su padre lo miraba detrás de los cristales de las gafas, la expresión de sorpresa todavía clavada en su rostro. Dylan vio su reflejo en el elegante espejo con el marco dorado que había colgado junto a la puerta del despacho: su ojo derecho mostraba un tono amoratado que se volvería más oscuro durante los siguientes días. Sonrió con desprecio a su propia imagen reflejada y dio un paso hacia la puerta, pero pisó una de las delicadas pipas de espuma de mar de su abuelo que habían caído al suelo. Oyó el crujido seco bajo sus pies de la pipa al hacerse añicos y salió del despacho de la empresa familiar dando un sonoro portazo.

Ulises Morgan estaba sentado en una de las elegantes sillas tapizadas que decoraban la salita de espera. Era una estancia agradable pero profesional: con una alfombra sobria en el suelo, apliques dorados para el gas y papel pintado en tonos azules en las paredes imitando los colores del mar. Llevaba casi tres cuartos de hora esperando, se había entretenido paseándose por la sala de reuniones que había al otro lado del distribuidor y acariciando la enorme mesa de cerezo oscuro que dominaba la habitación con los dedos. Había vuelto a la salita cuando dejó de oír la voz serena de su padre a través de la pared y ahora movía la pierna nervioso mientras esperaba en la silla. Se levantó de golpe en cuanto vio que su hermano salía del despacho.

—Padre quiere verte.

—¿Cómo ha ido? ¿Qué te ha dicho?

Pero Dylan se alejó en dirección al pasillo que conectaba las oficinas con el resto de la casa y respondió sin darse la vuelta:

—Ahora tú vas a ocuparte del negocio familiar y de todo lo demás. Felicidades, enano.

BAJO EL AGUA

Ofelia caminaba en sueños. Algunas veces se despertaba en el descansillo del primer piso peligrosamente cerca de la barandilla de la escalera o en el tejadillo sobre el jardín, al que accedía a través de las ventanas gemelas de su habitación. Una vez incluso la despertó el frío del amanecer en el vestíbulo. Había abierto la puerta mientras dormía y una gélida niebla gris se había colado en la casa, llenando el aire y subiendo por la escalera igual que un espectro.

Esa noche soñó que estaba tumbada en el agua, cerca de la orilla; las olas la mecían y podía ver el cielo blanco cubierto de nubes que no dejaban pasar los rayos del sol. El agua fría del mar le empapaba el pelo y tiraba de su ropa mojada hacia el fondo hasta que por fin se hundía. Ofelia todavía podía ver el cielo blanco sobre ella, pero ahora parecía borroso por el filtro del agua que cubría sus ojos. Dejó de respirar porque sabía que era capaz de aguantar la respiración bajo el agua más tiempo, lo sabía de esa forma instintiva en que se saben las cosas en los sueños. Se concentró en los sonidos del agua a su alrededor hasta que, de repente, vio una sombra con el rabillo del ojo y le pareció que ya no estaba en la orilla de esa cala escondida entre árboles.

Su corazón latió deprisa y el aliento que había estado conteniendo prendió en sus pulmones igual que si fuera combustible junto al fuego. Comprendió que el cielo blanco que había estado viendo era en realidad el techo del baño principal de la mansión. Se despertó de golpe. Estaba tumbada en la gran bañera y el grifo en la pared seguía vaciando litros de agua helada sobre ella. Asustada, Ofelia intentó incorporarse, pero una figura se inclinó sobre ella. Era una mujer vestida de blanco, con el pelo claro y suelto que le cubría el rostro. La mujer hundió las manos en el agua y la sujetó contra el fondo de la bañera. Ofelia luchó y pataleó para tratar de liberarse, sus pies golpeaban los laterales de hierro de la bañera arrancando un ruido sordo y rítmico que llenó sus oídos, pero la misteriosa mujer le apretaba el pecho con fuerza impidiendo que se incorporara.

No podía ver bien su rostro, pero intuyó su boca entre la cascada de pelo claro que le caía a ambos lados de su cara. Le pareció que la mujer se reía mientras ella se quedaba sin aire, casi pudo oír el sonido de su risa afilada bajo el agua. En un intento desesperado por aferrarse a la vida, su cuerpo tomó una bocanada de aire y el agua de la bañera llenó su boca bajando por su garganta.

Ofelia se incorporó de golpe, liberada de repente de la presión, y tosió el agua que inundaba sus vías respiratorias. Estaba dentro de la bañera, con el camisón blanco puesto, el agua rebosaba por el borde esmaltado e inundaba el suelo del baño. El grifo en la pared seguía abierto.

Todavía aferrada al borde de la bañera, Ofelia se apartó el pelo empapado de la cara para buscar a esa mujer que había intentado ahogarla hacía apenas un momento. No había nadie.

Cerró el grifo y tosió un poco más. Oyó pasos fuera, en el pasillo. La puerta se abrió y Claudia Amara apareció en el umbral con gesto de sorpresa y una bata azul cielo sobre el vestido.

—Pero... ¿qué ha pasado aquí?

EL PÉNDULO

Ofelia estaba envuelta en una toalla seca, sentada en la cocina con las piernas subidas en la silla como acostumbraba a hacer cuando Anastasia no estaba delante para regañarla. Después de sacarla de la bañera, Claudia la había ayudado a envolverse el pelo en otra toalla y ahora miraba la tetera de hierro sobre el fuego esperando a que el agua empezara a hervir. El ambiente cálido y hogareño de la cocina casi le hacía creer a Ofelia que lo que había ocurrido en la bañera había sido solo un mal sueño. Casi.

—Caminar en sueños no es algo tan raro cuando se es joven. A madre también le pasaba, sobre todo cuando Cora desapareció; fue una época difícil para ella. Supongo que es algo propio de nuestra familia, como el pelo claro o la tendencia a la soledad —dijo Claudia con resignación—. Solía encontrarla deambulando por la finca al amanecer, a madre quiero decir. Caminaba por ahí con el camisón, descalza y con el cabello suelto como si se hubiera escapado de un sanatorio mental. Una vez me despisté y no di con ella hasta bien entrado el día: la encontré entre los árboles que cercan el camino hasta el pueblo, toda manchada de tierra, con arañazos en los brazos y en la cara. Me dijo que venía huyendo del monstruo que vive en el bosque, ¿te imaginas? Menos mal que nadie la vio pasearse por ahí con semejante aspecto. Madre no me lo habría perdonado nunca.

La tetera de hierro silbó por fin y Claudia la retiró del fuego.

—Aún estás pálida. Más pálida de lo normal, quiero decir. ¿Cómo te sientes?

Colocó una taza en la mesa frente a Ofelia y la llenó de té, dejó la tetera caliente sobre la cocina y le cogió las manos para colocárselas alrededor de la taza.

—Así. Esto te ayudará a entrar en calor.

Ofelia miró el humo que salía de su taza y ascendía en el aire caldeado de la cocina, pero no dijo nada.

—¿Qué era lo que soñabas? Debía de ser bastante terrorífico, porque esos golpes que dabas en la bañera me han puesto los pelos de punta, ya lo creo. Y eso que yo no me asusto fácilmente. —Claudia se sentó en una silla frente a ella—. ¿Te has acordado de algo más?

Sus ojos la estudiaron con curiosidad. Ofelia soltó la taza un instante para arrebujarse mejor dentro de la toalla.

—No lo sé. Soñaba que una mujer vestida de blanco intentaba ahogarme, parecía muy real.

—¿Una mujer? Imposible, solo estamos nosotras tres en la casa y madre duerme profundamente o ya se habría levantado y estaría aquí, pensando en cómo castigarte por haber inundado el baño.

Entonces Ofelia recordó algo y se miró debajo del camisón empapado: tenía unas marcas rojas en el pecho, justo donde esa mujer misteriosa la había apretado para mantenerla bajo el agua.

—Era de verdad...

—No lo creo. Lo más seguro es que lo hayas soñado y te hayas metido tú sola en la bañera sin darte cuenta, puede que hasta te hayas hecho esas marcas en el pecho sin querer. —Claudia le dedicó una sonrisa paciente—. Pero si quieres estar segura hay una manera de saberlo.

Ofelia la miró con los ojos abiertos como platos.

—¿Una manera? —repitió sin comprender.

Claudia se metió la mano en el bolsillo de su bata y sacó una cajita de madera con la tapa corrediza. Dentro había un puñado de sal marina.

—Sí, otra manera. Pero antes de empezar tienes que prometerme que será un secreto, algo entre nosotras dos.

Ofelia asintió.

—Un secreto.

—Eso es. —Claudia apartó con cuidado la sal de la cajita y sacó algo que había enterrado bajo los gruesos cristales—. Cuando tengo que tomar una decisión, estoy confundida o no sé qué es lo correcto, uso esto para ayudarme.

Era un pedazo de cuarzo transparente con el extremo anguloso. Claudia se lo mostró mientras el fuego de la cocina atravesaba la piedra dibujando un arcoíris que se reflejó en sus pupilas. El cuarzo estaba unido a una cadenita de plata que terminaba en un anillo.

—Es un péndulo. Con su ayuda se pueden adivinar algunas cosas sobre el futuro o sobre el pasado, aunque hacen falta años de práctica y estudio para llegar a dominarlo. —Se colocó el anillo en el dedo anular—. También sirve para encontrar cosas olvidadas, perdidas, cosas ocultas bajo la superficie: como agua dulce, oro o plata.

El péndulo se balanceaba despacio sobre la mesa de madera con un movimiento ondulante.

—¿Puede decirme el pasado? ¿Ayudarme a recordar?

Claudia sonrió misteriosa. Su dedo acarició la cadenita de plata que bajaba hasta el péndulo, como si estuviera apaciguando a un animal salvaje.

—Puede ser, sí, pero no es así como funciona. Verás, el péndulo solo puede decirte lo que tú ya sabes antes de sentarte a preguntar, lo que ya intuyes en el fondo de tu corazón. Nada más y nada menos.

Ofelia miró ensimismada los movimientos suaves del cuarzo en el aire.

—¿Lo que ya sé? No comprendo; entonces ¿para qué sirve?

—Algunas veces sabemos cosas que no sabemos que sabemos. El péndulo puede ayudarte a aclarar esa niebla: algo parecido a cuando ves a alguien conocido, pero no recuerdas su nombre; solamente si ya tenías su nombre antes encerrado en tu cabeza serás capaz de recordarlo. Así es como funciona el péndulo: no te dará ninguna respuesta que no tuvieras ya al sentarte a la mesa.

—Encontrar cosas perdidas... —murmuró Ofelia sin dejar de mirar el pedazo de cuarzo—. ¿Puede ayudarme a encontrar mis recuerdos o a esas chicas desaparecidas?

Claudia se puso seria de repente, su rostro amable se cubrió de sombras.

—Puede hacerlo si estas respuestas están ya dentro de ti. ¿Quieres intentarlo?

Ofelia asintió.

—Bien, hay bastante silencio, así que tal vez consigamos alguna respuesta. Vamos, tienes que sentarte con las piernas en el suelo, deja que los pies sientan las energías de la tierra.

Ella obedeció y bajó las piernas de la silla.

—Ahora extiende las manos sobre la mesa y fíjate en cómo se mueve el cristal.

El péndulo se movía despacio, dibujando círculos sobre la superficie pulida de la mesa de la cocina.

—Concéntrate en lo que quieres saber, en esa respuesta que ya está dentro de ti pero que no consigues ver con claridad. Piensa en lo que ya sabes pero no puedes recordar.

«Lo que ya sabes pero no puedes recordar», repitió para sí Ofelia. Pensó en su sueño, en la bañera llena de agua, en el cielo blanco sobre ella, y, sobre todo, en esa misteriosa mujer que le dedicaba una sonrisa grotesca mientras intentaba ahogarla.

—Haz tu pregunta. Solo respuestas de «sí» o «no». —La voz de Claudia sonaba diferente ahora, de un modo extraño, más rota.

—¿Tengo alguna relación con esas chicas desaparecidas?

Le sorprendieron sus propias palabras. Ofelia quería preguntar acerca de su pasado, sobre esa misteriosa mujer que había intentado matarla en sueños o sobre cómo llegó a esa playa la misma mañana en que el *Annabelle* se hundía en el horizonte. Pero por algún motivo, no había preguntado ninguna de esas cosas.

El péndulo describió un círculo perfecto en el sentido de las agujas del reloj. Claudia la miró con los ojos encendidos, pero Ofelia ya sabía la respuesta.

—Sí. Tienes relación con esas chicas desaparecidas.

BARBA AZUL

Un mes después de la pelea en el funeral por los tripulantes del *Annabelle*, Dylan Morgan seguía desterrado de la dirección de la empresa, y en cierto modo también de la familia. Su padre había ordenado que fuera cada día al taller donde guardaban los barcos y los aparejos de pesca, cerca del muelle, para trabajar aprendiendo a reparar los motores de sus barcos. Silvestre ya no hablaba de la empresa familiar o de los clientes con él, tampoco mencionaba nada sobre los nuevos proyectos para comprar más vapores en el futuro; pero lo que más le dolía era que ahora su padre no le dejaba acompañarle a Lekeitio, así que Dylan se había quedado también sin las novelas de detectives que tanto le gustaban. Desde el funeral —y su discusión en el despacho— su padre solo le respondía con monosílabos y evitaba mirarle cuando se sentaban a cenar. Esa era su vida ahora.

Su madre no dijo una sola palabra en su defensa cuando Silvestre le contó la nueva situación familiar. Aceptó su decisión en silencio, como había hecho con todo casi desde el día en que se casaron. Esa misma tarde, Penélope le pidió a Andrea que le preparara una habitación a su hijo mayor en la segunda planta de la casa para él solo, de modo que no tuviera que seguir compartiendo habitación con Ulises.

«Es mejor así. Ya no sois niños y hay habitaciones libres en la casa para que no tengas que compartir dormitorio con tu hermano. Es mejor así, Dylan, no te lo tomes como un destierro: es bueno que tengas tu propio lugar donde pensar. Sé que te rondan ideas oscuras por la cabeza y te conviene pasar un tiempo a solas con tus pensamientos para calmarte. A la larga todo esto será lo mejor para ti, te lo prometo», le dijo su madre mientras Andrea encendía la pequeña estufa de leña de su nueva habitación para caldearla.

Ahora era Ulises quien tenía el honor de acaparar toda la atención de su padre. Habían dejado de verle como el hermano e hijo pequeño —con derecho a ser más inocente y soñador que Dylan— para convertirse en el futuro de Vapores Morgan e Hijos. Al igual que le sucedió a Dylan la noche en que vio el cuerpo de su abuelo en un ataúd en el sótano de las Amara, Ulises sintió que todo recuerdo de su infancia había quedado atrás la mañana en que su padre le dio el código de la caja fuerte donde guardaban el dinero en metálico y los documentos más importantes, como escrituras y participaciones de la empresa.

Ulises se pasaba las horas en el despacho de la planta baja de la casa familiar mientras su padre le enseñaba a llevar el negocio. Le explicó cómo se rellenaban los libros de cuentas, los pagarés, la manera de tratar con los abogados de la empresa en Bilbao, a qué trabajadores se podía pagar discretamente a cambio de información sobre los planes de sindicarse de sus trabajadores, le presentó a algunos clientes importantes de la zona, a las autoridades locales de toda Vizcaya e incluso se lo llevó con él a Bermeo para comprarle un buen traje a medida y unos zapatos nuevos.

«Tú representas el legado de los Morgan ahora, hijo. No puedes ir vestido como el hijo de un pescador. Tienes que parecer un caballero de ciudad para que los demás te tomen en serio», había dicho su padre mientras los cuatro cenaban en silencio en el comedor de diario de la casa.

Cada tarde, Dylan se escabullía del taller para ir a Natxitua, su playa secreta, y pasar tiempo con Ofelia. Ulises los acompañaba a veces, aunque ahora estaba más ocupado y prefería quedarse en casa estudiando o charlando con su padre después de comer, los dos fumando un puro que llenaba el aire del comedor con su olor dulzón. Ulises le había confesado que el humo del puro le revolvía el estómago, pero no quería que su padre lo descubriera. Eso formaba parte de sus nuevas obligaciones como hijo predilecto.

Aquella tarde, Dylan y Ulises miraban en silencio el horizonte mientras Ofelia, sentada cerca de la orilla, se entretenía jugueteando con los cantos rodados. Buscaba los guijarros más pulidos y blancos, los que más resaltaban entre la alfombra de piedrecillas, para guardarlos luego en una cajita metálica de galletas que le había dado Claudia, junto con las sales de baño de rosas que había cogido del tarro de cristal del baño del primer piso.

—Ha desaparecido una chica de Mundaka, se lo he oído contar a Claudia —dijo Ofelia sin apartar la vista de los guijarros—. La hija de una de las mujeres que trabajan en la conservera de pescado. Hace tres días que nadie sabe nada de ella.

Atardecía sobre ellos y la luz grisácea de finales del otoño le daba un aspecto ceniciento al mar. Pronto la bruma caería sobre la pequeña cala cubriéndola como un velo de tul.

—¿Crees que es el mismo hombre que te secuestró a ti? El hombre sin rostro que aparece en tus sueños —preguntó Dylan con cautela—. Sería lógico pensar que es él quien se lleva a esas pobres chicas.

Desde la noche en que recordó su nombre, Ofelia había estado teniendo pesadillas en las que un hombre sin rostro la sujetaba por el tobillo debajo del agua, negra y helada, hasta que ella se quedaba sin aire. Se despertaba en el desván en la casa de las Amara cubierta de sudor frío y con la sensación de unos dedos invisibles todavía cerrados alrededor del tobillo.

—¿Has recordado algo más? ¿Alguna pista sobre ese hombre o sobre las chicas desaparecidas?

Ofelia negó con la cabeza. Seguía sin recordar nada de su vida antes de que Dylan Morgan la trajera de vuelta de entre los muertos en esa misma playa.

—Nada nuevo —respondió mirándose disimuladamente el tobillo para asegurarse de que los dedos de ese hombre sin rostro no estaban allí—. Me temo que no soy de mucha ayuda.

—Pues yo no creo que la encuentren, a la chica de Mundaka, me refiero. Será como con todas las demás —dijo Ulises de repente—. Para mí que están en el fondo del mar o enterradas en algún lugar después de la carretera que sale hacia Bilbao, en la parte más oscura y profunda del bosque. En cualquier caso, nunca las encontrarán.

Su hermano le dedicó una mirada de reproche.

—A mí me encontrasteis —dijo Ofelia con una diminuta sonrisa.

—Bueno, más bien tú nos encontraste a nosotros.

La sonrisa de Ofelia se hizo más amplia al escuchar la respuesta de Dylan, pero enseguida volvió a ocuparse de las piedrecitas.

Los tres llevaban un buen rato cerca de la orilla, viendo cómo las olas se alejaban cada vez más de la playa. Desde donde estaban, el agua salada les salpicaba la cara y el pelo cuando una ráfaga de viento golpeaba la superficie, pero a Ofelia le encantaba sentarse cerca del mar.

—Algunas muchachas de la zona quieren organizarse para buscarle, al hombre que se está llevando a las chicas, quiero decir —comentó Ulises—. Creen que las autoridades no hacen nada por detenerle y se han propuesto cazarle ellas solas sin ayuda de nadie.

—Y tienen razón. —Dylan se recostó sobre los codos y miró el cielo del atardecer sobre ellos; algunas piedrecillas del suelo se le clavaron a través de su grueso jersey de lana—. Ese hombre se ha llevado a ¿cuántas?, ¿diez?, ¿doce chicas en estos años?, y nadie sabe quién es o por qué lo hace. Ni siquiera encuentran los cuerpos de esas pobres muchachas.

—He oído que en el pueblo algunos le llaman Barba Azul.

—Barba Azul, muy apropiado: es el villano de un cuento de hadas. En la historia se casa con varias muchachas mucho más jóvenes que él a lo largo de varios años, pero nunca más se vuelve a saber nada de ninguna de ellas —empezó a decir Dylan—. Resultó que Barba Azul mataba a sus jóvenes esposas y guardaba los cadáveres en una habitación secreta de su castillo en medio del bosque.

Ninguno de los tres se atrevió a decir nada, y durante unos

segundos el sonido de la marea retirándose de la playa llenó el aire.

—Qué historia tan espantosa —murmuró Ofelia al fin. Había algo en aquel siniestro cuento de hadas que le resultaba vagamente familiar, como si lo hubiera escuchado antes.

—Nuestro Barba Azul deja una corona de lirios blancos en la bajamar después de llevarse a una chica; las flores son del mismo color que la espuma del mar cuando rompe contra la orilla. Supongo que lo hace como último insulto o burla hacia las víctimas —dijo Ulises mirando las olas.

Dylan se apartó un mechón de pelo de delante de los ojos.

—Tiene que ser alguien que conozca bien esta zona, para poder llevarse a las chicas y esconderlas por ahí sin que nadie le haya visto jamás. El terreno en toda esta costa es engañoso y abrupto, es fácil perderse si uno no conoce bien la orografía: hay muchos caminos vecinales, cuevas, senderos que no llevan a ningún lado; y eso sin contar el bosque y las colinas que rodean todo el valle. Y tiene que ser grande, fuerte: cargar con una muchacha campo a través no es fácil.

—Podría tener ayuda para llevarse a las chicas —sugirió Ulises.

Su hermano mayor lo pensó un instante.

—No lo sé. Hay que confiar mucho en alguien para matar juntos y hacer desaparecer un cadáver. Añádele a eso el peso en la conciencia de guardar un secreto así durante tantos años.

Ofelia había encontrado una piedrecilla más blanca y transparente que las demás y, sentada, estudiaba el modo en que los últimos rayos de la tarde se reflejaban en ella. Habló sin apartar la vista del guijarro.

—Quien hace esto no siente ningún peso en la conciencia. Ese Barba Azul no siente culpa. Cree que lo que hace está bien, por eso sigue haciéndolo —mascullÓ—. Para él esas chicas no son nada: hijas de pescadores, rederas, trabajadoras de las conserveras..., menos que nada, y en mi caso tiene razón porque hace ya más de un mes que aparecí en esta playa y nadie me ha echado de menos.

En las últimas semanas habían preguntado en los pueblos

cercanos por si acaso alguien conocía a una muchacha con su nombre o descripción, o por si faltaba de alguna casa. El párroco de Bermeo los ayudó incluso a difundir la noticia entre sus feligreses, pero nadie en ninguno de los pueblecitos costeros que se extendían hasta más allá de Getaria se acordaba de Ofelia ni la extrañaba.

—Esas cosas llevan tiempo y hay que cubrir mucho terreno. Igual dentro de un par de meses tienes alguna noticia o empiezas a recordar de pronto —se le ocurrió a Ulises.

Ofelia se guardó la piedrecita en la faltriquera.

—Sí, quizá —respondió nada convencida.

—Mirad a quiénes me he encontrado mientras venía hacia aquí —dijo una voz a su espalda.

Era Katixa Aranguren. Bajaba por el camino sinuoso que llevaba hasta la playa con el paso seguro de quien sabe dónde pisar.

—¡¿Los has traído a nuestra cala? Pero ¿cómo se te ocurre?! —gritó Ulises, indignado con Katixa, mientras se ponía de pie de un salto—. Te lo contamos solo a ti para que pudieras venir con nosotros por las tardes.

Los hermanos Laguna seguían a Katixa por el atajo inclinado. Helena caminaba con algo más de elegancia entre los helechos salvajes y las hierbas altas que crecían sin ningún control a ambos lados del sendero, pero Lorenzo parecía a punto de resbalar y bajar el resto del camino hasta la playa dando tumbos sobre su trasero.

—No te ofendas tanto; todos los que somos de la zona conocemos este sitio. Y estos dos os habrían encontrado de todas formas: venían hacia aquí cuando me los he cruzado en el camino un poco más arriba —se defendió Katixa—. Aunque bien podría haber dejado a Lorenzo atrás para que se lo comieran los lobos.

—Aquí no hay lobos —dijo Dylan antes de ponerse en pie—, aunque dicen que hay un monstruo por estos bosques...

Se limpió los pantalones de las piedrecillas que se le habían quedado pegadas y después le tendió la mano a Ofelia para ayudarla a levantarse. Le seguía sorprendiendo el tacto de su piel, siempre fría. Ella tardó un momento más de lo necesario en soltar su mano cuando se puso de pie. Nadie en la playa se dio cuenta excepto Ulises Morgan, que sintió una descarga de celos en el pecho al verlo.

—¿Y para qué habéis venido aquí, si se puede saber? —preguntó Dylan.

Lorenzo resopló y una sonrisita burlona se dibujó en su cara.

—Después de lo que pasó en el funeral no sé ni cómo te atreves a acercarte a nosotros —añadió Ulises—. Le has causado un daño irreparable a mi hermano con tus estupideces: por tu culpa su futuro está arruinado y ahora tiene que rebajarse a trabajar en el taller.

—No hace falta que me sigas ayudando, enano.

Ulises no lo sabía y Dylan no se lo contaría nunca, pero dos días después de su pelea en el cementerio fue a disculparse con Lorenzo por el puñetazo. Se sentía terriblemente culpable por haberle tirado al suelo de aquella forma, pero sobre todo le había impresionado ver la sangre de Lorenzo en sus nudillos: la prueba roja de su crimen. Dylan se había restregado las manos tan fuerte para conseguir limpiarse, que la piel de los nudillos se abrió por culpa del jabón y el agua fría. Se presentó en la puerta de los Laguna con las manos enrojecidas y dispuesto a que Lorenzo le diera otro puñetazo para desquitarse y equilibrar el marcador. Pero en vez de eso, Lorenzo apareció en el umbral de la puerta, con el labio hinchado por los puntos de sutura y la voz entrecortada por el dolor: «Vuestro abuelo ha muerto, es normal que quisieras darle un puñetazo a alguien», le dijo después de escuchar sus disculpas.

No hubo golpes, ni reproches por parte de Lorenzo, solo esa comprensión silenciosa que a Dylan le hizo sentirse aún más miserable. Regresó deprisa a casa para poder llorar por su abuelo Devon sin que nadie le viera. Después de aquello, Lorenzo y él se habían visto un par de veces, pero siempre manteniendo la distancia y el desdén al que estaban acostumbrados.

Lorenzo se rio quedamente sacándole de sus recuerdos.

—Bueno, ya sabes lo que dicen, Ulises: todos somos un poco responsables de nuestra propia desgracia.

Una ráfaga de viento frío barrió la cala y se alejó hacia los acantilados. Los altísimos pinos que crecían allí se agitaron con un murmullo siniestro.

—Ya es suficiente, los dos. No hemos venido hasta aquí para discutir —cortó Helena, frotándose los brazos por encima de su chaquetilla de lana de angora para entrar en calor.

—¿Entonces? ¿Para qué habéis venido? —le preguntó Dylan con suavidad.

Ella tardó un momento en responder:

—Ha sido idea mía. Barba Azul se ha llevado a otra chica, pero todavía no ha dejado las flores. Han estado registrando las playas y haciendo guardia por si acaso, pero nadie ha encontrado aún la corona de lirios y queríamos ver si tal vez había aparecido aquí. Como está escondida y no suele venir nadie y mucho menos en esta época del año, se me ha ocurrido acercarme a comprobarlo.

—Es una buena idea —admitió Dylan.

—Gracias. Lorenzo no lo cree así, pero me ha acompañado porque me daba miedo venir yo sola. No quiero ser la siguiente en desaparecer.

Nadie hasta ese momento se había atrevido a ponerle nombre a esa sensación oscura que merodeaba por las casas, las calles de los pueblos y los *baserris* de toda la costa cuando se ponía el sol. *Miedo.*

—Sí. Él se lleva a las chicas, pero el miedo se queda, lo deja aquí con nosotras. —Katixa perdió la mirada en el horizonte—. Yo creo que por eso lo hace, para que estemos asustadas, quiere castigarnos por algo. Se lleva a una chica de vez en cuando a modo de advertencia para todas las demás: ten cuidado, no salgas después del atardecer o tú serás la siguiente.

—Tengo edad para casarme, pero mis padres no me dejan salir sola de casa, nunca me han dejado. Barba Azul nos ha hecho prisioneras a todas —se lamentó Helena—. Desde que puedo recordar, todas las muchachas de la costa vivimos con ese miedo. Miedo a ser la próxima en desaparecer y también miedo a que la siguiente chica que se lleve sea tu amiga, tu hija...

—O tu hermana —terminó Katixa.

Las tres chicas se quedaron en silencio un instante, pensando en cómo ese terror a la noche, a desaparecer, el miedo a tener una muerte espantosa y ser olvidada llenaba cada espacio de sus vidas cuando estaban fuera de casa. Era un miedo invisible y viscoso al que ya estaban acostumbradas, pero que se sentía igual que vivir arrastrando una gran piedra atada con una cadena al tobillo.

—¿Crees que las flores aparecerán hoy? Llevamos un buen rato en la cala y no hemos visto ninguna corona —aseguró Ulises.

—La marea está bajando —replicó Helena muy segura de su teoría—, y hay gente vigilando en las demás playas por si lo ven aparecer. Tiene que venir, es nuestra mejor oportunidad de atraparle. No me importa que esta sea vuestra playa, no me moveré de aquí hasta que no me asegure de que he esperado lo suficiente para ver su asquerosa cara.

—Pronto se hará de noche, y hasta llegar a la carretera no hay luces ni casas en el camino que sube por la colina. Podemos esperar aquí con vosotros por si resulta que al final aparece —sugirió Dylan—. Así, si se presenta, seremos más para enfrentarnos a él.

—Me parece bien —dijo Helena a regañadientes—. Pero esto no significa que seamos amiguitos, no después de todo lo que le has hecho a mi hermano.

—Descuida, nada ser de amigos —respondió Dylan con su habitual insolencia dándoles la espalda.

Pero entonces le pareció oír un susurro y algo atrajo su atención: una figura apareció entre los árboles al final de la larga lengua de cantos rodados que formaba la playa.

—Hay alguien ahí. Nos observa.

Todos se volvieron para ver lo que Dylan señalaba con la cabeza.

—Sí, yo también lo veo. Lleva algo en la mano —afirmó Katixa.

Ofelia entornó los ojos, mucho más certeros cuando había poca luz:

—Son flores. Creo que lleva una corona de flores.

—¡Es él! —gritó Helena.

La cala de Natxitua apenas medía doscientos metros de largo, además a esa hora de la tarde la bruma del mar ya flotaba en el aire, así que a esa distancia y con niebla era difícil distinguir con claridad la misteriosa figura que había salido del bosque de pinos; aun así, Ofelia vio que vestía de blanco.

Dylan echó a correr hacia allí. Sus largas piernas prácticamente le hacían volar sobre los cantos rodados. Escuchaba su respiración agitada y el corazón desbocado contra el pecho mientras avanzaba. Los demás salieron corriendo tras él también, y cuando apenas habían cubierto un cuarto de la distancia que los separaba, la misteriosa figura dejó algo cerca de la orilla y regresó rápido al cobijo del bosque.

—¡Eh! ¡Tú! —gritó Lorenzo.

El primero en llegar al final de la playa fue Dylan. Se adentró entre los pinos para seguir a la figura vestida de blanco: en el bosquecillo el aire olía a resina y el suelo estaba blando por la lluvia de los últimos días. Dylan notó cómo se hundían un poco sus zapatos al avanzar, pero no había rastro de nadie. Allí apenas llegaba la luz de la tarde y sabía que pronto las sombras de los árboles lo cubrirían todo, así que dio media vuelta para volver por donde había venido.

—Lo he perdido —dijo Dylan cuando se reunió con los demás en la cala—. Lo siento. He estado tan cerca...

Puso las manos en la cintura y miró al cielo mientras recuperaba el aliento. Tenía las mejillas inflamadas y los ojos le brillaban por la carrera.

—¿Has podido verle? ¿Viste quién era? —quiso saber Lorenzo mientras escrutaba los árboles por si acaso volvía a aparecer.

—Apenas —admitió Dylan, le ardía la garganta—. Pero me ha parecido... —Se detuvo, como si por primera vez en su vida Dylan Morgan no supiera qué decir.

—¿Qué...? ¿Qué te ha parecido? —le apremió Lorenzo.

Ofelia estaba en la orilla. Se había metido en el agua para recoger lo que la figura había dejado: era una corona de lirios blancos. El agua salada se pegaba a su vestido empapado cuando salió y se la entregó a Katixa, que la miró sin poder contener las lágrimas de furia al comprender que la chica desaparecida no regresaría nunca.

—¡Habla, Morgan! Por Dios —insistía Lorenzo—. ¿Qué es lo que te ha parecido ver cuando le has visto correr hacia el bosque?

—Llevaba algo blanco que le cubría la cabeza, como un velo de novia. Creo que Barba Azul es una mujer.

SEGUNDA PARTE

—

MAREA ALTA

Mayo de 1902

UNA NUEVA PISTA

—

El sol débil de mayo apenas era capaz de pasar entre las hojas de los limoneros que crecían en el extremo este del jardín. Desde allí podía verse el mar, por eso mismo a Ofelia le gustaba sentarse en la hierba por las tardes después de terminar de hacer sus tareas. La mansión de las Amara estaba construida sobre una de las colinas suaves que rodeaban Ea, así que desde el jardín no se podía oír el ruido de las olas, pero si Ofelia cerraba los ojos, casi podía sentir el murmullo del mar, llamándola.

Katixa Aranguren estaba sentada a su lado, sobre la gruesa manta de cuadros rojos y verdes que usaban para protegerse de la humedad que aún salía de la tierra en esa época del año.

—Te digo que esta vez es de verdad, Ofelia. Ese hombre asegura haber visto una figura que merodea por el puente de piedra dos noches seguidas. Dice también que no le vio la cara porque la llevaba embozada en una bufanda o un pañuelo para ocultarse, pero es él, tiene que ser él —insistió Katixa—. Barba Azul.

Barba Azul. Su nombre siempre sonaba diferente cuando lo pronunciaba Katixa Aranguren. Cuando ella decía su nombre no había miedo en su voz, solo fuego.

—No lo sé. Desde luego suena prometedor, pero también es posible que lo único que ese hombre haya visto sea el fondo de un vaso de *txikito.* Estoy convencida de que vio esa misteriosa figura después de que cerraran la última taberna del puerto. —Ofelia miró a su amiga y añadió, más suave ahora—: Lo siento, sé bien lo importante que es esto para ti. Precisamente por eso no quiero que te lleves una decepción como nos pasó la última vez. ¿Te acuerdas? Entonces también pensábamos que teníamos una buena pista de Barba Azul, y al final resultó ser un jabalí que rondaba por el bosque y se acercaba al puerto atraído por el olor del pescado.

Katixa asintió apesadumbrada.

—Sí. Ya lo sé —admitió.

Dos meses atrás, el rumor de que había una criatura sombría y misteriosa viviendo en el bosque se extendió como la pólvora por toda la zona. Hacía años que las leyendas hablaban sobre un monstruo que vivía en los bosques de la zona, no era nada nuevo, se trataba solo de eso: leyendas. Pero algunos vecinos empezaron a encontrar comida pisoteada en la calle: los tomates de las huertas cercanas al puerto amanecían arrancados, incluso alguien había intentado tirar abajo a golpes la puerta del taller donde los Morgan reparaban sus barcos.

Algunos pensaron que el responsable era un hombre: un forastero, que se escondía en los bosques que conectaban los pueblos pesqueros a lo largo de la costa y salía por las noches para robar comida o combustible. Pero otros vecinos estaban convencidos de que se trataba de Barba Azul. Así que se organizaron batidas de hombres armados para rastrear el bosque para encontrarlo: hicieron guardias, colocaron trampas e incluso hubo quien juró haber visto a un individuo de piel oscura con los ojos brillantes escondido entre los pinos. Katixa pasó dos días enteros escondida en el almacén de aparejos que tenían los Morgan junto a su taller, esperando para ver aparecer al monstruo que se había llevado a su hermana Nagore y a las demás chicas. La segunda noche, un ruido la sobresaltó, se asomó entre el hueco de los tablones en la pequeña ventana del almacén para echar una ojeada y vio al maldito jabalí corriendo por el embarcadero de vuelta al bosque. No era ningún monstruo: aquel invierno había sido largo y especialmente frío, así que el animal se había acercado al pueblo buscando comida.

—Pero te digo que esta vez no es un maldito jabalí: le han visto varias personas y están dispuestas a jurar que camina erguido sobre dos piernas, como hacen las personas, y se cubre la cara con algo para que no lo reconozcan. Los jabalíes no hacen eso.

—Es cierto, los jabalíes no hacen eso —admitió Ofelia pensativa—. Es solo que aquella tarde en la cala de Natxitua vimos a alguien dejando las flores en la orilla, y no era un hombre. Era una mujer vestida de blanco. Todos la vimos.

Katixa suspiró frustrada.

—Sí. Pienso en eso a menudo, porque esa tarde saltaron por los aires todas nuestras teorías sobre Barba Azul... Pero se me ha ocurrido que a lo mejor hay más de un responsable, tal y como sugirió Ulises, o puede que sea la misma persona disfrazada porque sabe que la vimos esa tarde, no lo sé. —Katixa se pasó las manos por el pelo largo en un gesto que repetía cuando se ponía de mal humor—. Solo sé que desde esa tarde no hemos descubierto nada nuevo, pero el miedo sigue extendiéndose por la costa. Mi madre ya apenas sale de casa, lleva encerrada desde la noche que vinimos a conocerte.

—Lo siento. No sabía que tu madre había empeorado.

—Ya, bueno. Tampoco es que yo vaya hablando de ello por ahí.

Ofelia arrancó una flor silvestre temprana que crecía cerca de la manta y la aplastó entre sus dedos hasta que estos se volvieron pegajosos y adquirieron un tono verde. Era evidente que su amiga no quería seguir hablando sobre su madre.

—Ojalá pudiera recordar algo más sobre mi pasado. Desearía ser de más ayuda, pero mis recuerdos se han quedado congelados, como una fotografía.

En los meses que habían pasado desde que apareció en la pequeña cala de piedras, Ofelia no había recordado nada nuevo. Un par de veces más había intentado que Claudia la ayudara a adivinar su futuro —o más bien en su caso, su pasado— con ayuda de su péndulo; pero Claudia siempre acababa evitando el momento de sentarse a solas con ella a la mesa de la cocina con alguna excusa. Algunas noches le parecía reconocer una voz familiar a través de las gruesas paredes revestidas en madera de la casona, un olor conocido flotando en el aire, e incluso una vez estuvo segura de que conocía a la mujer que les subía la leche los lunes por la mañana, pero la mujer juró que nunca jamás se habían visto antes.

—Barba Azul tiene que ser alguien de cierta edad, porque la primera chica desapareció hace veinticinco años, eso es lo único que sabemos —dijo Katixa con determinación, trayéndola de vuelta de sus pensamientos—. Pero esta es una buena pista, una pista nueva después de todos estos meses de vacío, y yo pienso ir a ese puente mañana por la noche para ver si ese bastardo aparece; tú puedes hacer lo que quieras.

Ofelia no respondió, pero apretó la mano de su amiga en silenciosa señal de apoyo. En aquellos meses, Katixa Aranguren se había convertido en su única amiga.

—Tu mano siempre está helada, pareces una de esas criaturas de sangre fría.

—Según Ulises, antes yo era una princesa de un pequeño país europeo, pero mientras celebrábamos una fiesta en el barco que nos llevaba a mi familia y a mí de vacaciones a las Américas, me caí por la borda. Por eso llevaba puesto un vestido tan elegante cuando me encontraron.

—No creo que fueras una princesa.

—Ya, yo tampoco.

Las dos amigas se rieron.

La brisa suave jugueteó con las hojas del limonero llevando el olor de las flores de azahar hasta ellas. El jardín que rodeaba la casa Amara tenía el mismo color verde brillante que los bosques y colinas de alrededor, ese invierno había sido uno de los más lluviosos que se recordaban y la primavera había despertado igual de revuelta: lloviznaba cada día y el cielo aparecía enmarañado de nubes altas y grises, hasta la ría parecía más caudalosa de lo que era habitual en esa época del año.

—He vuelto a soñar con él, Kati, con el hombre sin rostro.

El ambiente se tensó al mencionarle. «El hombre sin rostro» se había convertido en una sombra que habitaba en las pesadillas de Ofelia, y últimamente también la perseguía a la luz del día.

—¿Algo nuevo?

—No. En el sueño estoy en un lugar que no reconozco, está muy oscuro. El aire es húmedo y puedo sentir cómo se cuela hasta mis huesos, pero no tengo frío. El hombre sin rostro canta una canción en un idioma extraño.

Ofelia miró al mar y tarareó la cancioncilla que aparecía en sus sueños. No conocía la letra, pero sí su melodía, lenta y melancólica.

—Parece una nana, o quizá una canción infantil —dijo Katixa, disimulando el escalofrío que le bajó por la espalda.

—Se la he tarareado a Claudia por si acaso reconoce la canción, pero a ella tampoco le resulta familiar. Ojalá tuviera forma de descubrir de qué canción se trata. No puedo explicarlo, pero estoy segura de que nos ayudaría mucho.

—Sí, es una lástima. ¿Y no recuerdas nada más? Dices que la canta en un idioma extraño... ¿No será euskera?

—No, creo que podría reconocerlo si así fuese. Desde hace días esa canción también me encuentra cuando estoy despierta, como si alguien se hubiera olvidado un fonógrafo en marcha en una habitación lejana y yo pudiera escuchar la melodía en el aire. Sé que conozco esa cancioncilla.

Habían pasado meses desde que recuperó el habla, pero algunas veces todavía se le hacía raro utilizar frases largas como aquella. Junto con su voz y su nombre, Ofelia parecía haber recuperado parte de los modales de una joven elegante: hablaba con propiedad, se sentía cómoda llevando zapatos, usaba bien los cubiertos y se sentaba con los pies en el suelo, pero, de algún modo, intuía que la Ofelia más salvaje todavía estaba ahí, agazapada en un rincón dentro de ella, lista para salir cuando la pudiera necesitar. Se miró los dedos pegajosos manchados de la savia de la flor que había aplastado y se limpió en la manta.

—Le pediré ayuda a Helena para buscarla en sus libros de música, por si acaso —dijo Katixa—, seguro que estará encantada de ayudarnos. También preguntaré por ahí por si a alguien le resulta familiar.

Ofelia tarareó la canción una vez más mirando al mar casi como si esperase encontrar respuestas en la lámina azul. Sabía que la melodía de la misteriosa canción era un recuerdo. Estaba segura porque cada vez que la cantaba tenía esa incómoda sensación que siempre se tiene al entrar en una habitación y no recordar para qué se ha ido allí. Esa cancioncilla triste era un recuerdo de su otra vida, de esa vida que no podía recordar.

—Sin saber el idioma y sin tener la letra será casi imposible averiguar de qué canción se trata, pero lo añadiré al diario por si a ti se te olvida.

Ofelia se volvió para mirar a su amiga y asintió despacio.

—Gracias.

—Y lo de ese lugar oscuro que aparece en tus sueños ya me lo habías contado antes... Últimamente he estado pensando mucho en ello —empezó a decir Katixa mientras sacaba un librito de un bolsillo interior de su abrigo.

La noche en que se conocieron, cuando Katixa Aranguren acompañó a su madre a la casa funeraria de las Amara para ver con sus propios ojos a la misteriosa chica que había traído la marea, supo que descubrir el secreto de esa chica pálida y silenciosa la acercaría a descubrir el secreto oculto tras la desaparición de su propia hermana. Pero con el paso de las semanas el misterio de Ofelia le había ido obsesionando tanto como el de Nagore.

—Mira, aquí lo tengo. Lo apunté hace un mes y no he dejado de pensar en ello desde entonces. —Pasó las páginas—. «Un lugar oscuro y húmedo.»

Katixa llevaba un diario con todos los avances de su investigación acerca del pasado de Ofelia y su relación con Barba Azul. En la cubierta manoseada del librito simplemente ponía «Ofelia» escrito a mano; en sus páginas las dos amigas anotaban cualquier fragmento de un recuerdo o pista acerca de la misteriosa procedencia de Ofelia. Había párrafos enteros con la letra apretada e irregular de Katixa donde se describía un sueño, el dibujo tembloroso de algo que parecía un lago, testimonios de algunos vecinos del día en que desapareció Cora Amara, recortes del periódico de noticias sobre naufragios ocurridos en la zona e incluso un mechón de su pelo. También habían robado de la biblioteca de Bermeo los recortes de prensa de las desapariciones, algunas fotografías antiguas de las muchachas desaparecidas y un lirio blanco seco de la corona que encontraron en la cala aquella tarde de noviembre.

—¿Tienes alguna teoría de las tuyas sobre ese lugar «oscuro y húmedo» que aparece en mis pesadillas?

—Puede ser —empezó a decir—. Tiene sentido pensar que estuviste retenida durante mucho tiempo en un lugar con poca luz. ¿Sabías que, si pasas mucho tiempo en un lugar oscuro, tus ojos se acostumbrarán a ver en la oscuridad?

Ofelia la miró sin comprender.

—Lo leí en uno de los libros de la biblioteca durante nuestra visita. El cuerpo hace esas cosas: se adapta al medio en el que vive para poder sobrevivir; especialmente cuando somos niños o jóvenes. Creo que por eso mismo puedes ver mejor de noche y por eso tus ojos tienen ese aspecto... —hizo una pausa buscando la mejor palabra para no ofender a su amiga— poco común.

Con el paso de los meses, los ojos de Ofelia habían dejado de parecerse a los de los peces que viven en el fondo del océano, pero incluso ahora, bajo la luz del mediodía, sus pupilas seguían siendo extrañamente grandes y oscuras, parecidas a las de un gato a medianoche.

—Y lo mismo pasa con tu piel y el frío: has vivido mucho tiempo en un ambiente frío y tu cuerpo se aclimató para poder sobrevivir, como sucede con los exploradores que escalan montañas cubiertas de nieve. Por eso nunca tienes frío y tu piel siempre está helada.

—Tiene sentido —respondió ella, impresionada con la teoría de Katixa—. Eso explicaría por qué puedo ver mejor en la oscuridad.

No era nada mágico o sobrenatural: solo un proceso adaptativo para sobrevivir a una situación penosa. Se dijo que dolía menos creer que era una sirena o una princesa perdida en vez de aceptar que era una niña secuestrada, encerrada en algún lugar horrible durante todos estos años.

Ofelia miró al mar, y la brisa de la tarde murmuró su nombre otra vez.

—No lo sabemos seguro, pero lo averiguaremos, ¿de acuerdo? —le prometió su amiga—. De momento solo es una teoría, nada más.

Cerró el diario de golpe y una vieja fotografía cayó de entre sus páginas sobre la manta de cuadros. Ofelia la cogió para verla mejor: la imagen era pequeña, de mala calidad y borrosa, no como las modernas fotografías que tomaba el equipo fotográfico de Claudia.

—Es muy guapa. ¿Quién es?

—La primera víctima de Barba Azul, o eso creo, al menos. No he podido buscar desaparecidas antes de esa fecha, porque hace algunos años todos los registros de la iglesia se destruyeron, pero he preguntado a las mujeres que llevan el pescado desde el puerto hasta los valles del interior por los caminos para venderlo: ellas lo saben todo sobre todos y hablan con todo el mundo. Ellas lo saben todo —explicó Katixa entusiasmada con sus descubrimientos y su red de informantes—. Esa chica se llamaba Clara Iriarte. Según me han contado se la consideraba una «belleza local»; vamos, que todos los muchachos de la zona andaban como locos detrás de ella. Tanto que incluso se decía que en realidad era una lamia que engatusaba a los pescadores al atardecer por puro entretenimiento. Clara desapareció en 1877, hace veinticinco años, sin dejar rastro.

—Clara Iriarte —repitió Ofelia su nombre, pensativa.

Volvió a mirar la fotografía. Había algo familiar en ella, no podía decir qué era exactamente, pero la chica de la imagen desgastada por el tiempo la miraba casi exigiéndole una respuesta.

—He cambiado de opinión: quiero ir contigo esta noche a buscar a ese hombre que merodea por el puente de piedra. Si él sabe algo de las chicas desaparecidas o sobre mi pasado, quiero ayudarte a atraparle.

Ulises Morgan estaba de pie frente al escritorio de su padre. Tenía las manos a la espalda mientras esperaba pacientemente su turno para hablar, como le había enseñado a hacer su padre.

Ahora que era el futuro gerente de Vapores Morgan e Hijos, se peinaba el pelo alborotado y negro hacia atrás con aceite de Macasar y utilizaba solo ropa de colores oscuros: trajes sobrios de lanilla fina, con una camisa blanca de hilo de cuello levantado como las que usaba su padre. Pero a pesar de todos esos cambios, seguía pareciéndose mucho a Dylan —ambos tenían el mismo perfil distinguido, la nariz recta, los labios carnosos, los ojos claros—, pero desde que trabajaba con su padre había ido perdiendo ese halo casi juvenil de antes. Incluso encontró unas viejas gafas con poca graduación que habían pertenecido a su abuelo Devon y que ahora él se ponía durante las reuniones para aparentar más edad.

«Menuda idiotez. Como si unas gafas viejas te fueran a volver más listo, enano. Vistiendo así solo te pareces más a papá, nada más. No sé a quién crees que engañas con ese aspecto, pero no eres tú mismo», le había dicho Dylan una tarde, cuando le vio ensayando con las gafas delante del espejo del vestíbulo.

«Igual es que no quiero seguir siendo yo mismo. Y ¿qué sabrás tú de eso? Tú nunca has tenido que fingir ser de otra manera para agradar a alguien. Siempre has sido el preferido de todos a pesar de tus muchos defectos: el elegido, el primogénito. Eras la primera opción del abuelo, de padre hasta que lo fastidiaste todo, y parece que también eres la primera opción de Ofelia.»

Justo al contrario que su hermano, desde que su padre le desterró de la empresa Dylan había pasado de intentar parecer un caballero moderno de ciudad a convertirse en un marinero de apariencia salvaje: su pelo, ondulado y negro como la medianoche, estaba tan largo que ya rozaba los hombros y le caía sobre los ojos, en los últimos meses se había dejado crecer la barba y sus pómulos altos ahora se veían más acentuados. Pasaba casi todo el tiempo a la intemperie o trabajando en el gélido taller, así que vestía gruesos jerséis de lana con cuellos altos y se protegía del frío con el viejo abrigo de marinero de su abuelo Devon, color azul oscuro, de corte largo y amplio, con bolsillos a los lados y cuellos subidos para que el viento del norte no le arañase la garganta.

Ulises carraspeó tímidamente para recordarle su presencia a su padre, que seguía abstraído tras su escritorio repasando el precio del carbón para alimentar los motores de su pequeña flota y las tarifas para cebo.

—Sí, ya te he oído, pero ¿entiendes la importancia de cerrar este acuerdo? ¿Lo que esto significaría para nosotros? —le preguntó sin levantar la mirada de los papeles que tenía sobre la mesa—. Una dispensa especial del Gobierno para pescar fuera de temporada y vender las capturas sin intermediarios nos daría ventaja sobre los demás pescadores, asociaciones, cofradías y empresas de la zona. Podríamos vender directamente las capturas a hoteles y balnearios, grandes mercados de abastos, tabernas... y todo sin intermediarios. Se acabó pagar a otros para que vendan nuestro producto. Crecerían nuestros márgenes de beneficios. Todo sería para nosotros.

—Claro que lo entiendo, padre... Eso significaría tener vendida toda la captura del día incluso antes de que los barcos se hagan a la mar. Pero necesitamos el apoyo de Marcel Laguna en la votación para poder cerrar el acuerdo.

Silvestre Morgan se removió en su cómoda silla tapizada en piel de corzo, que había pertenecido a su padre antes que a él, y miró a su hijo.

—Justo sobre eso quería hablarte: tú eres amigo de su hijo, que se pasa el día derrochando el dinero a las cartas y bebiendo en las tabernas del puerto. Se me ocurre que podrías intentar persuadirle de forma discreta, ya sabes: conseguir que nos ayude a convencer a su padre para que vote a nuestro favor junto con los demás delegados de Gobierno.

Ulises esbozó una sonrisa amarga cuando su padre mencionó su plan con los Laguna.

—Lorenzo Laguna no es exactamente amigo mío. Me temo que no me aprecia mucho y el sentimiento es mutuo. Siempre me ha parecido de los que se dejan llevar por sus impulsos, un poco como Dylan. De hecho, ahora Lorenzo se entiende mejor con él que conmigo, quizá debería usted hablar con Dylan para esto —sugirió con cautela—. Ellos dos pasan bastante tiempo juntos.

Ulises no le había contado a nadie lo que vieron en la cala de Natxitua aquella tarde: la fantasmal figura vestida de blanco que depositaba una corona de lirios en la orilla era su secreto, el de los seis que estaban en la playa esa tarde. Era el único secreto que compartía con Lorenzo.

Silvestre torció el gesto cuando escuchó el nombre de su hijo mayor.

—No involucraré a tu hermano en los negocios familiares, lo sabes de sobra. Dylan siempre será parte de esta familia, pero no podemos confiar en él para que se ocupe de las cosas importantes. Y tú mejor que nadie sabes por qué.

—Sí, lo sé bien.

Ulises sabía que había perdido la discusión. Nunca había segundas oportunidades con su padre. Ni para él ni tampoco para Dylan.

Silvestre bajó de nuevo la mirada y suavizó el tono.

—¿Te había contado alguna vez que el sueño de tu abuelo Devon era construir nuestros propios barcos? No solo tener una flotilla de vapores para salir a pescar cada día, sino construir nuestros barcos: un pequeño astillero con nuestro nombre, aquí mismo, en la bahía.

—No, no lo sabía. El abuelo nunca me lo contó, puede que se lo dijera a Dylan. —No podía evitar sentirse un poco traicionado por la relación entre su abuelo y su hermano.

—Pues sí, ese era su sueño, y sabiendo cómo era estoy seguro de que habría podido llevarlo a cabo, con el tiempo, claro. Astilleros Morgan e Hijos, ¿lo imaginas? Toda la zona se beneficiaría de un negocio así: atraeríamos trabajo, hombres, mercancías, mejores carreteras y comunicaciones para todo el valle, en definitiva: el progreso. —Los ojos de su padre brillaron solo de imaginarlo—. Ganar la votación y cerrar ese acuerdo nos ayudaría a conseguir el sueño de tu abuelo. Es importante. Ya sabes lo que hay que hacer, hijo.

Desde que su hermano Dylan quedó relegado al papel de

mecánico y chico para todo en la empresa familiar, Silvestre Morgan siempre le llamaba por su nombre: Dylan. Sin embargo, a Ulises lo llamaba «hijo»; como si con esas palabras en apariencia inofensivas quisiera dejar claro el lugar que cada uno de ellos ocupaba en su corazón. Ulises no quería que su padre le llamara por su nombre de pila otra vez: quería seguir siendo «hijo». De modo que asintió y con las manos todavía a su espalda, respondió:

—Sí, ya sé lo que tengo que hacer.

1880

Cora Amara acaba de cumplir diecinueve años y está de pie junto al limonero que crece al final del jardín. Le gusta estar allí por las tardes, cuando el sol desciende sobre el horizonte marino; va a echarlo de menos. Es una tarde brillante de verano, pero el viento que llega desde mar adentro empuja susurros misteriosos que vuelan hasta ese extremo del jardín, y hace que la falda de su vestido baile en la brisa.

—Cora. —Su madre la llama desde la puerta trasera de la mansión—. Cora, ¿cómo se te ocurre decir algo semejante? Buscaremos cómo resolverlo, sabes de sobra quiénes somos y todo por lo que hemos pasado para llegar hasta aquí. No permitiré que tus caprichos lo arruinen todo. No lo permitiré.

Ella mira a su madre, protegida del sol anaranjado de la tarde dentro de la casa. El cabello de Anastasia Amara todavía no se ha vuelto de color plata, pero su rostro severo y frío es el mismo que Cora ha conocido y temido siempre.

—Eso tiene fácil arreglo, madre. Usted hizo su elección hace muchos años y ahora yo hago la mía.

Se aleja del limonero, pero el olor del azahar aún la acompaña hasta el final del jardín. Claudia sale de la casa y corre hasta ella. La abraza con desesperación, pero Cora no le devuelve el abrazo.

—Te lo suplico. No lo hagas, por favor —le pide con lágrimas en los ojos—. Te lo pido como tu hermana, Cora. Compréndelo. Solo déjalo estar, por mí.

Ella se suelta del abrazo y camina hasta el sendero que parte de la finca. A su espalda, la gran casa con el tejado de color rojo sangre dibuja una sombra que se extiende por el jardín y la cubre por completo.

—Si te marchas, no habrá vuelta atrás, nunca podrás volver a esta casa. ¡¿Me has oído?! —grita Anastasia.

Pero Cora Amara coge la bolsa de viaje donde ha guardado todas sus cosas, y se aleja por el camino.

EL DIARIO DE KATI

La cala de Natxitua apenas había sufrido los embates del invierno. Los árboles del bosque alrededor quizá eran un poco más altos, o los cantos rodados que formaban el suelo de la playa tal vez estaban más pulidos por el desgaste de las mareas, pero todo lo demás permanecía igual que la tarde en que vieron a esa misteriosa figura vestida de blanco depositar la corona de flores en la orilla.

Ofelia le había dicho a Claudia que iba a casa de Katixa para que esta le enseñara a coser. Katixa Aranguren y su madre eran las mejores costureras de toda la zona, tanto que de vez en cuando incluso recibían encargos desde Bilbao o los pueblos más turísticos de la costa para arreglar elegantes vestidos de noche o confeccionar el vestido de novia de alguna muchacha de familia pudiente. Pero Ofelia no sabía coser y tampoco tenía ningún interés en aprender: cada tarde, cuando terminaba de hacer sus tareas en la mansión y en la funeraria, se escabullía hasta la pequeña playa para verse con los hermanos Morgan.

—Pensé que ya no venías —le dijo Dylan a modo de saludo cuando la vio llegar por el camino sinuoso que bajaba hasta la cala—. Llevo casi una hora esperando.

Siempre que la veía llegar, Dylan tenía esa expresión en sus ojos de agua: alivio. Una parte de él temía el día en que Ofelia regresara al mar con la marea alta y ya no volviera a verla nunca más. No temía que ella fuera una sirena o una lamia, no: lo que Dylan Morgan más temía era que Ofelia desapareciera de su vida.

—Claro que iba a venir, lo que pasa es que Anastasia me ha entretenido un rato más en la casa. No sé por qué hoy quería que limpiara y secara la vajilla especial que guarda en el aparador, una que no usa nunca. —Ofelia había tenido que limpiar cada plato, cada tacita y cada cuenco con un paño y volver a colocarlos todos en su sitio—. Después ha insistido en que la ayudara a peinarse: tiene el pelo muy largo, por eso siempre la ayuda Claudia, pero hace dos días que no se hablan. Me he cortado con ese maldito alfiler de plata que siempre lleva.

Ofelia se miró el corte limpio y fino en el dedo índice: aún le escocía como si tuviera el dedo metido en agua con sal y limón.

—¿No se hablan? Es extraño, siempre me ha parecido que Anastasia trata realmente mal a su hija, y sin embargo Claudia la perdona cada vez; como si ella fuera un perro apaleado que siempre regresa. Aunque ¿quién soy yo para juzgar lo que cada uno escoge perdonar a sus padres? —admitió Dylan con amargura.

Una sombra cruzó su rostro y Ofelia le acarició la mano con su piel de hielo, dejando que sus dedos se enredaran entre los de él un momento más de lo necesario.

—¿Crees que la vieja sospecha algo? —preguntó él, mirando sus dedos enlazados.

—No. Si Anastasia Amara supiera algo no me dejaría salir de la casa. Solo con que tuviera la menor sospecha de que vengo aquí cada tarde, me habría encerrado en el desván o no me permitiría bajar al pueblo sin Claudia. Te aseguro que no tiene ni idea. —Ofelia le soltó la mano, pero su piel aún conservó su contacto cálido un instante—. Además, últimamente parece distraída y se dedica a buscar flores para su herbario en la zona más alejada del bosque; algunas veces no regresa a casa hasta casi la hora de la cena. Me siento tentada de intercambiar las etiquetas de las plantas en su maldito álbum solo para fastidiarla, pero no sé dónde lo esconde.

—Bueno, si alguna vez Anastasia se entera de lo que haces y decide encerrarte en el desván, yo mismo iré a sacarte de esa casa —le prometió Dylan, y ella le creyó.

—La verdad es que me gusta la casa, desde mi habitación se ve el mar si te pones de puntillas junto a la ventana, y me agrada Claudia. Pero gracias por decir que vendrías a rescatarme.

—Sabes que sí, yo nunca te abandonaré.

Ahí estaba otra vez: esa chispa imposible en la mirada de Dylan, como una hoguera que arde bajo la superficie del mar.

Ofelia miró sus labios. Nunca le había besado, pero aún recordaba el sabor de los labios de Dylan cuando él la resucitó, en esa misma playa: sabían al salitre y al sol que se queda pegado a la piel después de un largo día de verano.

Dylan Morgan había cambiado en los últimos meses, pero seguía siendo un hombre muy apuesto, puede que más incluso que la mañana en que lo conoció; parecía un par de años mayor de lo que en realidad era —seguramente por el trabajo físico en el taller reparando los vapores y por los sueños de su futuro hechos pedazos— pero mantenía intacto ese aire rebelde que siempre flotaba a su alrededor: la promesa de que su vida sería cualquier cosa excepto una vida corriente.

Él estaba a punto de decir algo más. Ofelia lo supo por la manera en que sus bonitos labios se curvaban, pero en ese momento Ulises bajó silbando por el camino.

—Aquí llega el hombre importante. ¿Qué pasa? ¿Te ha entretenido padre con asuntos de negocios? —preguntó Dylan sin molestarse en esconder su fastidio—. Supongo que no es fácil ser el elegido para ocuparse de Vapores Morgan e Hijos, yo lo sé bien. Ahora eres un hombre importante.

—Hola a los dos —respondió con desgana—. Te he estado buscando antes: quería hablar contigo de un asunto y no te he visto en todo el día; ¿dónde te metes?

Él se encogió de hombros.

—¿Qué puedo decir? No puedo pasarme la vida en casa leyendo o atendiendo a los inversores con una sonrisa, algunos tenemos que salir a trabajar para ganarnos la vida.

Ulises suspiró.

—Ya sé que has pasado por mucho desde que papá me escogió para hacerme cargo de todo, pero te aseguro que no siempre es un camino de rosas. No tienes ni idea de la exigencia de nuestro padre, del compromiso que hace falta para llevar las riendas de la empresa y de la familia. Lo sé bien porque me consta que padre nunca confió en ti lo suficiente como para hablarte de algunos de los asuntos más importantes de nuestra labor, él mismo me lo ha confesado.

Dylan le dedicó una sonrisa llena de desdén.

—Te daré un consejo gratis: no te fíes de todo lo que dice nuestro padre. A él le gusta creer que es un hombre honrado y de moral intachable, pero padre tiene sus propios secretos.

—Algunas veces desearía que nunca te hubieras peleado con Lorenzo Laguna en ese maldito funeral —se limitó a responder a su hermano.

Dylan le guiñó un ojo a modo de burla.

—Algunas veces yo también lo deseo.

Las olas se acercaron a la orilla y el agua del mar se coló entre los cantos rodados con un murmullo bajo que llenó la playa.

—¿Has recordado algo nuevo, Ofelia? —preguntó Ulises para romper el silencio tenso que los cubría.

—No mucho, aunque ayer Claudia preparó sopa de pescado con pimentón, patatas y bonito, era muy apetecible y ella es buena cocinera, pero no sé por qué al olerla se me encogió el estómago de asco y vomité. No es exactamente un recuerdo —admitió un poco avergonzada.

—Los olores suelen recordarnos cosas de nuestro pasado, una vez leí que son como ondas que nos llegan desde el inconsciente.

—O puede que simplemente no me guste la sopa de pescado —respondió con una sonrisa—. De todas formas, le diré a Katixa que lo anote en el diario.

—¿Qué diario? —preguntó Dylan con curiosidad.

—Pensé que os lo había contado —respondió ella quitándole importancia—. Katixa apunta lo que voy recordando, por si hay algo que nos ayuda a dar con Barba Azul.

—¿Katixa Aranguren es de fiar? Ya sé que su hermana es una de las chicas desaparecidas y eso, pero ¿confías tanto en ella como para contarle todos nuestros secretos? —preguntó Ulises.

—También son mis secretos —respondió—. Katixa es mi amiga y confío en ella tanto como en mí misma, o puede que más. Lleva mucho tiempo investigando la desaparición de su hermana y las demás chicas y es muy meticulosa con cada nuevo dato. Es una buena investigadora.

Les cogió del brazo a ambos, cada uno de un lado, y juntos caminaron hacia el final de la playa.

—Kati me ayuda a recordar y, de paso, si algún día los recuerdos desaparecen de mi mente otra vez, al menos lo tendremos todo apuntado y no me olvidaré de vosotros. Y tiene una pista nueva sobre un hombre misterioso. Mañana por la noche vamos a ir juntas a comprobarlo.

Ofelia no quería contarles más detalles sobre su excursión nocturna, prefería que los Morgan no se presentaran en ese puente de piedra de madrugada para vigilar con ellas.

—¿Una pista? ¿Es algo peligroso? Tal vez no deberíais ir las dos solas —empezó a decir Ulises—. ¿Verdad que no, hermano?

Buscó el apoyo de Dylan, pero él le dedicó una sonrisa burlona a cambio.

—Si quieren perder el tiempo y pasar frío es cosa suya. —Se arrepintió enseguida de sus palabras—. De todas formas, es inútil salir a buscar a un hombre: yo sé bien lo que vi aquella tarde.

—Una mujer.

—Sí, una mujer —insistió él—. Barba Azul es una mujer con un velo blanco que le cubre el rostro.

Una ráfaga de viento llegó desde el mar y les revolvió el pelo. Ofelia se soltó un momento del brazo de Dylan para recolocarse los mechones rubios detrás de la oreja. El viento desapareció entre los acantilados, pero antes les llegó un murmullo que salía del bosque.

—¿Qué ha sido eso? —mascculló Ofelia—. Creo que he oído un ruido o una voz.

Los Morgan se volvieron para mirar al bosque.

—¿Era un ruido o era una voz? No es lo mismo, ¿sabes? Muchas cosas pueden hacer ruido en el bosque: el viento, los árboles, pero si es una voz eso significa que...

—Sí, ya sé lo que significa —le cortó ella—. Creo que he oído una voz.

Los dos hermanos dieron un paso hacia los árboles. Escucharon el ruido seco de los arbustos agitándose y justo en ese instante un gato salvaje apareció corriendo como alma que lleva el diablo con un ratoncito de campo en la boca. El animal los vio y volvió deprisa a ocultarse en el bosque.

Los tres se rieron aliviados.

—Solo era un gato que ha cazado un *sagutxu* —dijo Ulises.

—Sí, pero ya he visto cómo os asustabais los dos —dijo Ofelia, con el corazón latiéndole deprisa—. Vaya par, con esos ánimos no sé cómo pretendéis cazar a Barba Azul. ¡Miedicas!

Les guiñó un ojo y salió corriendo sin dejar de reír. La muselina de su vestido se agitó con la carrera, y oyó a los dos hermanos corriendo detrás de ella. Dylan la alcanzó primero, la sujetó desde atrás por la cintura cuando Ulises le rozó el brazo y los tres cayeron de espaldas al suelo entre risas.

Ofelia le dio una mano a cada uno y ellos la apretaron en silencio. En la cala solo se oía el sonido del viento y sus respiraciones entrecortadas por la risa, la carrera y la emoción. El perfil de los dos hermanos era muy parecido, con sus cejas marcadas y sus largas pestañas. La chica los observó un segundo, sabiendo que no había elección posible: Dylan y Ulises formaban parte de ella tanto como su piel o su propia voz. No existía fuerza en la tierra o en el mar que le hiciera escoger a uno de los dos. O al menos, eso era lo que creía entonces.

—Siempre estaremos así, juntos —dijo Ofelia, con la mirada ahora perdida en las nubes que volaban deprisa sobre ellos—. Los tres juntos. Prometedlo.

—Juntos —murmuraron los Morgan, aunque por aquel entonces ya intuían que aquella era una promesa imposible de mantener.

No estaban solos: al final de la playa oculta entre los árboles, la figura oscura que había ahuyentado al gato los espiaba.

1880

Cora Amara intenta abrir los ojos, pero le duele demasiado. Siente pinchazos en el brazo izquierdo, la atraviesan como si acabara de alcanzarla un rayo. A lo lejos le parece oír el susurro del mar, de las olas inconfundibles del Cantábrico golpeando contra las rocas. Despacio, por fin logra abrir los ojos. No reconoce el lugar donde está, pero es oscuro y hace frío. Es el tipo de frío húmedo que se cuela debajo de la piel, justo hasta los huesos, y que permanece ahí agazapado hasta mucho tiempo después de haber entrado en calor.

Sin levantarse del suelo, Cora se mira el brazo para comprobar el alcance de la herida. Gime de dolor al moverse para verlo mejor. Su codo está torcido en un ángulo imposible y la piel recubierta de escamas en el antebrazo se ve inflamada y se ha vuelto de un tono morado oscuro por la sangre acumulada. Pero lo peor es la herida: un corte irregular cerca de la muñeca izquierda por la que asoma el extremo del hueso.

Está sedienta. Nota los labios cortados y la lengua pastosa por la deshidratación y el dolor. Se mira el brazo unos segundos, pero las fuerzas le fallan de nuevo. Tiene mucho sueño. Cierra los ojos, pero antes de que el mundo vuelva a cubrirse de oscuridad, lo ve inclinarse sobre ella.

—Seguro que tienes sed. Ten, bebe un poco —susurra él dándole agua como quien da de beber a un pajarillo herido.

Y Cora le obedece.

LA MÁQUINA DE RETRATAR

—

A Ofelia le encantaba tomar fotografías y retratos. Solía decirse que era porque las fotografías eran, a su modo, un muro de contención contra el olvido: si los recuerdos desaparecían de su cabeza otra vez, ella aún tendría sus preciadas fotografías para recordar. Claudia accedió a enseñarle encantada, siempre en secreto y a espaldas de Anastasia: le mostró cuál era la mezcla precisa de polvos de magnesio necesaria para iluminar las escenas más oscuras, y también cómo utilizar la máquina, el trípode y todo lo demás que tenían en el sótano de la casa. En aquellos meses Ofelia se había convertido en una fotógrafa bastante aceptable: le gustaba la soledad necesaria para conseguir una buena fotografía, pasar el tiempo a solas en silencio con sus pensamientos, esperando el momento preciso o buscar el mejor ángulo posible para atrapar la fotografía perfecta. Desde aquella primera foto con los hermanos Morgan, había fotografiado muchas otras cosas que captaban su atención o quería conservar: los extraños dedos de sus pies, las sales de baño de rosas, su colección de guijarros y otros recuerdos encontrados en Natxitua, o el detalle del encaje de las mangas de un vestido de Cora Amara que había encontrado en el desván.

Ofelia guardaba las fotografías debajo de su cama, en la caja de galletas donde también escondía el resto de sus tesoros: unas monedas, un puñado de conchas que había recogido en sus visitas a la cala o un botón con forma de estrella de mar que le había dado Katixa. Cada vez que abría la caja, el olor a vainilla y harina tostada de las galletas que contenía antes inundaba su habitación en el desván.

—¿Y no te preocupa que la vieja se entere de lo de las fotografías? —preguntó Ulises mientras curioseaba por el sótano.

—No, Anastasia duerme profundamente y ya casi nunca baja aquí.

Al chico le fascinaban las herramientas, los instrumentos y los misteriosos tarros y botes de cristal de todos los tamaños que las Amara guardaban perfectamente ordenados en una gran estantería de madera que cubría toda la pared norte del sótano. También la pequeña librería que había en un lado, cerca de la ventana de guillotina. Los lomos de aquellos libros no se parecían en nada a los que él conocía ni a los que usaba para estudiar, y precisamente por eso despertaban en él una atracción casi irresistible. Los libros de Claudia estaban encuadernados en piel oscurecida por los años, de diferente tamaño y con distinto papel, pero todos con letras inclinadas en el lomo, manoseados y descoloridos por el paso del tiempo. Los títulos tampoco se parecían a los que había en los suyos o a los de las novelas de detectives que Dylan y su madre leían a escondidas, ni a los pesados tomos académicos sobre economía y finanzas que su padre exhibía en el despacho. *Análisis de la muerte en los cuerpos jóvenes*, *Teoría del alma*, *Hic sunt dracones*, *Manual completo para sutura de heridas en cadáveres* o muchos otros con títulos igual de intrigantes, escritos en varios idiomas: inglés, francés... Ulises suponía que guardaban esos libros en el sótano para evitar que los familiares de los difuntos los vieran. Él sabía mejor que nadie lo importante que es para una familia mantener su buena reputación a ojos de los demás.

—Claudia me contó que hace años que ella sola se ocupa de arreglar y preparar a los difuntos, aunque cada día le cuesta más bajar esa escalera con su bastón —continuó Ofelia mientras añadía el cartucho de polvos de magnesio a la cámara—. Cuando no está paseando en el bosque u ocupada con sus propios asuntos, Anastasia se encarga de tratar con los familiares, de las facturas del negocio, de hacer inventario o de conseguir las flores para los velatorios: crisantemos, rosas, claveles, lirios, gladiolos... No importa la época del año que sea, tiene un acuerdo con un mayorista que le consigue cualquier flor que pidan los familiares. Ya no le interesa bajar aquí. Creo que Anastasia se ha cansado de tratar con los muertos.

El aire enrarecido del sótano olía a los líquidos que se usaban para embalsamar los cuerpos, a cera para peinar los bigotes y las barbas y a jabón de limpieza, pero por encima de todos esos olores siempre flotaba en el ambiente el olor dulzón de la muerte. Después de meses bajando al sótano cada día para ayudar a Claudia, Ofelia se había acostumbrado, pero los dos hermanos todavía arrugaban la nariz de manera instintiva hasta que sus sentidos se acostumbran al olor.

—¿Así que la vieja no tiene ni idea de que nos colamos en su sótano de vez en cuando para hacernos una fotografía? —preguntó Dylan.

Un destello de emoción cruzó deprisa por los ojos nocturnos de Ofelia.

—Ni idea.

—Vaya. Siempre pensé que Anastasia Amara estaba al corriente de todo lo que pasaba en esta vieja mansión, supongo que la vieja no es tan fiera como la pintan después de todo.

Al escucharle, Ofelia se olvidó por un instante de la máquina fija sobre el trípode.

—Lo es, créeme, no dejes que te engañe con su aspecto frágil, sus buenos modales o sus canas. Es una araña venenosa —respondió con la voz tensa al pensar en ella—. Claudia podría contarte verdaderas historias de terror sobre su madre.

—¿Y tú? ¿Alguna vez te ha hecho algo a ti? —Había una nota de furia mal disimulada en la voz de Dylan.

Ofelia se limpió los restos de polvos de magnesio en la falda de su vestido.

—¿Os acordáis de cuando me corté el pelo después del funeral de vuestro abuelo?

Los dos hermanos asintieron al mismo tiempo.

—Recuerdo que me pareció un poco raro porque pensé que el pelo largo era lo normal en una sirena —bromeó Ulises.

Una sonrisa triste atravesó los labios de Ofelia.

—¿Qué fue lo que pasó? —La voz de Dylan sonó mucho más seria que la de su hermano.

—Claudia me lo cortó. No dejaba de repetir que Anastasia le había mandado hacerlo porque no le gusta que llevemos el pelo demasiado largo y a mí me llegaba casi a la cintura. —Ofelia tragó saliva para aliviar el nudo que se le había formado en la garganta: aún recordaba los mechones rubios cayendo al suelo embaldosado de la cocina, el susurro de las tijeras abriéndose y cerrándose cerca de su oído en el silencio de la noche—. A la mañana siguiente, al verme en el desayuno con el pelo cortado a mechones toscos a la altura de los hombros, Anastasia me dijo: «Me gustabas más con el pelo largo, te favorecía mucho más».

Los tres se quedaron en silencio un momento.

—Vaya con la vieja —murmuró Ulises.

—Sí. Últimamente está obsesionada con que alguien entra a escondidas en la casa por las noches. Según ella, «nota su presencia en el aire» al despertar.

—¿Y crees que es cierto? ¿Alguien se cuela en la mansión por las noches? —preguntó Ulises con los ojos abiertos como platos—. Además de nosotros, quiero decir.

Ofelia se encogió de hombros.

—Yo nunca he notado nada extraño y no falta nada de valor en la casa, todo está en su sitio, Anastasia se daría cuenta enseguida si no fuera así. Aunque mi habitación está en el desván y desde allí es más difícil escuchar lo que pasa en la casa.

Pero Ofelia recordó de repente la noche en que una voz familiar la despertó. Fue la misma noche en que bajó al sótano y descubrió a los hermanos Morgan, la noche en que iniciaron su tradición de tomar una fotografía a escondidas de los tres juntos.

—La noche que os descubrí aquí, velando a vuestro abuelo, me desperté porque oí una voz. Era una voz de hombre, susurrante, y había algo que me era conocido en su manera de hablar. Fue la noche que empecé a recordar, como si esa voz me hubiera llamado desde el pasado para traerme mis recuerdos de vuelta. —Se rio, un poco avergonzada por su ocurrencia—. Qué tontería. Vamos, poneos los dos ahí.

Dylan y Ulises se colocaron frente a la máquina de fotos dejando como siempre un espacio libre entre ellos para Ofelia. Ella cogió el disparador a distancia de la cámara y ocupó su lugar entre los dos hermanos. Los tres se acercaron aún más y Ofelia apretó el disparador. Un destello de luz pálida inundó el sótano, que volvió a quedarse en penumbra solo un instante después.

—Ya está. Mañana llevaré la fotografía a la playa. Nuestro secreto.

Los miró un momento, sus ojos captaron el gesto serio de los hermanos incluso en ese sótano lleno de sombras.

—Ojalá podamos seguir haciendo esto mucho tiempo —murmuró Ulises.

—¿Por qué dices eso? ¿Algo va mal?

Ulises tenía la misma expresión sombría que cubría el rostro de su hermano mayor algunas veces, solo cuando creía que nadie le miraba. A Ofelia siempre le resultaba curioso lo mucho que los Morgan se parecían entre sí... pero se parecían aún más cuando estaban tristes.

—Al final no me has contado de qué querías hablar conmigo —le recordó de pronto—. Parecía importante esta tarde, dijiste que me habías estado buscando todo el día, pero no has vuelto a mencionar el tema. ¿Qué era?

—Da igual. Olvídalo.

—¿Es por la votación de los delegados para ese permiso especial? Padre no habla de otra cosa desde hace semanas. Marcel Laguna es idiota, pero sabe que somos la mejor empresa de la zona, y la más capaz, para conseguir ese permiso. Estoy seguro de que votará por nosotros y convencerá a los demás para que también nos voten.

—Son cosas de la empresa, ya no te incumben —le cortó Ulises con frialdad.

Pero entonces cambió de opinión, miró a Ofelia y después a su hermano mayor, sopesando en cuál de los dos tendrían mayor impacto sus palabras:

—Hace dos meses solicité una beca para poder estudiar finanzas en una universidad de Bilbao. He pasado el primer filtro. Lo sabré seguro dentro de unas pocas semanas, pero si consigo esa beca, tendré que instalarme en Bilbao y dejar Ea.

EL ENCUENTRO

Ofelia se apartó de la fachada de la casa. La lluvia había empapado la pared de piedra blanca y podía notar cómo el agua se filtraba a través de su ropa. Había parado de llover un rato antes, pero los charcos en el suelo empedrado reflejaban la luz temblorosa de las pocas farolas de gas.

—Llevamos casi dos horas esperando aquí —dijo en voz baja—. Creo que no va a presentarse. Lo siento.

—Si nos oye, seguro que no aparecerá —susurró Katixa.

—Puede que tu pista no fuera tan buena después de todo. O quizá sepa que le estamos esperando. Tal vez se ha enterado de que alguien te habló de él en la taberna y sabe que le hemos tendido una trampa. No va a presentarse.

—Me da igual. Tú puedes irte si quieres, pero yo no pienso marcharme hasta que no vea a ese bastardo con mis propios ojos —murmuró Katixa sin apartar la mirada del puente—. Tiene que venir.

Las dos se habían escondido bajo el alero del tejado de una de las casas, bien pegadas a la pared de piedra para evitar ser descubiertas. Antes de salir acordaron vestirse con ropas oscuras para pasar desapercibidas entre las sombras que a esas horas de la madrugada cubrían el centro del pueblo.

—¿No tienes frío?

—Pues claro que tengo frío. Tengo el trasero y los pies tan congelados que hace un rato que no los siento, y ya me han empezado a castañetear los dientes. Pero estoy segura de que aparecerá hoy: no hay luna, es la noche más oscura de todo mayo. Si ese desgraciado está pensando en llevarse a otra chica, este es el mejor momento para hacerlo.

El sonido del río en el silencio de la noche era atronador. Durante el día, con el bullicio del pueblo, su rumor casi pasaba desapercibido, pero ahora su carrera hacia el mar se colaba en los pensamientos de Ofelia como un cuchillo helado.

—Puede que Ulises se marche del pueblo para estudiar finanzas. A Bilbao —dijo de repente. Llevaba dándole vueltas desde que se lo había dicho la noche previa. No podía verla, pero supo que su amiga ponía los ojos en blanco al escucharla.

—Un Morgan menos. A lo mejor eso te ayuda a decidirte por fin.

—¿Decidirme?

—Sí, decidirte entre uno de los dos hermanos. A mí me parece bien lo que os traéis entre los tres, que conste, nunca jamás se me ocurriría criticarte o hablar a tus espaldas por lo que sea que hacéis los tres juntos todo el tiempo, pero... —Katixa hizo una pausa buscando las palabras adecuadas.

—¿Pero...?

—Pero al final tres siempre son multitud. Hay uno que acaba sobrando y herido, o algo peor. Solo te pido que tengas cuidado, ese dolor puede durar toda una vida, así que procura pensarlo bien antes de decidir nada. Y de paso, procura no ser tú la que salga escaldada de todo el asunto.

—Bien. —Ofelia se apresuró a cambiar de tema, no era el momento de pensar en los Morgan—: ¿Y qué haremos si ese hombre aparece? ¿Lo has pensado? ¿Tenemos un plan?

Por primera vez desde que habían llegado Katixa se volvió para mirar a su amiga, parapetada en la esquina de la casa junto a ella.

—Puedes saltarle encima. Eres rápida y se te dan bien las peleas cuerpo a cuerpo —dijo con una pequeña sonrisa—. A ese bruto de Vallejo todavía le dura el susto que le diste.

—Y la cicatriz.

Una gélida mañana de marzo, Ofelia había acompañado a Claudia a comprar a la tienda de ultramarinos de las hermanas Arrieta. No era nada raro, porque a Claudia cada vez le costaba más bajar el camino serpenteante que llevaba desde la casa hasta el casco urbano de Ea, incluso con la ayuda de su bastón. El local de las Arrieta estaba situado en el bajo de la casa, cerca del primer puente del pueblo y no muy lejos de donde estaban ahora haciendo guardia. Tenía el gran escudo familiar de los Arrieta tallado en piedra sobre la doble puerta de roble de la tienda y una placa donde se leía «ULTRAMARINOS ARRIETA. DESDE 1843». Esa mañana Claudia charlaba animadamente con las demás mujeres en la tienda mientras esperaban la vez para comprar harina, ajos, huevos y jabón para el suelo. De repente un hombre sujetó a Ofelia por el brazo y ella, en un movimiento imposiblemente rápido, cogió la mano que la sujetaba y le mordió clavándole los dientes en la carne con todas sus fuerzas. Fermín Vallejo, uno de los proveedores habituales de las Arrieta, dejó escapar un quejido que paralizó la tienda: primero gritó de sorpresa y después de dolor, sus ojos la miraron sin comprender aún qué era lo que había pasado. Un instante después la sangre salió a borbotones de la herida resbalando por su muñeca hasta el suelo de baldosas de la tienda y llenó la boca a Ofelia con su sabor metálico y tibio.

—Él solito se lo buscó —añadió.

La risa apagada de Katixa se convirtió en vaho que flotaba frente a sus ojos.

—Creo que también le mordí a él, al hombre sin rostro que aparece en mis sueños —dijo de pronto—. No lo recuerdo bien, pero cuando mordí a Vallejo en la tienda me pareció algo... natural, fácil. Como si ya lo hubiera hecho antes.

—Así que Barba Azul podría tener una cicatriz con la marca de tus dientes.

—No estoy segura, podría ser...

—Chisss, creo que he oído algo.

Las dos se quedaron en silencio conteniendo el aliento pegadas a la pared de piedra. Al principio Ofelia pensó que el sonido provenía del río: algunas veces la corriente arrastraba ramas grandes del bosque que chocaban contra los márgenes o rozaban los muros de las casas al pasar. Pero escuchó un momento con atención y entonces oyó los pasos, sigilosos y rápidos como los de alguien que intenta desaparecer en la noche. Y supo que su trampa había funcionado.

Sin pensar en lo que hacía, Katixa salió de su escondite y corrió hacia los pasos. Podía sentir su respiración cortada por el frío intenso de la noche arañándola en la garganta, pero corrió hasta que llegó al puente de piedra. Tenía que descubrir a ese hombre, a ese monstruo que se había llevado a Nagore y a las demás chicas. Eso era lo único que su cerebro podía pensar mientras sus piernas corrían sobre el suelo resbaladizo. Le vio de pie en el otro extremo del puente que quedaba oculto entre las sombras: una figura oscura, bien protegida de las miradas curiosas con el rostro embozado en lo que parecían los cuellos subidos de un abrigo largo de pescador.

Escuchó los pasos rápidos de Ofelia detrás de ella, y cruzó el puente sin esperar a su amiga y sin tener ni idea de qué haría cuando llegara hasta él. Ahora Katixa estaba tan cerca que casi podía rozarle en el aire oscuro. Extendió el brazo para sujetarle por el grueso abrigo de paño, pero él se dio la vuelta y sin decir una palabra la golpeó en las costillas.

Katixa cayó de bruces al suelo y sintió que el dolor se extendía por todo su cuerpo como un fuego que arde deprisa quemando las vigas de una casa. No podía respirar, le pareció que el aire había desaparecido de sus pulmones por el puñetazo que acababa de recibir. Mientras tosía encogida de dolor contra el empedrado se dio cuenta de que eran ellas las que habían caído en la trampa: el monstruo había estado ahí todo el tiempo, esperándolas entre las sombras hasta que decidió dejarse ver para atraerlas igual que polillas a la llama de una vela. Había sido una trampa desde el principio, pero ellas eran las presas.

El monstruo se inclinó sobre ella, Katixa no le vio la cara porque apenas podía mantener los ojos abiertos, pero notó cómo metía sus manos enguantadas debajo de su abrigo de lana buscando algo.

—No te tengo miedo. Monstruo.

Pensó que iba a golpearla otra vez, pero en lugar de eso el hombre se levantó y corrió de nuevo hacia la oscuridad, dejándola tirada en el suelo. Ofelia gritó su nombre, pero a ella le pareció que su amiga estaba muy lejos.

—¡Katixa! ¡Katixa!

Ofelia la llamaba desde el mundo de los vivos. El ruido del agua corriendo en el río llenó su cabeza de niebla y Katixa cerró los ojos.

LA NANA DE LOS PESCADORES

Katixa estaba en la casa fúnebre de las Amara, tumbada en el sofá de la sala de visitas. La luz anaranjada del fuego en la chimenea dibujaba su perfil serio acentuando sus ojos oscuros y su largo pelo lacio y húmedo. La habitación se había ido caldeando, pero ella aún sentía el frío de la bruma del río debajo de su piel.

—¿Estás segura de que no prefieres ir a tu casa? Te acompaño, si quieres —insistió Ofelia—. Si tu madre ve que no estás en la cama por la mañana, puede que piense que...

—¿Qué? ¿Que se me ha llevado el mismo que se llevó a Nagore y a las demás chicas? No se dará cuenta de que no estoy, créeme. —Katixa se movió un poco para acomodar mejor su costilla magullada—. ¡Hemos estado tan cerca de atraparlo! Maldita sea, casi he podido rozarle con la punta de los dedos.

—Kati —la llamó, pero la mirada de su amiga seguía fija en las llamas.

Ofelia admiraba su determinación y el valor escondido que desprendía, muy diferente a esa valentía de grandes gestos o palabras vacías que percibía en otras personas. Katixa era valiente de verdad, el tipo de persona en la que su instinto le gritaba que podía confiar. Era fuerte y decidida, por eso mismo le dolía verla ahora así: magullada y convertida en un ovillo de vergüenza en el sofá de Anastasia.

—La esperé durante casi dos horas, ¿te lo había contado alguna vez? A Nagore —dijo con una sonrisa triste—. Aquella noche la esperé durante casi dos horas, ya sé que no parece mucho, pero entonces me pareció una eternidad porque la verbena se acababa y yo podía escuchar la música desde donde estaba, me preocupaba perderme la fiesta. Tal vez si me hubiera quedado un poco más aquella noche, si hubiera esperado a Nagore una hora más, ella todavía estaría aquí.

—No fue culpa tuya.

—Me cansé de esperar y me fui yo sola. Todo porque era una cría estúpida que no quería perder la ocasión de bailar y tomar sidra. Él se la llevó, sí, pero yo la abandoné —se lamentó—. No quiero ir a casa porque no sé cómo decirle a mi *ama* que he permitido que él se escape. No quiero tener que mirarla a los ojos mientras se lo cuento, aunque ya sé que por la mañana no recordará nada.

Después de que su amiga se recuperase del golpe, Ofelia la había ayudado a subir por el camino que salía del pueblo para llegar a la casa de las Amara. Nunca se le había hecho tan largo el trayecto como esa noche, sujetando a Katixa contra su hombro para poder caminar con ella. Sentía que alguien las vigilaba entre las sombras y con cada paso le parecía oír susurros que provenían de entre los árboles a ambos lados del camino. Ofelia respiró aliviada cuando por fin distinguió la silueta picuda del tejado detrás de la colina.

—Puedes quedarte a dormir aquí si quieres, aunque te advierto que algunas noches se oyen voces misteriosas en la casa.

—¿Voces misteriosas?

Ofelia asintió.

—Sí, al principio pensé que me estaba volviendo loca porque, bueno... —Se encogió de hombros como si fuera evidente—. Porque no puedo recordar nada sobre mi pasado y todo eso, pero ahora ya no estoy tan segura de que sean solo imaginaciones. Creo que Anastasia tiene razón y alguien se cuela en la casa algunas noches.

—Ahora ya no sé si quiero dormir aquí.

Las dos se rieron en voz baja, pero entonces un tronco más grande que el resto chisporroteó en la chimenea y dieron un respingo.

—Es el miedo. Ese miedo que camina a sus anchas por los pueblos y las calles de toda la costa cuando se pone el sol. Ese miedo es más fuerte que el bastardo que me ha pegado esta noche y sus brazos son más largos. Y nos tiene a todas bien cogidas.

—¿Recuerdas algo de él? ¿Alguna pista? —le preguntó Ofelia, mucho más suave ahora.

Katixa se lamió los labios mientras intentaba recordar algún detalle, todavía temblaba, pero se obligó a revivir el ataque en el puente.

—Olía bien, a limpio, ya sabes, no como un pescador que se ha pasado el día rodeado de las capturas, aunque llevaba puesto un abrigo de paño azul, como el que usan los marineros para protegerse del frío en la mar.

—Por desgracia eso no es de mucha ayuda, casi todos los hombres de la zona tienen un abrigo parecido —dijo Ofelia desanimada.

—Lo sé, pero me ha parecido... creo que tenía algo en la manga: una quemadura en el remate del puño.

—¿Una quemadura?

—Sí, tengo buen ojo para los detalles en la ropa: era una pequeña quemadura circular. He reparado algunas similares antes: los marineros se las hacen fumando o avivando el fuego de los motores de los barcos.

Oyeron unos pasos lentos en la escalera y contuvieron el aliento, algo inútil porque el fuego ardía en la chimenea y si había alguien despierto en la casa iba a descubrirlas de todos modos.

—Pero ¿qué está pasando aquí? —Claudia Amara apareció en la puerta de la salita—. Hay que ver qué aspecto tan lamentable tenéis las dos. ¿Qué os ha pasado?

Todavía estaba vestida, aunque llevaba su bata de terciopelo azul por encima del vestido, y el pelo suelto.

—Hemos hecho una estupidez, pero casi atrapamos a Barba Azul —se apresuró a responder Ofelia desde el sofá—. El muy desgraciado nos estaba esperando, pero estamos bien.

—Bueno, habla por ti. —Katixa se llevó la mano al costado: el moratón que ya asomaba tardaría semanas en curarse.

LA GATA DE HELENA

Media hora después, las tres seguían sentadas en la salita de la mansión. El fuego ardía en la chimenea llenando la habitación del olor agradable de la madera seca. Claudia había preparado un poco de té, y había mandado a Ofelia a buscar una manta del armario de la ropa de cama para Katixa.

—¿Y no le habéis visto la cara? ¿Nada? Cualquier cosa que recuerdes podría ser muy útil para atraparle —insistió Claudia mientras cogía su taza de té de la mesita.

—Nada, estaba muy ocupada retorciéndome de dolor en el suelo.

A pesar de todo, Ofelia le dedicó una mirada divertida a su amiga.

—Es una pena, aunque lo importante es que las dos estáis bien. Mira que salir a cazar a Barba Azul vosotras dos solas... ¿Cómo se os ocurre? Y, por cierto, ¿de dónde sacasteis la información para esperarle en el puente? —quiso saber Claudia.

Las dos amigas intercambiaron una mirada llena de intención.

—Bueno..., llevamos nuestra propia investigación sobre Barba Azul —confesó Ofelia.

—¿Qué? ¿Estáis investigando a ese malnacido por vuestra cuenta? No me digas que estáis intentando atraparle. —Claudia se removió en su asiento—. Mira que ir las dos solas en mitad de la noche a perseguir monstruos. ¿Y si os llega a pasar algo? Qué miedo habréis pasado...

—Precisamente por eso teníamos que ir: para no tener más miedo —respondió Ofelia—. He intentado convencer a

Katixa para que dé parte a los guardias de lo que ha pasado, pero no quiere ni oír hablar del asunto.

—Pues claro que no voy a contárselo a nadie, y mucho menos a los guardias; no es que hayan hecho mucho por nosotras en este tiempo precisamente. No confío en ellos. —Katixa recordó con amargura todas las veces que su madre había intentado, sin éxito, convencer a las autoridades locales para que buscaran a Nagore. Ya llamaría ella misma al investigador de Bilbao cuando tuviesen algo en firme—. Si cuento lo que me ha pasado esta noche, pronto se enterarán en todos los pueblos de la zona y puede que hasta empiecen a venir reporteros para volver a escribir sobre Barba Azul. Eso es malo para el negocio, a mi *ama* y a mí nos ha costado años hacernos con la buena reputación y con las clientas que tenemos. Eso bien vale mantener en secreto una costilla magullada y unos pocos moratones.

Ofelia suspiró, la conocía de sobra para saber que su amiga no cambiaría de opinión.

—¿Vas a contárselo a Anastasia? —le preguntó a Claudia.

Los ojos claros de Claudia sonrieron y se cerró la bata mejor para luchar contra el frío de la madrugada, que arañaba el cristal de la ventana cerrada.

—No, no le diré nada a madre. Entiendo tus motivos, sobre todo si tú no quieres que se sepa el asunto para no armar revuelo. Pero no volváis a hacer algo así, ya sois mayorcitas para andar jugando a los detectives. Tenéis edad para casaros e incluso para tener un par de críos, y vosotras perdéis el tiempo correteando por las calles y persiguiendo sombras como dos chiquillas. Que sea la última vez que andas levantada de madrugada por ahí o no tendré más remedio que contárselo a madre.

—No volveremos a hacerlo —le prometió—. Gracias por guardarnos el secreto.

—Con una condición: si descubrís algo sobre Barba Azul, quiero ser la primera en saberlo. Contadme lo que averigüéis sobre ese hombre. Y andad con mucho cuidado si volvéis a salir solas por la noche, nunca se sabe lo que puede haber ahí fuera después de la puesta del sol. —Claudia sopló y le dio un sorbo a su té—. Menos mal que madre duerme como una bendita cuando se toma su infusión especial. No me gustaría que se despertara y tener que contarle lo que habéis estado haciendo. Ya lo creo.

—¿Su infusión especial? —preguntó Ofelia.

Inconscientemente miró las dos tazas humeantes de té sin tocar que quedaban sobre la mesita de la sala, la de Katixa y la suya propia.

—No te preocupes, esto es solo té con un poco de hierbabuena para quitarle el regusto amargo. —Claudia le leyó el pensamiento—. Madre toma una infusión especial para los nervios que solo venden en Bermeo. Tengo que pedírsela especialmente a la mayor de las Arrieta cuando van allí a por género. Madre dice que la ayuda a dormir y desde que la toma no ha vuelto a despertarse diciendo que oye ruidos extraños por las noches o que alguien se cuela en la casa mientras dormimos. Duerme como un bebé.

Claudia sonrió. La luz del fuego en la chimenea llenaba la salita de una sensación engañosa de calma y seguridad.

—¿Tú crees que es cierto? ¿Crees que alguien entra en la casa por las noches sin que nosotras lo sepamos? —preguntó Ofelia todavía mirando al fuego que chisporroteaba.

Se volvió para mirarla, convencida de que Claudia lo negaría, pero una arruga fina se formó en su frente.

—Hace varios años había muchos conejos en esta misma colina. Fue un invierno especialmente duro, con nieve y mucho frío —empezó a contar—. Pasaba desde hacía semanas, pero una noche descubrí por casualidad que uno de esos pequeñines se colaba por la ventana rota del sótano. No nos robaba comida ni destrozaba nada, simplemente se hacía un ovillito blanco en un rincón para dormir y escapar del frío. Madre descubrió la ventana rota del sótano y de alguna manera averiguó lo que había estado haciendo yo con la comida que desaparecía de la alacena. Pero en lugar de arreglar la ventana para evitar que el conejito se colara, lo esperó despierta a oscuras hasta que algo se coló por la ventana. Madre lo sujetó por el pescuezo y le clavó el alfiler de plata y hueso que siempre lleva en el pelo. Lo sujetó contra el suelo mientras el animal gemía de dolor y se desangraba hasta que yo bajé al sótano a escondidas, como hacía cada noche, para darle algo de comer al conejito. Cuando el candil iluminó el rincón de sótano donde madre estaba arrodillada con su presa y una sonrisa de satisfacción en los labios, resultó que lo que había en el suelo no era el conejito blanco que había estado entrando en la casa por las noches: madre había matado a la gata preñada de Helena Laguna. A la pobre gata le gustaba escaparse después del atardecer para merodear por los caminos y siempre regresaba a casa antes del alba. La enterré cerca de los tilos.

El aire de la habitación se quedó en silencio excepto por la madera que crujía en la chimenea.

—Qué historia tan terrible —murmuró Ofelia, todavía imaginando a la pobre gata muerta en el suelo del sótano, mientras Anastasia sonreía con la mano pegajosa por la sangre.

—Sí. Pero esa noche comprendí que algunas veces madre no puede ver lo que tiene delante de los ojos, aunque sea un gato —dijo Claudia con voz serena—. También comprendí que, si algo o alguien quiere entrar en esta casa en las noches largas de invierno, tardaríamos semanas en darnos cuenta.

Una idea cruzó deprisa la mente de Ofelia, se volvió para mirar a su amiga magullada y cubierta con una manta.

—Por cierto, ¿qué es lo que te ha dicho? Le he visto inclinarse sobre ti en el puente, ¿te ha dicho algo?

—No, ni una palabra. Me ha abierto el abrigo y me ha pasado las manos por la cintura y el pecho... El muy cerdo —masculló Katixa reprimiendo las lágrimas de impotencia que le ardían en la garganta.

Pero de repente se dio cuenta de algo en lo que no había pensado antes. Se incorporó despacio en el sofá sintiendo una punzada de dolor en las costillas, y estiró el brazo hasta su abrigo de lana, que descansaba en una silla.

—¿Tienes frío? —preguntó Claudia, acercándole el abrigo—. Iré a buscarte otra manta.

—No, no tengo frío. —Una nota de pánico se coló en su

voz—. Me ha robado; ese desgraciado me ha robado... Por eso estaba tan interesado en hurgar debajo de mi abrigo, era para registrarme.

Las manos temblorosas de Katixa inspeccionaron los bolsillos interiores que ella misma había cosido en el forro para poder esconder el monedero, la llave de su casa o el diario con los avances de la investigación que solía llevar encima. Nada.

—¿Te ha robado el dinero?

Katixa dejó el abrigo sobre el sofá y se pasó las manos por su pelo oscuro en un gesto de preocupación.

—Me ha robado el monedero y el diario —respondió con la boca seca—. Y el muy desgraciado también se ha llevado la llave del portón de nuestra casa. Ahora puede entrar y salir cuando le dé la gana.

Ofelia se mordisqueó el labio, nerviosa.

—¿Crees que podrías ayudar a Katixa a recordar algo más sobre el ataque? —le preguntó a Claudia—. Si averiguamos quién es, tal vez podamos recuperar tus cosas, incluida la llave de tu casa.

—Ya te he contado todo lo que recuerdo... —empezó a protestar Katixa, todavía pensando en la llave robada.

—Sí, pero se me ocurre que tal vez haya algo que no sabes que recuerdas. Puede que con la ayuda de Claudia consigas recordar algún detalle más sobre lo que ha sucedido en el puente. Cualquier cosa que se te haya pasado por alto y también a mí.

Katixa la miró sin comprender.

—¿Y cómo se supone que voy a recordar algo más?

Claudia sacó una cajita de madera del bolsillo de su bata, la abrió y le enseñó lo que guardaba dentro.

—Con esto.

Entre las dos le contaron a Katixa cómo actuaba el péndulo y para qué servía.

—Pero no lo comprendo; si esa cosa puede adivinar el pasado, ¿por qué no has traído de vuelta los recuerdos de Ofelia?

—Porque el péndulo solo puede ayudarte a recordar lo que tú ya sabes en el fondo de tu corazón. Esa verdad escondida que intuyes pero que no has podido traducir en palabras todavía. Ofelia no sabe nada más sobre su pasado, no hay nada que rascar.

Katixa dudó un momento. Ella no era del tipo de personas que creían en leyendas, mitos o magia: sabía de sobra que el mal provenía de las personas, pero se dejó convencer por la mirada ansiosa de su amiga.

—De acuerdo —aceptó—. ¿Qué debo hacer?

—Nada, tú recuéstate y respira hondo... Bien, ahora extiende la mano con la palma hacia arriba, así.

Ella obedeció, sujetando la manta que la cubría con la otra mano. Claudia se colocó en el dedo anular el anillo que sujetaba la cadena de plata y dejó caer el péndulo sobre la palma extendida. Se quedó inmóvil en el aire, suspendido a solo unos pocos centímetros de su piel.

—Vamos, ahora haz tu pregunta. Una que se responda con «sí» o «no» —le dijo, y sus ojos centellearon con el resplandor del fuego. De pronto ya no parecía Claudia, sino otra persona.

Katixa se lamió los labios y se tomó un momento para pensar su pregunta. Miró el cuarzo sujeto con la cadenita suspendido sobre la palma de su mano.

—La persona que me ha atacado esta noche en el puente... ¿es alguien que conocemos?

El péndulo describió un amplio círculo sobre su palma.

—Sí.

—

El Beletxe estaba a rebosar aquella mañana. Los marineros, pescadores, patrones y trabajadores de las distintas cofradías llevaban un buen rato esperando en el edificio de planta cuadrada. No siempre celebraban las reuniones allí, solo cuando se trataba de una situación única como aquella. El resto del tiempo, el Beletxe se usaba como almacén para guardar los aparejos de pesca o el material de las embarcaciones.

—Marcel Laguna llega tarde como de costumbre, tanto dinero y no debe de tener para comprarse un reloj —dijo uno de los marineros.

Un murmullo de voces masculinas recorrió la multitud, también alguna risa ahogada.

Fuera, el viento del norte empujaba las ventanas con su aliento invisible intentando entrar en el edificio. El Beletxe se levantaba en un lado del pequeño puerto, así que estaba expuesto a los elementos.

—Odio tener que esperar. —Ulises hablaba en voz baja para evitar que los demás pudieran oírle.

—Sí, la espera siempre es la peor parte. —Silvestre Morgan volvió a mirar la puerta por si acaso Marcel Laguna aparecía de repente—. Pero la paciencia es algo imprescindible en este negocio, hijo. Y también en la vida, no lo olvides. Hay que ser paciente.

Ulises suspiró otra vez. El aire cargado dentro del Beletxe olía a salitre, a sudor y a impaciencia mal contenida.

—Lo sé, es solo que no comprendo cómo estos hombres pueden pasarse horas o días enteros en el mar: solo esperando a los peces. Yo me volvería loco. Eso no es paciencia, es algún tipo de demencia.

Algo parecido a una sonrisa cruzó los labios de Silvestre Morgan.

—Bueno, tú nunca tendrás que descubrirlo, hijo. Tú y yo no somos hombres de mar como lo era tu abuelo y como lo es Dylan. Nuestra paciencia es de otro tipo: nosotros dos somos de carácter sereno y práctico, no sentimos la llamada del mar como tu hermano. Y eso es bueno, porque no se puede lograr nada grande o importante en esta vida cuando se tiene la vista siempre fija en el horizonte. Eso es lo que le pasa a Dylan, por eso él no puede ser quien se haga cargo de Vapores Morgan e Hijos cuando yo ya no esté en este mundo. Tu hermano mayor siempre será mi hijo, mi primogénito, eso no puedo cambiarlo. Pero está enamorado del mar, de su ferocidad y de esa falsa sensación de libertad que da navegar. Igual que les sucede a todos estos hombres tristes: están deseando salir a navegar incluso cuando las olas superan los cuatro o cinco metros de altura. —Silvestre le dio unas palmaditas a su hijo en el hombro en un raro gesto de cariño—. Dylan tiene esa misma mirada, puedo verla en sus ojos cada vez que le miro: el desastre. Un naufragio. Tú sin embargo eres más como yo, por eso siempre confié en ti para ocuparte de nuestro legado familiar. Siempre deseé que fueras tú.

Ulises asintió en silencio, su padre apartó la mano de su hombro para volver a mirar la puerta. Le hubiera gustado confesarle que él también estaba enamorado del mar a su manera, a pesar de lo mucho que le aterraba, y que también soñaba con la libertad del horizonte, igual que Dylan. Y de Ofelia, sobre todo estaba enamorado de Ofelia y de su misterio. Pero no dijo nada; no quería dejar de ser «hijo» y no recibir más palmaditas de su padre en el hombro.

—Con el tiempo aprenderás que nuestro carácter tiene muchas ventajas, hijo. Nunca te lo he contado, pero yo tenía más o menos tu edad cuando la primera chica desapareció: Clara Iriarte. Ella era de aquí, de Ea. Solía verla pasear por las tardes entre las casas que hay junto a la ría o por los acantilados de la zona. Siempre paseaba sola. —Silvestre hizo una pausa como si estuviera intentando recordar cada detalle—. Había quien decía que Clara era una lamia, una sirena que se acercaba cada atardecer a tierra en busca de algún joven infeliz al que engatusar con sus encantos. Era la chica más guapa del mundo, tanto que casi no parecía humana. Era perfecta, con el pelo tan cobrizo que parecía hecho de fuego cuando se ponía el sol, los ojos verdes como dos piedras preciosas y la piel más blanca que yo haya visto en toda mi vida. Todo el mundo la conocía y la mitad de los muchachos de la zona soñaban con casarse con ella.

Ulises miró a su padre un poco sorprendido: Silvestre Morgan no era un hombre muy dado a la melancolía, más bien todo lo contrario, pero ahora sus ojos oscuros brillaban al hablar de Clara.

—¿Y qué pasó? —quiso saber.

Su padre suspiró como si de repente estuviera muy lejos del edificio atestado de hombres impacientes.

—Me hubiera casado con ella. No por aquel entonces, claro: yo era demasiado joven cuando desapareció y ella me llevaba algunos años. Tu abuelo Devon, por supuesto, no estaba de acuerdo con semejante idiotez juvenil, pero mi plan era proponerle matrimonio a Clara el año siguiente. El verano en el que ella desapareció fue uno de los más calurosos que recuerdo, pero la buscamos sin descanso: hombres, mujeres, ancianos... Todo el que podía navegar o caminar se echó al bosque, al mar y a los caminos que unen los pueblecitos pesqueros de la costa para encontrar alguna pista que nos ayudara a localizarla. Muchos vecinos de pueblos cercanos colaboraron en la búsqueda sin ningún éxito. Yo estaba desolado. Recuerdo que me senté en el margen del camino que sale del pueblo con la cabeza enterrada entre las manos, preguntándome cómo era posible que alguien quisiera hacer desaparecer a Clara Iriarte del mundo. Una muchacha se me acercó al verme tan afligido y me ofreció agua. Era tu madre. Ya nos conocíamos de antes, pero así fue como empezamos hablar y como nos enamoramos. Si hubiera seguido obsesionado con Clara, nunca me habría casado con Penélope. Por eso la paciencia es algo tan importante. Saber esperar: en esta vida hay un momento para cada cosa.

Ulises pensó en lo que su padre acababa de decir. Pensó en Ofelia, en los negocios, en el peso del legado familiar y en sus estudios. Sí, cada cosa a su tiempo: él también estaba aprendiendo a ser paciente.

—Si esa muchacha, Clara, si no hubiera desaparecido aquel verano, ¿crees que habrías acabado casándote con ella?

Silvestre asintió despacio.

—Es posible, sí. Aunque tu abuelo tenía razón al oponerse, ella era muy diferente a mí: Clara sentía una pasión por la vida y por la libertad que yo nunca he comprendido, ella tenía un corazón salvaje. Lo más probable es que me hubiera hecho un hombre muy desgraciado. No estábamos destinados a estar juntos. —Miró a su hijo—. Algunas veces las cosas que queremos simplemente no están hechas para nosotros, por mucho que las deseemos.

Ulises lo sabía bien. Durante toda su vida había deseado secretamente ser el primogénito, el elegido que se ocupara de los asuntos familiares ayudando a su padre y su abuelo a hacer crecer la empresa familiar, triunfar: ser el buen hijo, el hijo sensato al que todos admiran y respetan, un líder. Ahora tenía esas cosas y más, pero Dylan seguía siendo el favorito de Ofelia, y de alguna manera eso eclipsaba todo lo demás que había conseguido.

—Si resulta que no ganamos esa votación y no podemos cerrar el acuerdo, ¿qué vamos a hacer? —le preguntó a su padre, todavía pensando en Ofelia.

No llegó la respuesta, porque justo en ese momento la puerta se abrió por fin, y una corriente de aire cargado de salitre se coló en el interior formando un remolino que sorprendió a los hombres que esperaban dentro.

—Buenos días, señores. Gracias a todos por su paciencia —empezó a decir Marcel Laguna, mientras subía a la pequeña tarima para asegurarse de que todos los presentes le escuchaban.

Su hijo Lorenzo le acompañaba, inusualmente serio y cabizbajo. Se había quitado el sombrero y lo apretaba entre las manos.

—Como delegado del Gobierno y como vecino de la zona que soy, he intentado que la concesión especial y el contrato para vender la mercancía a grandes clientes le fuera concedida a una empresa de nuestro pueblo. He presionado a mis colegas en la votación para tener los votos... pero siento decir que no lo he conseguido. Desde Madrid le han dado ese contrato a una empresa de vapores de Pasajes. Lo lamento mucho, Silvestre.

HACIA EL HORIZONTE

Ulises, Dylan y Ofelia estaban sentados en el murete de piedra del puerto con las piernas colgando sobre el mar revuelto. La brisa marina arrastraba diminutas gotas saladas que se adherían a su pelo y a su ropa, pero lejos de ser molesto a Ofelia le encantaba sentir la bruma del mar en su piel.

—No sé qué vamos a hacer ahora. Padre dice que, aparte de presencia en el sector y reputación, hemos perdido unos márgenes de beneficios muy jugosos —les estaba diciendo Ulises.

—¿No es posible apelar el resultado de la votación? —preguntó Dylan.

—Claro que sí, pero eso cuesta dinero. Tiempo y dinero que ahora no tenemos. —Ulises negó con la cabeza—. Maldito Marcel Laguna, todo esto es culpa suya. Según dice, intentó que el contrato recayera en Vapores Morgan e Hijos, aunque seguro que miente. Es un inútil y es tan malo para los intereses de este pueblo como su hijo.

—Hablaré con Lorenzo para averiguar si él sabe algo más sobre la votación, pero no sé por qué su padre querría perjudicarnos. Al fin y al cabo, un acuerdo así habría sido bueno para todos en el pueblo, no solo para Vapores Morgan e Hijos. No tendría sentido intentar boicotearlo.

Lorenzo Laguna y Dylan Morgan estaban unidos por un curioso destino común: ambos compartían el dudoso privilegio de ser los hijos menos favoritos de sus padres. A pesar de que Lorenzo era el primogénito —igual que Dylan— y el hijo varón de la familia, su hermana Helena tenía todas las cualidades que a él le faltaban para convertirse algún día en el brillante cabeza de familia de los Laguna: ella era cauta, sensata, inteligente y preciosa; era la favorita de todos, incluidos sus padres. Pero era una mujer y nunca podría hacerse cargo de los negocios familiares. Al igual que Lorenzo, Dylan también era el menos favorito de su padre, y la amargura que solo conocen los rechazados, siempre a ras de piel, los había unido de nuevo. Eso y el tiempo compartido en los últimos meses en las tabernas del puerto.

—Hablar con Lorenzo no cambiará las cosas. ¿De qué servirá? ¿Qué podría hacer él? Hemos perdido la votación de los delegados. Nos hemos quedado fuera de ese contrato y del dinero que podríamos haber empleado en ampliar el negocio. —Ulises ya veía alejarse el sueño de los astilleros—. Padre dice que tenemos que ir siempre con el progreso: ser los que abren el camino y los que toman las decisiones, pero nuestro legado peligra, Dylan.

—Si yo fuera tú, no me preocuparía tanto. Nuestro padre dice muchas cosas y no todas son verdad. Durante mucho tiempo yo también me creí sus tonterías sobre «el legado», la empresa y nuestra misión. No te olvides de que yo ocupaba ese lugar antes que tú —respondió él con aspereza—. La diferencia es que tú tienes tanto miedo a decepcionarle que estás deseando creerte sus mentiras, pero ya te irás dando cuenta de cómo es padre en realidad.

—Comprendo que te sientas decepcionado después de que papá me escogiera a mí, pero de ahí a inventarte que nuestro padre es un mentiroso... —Ulises miró a su hermano y movió la cabeza con el mismo gesto de desaprobación que había visto a su padre cientos de veces—. ¿Sabes? No quería decírtelo para no herirte, pero él también dice que tú tienes parte de culpa en que hayamos perdido el contrato.

Dylan se rio sin nada de humor.

—Por supuesto que es culpa mía —respondió con ironía—. Solo soy un empleado más de Vapores Morgan e Hijos, tengo un salario en lugar de beneficios de empresa, trabajo en el taller reparando los motores de los barcos y preparándolos para salir a navegar, no tengo ningún poder de decisión, pero por supuesto que la culpa es mía.

—Lo es porque te has pasado media vida peleándote con Lorenzo Laguna y ahora desperdicias la otra media en las tabernas del puerto, jugando a las cartas y bebiendo con esos fracasados. Regodeándote en tu desgracia, una desgracia que te has buscado tú solito.

Dylan le dedicó una sonrisa llena de desprecio.

—Sí, yo solito me lo busqué...

»Esos «fracasados», como tú los llamas, son los marineros y pescadores que trabajan para nosotros. —Ulises se adaptaba deprisa a su nueva vida de reuniones o a los clientes que acudían desde Bilbao para proponerles nuevos negocios, y todo eso sin pararse a pensar ni una sola vez en que estaba ocupando el lugar que antes había sido de Dylan—. Esos hombres hacen posible que tú puedas ir por ahí a tus almuerzos de negocios llevando esos ridículos trajes. Lo sabrías si te hubieras dignado a hablar con ellos alguna vez, pero claro: tú no tienes ni idea de lo que es trabajar duro.

—Como si tú hubieras trabajado mucho en tu vida —le cortó él.

—Lo que yo haga con mi tiempo fuera del trabajo es solo cosa mía. Ya no tengo que preocuparme por representar a la familia o por cargar con «el legado de los Morgan». Ese honor es todo tuyo ahora, enano.

—Deja de llamarme «enano». Un día no muy lejano seré tu jefe, y tú seguirás como ahora: perdiendo el tiempo entre cartas y *txikitos*, o persiguiendo a Helena Laguna.

Ofelia se levantó de repente y, sin decir una palabra, empezó a caminar hacia la escalerilla que bajaba hasta los botes y lanchas amarrados en el puerto. La falda de su vestido y su pelo suelto ondearon en el viento del mediodía. Al verla levantarse, los dos hermanos se pusieron de pie y la siguieron.

—¿Adónde vas? —preguntó Dylan al llegar a su altura—. Si es por lo que ha dicho Ulises sobre Helena Laguna, te prometo que no es verdad. No hay nada entre ella y yo, solo somos amigos. —Se atropellaba al hablar y parecía avergonzado, algo muy poco habitual en Dylan Morgan—. Es solo que últimamente paso más tiempo con Lorenzo, y ella le acompaña a veces. Nada más.

—No me importa lo que hagas con Helena, eso es cosa tuya —mintió Ofelia sin detenerse y sin mirarle—. Siempre me ha agradado, a diferencia de su hermano. Aunque no comprendo que pases el tiempo con Lorenzo Laguna.

—Pues claro que no lo comprendes —dijo él con una nota de amargura en la voz—. Tú no sabes lo que es sentirse rechazado.

Ofelia se detuvo en seco.

—Puede que no. O puede que simplemente no recuerde cómo es.

Dylan apretó los labios y deseó poder comerse sus palabras, pero no dijo nada. Ofelia le miró un momento más, aún dolida, y después se recogió el bajo de su vestido rosa pálido y con cuidado bajó la escalera de piedra hasta una pequeña *txalupa* de remos que estaba amarrada cerca.

—Pero ¿qué haces? —preguntó Ulises desde arriba.

—Tomar prestada esta barquita. Estoy harta de escuchar cómo os peleáis, me aburro. Y todo por unos dichosos peces —replicó ella sentándose y cogiendo los remos—. Vamos, os enseñaré dónde hay peces de sobra para que vuestros barcos faenen en la zona y no tengáis que preocuparos por el dinero en una temporada. Pero tiene que ser un secreto: no podéis faenar todos los días en ese lugar o dentro de poco no quedará nada que pescar en la costa. Dadme vuestra palabra.

Los dos hermanos la miraron desde el murete de piedra, los dos con la misma expresión azul y perpleja, casi infantil en la mirada.

Otro secreto más.

—Tienes nuestra palabra.

—¡Vamos, Morgan! —les gritó ella.

Dylan y Ulises bajaron la escalerilla resbaladiza y subieron con ella a la barquita de remos, que se mecía en las olas.

—¿Adónde vamos? —preguntó Dylan con su mejor media

sonrisa mientras cogía los remos con sus manos acostumbradas al trabajo duro.

Ofelia le dedicó una sonrisa llena de misterio.

—Hacia el horizonte.

Una hora más tarde, los tres miraban la superficie agitada del mar. Desde donde estaban, la costa parecía una línea irregular de color verde brillante, y en la distancia ya comenzaban a encenderse algunas farolas en las calles de los pueblos de la costa.

—¿Cuánto tiempo se supone que tenemos que esperar? —volvió a preguntar Ulises, bien sujeto al casco de madera de la *txalupa*.

—¿Acaso tienes prisa? —preguntó Ofelia.

—Lo que tiene es miedo de estar mar adentro, aunque apenas nos hayamos alejado de la costa —intervino Dylan—. Algo raro, si lo piensas, sobre todo siendo nieto e hijo de un marino y el futuro presidente de Vapores Morgan e Hijos.

—No me da miedo el mar, es solo que prefiero... evitarlo. Una vez, cuando aún era un niño, padre me llevó él mismo en uno de nuestros barcos casi hasta el talud submarino que hay mar adentro, convencido de que así vencería el miedo a navegar.

Ulises miró la superficie aparentemente tranquila del Cantábrico, pero su mente le llevaba de vuelta a las terribles pesadillas que sufría de niño: esos sueños angustiosos en los que se ahogaba en un mar de color negro y agua helada que le llenaba la garganta, impidiéndole siquiera gritar de terror. Silenciado para siempre. Notó que un escalofrío le bajaba por la espalda.

Dylan soltó los remos y se frotó las manos agarrotadas por el frío y el esfuerzo.

—No te preocupes: si te caes al agua, yo te salvaré. Siempre he sido el mejor nadador de nosotros.

Ulises le dedicó una mirada de desdén como única respuesta.

—La que mejor sabe nadar aquí soy yo —replicó Ofelia. Tenía la mirada fija en el océano, como si pudiera ver lo que había al otro lado de la lámina de agua. Lejos de la costa, el mar tenía el color azul intenso de las aguas profundas y heladas, igual que los ojos de los hermanos Morgan.

Dylan se acercó a ella, asomándose con cuidado sobre la borda de la lanchita que se agitaba peligrosamente con cada uno de sus movimientos.

—¿Qué estamos mirando?

Su voz sonó junto al oído de Ofelia. Él estaba más cerca de lo que ella pensaba, y cuando se volvió para mirarle sintió el calor que siempre emanaba de su cuerpo y el olor a salitre de su piel. Le observó en silencio un momento y en vez de responderle, empezó a cantar la misteriosa melodía que se repetía en sus sueños.

Los dos hermanos la escucharon fascinados mientras las notas de la canción sin letra flotaban en la brisa de la tarde. La melodía que tarareaba Ofelia era hermosa pero extrañamente triste. Durante un momento no pasó nada, pero entonces la superficie del agua alrededor de la *txalupa* comenzó a burbujear y se agitó como si alguien hubiera puesto a hervir al fuego toda el agua del océano.

—¿Qué está pasando? —musitó Ulises, sujetándose con más fuerza al casco de madera gastada de la barquita—. ¿Ofelia? ¿Lo estás haciendo tú? Para, por favor.

Ella no se detuvo. Su voz suave siguió tarareando la misteriosa canción ignorando el tono asustado de Ulises. A su alrededor el mar entero bullía, arrancando nubes de espuma blanca en la superficie.

—Son peces —dijo Dylan, que seguía asomado sobre la proa para ver el espectáculo—. Ha atraído a los peces con la canción.

El agua revuelta les salpicaba la cara y les mojaba el pelo. El ruido del chapoteo de los peces se volvió ensordecedor, algunos incluso saltaban como si intentaran meterse dentro de la lanchita de un brinco. Los dos hermanos rieron entusiasmados y se abrazaron de pura felicidad, mientras Ofelia tarareaba la misteriosa nana que parecía atraer a los peces. Ulises la abrazó agradecido y Dylan los abrazó con fuerza a los dos.

Fue un momento precioso e irrepetible, los tres abrazados y riendo en la barquita robada, con el pelo mojado y los pies helados mientras Ofelia cantaba; casi les pareció que el hechizo no se rompería nunca.

Cuando regresaron al pequeño puerto, Ulises aún temblaba de la emoción y también de los nervios. Su estómago protestaba igual que si siguieran mar adentro flotando en esa lanchita. La luz en el horizonte había desaparecido hacía casi una hora, así que fue fácil dejar el botecito de remos amarrado otra vez donde lo habían encontrado y subir hasta el muelle sin que nadie se diera cuenta de lo que habían hecho.

—Esa canción atrae a los peces. No es posible. —Ulises se pasó las manos por el pelo húmedo—. ¿Hace cuánto que lo sabes? ¿Y por qué nunca nos lo habías contado?

Caminaba en círculos con las manos en los bolsillos de sus pantalones, intentando comprender lo que había vivido apenas un par de horas antes. Dylan le tendió la mano a Ofelia para ayudarla a subir el último peldaño resbaladizo de la escalerilla del puerto.

—Gracias.

—Menudo truco —le dijo con su mejor media sonrisa.

Sus ojos se encontraron un momento y algo tibio corrió bajo la piel de Ofelia cuando sus dedos se rozaron.

—Pero los peces saltaban a nuestro alrededor... —masculló Ulises, hablando solo—. Los peces no se comportan así, lo que ha pasado desafía cualquier explicación racional.

—No ha sido por la canción —dijo Ofelia por fin.

Ulises la miró confuso pero una media sonrisa apareció en los labios de Dylan.

—Es un caladero, ¿verdad? Por eso había tantos peces allí —terminó Dylan.

—Sí. Es un caladero: las condiciones del agua son mejores en esa zona y por eso abundan los peces.

—Así que no los has atraído con una canción mágica como hacen las sirenas. —Había un pequeño tono de decepción en la voz de Ulises.

—No, nada de eso, me temo. Pero sí que conozco bien las primeras millas de este mar, aunque no puedo recordar por qué. Sabía que allí había un caladero, del mismo modo que sé que hay un talud un poco más adelante: un abismo profundo en el fondo del mar.

—Pero ¿y qué hay de la canción? ¿Te la has inventado?

—No, claro que no; aunque no sé dónde la he escuchado. Es una melodía que se aparece en mis sueños desde hace meses. Me despierto al alba tarareándola, se ha colado en mi mente como si fuera niebla.

Los dos hermanos permanecieron en silencio un momento, pensando en la misteriosa canción.

—Bueno, con cantos de sirena o sin ellos, mañana mismo hablaré con padre para que nuestros vapores se acerquen a faenar en la zona del caladero. —Eso les daba la ventaja que tanto necesitaban, y precisamente ahora, que su futuro empresarial había tocado fondo—. Puede que hayas salvado Vapores Morgan e Hijos.

—Pero recordad que no podéis pescar allí cada día ni hablarle a nadie sobre el caladero. Tiene que ser un secreto o en pocos meses los peces desaparecerán, para todos.

Ulises le dedicó una sonrisa eufórica.

—Descuida. Tienes mi palabra.

Aquel había sido un día templado de primavera, pero ahora el fino viento del norte barría las callejuelas y acariciaba el agua del río con su mano invisible.

—Qué extraño, no hay nadie en el puerto, ni siquiera en las tabernas —comentó Ofelia, mirando a su alrededor sorprendida—. Y qué silencio.

—Sí que es raro...

Ninguno de los tres se había dado cuenta hasta ese instante, pero el muelle y el puerto estaban extrañamente vacíos. Normalmente, a esa hora de la tarde la zona del pequeño casco urbano y el muelle era un torbellino de voces y gente. Las mujeres charlaban en grupos junto al murete del puerto o reparaban las redes sentadas cerca del agua, las tabernas servían pimientos fritos y tortilla para acompañar los últimos *txikitos* del día o sardinas asadas, si aún era temporada, que llenaban con su olor salado la explanada del puerto. Pero ahora todo estaba en silencio, vacío.

—¿Dónde está todo el mundo?

Una figura femenina corrió hacia ellos. Apareció tras la esquina de una de las tabernas, y solo cuando estuvo más cerca vieron que se trataba de Helena Laguna. Estaba despeinada —algo extraño en ella, que siempre iba perfectamente arreglada— y sus mejillas pecosas se veían enrojecidas por la carrera.

Dylan salió a su encuentro.

—Helena, ¿qué te pasa? ¿Estás bien?

Ella asintió mientras recuperaba el resuello.

Dylan le puso la mano en el brazo para tranquilizarla y ayudarla a hablar. Un momento después, por la misma callejuela por la que Helena había aparecido, asomó Lorenzo, que apretó el paso hacia ellos atravesando el puerto fantasma.

—Aquí estás, menos mal —dijo aliviado cuando llegó hasta su hermana—. ¿Cómo se te ocurre salir de casa tú sola después de lo que ha pasado? Te he dicho que vendríamos los dos juntos.

—Eres muy lento, Lorenzo, y ya no podía seguir encerrada en casa un minuto más con madre llorando y padre pensando en encerrarme bajo siete llaves con la excusa de mantenerme «a salvo». Estoy harta de estar asustada —protestó ella.

Ofelia se dio cuenta de que la mano de Dylan todavía acariciaba el brazo de Helena Laguna. Había una extraña normalidad en su gesto que le hizo intuir que no era la primera vez que lo hacía.

—¿Qué ha pasado? —preguntó con voz frágil intentando apartar la mirada del gesto de cariño de Dylan.

—Ha desaparecido otra chica. Muriel Azkona, la hija de los dueños de la Taberna Azkona ahí en el puerto. Tiene solo quince años —respondió Helena sin ocultar la rabia que sentía—. Barba Azul se la ha llevado esta misma tarde, Ofelia. Esta vez ni siquiera ha esperado a que oscurezca.

1880

Su brazo no va a mejorar, Cora lo sabe solo con mirarlo. No recuerda cuántos días lleva encerrada ahí, pero con el paso del tiempo la piel de su antebrazo se ha inflamado y late, parecido a como sucede con las quemaduras. Puede sentir la presión de la sangre empujando desde dentro, provocándole un dolor sordo y constante. Pero sin duda lo peor es la herida: el extremo afilado de hueso roto que ha rasgado su piel y asoma a través del corte abierto en su muñeca izquierda.

—Es una herida fea, créeme, he visto heridas feas antes. Si no lo ponemos en su sitio otra vez, nunca se curará —dice él—. Tu brazo está roto y tienes el hueso asomando.

Él la visita a menudo. Va a la cueva mientras Cora está atrapada en el delirio pegajoso del dolor. Se inclina sobre ella despacio, casi como si le diera miedo despertarla, y tararea una canción triste que ella no reconoce.

—Te dolerá, pero es mejor hacerlo rápido. La herida está infectada y la carne alrededor del corte empieza a pudrirse, puedo olerla desde aquí. Si no hago algo pronto, la infección te contaminará la sangre extendiéndose por todo tu cuerpo y será demasiado tarde. Todo se arreglará, yo te ayudaré. Estoy contigo.

Ella patea en el aire oscuro y húmedo con la esperanza de alcanzarle, en otras circunstancias sabe que podría con él, pero ahora está demasiado débil y un dolor punzante le recorre el cuerpo: directamente desde la muñeca hasta el corazón golpeándola como un rayo.

—No deberías hacer nada que te fatigue: estás herida y si haces algún esfuerzo puedes hacerte aún más daño —le dice él con suavidad. El hombre se inclina sobre ella; huele a salitre, a madera podrida por la humedad y a otra cosa que Cora no logra reconocer—. Y no queremos que te hagas más daño, ¿verdad?

Cora niega deprisa con la cabeza.

—No... —balbucea.

—Bien.

Él sujeta el brazo roto en el aire y Cora aúlla de dolor.

—Sí, ya sé que duele mucho. Perdona. —Hay una siniestra nota de ternura en su voz.

—Deja que me vaya, por favor... No se lo contaré a nadie, por favor —suplica ella—. Seguro que mi madre me está buscando.

No sabe si es verdad, pero necesita convencerle de que alguien la está buscando. Y también a sí misma.

—Pero, Cora, tu madre no quiere volver a verte. Ella ya se ha olvidado de ti, todos se han olvidado ya de ti. Eres un fantasma.

Al escuchar sus palabras las lágrimas empiezan a rodar por sus mejillas, tibias y saladas. Él le acaricia el dorso de la mano herida dibujando círculos delicados con el pulgar. Cora se permite llorar amargamente unos instantes, la garganta cerrada por los sollozos y el corazón encogido. Sabe que él miente; lo sabe, sí, pero también hay algo de verdad en sus palabras.

«Si te marchas, no habrá vuelta atrás, nunca podrás volver a esta casa.» Eso fue lo último que le escuchó decir a su madre mientras ella desaparecía por el camino que salía de la casa. Por primera vez desde que está en ese lugar oscuro, le parece que él dice la verdad: su madre no la está buscando, y tampoco Claudia. Todos se han olvidado ya de ella. Esa certeza le duele casi tanto como la fractura abierta del brazo.

—De acuerdo. Hazlo.

—Muy bien. Buena chica. —Hay aprobación en su voz y a Cora le gusta escucharla—. Solo te dolerá un momento, te lo prometo. Después podré curarte la herida y te traeré algo de comer o puedes seguir durmiendo si quieres. ¿Lo entiendes?

Cora asiente, lo entiende.

—Lo hago por ti. Yo solo quiero que estés bien, Cora.

Ella mira cómo asoma el extremo pálido de su hueso entre la carne rasgada y sanguinolenta.

—Hazlo ya, por favor —le ruega.

No le ve la cara, pero sabe que él sonríe complacido. Le da la mano: su piel es áspera, dura en los nudillos. Cora contiene el aliento y se prepara para el dolor insoportable que sabe que sentirá cuando él estire de su brazo para colocarle bien el hueso, pero no hay dolor. Él empieza a cantar: la misma melodía lenta que tararea cuando la visita mientras duerme.

—¿Qué canción es esa? —pregunta Cora con voz temblorosa.

—La nana de los pescadores. Es una canción muy antigua que solían cantar los hombres en el mar cuando veían acercarse una tormenta. ¿No la reconoces? Fuiste tú quien me la enseñó hace tiempo. Los marineros la cantaban para espantar la tempestad, pero sabiendo que ya estaban a punto de morir, por eso la melodía es tan triste.

—La nana de los pescadores —repite ella con los labios secos—. Creo que ahora la recuerdo. Madre solía cantárnosla hace muchos años, cuando éramos niñas, en las noches de tormenta. A Claudia siempre le han dado miedo las tormentas...

Él sigue cantando y Cora tararea la melodía en voz baja. Le duele mucho la cabeza, pero por fin se acuerda de la canción: la ha cantado con su hermana, en otra casa, en otro mar, en otra vida.

Entonces él tira con fuerza del brazo roto y Cora siente que el aire se escapa de sus pulmones. Intenta gritar, pero el dolor le ha robado la voz. Antes de volver a caer en su sueño febril, siente cómo él se inclina sobre su oído y susurra:

—No tengas miedo, Cora. Yo cuidaré de ti.

LOS LIRIOS DE MURIEL

—

La tarde del día siguiente a la desaparición de Muriel Azkona, Dylan encontró la corona de lirios blancos flotando en la orilla de la playa de Ea.

Después de terminar su jornada en el taller, había decidido perderse entre las tabernas cercanas al puerto como solía hacer. Le gustaba escuchar las historias que contaban los hombres que salían al mar; historias de marineros, monstruos marinos, dragones de agua o tormentas repentinas capaces de hacer zozobrar una embarcación.

Desde que su padre le apartó de la gerencia de Vapores Morgan e Hijos sentía que no solo le habían exiliado de la empresa o de la familia: también le habían exiliado del mar, y de la posibilidad de convertirse en patrón de alguno de los barcos de su flotilla. No era un secreto que a Dylan nunca le había entusiasmado demasiado la idea de estar al frente del negocio familiar, pero sí que le apasionaba la posibilidad de ser algún día el capitán de uno de los vapores, igual que lo había sido su abuelo Devon, y de salir a la mar cada amanecer y navegar hacia el horizonte. Precisamente por eso mismo le gustaba pasar el rato con aquellos hombres de mirada fiera, con las manos heridas por el frío y el viento: era su particular manera de castigarse, de echar un vistazo a un futuro que ya nunca podría tener.

A aquella hora todos los bares del puerto seguían abiertos, todos menos la Taberna Azkona, que llevaba cerrada desde ayer. Dylan salió de la última taberna —pequeña pero siempre llena de gente y con la barra pintada de color verde desconchado— para ver la puesta de sol. Los días empezaban a alargarse, pero el sol débil no llegaba a traspasar el cielo cubierto de nubes grises. Las últimas horas de luz teñían el horizonte de un azul oscuro que se volvía aún más intenso justo antes de la noche total. A Dylan le gustaba ver cómo el día se convertía en noche sobre el mar.

Miró hacia la pequeña bahía. Las lanchitas y las barcas de remos se mecían suavemente en la corriente de la tarde mientras la marea subía, chocando entre sí con el sonido de la madera húmeda al golpearse. Entonces le pareció ver un destello pálido cerca de la playa: algo brillaba entre las olas que llegaban a la orilla. Se acercó para verlo mejor y se asomó sobre el murete de piedra.

Era una corona de lirios blancos. Las olas la empujaban hacia la playa igual que si unas manos invisibles quisieran hacerla llegar a salvo hasta la orilla. Dylan sabía lo que era, ya había visto una de aquellas coronas seis meses atrás, en su playa secreta.

Sin pensarlo, corrió hasta la orilla, se quitó las botas de trabajo y se metió en el agua sintiendo cómo su pantalón se empapaba volviéndose más pesado por el agua helada, pero no le importó. Las olas rompían contra sus tobillos y la espuma blanca burbujeaba a su alrededor con cada golpe de mar. Recogió las flores tan blancas como el cielo de invierno.

Algunas de ellas se habían perdido entre las olas, pero la corona pesaba en sus manos y el agua salada que chorreaba se escurría entre sus dedos. Dylan quiso lanzar la corona de lirios muy lejos, tirarla con todas sus fuerzas para que regresara al mar y se perdiera para siempre, porque sabía bien lo que esas flores blancas significaban: Muriel Azkona nunca volvería.

En vez de eso salió despacio del agua, llevándose la corona en la mano, y caminó descalzo de regreso a la explanada del puerto. De los bares salía el murmullo de voces y vasos que chocaban entre sí, pero todos esos sonidos se apagaron cuando le vieron pasar frente a las ventanas que daban al puerto, caminando derrotado y empapado con la corona de lirios blancos en la mano.

Después de tantos años y tantas chicas perdidas, las desapariciones eran una herida abierta en todos y cada uno de los vecinos de los pueblos costeros. Una herida que no dejaba de sangrar y que se volvía más profunda y dolorosa con cada nueva desaparición; una hemorragia interminable.

Al verle pasar, algunos hombres y mujeres empezaron a seguirle en silencio mientras Dylan avanzaba entre las callejuelas, en lo que se convirtió en una suerte de procesión silenciosa hasta la parte alta del pueblo. Dylan se detuvo ante la puerta de los Azkona y golpeó dos veces. La madre de Muriel abrió deprisa. Había una diminuta chispa de esperanza en sus ojos que se esfumó en cuanto vio que era Dylan, y no su hija perdida, quien llamaba. Rompió a llorar incluso antes de ver la corona de lirios en las manos mojadas de Dylan. Él la abrazó para evitar que se derrumbara de rodillas allí mismo, en el suelo empedrado que cubría la calle.

—Lo siento mucho. Lo siento... —susurró mientras la abrazaba.

Y dejó que sus lágrimas le empaparan la camisa.

EL REPORTERO

La desaparición de Muriel Azkona apareció en todos los diarios, desde Getaria hasta Bilbao. Sus padres eran los propietarios de una de las tabernas más famosas de la costa. Tan popular era la Taberna Azkona que algunos turistas de los que cada verano se paseaban por Donostia o Biarritz con sus modernos automóviles llevados desde Francia, sus escandalosos trajes de baño, sus fiestas llenas de celebridades o aristócratas europeos y sus regatas en la bahía de La Concha recalaban en su pueblecito cortado en dos solo para degustar el exquisito marmitako de bonito confitado o los pimientos rojos asados sobre madera de encina de la Taberna Azkona.

Pocos días después de la desaparición de Muriel, Ea y el resto de los pueblos pesqueros fueron tomados al asalto por periodistas, reporteros y algunos corresponsales de periódicos franceses. También se interesó por el asunto el inspector estirado de Bilbao que llevaba el caso de las desapariciones. Igual que había hecho con la desaparecida de noviembre, Katixa le escribió en nombre de su madre; esta vez, para contarle que Muriel Azkona era la nueva víctima de Barba Azul y que su familia había hecho oficial la desaparición.

En general, los desconocidos haciendo preguntas no fueron muy bien recibidos, pero algunos vecinos disfrutaban con la atención de la prensa o con la lejana posibilidad de ver su nombre publicado en un periódico de tirada nacional. Las chicas desaparecidas nunca le habían importado demasiado a nadie fuera de los pueblos pesqueros, pero ahora que la desaparecida era de una familia célebre, su misteriosa historia vendía periódicos. El interés del público era tan grande que algunos medios pagaban a vecinos de la zona o a allegados de las familias para conseguir historias o fotografías de las muchachas desaparecidas.

Después de tanto tiempo silenciado, después de tantas desaparecidas ignoradas, en poco tiempo Barba Azul llegó a ser casi tan famoso como ese asesino de Whitechapel o el mismísimo Sacamantecas. Las noticias y los reportajes sobre Barba Azul llenaban páginas y portadas de periódicos. Barba Azul era su particular «hombre del saco». Su propio monstruo. Una sombra amenazadora que merodeaba por las callejuelas de los apacibles pueblecitos de la costa buscando a la siguiente chica.

—¿Te has enterado? A la madre de Muriel Azkona le ha dado un ataque de nervios y su marido la ha internado en uno de esos horribles hospitales para mujeres que han perdido la cabeza —dijo Claudia mientras esperaban su turno en la tienda de ultramarinos de las hermanas Arrieta—. He oído que llevaba días sin comer y no ha pronunciado una palabra desde que desapareció Muriel. Qué desgracia, pobre mujer.

Era una mañana fresca y la llovizna gris empapaba los tejados y las casas del pueblo. Ofelia podía oír las gotitas de agua golpeteando las paredes de piedra; la respiración de las clientas que a esa hora hacían cola empañaba los cristales del escaparate de la tienda. Se notaba la prisa por terminar de hacer los recados y volver a la seguridad de las casas. Los rumores y habladurías corrían como la pólvora por las calles, pero había algo que era aún más rápido y venenoso: el miedo.

—Personalmente, preferiría morir antes que terminar encerrada en un espantoso sanatorio de esos donde te bañan en agua helada o te dan descargas eléctricas para freírte el cerebro. Es el destino más espantoso que se me puede ocurrir —añadió Claudia.

—Y dicen que el padre de la chica tenía un amorío con una costurera de Lekeitio: esa mujer rubia tan alta que vino desde Francia hace algunos años —dijo otra de las clientas en voz baja—. Por ahí comentan que ha sido cosa del padre para librarse de las dos y poder quedarse él solo con la taberna y con la querida.

—En esta tienda no aceptamos cheques ni chismorreos —la cortó la mayor de las hermanas Arrieta desde detrás del mostrador—. Así que, si no estáis aquí para comprar o encargar algo, ya os estáis marchando con viento fresco.

La mujer a la que había llamado la atención se mordió la lengua, bajó la cabeza avergonzada y clavó los ojos en el suelo de baldosas de la tienda. Nadie más se atrevió a hablar durante unos minutos. El aire de la tienda olía a anís estrellado, a café y a los lomos de bacalao seco que colgaban en la trastienda.

—¿Dónde ha oído lo de la querida del padre? —le preguntó de repente un hombre que hacía cola delante de Ofelia y Claudia—. La costurera, quiero decir. ¿Dónde ha escuchado ese rumor?

Juana Arrieta estaba ocupada ahora envolviendo paquetes en papel de estraza marrón, así que no podía escuchar sus cuchicheos desde el mostrador.

—Eso es lo que se dice por ahí. Yo se lo he oído contar a mi marido, que es muy amigo del hermano del padre de la muchacha; él mismo se lo confesó entre lágrimas hace dos noches —murmuró la mujer sin dejar de vigilar que Juana no volviera a descubrirla cuchicheando en su tienda.

El hombre abrió los ojos como platos.

—Vaya, así que conoce a la familia y también a la chica desaparecida.

—Sí, señor, desde luego —respondió la mujer, más orgullosa ahora mientras se colocaba mejor el chal que llevaba sobre los hombros—. Son de aquí, del pueblo de toda la vida. Los conozco desde siempre y desde luego no parecían ser de ese tipo de gente, ¿sabe lo que le digo?

—¿De ese tipo de gente? —repitió él para tirarle de la lengua.

—Ya sabe: les iba bien con el negocio, la taberna da mucho dinero, sobre todo en la temporada de verano, y hasta aparece en una guía turística francesa como parada obligatoria para todos esos extranjeros que vienen a gastarse su dinero aquí cuando se aburren de Donostia. —La mujer negó con la cabeza en un gesto de desaprobación—. Tendría que haber visto cómo se paseaban por el pueblo los Azkona, sobre todo la madre: inflada de orgullo igual que un pavo real, la muy ridícula, y ahora fíjese, sin hija, sin negocio, sin marido y encerrada en un sanatorio mal de la cabeza.

—Pero, Karmele, deja de hablar ya —la cortó Claudia.

La mujer se arrebujó en su chal, herida en su orgullo.

—Lo que yo haga o con quién hable es cosa mía.

—Pero ¿no te das cuenta de que es uno de esos periodistas que merodean por el pueblo buscando chismes? Está intentando sacarte información, mujer. —Claudia la reprendió ahora sin importarle que las demás mujeres de la tienda la oyeran—. Y tú venga a contarle historias sobre esa familia. Con todo lo que tienen encima los pobres.

El periodista le dedicó una sonrisa de disculpa a Karmele. Un murmullo indignado recorrió la planta cuadrada de la tienda de ultramarinos, algunas mujeres incluso se apartaron de él formando un corrillo poco amistoso a su alrededor.

—¿Eso es verdad? —le preguntó Juana desde el mostrador con un tono que dejaba claro que estaba a punto de sacarle a rastras de su tienda—. ¿Es usted un reportero de esos?

Alrededor de Juana Arrieta y su hermana siempre flotaba el aroma dulzón del *patxaran*. Ellas no bebían una sola gota de alcohol, pero elaboraban el mejor *patxaran* casero de la zona con las endrinas maduras que ellas mismas recogían, por eso mismo dejaban un olor azucarado a su paso, pero en ese momento el aire de la tienda de ultramarinos se tensó.

—Sí, lo soy. Me llamo Ángel de Martisol y trabajo para un famoso periódico de Madrid con corresponsales por medio mundo. Con un empujoncito de mis reportajes, podría llevar el nombre de su tienda muy lejos y, de paso, hacer que la gente hablara de las muchachas desaparecidas. Eso, si es que quieren darme alguna información útil sobre el caso, claro —dijo, pero solo encontró más miradas hostiles de las mujeres a su alrededor—. Barba Azul vende muchos periódicos, genera interés en el público y a nadie le hace daño que averigüe cosas sobre la última muchacha desaparecida...

—Muriel —le interrumpió Ofelia, que no había dicho una palabra todavía—. No es «una muchacha» ni «una chica». Su nombre es Muriel.

Hasta ese momento el periodista no había reparado en esa joven con el pelo claro como la luna, que hacía cola detrás de él. Lejos de arrepentirse o de intentar arreglar la situación que había provocado, el reportero estudió a Ofelia con curiosidad.

—Muriel, comprendo. ¿Y qué hay de ti? ¿No tienes miedo de ser la siguiente chica desaparecida? A lo mejor también hay una corona de lirios blancos para ti. Solo con mirarte es evidente que tienes una historia que contar.

Los ojos de todas las mujeres se clavaron en ella, esperando para escuchar su respuesta. Ofelia podía notar sus miradas pasando a través de la chaquetita de lana que llevaba solo por insistencia de Claudia. Se fijó en Ángel de Martisol, con su sonrisa cordial pero falsa, su ropa discreta escogida a propósito para mezclarse con los vecinos, y recordó la sangre tibia de Vallejo inundando su boca después de que ella le mordiera en esa misma tienda.

—Yo no tengo ninguna historia que contar —fue todo lo que dijo.

Entonces Karmele se recolocó su chal con un gesto de victoria.

—Pues claro que tienes una historia que contar, y mucho mejor que la del asesino ese, si me apuras: Ofelia es una lamia, es la sirena de Ea. Ha pasado años perdida y ha vuelto con la misma edad y apariencia que tenía cuando desapareció. ¿Verdad que es increíble?

Martisol estudió a Ofelia y sus ojos brillaron.

—Desde luego. La sirena que regresó del mar: yo diría que eso es definitivamente una historia.

—Y no solo eso —añadió Karmele, encantada al sentirse protagonista—. En el pueblo corren rumores sobre su procedencia: dicen que es la hija de Barba Azul.

LA CUEVA

—

Habían pasado dos días desde la visita de ese periodista a la tienda de ultramarinos de las hermanas Arrieta cuando el reportaje apareció en las páginas de un diario local.

Ángel de Martisol, el reportero de sonrisa falsa que había conocido en la tienda de las hermanas Arrieta, publicó su artículo en ese distinguido periódico con sede en Madrid para el que escribía. Era un reportaje a doble página en un diario de tirada nacional sobre Ofelia: una misteriosa chica sin memoria, pero con un inexplicable parecido con una de las muchachas desaparecidas años atrás. También resaltaba la posible conexión de Ofelia con Barba Azul, valiéndose para eso de los testimonios de algunos vecinos. El artículo de Martisol se titulaba «La hija de Barba Azul», y justo debajo de las grandes letras en negrita del titular había una fotografía borrosa de Ofelia.

«La hija de Barba Azul.» La primera vez que ella lo escuchó, casi le pareció el título de un cuento de hadas: uno que contaba la historia de una muchacha pálida que una noche de tormenta logró huir de su captor. Pero en realidad era su supuesto padre, el que parecía un villano siniestro sacado de una historia escrita para asustar a las niñas. En el cuento, Barba Azul vive en su lejano castillo entre la espesura del bosque y toma a una nueva esposa cada pocos años: todas ellas son chicas jóvenes, hijas de campesinos a las que sabe que nadie buscará y que desaparecen misteriosamente sin dejar rastro pocos meses después de la boda. Todas excepto su última esposa, que encuentra por casualidad la cámara donde su misterioso marido oculta los cadáveres de sus anteriores esposas y consigue escapar del castillo.

A los pocos días de la publicación del reportaje, también comenzaron a extenderse los rumores y teorías acerca del lugar en el que estaban escondidos los cuerpos de las pobres chicas desaparecidas, cada uno más inverosímil que el anterior. Había quien creía que estaban enterradas en el extenso bosque que cubría los acantilados a lo largo de toda la costa, o abandonadas en el fondo del mar como si fueran sirenas: con los ojos abiertos para siempre y atadas a pesadas piedras de *baserri* para que jamás pudieran regresar a la superficie. Otros en cambio sostenían que Barba Azul utilizaba algunas partes de los cuerpos de las chicas para oscuros rituales relacionados con la brujería y con antiguas creencias paganas, que según decían servían para invocar a seres del bosque o a los demonios de la noche, y por eso mismo no se había encontrado ni rastro de sus cadáveres.

Cuando se publicó el artículo «La hija de Barba Azul», una de las mujeres que acudieron a la mansión Amara buscando respuestas sobre su hija perdida cuando Ofelia había aparecido en la playa, se acercó a la puerta roja de la casa y escupió en la entrada cuando la vio en la ventana del desván. Después se marchó llorando por el camino de vuelta al pueblo. A la mañana siguiente las Amara encontraron unas tripas de pescado en la entrada de la finca.

Anastasia le prohibió salir de la casa mientras los rumores y las noticias acerca de su pasado, y de su conexión con Barba Azul, siguieran en los periódicos y en boca de sus vecinos.

«He pasado más de treinta años viviendo aquí, en este pueblecito, intentando mezclarme con estas personas, ayudándolas y siendo amable con ellas para que me trataran como a una más. Apareces tú, y en poco tiempo todo por lo que he luchado se destruye, todo lo que he sacrificado para conseguir esa normalidad se ha esfumado... Por tu culpa. Nunca debí permitir que te quedaras en esta casa.» Anastasia se escondía detrás de las páginas de los diarios de la mañana, leía cada artículo y cada rumor malicioso que se publicaba sobre Ofelia mientras las tres desayunaban en la cocina.

Anastasia Amara nunca fumaba, pero aquella mañana, la mañana en que encontraron las tripas de pescado en su puerta, se encendió un puro importado de los que guardaba en una caja de madera en su despacho para ofrecer a los hombres en los funerales. «Ahora que saben la verdad, ya nunca nos dejarán en paz. No tienes ni idea de lo que has provocado. La hija de Barba Azul...», dijo dándole otra calada al puro y llenando la cocina de humo.

Sus palabras destilaban pura rabia y la misma violencia mal contenida que Ofelia ya le había visto desatar con Claudia, pero cuanto más pensaba en ello, más sentía que había algo diferente esta vez: miedo. Ofelia sabía bien de lo que Anastasia era capaz, pero nunca jamás habría pensado que fuera capaz de tener miedo.

Anastasia había tirado a la basura las páginas del diario con un gesto de disgusto en sus labios finos nada más enterarse de que Ofelia aparecía en ellas, pero la chica las había recuperado para leer el reportaje completo. Se llevó el periódico a escondidas a su habitación en el desván y lo leyó con avidez sentada en el suelo. Buscaba respuestas sobre su pasado —y en cierto modo, también sobre su futuro—, pero el supuesto reportaje era poco más que una recopilación de conjeturas sobre las desapariciones de las chicas en esos años, conectándolas con historias sobre naufragios de barcos, tormentas repentinas y, por supuesto, Ofelia. Suspiró frustrada. En aquellas páginas no había nada que ella no supiera ya, así que lo devolvió al cubo de la basura antes de la puesta de sol.

Sin embargo, las palabras tienen el poder de quedarse en nuestra mente mucho tiempo después de haberlas leído, y eso mismo debió de ser lo que le sucedió a Ofelia, porque esa noche fue la primera vez que soñó con la cueva.

No reconocía el lugar, no recordaba haber estado allí jamás... y sin embargo el aire húmedo y oscuro que le llenaba los pulmones con cada bocanada le parecía extrañamente familiar. Y muy real pese a estar dormida. En el sueño, Ofelia estaba tumbada en el suelo de piedra, no tenía frío, pero temblaba. Oía la misteriosa canción que se repetía sin descanso en su mente también cuando estaba despierta: alguien la cantaba desde el rincón. Una mujer. Parpadeó buscándola y sus grandes pupilas se acostumbraron deprisa a la penumbra. Podía oír el sonido del mar rompiendo contra las rocas sonando por encima de la melodía triste de la canción, y también el viento del norte, que ululaba al pasar rozando la abertura en la pared de la cueva.

—¿Hola? —Su voz temblorosa rebotó entre las paredes de piedra devolviéndole un eco casi infantil.

La mujer siguió cantando, como si Ofelia no estuviera allí. Intuyó su silueta recortada en el rincón más oscuro de la cueva, pero no la reconoció. Se levantó despacio y sintió las piernas débiles, tal como sucede después de haber tenido fiebre muy alta. Avanzó descalza sobre el suelo de roca húmeda, arrastrando la cola de su vestido hacia lo que parecía la entrada natural de la cueva.

A medida que se acercaba escuchó el rugido del mar llenando sus oídos, invadiendo cada idea en su cabeza. La claridad del cielo de invierno que se filtraba por la abertura la cegó y tuvo la certeza, que solo se tiene en los sueños, de que llevaba mucho tiempo sin ver el cielo. Sus pies estaban mojados, Ofelia se miró las membranas que unían los últimos tres dedos de cada uno de sus pies: hasta ese momento no había notado que el agua helada del mar le subía casi hasta la pantorrilla. Llegó hasta la entrada de la cueva y salió a la intemperie.

Una ráfaga de viento le sacudió el pelo y la falda de su vestido, destrozada por las rocas afiladas. El Cantábrico salió a su encuentro golpeando la pared de roca del acantilado. Ofelia estaba de pie sobre un pequeño promontorio natural, un capricho de esa naturaleza salvaje que impone su ley en la costa. Colocó la mano contra la pared mojada para no perder el equilibrio por la fuerza de las olas que rompían a pocos metros bajo sus pies y se asomó para mirar un poco más. Vio la línea del horizonte, gaviotas que luchaban por volar contra el viento y algunos barcos faenando demasiado lejos como para pedir ayuda. Pero también distinguió una pequeña cala rocosa con el agua transparente en calma.

Ofelia se despertó en su cama. En el desván de la casa Amara no se oía nada más que su respiración acelerada, pero de alguna manera ella aún podía sentir el viento del norte revolviéndole el pelo y susurrando en su oído. Rememoró la cueva de su sueño, las olas, a la mujer que cantaba en un rincón y la cala pedregosa... Y de repente recordó.

Dylan pateó un canto rodado que salió disparado hacia el mar. Tenía las manos en los bolsillos y caminaba por la cala con grandes zancadas furiosas.

—No me puedo creer que la chismosa de Karmele le hablara de ti a ese reportero. Maldita sea, ¿cómo se le ocurrió hacer algo así? ¿Y de dónde se ha sacado que eres la hija de Barba Azul?

—No lo sé. Según dijo Karmele, alguien ha empezado a hacer circular ese rumor en el pueblo. No sé quién ha sido el responsable, pero parece que conoce mi propio pasado mucho mejor que yo misma.

—Maldita sea —repitió él.

Ofelia estaba sentada en el suelo, distraída en sus propios pensamientos mientras veía cómo Dylan iba y venía mascullando maldiciones.

—Y ahora todo el mundo quiere saber más sobre «la hija de Barba Azul» —continuó él entre dientes—. Ayer por la noche tuve que echar a un tipo que se había escondido en el taller de la empresa para intentar averiguar algo sobre ti en las facturas o en los libros de cuentas de Vapores Morgan e Hijos. Todo porque había oído que somos amigos. ¡Es de locos! Malditos reporteros, son como carroñeros. Ojalá te dejaran tranquila.

—Katixa le tiró un cubo de agua desde la ventana a uno que estaba llamando a la puerta —dijo Ofelia con una sonrisa de satisfacción.

Su amiga estaba muy atenta a las visitas indeseadas. Desde que el hombre del puente le robó la llave de su casa, Katixa solía atar un cascabel con un lazo al picaporte, igual que si fuera un gato, por si acaso lo oía tintinear durante la noche. Secretamente quería enfrentarse a Barba Azul y darle caza, lo consideraba su derecho.

Dylan se detuvo por fin y la miró con sus enormes ojos azules muy abiertos.

—Te hace gracia todo esto. —No era una pregunta.

Ella enterró la mano entre los guijarros que se amontonaban cerca de la orilla y disfrutó un momento de la sensación del frío atrapado en la tierra.

—No me hace gracia, es solo que no me preocupa tanto como parece preocuparte a ti: es un fastidio tener a esos reporteros merodeando por el pueblo, sí, pero he leído lo que escriben sobre mí y son solo conjeturas o medias verdades. Lo único que lamento es que, con todo el revuelo sobre «la sirena que regresó del mar», se hayan olvidado de las chicas desaparecidas.

—Pero ¿qué pasa si descubren alguna cosa peligrosa sobre ti o sobre tu pasado? Ni siquiera tú recuerdas quién eras antes, a lo mejor eras...

—¿Qué? —le interrumpió ella—. A lo mejor era ¿qué?, ¿la hija perdida de unos reyes europeos?, ¿la de una sirena? Los dos sabemos que no soy ninguna de esas cosas. Eso solo son cuentos amables que nos fuimos inventando para no tener que pensar en la verdad. Quiero respuestas, Dylan. Respuestas auténticas; tengo derecho a saber la verdad sobre quién soy y sobre cómo llegué hasta esta playa. Y por lo que a mí respecta, si unos periodistas entrometidos son capaces de encontrarlas, me parece perfecto.

Dylan puso los brazos en jarras y se volvió para mirar al mar. Aunque no podía ver su expresión, Ofelia supo que estaba serio. Cuando Dylan arrugaba la frente preocupado por algo de lo que no quería hablar se parecía a su madre, Penélope Morgan. Ella era una mujer discreta y tenía la misma mirada líquida de Dylan: siempre mirando al horizonte, como si esperara encontrar respuestas en la línea entre el mar y el cielo.

Ofelia se levantó despacio y se acercó a él. Sintió el calor que salía de su cuerpo pasando a través de las capas de su vestido.

Dylan olía a limón, a ropa recién planchada, a salitre y a la resina que usaban para impermeabilizar la madera de los barcos.

—¿Y qué pasa si esos periodistas escarban en tu pasado y averiguan que eres una pobre chica que consiguió escapar de Barba Azul? —El viento arrastró la voz baja de Dylan, pero no se atrevió a volverse para mirarla—. Si él descubre que estás viva, tal vez intente venir a buscarte para terminar lo que empezó.

—Pues que venga —respondió ella, muy segura—. ¿Te preocupa que no sea la sirena que todo el mundo cree que soy? ¿Descubrir que en realidad nunca ha habido nada especial en mí? ¿Que solo soy una chica perdida más?

Por fin él se volvió para mirarla, estaba tan cerca que la manga de su abrigo azul oscuro le rozó la mano.

—A mí no me importa quién eras antes, eso me da igual: solo me importa quién eres desde que te conocí. —Hizo una pausa para que sus palabras no se amontonaran en su garganta—. Me preocupa descubrir que perteneces a otro lugar.

Ofelia parpadeó sin comprender.

—¿A otro lugar?

—A otro lugar que no sea aquí, conmigo..., con nosotros —se corrigió—. Y estoy seguro de que alguien te echa de menos en algún sitio. Es imposible no echarte de menos.

Despacio, como si no estuviera segura de que tenía su permiso para hacerlo, Ofelia dejó que sus dedos pálidos se enredaran entre los de él. Notó cómo Dylan le daba la mano para comprobar que ella seguía ahí.

—No me iré a ningún lado —le prometió sin saber cómo iba a cumplir su palabra.

—Lo sé.

Ofelia notó cómo él le apretaba la mano con delicadeza y cerró los ojos un instante, solo disfrutando de la sensación de su piel cálida.

—Quiero enseñarte algo —dijo la chica con su pequeña sonrisa—. No está lejos, pero tenemos que tomar prestada una barca.

—¿Y dices que soñaste con este lugar? Así sin más. —La voz de Dylan rebotó en las paredes de piedra.

—Sí, pero hasta que no vine a verlo con mis propios ojos hace dos días no creí que existiera de verdad —admitió ella.

A menudo Ofelia soñaba con lugares o voces que no conocía. Le gustaba creer que eran sus recuerdos enmarañados intentando encontrar el camino de regreso a su mente, parecido al haz de luz de un faro en la niebla que alumbra el camino a los barcos en el mar. Pero el sueño sobre esa cueva había sido diferente de los demás: espeso y concreto, tanto que, pese a estar dormida, había reconocido la cala de Natxitua, los acantilados y el relieve de las colinas que rodeaban Ea.

—Pero ¿no recuerdas nada más? ¿Nada sobre tu pasado?

—No, ningún recuerdo nuevo. Tan solo esta cueva.

Con ayuda de la barquita, Ofelia y Dylan navegaron mar adentro siguiendo la línea del acantilado, que se levantaba afilado y poderoso en comparación con su barquita de remos. Antes de llegar a Lekeitio, la silueta del faro de Santa Catalina apareció en el cielo. Allí las olas se habían vuelto más altas, sacudiendo peligrosamente la barquita de remos como si quisieran hacerla zozobrar.

El pequeño saliente de roca parecía más desgastado por los elementos que en su sueño, pero amarraron allí el cabo de la barquita para evitar que desapareciera entre las olas y entraron por la grieta en la pared de piedra.

—Hay más grutas y cuevas en este acantilado, por toda la zona en realidad, pero el acceso desde tierra es casi imposible. Cuentan que algunas de ellas son incluso más antiguas que los primeros pueblos de la costa, hasta han hallado restos de animales prehistóricos y pinturas en las paredes. —La voz de Dylan llenó la gruta—. ¿Estás segura de que esta era la de tu sueño?

Ofelia miró a su alrededor buscando alguna pista más, un nuevo indicio que hiciera girar otra vez los engranajes oxidados de su memoria.

—Sí, estoy segura de que esta es la cueva de mi sueño. Reconozco el olor a salitre y la humedad en el aire. Es solo que ahora que estoy despierta parece un poco distinta, pero sé que es el mismo lugar. —Avanzó con cuidado sobre los charcos de agua de mar que se habían formado en el suelo de la cueva—. Hace dos días me acerqué nadando y cuando llegué ya casi había marea alta, así que no pude adentrarme demasiado...

—Espera, ¿qué? —la interrumpió él—. ¿Viniste hasta aquí tú sola a nado?

Algunas veces Ofelia se escabullía hasta la cala de Natxitua, dejaba bien escondidos entre las rocas el vestido y los únicos zapatos en los que le cabían sus extraños pies, y se zambullía en el agua helada. Le gustaba comprobar cómo de lejos podía llegar nadando contra el oleaje, si era capaz de llegar hasta el talud que se hundía bajo el fondo marino unas millas más adelante —donde el agua estaba mucho más fría y tenía un peculiar color azul oscuro— o descubrir cuánto tiempo podía aguantar la respiración bajo el agua.

—Sí, no me mires así, tampoco es para tanto. Soy buena nadadora, muy buena en realidad. Incluso con olas altas puedo ir hasta el cabo de Ermintxo y volver sin cansarme siquiera —dijo con una sonrisa de satisfacción—. Y también mantengo la respiración bajo el agua mucho tiempo antes de necesitar salir a respirar, seguro que podría ganaros a Ulises y a ti o a cualquier muchacho del pueblo en una apuesta. Ventajas de ser una sirena.

Dylan la miró, todavía impresionado por las cosas increíbles de las que esa chica pálida de aspecto etéreo era capaz, y una sonrisa apareció en sus labios por primera vez esa tarde.

—Tú no eres una sirena.

—No, no lo soy —admitió—. Pero conozco esta cueva, y no por haberla visto en un sueño: creo que es aquí donde él me mantuvo cautiva. Y se me ocurre que también es aquí adonde él trae a las demás chicas, vale la pena asegurarse.

Una ola mucho más furiosa que las demás chocó contra la pared del acantilado y se coló en la cueva por la gran grieta que servía de entrada. El agua fría llegó hasta ellos empapando rápidamente sus zapatos y el bajo de su vestido.

Sin pensarlo, Ofelia se adentró un poco más en la cueva: allí apenas llegaba la luz blanquecina del cielo, pero ella parecía conocer de memoria cada contorno afilado de la pared y cada saliente. Lo conocía como cualquiera habría conocido su hogar.

—He pasado aquí mucho tiempo...

—¿Y cómo te mantenía encerrada? Quiero decir... —Dylan señaló la abertura natural en la pared—. No hay puerta, ni rejas, ni nada que pueda servir para encerrar a alguien, y por lo que cuentas está claro que eres perfectamente capaz de salir a nado de esta cueva y llegar a tierra a pesar del oleaje. ¿Entonces...? ¿Por qué no te fuiste?

—No lo recuerdo —admitió ella mientras su mente trabajaba deprisa buscando las respuestas—. Puede que él me engañara de alguna manera para mantenerme aquí o tal vez estuviera herida y no podía escapar nadando.

Ofelia se miró el brazo izquierdo, de vez en cuando le dolía sin motivo, y casi sintió que una mano invisible tiraba de ella hacia la oscuridad. Sus ojos estaban acostumbrados a la penumbra de ese lugar, así que avanzó mientras el agua del mar seguía entrando furiosa por la grieta, oyendo la respiración rápida de Dylan a su lado, atento a cualquier movimiento frente a ellos.

—Ulises se morirá de envidia cuando le cuente lo que se ha perdido por quedarse en casa haciendo sus tareas —susurró—. Está obsesionado con conseguir esa beca para estudiar en Bilbao. Él dice que es para prepararse mejor, para ampliar su formación y poder hacerse cargo de la empresa en el futuro, pero a mí me parece que tiene muchas ganas de marcharse de Ea. Supongo que algún día tenía que pasar, ya sabes, lo de marcharse. Y me alegro de que vaya a dejar de pasar tanto tiempo con nuestro padre.

—Dylan Morgan, siempre el hijo rebelde.

Los dos se rieron, pero la mención de Ulises tensó el aire entre los dos. Incluso cuando no estaba con ellos, el menor de los Morgan siempre estaba presente. Ulises era su fantasma particular.

—Todavía no me he hecho a la idea de que vaya a marcharse —dijo ella sin atreverse a mirarle—. Pensé que siempre estaríamos los tres juntos, como prometimos aquella tarde en nuestra playa secreta. Qué tontería, ¿no?

—No es una tontería. Ulises siempre ha sido más listo que yo, más sensato y mucho mejor en los estudios... y bueno, mejor que yo en todo lo demás. Él se merece esta oportunidad: irá a Bilbao, estudiará, conocerá gente interesante... Ojalá yo hubiera sido mejor hermano mayor para él. No siempre hemos sido así, antes estábamos mucho más unidos, pero supongo que al hacernos mayores todo se fue complicando entre nosotros —aceptó él—. He permitido que nuestro padre tenga demasiada influencia sobre él y eso le está... cambiando. Los secretos, la responsabilidad, los negocios y el tiempo que comparte con nuestro padre le han apartado de mí.

Ofelia escuchó la resignación en las palabras de Dylan, aceptando que nada volvería a ser como cuando se conocieron en la playa. Iba a decirle que se equivocaba, que había sido un buen hermano mayor para Ulises, cuando algo entre las sombras llamó su atención.

—¿Qué es eso? Ahí arriba hay algo: creo que es un saliente en la roca. Parece una terraza natural.

Dylan entornó los ojos para intentar ver algo y notó que la cueva tenía dos niveles diferentes.

—Sí. Creo que esta parte, donde estamos ahora, se inunda cuando sube la marea, pero el agua no llega hasta la terraza. —Miró la boca abierta en la pared del acantilado, por la que seguía colándose el agua—. Aunque no tiene mucha altura.

—La suficiente —murmuró ella.

Se acercó hasta la pared, se descalzó y trepó por el muro de roca ayudándose con sus extraños pies, casi como si estuvieran diseñados para eso. Una piedra afilada le cortó la palma de la mano, pero no le importó. Una vez arriba, ayudó a Dylan a subir tendiéndole la mano y manchándole con su sangre sin querer.

—Es una cárcel perfecta, aunque no tenga barrotes.

No era un desnivel demasiado grande —apenas tres metros de separación—, pero sí lo suficiente como para mantener esa zona de la cueva lejos del agua. Se trataba de una cámara de unos nueve metros, con la misma roca húmeda en las paredes y el suelo que formaba el acantilado.

—¡Mira! —Dylan señalaba hacia un rincón de la cueva.

Alguien había llevado hasta allí unas mantas, una caja de madera de tablillas de las que se utilizan para transportar la fruta y algunos botes de cristal.

—Estuve aquí, ahora estoy segura.

—¿Crees que es aquí adonde Barba Azul trae a las chicas?

—Es posible. Se puede abandonar a alguien aquí dentro y sería complicado escapar sin ayuda, sobre todo estando herida.

Dylan se acercó con cautela a las mantas arremolinadas y se fijó en que había algunas velas usadas y una lámpara de aceite rota en el suelo.

—Desde luego es un lugar difícil de encontrar.

—Sí, a no ser que lo veas en un sueño —dijo en voz baja.

—Pero, que sepamos, han desaparecido otras dos chicas desde que tú llegaste y no hay ningún cuerpo en esta cueva ni tampoco señales de que alguien haya estado en este lugar desde hace mucho tiempo. Parece que lleve meses vacío.

Ella lo miró con sus ojos incisivos.

—Sí, más o menos desde que me encontrasteis flotando en la orilla. Igual ya no trae a las chicas aquí por miedo a que le descubran después de lo que pasó conmigo. O quizá tiene muchas otras cuevas, parecidas a esta, repartidas por toda la costa.

Dylan no escuchó el final de su frase, algo había llamado su atención.

—Hay una cuna, ahí, en el rincón. —Un temblor se coló en su voz.

Ofelia se acercó para verla mejor: era un moisés de madera oscurecida por la humedad. Acarició el borde áspero con la punta de sus dedos y miró a su alrededor dejando que sus ojos reconocieran el lugar.

—Creo que viví aquí cuando era una niña.

La cunita estaba vacía, no había nada dentro excepto un

pedazo de tela: un retal de tul blanco y largo, con pequeñas peinetas cosidas en el extremo para poder sujetarlo en el pelo.

—Es un velo de novia —dijo ella de repente.

El aire se volvió pesado en sus pulmones. Ofelia nunca había experimentado la sensación de quedarse sin respiración bajo el agua, pero imaginó que no sería muy diferente de aquella. Se llevó la mano herida al cuello dejando un rastro de sangre en la pechera de su vestido y en su pelo. Alarmado, Dylan se olvidó del moisés y del misterioso velo y la sujetó contra su cuerpo.

—¿Qué te pasa?

Ella no respondió. La chica que nunca tenía frío temblaba ahora entre sus brazos.

—Ofelia...

La estrechó más fuerte y el temor en su propia voz reveló en un instante todo aquello que no tenía el valor de decirle. Todo aquello que había mantenido oculto durante todo ese tiempo.

Los recuerdos llenaron la cabeza de Ofelia como un torbellino de agua, un violento golpe de mar que arrasó con meses de vacío y niebla.

—Ya me acuerdo, ahora me acuerdo de todo —murmuró ella contra su pecho—. Tenían razón. Yo nací aquí: Barba Azul es mi padre. Y creo que Cora Amara era mi madre.

1880

Cora Amara se acomoda mejor entre las mantas. El frío y la humedad que impregnan el aire de la cueva y se pegan a su pelo y su piel han dejado de importarle hace semanas. Forman parte de su vida ahora. El brazo aún le duele, eso no ha cambiado. El hueso roto la atormenta sobre todo cuando baja la marea y el agua del mar se retira de la cueva. Aunque en el fondo Cora sabe que no tiene ninguna explicación racional, siente que un dolor sordo le recorre el cuerpo cada tarde al ver desaparecer el agua.

La herida por la que antes asomaba el hueso roto ya no está hinchada y la piel de alrededor ha perdido el aspecto tumefacto. Eso es bueno. El cabestrillo que él le ha preparado ayuda con el dolor y también con la recuperación, pero sabe que será insoportablemente lenta; tardará meses en poder mover el brazo sin notar los nervios que recorren su cuerpo estallando en llamas. Después de recolocarle el hueso roto que le asomaba por la muñeca y mecerla hasta que se quedó adormilada por el dolor, él ha regresado a la cueva cada tarde antes de la caída del sol para curarle la herida y llevarle agua fresca.

Con el paso de las semanas, sola y consumida por el dolor en esa cueva de la que no puede escapar, Cora ha ido apreciando más sus visitas y su compañía silenciosa. Él no es muy hablador: apenas cuatro frases tímidas en cada una de sus visitas. Siempre guarda silencio si ella le pregunta por su madre, por Claudia, por Ea o por el resto del mundo fuera de esa cueva. Ya solo existe ese lugar: el mar entrando por la grieta en el acantilado con cada marea alta y el viento del norte silbando al pasar entre las rocas.

Él se porta bien con ella; es un carcelero bueno y paciente que custodia al preso contra su propia voluntad, pero un carcelero después de todo.

—Sí, ya sé que duele un poco... Era un corte muy feo —dice mientras le seca la herida con un paño limpio—. Pero está cerrándose bien a pesar de la humedad del ambiente. Dentro de cuatro o cinco semanas podrás empezar a mover ese brazo con cuidado, siempre que no empeore, claro.

Cora le observa con curiosidad mientras él le cambia el vendaje sucio por uno limpio empapado en alcohol. El contacto del desinfectante con su piel en carne viva le escuece horriblemente y le hace recordar aquella vez en la que se despertó en plena noche, con los pies sangrando sobre las sábanas mientras su madre aún sostenía el cuchillo para filetear pescado en la mano y una sonrisa oscura en los labios. Cora está acostumbrada al dolor: forma parte de ella y de su pasado tanto como sus huesos o su piel, así que aprieta los dientes mientras estudia su perfil salvaje, la curva de su nariz, su mandíbula marcada bajo la barba castaña... Está acostumbrada al dolor.

—Gracias —murmura cuando él termina de anudar el nuevo vendaje.

Aún tiembla de dolor y sus ojos están llenos de lágrimas contenidas. Como es habitual, él no responde, así que ella continúa:

—Seguramente me has salvado la vida. La herida se me habría infectado, eso sin mencionar lo del hueso roto.

Por fin él le sonríe, luego dedica un momento a recoger las vendas, gasas y el alcohol del suelo de la cueva. Sus manos son toscas y fuertes, parecen acostumbradas al trabajo duro, pero Cora se fija en el modo en que se cierran alrededor de las gasas limpias, como quien sostiene un gorrión en su puño con cuidado de no apretar demasiado.

—No hay por qué darlas, me alegro de que estés mejor —responde con voz suave—. Era lo menos que podía hacer por ti después de lo que te ha pasado. Lo siento mucho, Cora. No puedo evitar sentirme en parte responsable de tu desgracia.

Una pequeña sonrisa cruza los labios de ella.

—Bueno, ya sabes lo que dicen: todos somos un poco responsables de nuestra propia desgracia.

EL VELO DE NOVIA

Las gotas de lluvia, frías y cortantes, rompían la superficie de la ría que bajaba crecida. En el cielo de la tarde se adivinaba la promesa de una tormenta y la luz lechosa se reflejaba en las paredes de las casas de Ea.

Cuando Ofelia llegó a la entrada de la finca de las Amara, estaba empapada y temblaba bajo su vestido, pero no de frío. El pelo claro le caía pegado en mechones sobre la frente y a los lados de la cara, tuvo que secarse la lluvia de los ojos para poder levantar la mirada hacia la casona con el tejado de color rojo sangre: esa trampa, esa tela de araña perfectamente tejida.

«Ten mucho cuidado con ellas: *Amara* significa "amargo", "triste" —le había advertido Katixa una vez—. Pero también es un tipo de insecto, parecido a una araña.»

Ofelia pensó en marcharse, salir corriendo sin mirar atrás por la carretera embarrada que se alejaba de la costa y no regresar nunca más. Correr hasta dejar de oír el murmullo del mar llamándola en la distancia, hasta que la línea azul del horizonte solo fuera un recuerdo desagradable en su cabeza. Pero intuía que huir ahora significaba renunciar para siempre a las respuestas sobre su pasado y su origen que tanto tiempo había estado buscando, esas respuestas se quedarían atrás junto con todo lo demás que significaba algo para ella: Dylan, Ulises, Katixa... Ofelia se miró las manos como si pudiera adivinar su futuro leyendo las líneas en su palma. El corte que se había hecho en la cueva todavía sangraba, solo que ahora su sangre era acuosa y bajaba por la muñeca manchando el puño de encaje de su vestido y dibujando las líneas bordadas igual que si fuera acuarela de color rojo brillante.

Claudia estaba en el pórtico de la casa. Se protegía del viento que barría la costa con un chal azul intenso bordado con flores de muchos colores vivos.

—Por fin apareces, ¿dónde te habías metido? Llevo esperándote aquí casi una hora para que madre no se entere de que has salido de casa sin... —Enmudeció al reparar en su expresión helada, y una sombra cubrió su rostro—. ¿Qué ha ocurrido?

—¡¿Tú lo sabías? ¿Lo has sabido todo este tiempo?! —preguntó Ofelia, gritando por encima del ruido de la lluvia que golpeteaba en la pared de la casa—. ¿Me has estado mintiendo?

Un rayo cortó el horizonte antes de que Claudia pudiera responder, su luz tétrica le iluminó el rostro y, al verla, por un instante la chica pensó que en realidad estaba hablando con Anastasia Amara.

—Yo nunca te he mentido, Ofelia. Vamos dentro. Hablaremos. Te contaré todo lo que sé.

Claudia la miraba con gesto serio mientras ella se secaba el pelo con una toalla.

—Cuéntamelo otra vez, desde el principio —dijo—. ¿Crees que estuviste prisionera en esa cueva y que Barba Azul podría ser tu padre?

Ofelia asintió.

—Pero ¿por qué crees algo tan horrible? ¿Es solo por esas habladurías que publican los periódicos? No sé quién les ha filtrado esa historia a los periodistas, pero es una soberana tontería...

—Lo sé porque esa cueva era mi casa —la cortó—. Encontramos una cuna en ese lugar y tenía que ser mi cuna: yo nací en esa cueva. Lo sé porque ahora recuerdo haber vivido allí cuando era solo una niña. Recuerdo haber aprendido a nadar en el mar agitado junto al acantilado, pescar con las manos desde las rocas para poder comer, recuerdo dormir acurrucada entre la montaña de mantas que encontramos en un rincón, recuerdo las velas encendidas iluminando la cueva en las noches más oscuras del invierno... Ahora me acuerdo.

La idea había empezado a crecer en su cabeza sin que ella pudiera hacer nada para evitarlo, igual que una mala hierba, nada más ver la cuna oscurecida por la humedad y olvidada en un rincón de la cueva. Pero de alguna manera que no podía explicar, en el fondo de su ser, Ofelia ya lo *sabía* antes.

—No logro recordar bien a mi madre ni ver su rostro, pero sé que está muerta. Fue ella quien me enseñó a leer, quien me contó historias y cuentos para ayudarme a dormir, y cuando soñaba hablaba en un idioma extraño.

Al ver la cuna abandonada, los recuerdos se habían agolpado en su mente. Ofelia descubrió que el pasado deja una marca invisible en nuestro corazón, una cicatriz imposible de ver pero que nunca deja de doler.

—Pero, aun así, no puedes estar segura de que Barba Azul sea tu padre. Tal vez robó la cuna o la encontró flotando en el mar y su intención era quemarla para entrar en calor... Puede haber muchos motivos. —Claudia intentó consolarla—. Y aunque tengas razón y hubieras vivido en esa cueva de niña, eso no significa que ese hombre sea tu padre.

—Lo sé, pero también está el asunto del velo de tul blanco que encontramos. Era un velo de novia —le recordó ella—. Cuando los Morgan me rescataron en la orilla, yo llevaba puesto un vestido de novia. No es una casualidad, sé que he vivido en esa cueva durante años, seguramente toda mi vida hasta la noche de la tempestad. Por eso puedo ver en la oscuridad mejor que los demás, por eso nunca tengo frío y por eso mismo mi piel y mi pelo tienen ese aspecto pálido: nunca me había dado la luz del sol hasta que escapé. Por fin todo tiene sentido. O puede que me esté volviendo loca.

Claudia frunció los labios, pensativa, mientras llenaba de agua la tetera. No dijo nada durante un largo rato.

—Algún tiempo después de que Cora desapareciera, empecé a verla. ¿Te lo había contado?

Ofelia negó con la cabeza.

—Pues sí. La veía por todas partes: en el pueblo, paseando algunas tardes por las calles cerca del puerto, en el camino que sale hacia Lekeitio... Incluso la veía en el jardín, de pie bajo la ventana de mi habitación con su vestido blanco favorito y su pelo rubio suelto en la brisa. No creo que te estés volviendo loca, simplemente estás sufriendo. Ya lo creo.

—¿Qué fue lo que te dijo Anastasia cuando se lo contaste? Lo de que veías a Cora, quiero decir.

—Me dijo que si la veía por todas partes era solo porque me sentía culpable, como si yo hubiera tenido algo que ver con la desaparición de mi hermana... —Claudia se miró las manos—. Me tiró sobre las piernas un cuenco de sopa de ajo ardiendo. El cuenco se rompió y me cortó, pero lo peor fueron las quemaduras que me dejó en la piel. Tantos años y todavía espero que desaparezcan. —Sonrió resignada.

—Lo siento, es espantoso —fue lo único que pudo decir Ofelia. Ahora se sentía terriblemente culpable por haberle gritado antes.

La cocina de la mansión estaba equipada con todo lo que un ejército de cocineras o camareras podían necesitar para servir un banquete: una moderna cocina de hierro en un rincón, lámparas de cerámica en el techo, elegantes alacenas de color granate en el frente donde esperaban pacientes salseras, bandejas de varios tamaños, soperas, pies de tarta y otros muchos artículos de menaje hechos de loza blanca que nunca se habían utilizado; también tenía un fregadero doble con un moderno grifo de agua encima y una bonita mesa de roble en el centro de la cocina. Anastasia Amara había insistido en que la cocina de la mansión tuviera todos esos lujos para poder organizar las recepciones para los funerales sin necesidad de contar con otro local. Lo que ella no sabía entonces era que en ese país que la acogía a ella y a sus dos hijas pequeñas nadie comía en los funerales ni se organizaban recepciones para los asistentes a un velatorio. De modo que la enorme cocina de hierro, la cubertería de plata, las soperas o las jarritas para la leche caliente cogían polvo en los estantes de la cocina desde hacía años.

—Si naciste en esa cueva eso significaría que...

—Que yo no soy Cora Amara, nunca lo he sido. No soy tu hermana perdida.

—Bueno, no sé si eres mi hermana, solo sé que cada vez que te miro la veo a ella y nada en este mundo podrá hacerme cambiar de opinión.

Claudia colocó la tetera de hierro sobre la cocina, parecía pensativa, y se quemó con el fósforo.

—¡Maldita sea! —masculló soplando para apagarlo—. Pero tú misma has admitido que aún hay cosas de tu pasado que no recuerdas bien, puede que estés confusa sobre quién eres o sobre esa maldita cueva. Al fin y al cabo, los sueños no son una fuente de información muy fiable. Es fácil que tu mente esté un poco confundida después de todo lo que has pasado. Sería lo normal.

Ofelia estaba sentada en una de las sillas a la mesa de la cocina, tenía las piernas subidas y recogidas contra el pecho, como hacía algunas veces cuando Anastasia no estaba delante para regañarla. Miraba cómo Claudia preparaba las tazas y las cucharillas para el té mientras las imágenes de su sueño y de la cueva se mezclaban con sus recuerdos borrosos.

—No escapé de esa cueva, nunca logré escapar —murmuró abrazándose las rodillas—. No sé qué cambió o por qué lo hizo, pero una noche él me arrastró hasta los acantilados de Santa Catalina y me tiró al mar para que me ahogara. Recuerdo el viento frío agitando mi pelo, la cola del vestido enredándose entre las hierbas altas, la caída interminable hasta chocar con la superficie y el agua helada tirando de mí hacia la oscuridad. Pero no me ahogué: soy muy buena nadadora y contengo la respiración mejor que ningún muchacho del pueblo, así que pude llegar nadando hasta la orilla, o tal vez me arrastró la tormenta, no lo sé. Solo sé que no soy especial. No soy una sirena, ni una heredera desaparecida de algún reino europeo. Solo soy otra víctima, una chica perdida.

—Eres muchas cosas, pero desde luego que no eres una

chica normal. Mira la piel de tu brazo, tus ojos, los dedos de tus pies. Tú eres una...

—No, no lo soy. Y hay una explicación lógica para todas esas cosas, Claudia —la cortó ella—. Bueno, para casi todas, al menos.

Se quitó los zapatos empapados y miró sus extraños pies.

—Ulises Morgan me contó una historia sobre una chica muy hermosa que se aparecía cerca de Bermeo. Su pelo era rubio dorado y tenía los pies parecidos a los de un pato. Era una lamia y su voz era tan hipnótica que cuando cantaba hechizaba a los pescadores que terminaban ahogándose cerca del cabo de Ogoño. Tenía un amante humano: un chico de Mundaka que parecía ser inmune al hechizo de su voz. Se encontraban en secreto cada noche cuando subía la marea. Pero una mañana, el barquito en el que faenaban el padre y el hermano del chico no regresó a puerto. Furioso, el muchacho la delató ante los demás hombres, que la atraparon y entre todos le ataron un ancla de hierro a los tobillos y la tiraron al mar, no muy lejos de la orilla. Después enterraron su cuerpo para asegurarse de que la lamia nunca pudiera volver a estar cerca del mar. No quiero acabar así, no permitiré que eso mismo me suceda a mí.

El agua empezó a hervir en la tetera.

—Cuando era más joven, me interesaban los trastornos mentales, las enfermedades del cerebro y de la mente, ¿te lo he contado alguna vez? —empezó a decir Claudia mientras retiraba la tetera del fuego con cuidado de no quemarse de nuevo.

Ofelia negó con la cabeza.

—Pues así era, sí. Me encantaba el estudio de la mente y sus padecimientos. La locura, los motivos que empujan a alguien cuerdo y normal a perder la razón. El sufrimiento de la mente era mi pasión, aunque suene un poco morboso dicho en voz alta. —Se rio un tanto avergonzada—. Pero yo quería saber, descubrir qué era lo que podía convertir a una persona normal, o a una madre normal, en un monstruo. Necesitaba encontrar una explicación y pensaba que la medicina era la respuesta. También quería saber si con los años yo terminaría igual de loca que ella, las dos encerradas en esta casa lúgubre, atrapadas en nuestra propia locura.

Ofelia pensó en Anastasia Amara y miró a Claudia con lástima, preguntándose cómo habría sido pasar toda la vida bajo el cuidado de alguien como Anastasia, alguien con frío perpetuo en el corazón. Era normal que su hija quisiera saber si compartiría el mismo destino amargo que su madre.

—Sí, ya imagino lo que estás pensando —añadió Claudia, adivinando sus pensamientos—. No pude seguir estudiando porque a madre no le parecía bien y porque el negocio me necesitaba, pero me sigue fascinando el poder de nuestra mente para protegernos de las cosas que nos causan sufrimiento.

Al oírlo, a Ofelia le vinieron a la mente esas criaturas blandas y delicadas que se ocultan entre los agujeros del resistente coral para protegerse y así seguir viviendo.

—Pensé que odiabas la psicología. Siempre te he escuchado contar cuánto odias los sanatorios mentales porque algunas terapias son crueles con los pacientes —recordó.

Claudia colocó la tetera caliente sobre la mesa y buscó una cajita de té en una de las alacenas de madera.

—Y así es. Odio los sanatorios mentales porque la sola idea de estar encerrada en uno me resulta insoportable, lejos de este lugar, lejos del mar y de todo lo que amo. Por eso mismo nunca enviaría a madre a uno de esos sitios, la idea de que esté encerrada en uno de esos modernos hospitales se me hace demasiado... cruel.

—Nadie te culparía por internarla en uno de esos lugares, desde luego que Anastasia se lo merece.

—Yo me culparía —respondió con resignación—. En fin, el caso es que siempre me han interesado los subterfugios que nuestra mente utiliza para protegernos de la verdad. Los laberintos que nosotros mismos construimos para evitar el dolor.

Con cuidado, Claudia puso un poco de la mezcla de hierbas en un infusionador de hierro, lo colocó dentro de la tetera y se sentó frente a ella.

—¿Crees que eso es lo que me pasa? ¿Que mi propia mente me está ocultando la verdad para protegerme de algo terrible? Pero eso no tiene sentido: ya he descubierto algo terrible: Barba Azul es mi padre. Lo recuerdo casi todo sobre él y el tiempo que pasé encerrada en esa cueva. Él me tiró por el acantilado para que muriera y se ha llevado a esas chicas...

—¿Recuerdas su cara o algo de su aspecto?

—Sí... Bueno, más o menos. Creo que le reconocería si volviera a verle. —Ofelia se mordisqueó el labio inferior—. Tal vez, con ayuda del péndulo podría recordar algo más. Algo que ya sé, pero he olvidado.

Claudia sirvió el té en las dos tazas y después cogió las pequeñas pinzas de plata para servir ceremoniosamente los terrones de azúcar de la montañita de terrones en el azucarero de porcelana.

—Hay que tener el pulso firme para controlar el péndulo y hoy me duele la mano por el bastón, otra noche mejor —se disculpó—. Seguro que irás recordando más detalles con el paso de los días y eso está muy bien. Pero ahora lo más importante es que no hables de este asunto con nadie, ¿me has entendido bien? Ni con tus amigos del pueblo, ni con las vecinas y mucho menos con Anastasia. Ella es la última persona que puede saber que has empezado a recordar. Conozco a madre y sé que no le gustará descubrir nada de todo esto. Es malo para el negocio y para nuestra reputación.

—Me temo que ya es un poco tarde para eso. —Ofelia rodeó la taza con las manos frías—. Dylan Morgan lo sabe y se lo contará a su hermano Ulises, yo le he pedido que lo haga. Y antes de venir he ido a hablar con Katixa.

—Pero cómo se te ocurre... Precisamente la familia Aranguren.

Los ojos normalmente amables de Claudia se volvieron gélidos, como si Anastasia hubiera tomado posesión de su cuerpo por un instante.

—Katixa tiene derecho a saber la verdad sobre mí, igual que su madre. —Se defendió, aún sorprendida por la manera en la que Claudia la miraba—. Las dos se han pasado años buscando respuestas sobre lo que le sucedió a Nagore, ¡y resulta que yo estaba aquí todo el tiempo! Se lo debía, tenía que decírselo.

Ofelia cogió la taza para llevarse el té a los labios, pero sus manos temblaron ligeramente y derramó parte de la infusión sobre la mesa.

—¿Y qué te ha dicho Katixa? ¿Qué es lo que te ha dicho cuando le has contado quién crees que es tu padre?

—No me ha dicho nada —respondió, con las lágrimas al final de la garganta—. Ni una palabra.

Durante todo el camino de regreso desde la cueva Dylan había intentado calmarla, pero cuando ya estaban cerca de tierra firme, Ofelia saltó de la lanchita de remos sin importarle empaparse el vestido y corrió hacia la orilla. Caminó sin rumbo por las callejuelas de Ea sin molestarse en esconderse de la cortina de lluvia bajo los tejadillos de las casas. Algunos vecinos la miraron extrañados al cruzarse con ella, pero al final sus pasos la llevaron hasta la casa de las Aranguren. Llamó con urgencia al antiguo portón de madera hasta que Katixa apareció en el umbral. Su amiga la había mirado con los ojos muy abiertos y la cara desencajada mientras ella le hablaba de su sueño y de lo que había descubierto en esa cueva.

«Lo siento mucho, no lo sabía. Te juro que no tenía ni idea, yo no lo sabía.»

Ofelia conocía bien a su amiga y sabía que cuando no decía nada era porque su mente curiosa estaba dando vueltas alrededor de alguna idea. Normalmente después de un rato en silencio Katixa solía aparecer con una ocurrencia brillante o una nueva teoría. Pero esta vez no dijo nada, ni siquiera cuando ella rompió a llorar en su puerta.

«¡Di algo! Insúltame, enfádate conmigo o grita. Cualquier cosa menos el silencio. Por favor...», le suplicó bajo la lluvia.

En ese momento la voz débil de Maravillas Aranguren le había llegado desde el interior de la casa:

«Nor da, Katixa?»

«No es nadie, *ama.*»

Y le había cerrado el portón en las narices.

Claudia cogió su taza de la mesa y sopló el té para que se enfriara. El aire tibio de la cocina olía como la extraña mezcla de hierbas de la infusión.

—Lo siento, Ofelia. Pero ahora ya sabes lo que te espera cuando todo el mundo dé por cierto que eres la hija de Barba Azul.

NO ERES COMO LOS DEMÁS

—

Fuera del taller de Vapores Morgan e Hijos, una llovizna fina martilleaba el techo con un susurro constante. Ofelia había esperado a la puesta de sol para salir de casa, se recogió su inconfundible pelo claro bajo un sombrero anticuado que había encontrado en el desván y evitó las calles más bulliciosas del pueblo para llegar hasta el taller.

—Ya era bastante malo que todos creyesen que era una sirena en un pueblo de pescadores, pero que sepan que soy la hija de un asesino... —se lamentó, mirando con disimulo por la ventana del taller—. Espero que nadie me haya visto entrar aquí o vosotros también tendréis problemas por mi culpa.

—Bueno, tampoco es que antes de todo esto yo fuera muy respetado en el pueblo. Y desde que mi padre me relegó a las tareas de mecánico y chico para todo, todavía menos —respondió Dylan con su habitual aire despreocupado—. Otra cosa muy distinta es lo que puedan pensar de Ulises ahora que es un hombre respetable.

El taller estaba desierto a aquellas horas, Dylan se rio y su risa resbaló sobre uno de los vapores con el compartimento del motor al aire en el que estaba trabajando.

—Yo no creo que tú seas la hija de ese Barba Azul. Ni hablar —replicó Ulises muy convencido—. Tiene que haber otra explicación para tu sueño y para lo que encontrasteis en esa cueva: para la cuna y todo lo demás. Es imposible que seas su hija.

Una diminuta sonrisa cruzó sus labios.

—Gracias. Aunque eres casi el único por aquí que piensa

de ese modo. Katixa no habla conmigo desde que le conté mis sospechas, ya ni siquiera me abre la puerta. Lo entiendo, claro, sobre todo teniendo en cuenta que seguramente mi padre mató a su hermana y a todas las demás chicas, pero aun así la echo de menos. Es injusto que tengamos que heredar los pecados de nuestros padres.

—Sí, muy injusto —admitió Ulises.

Ofelia extrañaba a su amiga: su risa suave o sus charlas bajo el limonero en el jardín. Extrañaba incluso esa obsesión suya por descubrir la verdad sobre lo sucedido con su hermana —precisamente eso que ahora las había separado de forma irremediable—, su diario lleno de apuntes y garabatos, viejas fotografías y recortes de periódicos antiguos, o su pasión por encontrar alguna pista del pasado de Ofelia.

—Aunque tuvieras razón y ese hombre sea tu padre, tú no eres responsable de las cosas horribles que él haya podido hacer —dijo Dylan—. A mí no me importa quién sea tu padre o de dónde vengas, me da igual.

Al escuchar sus palabras, Ofelia sintió algo caliente que corría bajo su piel de hielo. Dylan hablaba con esa vehemencia suya casi feroz que le provocaba vértigo. Solía pensar que así era como se sentiría al ser arrastrada por las olas: dar vueltas y vueltas bajo la superficie sin un punto fijo en el horizonte, perder pie y ver solo el agua azul de sus ojos. Notó que Ulises se tensaba a su lado, al principio creyó que era por las palabras de su hermano, pero entonces la puerta del taller se abrió.

—Sabía que estarías aquí.

Lorenzo Laguna miró un momento por encima de su hombro para asegurarse de que nadie le veía entrar en el taller de los Morgan, y cerró la pesada puerta de hierro tras de sí.

—¿Qué te crees que haces? No tienes derecho a entrar aquí cuando te dé la gana. —Ulises se acercó a él con los puños cerrados y la mandíbula apretada—. Sé que tu padre votó en nuestra contra, él y los demás delegados de la zona. Nos hicieron perder la votación. Tú y tu asquerosa familia sois como una enfermedad para la gente de este pueblo. No tenéis ni idea de lo que significa formar parte de una comunidad tan unida como esta, de la responsabilidad y los sacrificios que eso conlleva.

La familia Laguna había llegado desde Bilbao hacía casi treinta años; antes de eso, Marcel Laguna sirvió en Madrid como secretario del ayudante provincial. Era un puesto importante y bien reconocido, pero, según decían algunos, Marcel tuvo que abandonar Madrid y su puesto por un «malentendido» con unos contratos amañados. Para acallar los rumores, Marcel y su familia no tuvieron más remedio que aceptar un traslado a un lugar remoto y más discreto.

—Vaya, veo que desde que trabajas con Silvestre te has convertido en un hombre, ya era hora. —Lorenzo fingió que no le ofendía el comentario de Ulises sobre su familia—. Mira, sé que no vas a creerme, porque prefieres culpar a los demás de tus propias desgracias, pero te aseguro que mi padre votó a favor de vuestra empresa y convenció a los demás delegados para que hicieran lo mismo.

—No te creo, tu familia siempre ha intentado perjudicarnos en los negocios. No soportáis la idea de que alguien en este pueblo tenga más poder que vosotros, os devora por dentro.

—El poder no lo es todo en el mundo, Ulises, hay cosas más importantes, como poder mirarse al espejo con la conciencia tranquila.

Ulises se rio con desdén.

—Seguro que sí, por eso habéis saboteado la votación...

—¿Quién te ha contado lo de la votación? ¿Ha sido tu padre? —preguntó Lorenzo—. Si ha sido él te daré un pequeño consejo: no deberías creerte todo lo que tu padre dice, algunas veces nuestros padres nos mienten y nos utilizan para sus propios fines. Y nosotros no somos responsables de los pecados de nuestros padres.

Ulises intercambió una mirada con Dylan, al oír en boca de Lorenzo casi las mismas palabras que le había dirigido a su hermano.

Lorenzo sonrió con tristeza y miró a Ofelia.

—Te estaba buscando. «La hija de Barba Azul.» —Repitió

el titular del reportaje de Martisol—. Alguien en este pueblo te quiere mal, no te fíes de nadie. Por ahí dicen que la fuente de ese reportero de Madrid es un vecino del pueblo, por eso estoy aquí.

Parecía extrañamente preocupado. Había dejado su habitual sonrisa de suficiencia y estudiaba las sombras en el taller buscando amenazas invisibles, ocultas entre los bultos que formaban los aparejos, herramientas, repuestos o ropas de trabajo.

—¿Estás aquí por Ofelia? —repitió Dylan con una sonrisa burlona—. Pues ya estás largándote por donde has venido, Laguna. Olvida que la has visto aquí y sigue caminando antes de que decida tirarte al mar.

—Primero déjame hablar y ya después me amenazas con tus fanfarronadas habituales, Morgan. Esto es importante.

A diferencia de su hermana Helena, Lorenzo era más bien nervioso y huidizo: el tipo de hombre que solo se envalentona cuando está acompañado de sus amigos o empleados porque sabe que, si las cosas se tuercen, él nunca será el peor parado de ellos. Pero aun así Ofelia no recordaba haberle visto tan preocupado antes. Su labio inferior temblaba y se rascaba obsesivamente la piel entre las cejas hasta que esta se volvió de color rojo.

—Habla, vamos —lo apremió Dylan.

—Te buscaba para avisarte de que algunos hombres en el pueblo han leído el artículo, se han creído esa historia de que eres la hija de Barba Azul y están planeando hacerte algo. Algo malo. Como venganza por lo que tu padre les ha hecho a esas pobres muchachas. —Las palabras salieron a borbotones de su boca.

—¿Qué?

—Así es. Tienes que marcharte del pueblo, esta misma noche, antes de que vengan a por ti.

—¿Marcharme? —Ofelia oyó la incredulidad en su propia voz—. ¿Y adónde se supone que voy a ir?

—Quiénes. Dime sus nombres —exigió Dylan.

—No lo sé seguro. Algunos hombres de la cofradía de pescadores hace tiempo que tienen ganas de librarse de la sirena, creen que desde que apareciste todo ha ido de mal en peor: primero la galerna, el naufragio, la mala temporada de pesca... y ahora con lo del artículo sobre Barba Azul tienen la excusa perfecta. No todos son del pueblo, algunos son padres o hermanos de las chicas desaparecidas, eso es lo que he oído al menos. —Lorenzo hablaba deprisa y no dejaba de mirar a todas partes temiendo que alguien los estuviera vigilando—. Pero yo no os he contado nada; si se enteran de que he avisado a la hija de Barba Azul estoy acabado en este pueblo y en todos los de la costa. Yo y toda mi familia. Márchate —repitió mirándola—. Será lo mejor para todos.

Sin decir una palabra Dylan le dio un puñetazo y Lorenzo cayó al suelo del taller. Se levantó casi de un salto, más sorprendido por su reacción que dolorido, aunque se rozó la mejilla donde Dylan le había golpeado. Iba a golpearle otra vez, pero Ofelia se colocó delante de él.

—Espera, no. Lorenzo ha venido a ayudar.

—¿Ayudar? —Dylan casi escupió la palabra—. ¿Y cuándo nos has ayudado tú? ¿O tu estúpida familia? No dejo de esperar que cambies y decidas ser mejor, pero Ulises tiene razón: los Laguna sois parásitos que vivís a costa del trabajo de los marineros y de las demás familias de la zona.

—Claro, no como tu familia —respondió él con sarcasmo—. Los Morgan sois los verdaderos parásitos: lleváis años chupándole la sangre a la gente de este lugar, aprovechándoos de las familias de este pueblo. Y a saber por qué tu querido abuelo tuvo que hacerse a la mar él solo con un crío pequeño y dejar atrás su país con tanta prisa; ¿nunca te lo has preguntado? Te crees que eres un rebelde, Dylan, pero en el fondo eres el más obediente de todos nosotros.

Dylan dio otro paso hacia él, pero Ofelia le colocó la mano en el pecho para detenerle, notó su piel mucho más caliente de lo normal y la ira que salía en ráfagas de su cuerpo.

—Deja que se explique, por favor.

Sus ojos se clavaron en ella, no recordaba que Dylan la hubiera mirado de esa manera nunca antes: casi pensó que iba a besarla ahí mismo, en el taller, delante de su hermano y de Lorenzo Laguna. Su pecho bajaba y subía deprisa bajo su mano con cada respiración, igual que un animal a punto de atacar mientras Lorenzo se sacudía el serrín y el aceite para motores que cubría su traje.

—Sabe los nombres de esos hombres que planean hacerte daño, pero nos los oculta; eso no es ayudar, es solo una forma de intentar limpiar su conciencia —dijo entre dientes—. Mírale. No es más que una rata cobarde y un inútil. Hasta su propio padre lo sabe, por eso prefiere a Helena. Él no sirve para los negocios.

—¡No sé sus malditos nombres! Ni siquiera estoy seguro de que no sean más que bravuconadas de borrachos de taberna, pero tenía que avisarte por si acaso hay algo de verdad en sus amenazas.

Dylan aún parecía dispuesto a darle otro puñetazo y de repente Ofelia sintió que estaban otra vez bajo la lluvia, en el cementerio del pueblo, enterrando a los marineros del *Annabelle.*

—Gracias por avisarme, Lorenzo —dijo en un intento de suavizar el ambiente.

Pero notó que el corazón de Dylan seguía latiendo desbocado bajo su mano.

—¿Te irás del pueblo? —preguntó Lorenzo con un destello de esperanza—. Por favor, debes marcharte antes de que suceda alguna desgracia.

—No. No me iré a ningún sitio.

Los dos hermanos lo miraron en un silencio desafiante esperando su reacción, pero él solo asintió despacio con la cabeza.

—Haz lo que quieras, estás en tu derecho, supongo. Yo por mi parte ya he cumplido con lo que le prometí a mi hermana, contigo y con mi conciencia al avisarte.

—Mejor vete ya, Laguna. —La amenaza en la voz de Dylan era palpable—. Y será mejor que no descubra que has tenido algo que ver con este asunto o iré a tu casa a buscarte y te sacaré a rastras a la calle para darte una paliza delante de tu hermana y de tu madre.

—Esto no lo vas a arreglar a golpes, Morgan. —Lorenzo se alejó de ellos deseando salir del taller—. ¡Van a por ella!

Ofelia tenía el mismo sueño ligero y volátil que tienen los moribundos o los centinelas. Era el tipo de sueño de alguien acostumbrado a hacer guardia por las noches, a dormir con un ojo abierto, siempre alerta. Casi nunca los recordaba, ni tampoco sus pesadillas: eran un remolino de cenizas donde se escondía una verdad que olvidaba al despertar. Algunas noches tenía sueños inquietos de los que amanecía con el camisón y las mantas enredados en las piernas, el pelo enmarañado y los músculos cansados como si hubiera estado corriendo. Un par de veces se había caído de la cama, y una noche Claudia la encontró en el primer piso de la casa preparando el desayuno a las tres de la madrugada, sonámbula.

Sí, Ofelia era una criatura noctámbula, como los gatos o los búhos.

Precisamente por eso le resultaba tan extraño quedarse dormida al poco de que su cabeza rozara la almohada. Hacía una semana que le sucedía: caía en un trance oscuro del que no recordaba nada al despertar. También había dejado de moverse en sueños. Se despertaba con el cuerpo descansado, los músculos en calma y la memoria en silencio. Cuando se lo contó a Claudia, ella la tranquilizó diciendo que seguramente sería por las preocupaciones que se amontonaban en su cabeza, estaba demasiado agotada para soñar. Pero aquella noche decidió quedarse despierta para cerciorarse. Su instinto salvaje —ese que vivía dentro de ella a pesar de los vestidos de muselina, su destreza con los cubiertos en la mesa o sus modales de señorita refinada— le gritaba que algo malo sucedía. Debía aguantar despierta.

Dejó la lamparita de aceite de su mesilla encendida para luchar contra el sueño. Ya acostada, se entretuvo escuchando los ruidos nocturnos de la casa: una puerta que se abría en el primer piso, los pasos lentos de Claudia y su bastón subiendo los peldaños de madera... Pero después de tres horas no pudo más y volvió a sentir ese sopor que la inundaba desde hacía algunas noches, hasta que el manto del sueño la cubrió por completo.

No sabía cuánto tiempo había pasado, pero incluso antes de despertarse del todo sintió que un dolor afilado le subía por las piernas. En esa frontera que separa los sueños del mundo consciente, se le ocurrió que tal vez había estado caminando dormida otra vez y se había clavado algo en los pies. Intentó moverse, pero algo la sujetaba con fuerza contra la cama.

Abrió los ojos y percibió una figura familiar a los pies de su cama, que se inclinaba sobre ella. Por un segundo creyó que estaba en aquella cueva otra vez y que se trataba de la mujer misteriosa, la misma que cantaba desde un rincón en su sueño. Pero entonces lo reconoció: un destello de plata en un lado de la cabeza de esa figura. Era el alfiler de pelo de Anastasia Amara.

—Anastasia..., ¿qué sucede? —preguntó con voz adormilada—. Pensé que era otra persona. ¿Qué está usted haciendo?

Vio la sangre en sus manos manchando esos dedos huesudos suyos, resbalando entre sus anillos de aguamarina y salpicando la pechera de su elegante bata de raso. Otra sacudida de dolor le subió por las piernas justo antes de ver el cuchillo para filetear pescado en su mano.

—Y ahora el otro pie —dijo Anastasia bajando el cuchillo.

Anastasia le sujetó la pierna derecha con una fuerza sobrehumana y le cortó la fina membrana de piel entre los dedos de sus pies, que ahora aparecían separados y sanguinolentos sobre las sábanas.

—Así no descubrirán que no eres como los demás.

Ofelia abrió la boca para gritar de dolor, pero no consiguió emitir ningún sonido.

EL ANCLA

Ofelia volvió a mirarse los pies. Los restos de la fina membrana de piel entre sus dedos todavía colgaban y eran visibles en algunas zonas, pero los cortes rectos del cuchillo de Anastasia habían separado sus dedos para siempre.

—Se curará, te lo prometo. Tú solo mantén las heridas limpias y deja que se sequen al aire para que se cierren antes, ya verás cómo enseguida se curan. —Claudia dejó las gasas limpias sobre la manta de cuadros—. Y deja ya de tocarlas o no cerrarán del todo. Es mejor no hurgar en las heridas.

Ofelia no dijo nada, sus ojos seguían fijos en los cortes de sus pies. Había salido cojeando al jardín para sentarse debajo del limonero donde solía pasar el rato con Katixa cuando su amiga todavía le dirigía la palabra. La extrañaba más que nunca, pero prefería que ella no la viera así: conocía bien a Katixa y al enterarse de lo que le había hecho Anastasia, seguramente habría intentado apuñalarla con su propio cuchillo, y desde luego ella se lo habría permitido.

—Te quedará una cicatriz, pero no será gran cosa y solo son los pies, no es como si fuera en la cara. Podría haber sido mucho peor, ya lo creo. —Claudia dio un golpecito a su bastón—. Dentro de una semana estarás caminando como si nada otra vez, ya lo creo.

Claudia nunca le había contado qué le había pasado exactamente en la pierna. Su cojera parecía ir en aumento desde que ella la conocía: nunca caminaba sin su bastón, algunos días ni siquiera podía salir de la casa para bajar al pueblo y solía escuchar sus pasos lentos por las noches, por el primer piso de la casa, intentando apaciguar los calambres que le provocaba el dolor. Miró el bastón con la empuñadura de plata preguntándose si Anastasia Amara era la responsable de su cojera.

—Tengo que confesarte una cosa y espero que me perdones cuando lo sepas: yo no quería hacerlo, pero madre me obligó —empezó a decir Claudia visiblemente nerviosa—. Ya sabes cómo se pone cuando se le mete algo en la cabeza: ella me prometió que era solo para ayudarte a dormir mejor porque últimamente estás un poco inquieta, nos preocupaba que pudieras hacerte daño en sueños, o hacérselo a alguien más, por eso acepté. No pensé que fuera a hacer una cosa semejante, tienes que creerme.

Ofelia levantó la mirada de sus pies heridos por primera vez.

—¿Qué hiciste? —preguntó con la boca seca.

Claudia jugueteó nerviosa con el puño de su vestido y tardó un momento en responder.

—Bueno, verás... Madre me ordenó que te diera algo para ayudarte a dormir mejor, me dijo que últimamente estabas teniendo sueños..., pesadillas, mejor dicho, y que te oía hablar dormida por las noches desde su habitación. Y yo también estaba preocupada por ti.

—El té. Me diste una infusión para que me durmiera. —Ofelia comprendió de repente por qué parecía caer en una especie de hechizo cada vez que se adormilaba—. Me diste el té para que no me despertara cuando Anastasia decidiera subir a mi habitación.

Claudia se dejó caer a su lado en la manta con una mueca de dolor cuando su pierna tocó el suelo.

—¡Perdóname! —exclamó—. Nunca habría accedido a darte el té de haber sabido lo que planeaba hacer. Es como cuando me obligó a cortarte el pelo al poco de que llegaras: yo no quería hacerlo, pero me daba miedo pensar en lo que ella podría hacerme si la desobedecía. Lo siento mucho.

Ofelia se rio con amargura.

—No te culpo a ti. En este tiempo me he dado cuenta de que las dos somos sus prisioneras, atrapadas en su tela de araña pegajosa —musitó—. Lo que no entiendo es por qué sigues viviendo con ella. Después de todas las cosas terribles que te ha hecho, cualquiera entendería que la dejaras pudrirse sola en esta casa.

Claudia miró al mar a través de las ramas del limonero.

—Me gusta vivir aquí, he llegado a considerarlo mi hogar, aunque naciera lejos de esta tierra. Y también hay cosas buenas que me retienen aquí, no puedo marcharme sin más.

—Si yo estuviera en tu lugar, no dudaría en marcharme y dejarla, a Anastasia quiero decir. Se merece todo lo malo que le pase.

Una brisa suave llegó hasta ellas.

—Este ha sido uno de los veranos más lluviosos que recuerdo y parece que volverá a llover antes de que anochezca, pero no van a suspender la romería ni las fiestas. —Se celebraba el final del verano y de la temporada, aunque aún quedasen varias semanas de pesca, y la celebración siempre llenaba de alegría la zona—. La música, las canciones, los juegos, el olor de las primeras sardinas asadas... Deberías ir a la fiesta, si te sientes con ánimo suficiente y el dolor te deja. Para que te olvides un rato de las penas, no me gusta verte perdida en esos pensamientos oscuros. Sé de sobra adónde llevan y cómo terminan. Lo vi en Cora...

Ofelia aguardó por si decía algo más sobre Cora, pero en vez de eso intentó ponerse de pie. Claudia torció el gesto en cuanto su pierna mala tocó el césped. Ofelia se levantó deprisa para ayudarla con el bastón y notó el dolor que subía como un rayo desde los pies.

—Todavía me duelen los cortes, cada vez que apoyo la planta, veo las estrellas —murmuró entre las oleadas de dolor que la arañaban desde dentro—. No creo que pueda ir a la fiesta o a ningún sitio, tampoco es que tenga ninguna amiga con la que ir a esa romería... —Pensó en Katixa y en cuánto la extrañaba—. Y de todos modos Anastasia me matará si se entera de que he salido de la casa.

Claudia se apoyó en su bastón y la miró desde arriba con una sonrisa amable.

—Bueno, todavía faltan un par de días para la romería, y

puede que te sientas mejor para entonces. No te preocupes, yo me ocupo de madre. Es lo mínimo que puedo hacer por ti después de lo que ha pasado. —Empezó a caminar despacio hacia la puerta de la casa, pero dio media vuelta antes de llegar—. Si tus heridas te lo permiten, ve a esa fiesta. Sé que está mal visto que una muchacha vaya sola por ahí, sobre todo después de la puesta de sol, es peligroso, pero seguro que no te faltarán acompañantes masculinos si te decides a bajar al pueblo.

Le guiñó un ojo en un gesto cómplice y se alejó caminando despacio.

—¿Es verdad eso que dicen? —preguntó Ofelia de repente—. Sobre las chicas desaparecidas.

Claudia se detuvo en seco y se volvió para mirarla, alarmada.

—¿A qué te refieres?

Pero ella aún tardó un momento más en responder:

—He oído por ahí que las chicas desaparecidas tienen algo en común: todas eran consideradas «rebeldes» o «soberbias» por sus familias y conocidos. Eso es lo que dicen al menos, por eso algunas familias no quieren denunciar su desaparición, por vergüenza: prefieren fingir que sus hijas han huido de casa antes que tener que enfrentarse a los posibles rumores y habladurías.

—¡Hay que ver! ¿Y quién dice semejante cosa de unas pobres muchachas desaparecidas?

—Todo el mundo, me temo. Recuerdo que la propia Katixa me contó que su hermana Nagore soñaba con ser modista y con marcharse del pueblo algún día, discutía con su madre todo el tiempo por eso. Maravillas pensaba que su hija debía quedarse en el pueblo y trabajar con ella. —Sonrió con tristeza—. La primera chica que desapareció, Clara Iriarte, también tenía reputación de ser demasiado, ya sabes..., libre. Le gustaba pasear sola por los acantilados. Y lo que tú cuentas de Cora...

—No hagas caso de esos cuentos —la interrumpió Claudia—. Tú ve a esa fiesta si es lo que deseas hacer y pásalo bien. —Pareció dar por terminada su conversación, pero miró los pies vendados de Ofelia una última vez, como si acabara de recordar algo importante—. ¿Sabes? Creo que Cora también tenía los dedos de los pies unidos, igual que tú. No he caído hasta ahora porque jamás hablaba de ellos conmigo, pero una mañana Cora no bajó a desayunar y cuando fui a buscarla a su habitación me la encontré sentada en el suelo vendándose los pies. Sangraba. Me dijo que había pisado un cristal mientras caminaba en sueños, pero después de lo que te ha hecho Anastasia, ya no sé qué pensar. A lo mejor Cora me mintió.

1880

Cora se termina la sopa de pescado. Está fría y le falta sal, pero en los últimos meses se ha acostumbrado a su sabor a pimentón dulce y ajo, y ahora casi lo extraña cuando él le lleva otra cosa para comer.

—El verano debe de estar terminándose ya. Anoche me di cuenta de que no faltará mucho para las fiestas del final de la temporada de pesca... —dice ella como si nada—. Sería bonito ver las celebraciones o poder salir a bailar.

Él la mira con ternura.

—Ya lo sabes, Cora. No puedes volver nunca; si ella te ve, aunque sea por casualidad, descubrirá la verdad. —Su voz suena calmada porque sabe que es una discusión ganada de antemano—. Si tu madre te ve, sabrá que estás viva y que lo has estado todos estos meses. Lo siento, pero no puedo permitirlo, sería poner en peligro todo lo que hemos conseguido en este tiempo. Estás viva, Cora. Eso debería ser suficiente.

¿Realmente está viva? Aquella cueva se parece mucho a estar encerrada en el purgatorio, mientras su carcelero le sonríe para tratar de convencerla de que él también está ahí contra su voluntad. Pero Cora sabe que no es verdad: él es libre, desaparece cuando baja la marea.

Derrotada, suspira y se termina la sopa fría.

—Lo entiendo, es solo que echo de menos la música, el bosque, las luces, la gente..., ver el cielo. Me gustaría poder salir de aquí de vez en cuando y se me ha ocurrido que quizá, cuando mi brazo se cure del todo, podría asomarme a la entrada de la cueva o incluso salir a nadar en el mar cerca de los acantilados. Soy muy buena nadadora.

—Creo que es una buena idea —concede él con una pequeña sonrisa; sabe que tiene que dejarle creer que existe algún tipo de esperanza en el futuro. Igual que el cebo brillante que se utiliza para capturar las mejores piezas—. Está bien que puedas salir a nadar cuando tu brazo se cure si es lo que deseas, siempre que no te alejes mucho de la cueva y que yo pueda vigilarte, por supuesto.

—¡Gracias! —exclama ella, animada por la promesa de poder nadar en el mar.

Él le acaricia el dorso de la mano y esta vez Cora no la aparta, deja que sus dedos ásperos recorran su piel pálida.

—Me gustaría que todo fuera diferente, de verdad que lo deseo, pero sabes bien que fue tu madre quien me ordenó acabar contigo y ya sabes lo que pasará si ella te ve.

—Lo sé: si descubre que sigo viva intentará matarme otra vez. —Eso es lo que él le dice siempre.

—Bien. —Se le nota visiblemente complacido por no tener que seguir hablando del asunto—. No eres mi prisionera, Cora: te mantengo aquí por tu protección, lo hago solo por tu bien. Pero si tanto extrañas la música, puedo traerte un fonógrafo para que te entretengas.

Cora le mira con los ojos muy abiertos.

—¿Harías eso por mí?

—¡Pues claro! Ya sabes que haría cualquier cosa por ti, y ojalá pudiera hacer algo más que traerte un fonógrafo. —Hace una pausa y el viento araña las paredes de la cueva—. Pero tu madre..., si ella lo descubre nuestro cuento de hadas terminará.

Cora asiente con resignación mientras el recuerdo feliz de la música y la romería se convierte en cenizas en su memoria. Es de lo poco que recuerda con claridad, de lo poco que sabe que es cierto. Se acuerda de su hermana Claudia, de haber discutido con ella, pero sobre todo se acuerda de su madre: del terror que le provoca Anastasia Amara solo con pensar en ella; incluso ahora, que está segura de que no puede hacerle daño, el terror todavía vive debajo de su piel.

—Tú tienes razón en lo que me dices siempre: vivimos nuestro propio cuento de hadas con final feliz. Mi madre es la bruja, yo soy Blancanieves y tú eres el cazador que tenía que matarme, pero te enamoraste de mí y me salvaste.

Él se inclina complacido y le deja un beso en la frente.

—Eso es. Mañana volveré.

VUELVE AL MAR

La lluvia que había caído sin parar durante las últimas semanas parecía aguardar sobre la costa, como si quisiera dar una brevísima tregua a los vecinos para que salieran a bailar a la romería. Las tabernas seguían abiertas a pesar de la hora y las calles del centro y de los barrios de las colinas de alrededor estaban llenas de gente que iba y venía, algunos cantaban y se reían, todo el mundo vestía de domingo. Celebraban el final del verano, pero también que solo por esa noche no tenían miedo a la puesta de sol.

—¿Estás segura de que no prefieres regresar con los demás? —preguntó Ulises—. Nos estamos perdiendo toda la diversión.

Ofelia se apoyó en uno de los gruesos pilares del Beletxe, vacío a esas horas, para mantener el equilibrio. Levantó una de las piernas con la habilidad de una bailarina para examinar sus pies. Una mancha oscura había empezado a filtrarse hacía ya rato a través de la suela de su calzado. Sangre.

—No creo que pudiera regresar caminando al centro ni aunque mi vida dependiera de eso, y mucho menos bailar. Me duelen los cortes, ahora más que hace un rato. —Le miró con un gesto de disculpa, podía oír la música desde allí—. Siento que te estés perdiendo la diversión por ser mi acompañante.

—No es ninguna molestia, en absoluto, prefiero mil veces estar aquí, contigo. Pero es terrible lo que esa vieja loca te ha hecho —comentó mirando la mancha de sangre en sus zapatos—. Te cortó mientras dormías, ¿así sin más?

Ella dejó escapar un gemido cuando volvió a apoyar el pie en el suelo.

—Así sin más. Me dijo que de este modo no descubrirían que yo no era como las demás —respondió al tiempo que examinaba su otro pie—. Aunque a juzgar por cómo me miraban algunos vecinos en la fiesta, creo que ya es demasiado tarde para eso. Les doy miedo o asco. Me odian.

—No creo que te odien. Bueno..., no todo el mundo.

Ofelia intentó sonreír, pero fracasó.

Aquella tarde, antes de la puesta de sol, las heridas parecían estar curándose bien. Ya apenas sangraban y podía caminar a pasos cortos, así que había decidido seguir el consejo de Claudia y escabullirse de la casa para bajar a la fiesta sin que Anastasia se diera cuenta. Quería perderse por las callejuelas animadas y llenas de gente de Ea para dejar de pensar en los cortes o en Anastasia Amara, inclinada sobre su cama con un cuchillo en la mano y la pechera de su bata de raso salpicada con su sangre. Pero por encima de los sonidos de la fiesta, las celebraciones, la música o el olor de las sardinas asadas, Ofelia se encontró con los rostros hostiles de sus vecinos.

—¿Y no te dijo nada más? ¿Anastasia no te dio ninguna explicación después?

—No, nada. Estaba muy ocupada mutilándome. Pero conozco bien a esa loca y en su mente retorcida seguro que tiene una justificación para lo que me ha hecho.

—Cuando te llevamos a su casa la primera vez, te pidió que le enseñaras los pies... y recuerdo que al verlos se asustó.

—Sí, Cora también tenía los pies como yo, eso me dijo Claudia. Anastasia ha sabido que yo no era su hija desde el principio, y sospecho que le hizo lo mismo a ella, a Cora quiero decir.

—¿A su propia hija?

—Sí. Aunque no tengo pruebas, es solo por algo que comentó Claudia —admitió ella—. Creo que Anastasia oculta algo, algo relacionado con la desaparición de su Cora.

Miró hacia las luces del pueblo; desde donde estaban les llegaba el eco lejano de la música y las voces, todavía de celebración. El centro y los pequeños barrios en las colinas de alrededor seguirían de fiesta hasta bien entrada la madrugada, pero la zona del puerto estaba vacía a esas horas.

—¿Sabes? Después de cortarme, Anastasia se volvió a su dormitorio como si nada y me dejó ahí, sangrando. Tuve que arrastrarme escaleras abajo para pedirle ayuda a Claudia —añadió sin atreverse a mirarle, casi avergonzada al decirlo en voz alta—. Menos mal que ella aún estaba despierta.

Ulises le cogió la mano. Su piel era cálida y suave, diferente a la de su hermano mayor. Ofelia sabía en el fondo de su corazón que podría distinguir a los dos hermanos Morgan incluso con los ojos cerrados.

—Lamento que te haya hecho daño, se suponía que tenía que cuidar de ti. Cuando te dejamos en su puerta no podíamos imaginar que estaba completamente loca.

—No es culpa vuestra.

—Lo sé, pero aun así no puedo evitar sentirme en parte responsable por lo que te ha hecho.

Ulises le acarició el dorso de la mano sin dejar de mirarla y pensó que por un momento nada más importaba y todo era perfecto entre ellos: la noche suave, el murmullo de la música que les llegaba desde el pueblo y el rumor de las olas.

—Hay una cosa que quiero contarte... —empezó a decir él.

—¿Dónde está Dylan? —le preguntó Ofelia de pronto—. Conociendo a tu hermano, me sorprende que se haya perdido la fiesta, la música y la sidra.

Al mencionar a su hermano, Ulises le soltó la mano. Apenas había luz debajo del Beletxe, pero Ofelia se fijó en sus ojos y le pareció la mirada de un hombre que chocaba contra el mismo obstáculo una y otra vez: las olas contra la pared inmóvil del acantilado. Dylan.

—No sé dónde está y tampoco es asunto mío, yo no soy el guardián de mi hermano —respondió con aspereza—. ¿Sabes que he descubierto que nos espía? A mi padre y a mí.

—¿Qué?

—Sí. Así de bajo ha caído Dylan. Nunca le interesaron los asuntos de la empresa, pero ahora que está fuera se empeña en meter las narices en todo. Así es él: siempre tiene que intentar quitarme lo que tanto me cuesta conseguir. Hace una semana incluso nos siguió hasta Bermeo; él lo negará, claro, pero lo vi escondido en un soportal cuando salimos de la reunión con los jefes de la cofradía de pescadores.

—¿Así que no sabes dónde está?

—No. Estará con Helena Laguna otra vez, los dos solos, creo que había quedado con ella en la fiesta. —Lo dijo buscando castigarla por haberle preguntado—. Últimamente están más unidos que nunca. Cuando Dylan termina de trabajar en el taller y mientras yo sigo estudiando o reunido con padre, ellos dos pasan la tarde juntos.

—Entiendo —dijo Ofelia: era cierto que hacía ya semanas que no se reunía con Dylan en la cala—. Helena es una chica especial y también muy guapa, es normal que quiera pasar el tiempo con ella.

—Y es también la hija de Marcel Laguna, no te olvides de eso —añadió él con una media sonrisa cínica—. Ahora que ya no forma parte de la gerencia de Vapores Morgan e Hijos, la idea de padre es que al menos se case bien, así aún serviría de algo a la familia. Y desde luego nos vendría muy bien que se casara con Helena Laguna. Es verdad que se le tiene que templar un poco el carácter para ser un buen marido, pero a Helena, igual que a muchas otras chicas del pueblo, siempre le ha gustado Dylan.

Ofelia conocía bien la impresión que Dylan Morgan podía causar, con sus ojos del mismo color que las aguas profundas o su pelo oscuro que se volvía ondulado cuando estaba un poco más largo de lo habitual. Seguía siendo el mismo chico alto y desgarbado que la mañana en que se conocieron en la cala, pero el trabajo físico reparando motores o poniendo a punto los vapores de la empresa familiar le habían convertido en un hombre muy apuesto. Y, sin embargo, todavía revoloteaba a su alrededor ese aire de aventura. Sí, Ofelia sabía mejor que nadie la impresión que esa mirada embrujada suya podía causar.

—Durante algún tiempo padre creyó que yo sería capaz de conquistar a Helena Laguna. Desde luego eso habría resultado mejor y mucho más práctico para nuestro futuro, y a mí siempre me ha agradado ella. Pero es evidente que yo no tengo el encanto de Dylan con las chicas.

El rencor acumulado en sus palabras sonó por encima del murmullo de las olas. Ofelia no respondió, no quería escuchar nada más sobre Dylan y Helena Laguna, así que dio media vuelta y empezó a caminar con cuidado hacia la música y las luces del pueblo. Los cortes le dolían a cada paso en ráfagas que subían por sus piernas y se extendían por todo su cuerpo, pero por encima del dolor sintió otra cosa, amarga y espesa que crecía en su pecho: celos. Helena Laguna era todo lo que ella nunca sería. Helena Laguna era perfecta; sus pies eran perfectos y ella no tenía niebla en la memoria.

Caminó tan deprisa como se lo permitieron sus heridas; ya estaba cerca del muro del puerto y las luces de las primeras tabernas iluminaban la noche cuando oyó pasos acercándose a su espalda. Dio por hecho que sería Ulises tratando de alcanzarla para disculparse, pero se dio cuenta de que los pasos que la seguían pertenecían a más de una persona. Miró con disimulo por encima de su hombro y vio a tres figuras que caminaban tras ella, tres hombres. No sabía sus nombres, pero reconoció a uno de ellos: un fanfarrón de risa afilada que pescaba por libre, amigo de Lorenzo Laguna.

Ofelia apretó el paso, pero sus pies se habían vuelto torpes y lentos por el dolor, sintió que los zapatos chapoteaban en un líquido tibio al caminar y comprendió que era la sangre de sus cortes empapando sus pies. Gimió de dolor cuando pisó un cabo olvidado cerca del agua y el hombre de la risa afilada se rio a su espalda.

—¡Ten cuidado! ¡No te vayas a caer al agua...! —gritó entre risas.

Ya estaba cerca de las primeras casas del pueblo, casi podía sentir el calor de las calles llenas de gente cuando uno de ellos cubrió la distancia hasta ella y la sujetó por el brazo para obligarla a detenerse.

—¿Qué te ha pasado en los pies? ¿No estás acostumbrada a caminar en tierra firme, sirena? Dicen que tu padre es Barba Azul —dijo el de la risa afilada mucho más serio ahora—. Aquí somos gente trabajadora, buenas personas, y no nos gustan los asesinos de niñas o sus asquerosas hijas.

—Suéltame.

Ofelia tiró para soltarse, pero él la tenía bien sujeta. Sintió el impulso de lanzarse contra él para morderle y liberarse creciendo dentro de ella, el recuerdo del sabor de la sangre de Vallejo o su cara de sorpresa al verse la herida en la mano. En vez de eso le empujó con todas sus fuerzas con la mano libre, haciéndole caer de espaldas. Los otros dos se rieron al ver caer a su amigo, pero el chico la miró desde el suelo con la misma expresión que Vallejo aquel día en la tienda de las Arrieta: primero sorpresa y después furia.

—Te vas a enterar...

Pero entonces Ulises apareció al final de muro del puerto. Se había retrasado unos segundos para recuperarse del mordisco de los celos: necesitaba unas bocanadas de aire fresco en soledad.

—¡Eh! ¿Qué estáis haciendo?

Corrió hacia ellos y se interpuso entre Ofelia y los otros tres.

—Ya os estáis largando, sé de sobra quiénes sois. ¿Sabe tu madre lo que estás haciendo, Pedro? No creo que ella se sintiera muy orgullosa de ti ahora mismo, sé que está enferma, muy enferma, y que tú vas a cuidarla cada tarde porque sabes que no va a mejorar. —La voz de Ulises temblaba, pero continuó—: Te juro sobre la tumba de mi abuelo que, si no os marcháis ya, se lo contaré todo a tu madre y ella morirá sabiendo que su hijo es un mal hombre.

Los tres se miraron entre sí y por un instante dudaron, pero entonces Pedro, el de la risa afilada, se levantó del suelo.

—No mientes a mi madre, Morgan. Tú no eres tu hermano mayor, él ya nos habría abierto la cabeza. No te tenemos miedo, solo la queremos a ella: al monstruo.

Ulises apretó los dientes y cerró los puños, listo para la pelea cuando otro de ellos corrió hacia él y le golpeó empujándole por encima del murete del puerto. El crujido seco del cuerpo al chocar contra la rampa de piedra llenó el aire de la noche.

—¡Ulises!

Ofelia gritó y corrió a duras penas hasta el muro para ver a Ulises, pero Pedro la sujetó por la cintura para retenerla mientras ella no dejaba de patalear y lanzar puñetazos en todas direcciones.

—Pero ¿qué has hecho? Quedamos en que no le haríamos daño a nadie: solo a la hija de ese desgraciado para darle una lección, y has tirado al pequeño de los Morgan. ¿Crees que está muerto? —preguntó otro de los muchachos asomándose preocupado por encima del muro y mirando el cuerpo de Ulises desmadejado en la rampa. Hizo un gesto con la cabeza a los otros dos—. Tenemos que darnos prisa.

Entre los tres obligaron a Ofelia a caminar hasta el final del muelle, donde reinaba la oscuridad y solo se oían las olas en mar abierto.

—Aquí está, justo donde la he dejado escondida esta tarde.

Era un ancla pequeña, con su correspondiente cadena de hierro fundido. La habían robado aquella misma tarde a una de las barquitas que solían amarrar en el puerto.

—Vamos, pásale las manos por el nudo...

Se dieron prisa. Uno de ellos obligó a Ofelia a pasar las manos por el nudo de pescador en el cabo atado a la cadena del ancla. Ella notó cómo el material áspero de la cuerda le arañaba la piel y la apretaba en las muñecas. El cabo estaba húmedo y olía a agua salada.

—Ahora vamos a comprobar si realmente eres una sirena —le dijo Pedro muy cerca de su cara—. A ver si sabes respirar debajo del agua.

La obligaron a caminar hasta el borde del espigón sujetando el ancla y la cadena. Allí las olas golpeaban con fuerza contra el muro y levantaban una cortina fría de agua que les empapó el pelo y la cara.

—Regresaré a por vosotros tres —les prometió Ofelia con fiereza en los ojos.

—Eso ya lo veremos, monstruo. Recuerdos de parte de Lorenzo Laguna.

Y después la empujó al mar.

El peso del ancla y la cadena de hierro arrastraron a Ofelia al fondo oscuro. Sintió cómo el agua negra le entraba en la boca, igual que una siniestra criatura marina, y bajaba por su garganta. Su vestido de domingo se volvió pesado y frío, como un sudario. Trató de gritar, pero el agua helada le inundó los pulmones.

Solo cuando las burbujas de aire dejaron de subir a la superficie, los tres hombres se alejaron de vuelta a las luces del pueblo.

PLEAMAR

A Helena Laguna le encantaba bailar. Para ella no era comparable a ninguna otra cosa en el mundo. Le encantaba sentir la música en su cuerpo y dejarse llevar por el ritmo como si no tuviera nada más de lo que preocuparse. Casi nunca bailaba —tampoco cuando estaba sola en su bonito dormitorio—, la habían educado para creer que la música o el baile no eran algo «propio de señoritas». Y ella era una señorita: no era la hija de un pobre pescador que tiene que coser las redes en el puerto al atardecer o reparar la ropa maloliente de su marido para que él pueda salir a faenar otra vez antes de la puesta de sol. No, nada de eso: ella era una señorita. Una Laguna. Desde muy niña aprendió que ese era su único valor en el mundo y también dentro de su propia familia: ser una señorita. Tener cuidado, ser buena, precavida para evitar las habladurías y nunca dejarse llevar por la pasión. O por la música. Y eso era lo que se repetía a sí misma mientras bailaba con Dylan Morgan.

Ya era más de medianoche, pero las calles de Ea seguían llenas de gente. Las risas de los vecinos rebotaban contra las paredes de las casas de piedra y entre sus callejones estrechos. Todavía se oía el sonido cantarín de algún *txistu* lejano que llegaba desde los barrios más apartados en las colinas. Cintas y banderines de colores adornaban las calles del pequeño casco urbano, colgados en los balcones, el ambiente festivo flotaba en el aire. La temporada de pesca de la anchoa y el bonito terminaría al cabo de algunas semanas, pero todos los vecinos salían para celebrarlo con música, comida, alcohol y bailes antes de tener que enfrentarse a otra estación gélida. El verano de 1902 llegaba a su fin, y ya se intuían en el aire los días cortos y oscuros del invierno.

Dylan le colocó la mano en la cintura y Helena intentó no sonreír porque era una señorita. Sintió el calor que salía de su piel a través de su falda, su corazón latió un poco más deprisa de lo normal y le miró los labios. Bailaban una vieja canción marinera, lenta y triste, como todas las buenas canciones que hablan sobre el mar. Trataba de un hombre que debe hacerse a la mar para navegar hasta Terranova a cazar ballenas y deja a su amada esperándole en tierra sin saber cuándo regresará, o si regresará algún día. La luz en la explanada era cálida e iluminaba la noche suave. Helena tarareó el estribillo de la canción y Dylan la hizo girar despacio en el aire, la falda de su vestido de organza y plumeti de color rosa pálido se llenó de vuelo y Helena se rio con una risa que le hizo cosquillas en los labios, y sintió que todo estaba bien en el mundo. Un momento perfecto.

Pero entonces vio a su hermano acercándose a ellos con gesto preocupado mientras se abría paso entre los vecinos, que seguían bailando al ritmo de la música ajenos a esa sensación de mal presagio que embargó el corazón de Helena.

—Lorenzo, ¿para qué has venido? Y no me digas que estás aquí para intentar llevarme a casa, ya te he dicho que tengo permiso de padre para estar en el baile —le dijo en cuanto estuvo a su lado—. Aún me queda un rato antes de tener que marcharme a casa, pero ya sé que tengo que esperarte para volver. Si no, seguro que Dylan podrá acompañarme.

—No es por eso.

Algo en el tono de voz de Lorenzo hizo que dejara de bailar. Dylan se le quedó mirando sin apartar la mano de la cintura de Helena mientras el resto del mundo continuaba moviéndose a su alrededor como si nada. Helena Laguna era una mujer práctica y sensata —nunca había sido del tipo de personas que acostumbran a creer en la mala suerte, premoniciones o *belagiles*—,[1] pero supo que las siguientes palabras cambiarían el destino de ellos tres para siempre.

—Ha pasado algo.

Corrieron hasta el puerto, aunque no había ni rastro de Ulises, de Ofelia ni de los tres amigos de Lorenzo.

—A lo mejor han recapacitado. Puede que se hayan dado cuenta de que lo que habían planeado hacer era una salvajada y en el último momento han cambiado de idea —sugirió Helena, sin muchas esperanzas.

—No creo que unos tarugos como Pedro Martín y los otros dos sean capaces de recapacitar. O de pensar.

Habían pasado casi diez minutos desde que Lorenzo se había acercado a ellos mientras bailaban para contarles, casi al borde de las lágrimas, que sus tres amigos habían planeado tirar a Ofelia al mar atada a un ancla a modo de venganza por todo lo que Barba Azul había hecho. Cuando los tres ya estaban lejos de la plaza y de las miradas curiosas de sus vecinos, Dylan le sujetó por los cuellos de su camisa de fiesta y le zarandeó hasta que Lorenzo admitió que estaba enterado de todo el plan desde el principio.

—Aquí no están. No hay nadie en el puerto ni en el espigón.

Helena puso los brazos en jarras y miró a su alrededor: las colinas que rodeaban la playa y el puerto parecían ahora negras, casi amenazantes, derramando sus sombras sobre ellos.

—Ojalá hayan cambiado de idea...

—¿Estás seguro de que este era el lugar? —Dylan miró a Lorenzo con sus ojos en llamas.

—Lo estoy, sí, muy seguro —respondió él sin comprender dónde estaban sus amigos—. Habíamos quedado aquí para hacerlo los cuatro juntos, pero cuando he llegado a la hora acordada, no había ni rastro de Pedro o de los otros dos.

—¿Cómo se te ocurre tomar parte en algo así de horrible, hermano? Ofelia es nuestra amiga, una vecina de nuestro pue-

1. *Belagiles*: hechiceras.

blo. Bastantes cosas terribles le han pasado ya como para, además, convertirla en una víctima de vuestras canalladas. Cuando nuestro padre se entere de esto, le partirás el corazón. —Había un regusto de vergüenza en la voz de Helena—. Si esos tres malnacidos le han hecho algo...

—Para eso iba a venir —le aseguró él—, para asegurarme de que no se lo hicieran. Acordamos que no iban a hacerle nada malo, tan solo darle un pequeño susto por lo de su padre, ya sabes, como venganza por ser la hija de Barba Azul. —Cuanto más hablaba más se daba cuenta Lorenzo del error que había cometido—. Padre no tiene por qué enterarse de nada si la encontramos a tiempo, y al final os lo he confesado todo, ¿no? Eso tiene que contar para algo.

Dylan le empujó y él cayó al suelo de espaldas, cerca del murete del puerto, se golpeó contra la piedra y se llevó la mano a la nuca en un gesto de dolor.

—¿Contar para algo? —repitió Dylan furioso.

—¡Ya os lo advertí! —gritó Lorenzo, cada vez más cerca de las lágrimas—. ¿Acaso el otro día no fui al taller a avisaros? Me la jugué cuando fui a avisaros de lo que estaban planeando hacerle a Ofelia, pero vosotros no hicisteis nada. No, los Morgan siempre creéis que sois más inteligentes que los demás, más importantes. Todos nosotros debemos bailar a vuestro son. Mira lo que ha pasado al final.

Dylan se lanzó contra él dispuesto a golpearle de nuevo, pero Helena le sujetó por el brazo.

—Espera.

—¿Que espere? Ya sé que es tu hermano, pero nos ha mentido, Helena. Ahora intenta librarse con unas lágrimas, pero todo este tiempo ha sabido lo que estaban planeando hacerle esta noche a Ofelia y no ha dicho nada el muy hijo de...

—No, por mí puedes pegarle todo lo que quieras, pero creo que he oído algo. Una voz —le cortó ella, apretándole más el brazo.

Los tres se quedaron en silencio. Desde allí se oía el murmullo de los barquitos y las *txalupas* amarradas en el puerto que chocaban suavemente entre sí mecidas por las olas.

Helena volvió a oír el susurro: era parecido al roce de la tela de su falda al tocar el suelo. Se asomó por encima del muro hacia la rampa y vio un bulto oscuro que balbuceaba cerca del agua.

—¿Ulises? Ahí abajo, es Ulises y creo que está malherido.

Los tres bajaron corriendo hasta él con cuidado de no resbalar por la rampa húmeda. Ulises sangraba, tenía un corte feo en un costado de la cabeza y se arrastraba penosamente intentando alcanzar la rampa.

—Ofelia... —murmuró con un hilo de voz.

—¿Dónde está? ¿Quién te ha hecho esto?

Dylan se agachó junto a su hermano y le colocó la mano en el corte para intentar palpar la herida. La sangre que le manchaba las manos parecía casi negra en la oscuridad; sintió cómo pasaba a través de sus dedos húmedos, era espesa y tibia.

Ulises intentó pronunciar «Pedro», pero estaba demasiado cansado. Le pesaban los párpados, igual que si llevara muchas noches sin dormir.

—Quédate con Ulises, procura detener la hemorragia y no dejes que se le acerque nadie. Sobre todo, él —le dijo a Helena señalando a Lorenzo.

Ella se quitó el delicado chal bordado de hilo fino que llevaba sobre los hombros e improvisó un vendaje de urgencia alrededor de la cabeza de Ulises. Las flores de hilo de su chal se tiñeron deprisa con la sangre, volviéndose de color rojo brillante.

—Ya me ocuparé de ti después —le advirtió a Lorenzo—. Y más te vale que Ofelia esté donde has dicho que la dejarían.

—Al final del espigón, donde el agua cubre más —admitió Lorenzo devorado por la vergüenza.

Solo ahora, viendo a Ulises Morgan herido e inconsciente en el suelo, empezaba a comprender el alcance de lo que había hecho. De lo que había permitido que sucediera.

Dylan corrió hacia el final del espigón. Sus piernas largas y ágiles le hacían volar cuando corría. En la distancia escuchó a Lorenzo gritarle que quizá ya era demasiado tarde: habían pasado más de diez minutos desde que Ofelia estaba bajo el agua, pero él no le escuchó y siguió corriendo.

Empezó a llover antes de que Dylan llegara al final del espigón de piedra: era una lluvia afilada y fría. Dylan dejó atrás la chaqueta para que no le molestara, sacó de su bolsillo la navaja que utilizaba en el taller para cortar los cabos enredados o las redes que no tenían arreglo, y se lanzó de cabeza al agua negra.

No había parado de llover en las últimas semanas y el mar estaba más frío de lo que era habitual a esas alturas del año, pero no le importó. Buceó intentando distinguir algo a su alrededor en el agua oscura, pero apenas podía ver sus propias manos debajo del agua. Se sumergió más en la negrura y el frío se coló bajo su piel. Enseguida el aire de sus pulmones se volvió caliente y tuvo que nadar hasta la superficie para poder respirar. Al emerger, la lluvia fría le recibió salpicándole la cara y ayudándole a espabilarse. Temblaba, pero a pesar de todo Dylan tomó una profunda bocanada de aire y volvió a sumergirse.

Por fin le pareció ver algo: una silueta clara suspendida a medio camino entre el fondo y la superficie, como una cometa un poco más adelante. Nadó hasta ella tan deprisa como pudo y solo cuando estuvo a su lado confirmó que era Ofelia, flotando suspendida igual que en un sueño mientras el ancla y la cadena de hierro la retenían. Cortó el cabo alrededor de sus muñecas y la sujetó por la cintura. Con sus últimas fuerzas, Dylan pataleó hasta la superficie llevando a Ofelia de vuelta al mundo de los vivos.

La tumbó en la playa y le apartó el pelo mojado de la cara. Habían pasado casi diez minutos desde que un arrepentido Lorenzo Laguna había ido a buscarle a la plaza para confesar su crimen. Diez minutos. Dylan había vivido en un pueblo pesquero toda la vida, su abuelo y todos sus amigos eran pescadores, y sabía bien que nadie podía sobrevivir bajo el agua tanto tiempo.

Miró a Ofelia, tumbada con los ojos cerrados sobre la arena, y se acordó de la primera vez que la vio, no muy lejos de allí, en su cala secreta. Aquella vez también pensó que estaba muerta. Le ladeó la cabeza para que el agua saliera de su garganta y se inclinó sobre ella para intentar reanimarla. Tenía los labios helados y al rozarlos sintió que un escalofrío bajaba deprisa por su espalda bajo su camisa empapada. Respiró dentro de ella, y le apretó el pecho con las manos temblorosas para volver a poner en marcha su corazón. No pasó nada. Ofelia seguía inmóvil en el suelo. Estaba agotado, apenas podía respirar y temblaba de frío, pero no iba a rendirse: él no era de los que se rinden, así que se inclinó de nuevo sobre ella.

—Ulises... —susurró ella contra sus labios.

Por un instante le pareció que soñaba: todo había sido una espantosa pesadilla de esas que parecen tan reales como la propia vida y que permanecen con nosotros unos minutos después de despertar. Pero no, los labios blanquecinos de Ofelia murmuraban el nombre de su hermano pequeño.

—No soy Ulises, soy yo —dijo mientras ella terminaba de toser el agua que todavía tenía en la garganta—. ¿Cómo estás?

—He estado mejor... —Ofelia le sonrió, era una sonrisa débil, pero sus ojos brillaron al verle—. Dylan Morgan, esta es la segunda vez que me salvas la vida. —Le apretó la mano—. Siento haberte estropeado la fiesta.

—Bueno, tampoco estaba siendo la mejor fiesta de mi vida...

—Ya, dímelo a mí.

Los dos se rieron sin fuerzas.

—Sabía que vendrías a buscarme, lo he sabido todo el tiempo. —Su voz sonaba rasposa por el agua salada—. Gracias.

Dylan se inclinó sobre ella y le dio un beso rápido en la frente, las gotas de agua salada caían desde su pelo a su rostro lívido. Luego se dejó caer de espaldas sobre la arena a su lado, agotado mientras intentaba recuperar el aliento.

—Ya te dije que yo siempre iría a rescatarte —le recordó.

Miró el cielo sobre ellos, la lluvia había vuelto a la carga.

—Definitivamente puedes aguantar la respiración más que cualquier hombre de este pueblo.

—¿Y dices que Lorenzo estaba al corriente de lo que sus amigos iban a hacer? ¿Todo este tiempo? —volvió a preguntarle ella, todavía incrédula.

Dylan le colocó la chaqueta seca de su traje de domingo sobre los hombros, sus dedos rozaron la piel cerca de su cuello un segundo más de lo necesario. Ofelia no tenía frío, aunque había estado bajo el agua casi diez minutos, pero se dejó envolver agradecida por la suave lanilla gris de su chaqueta. Le gustaba sentir el olor familiar de Dylan, que parecía cosido en la tela flotando a su alrededor: olía a limones, a final de verano, a ropa recién planchada y, por supuesto, a salitre.

—Sí, el muy desgraciado lo ha sabido desde el principio. Dice que nunca creyó que los otros tres idiotas fueran a llegar tan lejos, pero al no verlos en la fiesta empezó a temerse lo peor y por eso vino a advertirnos. —Dylan se frotó las manos para hacerlas entrar en calor—. Lo importante es que Ulises y tú estáis bien. Todavía no me puedo creer que aguantaras la respiración bajo el agua todo ese tiempo.

—Creo que lo aprendí al vivir todos esos años encerrada en esa cueva del acantilado. Igual que un niño que crece en el campo aprende a correr más deprisa que los demás o a trepar a los árboles para coger manzanas. —Ofelia se encogió de hombros—. Supongo que en lugar de esas cosas yo aprendí a nadar y a bucear mejor que nadie para pescar y poder alimentarme. Aunque no recuerdo quién me enseñó.

Evitó contarle aquella noche, meses atrás, en que se despertó sumergida en la gran bañera con patas de la mansión de las Amara, mientras una mujer misteriosa vestida de blanco le apretaba el pecho para que se ahogara.

—¿Has recordado algo más sobre ese hombre? ¿El que te tiró por el acantilado de Santa Catalina?

—No, pero sé que lo reconocería si volviera a verle. Estoy segura.

—Bueno, si crees que lo reconocerías y todavía no lo has hecho, eso descarta a muchos hombres de la zona y del pueblo. Eso es bueno, ¿no? Barba Azul no vive en Ea.

Ofelia intentó rescatar de entre la bruma de su memoria el rostro de ese hombre que tiraba de ella hacia el final del acantilado mientras el viento del norte soplaba en sus oídos.

—Sí, supongo que sí —admitió.

Estaban sentados bajo el gran pórtico del Beletxe, resguardados de la llovizna matinal que caía sin descanso desde que Dylan la había sacado del agua. Ya no quedaba ni rastro de la fiesta ni de la música de la noche. En el aire silencioso solo se oía el rumor de la corriente de la ría que llegaba hasta su desembocadura en el mar, cerca de donde ellos estaban. Las nubes grises en el horizonte presagiaban lluvia al menos hasta el mediodía.

—¿Ulises se pondrá bien? —preguntó ella sin mirarle.

—Sí, se ha llevado un buen golpe, pero tiene la cabeza dura, se recuperará. Ya debe de estar en casa descansando en la cama, que es lo que deberías estar haciendo tú también después de lo que te ha pasado, en vez de seguir aquí con ese vestido húmedo.

Hacía ya horas que había salido del agua, pero Ofelia no quería ir a acostarse y descansar, la promesa de las sábanas secas y cálidas no le interesaba. Estaba demasiado inquieta y sentía un extraño hormigueo corriendo bajo la piel.

—Es normal que te preocupe ir a casa o que Anastasia descubra que te escapaste anoche para bajar a la fiesta —continuó Dylan—. Pero yo iré contigo para enfrentarme a esa vieja loca y contarle lo que ha pasado, a mí no me da ningún miedo.

Ella le miró con una sonrisa débil en sus labios. Él siempre estaba dispuesto a enfrentarse a los monstruos que llenaban sus pesadillas, aunque algunas veces esos monstruos fueran Anastasia Amara y su gran casa lúgubre llena de secretos. En ese momento comprendió que, para Dylan Morgan, ella nunca jamás había sido uno de esos monstruos.

«Eso ya lo veremos, monstruo.» Las palabras del hombre que la había empujado al agua oscura se repitieron en su cabeza. Ofelia tenía asuntos que resolver. La quemazón en sus venas se hizo más fuerte hasta que fue imposible de ignorar.

—Vamos, te acompañaré a casa.

Dylan se levantó despacio. Las piernas todavía le temblaban por el esfuerzo y por la adrenalina que poco a poco iba desapareciendo de su sistema. Le ofreció la mano para ayudarla a incorporarse. Ofelia la aceptó y se puso en pie, el dolor de los cortes le había dado una breve tregua, seguramente adormecido por el efecto del agua fría.

—Bien, pero quiero ir a otro sitio antes. Hay algo que debo hacer.

Se soltó de su mano y echó a andar decidida en dirección al primer puente de piedra que cruzaba sobre el río. Dylan la miró sin comprender, pero la siguió igualmente mientras atravesaban el puerto silencioso. Se cruzaron con un par de vecinos que bajaron la mirada avergonzados al verla; Dylan comprendió que todo el mundo en Ea estaba ya al corriente de lo que había sucedido aquella noche. No había temor ni odio en los ojos de sus vecinos, reemplazados por el regusto amargo que deja la culpa colectiva.

—¿Se puede saber adónde vamos? Por aquí solo está el edificio del ayuntamiento... —Entonces lo entendió, apretó el paso para colocarse a su lado y le rozó el brazo por encima de su chaqueta para que se detuviera—. Ofelia..., no —le suplicó.

—Sí.

Ella se apartó de él y continuó caminando bajo la lluvia hacia la vivienda de los Laguna: era una elegante casa de piedra blanca, estrecha pero de aspecto señorial, con tres alturas, que se levantaba pegada al margen de la ría. Tenía una bonita galería acristalada con los marcos de las ventanas pintados de color azul, suspendida sobre el agua. La puerta principal de la casa estaba elevada sobre una escalinata de tres peldaños para salvar una posible crecida de la ría.

—No lo hagas, por favor.

Dylan la alcanzó cuando ella ya había terminado de subir los peldaños hasta el portón de color azul.

—Solo quiero preguntarle por qué lo ha hecho. Aunque nunca hemos sido amigos, yo no le he causado ningún mal, quiero saber por qué ha permitido que intentaran matarme. Creo que tengo derecho.

Pero debajo de su piel helada, Ofelia sentía que algo arañaba por salir, un impulso oscuro mucho más fuerte y seductor que la voz suplicante de Dylan.

—Escucha, sé de sobra que ese cobarde de Lorenzo se lo merece por lo que os han hecho a ti y a Ulises, pero si le causas algún daño a él o a su familia, entonces... —Dylan la miró—. Entonces te verán para siempre como eso que tanto temes: como un monstruo.

Ofelia dejó que sus preciosos ojos azules estuvieran a punto de convencerla, dudó un segundo e incluso se apartó unos centímetros de la puerta. Pero entonces vio sus zapatos todavía manchados de sangre y recordó las palabras del hombre que la había empujado al agua.

«Recuerdos de parte de Lorenzo Laguna.»

—Entonces puede que sea un monstruo. Después de todo, soy la hija de uno.

Cerró el puño para llamar a la puerta, pero Helena Laguna abrió la puerta de repente y la abrazó aliviada antes de que ella pudiera apartarse.

—Menos mal que estás bien —susurró contra su pelo húmedo—. ¡Estaba tan preocupada! El zote de mi hermano está encerrado en el comedor, se niega a hablar conmigo, pero llevo toda la noche gritándole a través de la puerta. Te juro, Ofelia, que yo no tenía ni idea de lo que esos malnacidos planeaban hacer. Si dependiera de mí, me encargaría de que los guardias los encerraran una larga temporada. Nuestro padre está en Bermeo, pero en cuanto regrese hablaré con él para convencerle.

—No pasa nada. Sé que tú no estabas al corriente del plan de Lorenzo y los otros. —Ofelia se deshizo de su abrazo con delicadeza y la miró, pero Helena estaba tan aliviada de verla con vida que tardó un momento en advertir la expresión sombría de su rostro.

—¿Y qué haces aquí? ¿No deberías estar descansando?

Ella no respondió.

De repente Dylan sintió que sus zapatos estaban encharcados, mucho más que después de regresar a la superficie llevando a Ofelia con él. Sin comprender, miró al suelo y entonces lo vio: un reguero de agua serpenteaba entre el empedrado del suelo empapando sus zapatos y el bajo del vestido de Ofelia. Ella subió el último de los tres escalones hasta la entrada de la casa y la corriente de agua ascendió escaleras arriba con ella, mojando los elegantes zapatos de Helena y empapando el suelo oscuro de madera de elondo del primer piso de la casa de los Laguna.

—He venido a buscar a tu hermano —respondió como si fuera evidente.

Y entró en la vivienda pasando junto a una confusa Helena, que miraba el riachuelo de agua que parecía seguir a Ofelia hasta el corazón de su casa.

La casa de los Laguna estaba decorada con alfombras gruesas de colores vivos importadas desde lugares exóticos, pesados muebles de madera de roble, cuadros en las paredes tapizadas con papel pintado y bonitas cortinas de crepé hasta el suelo. Ofelia avanzó despacio por el vestíbulo y recorrió el pasillo buscando el comedor, mientras el cauce de agua helada la acompañaba, bañando las patas de los muebles y echando a perder sin remedio las carísimas alfombras. Fuera, un grupito de personas se había reunido junto a la puerta abierta de la casa de los Laguna para ver el riachuelo, más caudaloso cada vez, que bajaba por la calle y se adentraba en el vestíbulo.

—Ofelia, espera, por favor.

Dylan se decidió a entrar en la casa seguido de Helena; el agua ya les subía más arriba de los tobillos. Pasaron junto a un paragüero de bronce que empezaba a flotar en la corriente.

Los dos lo miraron pasar flotando a su lado igual que si estuvieran atrapados en el mismo sueño.

Las puertas del comedor estaban cerradas tal y como había dicho Helena, pero el agua se colaba ya por debajo de ellas sin encontrar ningún obstáculo. Al otro lado se oyó un golpe seco, como de algo pesado cayendo al suelo, seguido de la voz sorprendida de Lorenzo Laguna:

—¡Pero qué demonios...!

Ofelia sonrió al oír el miedo en la voz de Lorenzo y abrió las dos puertas dando un pequeño empujón.

—Ofelia... Hola. Me alegro de que estés bien —balbuceó él—. Yo, lo siento mucho.

Lorenzo estaba de pie en el centro de la gran habitación; una de las sillas de cerezo macizo tapizadas con raso de rayas rosa y verdes que rodeaban la larga mesa también de madera de cerezo estaba caída en el suelo. El agua entraba a raudales por las puertas abiertas del comedor empapando las paredes y los pantalones de Lorenzo.

—Ibas a dejar que me ahogara —dijo Ofelia con voz tranquila.

—No, yo no quería llegar tan lejos. Solo era una broma —se defendió él—. Siento mucho que Pedro y los otros dos fueran tan lejos, de verdad que sí. Y lo que le han hecho a Ulises... Podrían haberle roto el cuello con semejante caída. Yo no he tenido nada que ver con eso, ha sido un accidente, te lo juro. Solo era una broma que se nos ha ido de las manos.

El nivel de agua llegaba ahora hasta las primeras baldas del elegante aparador de madera, a juego con la mesa, que había contra la pared. El agua arrastró las piezas de la vajilla de porcelana pintada a mano importada desde Francia que se exhibían en el aparador: tazas, platos de postre y una delicada salsera flotaban peligrosamente cerca de la pared.

—¿Una broma? —repitió ella—. ¿Acaso te has ahogado alguna vez? ¿Tienes una idea de lo terrible que es ahogarse, Lorenzo?

Ofelia se le acercó y él dio un paso atrás. Las piernas de Lorenzo tropezaron con la silla caída, cayó al suelo y notó el sabor del agua salada en los labios y un escalofrío recorriéndole el cuerpo cuando notó toda su ropa mojada. Una repentina ola entró por las puertas abiertas del comedor haciendo que subiera aún más el nivel de la imposible marea.

—No... No lo sé. —Lorenzo tragó agua sin querer—. Pero muchos pescadores y hombres de mar cuentan que ahogarse es parecido a quedarse dormido en la oscuridad, como caer en un sueño. Es rápido e indoloro.

—Pues mienten.

El elegante papel pintado que cubría las paredes del comedor empezaba a despegarse y se volvió oscuro al empaparse mientras el nivel de agua seguía subiendo. Algunos libros, jarrones y portarretratos flotaban a su alrededor mientras el agua entraba en el comedor con la fuerza de la marea. Ofelia abrió los dedos de sus manos sintiendo cómo el agua helada la acariciaba al pasar.

—Esto es imposible... No puede ser —balbuceó él—. Estoy soñando. Tiene que ser un sueño.

Asustado, intentó levantarse, pero sintió un dolor punzante en la pierna, atrapada debajo de la pesada silla de cerezo. La marea le llegaba ahora más arriba del pecho, pronto le cubriría los hombros y la cara. Miró el torrente de agua turbia que seguía entrando a raudales en la habitación. Respiraba deprisa, tan deprisa que comenzó a marearse y los rincones de la habitación se desdibujaron. Notaba la cabeza llena de algodón.

—Dime, Lorenzo, ¿aún te parece que ahogarse es rápido e indoloro?

—No, por favor... No lo hagas —suplicó al borde de las lágrimas—. Helena es amiga tuya, ¿verdad? No querrás matar a su hermano, y sabes tan bien como yo que Dylan Morgan no te perdonará si me matas. Le conozco desde siempre y sé que Dylan no perdona el mal.

Despacio, Ofelia caminó entre el agua helada hasta donde estaba Lorenzo, que ahora intentaba mantener la cabeza por encima de la inundación.

—No necesito que Dylan Morgan me perdone.

Lorenzo notó el agua entrando en su boca, intentó sellar los labios para no ahogarse, pero sintió cómo el agua le acariciaba las mejillas. El agua helada le provocó una descarga de dolor inmediata en la mandíbula. La miró un segundo antes de cerrar los ojos en un acto reflejo y lo supo: iba a matarle.

—No me mates, por favor. Lo siento mucho...

La boca se le llenó de agua al hablar, sabía a lluvia de tormenta y a la tierra que el torrente de agua arrastraba a su paso.

—En este pueblo todos me consideran débil, patético, apenas un hombre. Pensé que era mi oportunidad de hacerme respetar. Lo hice solo por mí, perdóname.

El nivel de agua subió por encima de sus mejillas, sumergiendo su nariz. Lorenzo contuvo la respiración sin apartar los ojos de ella: de pie frente a él, con su pelo suelto y su vestido empapado. El agua helada le llenó los oídos y comprendió de repente que se lo merecía, que tal vez Ofelia tenía derecho a vengarse de él después de todo.

—Ofelia, déjalo. Por favor, por mí —le pidió Dylan a su espalda.

Helena y él estaban en la puerta del comedor rodeados del mismo caudal de agua que ya anegaba el resto de la casa. El nivel de agua subía casi hasta la cintura de Helena, empapando su vestido, que flotaba a su alrededor como un delicado animal acuático.

—¿Por qué debería dejarle ir? Él quería matarme.

—Sí, quería matarte. Lorenzo solo es un cobarde. Podría ser un buen hombre, durante años esperé a que se convirtiera en uno para que pudiéramos volver a ser amigos, pero no lo es. Lorenzo ya eligió qué tipo de hombre quería ser, lo decidió hace mucho tiempo. Es un fracasado que utiliza su poder para hacer daño a los demás. Pero tú no eres como él, ni como Barba Azul.

Ofelia miró los ojos aterrados del chico, cerrándose bajo el agua. De pronto ya no estaba segura de querer matar a Lorenzo Laguna.

—¿Y eso cómo lo sabes? —preguntó ella por encima del ruido del agua, que sonaba igual que un río durante el deshielo—. ¿Cómo sabes que no soy como ellos?

Dylan se soltó del marco de la puerta donde se agarraba para no perder el equilibrio por el agua que los empujaba, y se abrió paso hasta ella caminando pesadamente entre los muebles pequeños y otros objetos que flotaban sobre la superficie. El agua estaba muy fría, podía sentir cómo sus músculos se entumecían igual que si estuviera nadando en alta mar, pero a pesar de todo consiguió llegar hasta ella, que estaba de pie en el centro de la habitación. Le dio la mano y ella la cogió, a ciegas; sin necesidad de darse la vuelta sabía que él estaba ahí.

—Si soy la hija de Barba Azul, ¿cómo sabes que no le mataré? Puede que yo también haya elegido qué tipo de mujer voy a ser.

—Lo sé porque tú eres mucho más poderosa que ellos y nunca le has hecho daño a nadie. No lo hagas ahora, por favor. —Despacio, Dylan le pasó el brazo desde atrás alrededor de la cintura y Ofelia por fin se apoyó contra su cuerpo.

—No quiero hacerlo. No dejes que lo haga, por favor —le pidió, dejando que la abrazara—. No permitas que me vuelva como él. No quiero ser como ellos.

—No te dejaré —prometió Dylan en su oído con la voz quebrada.

Ofelia cerró los ojos para contener las lágrimas sin separarse de él.

Igual que la marea al retirarse de la playa, el agua que inundaba la habitación fue retirándose poco a poco del comedor y desandando el camino por el pasillo de la casa de los Laguna de vuelta a la calle. Lorenzo escupió el agua turbia de su garganta y se arrastró por el suelo encharcado intentando alejarse de Ofelia, que se había olvidado por completo de él.

Desde la puerta del comedor, Helena vio cómo Dylan abrazaba a Ofelia en el centro de la habitación con los ojos cerrados y la misma desesperación con la que un náufrago se abraza a una tabla en el mar bajo una tormenta. Y entonces comprendió que nunca más bailaría con Dylan Morgan la última noche de verano.

EL CEMENTERIO

Antes de que el día terminara todo el mundo estaba enterado del incidente de la madrugada anterior, y también de lo que había sucedido en la casa de los Laguna, aunque los detalles cambiaban dependiendo de quién contara la historia. Para algunos, Ofelia se había caído al mar por encaramarse al murete del espigón después de tomar demasiada sidra y uno de los hombres del pueblo se había tirado al mar para salvarla. Para otros, Ofelia había sido víctima de su propio padre, que había intentado secuestrarla igual que a las demás chicas desaparecidas de la zona, aunque ella había conseguido huir en el último instante. Pero la historia de esa noche de romería y música se seguiría contando durante años, cambiando pequeñas cosas cada vez que alguien la repetía, como sucede con los cuentos de hadas.

No dejó de llover en todo el día. El agua de la lluvia arrastró los restos de la fiesta de la noche anterior hasta la ría, que bajaba turbia y salvaje en su camino hacia el mar. Las olas lamieron peligrosamente la costa y el muelle dejando todo tipo de objetos olvidados en la orilla.

Ofelia estaba sentada bajo el pórtico de la mansión viendo la cortina de lluvia. Era un sirimiri que caía lento, pero sin descanso, dejando gotas diminutas sobre la hierba del jardín que centelleaban como centenares de esquirlas de cristal. No tenía frío, pero llevaba la manta de cuadros sobre los hombros para contentar a Claudia, que había insistido en que se tomara una infusión caliente y se sentara junto al fuego para entrar en calor.

—Todavía no me puedo creer que te hicieran algo así, los muy malnacidos —volvió a decir Katixa—. Hay que tener mala idea para que se les ocurra semejante cosa, y eso que ninguno de ellos es precisamente muy listo. Seguro que se les ocurrió después de escuchar la historia de lo que le pasó a esa supuesta lamia y a su enamorado, la que ataron a un ancla y lanzaron al mar.

Hacía tiempo que no pensaba en ello, pero Ofelia recordó esa historia. Se estremeció al pensar en esa chica, atada al ancla igual que ella, flotando suspendida sobre el fondo oscuro sin poder alcanzar nunca la superficie.

—Podrían haberte matado, igual que a Ulises; ¿sabes cómo está?

La voz de su amiga la devolvió a la realidad.

—Dylan me ha dicho que se pondrá bien, aunque no le he visto.

Ulises descansaba en la cama por orden del doctor. La herida de su cabeza se curaría dejándole una pequeña cicatriz en forma de media luna donde nunca volvería a crecerle pelo.

—Siento no haber estado contigo cuando pasó —volvió a disculparse su amiga—. Si se les ocurre hacer algo semejante estando yo presente, los habría tirado al agua. ¡A los tres tarugos! Y te aseguro que no habrían conseguido salir.

Las dos se rieron en voz baja, aunque la sonrisa de Katixa desapareció enseguida de sus labios.

—Lo siento. No me porté bien contigo cuando me contaste tu teoría sobre Barba Azul. Estaba confundida y no sabía cómo sentirme cuando me lo contaste, pero ahora comprendo que tú no tienes la culpa de ser su hija, pero yo sí tengo culpa por haberte dejado sola. Anoche podrías haber muerto.

—No pasa nada, es normal que no supieras cómo tomarte la noticia. Lo entiendo y no tienes nada por lo que disculparte. —Ofelia le dio un empujoncito cariñoso con el hombro—. Te he echado de menos en este tiempo.

—Y yo a ti, lamia —dijo con ternura—. ¿Sabes? Últimamente he estado pensando en empezar a escribir otro diario, uno nuevo, para sustituir el que me robó. Igual quieres ayudarme, por si acaso hay algo que he olvidado.

—Bien, pero no sé si yo soy la persona más adecuada para ocuparse de recordar nada. —Sonrió.

—He pensado que podríamos darle un enfoque diferente: en lugar de un diario sobre Barba Azul, se me ha ocurrido que podríamos escribir sobre ellas, sobre las desaparecidas. Averiguar quiénes eran, cómo se llamaban, qué es lo que todas ellas tienen en común, conseguir fotografías suyas, artículos de prensa... Se me ha ocurrido que podríamos llamarlo «historias de las olvidadas» o, tal vez, «el diario de las rebeldes». Bueno, ya se me ocurrirá un buen título para la cubierta, pero lo importante es que creo que es así como él elige a las chicas: se fija en las que no se comportan como se supone que deberían, en las rebeldes y en las chicas difíciles de controlar, como Nagore. O eso es al menos lo que él pretende que creamos, como si quisiera enseñarnos una lección a todas. Pero en el fondo solo eran chicas normales.

Ofelia lo pensó un momento.

—Sí, tiene sentido. ¿Cómo iba Barba Azul a saber si eran chicas buenas o rebeldes? No, eso tan solo es una excusa para lo que hace —comprendió Ofelia abatida—. Me encantaría ayudarte con ese nuevo diario.

—Pues todo arreglado entonces. Por cierto, ya he oído lo que hiciste ayer en casa de los Laguna, igual que todo el mundo por aquí. Contarán esa historia durante años: la sirena que inundó la casa de su enemigo como venganza por intentar ahogarla atada a un ancla. Enhorabuena, vas a convertirte en un mito local. Seguro que los periodistas no tardan en regresar al valle para escribir la historia.

Ofelia se arropó mejor con la manta y miró la lluvia que caía lenta fuera del pórtico.

—Sí, ahora los vecinos y la gente de la zona parecen encantados con la idea de tener una sirena viviendo oficialmente en el pueblo —bromeó ella—. Sospecho que se sienten culpables por cómo me han tratado desde que aparecí en la playa y esta es su manera de disculparse. ¿Recuerdas esa mujer que vino hasta la puerta y nos escupió? La madre de una de esas pobres chicas desaparecidas.

Katixa asintió.

—Pues este mediodía ha vuelto, se ha acercado a la casa y nos ha traído una docena de huevos como disculpa.

La manera en que los vecinos la miraban había cambiado radicalmente en las últimas horas: Ofelia había pasado de ser vista casi como la cómplice del monstruo que se llevaba a sus hijas, a convertirse en una especie de criatura mitológica venida del mar con poderes sobrenaturales a la que era mejor no enfadar.

—Ya, no me extraña que esa mujer te haya traído huevos. Yo tampoco querría tenerte como enemiga después de lo que ha pasado con los Laguna —admitió Katixa entre risas—. ¿Cómo lo hiciste? Lo del agua que entró en casa de los Laguna, quiero decir. Soy tu mejor amiga y nunca me habías contado que eras capaz de hacer eso: dominar el agua para que haga lo que tú quieras...

—Es que no puedo hacer eso, Kati. Nadie puede.

Su amiga la miró sin comprender.

—¿Entonces...?

—Te lo contaré, pero tienes que prometer que me guardarás el secreto. Me gusta más cómo me miran ahora los vecinos; además, no quiero tener que volver a limpiar tripas de pescado de la entrada de la casa.

Katixa asintió.

—Prometido. Ahora, cuéntamelo, vamos.

—Fue por la lluvia. Los últimos días ha llovido sin parar, mucho más de lo que suele llover en esta época del año. Conozco bien el agua, no puedo manipularla a mi antojo, pero sé cómo se comporta porque he pasado años rodeada de ella en esa cueva, es mi medio natural: sé cuándo subirá la marea, si está demasiado fría, cuándo se acerca una tormenta desde el mar, dónde encontrar los mejores bancos de peces o que existe un precipicio submarino a solo unas pocas millas de la costa. No son poderes mágicos, solo es práctica. Igual que un pastor conoce las formas de las nubes o de dónde sopla el viento para saber cuándo lloverá y poner a salvo a su rebaño. Yo conozco el agua y el mar.

—La marea alta, así es como lo hiciste —comprendió Katixa de repente—. La ría estaba a punto de desbordarse por la lluvia que había caído los últimos días, y la casa de los Laguna está construida en el camino natural de la ría. Sabías que al subir la marea el agua no tendría adónde ir y entraría en la casa. Querías darle un buen escarmiento a Lorenzo por lo que te había hecho.

Ofelia solo sonrió con un gesto ambiguo. Le confiaría su vida a Katixa Aranguren, confiaba en ella, pero decidió no contarle ese extraño momento en casa de los Laguna en que había decidido ahogar a Lorenzo. Su amiga la había perdonado, eso era lo más importante.

—¡Y vaya si se lo has dado! —seguía Katixa—. Estoy segura de que a Lorenzo no se le olvidará el susto en toda su vida. Te guardaré el secreto, por supuesto. —Lo pensó un instante y añadió—: Pero si no hubiera sido así, si realmente pudieras controlar el agua, me lo contarías, ¿verdad?

Ofelia miró a su amiga con sus extraños ojos.

—Claro. Te lo contaría.

Ofelia soñó que bajaba la escalera y salía de la casa. Atravesaba el bosque oscuro que se extendía hasta el pueblo y se perdía de vista solo al tocar los acantilados. Era una noche gélida y la luna brillaba dibujando en el suelo las sombras altas y afiladas de los árboles. La rama de un pino le arañó la mejilla al pasar a su lado, Ofelia notó la sangre tibia resbalando por su mejilla hasta su cuello, manchando de rojo el encaje color hueso de su camisón. No utilizó el camino que salía de la casa y bajaba hasta llegar a la primera iglesia de Ea porque no quería que nadie la viera, así que cruzó el bosque helado con la determinación que solo se tiene en los sueños.

El olor intenso y fresco de la savia flotaba en el aire y se pegaba a su pelo suelto. Ofelia caminaba guiada por una brújula invisible pero decidida hacia un lugar que ya conocía entre los árboles. Le buscaba a él.

Sus pies descalzos manchados de barro tropezaron con una piedra que asomaba entre las agujas de pino, y cayó de bruces al suelo. Se arañó el brazo con unas zarzas cercanas, pero se levantó y siguió caminando. Por fin dejó atrás el bosque con sus sonidos nocturnos y llegó a un claro empinado tapizado de hierba. La hierba corta y suave le acarició los pies magullados y el rocío del alba empapó el bajo de su camisón. Ofelia cruzó el prado con los ojos fijos en el muro del cementerio que se levantaba, cerca del camino, un poco más abajo.

No había vuelto allí desde el día en que enterraron al abuelo de los Morgan y a los demás hombres que se hundieron con el *Annabelle,* no estando despierta al menos.

Caminó entre las tumbas sin leer los nombres grabados en las lápidas, sabía bien adónde iba. Dejó atrás un sobrio mausoleo y por fin le vio: de pie frente a una de las tumbas. Era él. El hombre sin rostro.

Llevaba puesto un abrigo oscuro para protegerse del frío y un sombrero calado hasta los ojos. Tenía la mano apoyada sobre la piedra, como si depositara algo encima —¿una moneda?, ¿un canto rodado?—, mientras leía el nombre en la lápida. Aunque no pudo verle la cara porque el sombrero ocultaba sus rasgos, bajo la luz de la luna distinguió la cicatriz en su mano: entre los dedos pulgar e índice, justo donde ella le había mordido la noche en que la tiró por el acantilado.

Ofelia sintió que sus pies flotaban elevándose sobre la tierra consagrada del cementerio. Abrió la boca para gritar, pero alguien le había robado la voz y la había reemplazado por otra, una voz masculina y familiar que gritó:

—¡Monstruo. Vuelve al mar!

El hombre sin rostro se volvió hacia ella, alarmado por su presencia. Ofelia dio un paso hacia él, pero cuando dejó atrás el mausoleo de piedra, él ya había desaparecido entre los restos de la noche. Igualmente corrió hasta la lápida donde le había visto parado con la esperanza de descubrir en qué dirección se alejaba, pero al llegar no vio a nadie, solo escuchó sus propios pasos retumbando entre las piedras silenciosas y su aliento acelerado por la carrera.

Tenía que ser algo importante para que el hombre sin rostro se hubiera atrevido a salir de su escondite y arriesgarse a visitar el cementerio. Ofelia leyó el nombre tallado en la lápida, pero tuvo que leerlo dos veces más para asegurarse.

Era la tumba de Devon Morgan.

Sus dedos, cubiertos de cortes y manchados de barro de su paseo por el bosque, recorrieron las letras en la tumba casi como si tuviera miedo de olvidarlo. En el cielo despejado y frío de primavera las estrellas titilaban, las miró un momento y cerró los ojos. Antes de quedarse dormida pensó en qué motivo habría empujado al hombre sin rostro a visitar la tumba del abuelo de los Morgan.

Ofelia se despertó en el cementerio. Había pasado la noche allí, hecha un ovillo contra la lápida de Devon Morgan en un intento por protegerse del frío. Se llevó las manos entumecidas a la mejilla y palpó la sangre seca justo donde la rama del pino la había cortado. No había sido un sueño. Había salido de la casa de las Amara caminando en sueños en plena noche, atravesando el bosque, las colinas suaves y el prado para llegar hasta el cementerio.

Tambaleándose, se levantó del suelo helado. Notaba las piernas agarrotadas y doloridas. Se miró los pies y los descubrió manchados de barro y medio ocultos por las hojitas y las agujas de pino que se le habían pegado durante su paseo nocturno.

Empezaba a amanecer y las primeras luces iluminaban el horizonte. Sabía que debía marcharse del cementerio antes de que alguien la viera allí y terminara de empeorar las cosas. Pero antes de alejarse cojeando hacia el prado, echó un último vistazo al nombre tallado en la lápida:

DEVON MORGAN
Hombre de mar, querido padre y abuelo
Tu legado sigue vivo
1832-1901

Cuando regresó a la casa, Anastasia y Claudia aún dormían. Eso era bueno, no tendría que enfrentarse a la furia de Anastasia ni tampoco a sus preguntas.

Cerró la puerta principal con cuidado de no hacer mucho ruido y caminó de puntillas por el largo y tenebroso pasillo hacia la escalera, rezando para que la madera del suelo no crujiera bajo sus pies. Mientras avanzaba por el descansillo le pareció oír un murmullo, de nuevo era una voz de hombre, pero decidió que su imaginación ya la había castigado suficiente por una noche y subió rápidamente a su habitación para asearse e intentar dormir un par de horas. Antes de quedarse dormida, Ofelia se aseguró de atrancar la puerta del dormitorio por dentro como hacía cada noche desde que Anastasia le cortó los pies.

EL SALVAVIDAS

Esa tarde Anastasia y Claudia Amara habían salido para hacer algunos recados y, de paso, comprobar el ánimo entre sus vecinos después de que Ofelia inundara la casa de los Laguna. Habían intentado que ella las acompañara en su paseo para aparentar normalidad, pero, según les había dicho, le dolía mucho la cabeza y prefería quedarse tumbada a oscuras en su habitación. Ninguna de las dos le preguntó por el arañazo reciente de su mejilla.

—Ya sabes cuánto odio salir de esta casa si no es necesario, pero no tengo más remedio —se había lamentado Anastasia, mientras su hija la ayudaba a colocarse un sombrero rígido de terciopelo y raso para protegerse del sol que asomaba tímido detrás de las nubes—. Después de la que ha organizado esa ingrata, tenemos que asegurarnos de que nadie en este pueblo empieza a hacer preguntas sobre nosotras. Y dicen que todo por un chico... Hay cosas que no cambian.

—No creo que sea tan terrible que le guste un muchacho. Después de todo, Ofelia ya tiene edad de sobra para casarse y sin embargo sigue trabajando gratis para nosotras en la casa cuando podría estar ocupándose de criar a sus propios hijos. Es una mujer muy hermosa y llama mucho la atención entre los muchachos del pueblo; algún problema más de chicos nos causará, seguro.

Anastasia la había mirado desde el espejo con ojos fríos; se quitó el alfiler de plata y hueso que mantenía su pelo en un recogido en su nuca, su larga melena plateada cayó suelta hasta más abajo de su pecho. Le sujetó una mano a su hija con fuerza contra la superficie de cerezo del tocador y colocó el alfiler contra la parte interior de su muñeca, justo sobre la fina piel bajo la que palpitaban sus venas.

—¿Problemas de chicos? —Apretó el extremo afilado del alfiler contra su piel hasta que asomó una pequeña gota de sangre—. ¿De verdad tengo que recordarte lo que sucedió la última vez que en esta familia tuvimos problemas de chicos?

—No, ya me acuerdo. Gracias, madre.

Claudia se había cubierto la pequeña herida en su muñeca con una gasa antes de salir aquella tarde para acompañar a su madre.

El sol brillaba en el cielo, pero la lluvia y la crecida de la ría de los últimos días habían dejado un reguero de objetos misteriosos, abandonados y sucios: grandes ramas de los árboles que crecían en las colinas circundantes, el remo partido en dos de una *txalupa*, algunos zapatos olvidados en las entradas de las casas e incluso algo que parecía el paragüero de bronce perdido de los Laguna. Desde los miradores acristalados en las fachadas algunos vecinos estudiaban con desconfianza la ría que aún bajaba crecida y revuelta. Algunos se atrevieron a salir a pasear aprovechando la tregua de la lluvia y se asomaban a los puentes sobre la ría para ver la colección de objetos extraños que flotaban en el agua.

—Solo nos falta hacer los encargos de las semillas para el jardín donde los Irizar, hay que renovar los pensamientos del lado sur de la casa después de tanta lluvia —recordó Claudia—. Sé cuánto le gustan, madre.

—Los pensamientos son flores comunes, débiles y terriblemente caprichosas.

Claudia frunció los labios al escuchar su respuesta, sabía bien que Anastasia no se refería solo a los pensamientos.

Habían dejado atrás la segunda de las dos iglesias del pueblo y la mayoría de las tabernas, caminaban despacio por la calle paralela a la ría en dirección a la playa, pero un revuelo de voces las hizo detenerse antes de llegar al embarcadero.

—¡Vamos! ¡Ten cuidado de no soltarle, no sea que tengamos que acabar pescándole a él también! —gritó una de las voces.

Un grupo de vecinos estaba asomado sobre el muro del puente intentando atrapar algo que la corriente había arrastrado. Uno de los hombres sujetaba el bichero.

—No me gusta ese revuelo, ve a averiguar qué pasa ahí —le ordenó Anastasia.

Con cuidado para que su bastón no resbalara en el empedrado del suelo, Claudia caminó hasta el corro de personas que se agolpaban sobre el puente. Desde donde ella estaba no podía ver qué era lo que habían sacado de la ría, pero sí escuchó el silencio que golpeó a todos los presentes igual que el primer rayo que corta el horizonte antes de una tormenta.

—No puede ser... Es imposible —mascullaba uno de los hombres.

Algunos de los vecinos se quitaron la gorra y la apretaron contra el pecho en señal de respeto; otros se santiguaron como si un fantasma hubiera cruzado el puente. El hombre que había pescado el objeto con ayuda del garfio largo lo dejó caer al suelo, y los demás se apartaron formando un círculo alrededor.

—Es un...

—Sí, lo es. No es obligatorio llevarlo y a muchos patrones les da igual, pero el patrón Morgan conocía bien estas aguas y mandaba que cada uno de sus vapores tuviera cuatro aros salvavidas a bordo —dijo uno de los hombres estrujando su gorra con nerviosismo—. Todos con el nombre del vapor escrito en letras bien grandes en el frente.

Claudia se acercó un poco más aprovechando el terror que ese objeto misterioso parecía infundir en sus vecinos. Entonces lo vio: era un aro salvavidas con una única palabra escrita: *Annabelle.*

—Pero ¿cómo es posible que esto aparezca ahora? Han pasado meses desde que el vapor se hundió. La tempestad de aquella noche fue tan terrible que del pesquero no quedó ni un mísero tablón que salvar. Y ahora encontramos esto, precisamente cuando faltan pocos meses para que se cumpla el aniversario del naufragio; es un mal presagio...

—Déjate de presagios —replicó uno de los hombres—. Habrá estado todo este tiempo por ahí perdido y la lluvia de las últimas semanas ha terminado por arrastrarlo a la ría. Estas cosas son casi indestructibles y están hechas para flotar, por eso siempre vuelven a salir a la superficie.

—Verlo es como ver un espectro.

—No digas tonterías, Fermín, solo es un flotador de corcho y un poco de goma. Habrá llegado flotando hasta aquí por casualidad —le recriminó otro—. ¿Qué es eso que tiene en el frente? Eso que atraviesa las letras.

Todos se inclinaron para verlo mejor. Un tajo irregular recorría el frente del salvavidas, justo sobre la palabra *Annabelle*.

—Sí, ahora lo veo. Parece...

—Es un corte. —Todos los ojos se volvieron hacia Claudia, que dio un paso decidido hacia el salvavidas—. Es la marca que deja un corte hecho con un cuchillo o una navaja.

Un murmullo bajo recorrió el grupo de curiosos. Era imposible ignorar el corte en el corcho, igual que una cicatriz. En la mente de todos los presentes empezó a formarse la misma idea, golpeteando sin piedad como el agua de una gotera contra el suelo: la certeza de que ese salvavidas arrastraba con él algo oscuro de vuelta a la superficie. Un secreto.

—¿No contaban que hubo una pelea a bordo del *Annabelle*, antes de la galerna de aquella tarde? Por eso no consiguieron regresar a tiempo a puerto como los demás barcos y por eso se hundieron. Si la disputa subió de tono, puede que alguno de los hombres intentara apuñalar a otro; eso explicaría ese corte.

Anastasia se acercó por fin para comprobar por qué su hija tardaba tanto en volver y dio un respingo dentro de su vestido cuando vio el aro salvavidas en el suelo.

—Puede que sea el salvavidas que utilizó Diego Armariz, el fogonero, para no ahogarse —sugirió ella—. Recuerdo que el pobre hombre pasó más de dos días aferrado a una roca junto al acantilado antes de que lo rescataran.

—No. Yo iba a bordo de la barca que lo encontró, no había ningún salvavidas cerca y Diego nunca mencionó uno. Pero sí habló de esa pelea en el vapor antes de que el golpe de mar les abriera un boquete en el casco. Nos contó esa historia cuando le sacamos del agua y después la repitió en la taberna de los Azkona; pero nunca dijo una palabra acerca de un salvavidas —recordó el marinero que lo había sacado del agua—. Esa marca prueba que Diego no había perdido completamente la razón: hubo una pelea a bordo del barco antes de la tempestad. El patrón Morgan y uno de sus hombres llegaron a las manos.

—Eso no prueba nada —se apresuró a decir Anastasia con el mismo tono firme que usaba siempre—. Armariz perdió el juicio cuando sucedió lo del *Annabelle*, no volvió a ser el mismo después de aquello. Solo decía tonterías a quien se ofreciera a pagarle un par de vinos.

Diego Armariz había muerto algunos meses atrás. En lo más oscuro de aquel invierno pasó un cabo sobre una de las vigas de madera del tejado de su casa y se ahorcó sobre la mesa de la cocina. Su hijo mayor lo encontró. Antes de eso, Diego caminaba por las calles del pueblo con la mirada perdida para siempre, murmurando historias sobre sirenas y monstruos marinos a cualquiera que quisiera escucharle. Nunca se recuperó del naufragio en el que murieron tantos hombres, ni tampoco del infierno que vivió los días posteriores al hundimiento del *Annabelle*, aferrado a una roca resistiendo las embestidas de las olas hasta que le rescataron.

—Aquel día enterramos tres ataúdes vacíos en honor a los hombres que iban a bordo del *Annabelle*, pero cuyos cuerpos no pudimos encontrar, y dimos sepultura a los cuerpos de los hombres que sí conseguimos recuperar del mar, incluido el patrón Morgan. Ustedes mismas lo adecentaron en su funeraria para el entierro, yo lo vi con mis propios ojos. Pero esto...

—Bobadas —le cortó Anastasia con un gesto de desprecio—. Ese maldito flotador no demuestra nada. Nada.

—No, señora Amara —repuso él—. Verá, usted sabrá mucho sobre arreglar a los muertos, organizar velatorios o decidir qué flores van mejor para los funerales, pero yo lo sé todo acerca del mar, y solo hay un motivo para que esa cosa haya aparecido otra vez después de tantos meses: se utilizó para escapar del *Annabelle* antes de que se hundiera. Alguien más aparte de Diego Armariz sobrevivió al naufragio.

1880

Cora se acomoda entre la montaña de mantas del rincón. Después de meses allí, en su cárcel particular, su cuerpo parece haberse acostumbrado al frío de la cueva y ya nunca tiembla, pero aún le gusta la sensación de envolverse entre las mantas mullidas y suaves que él le ha ido llevando en este tiempo. Hace ya un rato que se ha terminado el pan con queso, pero todavía queda algo de vino en la jarrita. Él se retrasa, algo raro porque sabe lo mucho que Cora se aburre, sola día y noche en esa cueva.

Cora Amara siempre ha sido de esas chicas que necesitan sentirse queridas, admiradas por alguien constantemente para no marchitarse. Una flor más o menos común, pero necesitada de grandes dosis de atención. O eso es al menos lo que su madre le ha repetido desde niña.

«La belleza es una carga pesada porque las mujeres sentirán celos de ti y los hombres querrán que los ames o que les perdones sus pecados, querrán que los salves. Te buscarán durante toda tu vida, Cora. De joven yo era como tú, pero con los años aprendí a ser como todo el mundo para poder sobrevivir: a ser normal. A disimular —solía decirle su madre sentada frente al tocador de su dormitorio, mientras ella le peinaba su larga melena del mismo color que el sol—. Fíjate en tu hermana Claudia, porque ella jamás tendrá ese problema: la pobre no puede ser más normal. No hay nada excepcional en ella.»

A su madre nunca le importó que Claudia también estuviera escuchando: lo único que le importaba a Anastasia Amara era evitar que su hija pequeña llamara la atención de algún muchacho que cayera rendido a sus pies con cicatrices y que ella le correspondiera. Para evitar ese destino tan terrible, procuraba mantener a su hija encerrada en la casa sobre la colina tanto como podía. Sí, esa cueva no era la primera cárcel de Cora Amara.

Por fin oye su barquita fuera, conoce bien el sonido del casco de madera chocando contra la pared de piedra del acantilado. Cora le da un traguito al vino y se coloca el pelo lo mejor que puede detrás de las orejas, mientras escucha el eco de sus pasos en las paredes de roca a medida que él se acerca.

—Lamento haber tardado, pero la mar estaba muy picada hoy y además he tenido que resolver un asunto urgente en tierra antes de salir —se disculpa él—. ¿Cómo te encuentras?

—Un poco aburrida —admite con una sonrisa suave—. Y la mente trabaja deprisa cuando una se aburre, me lleva a recuerdos que prefiero olvidar.

—¿Recuerdos sobre tu madre?

Ella asiente.

—No te preocupes por eso, los recuerdos venenosos irán desapareciendo con el tiempo y su veneno será menos letal cada vez. Te lo prometo, y ya sabes que ahora yo cuido de ti, jamás te mentiría.

No le cree, pero Cora asiente otra vez y da unos golpecitos en las mantas.

—Ven, siéntate a mi lado, por favor. Y cuéntame una de tus historias sobre pescadores, marineros y sirenas que embrujan a los hombres hasta hacerles perder la razón.

—Se me ocurre otra cosa —empieza a decir él disfrutando de la mirada expectante en los ojos de Cora—. ¿Qué tal si hoy me cuentas tú una historia? Todavía no me has contado cómo te hiciste eso en el brazo.

—¿La fractura abierta? No lo recuerdo, me desperté con el brazo así, ya lo sabes. Tú estabas aquí conmigo cuando recuperé la consciencia.

—No hablo de la fractura, Cora. —Hay una ligera nota de

impaciencia en su voz. A él le disgusta que ella no sea siempre perfecta, como lo era en su imaginación antes de todo, antes de la cueva y lo demás. No soporta que no cumpla con sus expectativas a la primera—. Las marcas en la piel de tu brazo parecen las escamas de una de las sirenas de mis historias y aún no me has dado una explicación sobre ellas. ¿Qué son?

Todavía sorprendida por el cambio repentino en su tono de voz, Cora se mira la piel del brazo izquierdo.

—Es verdad que parecen escamas —admite sin atreverse a mirarle a los ojos—. Pero te prometo que no lo son, ni eso ni nada parecido; son cicatrices: mi madre me las hizo cuando yo solo era una niña.

—¿Tu madre?

Hace meses que él le ha cortado la manga izquierda de su vestido para hacerle las curas de su fractura abierta, así que Cora entierra el brazo debajo de las mantas para dejar de ver las extrañas cicatrices.

—Sí, ella me quemó el brazo cuando yo tenía seis años. No recuerdo bien los detalles, solo recuerdo el dolor.

—Lo siento. ¿Y qué fue lo que hiciste? Algo tuviste que hacer para que ella hiciera semejante cosa.

—Bueno... Todo empezó porque se me ocurrió coger algo de su tocador: el alfiler de plata que usaba para sujetarse el pelo. No tenía permiso para tocarlo, así que cuando lo descubrió madre me mandó ir a la salita para merendar con ella y Claudia. Recuerdo que bajé la escalera de la casa muy confiada, convencida de que no había descubierto mi travesura, pero cuando llegué a la salita no había sándwiches de crema, ni galletas sobre la mesita, ni pastas de té. Madre estaba de pie frente a la chimenea encendida y Claudia lloraba en un rincón. Me dijo que sabía lo que había hecho porque Claudia se lo había confesado entre lágrimas, así que me cogió el brazo y me obligó a meterlo en la chimenea encendida. La manga de mi vestido se derritió con el calor y los bordados de la tela quedaron marcados en la piel.

Despacio, él aparta un par de mantas para verle mejor el brazo.

—Qué historia tan espantosa —murmura al tiempo que recorre con las yemas de los dedos los dibujos grabados en su piel—. Tu madre es una mujer terrible.

—Lo es —acepta Cora sin disimular el estremecimiento que le provoca su caricia—. Pero ese día aprendí a no tocar sus cosas.

—Bueno, ya no tendrás que preocuparte más por eso. Anastasia Amara nunca volverá a hacerte daño —le promete él.

Cora es frágil otra vez, de modo que la voz de él ya ha recuperado su habitual tono afable.

Después se inclina despacio sobre ella y la besa en los labios.

HALLAZGOS

—

Ulises estaba tumbado en la cama de su madre. Le habían instalado en el dormitorio de Penélope para que pudiera descansar mejor y terminara de recuperarse. La habitación de Penélope Morgan era la más espaciosa y soleada de toda la casa: tenía una cama enorme con un dosel de brocados que suavizaba el paso de los rayos de sol por la mañana, una inmensa cómoda blanca con los tiradores de cristal tallados, una preciosa descalzadora tapizada con terciopelo gris perla y un tocador donde colocaba con esmero sus botes de perfume, el bálsamo con color hecho con cera de abeja para los labios o sus polvos para la cara, además de su elegante juego de plata de tocador con su cepillo de cerdas finas de jabalí.

Silvestre y el doctor Leguina, que llegó desde Lekeitio para examinarle la herida de la cabeza, decidieron que Ulises debía descansar en el dormitorio de su madre para que la orientación sur y los rayos del sol lo ayudaran a recuperar las fuerzas. Ahora Penélope estaba instalada en la habitación para invitados que había en el primer piso —mucho más pequeña y oscura—, pero su ropa, su juego de tocador, sus joyas o las novelitas de detectives que leía a escondidas impresas en papel barato aún estaban en su dormitorio, de modo que Ulises se sentía un completo extraño en el reino de su madre.

Desde la gran cama donde estaba tumbado, veía la puerta del dormitorio y un tramo del pasillo del segundo piso. Había necesitado ocho puntos de sutura en total y su madre le cambiaba la gasa que cubría la herida cada noche. El corte de la cabeza le dolía cada vez que hablaba o se movía, pero el doctor

Leguina le había asegurado que «la herida se cerrará por sí misma en una semana y no dejará secuelas visibles aparte de una pequeña cicatriz que se volverá más clara con el paso del tiempo».

Oyó los pasos ágiles de Dylan en el pasillo y un momento después su hermano apareció en la puerta del dormitorio.

—¿Cómo te encuentras hoy, enano? Tienes mejor cara, desde luego ya no pareces un muerto viviente como cuando la partera te cosió de urgencia.

Ulises puso los ojos en blanco, pero se arrepintió en cuanto sintió la descarga de dolor recorriendo su cuerpo.

La noche en que los amigos de Lorenzo le empujaron por el muro del puerto no había ningún doctor cerca, así que Helena Laguna subió sola las colinas hasta el barrio de San Bartolomé —a pesar de ser noche cerrada— para ir a buscar a la partera que vivía sola en un viejo *baserri* apartado, para que le cosiera la herida y le diera los primeros auxilios.

—Me siento algo mejor, pero me aburro un poco todo el día aquí tirado sin trabajar, no sé cómo lo soportas tú.

Dylan le dedicó una sonrisa indulgente.

—Sí, ya, muy divertido. Me alegra ver que el golpe en la cabeza no ha terminado con tu penoso sentido del humor.

—Bueno, si al final consigo esa beca para estudiar Finanzas en Bilbao, ya no me aburriré más. Estaré demasiado ocupado para preocuparme por los asuntos del negocio y de la familia.

A Dylan le sorprendió el tono distante de su hermano al hablar de la empresa: normalmente eso era lo único que existía en el mundo para Ulises. Pero supuso que sería solo por el agotamiento y el golpe.

—¿Y cuándo se supone que sabrás algo seguro?

—La próxima semana debería llegarme la carta con la confirmación.

Los dos hermanos se quedaron en silencio un momento. Ambos sabían que esa carta certificada significaría el fin del delicado equilibrio que mantenían desde que Ofelia apareció en su playa secreta. El triángulo perfecto que formaban los tres perdería uno de sus lados.

—Eso si es que en esa universidad de Bilbao te aceptan —dijo con desdén.

Ulises le miró desde la cama, dolido.

—¿No puedes alegrarte por mí? ¿Ni siquiera después de lo que ha pasado? ¿Sabes que solo conceden dos becas cada curso entre los cientos de estudiantes que la solicitan? Solo dos, y yo ya estoy entre los preseleccionados. Tú no tienes ni idea de los sacrificios que hay que hacer para lograr algo semejante, de lo mucho que tienes que estudiar, hay que luchar para ser el mejor.

—No, no lo sé. Yo nunca jamás he sido el mejor en nada.

—Exacto. No lo sabes porque a ti todo te da igual, Dylan. A ti solo te importa que nuestro padre me escogió, él me puso al mando: estás amarrado en ese día, sientes rabia contra ti mismo, contra padre y también contra mí. Y esa rabia hace que seas incapaz de alegrarte por mí.

—Claro que sí, enano. Yo no sé nada sobre el sacrificio.

—Bueno, yo soy el que tiene la herida en la cabeza. ¿Dónde estabas tú mientras esos tres atacaban a Ofelia? Ah, sí: estabas muy ocupado bailando con Helena Laguna. ¿Por qué no admites de una vez que estás furioso porque padre me escogió a mí? Siento que eso acabara con tus planes de futuro, pero...

—Él no te escogió —le cortó Dylan—. Él nunca te escogió, tú eres su segunda opción, su única opción después de que yo lo estropeara todo, solo por eso ahora tú estás al mando. No dejes que él te convenza de lo contrario: a nuestro padre se le da bien ocultar sus verdaderos motivos.

Ulises le miró desde la cama.

—Vaya, realmente eres capaz de decir cualquier cosa para intentar perjudicarme, a mí y todo por lo que hemos trabajado. No sé qué diría el abuelo Devon si te viera actuar así, tratando de destruir su legado.

Dylan le dedicó una media sonrisa llena de intención.

—Diría que yo tengo razón y que tú eres un idiota encantado de dejarse manipular por padre.

—Sé que el otro día nos seguiste hasta Bermeo. A padre y a mí. Te vi.

Dylan notó la boca seca de repente.

—No sé de qué hablas.

—Ya, seguro que no. —Ulises sonrió satisfecho al ver que le había descubierto en una mentira—. Siempre se te ha dado fatal mentir, no sabes disimular.

—Tienes razón, de nosotros dos tú eres el que sabe mentir. Ya me he dado cuenta.

La expresión de Ulises cambió de repente, estaba a punto de responder, pero los dos oyeron los pasos decididos de su padre subiendo la escalera.

—Estáis los dos aquí, perfecto. Así esto será más rápido. —Silvestre Morgan presumía de ser un hombre directo, poco acostumbrado a dar rodeos o a suavizar las cosas, tanto en los negocios como con los asuntos de familia—. Después de lo que ha pasado, está claro que Ulises no es tan maduro ni tan cauto como yo pensaba. Sé bien que no ha sido culpa tuya, pero deberías haber sido capaz de manejar la situación de otra manera, hace falta mucha mano izquierda para ser el jefe y poner en su sitio a los hombres que están por debajo de ti, y tú no supiste hacerlo. No te respetan, ni siquiera esos tres perdedores. A tu hermano nunca le habrían levantado la mano. Esperaba más de ti, sobre todo después del tiempo que he pasado enseñándote y preparándote.

Ulises abrió la boca para defenderse, pero su padre alzó la mano y él guardó silencio.

—Seguirás encargándote de todos los asuntos relacionados con la empresa, el negocio y el legado familiar de los Morgan, es tu derecho y la labor para la que te he formado todo este tiempo —añadió Silvestre—. Pero lo que sucedió la noche de la fiesta me ha hecho comprender que en nuestra empresa también necesitamos a alguien que conozca el mar y que sepa mandar sobre los demás hombres, aunque estos le superen en número o sean más mayores. Dylan, siempre he creído que tu amor por el mar, tu ímpetu y tu deseo de aventura son tu mayor debilidad...

—¡Vaya! Gracias, padre —dijo con sarcasmo.

—Sin embargo, lo que hiciste salvando a esa muchacha de

morir ahogada fue valiente y generoso, las dos cualidades que debe tener un buen capitán —añadió ignorando su comentario—. Yo estaba equivocado con respecto a ti, Dylan.

Silvestre Morgan nunca jamás se equivocaba. Esa era la máxima de su vida y de su manera de llevar los negocios, porque si admitía alguna equivocación eso quería decir que podía volver a suceder, y entonces alguien podría poner en entredicho sus decisiones, por ejemplo, su hijo mayor. Por eso Silvestre nunca jamás se equivocaba.

—Tu hermano Ulises seguirá siendo mi único aprendiz y futuro administrador de Vapores Morgan e Hijos. Confío en él para dirigir la empresa y mantener vivo el legado de nuestra familia, eso no ha cambiado. Pero quiero que tú seas el patrón del *Penélope* para lo que resta de esta temporada de pesca y también para la siguiente. Mañana mismo se lo comunicaré al actual patrón y al resto de los hombres, esa es mi decisión. —Silvestre se subió las gafas con el dedo y le miró a los ojos por primera vez en mucho tiempo—. No me decepciones otra vez, Dylan. Esta es la última oportunidad que te regalo.

Y sin molestarse en escuchar las réplicas de sus hijos, salió del dormitorio de su esposa para volver a encerrarse en las oficinas de la empresa.

—Felicidades, supongo —dijo Ulises desde la cama cuando estuvieron solos otra vez—. Es un trabajo peligroso, pero pasar de mecánico a patrón del *Penélope* es también un buen salto; menudo ascenso. Aunque se acabó perder el tiempo en las tabernas: ahora tendrás que empezar a madrugar y a trabajar de verdad...

Los dos hermanos se rieron en voz baja.

—Sí, es curioso —respondió Dylan serio ahora—. Pensé que nuestro padre nunca me perdonaría o volvería a confiar en mí para los asuntos de la empresa.

—¿Lo ves? Ya te he dicho que padre no es tan fiero como tú lo pintas.

Pero una idea había empezado a crecer en la mente de Dylan, echando raíces hasta lo más profundo de su corazón: su padre quería tenerle cerca para poder vigilarlo. Puede que él también supiera que los había seguido hasta Bermeo.

—Tú mejórate, yo voy a salir a celebrarlo por ahí —le dijo a Ulises, pero ya no sonreía.

Dio un paso hacia la puerta del dormitorio.

—Dylan, espera —le llamó Ulises, mientras se recostaba contra los almohadones a su espalda—. Me aburro terriblemente aquí todo el día; ¿puedes alcanzarme alguna de las novelas que lee madre para matar el rato? Creo que las esconde en el primer cajón de su cómoda.

Dylan abrió el cajón y el olor familiar y querido de su madre llenó el aire un instante. Rebuscó debajo de los pañuelos de seda y los guantes de invierno de piel fina de cabritilla cuidadosamente doblados hasta que sus dedos rozaron las tapas de un libro. Lo sacó y reconoció una de aquellas novelas de detectives publicadas por entregas que tanto solían gustarle. Acarició las tapas manoseadas y las páginas un instante más de lo necesario: la época en la que él compraba y leía esas novelas ahora le pareció lejana, como si hubiera sucedido en un sueño.

—Puedes coger otra para ti del cajón —le ofreció Ulises cuando Dylan se la tendió—, no se lo contaré a padre, y dudo que madre la eche de menos.

—Esa época ya pasó.

Volvió a colocar bien los pañuelos y los guantes de su madre, pero entonces sus dedos rozaron las cubiertas de otro libro. No se parecía a las tapas baratas de las novelitas que tan bien conocía. El misterioso libro estaba al fondo del cajón, oculto bajo un pañuelo de seda de color azul que su madre casi nunca se ponía. Cuando lo levantó vio que era en realidad un diario. Junto al diario, una llave de aspecto antiguo —seguramente perteneciente al portón de alguna de las casas más viejas del pueblo—, un monedero de mujer y un pequeño joyero de cristal con algo dentro: botones de varios tamaños y colores. Pero fue la palabra escrita a mano en la cubierta del diario lo que llamó su atención: «Ofelia».

Era el diario de Katixa; el mismo donde anotaba cada recuerdo, teoría y nueva pista sobre el enigmático pasado de Ofelia y su conexión con las demás chicas desaparecidas. El mismo diario que le robaron la noche que la atacaron en el puente de piedra.

—¿Todo bien, Dylan? —preguntó su hermano desde la cama.

Él miró el diario oculto entre las cosas de su madre un momento más, casi como si quisiera cerciorarse de que era un objeto real y no parte de una pesadilla.

—Todo bien, enano —respondió entre dientes.

Cerró el cajón de golpe y salió del dormitorio de su madre.

EL RESULTADO DE NUESTRO NOMBRE

La tarde en que Ulises Morgan se marchó de Ea, el cielo estaba salpicado de nubes blancas y algodonosas que volaban deprisa sobre la cala de Natxitua, su querida playa secreta, el lugar en que seguramente habían sido niños por última vez. Ulises sabía que, durante los largos días solitarios que le aguardaban en Bilbao, añoraría esa cala rocosa donde siempre soplaba el viento, pero también sabía en el fondo de su corazón que alejarse de Ea, de su familia, de la empresa y de Ofelia sería bueno para él.

El verano había terminado. Ya podía sentirse en el aire que llegaba desde el bosque que rodeaba la cala el olor fresco de los árboles, o la tierra húmeda revuelta por la lluvia.

Ulises había recibido la carta oficial con la confirmación una semana antes, en un sobre de papel grueso con el elegante membrete de la universidad. Había sido la misma mañana en que el doctor Leguina fue a casa para hacerle la última cura y quitarle los puntos de su herida en la cabeza. La carta había temblado entre sus dedos mientras la leía con la boca seca, dos veces para estar seguro.

Los tres habían ido a su playa para despedirse. Parecía lo más lógico despedirse en el lugar donde todo comenzó, de pie junto a la orilla, no muy lejos de donde se vieron por primera vez.

—¿Así que ya está? Es definitivo. Te vas a estudiar a Bilbao y nos dejas.

Ofelia notaba un nudo en la garganta. Había temido ese momento desde hacía meses: el momento de despedirse de

Ulises. Ahora que estaba sucediendo se sentía igual de perdida que cuando era una chica sin nombre, sin memoria y sin voz.

—No os dejo. —Ulises le cogió las manos, su pulgar dibujó círculos invisibles en el dorso frío de su mano—. Solo serán un par de años, nada más, y después de eso ya no tendré que volver a marcharme nunca más. Me quedaré para siempre aquí, contigo. Con los dos.

Ofelia quería protestar, trató de mirarle fijamente a los ojos y decirle que no tenía derecho a abandonarla: en esa misma playa los tres habían prometido estar juntos para siempre, y ahora Ulises estaba rompiendo no solo su promesa al marcharse, sino también su corazón.

—Entiéndelo, es por el futuro de la empresa, por nuestro legado, pero también lo hago por este pueblo y por todas las familias que dependen de nosotros para sobrevivir y de este modo de vida que tanto amamos: el mar, los barcos, nuestra playa. No durará para siempre —añadió con una sonrisa de disculpa—. El mundo está cambiando muy deprisa: formarme y estudiar hará que sea un mejor gerente cuando esté al mando de la compañía, seré mejor para este pueblo y para todos los que vivimos de la pesca o del mar. Cada vez tenemos más competencia ahí fuera y el mar es más pequeño cada día, Ofelia. Tenemos que pensar en el futuro o nosotros también terminaremos por desaparecer.

—Me da igual. Yo no quiero que seas mejor, ya eres bueno —murmuró ella mirando sus manos unidas.

—No. —Colocó su frente contra la de ella y cerró los ojos con fuerza—. Tengo que ser mejor, por ti, por todos...

Ella no supo si sus palabras eran una promesa o un pesar.

Detrás de él, Dylan estaba de pie con los brazos cruzados y la mirada perdida en el horizonte. Años atrás —en otra vida— habría llorado a escondidas al enterarse de que su hermano pequeño se marchaba, pero ese tiempo se le antojaba ahora lejano y brumoso como si hubiera sucedido en un sueño.

—Hablas como padre —dijo entre dientes—. El futuro, «el legado de los Morgan». Eso son solo tonterías con las que te ha llenado la cabeza. Es tu vida, puedes escoger. Vívela como prefieras.

—Y esto es lo que escojo.

Ulises ya tenía el equipaje preparado amontonado en el majestuoso vestíbulo de casa, los elegantes baúles de viaje de su madre llenos con sus libros, apuntes, cuadernos, ropa, zapatos y todo lo demás le esperaban apilados en la pared. Esa misma tarde saldría para Bilbao, así lo había dispuesto su padre, que había insistido en que debía acostumbrarse a la vida en la ciudad y a la facultad cuanto antes para que el resto de sus compañeros no le vieran como un simple pueblerino, sino como el futuro gerente de una de las empresas navieras más importantes del Cantábrico. Para conseguirlo, Ulises debía dejar atrás todo lo que le ataba a su vida en un pueblo costero; tenía que despedirse del salitre en el aire, del murmullo de la ría y de los bosques de alrededor, de las gotas frías que las olas dejaban en su rostro y de la espuma de mar. Y de Ofelia.

—Pero si te vas... Si te vas, sé que al final te olvidarás de mí.

Se sintió mal por decirlo, por atreverse a recriminarle algo así en su despedida, pero no le importó, ni siquiera cuando vio la expresión dolida de Dylan detrás de su hermano. Le apretó las manos un poco más fuerte, como si tuviera miedo de que él desapareciera allí mismo, frente a sus ojos.

—Yo nunca me olvidaré de ti, nunca. Y volveré aquí siempre que pueda y en todas las fiestas de guardar. Te escribiré cartas y nos seguiremos viendo. Todo irá bien, ya lo verás. Esto es algo bueno para todos. Ofelia... —Ulises se soltó y le acarició la mejilla—. Si realmente somos el resultado de nuestro nombre, no podías llamarte de otro modo: Ofelia, la trágica ninfa acuática siempre rodeada de flores y de muerte, la chica ahogada. Mi sirena...

—Algunas veces de verdad me gustaría poder olvidarme de ti. No recordar nada de esta vida tampoco —confesó sin mirarle.

—Te prometo que yo no me olvidaré de ti. No te olvides tú de mí.

Ulises la abrazó haciendo que sus pies se despegaran del suelo un instante, Dylan los abrazó a los dos en silencio y los tres permanecieron así unos segundos mientras las olas que lamían la orilla se acercaban a ellos cada vez más. Ulises le dio un beso en la frente, se separó y se alejó caminando hacia la línea de árboles.

Ofelia pensó en correr detrás de él: era más rápida y ágil, sabía que podía sorprenderle por la espalda, hacerle caer al suelo y abrazarlo para no dejarle marchar nunca. Pero en vez de eso se quedó allí de pie en la playa secreta de los Morgan —que era también suya por derecho—, junto a Dylan con las olas rompiendo a su espalda y viendo cómo Ulises se alejaba hacia el camino.

—¡Ofelia también es la protagonista de una tragedia! —le gritó ella, pero Ulises ya se había perdido entre los altísimos árboles de color verde esmeralda.

NADIE BUSCA A UN MUERTO

Había pasado casi un mes desde la marcha de Ulises a Bilbao y en ese tiempo Ofelia había intentado mantenerse ocupada con pequeñas tareas —como estudiar o leer novelas— o pasear por el bosque de pinos y robles que se extendía alrededor de la finca de las Amara. Había descubierto que le gustaba caminar entre los árboles sintiendo el frescor de la vegetación en el rostro y el sol discreto de otoño que se colaba entre las ramas sobre su piel. Solía caminar hasta el final de la colina, donde los árboles dejaban paso a las hierbas altas y salvajes, capaces de resistir las ráfagas de viento del norte que soplaba desde el mar.

También pasaba más tiempo con Claudia. Ella le estaba enseñando a preparar un cuerpo para embalsamarlo: a sustituir la sangre y los líquidos del difunto por una mezcla de formaldehído, agua y otros productos químicos a través de una incisión encima de la clavícula y a bombear la mezcla con una cánula. Desde hacía un par de semanas también salía a tomar algunas fotografías del jardín y del perfil afilado de la mansión. Le fascinaba el modo en que el tejado rojo de la casa cortaba el cielo de color azul.

«El resultado de nuestro nombre.» Por algún motivo, no dejaba de pensar en esas palabras de Ulises.

Ofelia regresó dos veces al cementerio buscando al hombre sin rostro. Esperaba descubrirlo de pie frente a la tumba de Devon Morgan igual que aquella madrugada en su sueño. Las dos veces caminó hasta el camposanto antes del amanecer, pero no había vuelto a verle, ni siquiera en sueños.

Mientras dormía, Ofelia nadaba bajo la superficie del agua sin tener que salir a respirar hasta que la voz de ese hombre se colaba en sus sueños y la sujetaba por el tobillo con una cadena invisible que la retenía en el fondo, impidiéndole regresar a la superficie. En el ensueño, le parecía que había otras chicas allí: todas ellas con los ojos abiertos y con una cadena alrededor de sus respectivos tobillos que las mantenía ancladas al fondo. Un campo de flores secretas en el abismo más oscuro y frío.

En ocasiones se despertaba sobresaltada en su habitación del desván y siempre de la misma manera: alguien murmuraba su nombre. Era un susurro familiar, una voz masculina que la devolvía con brusquedad a la vigilia. Cuando eso pasaba, Ofelia salía del cálido revoltijo de mantas de su cama, caminaba de puntillas hasta la puerta que cada noche, desde el incidente con Anastasia, atrancaba por dentro y apoyaba la oreja contra la madera. Nada oía; tan solo su respiración acelerada. Durante el día o cuando estaba despierta nadie la llamaba: la misteriosa voz que susurraba su nombre a través de las paredes de la sombría mansión simplemente se desvanecía.

«Me estoy volviendo loca, eso es lo que sucede: está todo en mi imaginación. Terminaré encerrada en uno de esos horribles sanatorios para mujeres de los que habla Claudia», solía pensar.

Aquella mañana Ofelia se incorporó de golpe en la cama con el pelo revuelto por el sueño cayéndole a los lados de la cara. Se levantó y miró por una de las dos ventanas idénticas que había en el desván: al otro lado del cristal empañado, el jardín trasero de la casa parecía congelado por el rocío. No había amanecido aún, pero vio las flores cerradas que asomaban entre la hierba y la línea del horizonte al final del jardín. Se quitó el camisón blanco de algodón con pasalazos en el pecho y en las mangas, y lo dobló con cuidado para guardarlo bajo la almohada. Se vistió deprisa: un vestido de color azul intenso con manga larga —como todos sus vestidos—, ceñido a la cintura y con falda al bies hasta el suelo. Buscó en el armario el chal triangular de lana gris humo que usaba para fingir que se protegía del frío matutino, se lo puso sobre los hombros y salió de puntillas de su dormitorio.

Intentaba evitar a Anastasia por todos los medios. Desde la noche en que apareció a los pies de su cama para cortarle la membrana entre los dedos no le había dirigido la palabra. Ofelia se sentaba a la mesa a comer con ella y hacía sus tareas en la casa o en la funeraria cuando se lo ordenaba, pero no respondía a Anastasia ni levantaba la cabeza para mirarla. Sabía lo mucho que la mujer odiaba ser ignorada, ninguneada. Ofelia había pensado en un buen número de posibles venganzas para ella después de lo que le hizo y había llegado a la conclusión de que castigarla con silencio e indiferencia era lo más adecuado. A pesar de eso, Anastasia Amara aún le daba miedo, pánico. Su sola presencia altiva y feroz le hacía rememorar la sangre de sus cortes manchando las sábanas y salpicando los tablones gruesos del desván. Así que pasó de puntillas por delante de la puerta cerrada de su dormitorio, rezando para que el suelo del descansillo no crujiera bajo sus pies.

Salió de la casa y dejó atrás la gran puerta principal de color rojo sangre para adentrarse en el bosque. La neblina salía de la tierra negra, todavía fría, y se levantaba entre los árboles hasta el cielo del amanecer, que ya empezaba a cambiar de color: primero púrpura y después rosa, apenas una línea iluminada en el horizonte entre los troncos de los árboles. Oyó el sonido del mar y supo que estaba cerca. Bajó la última pendiente suave hasta llegar a un claro. Desde allí ya se veía el muro de piedra que rodeaba el cementerio.

Ofelia prefería atravesar el bosque en lugar de ir por el camino hasta la entrada principal del camposanto para evitar que alguien la viera y Anastasia terminara por enterarse de sus escapadas matutinas.

Podía ver su propio aliento flotando en nubecitas delante de su rostro mientras caminaba entre las tumbas silenciosas. Dejó atrás el mausoleo de piedra que se levantaba casi en el centro del pequeño cementerio y por fin atisbó la tumba de Devon Morgan. Había un hombre de pie de espaldas a ella frente a la lápida, vestido con un abrigo oscuro y largo, las manos metidas en los bolsillos y los cuellos levantados ocultándole parcialmente el rostro.

Al verle, Ofelia se quedó inmóvil. Estaba segura de que era él: el hombre sin rostro había regresado a la tumba del patrón Morgan igual que la madrugada en que lo vio por primera vez. Contuvo la respiración confiando en que la niebla enmarañada entre las lápidas la ayudara a pasar desapercibida. Se envolvió mejor con su chal como si por algún tipo de ensalmo la lana pudiera ocultarla de ese hombre alto que miraba la tumba unos metros más allá de donde ella estaba. Dio un paso para esconderse detrás del mausoleo, pero el crujido seco de una ramita bajo sus pies la delató. El hombre se dio la vuelta y Ofelia reconoció el perfil atractivo de Dylan Morgan.

—¿Qué haces aquí sola tan temprano? —le preguntó mirándola por encima de su hombro.

—Me gusta pasear. —El corazón aún le latía acelerado dentro del pecho, pero Ofelia se acercó hasta él.

—¿Pasear? —repitió escéptico—. ¿No te da miedo encontrarte a Barba Azul?

Había evitado a Dylan desde la tarde en que ambos se despidieron de Ulises en su playa. Le miró con atención y le dio la impresión de que había algo diferente en él, aunque no supo exactamente qué: quizá su pelo estaba más largo y salvaje, y la barba casi cubría su mandíbula por completo. Sus ojos parecían ahora más brillantes y fieros. Se dio cuenta de lo mucho que había extrañado esa pasión suya, ese espíritu rebelde que ejercía sobre ella la misma atracción que la luna tiene sobre las mareas.

—Sí, claro que me da miedo —admitió, todavía sorprendida por cuánto lo había echado de menos—. Al verte he pensado que eras él. Creí verle una madrugada aquí en la tumba de tu abuelo, pero se escabulló entre los árboles antes de que pudiera verle la cara y alcanzarlo.

—Mejor. Es bastante estúpido correr detrás de un asesino. —Dylan habló sin mirarla.

—Bueno, es lo que llevo haciendo desde que aparecí en la playa: correr detrás de un asesino. Supongo que eso me convierte en una estúpida —respondió sin ocultar el resentimiento en su voz.

Él no respondió, a lo lejos el sonido de las olas rompiendo contra los acantilados llenó el aire. Amanecía y una luz rosada bañaba el cementerio.

—Nunca he pensado que seas estúpida. Vengo a ver a mi abuelo —le explicó—. Suelo hacerlo antes de salir del puerto y algunas veces vengo también después de toda una noche en el mar. No me habías contado que viste a un hombre en su tumba.

—Era Barba Azul, mi padre. Y dejó algo sobre la lápida de tu abuelo: un canto rodado, creo, o una moneda. Algo pequeño, en todo caso.

Dylan se volvió por fin, estaba más cerca de lo que pensaba y la falda de su vestido rozó sus dedos ásperos.

—¿Un botón?

Ofelia se encogió de hombros.

—Podría ser. Cuando me desperté ya no estaba.

Dylan la miró a esos ojos imposibles suyos deseando contarle lo que había encontrado escondido en el cajón de la cómoda de su madre; quería hablarle del diario robado de Katixa y de todo lo demás que había descubierto. Pero no lo hizo.

—¿Sucede algo?

—No —mintió él.

Nunca le contaría nada acerca del diario con su nombre escrito en la cubierta, ni del joyero, igual que no le había preguntado por él a su madre. Dos días más tarde, había vuelto a hurtadillas al dormitorio de su madre mientras Ulises dormía a pierna suelta tras tomarse una cucharadita de la medicina que le había dejado el doctor Leguina. Abrió el cajón de la cómoda y rebuscó entre los pañuelos de seda y los guantes de su madre esperando encontrar las tapas de piel del diario, pero ya no estaba allí, como tampoco estaba el monedero, la llave que supuso que era la del portón de la casa de los Aranguren o el joyero lleno de botones. Dylan sabía bien lo que eso significaba: alguien de su familia estaba borrando sus huellas y de paso, las pruebas de su participación en el ataque a Katixa Aranguren.

—¿Por qué iba a venir Barba Azul a visitar la tumba de mi abuelo? ¿Por qué arriesgarse? No tiene sentido, alguien podría descubrirle.

—Si todavía era noche cerrada, supongo que pensó que estaría a salvo de miradas indiscretas. Nadie pasea por un cementerio antes del amanecer.

—Excepto nosotros.

Dylan intentó sonreír, pero fracasó miserablemente al recordar todo lo que ahora se interponía entre ellos como un muro invisible.

—¿Crees que se conocían? Tu abuelo y Barba Azul. Cuando le vi frente a su tumba, me pareció que estaba presentando sus respetos.

—¿Presentando sus respetos?

Algunas veces Ofelia se preguntaba si todo el tiempo que había pasado en silencio dejó algún tipo de daño irreparable en su capacidad para hablar, para darles a las palabras la forma que necesitaba y ser entendida por los demás. Esa era una de esas veces.

—Sí, ya sabes —añadió más frustrada consigo misma cada vez—. Como hacen a menudo los viejos amigos o los hombres que han luchado juntos.

El pueblo se desperezaba, y los sonidos empezaban a llegar hasta el cementerio: un gallo en un *baserri*, voces, los ladridos de un perro en una casa cercana, las ruedas de un carro en el camino...

—Se conocían —dijo Dylan mientras las ideas se agolpaban en su cabeza—. Ellos dos ya se conocían, mi abuelo sabía quién era Barba Azul. Hubo una pelea a bordo antes de la tempestad, ¿recuerdas? Diego Armariz dijo algo sobre una pelea en el barco antes de que la ola los golpeara. Mi abuelo se peleó con él porque averiguó quién era, tiene que ser eso.

Dylan hablaba deprisa, se apartó un mechón oscuro de delante de los ojos mientras los engranajes de su mente giraban a toda velocidad.

—Barba Azul iba a bordo del *Annabelle* la noche que se hundió. Y desde entonces han desaparecido otras dos chicas..., así que tuvo que sobrevivir a esa galerna.

—Barba Azul es uno de los marineros que faenaban con tu abuelo. —Ofelia pronunció aquellas palabras como quien pronuncia una penitencia.

Había más luz a cada minuto, los contornos pulidos de las lápidas y de los mausoleos se volvieron nítidos mientras las sombras se escondían bajo las piedras. En el cielo despuntaba un día brillante de otoño, mientras Dylan la miraba con sus ojos azules en llamas.

—La lista con los nombres de los que iban a bordo del barco el día del naufragio. Su nombre aparecerá entre ellos. Tenemos que conseguir los registros del *Annabelle*.

El taller de Vapores Morgan e Hijos estaba lleno de pescadores, mecánicos y hombres con ropa de trabajo que entraban y salían del edificio durante todo el día. Precisamente por eso, Ofelia y Dylan decidieron esperar a la caída del sol, para acercarse a examinar los registros de personal que su padre guardaba en la pequeña oficina.

La chica pasó inquieta todo el día. Las ideas burbujeaban en su cabeza mientras esperaba que el sol comenzara a esconderse en el horizonte para escabullirse hasta el pueblo y reunirse con Dylan. Quería contarle a Katixa sus nuevas teorías sobre Barba Azul, pero aún no tenía nada seguro y no quería darle a su amiga falsas esperanzas porque ya había sufrido demasiado buscando respuestas, así que decidió esperar hasta que pudiera leer la lista con los nombres de la tripulación del *Annabelle* el día de la galerna.

Para matar el tiempo se dedicó a fregar el suelo de la planta baja de la mansión con la mezcla especial de vinagre y jabón para madera que Anastasia insistía en que utilizara porque, según ella, «ayuda a disimular el olor de las flores muertas en el aire».

El sol aún brillaba en el cielo, pero apenas era capaz de colarse a través de las ventanas de la casa para terminar de secar el suelo. Era extraño, porque la mansión Amara no tenía otros edificios cerca y los árboles más próximos crecían lo bastante lejos como para no proyectar su sombra sobre el caserón y, sin embargo, se diría que el calor del sol debía esforzarse por rozar la fachada.

A ella siempre le había parecido que la mansión de las Amara era una trampa perfecta: una tela de araña planeada y construida siguiendo los caprichos de la mente retorcida de Anastasia. A pesar de sus ventanas y su orientación al sur, el interior de la casa era sombrío, triste. Los modernos apliques de gas de las paredes con motivos labrados o las lámparas de cristal de mano no bastaban para iluminar las estancias de la casa, que siempre parecía en penumbra. Con sus techos altísimos de catedral, nunca se calentaba del todo en invierno y los paneles y molduras de madera oscura que revestían las paredes de las habitaciones y del pasillo de la planta baja le daban un aspecto severo.

Al principio, cuando llegó, Ofelia había dado por cierto que el interior lúgubre y la decoración sobria de la casa buscaban no desentonar con el negocio: nadie en su sano juicio querría contratar una funeraria demasiado alegre para organizar el entierro de un ser querido. Pero con el paso de los meses se había dado cuenta de que la casa por dentro se parecía a la mente de Anastasia: oscura, retorcida sobre sí misma, llena de recovecos y sombría. Una exquisita tela de araña en que las tres estaban prisioneras.

Ofelia suspiró y abrió una de las ventanas de la sala de las visitas para que el aire de mediodía secara el suelo y de paso barriera el olor dulzón de las flores muertas.

—¿Va todo bien? Pareces un poco nerviosa.

Claudia la observaba desde la puerta de la salita, apoyada en el marco de madera. Sorprendida, Ofelia se volvió para mirarla.

—Sí, solo contemplaba el jardín, las flores silvestres asoman entre el césped —mintió sin saber muy bien por qué.

—Es verdad, pronto madre me mandará cortarlas todas, como hace todos los años. Parece que ella solo soporta las flores muertas y las hojas secas de su herbario, además de las de los ramos y las coronas fúnebres. Nada que crezca libre puede existir en su mundo; en fin, así es madre —se lamentó Claudia.

Ofelia le sonrió.

—Sí, en primavera me mandó arrancar los pensamientos que crecían en la parte trasera de la casa porque ya no le gustaban. La tierra estaba congelada todavía y me hice cortes en los dedos con los tallos de las plantas.

—Si estuviera pasando algo, tú me lo contarías, ¿verdad, Ofelia? —dijo Claudia de repente; su expresión había cambiado—. Aquella noche, después de que atacaran a Katixa, yo os guardé el secreto, pero a cambio tú prometiste contarme lo que descubrieras sobre Barba Azul, ¿recuerdas?

—Sí, claro que me acuerdo.

Lamentaba no poder contarle la verdad a Claudia —al fin y al cabo, Cora era su hermana y también una de las chicas desaparecidas—, pero Dylan y ella habían acordado guardar su nueva pista en secreto, al menos de momento.

—No hemos descubierto nada nuevo sobre Barba Azul —respondió con voz calmada a pesar de todo, las mentiras empezaban a acumularse—. Tú serás la primera en saberlo si encontramos alguna pista.

—Gracias. —Claudia pareció complacida—. Por cierto, madre me ha pedido que baje al pueblo esta tarde para encargarle unos arreglos a la madre de Katixa. Quiere que Maravillas le añada encaje en los hombros a uno de sus vestidos y modificar el corpiño de otros dos. Me gustaría que me acompañaras, la pierna me está dando guerra hoy. —Dio unos golpecitos en su pierna mala.

Hacía meses que era Katixa quien se ocupaba de realizar los arreglos de costura que le encargaban a su madre. Maravillas apenas hablaba y se pasaba los días encerrada en su dormitorio, sumida en una especie de letargo mientras su mente y sus recuerdos se descomponían. Algunas veces mascullaba palabras sueltas o nombres de antiguas clientas cuando Katixa la arreglaba o le daba de comer, pero nada más. Las Aranguren no podían permitirse desechar el dinero de los arreglos, de modo que era Katixa quien se encargaba ahora de todo. Nadie en el pueblo lo sabía excepto ella y la vecina de al lado, que le hacía el favor de cuidar de su madre por las tardes o cuando la joven tenía que dejarla sola.

—Me encantaría acompañarte, Claudia, pero esta tarde tengo algo que hacer: he oído que han avistado ballenas nadando cerca de la costa por primera vez en años, y me gustaría ir a intentar fotografiarlas si te parece bien.

—Claro, ve. Por cierto —continuó Claudia—, he convencido a madre para que encarguemos también un vestido para ti a Maravillas: uno nuevo y a la moda. Ya es hora de que tengas algo solo tuyo que no haya pertenecido antes a... a Cora.

Ofelia sintió que una oleada de lástima le subía por la garganta al escuchar cómo pronunciaba el nombre de su hermana perdida y abrió la boca para decir algo, pero Claudia se le adelantó:

—No sé bien quién eres y me da igual. —Sonrió—. Yo doy gracias a Dios todos los días por hacerte aparecer en nuestra puerta. Disfruta haciendo fotografías.

Después dio media vuelta y se alejó apoyándose pesadamente sobre su bastón. Ofelia aún siguió un momento más allí, escuchando cómo el eco del bastón de Claudia se perdía entre las paredes de la casa. Miró al jardín a través de la ventana abierta, el sol por fin empezaba a esconderse en el horizonte.

Habían pasado más de veinte minutos desde que el último trabajador salió del taller de Vapores Morgan e Hijos. El enorme portón doble de la nave —lo bastante grande para que pudieran entrar y salir las embarcaciones— estaba cerrado.

—¿Cuánto tiempo más se supone que vamos a esperar? —preguntó Ofelia—. Además de ser un Morgan, ahora eres el patrón de uno de los vapores. A nadie le extrañará verte entrar en el taller después del cierre.

Dylan miraba el doble portón desde donde estaban. Llevaban casi media hora esperando cerca de la ermita de la Atalaya.

—Pero sí que les sorprendería verme entrar en el taller a estas horas acompañado de una chica —respondió sin mirarla—. Sobre todo, si esa chica eres tú.

—¿Yo? ¿Y qué se supone que pasa conmigo?

Ofelia hablaba en voz baja, aunque no había nadie más en la atalaya con ellos. Desde donde estaban, tenían una vista privilegiada del puerto y del único camino que subía hasta la ermita.

—Por ahí dicen que Ulises y tú estáis juntos. Dicen que vais a casaros en cuanto él regrese de Bilbao convertido en un licenciado.

Ofelia parpadeó incrédula.

—¿Qué? —Ni siquiera cuando no podía hablar o recordar su nombre se había sentido tan confundida como en ese instante—. No voy a casarme con Ulises. No sé de dónde han sacado semejante idea. Además, él no me lo ha pedido y nunca ha insinuado nada parecido.

Pero intuyó que la conversación no había terminado aún, porque Dylan se movió entre las sombras de los árboles que crecían a ambos lados del camino.

—Entonces ¿mi hermano no te lo ha pedido aún o es que no vas a aceptar? Son dos cosas diferentes.

—Sí, ya sé que son dos cosas diferentes.

Aunque ese había sido un día radiante, a última hora de la tarde algunas nubes oscuras se habían amontonado en el horizonte y ahora cubrían el cielo nocturno. Mar adentro ya había empezado a llover.

—Cuentan que esta ermita se construyó justo aquí porque unos pescadores encontraron una imagen de la Inmaculada en el mar. Edificaron la ermita justo frente al punto donde la rescataron, ¿lo sabías?

—No.

—Ahora los marineros y pescadores que salen a la mar depositan aquí sus ofrendas para que la Virgen los proteja, pero a mí siempre me ha parecido una tontería: el mar es un lugar peligroso y no hay nada que pueda hacerse para cambiar eso —dijo Dylan con amargura—. Ninguna vela encendida puede hacer regresar a la costa un barco herido de muerte ni tampoco a sus hombres.

Pero hubo un tiempo en que Dylan Morgan sí creía que tal cosa era posible. Una época en la que había subido por el camino retorcido y cubierto de barro que llevaba hasta la diminuta iglesia, para colocar unas velas en el borde del acantilado que guiaran a su abuelo y a los demás marineros a bordo del *Annabelle* de regreso a casa.

—Deberíamos acercarnos ya al taller. Vamos...

Sin esperarla, Dylan salió de su escondite y comenzó a desandar el camino estrecho entre los árboles. Durante el día era un bonito paseo ya que, desde lo alto de la atalaya, se veía la bahía de Ea con sus aguas azules casi transparentes, las colinas suaves que la rodeaban y la costa de piedra recortada hasta donde alcanzaba la vista. Pero después de la puesta del sol el sendero se volvía peligroso: en la oscuridad era fácil resbalar o tropezarse y caer por el acantilado hasta el mar. Además, varios vecinos juraban haber oído un extraño gruñido que salía de entre los árboles en las noches más oscuras; muchos pensaban que era solo el jabalí que sorprendieron merodeando por el puerto algunos meses atrás, pero incluso después de descubrirse el misterio del jabalí, los vecinos seguían evitando aquel camino después de la puesta de sol.

—Si al final lo haces, si te acabas casando con Ulises, no te culparía de ningún modo ni te guardaría rencor. Lo entendería —dijo sin mirarla mientras apartaba una rama de árbol frente a su cara—. Ulises es mejor que yo en todo, es el mejor de nosotros dos. Apuesto a que él sería un buen marido.

Ofelia lo vio alejarse de ella camino abajo, adentrándose más en la oscuridad. No dijo nada, pero no dejó de pensar en lo que Dylan había dicho hasta que llegaron al portón del taller de los Morgan.

—Te crees que lo sabes todo, Dylan Morgan, pero luego vas creyéndote todo lo que se cuenta por ahí.

Dylan fingió que no la había escuchado.

—He cogido la llave de la puerta de la oficina del despacho de Silvestre —le costaba llamarle «padre»—. Pero será mejor que la devuelva antes de que se dé cuenta de que no está en su sitio, no quiero volver a tener problemas con él y tener que trabajar aquí otra vez; me gusta salir a la mar.

Recorrieron el taller a oscuras y subieron la escalerilla que conducía a la pequeña oficina. Desde allí arriba, los barcos que esperaban su turno para las reparaciones en el dique seco del edificio parecían ballenas varadas en la playa. Las nubes cubrían la luna y no querían arriesgarse a encender una lámpara y que alguien viera la luz a través de las ventanas, así que Dylan sacó una caja de fósforos del bolsillo de su abrigo de pescador y lo encendió.

—Está ordenado por fechas. —Lo sabía porque cuando trabajaba allí también tenía que limpiar el polvo y la carbonilla de las estanterías.

Dylan colocó la mano libre alrededor de la llamita del fósforo para evitar que se apagara con su respiración, y se acercó a la estantería de madera que cubría una de las paredes del despacho intentando leer las fechas escritas con la letra de su padre y su abuelo en los gruesos lomos de los libros de contabilidad y facturas. Ofelia cogió uno de los libros.

—Annabelle. —Leyó la única palabra escrita en el lomo—. No pone ningún año, pero tiene que ser este.

La luz del fósforo los envolvió a ambos, estaban tan cerca que Ofelia podía notar el dorso de su mano rozándole el brazo. Le miró un momento y ahí estaba otra vez: ese fuego imposible en sus ojos azules cada vez que la miraba. Fingió que no se daba cuenta y abrió el libro, sus dedos pálidos pasaron las páginas hasta llegar al último día anotado.

—10 de octubre, 1901. El día que zarpó por última vez el *Annabelle.*

Sus ojos no necesitaban la ayuda del fuego para leer, aunque la letra de Devon Morgan era afilada y pequeña.

—«A bordo del vapor pesquero de nombre *Annabelle* se hacen a la mar las siguientes almas, incluida la del patrón, Devon Morgan.» —Ofelia leyó los nombres de los catorce hombres en la lista.

La llamita del fósforo se apagó de pronto y la oficina se

quedó a oscuras un instante. Dylan sacó otra cerilla de la cajita metálica y la prendió con un ruido seco.

—Los voluntarios que acudieron al lugar después del naufragio recuperaron diez cuerpos del mar, incluido el de tu abuelo —dijo con suavidad—. Vi los cuerpos con mis propios ojos cuando Claudia los preparaba para el funeral, yo misma la ayudé a adecentarlos. Los muertos están muertos, no pueden volver.

Una sombra cruzó deprisa el rostro de Dylan. De alguna manera infantil casi había esperado todo este tiempo que su abuelo hubiera esquivado la muerte.

—Tienes razón. Los muertos están muertos: sabemos sus nombres, podemos descartarlos como sospechosos, pero ¿qué pasa con los demás hombres que iban a bordo?

—Sabemos que Diego Armariz no fue el único superviviente rescatado porque Muriel Azkona desapareció después de su muerte.

—Eso hacen once, quedan aún tres hombres cuyos cuerpos no se recuperaron.

—Enterraron tres ataúdes vacíos en su honor. —Ofelia hablaba deprisa, sabía que esa era su mejor pista en meses—. Como no encontraron sus cuerpos, todo el mundo imaginó que esos tres hombres habían muerto en el naufragio, es lo lógico: el mar no siempre devuelve los cadáveres de los ahogados.

—Pero sabemos por Diego que hubo una pelea en el barco antes del golpe de mar. Mi abuelo sabía quién era el asesino o lo descubrió esa misma tarde, por eso se pelearon, tuvo que ser por eso. Y por eso el vapor no pudo regresar a tiempo a puerto antes de la galerna. —Los ojos de Dylan centelleaban de emoción—. Encontraron un aro salvavidas en la ría hace algunas semanas, con una puñalada en el frente. Estoy seguro de que Barba Azul lo cogió y saltó al mar cuando empezó el caos de la galerna, quizá tratando de escapar de que lo entregaran al volver a puerto. Por eso se salvó del naufragio: no estaba a bordo cuando la ola los golpeó. Apuesto a que es así como sobrevivió, con ayuda del salvavidas logró llegar a tierra.

Pero entonces se dio cuenta de que los hombres del *Annabelle*, mi abuelo al menos, conocían su sucio secreto: él es Barba Azul. Está perdido, una vez que regresen, es solo cuestión de tiempo que alguno cuente lo que sabe, así que va a la cueva donde te retiene y decide deshacerse de ti, porque tú eres la prueba viva de sus delitos.

—Sí. Por eso regresa y me empuja por el acantilado: para ocultar lo que ha hecho.

Ofelia tembló solo con recordar la manera en la que él tiraba de su brazo hacia el borde del acantilado aquella noche, los helechos enredándose en la cola del vestido y el viento del norte despeinándola.

—Pero tú no mueres.

Dylan la miró con infinita ternura en sus ojos de agua.

—Yo no muero —murmuró.

—Cree que ya se ha librado de ti, pero Barba Azul se da cuenta de que no puede regresar al pueblo, no hasta saber quién ha sobrevivido al naufragio. Le preocupa que se descubra la verdad. ¿Qué pasa si regresa y le han delatado? No sabe si mi abuelo ha sobrevivido o si se lo ha contado a alguien más, por eso decide ocultarse hasta estar seguro.

Dylan estaba tan emocionado que la cerilla se consumió en su mano y no se dio cuenta hasta que la llama le quemó las yemas de los dedos.

—Pero entonces se entera de que solo ha habido un superviviente y que todo el mundo le da por muerto y decide aprovecharse de eso.

—Sí, por eso visita la tumba de mi abuelo: creo que no es para presentar sus respetos como tú imaginaste, sino para burlarse de él, para pavonearse de su victoria: después de todo, él sigue vivo y está libre. Va por la noche para asegurarse de que nadie en el pueblo le vea y descubra que no se ahogó y que ha estado merodeando por los pueblos de la costa todo este tiempo.

—Pero ahora es libre, nadie le busca; ¿por qué no marcharse, por qué arriesgarse a seguir en la zona?

—Es la mascarada perfecta: nadie busca a un hombre muerto.

Un ruido sonó en la planta baja del taller y Ofelia se asomó a la puerta de la oficina para mirar. Nada se movía en la oscuridad, así que supuso que habría sido una rata corriendo entre las sombras o el viento entrando en la nave por alguna grieta. Pero entonces recordó todas las veces que había sentido cómo alguien la observaba en la distancia, detrás de una ventana o desde el bosque que rodeaba el pueblo. Pensó en los susurros, en las voces misteriosas o en las pisadas que algunas madrugadas oía alejarse por el camino que llevaba hasta la casa de las Amara.

—Nadie busca a un hombre muerto —repitió Ofelia en voz baja, todavía pensando en ello—. Barba Azul es uno de los tres hombres cuyos cuerpos nunca se recuperaron del naufragio, uno de los tres nombres de esta lista.

Dylan acercó la llama y leyó en voz alta:

—Martín Ezquerro, tripulante. Lucas Mendía, maquinista. Moisés Páramo, fogonero.

Los dos se quedaron en silencio un momento mientras los nombres todavía flotaban en el aire oscuro de la oficina, su respiración agitada hizo titilar la llamita del fósforo.

—No recuerdo a ninguno de ellos. Hasta que Silvestre me apartó de la dirección de Vapores Morgan e Hijos, yo apenas tenía relación con los hombres que se hacen a la mar.

—Pues uno de ellos es Barba Azul.

HIC SUNT DRACONES

—

Ofelia no dejó de pensar en aquellos tres nombres durante todo el camino de regreso hasta la casa de las Amara. Los nombres de aquellos hombres sin rostro se repetían en su cabeza igual que la misteriosa canción de la que no conocía el título o la letra. Dylan había insistido en acompañarla hasta la funeraria, pero ella prefería quedarse a solas para pensar y poner orden en sus ideas, y el trayecto de vuelta hasta la mansión era perfecto porque lo conocía de memoria y podía recorrerlo casi con los ojos cerrados.

Hacía un rato que había parado de llover, aunque el cielo seguía cubierto de nubes, y las gotas del sirimiri aún estaban pegadas como pequeñas piedras preciosas a su pelo y a la capa corta de lana cepillada que llevaba sobre los hombros. Era una noche sin luna y los árboles que se amontonaban a ambos lados de la cuesta que subía hasta la casa proyectaban sombras alargadas. Mientras caminaba no dejó de repasar lo que Dylan y ella habían descubierto en los registros del taller.

Desde donde estaba ya podía intuir la silueta tenebrosa de la mansión entre las copas de los árboles. Una luz tenue brillaba en la ventana del segundo piso: era el dormitorio de Claudia.

Al salir aquella tarde —después de haberle mentido para no acompañarla al pueblo— le había prometido que estaría de regreso antes del anochecer. Ofelia suspiró, aún tenía que bajar al sótano de la casa para sacar de su escondite el equipo fotográfico y poder fingir que había pasado la tarde tomando fotografías.

Apretó el paso, pero oyó cerca el chasquido de una rama seca al partirse, un sonido inconfundible para alguien que lleva meses viviendo cerca de un bosque. Había alguien más con ella en el camino oscuro.

Se detuvo de repente y miró a su alrededor, pero no vio nada más que la negrura del bosque en todas direcciones y la mansión frente a ella, asomando entre las ramas de los árboles. La lucecita encendida en la ventana de Claudia la llamaba a gritos. Echó a correr tan rápido como pudo, atravesando la última parte del camino. El suelo estaba embarrado por la lluvia, resbaló y cayó de bruces. Notó que el barro fresco se hundía bajo su peso y un dolor punzante en el labio que se había mordido con la caída. Se quedó un instante allí tirada, respirando contra el suelo húmedo que olía a tierra revuelta, a hojas muertas y a lluvia. Se había hecho daño en la pierna, podía sentir cómo latía debajo de las capas de tela de su vestido. Sonó otro crujido, más cerca esta vez. Se levantó como pudo y corrió arrastrando la pierna hasta la entrada de la finca con el corazón latiéndole contra las costillas y el vestido manchado de barro. No se detuvo hasta cruzar la puerta principal y cerrarla con llave.

Se apoyó de espaldas en la puerta para recuperar el aliento tomando grandes bocanadas mientras el dolor en su pierna se desvanecía. No era tan hábil ni tan rápida en tierra como en el agua.

Esperó un minuto más, recuperándose contra la puerta roja, atenta a cada sonido a su alrededor. Solo cuando se convenció de que nada ni nadie había entrado en el jardín de las Amara, atravesó la planta principal de la casa para llegar a la escalera que conducía al sótano.

Claudia siempre dejaba una lámpara de queroseno sobre una mesita de palisandro que había junto a la escalera. La prendió y bajó al sótano. La llama ardía en la mecha protegida por una estilizada tulipa de cristal; aun así, a Ofelia le pareció que la llamita temblaba entre sus manos mientras bajaba la escalera.

Cuando no tenían funeral o un difunto al que fotografiar

para que sus familiares pudieran recordarle, guardaban la máquina, el equipo y todo el material fotográfico a buen recaudo. El equipo era caro y difícil de reponer en caso de robo, así que Claudia lo guardaba en un armarito de madera bajo llave. La llave siempre estaba mal escondida debajo de un viejo cenicero de loza en la estantería de los libros especiales de Claudia. Ofelia depositó el farol sobre la estantería y el círculo de luz iluminó el lomo de los libros que había detrás.

Hic sunt dracones.

Debía de haber visto ese libro cien veces en la estantería, pero, por algún motivo, justo esa noche, esas palabras incomprensibles le llamaron poderosamente la atención. Se olvidó del cenicero de loza con la llave escondida debajo y cogió el misterioso libro. Era pequeño, más parecido a un diario que a un manual académico. Pasó las páginas con curiosidad y enseguida notó que era algún tipo de recopilación de reproducciones de mapas de navegación y cartas náuticas antiguas, pero con una particularidad: todos ellos tenían extrañas criaturas o monstruos dibujados en océanos y lugares remotos; serpientes marinas de vivos colores, sirenas, ballenas de aspecto monstruoso o dragones de leyenda que emergían de la superficie del mar para atacar a los barcos.

Al llegar a la última página encontró una fotografía descolorida por el tiempo y la humedad del sótano. En la imagen, tres personas posaban sonrientes delante de la mansión de las Amara, en el jardín delantero. Una de ellas era Claudia, la otra era una joven que se parecía a Ofelia, y en medio de las dos, un hombre alto de complexión fuerte sonreía debajo de un sombrero.

—Vaya, hacía muchos años que no veía esa fotografía. Pensé que la había perdido.

Ofelia se volvió asustada con la fotografía todavía apretada contra el pecho. Claudia la observaba desde la escalera con una sonrisa indulgente en los labios; la había sorprendido tanto verse en el espejo de esa joven de la foto que no la había oído llegar.

—Lo siento. Sé que es tarde, pero he bajado a guardar el

equipo fotográfico y he visto el librito por casualidad... No sé por qué lo he abierto.

Claudia hizo un gesto con la mano libre para quitarle importancia y se acercó a ella apoyándose en su bastón. Con la luz de la lámpara sus rasgos se suavizaron y, por un momento, Claudia pareció la misma chica sonriente que en la vieja fotografía.

—No pasa nada, entiendo que te hayas ido a pasear por ahí en vez de acompañarme al pueblo para hacer recados. Eres una jovencita y es normal que quieras hacer tu vida, yo no soy como madre. Tienes derecho a tener tus propios secretos, pero mejor lávate un poco antes de ir a la cama; no sé qué has estado haciendo, pero estás hecha una pena.

Ofelia intentó sonreír, pero el labio donde se había mordido al caerse de bruces en el camino le envió una sacudida de dolor.

—A tu edad yo también me escabullía siempre que podía, ya lo creo. Precisamente eso era lo que estaba a punto de hacer cuando madre nos tomó esa vieja fotografía que tienes en la mano.

Ofelia volvió a mirar a la mujer en la imagen y casi le pareció que le sonreía a través del tiempo.

—¿Esta es Cora?

—Sí, es una de las poquísimas fotografías que todavía guardo de ella y también es seguramente la última fotografía que alguien le hizo. Hay que ver qué jóvenes éramos entonces, parece que hayan pasado un millón de años desde aquel día. —Había un tono de nostalgia en su voz—. Madre tomó esa imagen el mismo verano en que Cora se marchó.

Con cuidado, cogió la fotografía de entre los dedos de Ofelia y la estudió con los ojos llenos de lágrimas.

—¿Se marchó? —preguntó Ofelia—. Pensé que había desaparecido, igual que las demás chicas.

Antes de responder, Claudia miró la fotografía unos segundos.

—No. Eso es lo que a madre le gusta pensar, que Cora desapareció al atardecer igual que todas esas pobres chicas que llevan años desapareciendo por toda la costa, pero la verdad es que mi hermana tenía un carácter bastante difícil, siempre fue una chica muy rebelde. Cora se marchó por su propio pie. Se largó de esta casa el mismo día en que cumplió diecinueve años.

Las palabras burbujearon en la cabeza de Ofelia, que parpadeó confundida.

—Pero no lo entiendo... Anastasia siempre dice que Barba Azul se llevó a Cora.

Claudia se encogió de hombros.

—Y tal vez se la llevara igual que a las demás, pero eso debió de ser después. A ella nadie la secuestró en plena noche ni tampoco la asaltó acechándola desde las sombras. No; mi hermana salió caminando de esta casa una tarde y ya nunca jamás regresó. Nos abandonó, sobre todo a mí.

Ofelia miró la llama que bailaba al otro lado de la tulipa de cristal del farol. Le pareció que el aire del sótano olía demasiado a formaldehído y a muerte, como si ese olor penetrante y dulzón se hubiera quedado pegado a las paredes. Miró la estrecha ventana sobre la estantería pensando en abrirla para que el aire fresco de la noche entrara en la habitación, pero entonces recordó la historia de la gata de Helena Laguna y el alfiler de pelo de Anastasia. Se sintió mareada.

—Era muy guapa, ¿verdad? Las dos nos parecíamos mucho de niñas, pero con el paso de los años Cora se volvió más hermosa que yo y también más lista, ella fue capaz de huir de nuestra madre, aunque para eso tuvo que dejarme atrás —murmuró con pesar—. Nunca lo menciono porque es algo doloroso, me daba vergüenza que se supiera la verdad y por eso no te lo conté: mi hermana nos dejó porque no podía soportar seguir viviendo con nuestra madre. Ya sabes cómo es: es un incendio que se come todo el aire de cualquier habitación y basta con solo una chispa para desatarla. Después de todos estos años madre se niega aceptar la verdad: Cora se marchó por su culpa, aunque creo que ella sigue esperando que vuelva a casa.

Ofelia pensó en Anastasia Amara, feroz y orgullosa regentando su funeraria con la misma mano de hierro que usaba para controlar a sus hijas. Sí, Anastasia era muy capaz de permitir que todo el mundo creyera que a Cora se la había llevado Barba Azul antes que admitir ante sus vecinos que se había marchado huyendo de ella.

—Lo siento, lamento haber permitido que creyeras esa mentira todo este tiempo —se disculpó la mujer—. Mi hermana Cora se convirtió en un fantasma hace mucho, y no quería que Cora se convirtiera en un fantasma también para ti. Algunas veces todavía me parece verla entre la gente o doblando una esquina al final de una calle solitaria, con su largo pelo suelto y uno de sus vestidos ondeando en la brisa. Pero una parte de mí no ha dejado de esperar que regrese a casa y supongo que me daba vergüenza reconocerlo.

Claudia volvió a clavar la mirada en la fotografía y dejó escapar un suspiro.

—No pasa nada, creo que comprendo por qué no me contaste la verdad sobre Cora: ha tenido que ser muy difícil para ti, verme aquí, en esta casa cada día.

—Sí —admitió Claudia con una pequeña sonrisa de alivio—. Tú has sido mi fantasma particular.

—¿Y quién es el hombre? ¿El que posa entre las dos?

Al volver a mirar la imagen casi le pareció que era la misma fotografía que los hermanos Morgan y ella se habían tomado en secreto en ese sótano: dos hermanos y alguien que posaba en el centro, los tres, jóvenes y sonrientes, como si ese momento fuera a durar para siempre.

—Era un pretendiente de Cora, uno de tantos. Estaba muy enamorado de ella y mi hermana le correspondía, ya lo creo. Se escribían cartas de amor muy apasionadas. Ella las guardaba todas como un tesoro. Y deberías haber visto cómo la miraba, aunque por aquel entonces todos los hombres y muchachos del pueblo la miraban así: con delirio, como si fuera la única mujer sobre la Tierra, con una mezcla de adoración y deseo que no había vuelto a ver en los ojos de los hombres hasta que tú apareciste.

—¿Yo? No, nada de eso.

Pero Ofelia recordó la mirada azul de Dylan Morgan, tan oscura como el mar profundo, ardiendo cada vez que la miraba.

—Claro que sí. A mí nunca nadie me ha mirado de ese modo en toda mi vida, debe de ser bonito sentirse deseada, como si toda la razón de ser de otra persona dependiera solo de ti. —Sonrió—. Ellos dos se amaban locamente, con ese amor obsesivo y desesperado reservado a los más jóvenes.

—¿Y qué pasó?

—Lo que pasaba siempre que un muchacho se fijaba en Cora: a madre no le parecía suficiente para su hija. Ella quería que se buscara un hombre «de más categoría», ya me entiendes. Cuando ella le dijo que jamás le abandonaría, madre se puso furiosa y le dio un bofetón. —Claudia se llevó la mano a la mejilla como si el golpe aún le doliera a ella—. Le pegó tan fuerte que le partió el labio y Cora sangró sobre su vestido de tarde de muselina, lo recuerdo como si hubiera sucedido ayer.

—Es terrible.

La mujer asintió despacio, todavía perdida en sus recuerdos.

—Sí, pero yo conocía bien a Cora y sabía que ella nunca le abandonaría, y desde luego él tampoco lo permitiría: se amaban demasiado para eso. Siempre he creído que esa tarde, la tarde en que desapareció, Cora huyó para reunirse con él. Eso es al menos lo que quiero creer. También fue él quien le regaló ese librito a Cora, mira.

Claudia dejó la fotografía sobre la estantería, cogió el librito y pasó las páginas con delicadeza hasta llegar a la primera de todas, donde había una anotación escrita a mano que Ofelia no había visto antes.

Más profundo que el océano y más oscuro que el fondo oscuro.
Hic sunt dracones.

—¿Qué significa?

—Es latín. Hace muchos años, cuando el mundo era mucho más pequeño y desconocido, algunos cartógrafos y dibujantes de mapas escribían esas mismas palabras o dibujaban dragones y monstruos marinos donde empezaba lo desconocido: «Aquí hay dragones», eso significa. Era solo una forma de avisar del peligro, marcar las zonas desconocidas en un mapa o intimidar a los marineros que querían aventurarse en territorios inexplorados. Precisamente por eso le regaló él este librito guía de todos los monstruos que habitan en los mares, para demostrarle que no tenía miedo de enfrentarse a serpientes marinas, monstruos o dragones para demostrarle su amor. Ni siquiera temía a Anastasia Amara.

Ofelia pensó en ello un momento.

—Es muy bonito —susurró, todavía con los ojos fijos en las palabras escritas en la tapa interior del librito.

—Sí, supongo que era una broma entre ellos porque él era marinero.

—¿Marinero?

Una idea inquietante empezó a formarse en su cabeza, Ofelia cogió la fotografía y la examinó a la luz de la lámpara empujada por un impulso.

—Sí, creo que él era fogonero en un barco a vapor.

—¿Cómo se llamaba? Su nombre, ¿lo recuerdas?

Claudia cerró el librito y la miró confundida.

—¿Su nombre? ¿Por qué quieres saberlo?

Claudia no se lo dijo, así que Ofelia le dio la vuelta a la fotografía y entonces lo vio, escrito con una caligrafía redonda y perfecta:

C., Moisés P. y yo. Verano de 1880

Moisés P. era Moisés Páramo, tenía que serlo. Él era uno de los nombres de la lista, iba a bordo del *Annabelle* cuando se hundió y era uno de los tres hombres cuyo cadáver jamás recuperaron.

Ofelia dejó la foto y se apoyó en la estantería. El aire le faltaba en el pecho igual que la noche en que él la tiró desde lo alto de los acantilados de Santa Catalina.

—¿Qué te pasa? ¿Te encuentras bien? Cualquiera diría que has visto un fantasma.

—¿Y no volviste a verle? A Moisés.

—No, aunque me contaron que algunos veranos venía al pueblo a buscar trabajo en los barcos pesqueros. Quise ir a verle, preguntarle si sabía dónde estaba Cora... Se lo conté a madre, pero ella me prohibió acercarme a él. ¿Por qué? ¿Qué sucede?

—Creo que Moisés Páramo es mi padre. Y también es Barba Azul.

1880

Cora Amara vuelve a cambiar de postura sobre las mantas. Está embarazada de ocho meses y siente que algo dentro de ella crece sin control, algo malvado que se alimenta de su cuerpo y de su sangre. Se levanta el camisón para mirarse la tripa otra vez: unas líneas irregulares y blancas recorren su piel pálida, sobre todo en los costados, parecidas a las marcas que deja un relámpago al tocar la tierra. Suspira frustrada y se baja el camisón.

Moisés está sentado sobre una de las cajas de fruta y la mira con una enorme sonrisa de lobo desde un rincón.

—¿Qué es lo que te preocupa, amor?

Siempre le habla con esa voz suave, sobre todo después de una de sus incontables peleas llenas de gritos y amenazas. En concreto, la última discusión ha sido por su culpa, claro, como todas las demás: dos días atrás, Cora había insistido en salir a nadar un rato antes de la puesta de sol, pero él se lo había prohibido «por su bien y por el del bebé». Después Moisés estuvo un día entero sin ir a visitarla y sin llevarle comida. Su brazo ha mejorado mucho y todavía puede nadar con soltura a pesar del avanzado estado de su embarazo, pero aun así no piensa en escapar de la cueva ni una sola vez en todo ese día que está sola.

Moisés no solo es el padre del hijo que espera, también se ha convertido en todo su mundo. Su existencia entera —y pronto la de su hijo— gira alrededor de Moisés Páramo: ese hombre de aspecto sereno con una densa barba oscura es quien le lleva comida, agua dulce, fuego para calentarse, libros para pasar las interminables horas a solas y conversación. Moisés se ha convertido en la única persona que existe en el mundo para ella. Esa cueva es su particular castillo y no hay vida fuera de esa gruta para ella, ni mundo, ni más voz que la de él.

—No es nada, es solo que me preocupa un poco el parto: tener que dar a luz aquí sola en la cueva.

—Bueno, las mujeres dan a luz todo el tiempo, algunas solas o con ayuda de otras sin formación en medicina; seguro que podré ocuparme. Yo te ayudaré en todo —le promete.

Cora nota cómo su hijo se mueve inquieto dentro de ella: él tampoco se ha creído las palabras de su padre.

—¿Ya has pensado en nombres para el pequeño?

—Se me ha ocurrido que podemos llamarle Claudio, en honor a mi hermana.

Un silencio pesado cae sobre ellos. Cora le mira de refilón para asegurarse de que él todavía está sentado en el rincón, lejos de ella. Pero Moisés se levanta, se acerca hasta ella y se agacha para ponerse a su misma altura. Le acaricia la mejilla un poco más fuerte de lo que haría un marido preocupado.

—Tú no tienes ninguna hermana, amor.

Cora parpadea confundida, después asiente despacio.

—Lo siento, tienes razón; yo no tengo ninguna hermana.

TERCERA PARTE

—

MAREA MUERTA

Noviembre de 1902

LA ÚLTIMA DE SU ESPECIE

Ofelia estaba sentada en la escalinata de piedra, bajo el pórtico de la entrada. Todavía tenía la fotografía de Claudia y su hermana en una mano y el librito con reproducciones de mapas antiguos en la otra. Katixa no se había sentado mientras ella le contaba todo lo que había averiguado sobre sus padres, su pasado o la verdad detrás la desaparición de Cora Amara. Ofelia le repitió la historia que Claudia le había contado en el sótano oscuro la noche antes y también cómo se había colado en el taller de los Morgan junto con Dylan, para buscar la lista de los tripulantes del *Annabelle*. Todo. Terminó enseñándole la pequeña fotografía descolorida tomada veintidós años atrás, justo donde estaban en ese momento.

Su amiga paseaba entre la hierba del jardín delantero de la casa siguiendo un sendero invisible mientras pensaba en voz alta.

—Moisés Páramo. Él es tu padre y también Barba Azul. Y el muy desgraciado dejó que todo el mundo creyera que había muerto en el naufragio del *Annabelle* hasta asegurarse de que Devon Morgan no había contado su sucio secreto. Por eso discutieron en el barco antes del temporal. —Katixa apoyó las manos en las caderas y se detuvo un momento para negar con la cabeza, pero enseguida volvió a su paseo obsesivo—. Bastardo.

Ofelia dejó el libro de mapas a su lado sobre la escalinata y acarició la cubierta ennegrecida por la humedad y los productos químicos que guardaban en el sótano.

—Sí, Moisés es mi padre y Cora era mi madre. Por lo que

me ha contado Claudia, él la amaba con locura y ella le correspondía, se fugaron para poder estar juntos porque Anastasia se oponía a su relación. —Miró la fotografía otra vez, los rasgos de su madre, idénticos a los suyos—. Aunque no comprendo cómo ella podía amar a un asesino. Cuando ella se fue, Barba Azul ya se había llevado a otra chica antes.

—Clara Iriarte —recordó Katixa.

—Sí. Es espantoso que quisiera estar con él a pesar de todo y que abandonara a su propia familia para poder estar juntos. ¿Lo imaginas? ¿Dejarlo todo y a todos porque te has enamorado de un hombre terrible?

La brisa que llegaba desde el mar le removió el pelo suelto, pero su pregunta se quedó suspendida en el aire de la mañana.

—Cora no tenía por qué saberlo.

—... o lo sabía y pensó que a ella no le causaría ningún daño. Ahora creo que habría preferido no conocer nunca la verdad sobre ellos. Es mucho peor que todo lo que había imaginado en este tiempo.

Katixa se paró por fin, miró a su amiga con compasión y se sentó a su lado bajo el tejadillo del pórtico.

—Siento que tus padres hayan resultado ser unas personas terribles —dijo, solo medio en broma.

Ofelia se rio sin ganas y apoyó la cabeza en el hombro de su amiga.

—¿Qué voy a hacer ahora? Ya sabemos su nombre, pero no tenemos ni idea de cómo encontrarle o de dónde pueden estar las chicas desaparecidas.

Katixa miró la fotografía otra vez estudiando los rasgos del hombre con barba que se escondía bajo la sombra de lo que parecía una gorra marinera.

—Así que el hombre sin rostro ya tiene rostro y nombre, aunque es extraño...

—¿Extraño?

—Sí, he vivido toda mi vida en este pueblo y mi madre conoce a casi todo el mundo de la zona por su trabajo como costurera, pero es la primera vez que oigo ese nombre: Moisés Páramo.

Ofelia lo pensó un segundo y se incorporó.

—Sí que es raro... No sé bien cómo funciona, pero he oído que algunos patrones de barco contratan a marineros solo por lo que dura una temporada.

Una idea empezó a crecer en su cabeza y guardó la fotografía dentro del librito donde la había encontrado para asegurarse de no perderla mientras la idea se volvía más y más grande.

—Eso es, sí: temporeros, algunos hombres van y vienen, viven fuera del pueblo o están de paso en la zona y no les interesa un empleo estable en un barco. Solo quieren quedarse aquí mientras dura la temporada de pesca, ganan algo de dinero y después se marchan.

—¿Crees que Moisés es uno de ellos?

Ofelia se encogió de hombros.

—Bueno, eso explicaría por qué nunca has oído hablar de él o por qué nadie le echó de menos en el pueblo cuando le dieron por muerto. Es un hombre sin familia o amigos en la zona.

Las dos vieron a Claudia y Anastasia Amara subiendo por el camino que llegaba hasta la casa. Habían bajado al pueblo para hacer unos recados y encargar algunas flores para un recordatorio de funeral en la semana próxima. Claudia caminaba despacio apoyada en su bastón, mientras su madre caminaba unos cuantos metros delante de ella como si no la conociera de nada. Claudia sonrió en cuanto las vio sentadas bajo el pórtico, pero Anastasia hizo una mueca de fastidio.

—Veo que a Anastasia no se le ha ablandado el corazón al saber que eres su nieta —comentó Katixa ocultando una sonrisa al ver la expresión de fastidio en el rostro de Anastasia cuando la vio allí.

—No, para eso tendría que tener corazón.

—¿Crees que sabían que Cora era tu madre?

—Claudia dice que ella no lo sabía y yo la creo —respondió Ofelia—; no veo por qué iba a mentirme, soy su única familia, además de Anastasia. Y en cuanto a ella... bueno, creo que Anastasia siempre sospechó quién era yo a pesar de que no tenía manera de probarlo. Aunque al menos ahora ya sé por qué me odia: le recuerdo que su hija se marchó de esta casa huyendo de ella.

—La hija que huyó de su casa para largarse con un asesino —añadió su amiga con sarcasmo—. No creo que Anastasia se sienta muy orgullosa de lo que hizo Cora. Supongo que se avergüenza y por eso ha mentido a todo el mundo sobre su desaparición. Yo en su lugar también preferiría inventarme una historia antes que contar la verdad.

Un destello de lástima brilló en los ojos oscuros de Katixa Aranguren cuando miró a Anastasia, que ya estaba casi en el jardín delantero. Al ver que estaba cerca, Ofelia se encogió dentro de su vestido verde pálido, notó la boca seca y bajó la mirada para evitar sus ojos. Anastasia las esquivó sin decir una palabra, abrió la puerta y entró en la casa dando un sonoro portazo.

—Imagina ser una madre tan terrible que tu propia hija prefiere desaparecer con un asesino. Casi me da lástima, y ahora comprendo por qué buscó a Cora después de su marcha: se sentía culpable, de haber sido mejor puede que su hija nunca se hubiera marchado con el tal Moisés. Esa es una culpa que le corresponde solo a ella.

—Yo no siento pena por Anastasia. —Ofelia solo se atrevió a hablar cuando Anastasia ya estaba dentro de la casa y no podía escucharla—. Pero mi madre... No sé, me hubiera gustado poder hablar con ella para entender por qué hizo las cosas que hizo.

El ruido del bastón de Claudia al golpear contra la acerilla de piedra que rodeaba la casa las interrumpió. Llegó hasta donde ellas estaban sentadas.

—Cora hizo esas cosas tan terribles, sí, pero fue por amor. No la juzgues tan duramente —le pidió Claudia—. Algún día tú también sentirás esa clase de amor. Te enamorarás de un hombre y harás cosas que ahora te parecen imposibles o estúpidas.

Claudia llevaba puesto un vestido de color ocre y marrón, demasiado pesado y abrigado para un buen día como ese, pero Anastasia insistía en que debía vestir con decoro y elegancia porque representaba al negocio también cuando estaba fuera de la funeraria. Las dos tenían prohibido enseñar un centímetro de piel más allá de lo estrictamente necesario: ni vestidos de manga corta, blusas escotadas o faldas más arriba de los tobillos, y los pies siempre con botines cerrados hasta el tobillo. Anastasia era la más estricta con su propia norma de vestuario, jamás se dejaba ver en público si no iba debidamente vestida.

Claudia llevaba el pelo recogido con una redecilla del mismo color que el vestido y un bolsito de cuentas en la mano libre. Miró el libro de mapas antiguos con curiosidad.

—Creo que deberíais olvidaros de todo eso por un rato, coger el equipo fotográfico del sótano y bajar corriendo al pueblo.

Las dos la miraron sorprendidas.

—¿Al pueblo? ¿Por qué?

En vez de responder inmediatamente Claudia se dio la vuelta hacia el pedazo de horizonte que se veía desde el jardín y se colocó el bolsito de cuentas sobre los ojos para ver mejor.

—Habéis estado tan ocupadas aquí charlando de vuestras desgracias que no os habéis enterado aún. Han avistado una ballena cerca de la costa de Bermeo y todos los barcos del puerto han salido para intentar cazarla.

Las dos se pusieron de pie casi de un salto para mirar al mar. Desde la colina sobre la que se levantaba la casa podía verse el océano azul brillante y también las embarcaciones que faenaban mar adentro en busca del animal.

—¿Una ballena? —Katixa buscó la sombra del animal bajo la superficie, pero era imposible distinguir nada desde donde estaban—. Pero creía que ya no quedaban ballenas en el Cantábrico. Escuché que la última la pescaron en Orio el año pasado.

—Bueno, tú misma intentaste fotografiar unas ballenas que se habían acercado a la costa no hace mucho. Parece que todavía quedan algunos secretos en este mar —dijo Claudia con una media sonrisa—. Es una tarea peligrosa pescar una ballena, son animales mansos pero enormes y como todas las criaturas de este mundo luchan por su vida. Algunas veces luchan hasta quedar agotadas y rendirse, la caza puede durar días enteros, incluso semanas. Muchos hombres jamás regresan.

Ofelia miró las siluetas de las embarcaciones que navegaban lejos de la costa.

—¿Has dicho que todos los barcos del puerto han salido a cazarla?

Claudia la miró, mucho más seria ahora.

—Sí, todos los barcos, también el vapor *Penélope*. Dylan Morgan está al mando de la caza.

Ofelia cargaba con la cámara de fotos y con el trípode mientras Katixa la seguía con el resto del equipo fotográfico al hombro. Las dos amigas corrían por la calle mayor de Ea en dirección a la playa. Era mediodía, pero el cielo estaba cubierto por nubes grises que presagiaban lluvia y un extraño viento del sur arrancaba espuma de las olas que se acercaban a la orilla. Las campanas de las dos iglesias tañían con fuerza al mismo tiempo en una melodía rápida y alegre que anunciaba en el aire lo que ya se sabía en toda la costa.

Parecía que todo el mundo había salido de su casa para no perderse el acontecimiento, seguramente el más importante que había presenciado el pueblo de Ea en años.

—¡Corre o nos lo perderemos! —gritó Katixa por encima de su hombro mientras esquivaba a una pareja que caminaba demasiado lento delante de ella en dirección al puerto y continuaba su carrera calle abajo—. Sigo sin saber por qué quieres fotografiar algo así. Es bastante sangriento.

—No me asusta un poco de sangre. Quiero documentarlo todo con fotografías: seguramente nunca antes se ha hecho algo parecido y quiero ser la primera en fotografiarlo —respondió sin dejar de correr—. Y también quiero asegurarme de que Dylan regresa a puerto.

Las calles eran un hervidero de gente y voces acercándose al pequeño puerto en forma de media luna. Algunos vecinos se asomaron a las ventanas para ver el torrente de personas que había tomado la calle y que bajaba en dirección a la bahía.

—*Balea! Balea!*

Dos niños de unos diez años pasaron corriendo a su lado y las adelantaron sin miramientos para colocarse en primera línea tras el muro de piedra del puerto.

—¡¿Qué están diciendo?! —gritó Ofelia por encima del barullo a su alrededor.

—¡Ballena!

Ofelia tropezó al cruzar el último puente del pueblo —tenía la rodilla magullada tras su caída en el camino hasta la casa la noche anterior— y estuvo a punto de caerse a la ría con cámara, trípode y todo lo demás.

—Si te matas por el camino, no verás a la pobre ballena —dijo Katixa cuando llegó hasta ella—. El puerto está lleno de curiosos, no tenemos sitio cerca del muro para poder tomar buenas fotografías.

Ofelia estudió la bahía unos metros más adelante y el puerto. Había tanta gente en el estuario de la ría que algunos habían trepado por las colinas inclinadas que rodeaban la ensenada, para tener un buen lugar desde el que mirar y no perderse el espectáculo.

—¿De dónde ha salido tanta gente?

—Muchos han bajado desde los barrios de Bedaroa o han venido corriendo desde pueblos de alrededor para ver la ballena. No sé si entiendes del todo la importancia de conseguir pescar una ballena, significaría mucho dinero y fama para el pueblo. También para quien esté al mando de la caza del animal.

Ofelia dejó el trípode sobre el suelo empedrado y se cubrió los ojos a modo de visera para distinguir algo en el mar. Sus ojos no eran tan buenos para ver en la distancia como lo eran en la oscuridad.

—Pues si no encontramos un lugar cerca del muro para tomar fotografías nos subiremos a él.

Volvió a cargar con el trípode y corrió resuelta entre la multitud para llegar al puerto. Cuanto más se acercaban a la playa, más difícil se hacía avanzar entre la marea de personas que se arremolinaban en la explanada. Aún se oían las campanas de las iglesias repicando al unísono para advertir a los vecinos, pero su tañido se volvió borroso y lejano cuando se adentraron entre la multitud.

—¡Paso! ¡Dejen paso! —gritó Katixa levantando la bolsa de material fotográfico con la que le había hecho cargar su amiga—. Tenemos un permiso especial para hacer un reportaje y tomar fotografías de la captura.

Algunos vecinos ignoraron sus palabras, pero la mayoría se apartaron como pudieron formando un pasillo estrecho pero suficiente como para permitirles llegar hasta la primera línea tras el muro del puerto.

—No tenemos ningún permiso especial —susurró Ofelia cuando llegaron.

Katixa le guiñó un ojo con complicidad.

—Pero ellos no lo saben. —Tenía las mejillas encendidas por la carrera y sonreía encantada—. ¡Vamos! Tú súbete al muro, que yo te voy pasando las cosas.

Ofelia le entregó el trípode y se subió de un saltito ágil al murete del puerto. La brisa marina la despeinó, desde allí arriba podía ver las calles a su espalda atestadas de gente y los vecinos asomados a las ventanas y miradores para no perderse el acontecimiento. Se fijó en los barcos que ahora navegaban en círculos, rodeando una gran mancha oscura que nadaba lenta cerca de la superficie.

—¡Ya la veo! ¡La ballena!

Mientras ella ajustaba la cámara para la luz de mediodía, Katixa le alcanzó el trípode, que colocó sobre el muro de piedra asegurándolo bien firme para que no se moviera y después encajó la cámara de fotos sobre el trípode con el tornillo de seguridad en la base. Ofelia se inclinó para mirar a través del visor; el encuadre desde allí era perfecto: la línea del horizonte marcaba la separación entre el cielo cubierto de nubes y el mar, las embarcaciones estaban lo bastante cerca como para poder distinguir sus mástiles, los remos que asomaban por sus lados o la chimenea de los vapores que lanzaba humo al cielo igual que un dragón poderoso.

—¡La luz no es la mejor, pero desde aquí arriba las fotografías serán muy buenas! —exclamó, todavía inclinada sobre el visor de la cámara—. Y cuando los barcos lleguen a la playa con la ballena, podré hacer un reportaje completo.

Katixa miró a su amiga encaramada al muro del puerto con la cámara en el trípode apuntando al horizonte y su vestido verde ondeando al viento. Le dedicó otra sonrisa mientras le daba el resto del equipo.

—¿Cuántos barcos han salido de puerto? —le preguntó Katixa a una mujer que estaba de pie a su lado y miraba las lanchitas en la distancia con una mezcla de emoción y aprensión; junto a ella, un niño pequeño se sujetaba nervioso a la falda de algodón de su vestido de trabajo.

—Entre vapores, traineras y *txalupas*, han salido siete embarcaciones en total, con sesenta y cinco hombres a bordo. Todos al mando del hijo mayor de los Morgan.

Aunque ya lo sabía, Ofelia se olvidó de la cámara un instante y miró preocupada a su amiga.

—Ninguna de esas embarcaciones son barcos balleneros ni tienen el material necesario para cazar una ballena. ¿Qué van a utilizar para engancharla? —preguntó Katixa.

—No, ninguno de ellos tiene ni repajolera idea de cómo atrapar una de esas bestias, pero se han llevado todo lo que han encontrado por ahí: unos viejos arpones balleneros, sogas y algo de dinamita por si tienen suerte.

—¿Dinamita? —Ofelia la miró sin comprender.

—¡Pues claro! De una ballena se aprovechan hasta las barbas y puede servir para mantener la economía de un pueblo como este durante una mala temporada de pesca. O durante dos. Pueden hacerse paraguas, corsés o abanicos y ¡hasta relojes! La carne del animal va bien para prepararla en salazón en las industrias conserveras de la zona —les explicó con pelos y señales—. Pero lo más valioso es la grasa para hacer velas, jabones, aceite para las lámparas o emplastos. De cada animal se extraen cientos de barriles de grasa que se venden a buen precio: varios miles de pesetas el barril.

—Por ese dineral, yo misma intentaría cazarla —bromeó Katixa.

—Ya llevan un buen rato dando vueltas por la misma zona. La han enganchado con un cabo y un barril vacío hará como un par de horas. Ahora hay que esperar a que la bestia se rinda. —La mujer hizo un gesto con la cabeza—. Esa ballena ya está muerta, pero todavía no lo sabe.

Ofelia lo pensó un momento y volvió a mirar a los barcos. El círculo que dibujaban alrededor de la gran sombra oscura que nadaba bajo la superficie era más estrecho cada vez. La aparente calma de la superficie se rompió cuando una enorme masa negra emergió de repente del agua cubriendo de sombra las embarcaciones a su alrededor, que ahora parecían pequeñas, casi insignificantes, en comparación con ella.

Un silencio tenso se extendió por el muelle cuando todos los presentes dejaron de respirar al mismo tiempo. Ofelia apretó el disparador de la cámara para capturar el momento único y el clic llenó el aire.

El silencio sobrecogedor se rompió cuando la ballena, herida de muerte, cayó al agua otra vez con un estruendo que recorrió el puerto, las calles del pueblo, llegó hasta el bosque y levantó un muro fugaz de espuma y gotas de agua que llegaron hasta la playa. Cuando el muro de espuma y neblina marina se despejó por fin, Ofelia comprobó angustiada que uno de los vapores se había escorado por el golpe del animal y algunos hombres habían caído por la borda al agua revuelta. El silencio contenido se transformó en un grito ahogado compartido por todos los que estaban en el muelle, al ver a sus vecinos luchando para no hundirse en el agua que se teñía rápidamente de color rojo brillante.

Luego la tensión se rompió con los gritos de alegría y los aplausos de todos los que estaban allí.

Los hombres a bordo de las embarcaciones trabajaron deprisa para terminar de amarrar la ballena con cabos y arpones, y así poder remolcar su cuerpo hasta la playa, donde ya los esperaban algunos vecinos que habían bajado por la rampa y se abrazaban entre sí, eufóricos en la arena.

Las embarcaciones fueron llegando a puerto con el cuerpo de la ballena, dejando una estela de agua roja a su paso en su penosa travesía hasta la orilla. Hubo más abrazos y gritos de alegría mientras los marineros llegaban a puerto. Ofelia tomó todas las fotografías que pudo de los hombres que desembarcaban —sudorosos, manchados de sangre y empapados de agua salada— y también del ambiente general. Pero a pesar de la alegría y de los gritos de euforia a su alrededor, no se movió del muro. Esperaba ver aparecer el *Penélope* en el visor de la cámara.

Las campanas de las dos iglesias repicaron con fuerza cuando el último barco llegó por fin a la playa: era el *Penélope* y Dylan Morgan iba de pie en la proa, con su largo abrigo de pescador abierto, una sonrisa triunfal y su pelo salvaje flotando en el viento.

Al verle aparecer, Ofelia apretó el disparador para tomar la fotografía perfecta del hombre que había cazado la última ballena del Cantábrico.

Dylan bajó de un salto por el costado del vapor sin importarle que sus pies se hundieran en el agua de la orilla, y buscó con la mirada entre la gente hasta que encontró a Ofelia de pie sobre el muro del puerto. Corrió por la rampa para subir a la explanada del puerto. Al verle pasar sus vecinos le abrazaron, gritaron vítores en euskera o le dieron palmadas afectuosas en la espalda, mientras se abría paso entre la multitud que le aclamaba, intentando llegar hasta ella.

—¡Has tardado! —le dijo ella con una enorme sonrisa cuando por fin llegó junto al muro; tuvo que gritar para hacerse oír por encima del eco de las voces y de las campanas de las iglesias.

—¡El capitán es el último en desembarcar!

Los ojos de Dylan brillaban y sus mejillas estaban inflamadas por la brisa marina y por la emoción de saber que acababa de hacer algo increíble.

Estaba eufórico. La sujetó por la cintura para bajarla del muro, y en el segundo largo en que Dylan la sostuvo en el aire, Ofelia sintió que el murmullo de voces a su alrededor desaparecía y el mundo entero se quedaba en silencio, como si de repente solo existieran ellos dos y las olas que rompían a su espalda. La abrazó en el aire sin soltarla aún; Dylan olía a agua salada revuelta, a sangre y a espuma de mar.

Katixa aprovechó ese momento para tomarles una fotografía. Esa imagen aparecería en todos los medios, revistas y periódicos nacionales durante semanas después de aquel mediodía nublado. En la fotografía se veía al capitán del barco que había cazado a la última ballena del Cantábrico, abrazando a una mujer con su vestido al vuelo y los pies aún flotando en el aire mientras una multitud aplaudía a su alrededor. En la playa, al fondo de la imagen, se apreciaba una ballena de casi quince metros abatida sobre la arena.

Esa fue también la primera fotografía de Dylan y Ofelia sin Ulises Morgan.

Esa misma noche hubo una fiesta para celebrar la captura de la última ballena del Cantábrico. Durante todo el día la bahía y las calles del pueblo habían estado tomadas por sus vecinos y por curiosos que se acercaron desde otros pueblos de la costa al oír la noticia. Incluso Anastasia y Claudia Amara bajaron de su mansión en la colina para unirse a las celebraciones.

Las tabernas y los bares del puerto no daban abasto sirviendo sidra y *txakoli*, sus cocinas se vieron sobrepasadas, así que tuvieron que sacar las parrillas y los asadores a la explanada cerca del embarcadero para poder dar de comer a todo el mundo. El aire del atardecer se impregnó del olor salado de las últimas sardinas asadas de la temporada, de los pimientos rojos confitados, de tomates recién cortados y pan tostado con aceite.

Cuando el sol se escondió en el horizonte, los puentes de piedra del pueblo y el muro del puerto aparecieron cubiertos de velas encendidas y faroles de queroseno, que iluminaban las calles donde seguía sonando la música y oyéndose las risas.

—Bueno, ¿cómo te sientes al ser el héroe del pueblo? —le preguntó Ofelia.

Dylan no había dejado de sonreír desde que saltó del vapor al llegar a puerto.

—Mucho mejor que cuando no lo era —bromeó.

Era la primera vez que estaban a solas desde que él la abrazó. Durante todo el resto del día, Dylan había estado reunido con los hombres que le acompañaron en la caza, para acordar cómo se repartirían las ganancias. Después de eso, Ofelia había tenido que esperar a que todo el mundo se acercara para hablar con él, darle la enhorabuena o pedirle algún favor. Ella había aguardado pacientemente mientras se bebía el vaso de sidra que alguien había puesto en su mano, viendo el ir y venir de los vecinos que miraban a Dylan con una mezcla admiración y respeto.

—Ahora mismo la gente de este pueblo te seguiría hasta el fin del mundo si tú fueras el capitán del barco que los llevase hasta allí.

Dylan le sonrió con ternura, esa era una sonrisa solo para ella.

—¿Y tú? ¿Me seguirías también?

El vaso tembló ligeramente en la mano de Ofelia al escuchar su pregunta, pero no llegó a responder porque, en ese momento, Helena y Marcel Laguna se acercaron hasta ellos. Tuvieron que esquivar a un grupo de hombres que cantaban frente a la puerta abierta de una taberna.

—Me alegro de que estés bien —dijo Helena a modo de saludo—. Me habría gustado acercarme antes a darte la enhorabuena, pero era imposible, estás muy solicitado.

—Sí, es lo malo de mi encanto: no me dejan tranquilo nunca —bromeó Dylan.

—Ya, supongo que haber cazado una ballena casi en tu primera salida como patrón tampoco hace daño.

Los dos se rieron.

—Enhorabuena, Dylan —dijo Marcel, menos pedante de lo que solía ser—. Lo que has conseguido hoy es algo grande y muy bueno para este pueblo. Sé que hace años que entre nuestras familias las aguas están un poco revueltas, y sé de sobra que tu padre es un hombre aferrado al pasado, pero quiero que sepas que siempre te he apreciado y también a tu hermano Ulises. Has sido amigo de mi hijo durante mucho tiempo, y a pesar de las últimas decisiones que Lorenzo ha tomado, todas malas, espero que eso no te impida ver a los Laguna como los amigos, futuros socios y defensores de este pueblo que en realidad somos. El futuro puede ser nuestro si trabajamos juntos. Desde luego, tú eres el hombre perfecto para llevar este pueblo y este modo de vida a ese futuro con el que tanto soñaba tu abuelo.

Marcel Laguna era uno de esos hombres que siempre parecían a punto de decir algo importante. Disfrutaba sabiendo que otros le respetaban y adoraba la parcela de poder que se había ido construyendo en esos años.

—*Zorionak*,[1] hijo.

Le tendió la mano y Dylan la estrechó con firmeza.

—Gracias.

Los dos dieron media vuelta, pero antes de volver a perderse entre la muchedumbre para seguir con la celebración, Marcel se dirigió a Ofelia.

—Lamento que mi hijo Lorenzo formara parte de lo que te hicieron Pedro y los otros dos. Fue inaceptable.

Ofelia no supo qué responder: Helena no le hablaba después de que hubiera inundado su casa con su hermano dentro y no podía evitar sentir una punzada de culpa en el costado cada vez que pasaba por delante de la elegante casa de los Laguna. Una parte de ella se arrepentía de su arrebato de furia, pero otra, más oscura e insidiosa, se removía inquieta bajo su piel: lamentaba no haber terminado lo que empezó en el comedor de los Laguna. Dos días después de la inundación había aparecido un papel por debajo de la puerta roja de la casa de las Amara:

Ofelia, sé que es imposible, pero espero que algún día me perdones.
L. L.

Sin decir nada más, los Laguna se perdieron otra vez entre la gente.

1. *Zorionak*: enhorabuena.

Ninguno de los dos dijo nada mientras el sonido de la música llenaba el aire tibio de esa noche de noviembre. Era una canción que hablaba sobre un pajarillo que volaba lejos de la costa y después no podía encontrar el camino de regreso a su hogar.

Dos pescadores se acercaron a ellos y le dieron unas sonoras palmadas en la espalda a Dylan.

—¡Sabía que estabas destinado a hacer cosas grandes! Tú eres el futuro líder de este pueblo y de todo este negocio. Eres el relevo, vas a mantener viva nuestra forma de ganarnos el pan, ¿verdad que te lo digo siempre, Marcos? —le preguntó al otro hombre que iba con él—. Dylan Morgan es el futuro.

El otro se limitó a asentir y levantar el vaso en su honor, y después se marcharon por donde habían venido.

—Vaya, sí que estás solicitado.

Dylan se rio, pero la sonrisa desapareció de sus labios cuando vio a sus padres acercarse hasta ellos. Penélope le dio un abrazo cariñoso y le revolvió el pelo en un gesto de afecto, como si Dylan fuera un niño.

—Qué orgullosa estoy de ti, hijo. Cuando tu padre me contó que ibas a ser el patrón del *Penélope*, me preocupé porque el mar es peligroso y prefería tenerte en tierra, a salvo conmigo —le dijo con una sonrisa comprensiva—. Pero sé que eres igual que tu abuelo Devon, cuando te miro le veo a él.

—Sí, mi padre estaría muy orgulloso de lo que has conseguido hoy, Dylan. Él era apasionado como tú y también contaba con el cariño, el respeto y la admiración de casi todo el pueblo —empezó a decir Silvestre. Por su tono de voz, Dylan supo que no iba a felicitarle como habían hecho todos los demás—. Pero esos hombres que han caído por la borda hoy podrían haber muerto. Uno de ellos casi se ahoga y otro tiene un par de huesos rotos que tardarán meses en curar. Ese hombre no podrá salir a navegar hasta que se cure y puede que tengamos que pagarle parte de su salario igualmente porque estaba trabajando para nosotros. Eso sin mencionar el dineral que nos costará reparar el vapor destrozado...

—Es la noche de Dylan, deja que lo celebre como se merece. Espera hasta mañana al menos para regañarle por los destrozos del vapor —medió Penélope.

Sin embargo, Dylan negó con la cabeza.

—Eres increíble —dijo con aspereza—. Hay una maldita ballena en la playa y yo la he traído. ¡Yo! ¿Sabes?, algunas veces me parece que preferirías que me hubiera hundido en el *Annabelle* con el abuelo, porque todo sería más fácil para ti: odias que sea un fracasado y que avergüence a la familia, pero también odias que tenga éxito. No puedo complacerte nunca. ¡Nunca!

Silvestre se ajustó las gafas sobre el puente de la nariz con un gesto lento y estudiado que solía utilizar con éxito para sacar de quicio a sus competidores y socios de negocios.

—Yo no te odio en absoluto, Dylan. Disfruta de tu noche y de tu éxito, tu madre tiene razón: te lo mereces; ya hablaremos con más calma cuando vuelvas a casa.

Penélope le acarició la mejilla a su hijo antes de cogerse del brazo de su marido para regresar a casa.

—Pásalo bien —le dijo por encima del bullicio mientras se alejaban.

Las olas chocaban cada vez más fuerte contra el muelle, su rumor sonaba por encima de la música y las voces. Una ráfaga de viento llegó desde el mar haciendo titilar las llamas de las velitas sobre el muro y apagando algunas de ellas. Desde allí todavía podía intuirse la gran sombra oscura de la ballena sobre la arena y, más adentro, el mar oscuro.

LA PROPUESTA

Dos semanas después de la caza de la última ballena del Cantábrico, el agua de la orilla aún mantenía un extraño tono rojizo que teñía la espuma del mar de un ligero color violáceo. La ballena fue desguazada sin desaprovechar nada de ella, tanto para hacer honor al animal como por el dinero que iba a dejar en todos los pueblos de la zona. Aquel extraño otoño lleno de lluvia y de agobiante viento del sur barrió los últimos restos de la ballena, imposibles de aprovechar, de vuelta hacia el mar, dejando la pequeña playa despejada.

Ofelia estaba sentada en el muro del puerto, muy cerca de donde Katixa les había tomado a Dylan y a ella la fotografía que se había hecho famosa. Anochecía en el horizonte y pronto los barcos y las lanchas se harían a la mar de nuevo después de unos días de descanso. Buscaba a Moisés Páramo entre los hombres que habían llegado a Ea a lo largo de la última semana, algunos atraídos por la posibilidad remota pero lucrativa de cazar otra ballena, otros por simple curiosidad. Pasaba largos ratos escudriñando los rostros de los forasteros que paseaban entre las callejuelas o que llenaban las tabernas y la plaza a la puesta del sol. Buscaba al hombre que aparecía en la fotografía borrosa que encontró escondida entre las páginas del librito de mapas antiguos que Moisés le había regalado a su madre como prueba de que él no sentía miedo de los monstruos, tal vez porque él era uno de ellos.

Sabía que había pasado mucho tiempo desde que la tomaron, pero Ofelia escrutaba sus rostros buscando la barba oscura y densa de la vieja fotografía, la gorra de marinero, la cicatriz en su mano que ella misma le había dejado al morderle cuando la arrastraba hacia el acantilado o cualquier señal que pudiera ayudarla a descubrirle. Esa imagen de Moisés en la fotografía era la que había sustituido a la figura del hombre sin rostro en sus pesadillas. *Hic sunt dracones*, pensaba mientras intentaba decidir qué haría cuando por fin se encontrara con él.

Oyó unos pasos acercándose a ella y un momento después una voz masculina a su espalda:

—¿Qué hace aquí tan sola, señorita? ¿Acaso no ha oído que un temible asesino merodea por esta costa?

—Sí, pero yo soy la hija de Barba Azul. Usted me puso el nombre.

—Culpable. —Ángel de Martisol sonrió a modo de disculpa bajo el ala de su sombrero de ciudad—. Ya le dije que estaba seguro de que usted tenía una historia que contar, aunque me enteré de lo que esos hombres le hicieron al leer mi reportaje y lo lamento mucho. No pensé que mis palabras pudieran empujar a alguien a cometer un acto tan espantoso.

—Las palabras tienen poder, señor Martisol, por eso precisamente deben usarse con cuidado. Yo he pasado mucho tiempo sin poder hablar y lo sé bien. Pero no fueron solo las palabras en ese artículo suyo las que me llevaron al fondo del mar: me temo que esos hombres ya me odiaban antes, solo buscaban una excusa.

—Y mi artículo se la dio.

—Sí.

Un silencio llenó el aire de la tarde entre ellos.

—¿Así que lo leyó? Mi artículo.

La sonrisa de Martisol se volvió más grande y se sentó en el muro a su lado, aunque ella no le hubiera invitado a hacerlo.

—Lo leí, sí, pero después envolví el pescado de aquel día con él.

—¿El pescado, eh? —bromeó—. Aunque no lo crea, esa no es la peor crítica como escritor que me han hecho.

—Estoy segura de que no —respondió ella con ironía.

Ángel de Martisol vestía un traje gris con una camisa blanca de cuellos levantados, pero por el aspecto desgastado de la tela de la americana en la zona de los puños y de los codos resultaba evidente que aquel era su único traje. Sus zapatos marrones eran buenos, de piel fina con hebillas, pero igual que sucedía con el traje, se veían ajados por el uso. Martisol tenía esa mirada desencantada de los hombres que llevan toda la vida persiguiendo algo que les da esquinazo a cada oportunidad. Y por la facilidad con la que había aceptado la crítica sobre su artículo, Ofelia supuso que lo que se le escapaba entre los dedos una y otra vez al señor Martisol era el reconocimiento de su trabajo como reportero.

—Vi su fotografía, por cierto, muy buena.

La brisa suave de la tarde le acarició la cara y le removió el pelo. Ofelia se lo colocó detrás de la oreja y le miró sin mucho interés.

—Sí, ya sé a qué fotografía se refiere, pero no fui yo quien la tomó. Fue mi amiga Katixa, todo el mérito es suyo.

Él negó con la cabeza.

—No, no me refiero a esa fotografía en la que aparece usted en los brazos de un aguerrido marinero de pelo moreno. Aunque es una buena fotografía, tiene gancho, desde luego, pero no es la que me interesa: esa es demasiado amable para mi gusto. Cualquiera puede tomar una fotografía de un momento feliz. Me refiero a las que aparecieron en las páginas interiores del diario ese mismo día.

—¿Las de la ballena?

—Sí, todas ellas. Las pequeñas embarcaciones luchando contra las olas, los viejos arpones balleneros en manos de los hombres que intentan dar caza al último gigante de estos mares, sabiendo que pueden morir en cualquier momento, y la ballena, derrotada en esta misma playa con la sangre empapando la arena. Son todas muy buenas, captan el dolor y la lucha, el drama. Uno casi puede oler el mar y la sangre en ellas. Tiene usted mucho talento para captar el sufrimiento.

Martisol hablaba de forma diferente a como lo había hecho en la tienda de las Arrieta mientras intentaba sonsacarles información a las clientas. Ahora sus palabras eran entusiastas, cargadas de emoción y de algo que a Ofelia le pareció pasión.

La clase de pasión casi infantil que empuja a alguien a perseguir un sueño durante años.

—Gracias. Ha sido la primera vez que tomo fotografías con la intención de vendérselas a un periódico después.

Ofelia había enviado las imágenes del día de la caza de la ballena a un diario muy popular que se editaba en Bilbao, junto con una notita donde adjuntaba su dirección para que le enviaran el cheque —que después tuvo que ir a cobrar al banco en Bermeo— por las imágenes. Ni siquiera sabía si en ese periódico aceptaban fotografías de fotógrafos independientes, pero tras pensarlo durante dos días decidió intentarlo igualmente. Por eso se sorprendió tanto cuando Claudia le entregó una carta con un vistoso matasellos de Bilbao dirigida a ella; Ofelia nunca había recibido una carta, así que abrió el sobre grueso ceremoniosamente sola en su dormitorio y ahí estaba: un cheque a su nombre como pago por sus tres fotografías. Acarició el cheque como si no terminara de creérselo. No había decidido aún qué haría con el dinero, así que lo escondió en la misma cajita metálica de galletas donde guardaba el resto de sus tesoros, las sales de baño de rosa que solía robar del frasco de cristal del baño principal de la casa y algunas conchas. Curiosamente, esa noche durmió sin pesadillas.

—Sé que no tiene usted motivos para confiar en mí después de todo ese asunto de «la hija de Barba Azul», pero sus fotografías son buenas y en mi periódico siempre están buscando fotógrafos que viajen mucho y cobren poco.

Ofelia le miró sin comprender.

—¿Tan culpable se siente por lo que sucedió que me está ofreciendo trabajo como fotógrafa?

Martisol le dedicó una sonrisa sincera, seguramente la primera que ella le había visto.

—Nada de eso. No lo hago porque me dé usted lástima o porque me sienta culpable por mi reportaje, yo solo hacía mi trabajo. Pero sus fotografías son poderosas y están llenas de emoción, la capacidad de captar eso en una foto no es algo que se pueda aprender: se tiene o no se tiene. Si quisiera, podría usted trabajar como fotógrafa para mi periódico, yo estaría encantado de recomendarla para el puesto. Aunque desde ya le advierto que los fotógrafos viajan por medio mundo con su cámara siguiendo las noticias. Si acepta, tendría que dejar este encantador pueblecito con olor a salitre, y a todos los que viven aquí.

Durante unos segundos Ofelia se imaginó a sí misma marchándose de Ea, dejando atrás el mar, el bosque de pinos que empapaba el aire con su olor fresco o los secretos que caminaban por las calles estrechas después de la puesta de sol. Una vida lejos de Anastasia Amara y de su caserón de tinieblas; solo ella con su equipo fotográfico siguiendo las noticias y la aventura, viajando a lugares lejanos donde nadie supiera que ella era «la hija de Barba Azul».

Le gustó. Casi pudo verse en otra vida: en un desierto lejano fotografiando a soldados, caminando por las aceras abarrotadas de una gran ciudad o cubriendo un importante discurso político en el Congreso. Pero lejos de Ea también significaba lejos de Dylan, de Claudia, de Katixa, de Ulises y de esas respuestas sobre su propio pasado que tanto necesitaba encontrar. Ofelia miró el mar a su espalda: anochecía y pronto tendría que atravesar las calles del pueblo para subir el camino entre árboles que llevaba a la mansión.

—Gracias por su propuesta y gracias por reconocer mi trabajo, señor Martisol, pero ahora mismo no puedo dejar este lugar. Hay asuntos que debo solucionar antes.

Ángel asintió despacio.

—Es una lástima, pero ya supongo que ese marinero alto de pelo moreno que la sostiene en esa fotografía la retiene aquí.

—No es solo por él —se defendió—. Busco respuestas sobre mi pasado, no me marcharé a ningún sitio hasta que las consiga.

—Lo comprendo, pero si cambia de idea o si quiere que la ayude a encontrar esas respuestas sobre ese misterioso pasado suyo puede escribirme a Madrid. —Martisol rebuscó algo en el bolsillo del pantalón gastado de su traje y le entregó su tarjeta de visita—. Tal vez no sea muy buen escritor, pero soy un buen reportero de investigación.

—¿Ah sí? —bromeó ella.

—Desde luego. Por ejemplo, ahora mismo estoy embarcado en una fascinante investigación sobre las sirenas. —Guardó silencio unos instantes para ver su reacción—. ¿Sabía usted que existe una enfermedad cutánea llamada «ictiosis»? Provoca una especie de descamación en la piel: unas escamas finas y blanquecinas, parecido al aspecto que tienen algunos peces. Es hereditaria, típica de algunas islas del mar del Norte.

Ofelia pensó en su brazo cubierto de escamas, pero no dijo nada.

—Ya lo ve, tengo buen olfato para los misterios y desde el primer momento en que la vi supe que había un gran misterio ligado a usted. Una historia —añadió Martisol—. Aunque sospecho que esas respuestas que tanto busca están muy lejos de este pueblo.

Ofelia leyó la tarjeta de visita: «Ángel de Martisol. Reportero y escritor».

—¿Es usted bueno resolviendo misterios, señor Martisol?

Él se levantó del muro, se limpió los restos de arena de los pantalones y le guiñó un ojo a modo de despedida.

—El mejor. Piense en mi oferta.

Le vio alejarse de vuelta hacia la plaza y perderse entre las calles. Ofelia volvió a leer su tarjeta y la guardó en el bolsillito de su falda.

La mujer vestida de blanco que había salido del bosque aquella tarde en la playa de Natxitua visitaba a Ofelia en sus sueños. Nunca le veía la cara, pero llevaba la corona de lirios blancos como la nieve hasta la orilla y la dejaba flotando entre las olas que rompían contra los cantos rodados para esconderse de nuevo en el bosque. Algunas veces en su sueño, Ofelia corría hasta el límite de los árboles donde el bosque espeso se mezclaba con el suelo pedregoso de la playa, y conseguía ver a la misteriosa mujer que huía entre los pinos sin mirar atrás.

Veía su vestido blanco ondeando en la brisa de la tarde mientras corría o la tela vaporosa que cubría su rostro acariciando el tronco de los árboles al pasar junto a ellos.

Otras noches soñaba que la mujer de blanco la visitaba en su habitación después de medianoche, atravesaba la puerta atrancada desde dentro igual que un espectro y llegaba hasta su cama sin hacer ningún ruido. Mientras, Ofelia, tumbada en la cama, no podía moverse. La mujer se inclinaba sobre ella con su rostro oculto por la fina muselina blanca, aferrando algo brillante en su mano derecha. Era un cuchillito de cocina muy afilado, del tipo que se utiliza para filetear el pescado. El cuchillito centelleaba en la habitación oscura un segundo antes de que la mujer se inclinara sobre ella para cortarle los pies. Ofelia alzaba las manos para intentar detenerla, pero, entonces, ella le hacía cortes en las palmas y en los brazos, que sangraban sobre su pecho y sobre su cara. Ofelia lograba tirar del velo blanco, dejando un rastro de sangre sobre la muselina, y por fin veía su rostro.

Era Anastasia Amara. En sus sueños, la mujer de blanco siempre era Anastasia Amara.

Aquella noche Ofelia soñó que se levantaba de la cama, salía de su habitación y bajaba la escalera. Caminaba sin hacer ruido por la casa silenciosa y oscura: ella era entonces el espectro. Cerraba por dentro la puerta del gran baño principal y llenaba la bañera para meterse dentro sin quitarse su camisón blanco de algodón. El agua estaba helada y se desbordaba al tumbarse en el fondo sin cerrar los ojos. A través del filtro borroso del agua Ofelia podía ver el techo alto del baño con el rosetón de escayola en el centro y el papel pintado de las paredes. Entonces una mujer se sentó en el borde de la bañera y le sonrió debajo del velo con una sonrisa torcida, como hacen los monstruos en las pesadillas. Ofelia se asustó, intentó levantarse, pero la mujer la retuvo bajo el agua apretándole el pecho con las dos manos. Su risa afilada le llegaba distorsionada por el agua fría que inundaba sus oídos y el resto de sus vías. El velo de la mujer resbaló hasta el agua y Ofelia por fin pudo verle el rostro. No era Anastasia Amara: era ella misma o una mujer muy parecida a ella. Entonces se dio cuenta de que quien estaba intentando ahogarla no era Anastasia, sino la mujer de la fotografía que encontró entre las páginas del librito de mapas antiguos. Era su madre, Cora Amara.

Ofelia se despertó de golpe, estaba en la bañera y el agua fría inundaba el suelo del baño.

Respiró deprisa, el aire le quemaba en la garganta. Cerró el grifo en la pared con manos temblorosas y entumecidas por el frío. ¿Cuánto tiempo había pasado bajo el agua? No podía decirlo con seguridad, pero tenía que haber sido mucho más que cuando la empujaron al agua atada a esa maldita ancla porque, por primera vez desde que podía recordar, le faltaba el aire y sus dientes castañeteaban de frío.

Ofelia miró a su alrededor buscando alguna señal de que Cora Amara había estado realmente en ese baño para intentar ahogarla. No encontró nada, pero en ese instante recordó que en el pasado su madre ya había intentado matarla.

BAJO LA SUPERFICIE

Ofelia oyó la voz de Katixa en el jardín delantero de la casa y bajó los escalones de dos en dos para llegar a la puerta.

Era una tarde fresca de otoño, de esas tan habituales en la costa en las que el sol brilla sin fuerza en el cielo despejado y el viento viene frío y salado. Ofelia se colocó mejor el chal triangular de color gris humo antes de salir al pórtico de la casa donde la esperaba Katixa.

—Menos mal, pensé que iba a tener que entrar —dijo su amiga aliviada cuando la vio aparecer por fin—. Prefiero no cruzarme con Anastasia.

—Descuida, yo también prefiero no cruzarme con ella —admitió—. Procuro evitarla desde que me hizo aquello en los pies...

Ofelia bajó la cabeza y se miró los zapatos que asomaban por debajo del pespunte de su falda de lino color rosa pálido. Las heridas habían cicatrizado —tal y como le prometió Claudia aquella madrugada mientras le curaba los cortes—, pero la sola idea de enfrentarse a Anastasia o de estar a solas en la misma habitación que ella le provocaba náuseas y un mareo que solía terminar con ella escondida en su habitación igual que una niña indefensa, así que evitaba estar a solas con ella y pasaba casi todo el tiempo en compañía de Claudia. Ni siquiera Barba Azul o la posibilidad real de que su propia madre hubiera intentado asesinarla le daban tanto miedo como Anastasia.

—¿Cómo está tu madre? ¿Ha recuperado el apetito?

El rostro de Katixa se cubrió de sombras. Hacía días que Maravillas Aranguren había dejado de comer.

—No. Se pasa todo el día en la cama o sentada en una silla

mirando hacia la calle por la ventana de la salita como si esperara a alguien. Sé de sobra que nunca se ha recuperado de la desaparición de Nagore, eso no es nada nuevo, pero en los últimos meses ha ido a peor. Ya casi no puedo cuidarla sola: vestirla, adecentarla o darle de comer. He tenido que escribir a mi hermano mayor a Donostia para que venga con su mujer a ayudarme con nuestra madre. Ya no sé qué hacer.

Maravillas Aranguren se había ido apagando frente a sus ojos igual que una llama en mitad de una corriente de aire. La primera vez que Ofelia la vio —la noche que ella y otras mujeres se presentaron en la funeraria para pedirle respuestas sobre sus hijas perdidas—, le había parecido que nada en el mundo sería capaz de calmar su necesitad de descubrir la verdad. Pero con el paso del tiempo había visto cómo Maravillas se iba convirtiendo en una sombra de la mujer resuelta, aunque herida, que ella había conocido.

—Lo siento mucho.

—Ya. Nadie debería ver a su madre convertida en una inválida con la mente descompuesta. Casi todo el tiempo es como si ella ya no estuviera dentro de su cuerpo, pero algunas veces de repente habla o me llama por su nombre. Nagore. Eso es lo peor: piensa que soy ella.

Ofelia cogió y apretó la mano a su amiga y ella le devolvió el gesto.

—Si necesitas ayuda para cuidar de ella hasta que tu cuñada y tu hermano vengan, cuenta conmigo. Puedo pedirle a Claudia que haga alguna de mis tareas en la casa o en la funeraria para tener más tiempo y bajar a ayudarte. Seguro que a ella no le importa, sé que siempre ha apreciado a tu madre.

Pero Katixa negó con la cabeza.

—No te preocupes por eso, mi *ama* es solo mi responsabilidad y la de mi hermano, que para eso somos su familia y ella nos ha cuidado siempre sola lo mejor que ha podido. Ya sabes que por las tardes se queda un rato con Emilia, la vecina, que le hace compañía y le lee revistas y periódicos viejos para mantenerla entretenida. Así yo puedo coser algún encargo atrasado o salir de casa, y justo por eso he venido.

Ella la miró sin comprender.

—Hace dos días Emilia le estaba leyendo a mi *ama* un periódico muy viejo que se había encontrado haciendo limpieza en su casa. Al parecer, a su hijo le gustaba guardarlo todo y hace poco que se ha casado y se ha ido a vivir con la mujer a Bermeo. Da igual... El caso es que mientras le leía un artículo de ese diario viejo, mi madre tuvo una reacción extraña. Se alteró mucho. Según Emilia, se puso a gritar muerta de miedo como si acabara de ver un fantasma e intentó atacarla cuando ella quiso calmarla.

—Bueno, tú misma has dicho que algunas veces a tu madre se le olvidan las cosas y tiene un comportamiento raro. —Intentó decirlo de la forma más delicada posible—. A lo mejor eso es lo que pasó.

Katixa estaba a punto de decir algo, pero la puerta roja de la casa se abrió detrás de ellas. Ambas enmudecieron cuando Anastasia apareció en el pórtico.

—¿Dónde está Claudia? —Fue lo único que preguntó con su voz seca y autoritaria.

Ofelia se quedó inmóvil al verla tan cerca, igual que le sucedía en sus pesadillas cuando era incapaz siquiera de gritar en el momento en que Anastasia se inclinaba sobre ella para cortarle los dedos con su cuchillito brillante.

—No lo sabemos, señora.

Katixa se aseguró de que la última palabra sonara igual que un insulto. Funcionó, porque Anastasia le lanzó una mirada ponzoñosa que haría tambalearse de miedo a cualquiera, menos a Katixa Aranguren.

—Más le vale que no se haya metido en líos otra vez. —Y cerró la puerta tras de sí dando un portazo que sacudió a Ofelia por dentro.

—Menuda es la vieja —masculló Katixa cuando volvieron a quedarse solas—. ¿Crees que ha oído el resto de nuestra conversación? No me fío de ella, siempre he sabido que esconde algo, además de lo que me contaste sobre Cora y su marcha.

—¿Anastasia? No lo creo, yo no siento ninguna simpatía por ella, pero me cuesta imaginármela saliendo a hurtadillas de la casa por las noches para llevarse a las chicas. Aún está ágil, pero tiene una edad en la que dudo que pudiera cargar con una niña de diez años siquiera.

—¿Nunca sale sola de casa?

—No, si puede evitarlo. Odia bajar al pueblo, aunque acostumbra a pasear por el bosque para recoger plantas y flores para ese herbario suyo; muchas veces no regresa a casa hasta bien entrada la noche. Anastasia Amara tiene secretos, pero me cuesta creer que sea una asesina.

Después de decirlo en voz alta, Ofelia volvió a pensar en ello.

—¿Te cuesta creerlo? A mí por el contrario no me cuesta nada creer que Anastasia sea capaz de matar a alguien. Quiero decir, es la misma loca que se coló en tu dormitorio para cortarte los pies mientras dormías, ¿y cuántas veces le has visto ser cruel con su hija o levantarle la mano a Claudia?

—Algunas, sí. Pero desde hace unos días me pregunto si hay algo más bajo la superficie. —Ofelia bajó la cabeza y se miró las manos pálidas—. No te lo he contado, pero he soñado con mi madre, con Cora. En el sueño ella intentaba acabar conmigo ahogándome.

Casi podía sentir el agua fría de la bañera llenando su boca cuando la abría para pedir ayuda.

—Vaya, lo siento. —Katixa intentó sonreír para aliviar la tensión.

—Descuida. —Ofelia se encogió de hombros y le restó importancia con un gesto—. Bueno, ¿qué era eso que me estabas contando antes de que apareciera Anastasia?

El rostro de Katixa se ensombreció al recordarlo.

—Sí, quería hablar contigo sobre el artículo que Emilia le estaba leyendo a mi madre cuando ella tuvo el ataque. Trataba sobre la desaparición de Clara Iriarte, ¿te acuerdas de ella?

—Sí. Clara Iriarte fue la primera chica desaparecida, ¿verdad? Recuerdo que tenías una vieja fotografía suya en el diario, era muy hermosa.

—Lo era, sí. De la pobre Clara también decían entonces que era una lamia, una sirena, una bruja... Ya sabes. —Miró a su amiga con cara de circunstancias—. El caso es que cuando desapareció, muchos pensaron que ella solita se lo había buscado por dedicarse a salir de paseo sin acompañante, por tontear con hombres. Se decía que incluso tenía un lío con un hombre mucho mayor que ella. Un escándalo.

—¿Y nunca descubrieron quién era él?

—No, ni siquiera sé si era verdad o si solo era otro de los rumores maliciosos que circulaban sobre ella, pero el caso es que hace dos días Emilia le leyó una noticia a mi *ama* que trataba de la desaparición de Clara. El artículo no contaba gran cosa, aunque mi madre se alteró cuando la pobre Emilia le leyó la última parte.

Katixa volvió a asomarse por encima del hombro de su amiga para asegurarse de que Anastasia no las espiaba, sacó el recorte del periódico de su bolso y se lo dio a Ofelia. El papel estaba amarillento y frágil por el paso del tiempo, pero la humedad del aire había respetado la tinta, que todavía era legible.

—«Continúa la búsqueda de la joven desaparecida misteriosamente, sin sospechosos. Hablan los vecinos» —leyó Ofelia. Un poco más abajo había un párrafo con lo que parecían testimonios de algunos vecinos del pueblo.

—Lee el último de todos. Al final.

—«No me extraña que haya desaparecido, le gustaba mucho pasear sola por los caminos. Barba Azul no perdona a las chicas rebeldes. (Penélope Fuentes Martín).»

Ofelia miró a su amiga sin comprender.

—¡Barba Azul! —indicó Katixa.

Releyeron el fragmento del artículo.

—Sí, es raro que hace más de veinticinco años, justo después de llevarse a la primera chica, alguien ya le llamara Barba Azul... Pero sigo sin ver qué relación tiene con el caso ni por qué se asustó tu madre.

—Barba Azul. Nadie le llamaba así hasta hace aproximadamente cinco años, cuando una maestra de la escuela de Bermeo, después de leerles ese mismo cuento a sus alumnos, reparó en que el villano de la historia hacía desaparecer a sus jóvenes esposas sin dejar rastro, igual que hace nuestro secuestrador.

Ofelia miró a su amiga. Aunque ya estaba acostumbrada, a menudo aún le sorprendía lo profunda que era su obsesión —y también su conocimiento— del misterio de Barba Azul.

—Si lo piensas bien, es bastante raro que esa tal Penélope que habla al final del artículo ya conociera su apodo tantos años atrás.

Los ojos de Katixa brillaban de emoción mientras hablaba. Ofelia conocía bien esa mirada y sabía que su amiga había descubierto una nueva pista.

—Sí que es raro —admitió.

—Esa tal Penélope, la que menciona a Barba Azul, es Penélope Fuentes Martín; aunque ese era su nombre de soltera, claro. En algunos lugares, por ejemplo, en Inglaterra, es costumbre que las mujeres adopten el apellido de sus maridos cuando se casan, incluso aunque estén lejos de su país, ¿lo sabías? Penélope Fuentes es Penélope Morgan.

1880

Cora Amara ha dado a luz una niña. El parto ha sido largo y penoso, justo como ella ha temido durante los meses anteriores. Está sola en la cueva, Moisés no va ese día a visitarla como suele hacer, así que Cora sangra sobre las mismas mantas sucias en las que duerme cada noche, antes de sentir que algo se desgarra dentro de ella, en el mismo centro de su cuerpo.

Grita toda la furia contenida que se ha guardado dentro durante todos los meses que lleva encerrada en esa mazmorra. Llora de dolor entre las paredes de su jaula de piedra mientras, fuera, las olas furiosas chocan contra el acantilado. No sabe cuánto tiempo pasa hasta que oye un llanto por encima del suyo propio, y comprende que acaba de dar a luz. Pero no es un niño como ella ha visto en sus sueños: es una niña de piel pálida, con las manitas enrojecidas apretadas en un puño.

Cora no siente nada al verla. Toda su vida ha escuchado decir lo mucho que las madres aman a sus hijos al verles la carita por primera vez: ese momento casi mágico en el que el bebé sale del cuerpo de una para mirarla con la misma necesidad desesperada con la que esa niña la miraba ahora. Pero Cora la mira y no siente ese vértigo de amor instantáneo al verla, tan pequeña y frágil.

Una parte de ella sabe que su indiferencia por la recién nacida se debe a los meses que ha pasado encerrada en esa cueva a merced de Moisés, de sus caprichos y de sus cambios repentinos de humor. Lo sabe, sí; pero también recuerda cuánto las odia su propia madre, a ella y a su hermana Claudia, esa hermana a la que finge no recordar para no enfurecer a Moisés. De repente se le ocurre que tal vez ese odio es hereditario también, como el color de su piel o su pelo. Vuelve a mirar al bebé cubierto con su propia sangre buscando ese destello de amor en su corazón, pero no encuentra nada.

Está muy cansada y todavía puede sentir el eco del dolor recorriendo su cuerpo por dentro, semejante a las ondas que dibuja en la superficie del agua una piedra lanzada desde la orilla. Estira el brazo sin moverse para llegar a la polvera que Moisés le ha llevado unas cuantas semanas atrás: «Estás pálida, amor. Te vendrá bien un poco de color en las mejillas», le había dicho él al darle la polvera metálica con su mejor sonrisa de preocupación.

La abre, arranca el espejito de cortesía bajo la tapa y lo lanza contra el suelo de piedra con todas las fuerzas que todavía le quedan para que se rompa en pedazos. Coge la esquirla más afilada de entre los restos que están a su alcance y se corta el dedo índice sin querer. Su sangre gotea sobre la carita congestionada de la niña, que no ha parado de llorar. La mira un momento y después con el pedazo del espejo roto corta el cordón que aún la une a ella.

Cora se tumba de nuevo junto al bebé, cierra los ojos y cae en un sueño neblinoso. Sueña que está otra vez en la gran casa sobre la colina, esa con el tejado de color rojo sangre y las ventanas gemelas en el desván. La casa de su madre, su tela de araña. La luz del sol no llega a iluminar las habitaciones oscuras y húmedas; algunas noches, Cora oye pasos en la escalera principal, acercándose al dormitorio, pasos que no pertenecen a ninguna de ellas tres. En el sueño está de pie delante de la puerta que se abre a la escalera que baja hasta el sótano, el olor a formaldehído y alcohol asciende flotando hasta ella en el aire tenebroso de la casa. Cora baja el primer escalón cuando oye una voz a su espalda, en el umbral de la puerta que permanece abierta:

—A las chicas rebeldes les pasan cosas malas.

Es su madre. Anastasia le sonríe un instante y después la empuja escaleras abajo.

Cora se despierta de golpe en el suelo de la cueva. Está sola, pero siente que todavía está cayendo por la escalera del sótano de la casa de su madre. Ahoga un grito de dolor y se mira el brazo, todavía temblando: la cicatriz sigue en el mismo lugar, se ha vuelto algo más blanca por el paso del tiempo, pero todavía se intuye la marca irregular por la que asomaba su hueso fracturado. El recuerdo del sueño se va diluyendo en su memoria, pero la impresión de vértigo y terror al caer por la escalera aún sigue presente.

¿Su madre la empujó por la escalera? ¿Es así como se hizo la fractura abierta del brazo? No recuerda nada de lo que sucedió el día antes de despertarse en la cueva con Moisés.

Oye un murmullo a su lado y ve al bebé. Se ha desmayado después del parto, así que apenas ha tenido oportunidad de examinar a su hija recién nacida. Es entonces cuando lo ve: los pies. Los minúsculos deditos de sus pies están unidos por una delicada membrana de piel. Sabe lo que tiene que hacer.

Con las fuerzas que aún le quedan, Cora se levanta, coge al bebé y se asoma al final de la terraza elevada. Es fuerte, siempre ha sido mucho más fuerte y rápida que otras muchachas de su edad; incluso ahora, justo después de dar a luz, Cora tiene fuerza suficiente para bajar con cuidado por la pared como suele hacer cuando sale a nadar junto al acantilado.

El suelo en la zona de la cueva principal está inundado. Mientras avanza, Cora puede notar el agua helada que entra por la grieta en la pared hasta más arriba de los tobillos. El bebé llora en sus brazos cuando llegan a la entrada de la cueva, la gran boca abierta como una sonrisa terrorífica en el acantilado de Santa Catalina. La luz azulada de la tarde las ciega a las dos. Allí fuera, el viento del norte golpea con fuerza silbando al pasar entre la roca, las olas rompen bajo sus pies llenando el aire de bruma marina y gotas de agua salada.

La pequeña se mueve inquieta contra su pecho, asustada por el estruendo del mar y el agua que empapa su carita. Llora con fuerza, pero Cora se inclina con cuidado por encima del promontorio que sobresale de la cueva, después mira los extraños piececitos de su hija una vez más para estar segura.

—Vuelve a la mar, monstruo.

Y deja a la recién nacida entre la espuma blanca de las olas.

GOLPE DE GRACIA

El camino que llevaba desde la casa fúnebre de las Amara hasta el taller de los Morgan nunca se le había hecho tan largo a Ofelia. Ninguna de las dos dijo una sola palabra mientras bajaban la cuesta sinuosa que terminaba tras la primera iglesia del pueblo. El único sonido que rompía el silencio era el crujido de la falda de Ofelia al caminar y alguna ráfaga ocasional de viento, que agitaba las ramas de los árboles. Todavía quedaban unas tres horas de luz en el cielo, así que tenían tiempo suficiente para hablar con Dylan y volver a la mansión antes de que se hiciera de noche, pero las dos caminaban deprisa para llegar al taller cuanto antes y conseguir alguna respuesta.

—¿Crees que es buena idea? Contárselo a Dylan, quiero decir. Aunque haya tenido algo que ver con todo esto, Penélope es su madre.

—Dímelo tú, tú mejor que nadie puedes responder esa pregunta: Cora Amara era tu madre y crees que intentó matarte.

—Creo que ella es la mujer de blanco que me ahoga en mi sueño, la que me mantiene bajo el agua en la bañera hasta que no puedo respirar —respondió Ofelia sin mirarla—. Solo es un sueño, pero parece tan real... Y sé que es imposible, pero la última vez incluso me pareció que ella estaba ahí, en el baño. Tú tienes razón: si fuera mi madre, yo querría tener todas las respuestas, y seguro que Dylan también piensa así.

Cruzaron el primer puente sobre la ría y dejaron atrás la casa de las hermanas Arrieta con su escudo familiar de piedra en el frente. La tienda de ultramarinos todavía estaba abierta a esas horas y al pasar por delante el aire de la calle se llenó de olor a especias y a café molido. Caminaron un rato más hasta llegar al final a la calle principal que discurría paralela a la ría, donde se alzaba la casa de los Morgan. Las dos aminoraron el paso cuando se acercaron a la puerta de color azul, casi como si el edificio fuera un muro imposible de atravesar.

—Sigo sin comprender por qué —murmuró Katixa con los ojos fijos en la fachada de piedra blanca de la casa—. Penélope Morgan era poco más joven que Clara Iriarte. ¿Qué podía tener en su contra? ¿Y cómo encajan Moisés Páramo o Cora en toda esta historia?

—Vamos a ver qué puede contarnos Dylan sobre su madre o sobre Clara Iriarte.

Ofelia le dio un tironcito en la manga a su amiga para sacarla de sus pensamientos, pero Katixa todavía se quedó un momento más inmóvil frente a la casa de los Morgan.

—Penélope llamó Barba Azul a ese hombre muchos años antes que nadie, y en el artículo también menciona algo acerca de las chicas rebeldes.

—«Barba Azul no perdona a las chicas rebeldes» —repitió Ofelia, que no había dejado de pensar en aquellas palabras desde que las leyó en la página amarillenta del periódico.

—Eso, es. Dijo «chicas», en plural. Es extraño, ¿no crees? Penélope parecía saber ya entonces que después de Clara desaparecerían más chicas. Y necesito saber cómo lo sabía.

Dejaron atrás la casa de los Morgan, aunque su sombra alargada las persiguió hasta que por fin doblaron la esquina para cruzar el último puente.

—Aquella tarde en la cala vimos a una mujer vestida de blanco que salía del bosque para dejar la corona de lirios en la orilla. ¿Y si esa mujer era Penélope? —sugirió Katixa de repente—. Tal vez es ella quien ha ido dejando esas flores en el agua todos estos años, a modo de venganza retorcida. O tal vez se siente culpable.

—Sí, tal vez.

Aunque de alguna manera Ofelia sabía que la mujer de blanco no era Penélope Morgan.

Había estado lloviendo todo el día: una lluvia suave pero constante que poco a poco iba empapando hasta los huesos a quien se confiaba y salía a la calle sin paraguas ni sombrero. Ofelia y Katixa habían ido esquivando la lluvia parapetándose bajo los aleros que sobresalían de los tejados bajos de las casas, pero cuando dejaron atrás la calle principal no había ningún lugar donde guarecerse de la lluvia.

—Menos mal que el taller está ahí mismo. ¿Crees que seguirá trabajando a estas horas? Pensaba que ahora que Dylan es patrón del *Penélope*, ya no se ocupa de reparar los barcos y los motores.

—Estará trabajando, sí. Hace varios días que no le veo: está muy ocupado con la reparación del vapor que golpeó la ballena el día de la caza, al parecer el animal hizo una brecha en el casco y anegó el motor. La flota de los Morgan tendrá una embarcación menos si no logran repararlo.

Cruzaron el puente de piedra para llegar a la zona donde comenzaba la playa. La lluvia bajaba por la colina que cercaba la bahía y dibujaba pequeños riachuelos hasta la playa arrastrando hojas y palitos a su paso.

El taller de los Morgan era un edificio de dos plantas, con los pilares y el primer piso construidos en gruesa piedra gris para resistir el viento salado y los temporales del Cantábrico.

—No veo luz. —Katixa se acercó a una de las ventanas y secó los restos de lluvia del cristal para ver el interior—. No hay nadie dentro.

—Los barcos no han salido al mar y no está previsto que salgan otra vez hasta pasado mañana.

Pero no había terminado de hablar cuando su amiga llamó a la puerta del taller y entró. Ofelia puso los ojos en blanco y la siguió dentro del edificio.

—¿Hola? Supongo que aún está trabajando aquí; si no, la puerta estaría cerrada —susurró Katixa, pero su voz resonó en la nave vacía—. ¿Dylan?

No obtuvo ninguna respuesta.

—Este sitio da escalofríos cuando no hay nadie. Vamos a buscar a tu novio para poder hacerle las preguntas y marcharnos cuanto antes.

—No es mi novio —murmuró Ofelia.

Se adentraron hasta el centro del taller. La lluvia golpeaba el tejado con un ritmo lento que sonaba por encima de sus latidos.

La silueta del vapor estaba un poco más adelante, enorme y negra como una criatura espiándolas desde las sombras. A Ofelia le recordó un poco a la ballena de piel oscura que se había desangrado en la playa. Cuando estuvieron un poco más cerca pudieron ver la brecha en el casco del barco y parte de lo que parecía el poderoso motor de vapor desmontado. Caminaron con cuidado esquivando las herramientas y las piezas de hierro desperdigadas por el suelo.

—Alguien ha estado trabajando en el barco hasta hace poco, aunque no parece que Dylan esté por aquí.

No se habían dado cuenta hasta ese instante, pero las dos susurraban aun cuando estaban allí solas. Un ruido les llegó desde el fondo del taller, donde no había ventanas y no llegaba la débil luz del día lluvioso. El misterioso ruido se convirtió en un chasquido y en pasos acercándose a ellas. Katixa miró rápido a su alrededor y cogió del suelo lo que le pareció una pesada llave fija, mientras Ofelia le dirigía una mirada llena de sorpresa y buscaba a su vez algo con lo que defenderse: una mordaza de hierro.

Dylan Morgan apareció entre las sombras del fondo del taller, estaba empapado por la lluvia y su pelo oscuro se pegaba a su frente. No llevaba puesto su abrigo de marinero, y la tela blanca de su camisa se había vuelto casi transparente por el agua.

—Dylan... —Ofelia pronunció su nombre casi sin aliento—. Qué susto. —Se sintió un poco tonta y dejó la mordaza pegajosa en el suelo otra vez.

—¿Qué estáis haciendo aquí dentro?

—La puerta estaba abierta —respondió Katixa como si eso justificara que se hubieran colado—. Te buscábamos porque hemos descubierto algo nuevo sobre Barba Azul. Tenemos que contarte...

Pero él negó con la cabeza, interrumpiendo a Katixa.

—No, se acabó. Ya estoy cansado de oír hablar de Barba Azul. No quiero saber nada más del tema y vosotras también deberíais dejar de curiosear, por vuestro propio bien. No somos detectives en una de esas historietas baratas. Dejad que sean las autoridades quienes se ocupen del asunto. Si seguís husmeando solo conseguiréis meteros en líos. Es más seguro que lo dejéis estar.

Las dos le miraron con los ojos abiertos como platos.

—¿Dejar de curiosear? —Katixa repitió las palabras entre dientes—. Sabes de sobra que no podemos olvidarnos del asunto sin más. Y pensé que tú también habías prometido encontrar a ese hombre, ¿qué ha cambiado?

—¿Qué ha cambiado? —Dylan señaló el barco inútil con sus tripas metálicas esparcidas por el taller—. ¡Hemos perdido un vapor! Si no soy capaz de arreglarlo, nos quedaremos con un barco menos y no podemos permitirnos una pérdida así ahora mismo. Sería el golpe de gracia para Vapores Morgan e Hijos. Y todo por mi culpa. Sabía lo peligroso que era para los hombres y para las embarcaciones salir a cazar esa ballena, pero lo hice de todos modos. Mi padre confiaba en mí y yo lo he estropeado todo, como hago siempre.

—Pero no lo comprendo, la ballena os ha dado una fortuna, podéis compraros otro barco...

—No podemos hacer eso, Ofelia. Mira, tú no comprendes bien cómo funcionan los negocios, pero todavía tenemos que encontrar compradores, vender los barriles de grasa de la ballena y todo lo demás que sacamos del animal. Eso sin contar con que repartiremos todos los beneficios entre todos los hombres que me acompañaron en la caza. No hemos cobrado todo aún, así que no podemos pagar a nadie para que repare el casco y también nos cuesta dinero tenerlo en dique seco.

—Lo que pasó durante la caza no fue culpa tuya.

Dylan le dio una patada a un montón de remaches que salieron volando por el taller en todas direcciones.

—¡Yo era el hombre al mando, claro que es culpa mía! Mi padre me nombró patrón del *Penélope* y esos hombres me siguieron sin hacer preguntas para cazar a esa bestia porque confiaban en mí. Dos de ellos cayeron por la borda y uno estuvo a punto de ahogarse, por mi culpa. Fui demasiado impulsivo al dar las órdenes, no he sido precisamente un buen capitán. —Se pasó las manos por su pelo revuelto y mojado—. Mi abuelo se avergonzaría de mí.

—Has hablado con tu padre.

No era una pregunta. Ofelia aún recordaba las palabras de Silvestre Morgan la noche de la fiesta y la expresión en el rostro de Dylan al escucharle.

—Lo siento, pero ahora mismo no me importa nada Barba Azul o lo que sea que hayáis descubierto —dijo más calmado—. Lo único que me importa es reparar el *Penélope* y volver a salir a faenar cuanto antes para no terminar de arruinar a mi familia. Eso es lo más importante.

—Estás cometiendo un error culpándote por lo que pasó.

—Bueno, tampoco sería la primera vez: soy experto en cometer errores. —Dylan sonrió sin nada de humor.

Durante un momento ninguno de los tres dijo nada y el repiqueteo de la lluvia cubrió el tenso silencio entre ellos.

—Tú no tienes derecho a decidir cuándo dejamos de buscarle o cuándo deja de importar —replicó Katixa con determinación—. Ni hablar. Barba Azul es nuestro. Es como esa ballena tuya: es nuestra tarea buscarle y acabar con él, tenemos derecho. Yo tengo derecho.

Él las miró casi como si quisiera disculparse, pero cuando habló sus palabras sonaron secas.

—Perseguís a un fantasma. No tenéis ninguna posibilidad de ganar.

—Eso ya lo veremos —respondió Katixa, y les dio la espalda dispuesta a marcharse.

—¿Tu madre ha mencionado alguna vez a Clara Iriarte? —preguntó Ofelia de pronto; no iba a irse sin al menos intentarlo—. Ella fue la primera víctima de Barba Azul y sabemos que tu madre la conocía.

Dylan se tensó cuando mencionó a Penélope. Sus ojos azules ahora le parecieron fríos; nunca antes la había mirado así.

—Mi madre no tiene nada que ver con ese asunto. Si eso es

lo que habéis venido a preguntarme, ya podéis marcharos las dos y dejarme tranquilo para que siga trabajando...

Despacio, con el dorso de la mano, la chica le apartó un reguero de agua que resbalaba por su mejilla. Miró la gota en su mano un momento y entonces se dio cuenta.

—No estabas aquí cuando hemos llegado. Estabas fuera, bajo la lluvia, por eso estás empapado. —Ofelia miró la silueta del barco junto a ellos—. Me dijiste que pasas aquí todo el día, trabajando, pero cuando hemos entrado no había nadie, y no has entrado por la puerta principal del taller porque te habríamos visto: te has colado por detrás para que nadie vea que has salido. ¿Dónde estabas?

—Vaya. No sabía que ahora debía consultar contigo todos mis movimientos.

—¿De dónde venías? —insistió ella ignorando su último comentario a pesar de que le había dolido.

Dylan sonrió con amargura.

—No puedo decírtelo.

Ahora sí, su voz había recuperado ese tono bajo y suave que solo utilizaba cuando hablaba con ella.

—Claro que puedes decírmelo. ¿Qué me estás ocultando?

Dylan estaba a punto de responder, cuando oyeron unas voces en la puerta principal, que sonaron por encima de la lluvia.

—¡Morgan!

Era la voz de Marcel Laguna, pero enseguida se le unieron un par de voces más llamando a Dylan; en todas había un tono de impaciencia y otra cosa que Ofelia y Katixa tardarían poco en descubrir.

—¡Aquí estás! Por fin te encontramos. Llevamos toda la tarde buscándote.

Marcel Laguna entró en el taller acompañado por otros dos hombres y una chica que avanzaba cabizbaja, envuelta en una manta. Los hombres no ocultaron su desaprobación al encontrar a Ofelia y Katixa a solas con él.

—Deberíais marcharos, este no es lugar para señoritas. Se van a decir cosas que es mejor no escuchar —les advirtió Marcel.

Katixa no respondió, pero cruzó los brazos sobre el pecho en actitud desafiante. No se marcharían a ningún sitio.

—Bien, vosotras mismas. Como prefiráis —dijo antes de centrar toda su atención en Dylan—. Esto no es un trago agradable para mí, Morgan. Te conozco desde siempre, desde que no eras más que un crío que correteaba por ahí con mi hijo, y respeto mucho a tu padre, igual que respetaba a tu abuelo, pero creo que hay que hacerlo delante de testigos para que tenga validez en un juicio. —Tenía el gesto serio—. Esta pobre muchacha dice que Barba Azul ha intentado llevársela por la fuerza mientras regresaba al *baserri* de su familia en el barrio de San Bartolomé.

—¿Qué? ¿Barba Azul? —preguntó Katixa.

—Sí. La muchacha cuenta que la ha asaltado en el camino secundario que sube desde el cementerio, la estaba esperando entre los helechos más grandes que crecen al final del bosque.

Ofelia conocía bien esos helechos, verdes y brillantes, que la saludaban con sus manos heladas rozándola al pasar por delante en sus escapadas matutinas al cementerio. También conocía bien ese camino secundario del que hablaba Marcel: solía atajar por allí de vuelta a la casona de las Amara cuando empezaba a amanecer y la niebla salía de la tierra fría de la noche para llenar el aire del bosque.

—La pobre ha conseguido huir y ha echado a correr de regreso al pueblo, mi hija se la ha encontrado cerca de la iglesia, con la cara blanca como la cera.

La chica no había dicho una palabra todavía, el bajo de su falda de trabajo estaba manchado de barro y de algo que parecía sangre. Temblaba bajo la manta prestada y su pelo castaño, suelto y despeinado por la lucha, le cubría el rostro. Ofelia sintió infinita lástima por ella y alargó la mano para consolarla, pero la muchacha dio un respingo y se encogió aún más dentro de la manta.

—No quiere que nadie la toque, casi no ha permitido que Helena le ponga la manta sobre los hombros cuando la ha encontrado —le explicó Marcel antes de volver a centrarse en Dylan—. ¿Dónde has estado esta tarde, Morgan?

Dylan le dedicó una sonrisa torcida antes de responder:

—¿Qué sucede, Marcel? ¿Ya no soy el futuro de esta costa? ¿Ya no soy un héroe?

—Responde, por favor.

Dylan dejó pasar un momento antes de contestar:

—He estado aquí toda la tarde, en el taller, trabajando en el *Penélope*.

Marcel Laguna le miró. Quería creerle con todas sus fuerzas, pero entonces reparó en que Dylan estaba calado hasta los huesos.

—¿Has estado paseando bajo la lluvia, Morgan? Esta chica dice que Barba Azul llevaba puesto un abrigo de marinero cuando la ha atacado: largo, de paño grueso, azul oscuro o negro, no está muy segura de eso.

Dylan se encogió de hombros.

—Este es un pueblo pesquero, casi todos los hombres tienen un abrigo así.

La muchacha, acercándose a Marcel, sacó un brazo de debajo de la manta para tocarle el codo con cautela y llamar su atención. Le susurró algo al oído sin dejar de mirar a Dylan con ojos asustados.

—Dice que recuerda que el abrigo del hombre que la atacó tiene una pequeña quemadura en el puño derecho, cerca de la costura —dijo Marcel—. Una quemadura circular del tamaño de una moneda o de un botón de mujer.

Dylan sonrió.

—Menos mal que mi abrigo no tiene ninguna quemadura así.

—Perfecto entonces, ¿podemos verlo? Tu abrigo de marino.

—Lo he perdido.

—¿Perdido? —repitió Marcel incrédulo—. Pero si siempre lo llevas puesto. No te has quitado ese dichoso abrigo desde el día en que se hundió el *Annabelle*.

Ofelia observó cómo Dylan fruncía el ceño rápidamente y supo que estaba a punto de mentir.

—Creo que me lo robaron en una de las tabernas del puerto. Hace un par de días que no lo encuentro.

Los tres hombres se miraron entre sí y después miraron a la muchacha temblorosa envuelta en la manta.

—¿Vosotras dos habéis estado aquí con él toda la tarde? ¿Podéis confirmar lo que está diciendo?

Un remolino de recuerdos se agolpó en la mente de Ofelia igual que un torbellino de agua: Dylan trayéndola de vuelta de entre los muertos en Natxitua; Dylan sujetándola por la cintura y haciéndola girar en el aire después de cazar esa ballena, todavía con el olor a salitre y a sangre en su piel; Dylan nadando hasta el ancla para salvarla mientras ella susurraba el nombre de su hermano pequeño con su último aliento. No. A pesar de que sabía que Dylan le había estado mintiendo, era imposible, ese no era el secreto que Dylan Morgan ocultaba bajo la superficie. Tenía que tratarse de un error. Ofelia estaba a punto de mentir por él cuando miró a la pobre chica asustada y vio las marcas rojas en su cuello magullado, asomando entre los pliegues de la manta. Iba a responder, pero Katixa se le adelantó:

—Nosotras hemos llegado hace diez minutos y él ha venido justo después, sin abrigo y empapado.

Marcel se frotó la barba en un gesto preocupado.

—¿Es él? —le preguntó a la muchacha—. ¿Es el hombre que te atacó en el camino? Piensa que ahora estamos nosotros aquí y no te puede hacer ningún daño. Mírale bien y asegúrate antes de decir nada, porque después ya no habrá vuelta atrás. ¿Es él?

La muchacha levantó la cabeza y dio un paso vacilante hacia Dylan para verle mejor con la débil luz grisácea de la tarde. Sus ojos rodaron por su cara y su pelo oscuro para estar segura antes de pronunciar:

—Sí, es él. Es Barba Azul.

DAÑO IRREPARABLE

Los Morgan no eran precisamente una de las familias más antiguas de Ea, pero sí una de las más respetadas y conocidas de la costa. Sus vaporcitos habían sido de los primeros de ese tipo en navegar por el Cantábrico, y Vapores Morgan e Hijos daba empleo a más de ciento cincuenta hombres entre marineros, pescadores, tripulantes, fogoneros y maquinistas... Precisamente por eso era una tragedia irreparable para la reputación de la familia que sacaran a Dylan Morgan del taller de la empresa y lo escoltaran retenido hasta la casa familiar, construida con grandes piedras de sillería en el margen derecho de la ría, justo en el corazón del pueblo. Para entonces, casi todo el mundo había oído ya lo sucedido con la muchacha que había conseguido escapar de las garras de Barba Azul, así que nada más ver el desfile silencioso encabezado por Marcel Laguna imaginaron el resto de la historia.

En su penoso camino desde el puerto hasta su casa, Dylan recorrió las mismas calles que la tarde que encontró la corona de lirios blancos flotando en la playa después de la desaparición de Muriel Azkona. Pero esta vez nadie caminó tras él en señal de apoyo silencioso, ni sus vecinos le siguieron como una procesión hasta la puerta de los Azkona mientras él apenas podía contener las lágrimas al sentir el peso húmedo de la corona de flores en su mano. Esta vez no hubo miradas de respeto o admiración mientras caminaba derrotado entre las calles estrechas, no; ahora sus vecinos le miraban con una mezcla de reproche y decepción en los ojos. Dylan conocía bien esa mirada porque había visto a su padre mirarle así muchas veces.

Cuando dejaron atrás la calle principal y atravesaron uno de los puentes para llegar al centro del pueblo, un hombre abrió una ventana en una de las casas que se levantaban en el margen de la ría.

—¡Morgan, asesino! ¡Rata! —le gritó cuando la comitiva pasaba justo bajo su ventana. Al oír los gritos, otras ventanas se abrieron a su paso.

—¡Ojalá acabes muerto! ¡Asesino!

Dylan reconoció algunas de las voces que le insultaban desde las ventanas: eran sus vecinos y conocidos, los mismos que se acercaron para felicitarle o darle palmadas en la espalda el día que cazó la última ballena del Cantábrico.

Al doblar la esquina para subir la calle que llegaba hasta su casa, pensó en responder a sus insultos, pero se dio cuenta de que no tenía fuerzas para hacerlo, estaba acabado: en solo una tarde había perdido todo el respeto y admiración que había tardado años en ganarse. No volvería a ser el patrón de ningún barco. ¿Qué hombre confiaría en él para hacerse a la mar después de aquello? Los demás marineros ya no le hablarían como si él fuera uno de ellos, como si fuera Devon Morgan; ya nadie recordaría que fue él quien atrapó a la última ballena de ese mar para la gente del pueblo; y seguramente también había perdido para siempre a Ofelia, a juzgar por cómo le había mirado en el taller antes de que se lo llevaran. Ella y Katixa se habían quedado allí con la chica, intentando tranquilizarla.

Le temblaron las piernas al darse cuenta de que su mundo entero, y todas las cosas que tanto le había costado conseguir, se derrumbaba ante sus ojos ahora barrido por la marea. Pero Dylan siguió caminando sin permitir que nadie viera la expresión de derrota en su rostro, hasta que Marcel Laguna se detuvo frente a la puerta de los Morgan y llamó dos veces.

—No lo hago solo por ti, también porque sé que tu padre nunca me perdonaría que me llevara a su hijo mayor con los guardias sin estar completamente seguro de que tú eres Barba Azul —dijo mientras esperaban a que la puerta de la casa se abriera—. Sé bien que Silvestre no me ve como un amigo, y yo tampoco a él, pero le considero un hombre honrado, recto en sus convicciones. Tu padre es necesario para poder perpetuar este negocio y este modo de vida a pesar de los cambios que se avecinan. Esta costa le necesita.

Dylan se rio sin nada de humor.

—Bobadas. El único motivo por el que no me llevas tú mismo ante los guardias es porque no tienes ni una miserable prueba que demuestre que yo soy Barba Azul —respondió con desprecio—. En el fondo sabes que no puedo ser yo, y no quieres arriesgarte a que todo esto se vuelva en tu contra, pero eso no te ha impedido pasearme por todo el pueblo como si ya hubiera sido juzgado y condenado.

Marcel le ignoró y volvió a llamar a la puerta con impaciencia. Un segundo después Penélope abrió y los miró con una cordial sonrisa que se esfumó de sus labios al ver la expresión seria de Marcel.

—Hola, Penélope. Tengo que hablar con Silvestre. Es importante.

Ella no dijo nada, pero su rostro se cubrió de sombras mientras se hacía a un lado para que los hombres entraran en la casa.

Devon Morgan había mandado reformar el vestíbulo familiar años atrás para impresionar a los posibles socios comerciales y a los trabajadores de su empresa que de vez en cuando se atrevían a pasarse por su casa, de modo que el vestíbulo era más grande y cuadrado que los zaguanes de las demás casas de la calle.

—Marcel, ¿qué sucede? —preguntó Silvestre cuando apareció en el recibidor—. ¿Y por qué has traído a Dylan como si fuera un delincuente?

—Silvestre, no es fácil contarte esto, pero una muchacha ha señalado a tu hijo mayor como el hombre que la ha atacado de camino a su casa, en uno de los senderos más apartados de las colinas. Lo ha identificado también por su abrigo de marinero.

Silvestre parpadeó sorprendido detrás de los cristales redondos de sus gafas, algo extraño en un hombre al que nunca nada parecía cogerle por sorpresa.

—¿Cómo te atreves? Mi hijo Dylan es muchas cosas, pero

no es de esos hombres que atacan a mujeres indefensas, tiene admiradoras de sobra en este pueblo para poder elegir, incluida tu hija Helena. No comprendo qué ha podido ocurrir, pero esa pobre muchacha está confundida, seguro que ha pasado por un infierno y no la juzgo: todos nos podemos equivocar cuando estamos asustados, pero te aseguro que Dylan no es el responsable de ese ataque.

Iba, como siempre, elegantemente vestido: un pantalón de paño con pinzas y una chaqueta de lanilla gris con botones de cuerno natural. Todavía tenía en la mano la pluma con la que había estado firmando albaranes.

—Creo que no me has entendido bien, Silvestre. —Marcel hizo una pausa y miró a Dylan de refilón—. No es solo por el ataque a la muchacha de hoy... Sospechamos que Dylan es Barba Azul.

Silvestre se rio. No fue una risa irónica ni malintencionada, era una risa auténtica.

—Tienes que estar de broma, Marcel. Sé que tú y yo no siempre estamos de acuerdo en lo que es mejor para este pueblo y para este negocio, pero acusar a mi hijo de ser Barba Azul es llevar nuestra enemistad demasiado lejos. Dylan no había nacido cuando la primera chica desapareció. Todo esto es un despropósito, no tiene sentido.

Los hombres que habían acompañado a Marcel al taller por si acaso Dylan se resistía se miraron entre sí.

—¿Qué sucede? ¿No habías caído en ese detalle, Marcel? Cuando la primera chica desapareció, yo mismo era un muchacho, igual que tú —le recordó—. ¿Acaso no te acuerdas de cómo buscamos a Clara Iriarte por cada camino y debajo de cada piedra de esta maldita costa? ¿Cómo iba Dylan a tener algo que ver con su desaparición?

—Lo recuerdo perfectamente, Silvestre. Yo conocí a Clara y por aquel entonces estaba loco por ella, como casi todos los muchachos de por aquí. Y la busqué sin descanso aquel verano, igual que hicimos todos. Pero eso no cambia nada: la muchacha ha identificado a Dylan y su abrigo. Y él nos ha dicho que lo perdió hace días...

—¿Y qué? ¿Un abrigo perdido y una chica desorientada son suficientes para acusar a mi hijo de algo tan espantoso? Vamos, Marcel, piénsalo bien: ¿qué diría un señor magistrado si le presentas estas pruebas tan endebles? Se burlaría de ti.

Un silencio tenso llenó el vestíbulo. Al principio Marcel no había querido creerlo, pero las pruebas le parecieron lo bastante firmes como para acusar a Dylan y hasta ahora estaba muy convencido; pero su seguridad disminuía a cada minuto que pasaba en ese elegante recibidor. Ya no estaba tan seguro. Conocía bien a Dylan Morgan y, a pesar de sus eternas peleas con su hijo, siempre le había parecido un buen chico y confiaba en él para que se convirtiera en el futuro del negocio y del pueblo.

—No es solo por el testimonio de la chica y el abrigo. —Ahora su tono era más conciliador que cuando habían llegado—. Tu hijo no tiene coartada para el momento del ataque y no ha querido dar cuenta de su paradero desde el mediodía. Nadie sabe dónde ha estado o qué ha estado haciendo. Ha tenido tiempo de sobra para subir por el camino hasta San Bartolomé y atacar a esa pobre chica. Y eso sin contar que también fue él quien encontró la corona de flores flotando en la orilla después de que Muriel Azkona desapareciera. Tienes que admitir que es mucha casualidad.

Penélope Morgan apareció en el vestíbulo con los brazos cruzados sobre su vestido de raso oscuro y miraba a Marcel en silencio.

—Lo lamento mucho, Penélope. Sé que tú y mi mujer sois amigas, pero no puedo ignorar las pruebas contra tu hijo: el abrigo, el testimonio de la muchacha, la ausencia de una coartada, el asunto de las flores... Y nos han informado de que hace días desapareció otra chica cerca de Zarautz. Al parecer es la hija de una familia italiana muy conocida. —Marcel le miró muy serio—. Este asunto no se va a olvidar, así como así, ya no estamos hablando de la hija de un pescador o de una trabajadora de las conserveras.

—¿Insinúas que la vida de la hija de un pescador o de una costurera vale menos que la de una muchacha de una importante familia europea? —preguntó Penélope.

Todos los hombres en el vestíbulo la miraron sorprendidos.

—No, nada de eso. Solo digo que esta vez van a levantar cada piedra desde aquí hasta Biarritz para encontrarla, y algunas piedras es mejor dejarlas donde están. ¿Verdad? Puede haber monstruos debajo.

Los tres intercambiaron una mirada.

—Esa otra chica, la turista italiana, ¿cuándo dices que ha desaparecido? —Penélope rompió el silencio tenso.

—No lo sabemos exactamente, es difícil saberlo con certeza. Ya sabéis cómo pueden ser las jóvenes —admitió Marcel visiblemente contrariado—. Al parecer, la muchacha era muy aficionada a las fiestas y a salir con sus amigos ricos por la costa para ir a los casinos de los hoteles de la zona, por eso sus padres no dieron la voz de alarma enseguida: pensaban que se había marchado por su propia voluntad, pero nadie sabe de su paradero desde hace cuatro días.

—Hace cuatro días estaba trabajando en el vapor que tenemos en el taller, el que se dañó durante la caza de la ballena. Es lo mismo que he venido haciendo desde hace una semana larga. —Dylan le lanzó una mirada llena de desdén—. Y tengo testigos. Un taller entero lleno de testigos.

Marcel Laguna tragó saliva, su garganta se había vuelto seca y árida de repente.

—¿Testigos? —preguntó, más arrepentido cada vez de haberle culpado.

La sonrisa en los labios de Dylan se hizo más desafiante.

—Sí, hace cuatro días, el jueves, una docena de hombres que trabajaban en el taller conmigo. Todos ellos me vieron allí ese día que parece que desapareció esa turista. Eso sin contar la taberna donde suelo almorzar, que estaba llena a esas horas. Es imposible ir y venir de Zarautz en un solo día. ¿Eso es todo lo que tienes contra mí? —le retó, fingiendo que no le preocupaba haber perdido el respeto de todo el pueblo.

Marcel Laguna bajó la cabeza y se miró las manos. Uno de los hombres que los había escoltado hasta la casa de los Morgan ya estaba acercándose a la puerta principal para marcharse antes de que la situación se volviera aún más vergonzosa para todos. Pero antes de decidirse a salir, se volvió hacia Dylan una vez más.

—La muchacha te identificó. No tienes coartada para ese ataque.

Al escuchar sus palabras el gesto de Dylan se cubrió de sombras. Marcel se dio cuenta, pero cuando estaba a punto de hacerle otra pregunta, Ulises Morgan apareció en el vestíbulo.

—Señor Laguna, perdone a mi hermano mayor. No quiere contar que cuando atacaron a esa chica estaba conmigo —dijo Ulises con su sonrisa tranquila—. Regresé anoche de Bilbao con urgencia para atender unos asuntos de la empresa y quería pasar desapercibido en el pueblo, por eso Dylan no podía dar cuenta de su paradero: yo le pedí que no le contara a nadie que estaba aquí, pero en vista de las acusaciones contra él, debo intervenir.

Ulises Morgan había cambiado en el tiempo que había pasado fuera de Ea. Se había dejado crecer la barba y unas patillas al estilo de los jóvenes de ciudad, que le hacían parecer más confiado y seguro de sí mismo, pero aún conservaba intacto su aspecto juvenil y los ojos sinceros y serenos como los de su madre.

—Ulises ha regresado de Bilbao para ayudarme a cerrar un acuerdo de venta con un importante hotel de la costa —dijo Silvestre.

A Marcel Laguna le apretaba en el cuello el botón de la camisa y tuvo la sensación de estar volviéndose de color rojo grana por la falta de aire y la vergüenza.

—¿Eso es verdad, Ulises?

—Claro que sí, señor Laguna. Llegué de Bilbao ayer noche y esta tarde he estado con mi hermano hasta que él ha salido a última hora a por una cosa al taller.

Marcel miró a Ulises y supo que había perdido; el menor de los Morgan no era un mentiroso y nunca jamás le había dado motivos para desconfiar de su palabra, todo lo contrario: cualquiera que le conociese pondría la mano en el fuego por Ulises Morgan.

—Comprendo. Ahora veo que todo esto ha sido un terrible malentendido, Dylan. Ulises afirma que habéis estado juntos y yo le creo. No tengo motivos para dudar de su palabra —dijo a media voz—. Lo siento mucho. Por todo lo que ha sucedido hoy. Sé que no es suficiente, pero te pido perdón por las molestias. A ti y a toda tu familia.

Marcel abrió la puerta principal y escuchó el murmullo de voces que provenía de la calle donde se había arremolinado un corro de curiosos. Cogió el pomo de bronce de la puerta con más fuerza de la necesaria y cerró los ojos al recordar el rodeo desde el taller hasta su casa que había obligado a dar a Dylan Morgan para que todos le vieran. Ahora iba a tener que exculparle ante todos sus vecinos.

—De verdad que lo lamento, Dylan. Estaba seguro de que eras tú.

—El daño irreparable que le has causado hoy a mi familia no lo olvidaré, Marcel —le advirtió Silvestre antes de que saliera por la puerta seguido por los otros dos hombres.

Los cuatro se quedaron a solas en el vestíbulo, Silvestre regresó a su despacho sin decir nada y Ulises le siguió. Penélope se acercó a su hijo mayor y le acarició la mejilla igual que hacía cuando era niño.

—Cariño, ¿por qué no te sientas conmigo y hablamos tranquilamente sobre esto? —le pidió su madre—. Tu hermano Ulises nos ha contado lo que has estado haciendo últimamente: dice que los has seguido, y que te dedicas a espiarlos, a tu padre y a él. ¿Es eso lo que has estado haciendo hoy? ¿Por eso no estabas en el taller y estás empapado? Entiéndelo, hay cosas que tú no sabes. Estamos muy preocupados por ti, hijo.

Dylan le apartó la mano de su cara como si su contacto le quemara y se dirigió a la puerta principal.

—Claro, lo entiendo todo, *madre* —dijo con ironía—. No tengo nada más que decir sobre este asunto.

Y se marchó dando un sonoro portazo.

LA MUJER DE BLANCO

Ofelia y Katixa llegaron a la playa de Ogeia antes de mediodía. Era un día ventoso y las hierbas altas que crecían en la línea de la costa se agitaban con el viento del norte. No estaba lejos, pero para llegar hasta la playa era necesario recorrer un sendero irregular que subía y bajaba siguiendo el relieve suave de las colinas sobre la costa donde se ocultaban algunos de los *baserris* más antiguos de la zona. Los *baserris* que asomaban esparcidos por las colinas inclinadas —siempre en el lado soleado de las colinas— iban dejando paso a grandes zonas de bosque con altísimos árboles entre los que la luz apenas alcanzaba a rozar la tierra húmeda.

Cargaban con el equipo fotográfico y con una cesta para el almuerzo: bocadillos de queso y nueces, algo de fruta, galletas de mantequilla y una botella de limonada. Su intención era tomar algunas fotografías para intentar venderlas más tarde, almorzar en la playa después de su paseo y regresar a Ea antes de la tarde.

—Dichoso viento, espero que el trípode no salga volando —protestó Katixa.

Empezaron a bajar por una colina inclinada cubierta de árboles con musgo en la cara del tronco orientada al norte. El viento silbaba al pasar entre las ramas que se agitaban sobre sus cabezas, pero no tan fuerte como cerca del acantilado. Ofelia se recolocó el asa de la cesta de pícnic sobre el hombro, mientras avanzaban esquivando los helechos y las zarzas silvestres que se enredaban en sus vestidos. El aire olía a resina y a turba removida. Oyeron las olas antes incluso de ver aparecer el mar entre los árboles.

—Este lugar es precioso y nadie nos molestará, seguro que conseguirás unas bonitas fotografías de la costa y las olas. Lo mismo puedes vendérselas a alguna de esas revistas o guías de viajes que se editan cada verano para los turistas.

—Sí, solo espero que las nubes nos den una tregua —respondió Ofelia mientras miraba cómo se iban arremolinando sobre sus cabezas.

Antes de llegar a la playa había una pequeña explanada verde que terminaba en un acantilado, se detuvieron allí para dejar las cosas y buscar el mejor lugar para captar el paisaje.

—Es realmente bonito, nunca había estado aquí antes, bueno, eso creo.

Para bajar a la playa desde el claro sobre el acantilado era necesario seguir un camino inclinado que descendía paralelo a la colina. Ofelia abrió la cesta y sacó la botella de limonada envuelta en un trapo húmedo para mantenerla fresca más tiempo. Le dio un trago notando el líquido ácido refrescando su garganta y después de guardarla de nuevo en la cesta, sacó la cámara. El oleaje en la playa era tan fuerte que desde donde estaban podían oír las olas rompiendo en la orilla; el agua enfurecida se arrastraba con violencia entre los guijarros oscuros de la playa produciendo un murmullo característico.

—Dicen que el próximo verano vendrán menos turistas a la zona por lo de esa chica italiana que ha desaparecido. Lo siento mucho por ella y por su familia, no me entiendas mal, yo sé bien cómo es eso, pero es injusto que su desaparición sea más importante que la del resto de las chicas.

Ofelia le acarició el brazo en silencio en un gesto de consuelo.

—Tienes razón, no es justo.

Katixa apartó la mirada de la superficie picada del mar y se concentró en clavar el trípode en el suelo blando del claro. A menudo fantaseaba con la idea de atrapar a Barba Azul por su cuenta y sin ayuda de nadie, ni siquiera de Ofelia. Por las noches, cuando ya había acostado a su madre y todo estaba en calma en su casa, le gustaba imaginar que descubría a Barba Azul merodeando entre las sombras y saltaba sobre él armada con las tijeritas de costura de su hermana Nagore. En su fantasía, le cortaba el cuello y su sangre oscura se derramaba sobre las aceras empedradas de las calles de su querido pueblo. El mismo que él había aterrorizado durante todos esos años. Katixa no se sentía mal cuando la sangre caliente manchaba sus manos o salpicaba su rostro, porque era su derecho.

—¿Quieres hablar del asunto de Dylan? —le preguntó a Ofelia para dejar de pensar en hundir las tijeras de costura en el cuello de un hombre que casi parecía hecho de niebla.

—No. Para mí está todo aclarado: Dylan estaba con su hermano cuando atacaron a esa pobre chica, es solo que... no comprendo por qué no me contó que Ulises estaba de vuelta en Ea. —Ofelia intentó luchar contra la mano invisible del viento que le revolvía el pelo sin descanso—. Supongo que no estábamos tan unidos como yo pensaba: Dylan, Ulises y yo, quiero decir. Durante una época, pensé que los tres estaríamos juntos para siempre, como si algo nos mantuviera atados; creía que si los cogía de la mano lo suficientemente fuerte ellos nunca querrían dejarme marchar. Menuda tontería —se lamentó—. Últimamente los dos parecen encantados con la idea de librarse de mí.

—Es normal, yo también estaría encantada de librarme de ti —bromeó Katixa.

Las dos amigas rieron. Ofelia no quería seguir pensando en cómo los dos hermanos Morgan se iban apartando de ella. Levantó la cámara para mirar por el visor. Enfocó a las piedras oscuras de la playa porque le gustaba el contraste tan intenso que mostraban con la espuma blanca de las olas. En un extremo de la playa, unas enormes rocas afiladas —tan grandes como una embarcación de remos— asomaban entre la superficie, mientras que en el otro extremo un peñón cercaba la cala. Cada vez que las olas se retiraban de la orilla, dejaban al descubierto grandes charcos de agua que centelleaban con la luz del día.

Ofelia enfocó la estructura de rocas angulosas que asomaban entre la espuma blanca de las olas y apretó el disparador. Entonces la vio: una mujer vestida de blanco se acercaba a las rocas. Su rostro estaba oculto por un velo, pero llevaba una corona de lirios blancos en la mano. La mujer avanzaba con cuidado entre los cantos resbaladizos mientras el viento agitaba su vestido, empapándolo de bruma marina.

Ofelia le hizo un gesto silencioso a Katixa y las dos se asomaron con cuidado sobre el desnivel que colgaba encima de la playa. Sintió a su amiga apretándole la mano mientras observaban cómo la misteriosa mujer de blanco se adentraba en el agua y depositaba la corona de flores sobre la espuma de la mar. Desde donde estaban parecía la misma mujer que habían visto en Natxitua, hacía ya más de un año.

Ofelia apretó el disparador de la cámara confiando en que el ruido intenso del oleaje y el viento del norte ocultaran el sonido. La mujer se irguió, pero todavía se quedó allí un momento, de pie entre las rocas puntiagudas que se sumergían en el agua, viendo cómo la corona de lirios se alejaba mar adentro flotando entre las olas. Una ráfaga de viento traicionera hizo que el velo blanco de muselina que cubría su rostro saliera volando. Ofelia capturó la imagen de la mujer en la orilla y su velo blanco flotando en el aire antes de que ella volviera a ocultarse entre la seguridad de las rocas. Aun así, le dio tiempo a ver su rostro antes de que desapareciera del visor de su cámara.

Katixa también vio su cara porque sintió su mano cerrándose con fuerza sobre el brazo.

—Es Anastasia. Ella es quien deja las flores.

Cuando Ofelia regresó a la mansión, el viento del norte se había transformado en tormenta. Katixa y ella corrieron casi todo el camino de regreso intentando guarecerse de la lluvia, fría y rápida, que caía sobre ellas. Atravesaron el bosque cargadas con el equipo fotográfico bien protegido bajo una lona y la cesta de su pícnic frustrado por la lluvia y por su descubrimiento: Anastasia Amara era la mujer de blanco.

Mientras avanzaban entre los árboles intentando buscar refugio bajo sus ramas, Ofelia no podía dejar de pensar en Anastasia saliendo del bosque que bordeaba Natxitua para dejar una corona de lirios blancos entre las olas que llegaban a la orilla.

«Creo que es una mujer», había dicho Dylan aquella tarde.

Y tenía razón: siempre había sido Anastasia.

Al salir del bosque la cortina de lluvia las empapó sin compasión mientras recorrían los caminos solitarios entre los *baserris*. El primer rayo cortó el horizonte cuando el tejado rojo de la casa apareció entre las copas de los árboles.

—¡¿Seguro que estarás bien tú sola?! —gritó Katixa por encima del ruido de la lluvia—. No creo que la vieja se tome muy bien que le pidas explicaciones. Ya sabemos de lo que es capaz.

—Estaré bien, no te preocupes, tú vuelve a casa con tu madre. Si Anastasia intenta algo, estaré preparada, no como la última vez. —Ofelia movió los dedos de los pies dentro de sus zapatos encharcados por la lluvia—. Descuida, no volverá a hacerme daño. Estaré atenta.

Katixa asintió.

—Suerte. Mañana me cuentas cómo te ha ido.

Se alejó corriendo por el camino que bajaba hasta el pueblo cubriéndose la cabeza con el pañuelo para protegerse de la lluvia. Ofelia se quedó allí fuera un momento más, bajo la intensa cortina de agua, hasta que vio a su amiga desaparecer de su vista.

La pesada puerta principal no estaba cerrada con llave, algo extraño porque Anastasia era extremadamente cuidadosa con eso y se aseguraba de que siempre estuviera cerrada para evitar «visitas imprevistas» como ella solía llamarlo. Exceptuando la procesión silenciosa de madres que fueron a verla cuando ella apareció en la playa, nadie más se había acercado a la mansión de las Amara —tan solo los familiares de algún difunto para ocuparse de pagar los gastos del sepelio— desde que Ofelia vivía allí. Y, aun así, Anastasia estaba obsesionada con cerrar la puerta principal con llave, casi como si tuviera miedo de algo o de alguien.

La lluvia golpeteaba el tejado haciendo que el ruido resonara entre las paredes silenciosas. Ofelia dejó el equipo fotográfico y la cesta en el vestíbulo y avanzó por el pasillo que conducía a la cocina dejando a su paso huellas mojadas sobre el suelo de madera. Cualquier otro día le hubiera aterrorizado la posibilidad de que Anastasia Amara descubriera el agua en el suelo de madera de la casa, pero no aquel día. No después de lo que había visto entre las rocas afiladas de Ogeia.

Los tablones de madera dejaron paso a las grandes baldosas ajedrezadas que cubrían el suelo de la entradilla y la cocina. Anastasia estaba sola, sentada a la mesa con una taza de té frente a ella y su herbario abierto por las primeras páginas. Ofelia nunca había visto con detalle el álbum y le pareció leer que las fechas de recolección de algunas de las flores escritas en las etiquetas eran demasiado antiguas para que hubiera sido cosa de Anastasia.

—Ese herbario lleva años en mi familia, es muy antiguo —habló de pronto Anastasia, como si le leyera el pensamiento—. Mi madre recogía y clasificaba plantas y flores mucho antes de que yo naciera, en su isla natal. Y su madre antes que ella.

La enorme cocina de la casa estaba orientada al norte, así que el golpeteo de la lluvia sonaba más intenso allí.

—Siempre me ha parecido que la mejor forma de medir el paso del tiempo es observando cómo las plantas nacen, crecen y mueren en cada cambio de estación. Si lo piensas bien, es una manera mucho más natural de reflejar la muerte que esas fotografías de difuntos que Claudia colecciona en secreto. Ella también tiene su propio álbum de cosas muertas, pero seguro que ya lo sabes, las dos os entendéis muy bien. Demasiado bien, me temo. —Anastasia levantó la mirada hacia ella—. Pero no es eso de lo que quieres que hablemos...

Ofelia lo supo: las había visto en Ogeia.

—¿Ni siquiera va usted a intentar negarlo?

—¿Y qué sentido tendría? —respondió con brusquedad—. Sé bien que me habéis visto y sé que llevabas la maldita cámara, seguro que incluso me has hecho una fotografía. Sabía que tenía que haber ido un poco más lejos para dejar las flores, pero cada vez es más complicado ir por los caminos con la corona de lirios sin que nadie me vea, y más después de la desaparición de esa turista italiana. Suelo hacerlo durante mis paseos por el bosque, aprovecho para acercarme a la costa y dejar las flores. Pero hoy me he arriesgado mucho, las playas están más vigiladas cada día.

—Está loca. —No era una pregunta—. Siempre he sabido que hay algo terrible y oscuro dentro de usted. Lo sé por cómo nos trata a Claudia y a mí, y por cómo trataba a Cora antes de que ella huyese... Pero esas pobres chicas desaparecidas no le habían hecho ningún mal, ¿por qué les ha hecho daño?

Anastasia la miró con sus ojos severos. No parecía ofendida por sus palabras, ni siquiera molesta por que la hubiera descubierto dejando las flores: tan solo parecía fastidiarle tener que darle explicaciones en lugar de ignorarla como solía hacer.

—¿Daño? No has entendido nada. Pensé que eras más lista, pero al final supongo que todos somos hijos de nuestros padres, y tu padre nunca fue muy inteligente precisamente —dijo sin ocultar el desprecio en su voz—. Yo no le he hecho daño a ninguna de esas chicas, tan solo dejo las flores. Eso es lo que se hace cuando alguien muere: dejar flores en su honor, como recuerdo. Ese es mi trabajo después de todo: honrar a los muertos, ocuparme de que estén bien atendidos en su viaje final. Alguien debe recordar a esas pobres chicas sin tumba y yo lo hago de la única manera que sé.

—Con flores... —murmuró Ofelia, como si lo comprendiera todo de repente.

—Sí, con flores. Lirios blancos: las flores para los muertos.

Una gota de agua fría resbaló por su mejilla y se la secó en un gesto automático, todavía pensando en lo que Anastasia acababa de contarle. Las flores en la orilla no eran una última burla ni una forma de aumentar el dolor de las familias, tal y como ella había creído todo este tiempo.

—Cuando una chica desaparece usted deja la corona de lirios para ella, igual que si fuera un funeral. A modo de respeto, de despedida —murmuró hablando consigo misma—. Pero no lo entiendo. Entonces ¿no ayuda a Moisés Páramo a llevarse a las chicas?

Anastasia se rio con desdén.

—¿Ayudarle? Cuando merodeaba por la finca y por el pueblo rondando a tu madre ese pájaro ya me daba mala espina. Después pasó lo que pasó y desde entonces no he vuelto a verle. Lo último que supe de él era que trabajaba en alguno de los barcos pesqueros durante la temporada de verano.

—Lo sabe porque Claudia se lo contó, le dijo que le había visto y aun así usted no hizo nada. Si yo pensara que Moisés se había llevado a mi hija, le aseguro que me habría enfrentado a él para conseguir alguna respuesta...

—Tú no tienes ni idea de lo que pasó —la cortó Anastasia.

Su voz le recordó al siseo de una serpiente antes de saltar sobre su presa, cuando todavía está oculta entre las hierbas altas pero sus ojos ya brillan con la anticipación de la caza. Ofelia tragó saliva al recordar la noche en que Anastasia entró en su dormitorio y le cortó los pies. El terror de esa noche, y de todas las demás noches que siguieron a esa madrugada, la invadió de repente, igual que si acabara de golpearla una ola. Su determinación flojeó y sus piernas temblaron debajo de su vestido empapado.

—Algunas veces me parece que él todavía está cerca, como si nunca se hubiera marchado del todo, igual que cuando solía rondar a mi hija. Por eso cierro la puerta de la casa con llave. Me preocupa que se cuele por las noches, aunque sé que tus amigos también se han colado alguna vez por la ventana del sótano.

Ofelia se aferró al respaldo de la silla que tenía delante, dejando siempre una distancia prudente entre Anastasia y ella.

—¿La misma ventana por la que entró la gata de Helena Laguna la noche que usted la mató?

Las pupilas de Anastasia se agrandaron un momento.

—Esa misma, sí. Vaya, ya veo que Claudia te ha contado algunas historias.

—Habría dado igual —se apresuró a responder Ofelia para librar a Claudia de la furia de su madre—. Sé bien cómo es usted y de lo que es capaz, entró en mi habitación mientras dormía para cortarme los pies. A su propia nieta.

—Ya me lo agradecerás algún día, igual que todo lo demás que he hecho por ti.

—Me mutiló mientras dormía, desde luego nunca se lo agradeceré.

Anastasia arrugó los labios visiblemente contrariada.

—Yo no he hablado de perdón, sino de agradecimiento, son dos cosas muy distintas.

Ofelia sacudió la cabeza incrédula.

—¿Y qué pasa con Claudia? La única hija que le queda y usted se dedica a tratarla con crueldad, lo he visto con mis propios ojos y me ha contado todas las cosas terribles que le ha hecho. ¿Ella también debería estarle agradecida?

—Ya llegaremos a ese asunto. Lo primero que tienes que entender es que Cora era muy hermosa. Tu madre tenía ese aspecto especial que la hacía parecer una criatura de otro mundo: con su larga melena rubia, su piel de nácar y su manera de moverse era imposible no fijarse en ella. Moisés Páramo no fue el primer hombre en pretenderla, pero desde luego fue el más insistente. Primero pretendió a Claudia, pero en cuanto vio a Cora, su afecto cambió. Se obsesionó con ella por completo, atormentaba a tu madre con su amor no correspondido. Cuando me di cuenta de lo que sucedía, ya era demasiado tarde —admitió Anastasia, su voz sonó extrañamente afectada—. No pude proteger a mi hija y, cuando descubrí la verdad, no pude acabar con ella.

—Por eso deja usted las flores en la orilla cada vez que desaparece una chica: se siente responsable de que Cora huyera con Moisés y de todo el daño que él ha provocado en estos años.

Anastasia cogió la taza humeante de té que tenía sobre la mesa, se la llevó a los labios, sopló un par de veces y dio un trago. Dejó la delicada taza de porcelana sobre el platito a juego y se sirvió otra cucharada de azúcar ceremoniosamente.

—Te equivocas de nuevo: yo no siento culpa ni vergüenza por las cosas que he hecho, tan solo por aquellas que no me atreví a hacer. Habría evitado mucho sufrimiento de haberlo hecho, eso es lo único que me pesa.

—Todo este tiempo ha sabido quién era Barba Azul y no ha dicho nada. Podía haber ayudado a esas madres o evitar que otras chicas desaparecieran, pero no ha hecho nada, y todo porque no quiere desvelar su secreto: que su propia hija prefirió huir con un asesino y ser su cómplice antes que seguir viviendo un solo día más en esta casa lúgubre con usted. Usted la asfixiaba, igual que a Claudia e igual que a mí.

La tormenta estaba más cerca cada vez, ahora el viento agitaba las ramas de los árboles del jardín que golpeaban los cristales de las ventanas tratando de entrar en la casa.

—Barba Azul, ¿conoces el cuento? —le preguntó con la mirada fija en la taza—. Hay muchas versiones diferentes de la historia, pero en todas ellas Barba Azul es un príncipe o un noble viudo que vive en un bonito castillo en medio de un bosque oscuro. Al principio Barba Azul es amable y tranquilo, un hombre cortés, todo el mundo le aprecia, pero a medida que avanza el cuento vamos descubriendo su verdadera naturaleza sádica y depredadora. La última esposa de Barba Azul es quien descubre los cadáveres de las demás esposas desaparecidas y la terrible verdad sobre su misterioso marido. La última esposa de Barba Azul logra escapar del castillo y así es como salva su vida. Yo crecí escuchando ese cuento y otros muchos parecidos, por eso mismo quería enseñar a mis hijas a desconfiar de algunos hombres, sobre todo de los que parecen mansos; esos son los peores.

—Lo que dice no tiene ningún sentido. ¿Un viejo cuento de hadas? ¿Qué tiene eso que ver con lo que me hizo en los pies? ¿O con todas las cosas terribles que le ha hecho a Claudia? —Ofelia negó con la cabeza—. Nada. Eso es solo cómo justifica estos años de crueldad, todas sus mentiras...

Ofelia enmudeció cuando Anastasia se levantó de la silla. Instintivamente dio un paso atrás para alejarse de ella hasta que su espalda chocó contra el marco de la puerta de la cocina.

—Verás, Barba Azul no es el único cuento con el que crecí.

Anastasia se quitó los zapatos y con cuidado se bajó las medias finas de hilo que llevaba bajo sus elegantes botines de piel con botones en un lado. Se descalzó sin prisa, con ceremonia, se levantó un poco el bajo de la falda y apoyó los pies desnudos en el suelo de baldosas blancas y negras de la cocina para que Ofelia pudiera verlos bien.

—Tú no eres la única sirena de esta familia.

Anastasia tenía los tres últimos dedos de sus pies unidos por la misma fina membrana de piel que ella. Ofelia los miró un momento sin saber qué decir, era como ver sus propios pies antes de que Anastasia la cortara. Pero al observarlos con atención, se dio cuenta de que, en su pie derecho, entre los dedos, tenía las mismas cicatrices irregulares que ella, solo que las suyas parecían más blancas por el paso del tiempo. Alguien le había cortado la piel entre los dedos a Anastasia hacía muchos años, igual que ella había hecho con Ofelia.

—Sus dedos... No lo entiendo, ¿qué fue lo que le pasó? —preguntó sin poder apartar los ojos de las cicatrices.

En vez de responder, Anastasia soltó el botón que ceñía el puño de su blusa y dobló el encaje de color gris perla sobre sí para poder subirse la manga casi hasta el codo. La piel de su brazo tenía el mismo aspecto escamoso que el suyo, Ofelia miró las cicatrices que formaban un patrón caprichoso sobre su piel.

—Igual que tú y que tu madre, yo también era muy hermosa cuando era joven. Vivía con mi madre y mis hermanas en un pueblecito pesquero, no muy diferente de este, en una isla en el mar del Norte. Allí era costumbre vestirse de blanco en los funerales, como una forma de honrar a los muertos y acompañarlos en su camino.

Pensó en Anastasia, vestida de blanco de pies a cabeza, con un velo de muselina cubriendo su rostro igual que si fuera una viuda. Ahora todo tenía sentido: se vestía así para el funeral de las chicas.

—Como sucede en los cuentos, todo iba bien hasta que mis hermanas y yo dejamos de ser niñas, ahí es cuando la historia siempre se complica. —Anastasia miró la extraña piel de su brazo y la rozó con los dedos como si su contacto fuera venenoso—. Allí también tienen sus propias leyendas e historias sobre sirenas, lamias o mujeres que viven en el mar, pero las llaman *selkies*.

Ofelia ya había escuchado esa palabra antes.

—¿Y qué sucedió? Cuando sus hermanas y usted se hicieron mayores, ha dicho que la historia se complicó, ¿por qué? ¿Qué fue lo que pasó?

—Lo que suele pasar cuando las jóvenes empiezan a rebelarse. Digamos solo que debes estarme agradecida por haberte cortado los pies mientras dormías, un par de cortes limpios y solucionado.

Anastasia imitó el sonido de una navaja cortando piel y Ofelia notó que un escalofrío le bajaba por la espalda.

«Así no descubrirán que no eres como los demás», le había dicho Anastasia mientras la sujetaba por los tobillos para cortarle los pies.

La miró mientras ella volvía a cubrirse el brazo con la manga. Ofelia comprendió de repente por qué siempre llevaba vestidos o blusas de manga larga y cuellos altos: para ocultar su extraña piel de sirena bajo la tela. No era solo por pudor o por recato; lo comprendió de repente, como si la hubiera alcanzado un rayo: Anastasia llevaba toda su vida ocultándose debajo de su ropa rígida y sus vestidos anticuados. Se fijó en el cuello subido de encaje de su blusa mientras se preguntaba hasta dónde llegaría la piel escamosa de Anastasia.

—A usted le hicieron lo mismo. —No era una pregunta—. Alguien le cortó la piel que unía los dedos de su pie derecho.

—Sí, solo la del pie derecho. No les di oportunidad de terminar el trabajo.

—Pero que alguien se lo hiciera a usted no justifica lo que me hizo.

—No necesito ninguna justificación. Tú no tienes ni idea de lo que me hicieron o de lo que yo les hice después —respondió Anastasia con frialdad—. Lo que sucedió en aquella isla se quedó allí para siempre. He pasado años luchando para dejarlo todo atrás, pero cuando te vi en mi puerta con los mismos pies deformes y la piel pálida comprendí que el pasado nunca nos abandona realmente. El caso es que me marché de esa isla con un bebé y con otro de camino.

—Claudia y Cora.

No tenía ninguna prueba más que sus palabras, pero Ofelia intuyó el dolor que todavía latía detrás de aquellos recuerdos. Se preguntó si tal vez fue ese dolor, o lo que sucedió en esa remota isla del mar de Norte, lo que convirtió a Anastasia Amara en la mujer cruel y despiadada que ella conocía, o si simplemente esa era su verdadera naturaleza y no tenía ninguna relación.

—Tu madre tenía los mismos pies que nosotras, por eso le corté las membranas cuando era una niña, igual que a ti —admitió sin asomo de culpa en la voz—. Y la misma piel extraña en el brazo, así que se lo quemé en la chimenea para intentar camuflar las escamas con las cicatrices.

—¿Le quemó el brazo a su propia hija? —Ofelia notó cómo se le encogía el corazón solo de imaginarlo.

—Sí. Y ahora bien podría inventarme una historia lacrimógena y mentirte, diciendo que lo hice por ella: para que Cora tuviera una vida normal y nunca nadie la mirara como me habían mirado a mí, pero sería eso: mentir. Lo hice solo por mí. No quería ser la madre de una sirena.

Ofelia miró a Anastasia, su abuela, la misma mujer que la había aterrorizado en sus pesadillas y también mientras estaba despierta, y trató de imaginarla siendo una niña rubia que vivía en una fría isla verde siempre cubierta de bruma marina.

—¿Y qué pasa con Claudia? ¿Ella también es como nosotras?

—No. Claudia es tan normal como la mala hierba o como un grano de arena, no hay nada especial en ella. Yo solo di a luz a una sirena.

Fuera había oscurecido y llovía con fuerza. La tormenta que había sorprendido a Katixa y a Ofelia en el prado de Ogeia la había seguido hasta la casa y ahora golpeaba con fuerza la colina y la mansión. Un relámpago iluminó la cocina durante un segundo con su luz brillante, mostrando los fieros rasgos de Anastasia. Ofelia intuyó que Anastasia quería hacerle daño y se abrazó a sí misma por encima de su vestido mojado como para protegerse. Dio un paso atrás chocando contra Claudia.

—Madre, ¿de qué estáis hablando? —preguntó.

—De nada que sea asunto tuyo.

Un trueno retumbó entre las paredes de la mansión, Ofelia se estremeció de nuevo y miró a Claudia preguntándose cuánto sabría ella sobre lo que Anastasia le acababa de contar. Claudia asintió resignada: estaba acostumbrada a los desplantes de su madre.

—Claro, perdone.

—¿Qué quieres? —le preguntó de malas maneras.

—Nada. Solo que han encontrado el cuerpo de esa pobre chica, la turista italiana que desapareció en Zarautz. —Otro relámpago iluminó la cocina con su luz mortecina—. Es la primera vez que aparece el cuerpo de una víctima de Barba Azul.

MÁS OSCURO QUE EL FONDO OSCURO

—

El cuerpo de Marietta Rossi apareció flotando en la playa de Zarautz frente al Palacio de Narros, muy cerca de donde desapareció. La encontraron dos muchachas que trabajaban como limpiadoras en el Gran Hotel. Ese mismo día les contarían a los guardias que investigaban la desaparición de la turista italiana que, al ver el cuerpo flotando cerca de la orilla, la habían confundido con un hatillo de tela o de redes agujereadas de pescadores. Una de las muchachas se metió en el agua para cogerla cuando le pareció ver que una mano pálida asomaba entre la espuma de las olas.

Marietta Rossi tenía veintiún años y era la única hija de un matrimonio de aristócratas italosuizos que pasaban largas temporadas en Zarautz. Cuando el otoño en el norte de Italia se volvía demasiado severo, la familia Rossi acostumbraba a viajar a su palacete de Zarautz, donde la mayoría de los turistas ya habían vuelto a sus respectivos países, pero las temperaturas todavía eran más suaves y agradables como para poder disfrutar de los paseos por la costa o de las noches en los casinos.

Cuando se descubrió el cuerpo de Marietta, todo el mundo —incluidos los dos guardias que llegaron primero al lugar— pensó que Barba Azul la había matado igual que a las demás chicas, de modo que mandaron aviso al inspector que llevaba la investigación en Bilbao, y que ya había estado antes en la zona. Cubrieron el cadáver con una sábana para evitar que más gente la viera en ese estado lamentable, y lo trasladaron con ayuda de una camilla desde la playa hasta una de las cámaras frías del Gran Hotel para conservarlo hasta la llegada el inspector.

No hizo falta que el inspector y sus ayudantes salieran de Bilbao rumbo a la costa porque, esa misma tarde, un muchacho con el que Marietta solía pasar el rato confesó que la había asesinado en un ataque de celos. Según admitió ante los agentes, Marietta y él se conocían desde hacía varios años porque sus familias veraneaban juntas, y él siempre la había amado «en la distancia». Pero unos días antes Marietta le había contado que le gustaba un chico de Zarautz, le habló de lo enamorados que estaban, de cómo se escribían apasionadas cartas de amor a espaldas de sus padres y de que esperaba impaciente cada visita a Zarautz para volver a reunirse con él en secreto. Resultó que Marietta no se pasaba los días de vacaciones ociosa o recorriendo los casinos de la costa como pensaban sus padres, sino que intentaba pasar todo el tiempo posible con su enamorado. Cuando se lo contó todo a su amigo de la infancia, este se volvió loco de celos al descubrir que su fantasía con la hermosa Marietta era solo eso: una fantasía en su cabeza.

Les contó a los agentes, entre lágrimas de cocodrilo y un chorreo de mocos constante, que había perdido la cabeza «cegado por la pasión» y había golpeado a Marietta con una piedra en la sien para evitar que ella le abandonara. Después, muy arrepentido, según su versión, la envolvió en un mantel que había robado de la mansión de sus padres y la tiró al mar, con piedra y todo, confiando en que la corriente salvaje del Cantábrico la arrastrara mar adentro para hacerla desaparecer.

El chico afirmó que él no tenía nada que ver con Barba Azul y sus crímenes, y que lo suyo había sido únicamente «un acto de pasión». Eso fue lo último que les dijo a los guardias antes de que su padre, abogado y senador, entrara en la sala para prohibirle seguir hablando.

Ofelia no había regresado a la cueva bajo el acantilado de Santa Catalina desde la tarde que estuvo allí con Dylan. Pensó en pedirle que la acompañara también esta vez —incluso bajó caminando hasta la casa de los Morgan—, pero cuando llegó a la puerta principal cambió de opinión y siguió en dirección al puerto sin detenerse. No había visto mucho a Dylan desde la tarde en que Marcel Laguna y los otros dos hombres se presentaron en el taller para acusarle de ser Barba Azul. Ofelia había ido a hablar con él al puerto dos días atrás, pero él la había despachado con un par de frases mientras fingía estar muy ocupado. Tampoco había visto a Ulises, aunque sabía que estaba de regreso en Ea. Trataba de no pensar demasiado en ellos, en la manera en que los dos hermanos Morgan habían ido desvaneciéndose de su vida poco a poco, pero algunas veces no podía evitar recordar esos días brillantes del primer verano cuando los tres eran felices en su playa secreta y no existía nada más en el mundo. La sonrisa siempre optimista de Ulises, el tacto cálido de la mano de Dylan sobre la suya... Sí, intentaba no pensar demasiado en los hermanos Morgan.

Por algún motivo la historia sobre una isla cubierta por la niebla en el mar del Norte que Anastasia le contó la tarde de la tormenta se quedó en su cabeza dando vueltas. Esa noche soñó con una tierra lejana y con una playa de arena oscura y gruesa, que jamás había pisado. En sus sueños vio a Anastasia, mucho más joven de lo que ella la había conocido, adentrándose en el mar revuelto hasta las rodillas para depositar una corona de lirios blancos. Era otro mar, uno muy diferente al que ella conocía, con el agua casi de color gris humo. Anastasia lloraba mientras las flores se alejaban flotando entre la espuma blanca. La corriente la empujaba hasta hacerla llegar al acantilado afilado de Santa Catalina, donde las olas hacían chocar la corona contra la piedra de la entrada de la cueva una y otra vez hasta que esta se deshacía y los lirios blancos se hundían en el agua.

Así fue como Ofelia supo que tenía que volver a esa cueva a por respuestas.

Cuando por fin llegó al acantilado, el sol empezaba a caer en el horizonte. Amarró la barquita de remos al saliente de piedra bajo la entrada de la cueva con un cabo, se cercioró de que estuviera bien segura para que no se perdiera con el oleaje, y entró en la cueva.

Esta vez había ido preparada: llevaba un farol de aceite de mano —como los que se utilizan en las embarcaciones— para asegurarse de que el viento marino no apagaba la llama dentro de la lámpara; también había cogido un cuchillo afilado de la cocina de la casa. No sabía si Moisés Páramo podía estar escondido en la cueva o qué otras sorpresas desagradables podía encontrarse, de modo que se había guardado el cuchillo en la manga de su chaquetilla. Ofelia se había puesto unos viejos pantalones de *arrantzale* y una gruesa chaqueta azul oscura de hombre que Katixa le había prestado. La ropa le quedaba grande, sobre todo los pantalones de pescador, pero le permitía moverse con más libertad que los vestidos.

Nada más entrar en la cueva la saludó una ráfaga helada de viento oscuro que salía de las entrañas de la montaña. Lamentó no haber ido con Katixa, pero su amiga tenía que cuidar de su madre aquella tarde.

—Puedes hacerlo sola, es solo una maldita cueva y Barba Azul no está en casa —se dijo en voz alta.

Lo sabía, sí, pero igualmente tocó el cuchillo bajo la manga de su chaqueta prestada por si acaso.

La primera vez que regresó a esa cueva con Dylan, apenas recordaba nada sobre su pasado, pero ahora los recuerdos dolorosos se agolpaban en su pecho arañándole la piel desde dentro, deseando escapar. Ofelia se apoyó en la pared de piedra para recuperar el aliento y tratar de mantener los recuerdos bajo control. La humedad de la roca bajo su mano la devolvió a la realidad, escuchó las olas rompiendo contra la entrada de la cueva, respiró hondo y siguió avanzando. Encendió el farol con un fósforo y el techo sobre ella se iluminó, la llamita protegida de la corriente tras el cristal de la lámpara se reflejaba en los grandes charcos del suelo. Pronto subiría la marea y sería mucho más difícil salir de aquella cueva, así que se adentró rápido en la oscuridad y trepó como pudo, salvando el desnivel hasta la terraza natural.

Todo estaba igual que la última vez: las mantas sucias amontonadas en un rincón, los libros con las páginas pegadas entre sí por la humedad, las velas, las cajas de madera con algunas cosas dentro, la cuna con el velo de novia dentro...

Ofelia dejó el farol sobre una de las cajas de madera para tener las manos libres y la luz llenó la cámara de roca. Había soñado con ese lugar, con una corona de lirios que llegaba flotando hasta la cueva bajo el acantilado después de que Anastasia le contara aquella tarde una pieza más del puzle de su pasado. Cuando estuvo allí con Dylan, prácticamente salieron corriendo al ver la cuna y recordar la verdad sobre su padre, pero ahora estaba segura de que había pasado cosas por alto: un detalle, un recuerdo borroso o una pista, algo había hecho que su mente volviera en sueños a ese lugar húmedo y oscuro.

Rebuscó entre la montaña de mantas, miró debajo del colchoncillo de lana de la cunita e inspeccionó los libros olvidados en una de las cajas de madera. Recordaba vagamente a su madre, Cora, enseñándole a leer con esos mismos libros y revistas antiguas: las dos sentadas sobre las mantas sucias con las velas encendidas en el suelo para poder leer las palabras de sus páginas.

«No, hoy no leeremos *Blancanieves*, estoy cansada de ese estúpido cuento —decía su madre con voz distante—. Vamos a leer uno nuevo, que trata sobre un hombre que vive solo en un bonito castillo en el corazón del bosque. Es un hombre poderoso y respetado, todo el mundo le aprecia. Pero ese hombre reservado esconde un terrible secreto: se casa con chicas jóvenes a las que nunca nadie vuelve a ver. Barba Azul es su nombre.»

Ahí estaba el libro de cuentos de Charles Perrault, donde su madre lo había dejado después de leérselo. La respuesta había estado siempre ahí, esperándola en esa cueva todo este tiempo. Ofelia acarició la cubierta húmeda del libro, casi sintiendo la marca invisible que su madre había dejado en sus páginas. Notó un nudo de lágrimas en la garganta.

Había más libros antiguos y revistas de moda y sociedad con las páginas reblandecidas, las mismas revistas con que su madre le había enseñado modales y educación para que supiera comportarse como una señorita. Los títulos de algunos de los libros y revistas se habían borrado después de estar expuestos a los elementos todos esos años, y sus páginas se habían convertido en una especie de pasta de papel, pero en otros aún podían leerse. Ofelia cogió los que mejor se habían conservado para llevárselos con ella: quería ver si podía secarlos y recuperarlos de alguna forma para volver a leerlos tal y como había hecho con su madre, pero cuando levantó el último libro, vio que algo brillaba en el fondo de la caja de madera.

Era una cajita metálica de galletas muy parecida a la cajita rectangular con colores vivos en la tapa que ella escondía bajo el suelo de su dormitorio. La misma que Claudia le dio para que guardara «sus tesoros».

Empujada por un impulso irrefrenable, dejó los libros y la examinó. Los colores en la tapa aún eran visibles, pero a pesar de sus intentos no consiguió abrirla a la primera porque el metal se había oxidado y rozaba en los lados. Sabía que la respuesta estaba dentro de esa caja, así que buscó a su alrededor hasta encontrar una piedra y la golpeó en el lado con todas sus fuerzas. El ruido de la piedra contra el metal resonó entre las paredes de la cueva por encima del sonido de las olas. El costado de la cajita se hundió al segundo golpe y cedió por fin.

Cuando abrió la caja, el olor del papel viejo inundó el aire un instante. Dentro de la cajita, a salvo del tiempo y de la humedad, había un legajo de cartas atadas con una cinta de color rojo. Ofelia las examinó con cuidado para evitar que el papel amarillento se deshiciera entre sus dedos. Parecían cartas de amor. Estaban fechadas y ordenadas, no había sobre o remitente, pero todas tenían la misma cabecera: «Querido Moisés», escrita con una caligrafía curvada y menuda.

Leyó la primera carta, fechada hacía casi veintitrés años. Le pareció la típica carta entre enamorados, pero entonces algo llamó su atención: la frase de despedida que cerraba la carta era la misma que aparecía en la dedicatoria del viejo librito de mapas que Moisés le regaló a su madre y que ella encontró en la estantería del sótano. «Más profundo que el océano y más oscuro que el fondo oscuro. C.»

C de Cora.

Eran cartas de amor entre su madre y su padre. Le disgustaba tener delante de las narices la prueba de que su madre estaba enamorada de un asesino, pero siguió inspeccionando el montoncito de cartas para encontrar alguna pista que la condujera hasta Moisés. Ofelia se sentó en el suelo, las sombras en las paredes a su alrededor temblaron cuando acercó el farol para poder leer mejor. Todas las cartas estaban escritas con la misma letra y firmadas con idéntica dedicatoria. Ofelia pasó las cartas leyendo las fechas para buscar las últimas. Toda la historia de amor entre su madre y Barba Azul estaba ahí: la primera vez que se vieron, las visitas nocturnas a escondidas a la mansión para verse, el peso de mantener su relación en secreto a pesar de la estricta vigilancia de Anastasia... y su plan para huir y estar juntos para siempre.

La carta en la que hablaba de ello por primera vez estaba fechada un par de meses antes de que Cora huyera, en junio de 1880, pero luego Ofelia se dio cuenta de que las cartas no se detenían ahí: la correspondencia continuaba en el tiempo alargándose hasta mucho después de la desaparición de Cora, y abarcaban hasta después de su nacimiento o incluso su décimo cumpleaños... Llegaban hasta unos meses antes del naufragio del *Annabelle.* No tenía ningún sentido, ¿por qué enviarle cartas de amor a Moisés si ya vivía con él en esa cueva?

Ofelia miró las fechas en las cartas intentando comprender, se fijó mejor en la letra menuda y se dio cuenta de que conocía bien esa caligrafía: la había visto escrita en decenas de facturas, documentos, instrucciones, listas de la compra...

Y entonces lo entendió.

Era la letra de Claudia Amara.

Recordó la fotografía descolorida que había encontrado en el sótano, entre las páginas del librito de mapas de Moisés. *Hic sunt dracones.* Esas palabras resonaron en su cabeza como una advertencia de que no le gustaría lo que estaba a punto de descubrir. «A partir de aquí hay dragones.»

En la fotografía las dos hermanas Amara posaban delante de la puerta principal de la casa, con Moisés en el centro. Escrito en el reverso de la fotografía con una caligrafía redonda y perfecta, que no era la misma que la de las cartas de amor:

C., Moisés P. y yo. Verano de 1880

C de Claudia.

Siempre había sido Claudia.

LA ÚLTIMA CARTA

El sonido de las olas rompiendo con violencia contra la pared del acantilado llegó hasta Ofelia, pero ella apenas podía oírlo. Las ideas se amontonaban en su cabeza mientras examinaba otra vez las viejas cartas de amor. No le parecía que fuera real, era imposible; tanto que por un momento se preguntó si no estaría atrapada en uno de esos sueños suyos de medianoche que le parecían tan terriblemente reales. Pero el peso de las cartas en su mano era una prueba tan evidente como el olor a papel viejo que inundaba el aire. No era un sueño.

C de Claudia.

Claudia y Moisés estaban enamorados, si es que los monstruos conocen el amor.

Su madre nunca tuvo una relación romántica con Barba Azul, como Claudia le había contado: siempre fue Claudia. Se acordó de repente de la tarde en que Anastasia le contó cómo Moisés perseguía a Cora, su obsesión enfermiza con ella y cómo su madre no le correspondía. Ofelia miró a su alrededor: ahora sí podía recordar a su madre asustada en un rincón, llorando porque él no había ido a visitarlas aquel día, y también aterrorizada cuando le oía amarrar su barca fuera. Él destruyó a Cora mucho antes de que ella muriera. Y Claudia se lo había permitido.

Sus dedos temblaron al darse cuenta y algunas cartas cayeron al suelo húmedo. Se agachó deprisa para recogerlas y evitar que la tinta se borrara con el agua. Entonces se fijó en que una de las cartas parecía diferente de las demás, el papel era más blanco y grueso. No era el mismo papel de carta que utilizaba Claudia, se parecía más bien al papel de las páginas de las revistas de moda y sociedad que había encontrado en la cueva. Estaba doblado por la mitad y había unas gotas oscuras en el dorso. Era sangre.

Ofelia volvió a guardar con cuidado las demás cartas en la cajita metálica y abrió la misteriosa nota. Un pedazo de papel revoloteó hasta sus pies. Lo recogió y lo leyó dos veces para estar segura.

> Tenemos que hablar de lo que pasó ayer, ¡lo siento tanto! Ven esta noche a casa después de medianoche, te lo suplico. Dejaré la puerta abierta. C.

Era la letra de Claudia. No sabía si la nota estaba dirigida a Moisés, así que la dejó en la cajita junto al resto de su correspondencia y abrió la carta manchada de sangre. Era una página arrancada de una revista, podía ver el papel rasgado en el lateral y en la parte superior se podían leer las palabras «Tu receta secreta», con bonitas letras de imprenta. Comprendió que era una de las páginas en blanco que solían aparecer al final de las revistas para que las lectoras apuntaran en ellas sus recetas de asado, mermelada o tarta de nata y fresas. Pero en lugar de una receta de cocina, alguien había escrito una carta:

> Mi nombre es Cora Amara y soy un fantasma. No tengo forma de saber qué año es, pero sí sé que desaparecí del mundo el día en que cumplí diecinueve años.

Era una carta de su madre. Seguramente la escribió aprovechando esa página en blanco de alguna revista para que Moisés no sospechara nada, por eso estaba escrita con letra pequeña y apretada, para poder aprovechar toda la página, aunque de alguna manera había terminado en la misma caja que las demás cartas.

Ofelia miró las palabras de Cora y sintió un nudo en la garganta; la imaginó escribiendo esas mismas palabras a la luz de las velas medio consumidas que usaban para iluminar la cueva, temiendo que él regresara y la descubriera.

No recuerdo bien todo lo que sucedió aquella noche, pero he ido rellenando las lagunas por mi cuenta. Tardé mucho tiempo en recordar la verdad, o la parte de la verdad que yo conozco, al menos. Me da vergüenza admitir que durante ese tiempo me creí sus mentiras. Si hay alguna mentira en mis palabras no es malintencionada, es solo que mi perspectiva desde mi jaula es limitada. Mi maldita jaula. Todo empezó mucho antes, pero voy a escribir solo lo que sucedió esa tarde, cuando por fin me decidí a marcharme de la casa y alejarme de ella... Si lo hubiera sabido entonces... Aún puedo escuchar a mi madre mientras me alejo por el camino. «Si te marchas no habrá vuelta atrás, nunca podrás volver a esta casa.» Y por una vez decía la verdad.

Estaba harta de ella: de sus castigos, de sus mentiras, sus secretos. Las odiaba, a las dos (y las sigo odiando). Supe que me iría cuando mi hermana me cortó el pelo una madrugada en la cocina silenciosa. Después de eso guardé mis cosas en una bolsa de viaje y me marché con la intención de no regresar jamás.

Ofelia recordó la noche en que Claudia le cortó el pelo a ella, muchos meses atrás, sentada en la cocina mientras los mechones rubios caían a su alrededor. Recordó el crujido metálico de las tijeritas pasando demasiado cerca de sus orejas y lo entendió. Anastasia no la había obligado a hacerlo: había sido solo cosa de Claudia.

Me adentré en el bosque. Sabía bien que allí vivía un monstruo porque podía intuirlo por las noches desde la ventana de mi habitación, pero antes era una muchacha idiota y no me daban miedo los monstruos. Antes. La bolsa de viaje pesaba, la cambié de brazo para descansar cuando una nota cayó del bolsillo: estaba abierto, aunque yo estaba segura de haberlo cerrado.

«Tenemos que hablar de lo que pasó ayer, ¡lo siento tanto! Ven esta noche a casa después de medianoche, te lo suplico. Dejaré la puerta abierta. C.»

Ofelia miró la notita que había encontrado antes: descansaba en la caja junto con las demás cartas. Luego continuó leyendo.

Solo mi hermanita sería capaz de engañarme así. Claudia y su relación con Moisés Páramo, que no se había separado de ella desde que la conoció. Paseaban juntos y se escribían ridículas cartas de amor. Claudia, acostumbrada a ser ignorada por todos los chicos y ninguneada por nuestra madre, se encariñó deprisa con ese joven barbudo de rasgos afilados y ojos codiciosos. Moisés pasaba gran parte del año lejos del pueblo y ella no sabía gran cosa sobre su pasado o su vida, pero creo que fue precisamente ese misterio que le rodeaba y el poder que da tener un gran secreto, lo que hacía que Claudia se sintiera importante por fin. Mi hermana siempre había sido dócil y obediente. Daba igual si era un castigo de madre o alguna de sus respuestas hirientes: ella siempre lo aceptaba en silencio y sin protestar. Eso cambió cuando conoció a Moisés. Se volvió esquiva y mentirosa.

Una noche oí un murmullo antes de quedarme dormida, era la voz de un hombre filtrándose entre los tablones del suelo. Bajé de puntillas la escalera hasta la habitación donde dormía mi hermana y abrí la puerta sin llamar. Moisés y Claudia se vestían entre risas, sentados sobre la cama revuelta. La habitación aún olía a sudor y al deseo caliente que permanece en el aire después del sexo.

Todo cambió después de aquella noche.

Moisés se fijó en mí. Me seguía y solía hacerse el encontradizo conmigo. Se colaba en la casa por las noches, me dejaba regalos y notas apasionadas sobre la almohada para que supiera que había estado allí. Una vez el muy desgraciado incluso intentó besarme. Al final se lo conté todo a Claudia, no quería herirla, pero sentía que debía advertirle del tipo de hombre que era Moisés. Fui idiota. Al contárselo, Claudia, que siempre aceptaba los golpes y los insultos de madre con resignación, me dio un bofetón.

«No te basta con que todos los hombres se vuelvan locos por ti, tenías que quitarme también al único que se ha fijado en mí. Maldita seas. Monstruo.»

Esa fue la primera vez que vi cuánto de Anastasia había enterrado en mi hermana.

Ofelia también había intuido la naturaleza violenta de Anastasia latente bajo la apariencia de amabilidad y fragilidad de Claudia. Los detalles confusos, las medias verdades o la sonrisa demasiado afable. Ahora recordaba haber visto la misma mirada violenta o sus gestos amenazantes en ella. Qué ciega había estado todo ese tiempo, ahora todo cobraba sentido: recordó que Claudia siempre había mostrado mucho interés por conocer sus avances en el asunto de Barba Azul, incluso había aceptado guardarles el secreto a Katixa y a ella, a cambio de ser la primera en enterarse si descubrían algo. Quería estar informada para saber cuánto se acercaban a la terrible verdad. Entonces le pareció que era solo la preocupación normal por ella, pero lo que le preocupaba a Claudia era saber cuánto había averiguado sobre Moisés y ella.

Claudia Amara se ocultaba bajo el mejor disfraz posible: el de víctima.

Para mi desgracia regresé a la casa para hablar con Claudia una última vez. Era una noche sin luna y nadie me vio. La puerta principal estaba abierta como me había prometido, avancé con cuidado para no despertar a madre. Claudia estaba al final del pasillo con una lámpara de aceite en la mano, de pie ante la puerta que lleva a la escalera del sótano. Me sonrió y lo supe.

—No te preocupes por madre, no puede oírnos, le he dado una taza de su té especial y dormirá hasta el alba. No quería que te marcharas estando enfadadas, y menos por un hombre.

—No es solo por un hombre, Claudia. Ya estoy cansada de tus juegos.

—¿Qué juegos?

—Lo sabes de sobra: finges que tienes mala salud para llamar la atención de todos y que así sientan lástima por ti. Aparentas ser una hija obediente y sumisa, pero yo te conozco mejor que eso: disfrutas siendo una mártir, utilizas ese sufrimiento para manipular a los demás. Usas tu dolor para causar dolor a otros; ¿qué clase de persona hace algo así?

—La clase de persona que ha sufrido durante años el carácter terrible de nuestra madre, igual que tú.

—Precisamente porque conoces bien el dolor y la crueldad, no deberías usarlos contra los demás.

—¡Nuestra madre es cruel! Ella es la culpable de todo.

Cubrí la poca distancia que nos separaba. La puerta del sótano estaba abierta, sentí el olor a formaldehído y a muerte que subía por la escalera y me acariciaba la mejilla como una mano huesuda.

—Sí, nuestra madre es un monstruo. Pero tú te has convertido en uno.

Claudia bajó la cabeza, el pelo largo le cubrió el rostro. Su cuerpo se agitó y por un momento pensé que lloraba, hasta que comprendí que en realidad se estaba riendo. Después mi querida hermana me empujó y al intentar recuperar el equilibrio cogiéndome de su mano, las dos caímos por la escalera.

Ofelia levantó los ojos de la carta. La llamita dentro del farol no temblaba, era su mano la que se agitaba mientras leía. Tuvo que recordarse que estaba sola en la cueva, relativamente a salvo. Ni Moisés ni mucho menos Claudia sabían que ella estaba ahí. Cerró los ojos un instante. El viento helado silbaba entre las rocas y llegaba hasta ella formando un torbellino. Inspiró hondo y abrió los ojos.

De lo que pasó después solo recuerdo la sensación de vértigo en el estómago, el dolor mientras mi cuerpo chocaba contra el canto de los escalones, el ruido seco que hizo mi brazo al romperse, mis aullidos y el olor del suelo terroso del sótano cuando me golpeó en la cara. Aún puedo recordar el hueso fracturado atravesando la piel de mi brazo convertido en un extremo sanguinolento.

Claudia cayó conmigo por la escalera, su pierna estaba doblada en un ángulo imposible, pero se reía desde un rincón con un siseo bajo y rasposo. Casi no parecía humana, era el monstruo que siempre había vivido dentro de ella, por fin veía su asquerosa cara, y se parecía mucho a mí. Antes de desmayarme oí las pisadas de un hombre acercándose a nosotras. Moisés.

Lo que sucedió después solo lo puedo imaginar. Supongo que Claudia me dio por muerta y le pidió a su amante que se deshiciera de mi cuerpo para poder estar juntos. Eran libres.

Pero en lugar de eso, Moisés Páramo me trajo a esta cueva y me convirtió en su princesa prisionera. Él es mi carcelero. Mi Barba Azul.

Ofelia terminó de leer la carta, la dobló con cuidado y la guardó junto con todo lo demás para llevárselo con ella. Todavía quedaba algo de luz en el cielo cuando salió de la cueva y se subió al bote de remos para regresar al pequeño puerto de Ea, pero sintió la tormenta que se acercaba desde el horizonte.

CANELA Y CREMA DULCE

—

Cuando Ofelia llegó a la casa, la puerta principal estaba abierta. En una mano llevaba las cartas incriminatorias, a salvo entre los libros que había rescatado de la cueva, y el farol en la otra, así que entró sin molestarse en cerrarla. Tenía prisa por hablar con Anastasia y contarle la verdad sobre Claudia, suponiendo que Anastasia no tuviera ya sus propias sospechas sobre su hija. Después iría a buscar a los guardias para denunciar ella misma a Claudia, aunque tuviera que caminar bajo la lluvia hasta Lekeitio.

Su ropa de pescador estaba empapada y los pies le chapoteaban dentro de los zapatos con cada paso: la lluvia la había sorprendido remando de vuelta a la bahía. El mar encrespado había intentado tirar de ella y de su barquita de remos hacia dentro para engullirla, pero había conseguido llegar a salvo a puerto. Estaba agotada, le dolían los brazos por el esfuerzo, tenía calambres y las manos agarrotadas tras haber estado sujetando los remos bajo la lluvia, pero corrió por la rampa hasta el muelle y no paró de correr hasta ver el tejado rojo de la casa asomarse entre los árboles.

La lluvia se deslizaba por la ventana y fuera caía la tarde dejando una luz grisácea que solo aparecía en los días más oscuros de invierno.

No era la hora de la cena aún —Anastasia tenía unos horarios estrictos—, por eso mismo no le sorprendió comprobar que toda la casa estaba a oscuras. Encendió el farol y avanzó por el pasillo hasta la salita de visitas. Antes de cenar, a Anastasia le gustaba sentarse en su sofá cerca de la chimenea para leer la correspondencia o planificar las tareas del día siguiente, pero el fuego llevaba horas apagado y no había nadie en el sofá. La gran cocina también estaba vacía, en el aire flotaba un leve aroma a la crema y a la canela del postre de hojaldre que Claudia había horneado esa misma mañana.

Ofelia dejó los libros y las cartas sobre la mesa de la cocina y se quitó la chaqueta empapada, la colgó del respaldo de una de las sillas y algunas gotas cayeron al suelo blanco y negro.

—Ya estás de vuelta —dijo Claudia a su espalda. Ofelia se volvió para observarla sonriente como siempre, con su sonrisa calmada y amable. Inofensiva. Eso mismo debió parecerle a su madre, pensó—. ¿Te ha sorprendido la tormenta?

—Sí, tenía algo que hacer y no me he dado cuenta de que las nubes venían hacia la costa. ¿Dónde está Anastasia? Tengo que hablar con ella de un asunto.

La sonrisa no desapareció de los labios de Claudia, pero sus ojos dudaron un instante: Ofelia se preguntó si esa duda siempre había estado ahí y ella nunca le había dado importancia antes, porque era Claudia.

—¿Con madre? Está arriba, tenía mucho sueño y ha subido a acostarse un rato antes de cenar. He preferido no molestarla y le he dado un poco de té especial para ayudarla a conciliar el sueño, ya sabes cómo se pone algunas veces.

Claudia entró en la cocina y dejó la lámpara de vidrio verde que llevaba en la mano sobre la mesa, cerca de donde ella había dejado los libros húmedos recuperados de la cueva y las cartas.

—Por cierto, no sé muy bien sobre qué discutíais el otro día, pero no la había visto tan disgustada en años. Creo que la última vez que la vi así, Cora aún vivía con nosotras. Antes de que se marchara, ellas discutían todo el tiempo, sobre todo porque a madre no le gustaba que ella se viera con Moisés a escondidas. ¿De qué hablasteis?

Si Anastasia no le había contado nada sobre su conversación de aquella tarde, era posible que ella también sospechara de Claudia o puede que no. Tal vez fuese solo el carácter arisco de Anastasia.

—Oh, no hablamos de nada importante —mintió Ofelia; el farol encendido tembló entre sus manos—. No necesita ningún motivo para ponerse de mal humor. Ya la conoces.

Claudia se dio un golpecito en la pierna con el bastón.

—Sí. Ya lo creo.

—En fin, será mejor que suba a despertarla para que tenga tiempo de asearse antes de la cena. No quiero que se nos haga tarde y se disguste conmigo todavía más.

Ofelia salió de la cocina con el farol aún en la mano y en el techo oscuro del pasillo se dibujó un círculo de luz sobre su cabeza. Dio un paso hacia la escalera, pero notó los ojos de Claudia fijos en su espalda.

—¿Qué es esto que has dejado en la mesa? —le preguntó desde la cocina.

Ofelia cerró los ojos, tenía tanta prisa por subir a hablar con Anastasia que se había olvidado de las cartas y los libros que había dejado sobre la mesa al entrar.

—Nada, solo unos viejos papeles...

Pero antes de que pudiera terminar la frase, Claudia la golpeó por la espalda con la empuñadura de su bastón haciéndola caer al suelo. Ofelia sintió el impacto de la madera oscura del suelo del pasillo contra su mejilla igual que un puñetazo, le palpitaba el ojo y estaba mareada. Escuchó los pasos de Claudia acercándose a ella por el pasillo, ya no cojeaba. Intentó levantarse apoyándose en las palmas de las manos, pero Claudia la golpeó en los dedos con el extremo del bastón, Ofelia aulló de dolor.

—Eres tan estúpida como tu madre.

Su voz no había cambiado, sonaba igual que todas esas veces que la había consolado después de una pesadilla o mientras le curaba las heridas de los pies con delicadeza y una gasa limpia. Ofelia intentó moverse, pero la espalda le dolía demasiado como para levantarse. Al fondo del largo pasillo vio la puerta principal de la casa, que ella misma había dejado abierta al entrar: la cortina de agua caía lentamente y empapaba la entrada. El farol encendido que llevaba en la mano estaba ahora en el suelo un poco más adelante, a medio camino entre ella y la puerta abierta. La llamita seguía ardiendo detrás del cristal. Ofelia tosió contra el suelo y la madera le devolvió su respiración entrecortada por el dolor.

—Yo no sabía que tú existías, no tenía ni idea. Imagina mi sorpresa cuando te vi en nuestra puerta: la imagen perfecta de mi hermana, a la que daba por muerta hacía tantos años. Al verte, supe que Moisés me había mentido: no se deshizo de Cora tal y como acordamos aquella noche.

—¿Y aun así le has protegido todo este tiempo? A pesar de lo que le hizo a tu hermana.

—Tú no puedes entenderlo. Yo vivía en una casa adonde nunca llegaba el sol, a la sombra de una hermana perfecta y bajo la tiranía de una madre cruel que me odia. Prefería pasar mi tiempo sola en el sótano en compañía de los muertos hasta que conocí a Moisés, y supe que nadie me había querido nunca antes. Él es la única persona en todo el mundo que me ha hecho sentir así: como si yo fuera imprescindible para él, más que el mismo aire que respira. No hay nada comparable a esa sensación: sentirse necesitado. No subestimes la importancia del amor para alguien que nunca lo ha conocido.

—Eres patética, él te mintió. Tu príncipe azul se quedó con Cora y la mantuvo prisionera durante años.

Ofelia se arrastró sobre la madera intentando llegar a la puerta, pero la mano le dolía demasiado.

—Cuando acusaron a Dylan Morgan de ser Barba Azul, ¿dudaste de él? No. Estabas segura de que era inocente. Te vi buscarle, perseguirle mientras él te daba un desplante tras otro. —Claudia se agachó hasta su oído y ella sintió su aliento erizándole la piel—. ¿Quién es más patética?

Claudia suspiró igual que si estuviera decepcionada con ella y se levantó. Miró unos segundos la puerta abierta y la lluvia que caía fuera.

—Fue tu madre quien descubrió que a Moisés le buscaban en otra provincia por el asesinato de una muchacha. Estaba fugado desde hacía años y sobrevivía yendo de pueblo en pueblo buscando trabajo en los barcos durante la temporada de verano. Nunca se quedaba mucho en un sitio para evitar llamar la atención o levantar sospechas. Hasta que me conoció a mí. Se quedó en este pueblo por mí, incluso sabiendo lo que le pasaría si le descubrían, y lo hizo solo para poder estar conmigo. Imagina cuánto hay que amar a alguien para que no te importe que te arresten.

—Vuestras penosas cartas de amor... Las leí todas en la cueva. —Ofelia intentó reírse, pero su risa sonó entrecortada, le faltaba el aire—. Cora también las leyó, algunas veces me las leía en voz alta y nos reíamos juntas de ti. La patética Claudia.

Era mentira, claro, pero Ofelia sabía que necesitaba ganar tiempo. Funcionó, porque Claudia se acercó despacio y le pasó la mano por el pelo. Su recogido se había soltado con el primer golpe y ahora su pelo estaba esparcido sobre el suelo del pasillo.

—No deberías leer las cartas de los demás, eso es de mala educación. Pensé que tu madre te habría educado mejor.

Claudia sujetó un mechón de pelo entre los dedos y se lo arrancó de un tirón. Ofelia dejó escapar un aullido de dolor mientras veía los restos de piel sanguinolenta pegados a sus largos mechones claros.

—Tu madre me exigió que abandonara a Moisés y cuando me negué, ella amenazó con contar a todo el mundo lo que había descubierto sobre él, denunciarle ante los guardias. —Claudia jugueteó con el mechón un momento más antes de dejarlo caer al suelo—. Le arrestarían y yo me quedaría sola otra vez en esta casa llena de sombras, sola con Anastasia. No podía permitirlo; le salvé y lo haría mil veces más.

Claudia la pinchó con el bastón, apretándole en el costado como si quisiera comprobar que seguía viva. Ofelia tosió y se arrastró penosamente por el suelo del pasillo intentando huir de ella. La herida de su cabeza latía y notó que manchaba la madera del suelo con su sangre mientras avanzaba.

—Esto resultó ser muy útil —dijo al tiempo que le daba otro toque con el bastón cerca de las costillas.

—Ya veo que no lo necesitas.

—Lo necesité durante un tiempo después de caer por la escalera del sótano, pero me di cuenta de que todo el mundo me miraba con lástima cuando me veían caminar ayudada de mi bastón como si yo fuera un pajarillo herido. La desaparición de mi hermana me convirtió en alguien especial: en una víctima. Por fin me prestaban atención y sentían compasión por mí; ni te imaginas las cosas que hace la gente cuando siente lástima por ti: desde conseguirte un té especial para drogar a madre sin hacer preguntas, hasta perdonarte las deudas en las tiendas. Y todo siempre con una sonrisa en los labios, ya lo creo.

Ofelia había visto esas miradas de compasión en los ojos de sus vecinos cuando acompañaba a Claudia en sus recados. Las palabras suaves que todo el mundo tenía para ella, o la amabilidad de los desconocidos cuando la veían caminar apoyada en su bastón. Claudia Amara era la verdadera araña de aquella casa y todos habían caído en su red.

—Nunca fui sospechosa de nada, yo era demasiado frágil y demasiado desgraciada a ojos de todos como para ser culpable de algo. Una hermana desaparecida, lisiada de por vida, en compañía de los muertos en una casa sombría y sometida a una madre cruel. Es fácil engañar a los demás cuando nadie espera gran cosa de ti. Y, de todas formas, Cora solía meterse en problemas: todos los hombres del pueblo estaban medio enamorados de ella, así que cuando desapareció todo el mundo pensó que ella solita se lo había buscado. Incluso tú lo creíste.

—No, yo no...

—¡Claro que sí! Cuando encontraste el librito de mapas que me regaló Moisés con nuestra fotografía dentro pensé que terminarías por darte cuenta de lo que pasaba en realidad, pero en vez de eso te creíste mi historieta sobre un amor prohibido entre Cora y Moisés sin hacer preguntas. Te lo creíste igual que todos los demás.

Se rio en voz baja, sabía que tenía razón.

—Todos menos Anastasia, ella sabe cómo eres de verdad. —Ofelia tuvo que hacer una pausa para respirar, le dolía demasiado el costado—. Por eso tu madre te odia y te trata de esa forma. Ella te ve como eres en realidad.

—Te equivocas otra vez: madre me trata así porque es un monstruo, ¿qué clase de madre no quiere a sus hijas? Sé que hace años que sospecha algo, aunque no tiene ninguna prueba, pero ahora que tú has encontrado esas cartas... —Algo en su voz cambió al hablar de Anastasia—. ¿Sabes por qué madre no quería que te quedaras aquí con nosotras? Para protegerte de mí y evitar que terminaras como Cora. Quería salvarte.

«No pude proteger a mi hija y, cuando descubrí la verdad, no pude acabar con ella», había dicho Anastasia.

«No pude acabar con ella»: se refería a Claudia, no a Cora.

—Pero yo insistí en que te quedaras a vivir con nosotras para poder tenerte vigilada y descubrir cuánto sabías sobre tu pasado, ese que afirmabas no recordar. Creíste que te estaba haciendo un favor, pero la verdad era que solo quería saber dónde estabas en todo momento.

—Eras tú. Le dejabas entrar en la casa por las noches, a Moisés. Anastasia tenía razón.

La voz de Moisés a medianoche, llegando entre los tablones del suelo como un susurro hasta su dormitorio, le había refrescado la memoria por primera vez. Fue cuando escuchó a Moisés en la habitación de Claudia cuando había empezado a recordar algunas cosas, como su nombre.

—Pues claro que era yo. Por eso mismo le doy ese té repugnante cada noche: para que no se despierte. Cora también nos sorprendió hace muchos años, deberías haber visto la cara que puso cuando descubrió que su hermana tenía un amante. Ella era igual que tú: tan refinada, delicada, tan especial..., apuesto a que fue ella quien te enseñó a comportarte así: como si fueras una señorita elegante y no una prisionera mugrienta. Cora siempre se creyó mejor que los demás, mejor que yo.

A pesar del dolor, ahora por fin le llegaban algunos recuerdos: su madre enseñándole a leer, ayudándola a nadar y a contener la respiración bajo el agua, cantándole canciones de cuna en un idioma que no conocía o explicándole cómo preparar y servir el almuerzo cuando hay invitados.

—¿Por qué no me ha matado en este tiempo? —preguntó todavía con los recuerdos de su madre agolpándose en su mente—. Moisés ha estado en esta casa y sé que me ha estado vigilando, lo he sentido. Ha tenido muchas oportunidades de matarme en este tiempo y no lo ha hecho. ¿Por qué?

Una ráfaga de viento barrió el jardín delantero de la casa y se coló por el pasillo arrastrando algunas gotas de lluvia hasta donde estaba Ofelia y provocando que la puerta roja se cerrara de golpe con un portazo tan fuerte que sacudió las vigas de madera del caserón.

—Sí, debería haber dejado que lo hiciera o hacerlo yo misma; un corte en el cuello y se hubiera acabado el problema, igual que hice con la gata preñada de la niña de los Laguna, pero cuando llegaste me pareció que podías ser como yo.

—¿Una demente?

—Yo no estoy loca, Ofelia —dijo muy segura—. Sentía curiosidad por ver cómo eras de verdad, por saber lo que escondes bajo esa apariencia delicada tuya.

El aroma a canela y crema dulce flotaba en el aire, y al respirar, Ofelia notó la garganta seca; no era por el dolor o el miedo, era otra cosa más oscura que latía dentro de ella. Pensó en la mañana en que casi acaba con Lorenzo Laguna, ahogándolo en agua helada ante la mirada horrorizada de su hermana Helena y de Dylan. Sí. Puede que hubiera oscuridad dentro de ella después de todo.

—¿Y qué has descubierto? —preguntó, temiendo su respuesta.

Claudia sonrió complacida.

—Hay mucho de mí en ti, más de lo que piensas. Soy tu tía. Y sé que tú puedes ser salvaje y despiadada, he podido verlo a lo largo de este tiempo.

—Yo no me parezco en nada a ti. —Pero entonces recordó el regusto metálico y espeso de la sangre en su boca, sus gruñidos casi animales o esa quemazón que algunas veces le mordisqueaba la piel—. Fuiste tú quien le habló a Ángel de Martisol sobre «la hija de Barba Azul» para que escribiera su artículo... Fue cosa tuya.

Ofelia se recostó contra la pared y se llevó la mano a la cabeza, donde Claudia le había arrancado el mechón de pelo.

Sintió la sangre caliente que salía de la herida y le humedecía los dedos.

—Sí, quería que te quedaras sola y abandonada para que comprendieras que tu lugar está conmigo, a mi lado. Cuanto antes lo entiendas, menos sufrirás.

Un crujido en la escalera llamó su atención, Claudia se olvidó de ella por un momento y se volvió.

Anastasia Amara miraba la escena al pie de la escalera, todavía con su bata de raso negro puesta y el pelo de plata suelto cayéndole hasta la cintura.

—Debería estar dormida, madre.

—Me ha despertado el portazo, tu apestoso té cada vez me hace menos efecto.

Claudia hizo un mohín de fastidio al comprender que su madre la había descubierto.

—¿Cuánto ha escuchado?

—Suficiente —contestó Anastasia con frialdad—. Eres un monstruo.

—¿Y qué esperaba? Soy su hija.

En un gesto rápido, Anastasia sacó el alfiler de pelo del bolsillo de su bata y se lanzó contra Claudia para clavárselo en el cuello, pero ella la golpeó en las piernas con el bastón haciéndole perder el equilibrio y caer sobre la escalera.

Ofelia escuchó el ruido sordo del cuerpo de Anastasia cayendo contra el suelo y su grito de dolor. Aprovechó ese momento para arrastrarse por el pasillo hasta el farol que seguía encendido, rozándolo con la punta de los dedos, pero se le escapó cuando sintió los pasos firmes de Claudia acercándose a ella por el pasillo. Ofelia gritó de dolor al hacer un último esfuerzo para coger el farol y cuando Claudia estuvo lo suficientemente cerca, Ofelia la golpeó en la cabeza con el farol. La lámpara se abrió contra su sien derramando el aceite caliente, que resbaló por su cara cayendo hasta la pechera de su vestido.

Claudia soltó el bastón y cayó al suelo de rodillas muy cerca de donde Ofelia estaba, aullando de dolor al sentir que el aceite abrasaba su piel. La muchacha se levantó apoyada en la pared, las piernas temblando debajo de su ropa todavía empapada por la lluvia.

Cogió el bastón, le dolía el pecho y supuso que Claudia le había roto alguna costilla con sus golpes y por eso no podía respirar bien. Anastasia no se movía, aún seguía tirada junto a la escalera con los ojos abiertos en una extraña expresión de debilidad que nunca antes había visto en ella.

El aceite que se había derramado del farol al golpear a Claudia formaba ahora un pequeño charco que ardía en el suelo del pasillo, iluminando la atmósfera con la luz naranja de las llamas. Claudia estaba sentada en el suelo con la espalda apoyada contra la pared, emitiendo unos sollozos cortos y rápidos mientras se cubría el rostro con las dos manos.

—Tenías razón en una cosa, tía. Esto es muy útil.

Ofelia levantó el bastón y la golpeó con todas sus fuerzas en la cabeza con la empuñadura de plata.

CRISANTEMOS ROSA

—

Maravillas Aranguren murió mientras soñaba. Sucedió la última noche de enero. Su hija Katixa la encontró por la mañana, todavía en la butaca donde se sentaba en la oscuridad cada noche sin que su hija lo supiera, mirando hacia la calle que bajaba hasta su casa para ser la primera en ver regresar a Nagore.

Nagore nunca regresó y a Maravillas la enterraron en el pequeño cementerio de Ea dos días después. No hubo coronas de flores para ella, esquela en los periódicos o en el poste junto a la iglesia anunciando su muerte, porque la funeraria Amara seguía cerrada. Solo un ramo con crisantemos rosa atados con una bonita cinta verde sobre su lápida.

Cuando Katixa y Ofelia regresaron del funeral, por fin había dejado de llover, pero el jardín delantero de la casa Amara estaba encharcado y el aire llegaba gélido desde el mar.

—Gracias por las flores. Creo que a mi *ama* le habría gustado el entierro, sin mucha gente ni mucho adorno, solo la familia. Ella prefería las cosas sencillas.

Ofelia se había puesto en contacto con el mismo mayorista que le suministraba las flores a Anastasia: crisantemos rosa. Ni un solo lirio blanco en su corona.

—Sí, yo también creo que le habría gustado.

La casa estaba en silencio. Cuando entraron, el olor familiar a madera y a flores las saludó. Al quitarse el tocado de luto, a Katixa se le escapó de su recogido un mechón de su oscuro pelo lacio.

—Gracias por prestarme el vestido y todo lo demás —dijo, dejando con cuidado el tocado sobre la mesa de la cocina—.

Me ha gustado poder vestir tan elegante para el funeral de mi *ama*.

Katixa llevaba un vestido negro de funeral confeccionado en crepé y raso, muy distinguido y cerrado hasta el cuello y los puños, como todos los vestidos de las Amara.

—Bueno, es una de las pocas ventajas de vivir en una funeraria: siempre tengo vestidos negros de sobra. ¿Quieres beber algo? A mí desde luego me vendría bien. —Ofelia se quitó su medio velo de luto y los guantes—. Los Morgan han enviado una caja entera de botellas de sidra como muestra de respeto.

Katixa no respondió al momento, seguía perdida en sus pensamientos, así que Ofelia acarició el hombro de su amiga al pasar junto a ella para coger dos vasos limpios de la alacena de la cocina.

—¿Estás bien?

—Sí, tan solo un poco cansada, mi hermano mayor puede ser un auténtico incordio. —Se rio sin muchas ganas—. ¿Y la vieja? ¿No le importará que bebamos alcohol en su casa sin que sea día de guardar?

Ofelia dejó los dos vasos sobre la mesa y buscó entre los cajones el cuchillito que solían utilizar para abrir las botellas. Cuando abrió el último cajón del gran aparador de roble blanco, vio el cuchillo para filetear pescado brillando entre el resto de la cubertería fina de Anastasia; el mismo cuchillo con el que ella le había cortado los pies.

—No le importará. Desde lo de Claudia apenas sale de su dormitorio: se pasa todo el día en la cama leyendo, estudiando su herbario o mirando por la ventana en silencio. —Ofelia cerró el cajón con más fuerza de la necesaria para dejar de ver el cuchillo—. Y si le importa, es su problema. Esta es mi casa también y yo soy la única familia que le queda. Sabe que, si me marcho, se quedará aquí sola.

Ofelia abrió la puerta de la despensa, en un extremo de la cocina, y se agachó para coger una de las botellas de sidra.

—Todavía no comprendo que vayas a quedarte aquí con ella. ¿Ya te ha dado las gracias por salvarle la vida y por aceptar quedarte en la casa para cuidarla?

—A su manera retorcida, sí. Aunque de todas formas tampoco es que yo tenga ningún otro lugar al que ir.

El corcho salió con un ruido seco después de unos segundos de forcejeo.

—Vaya, sí que debió de darse fuerte Anastasia Amara en la cabeza para que haya cambiado tanto.

—No ha cambiado, créeme, sigue igual de insufrible que antes —dijo Ofelia mientras servía el líquido espumoso en los vasos—. Es solo que ahora me necesita: apenas puede caminar por sí misma y mucho menos bajar la escalera o ir al pueblo. El doctor dijo que se había destrozado la rodilla con la caída y que a su edad es posible que no se recupere. Cojeará y le dolerá siempre.

—Bien, no puedo decir que lo lamente, y menos después de lo que te hizo. —Katixa se llevó el vaso a los labios y dio un trago de la sidra fresca y ácida—. Se lo merece por haber encubierto a su hija todos estos años, aunque no estuviera encubriendo a la hija que ella pensaba.

No hacía falta decir su nombre en voz alta para sentir cómo el aire se enrarecía en una habitación cuando se hablaba de Claudia Amara.

—¿Has sabido algo de ella o has ido a visitarla? —preguntó sin mirarla.

—No. Nada. Nada desde que se la llevaron al hospital. Ella siempre había tenido pánico a terminar encerrada en un sanatorio mental, así que, por lo que a mí respecta, que se pudra ahí.

—Que se pudra.

Ofelia bebió casi la mitad de la sidra de un trago, las burbujas pequeñas subieron por su nariz haciéndole cosquillas. Ya no tenía moratones ni inflamación, pero algunas veces al toser o correr todavía le dolía la costilla que Claudia le había roto aquella tarde al golpearla con el bastón.

—¿Sabes si ha dicho algo sobre... sobre los cuerpos de las chicas desaparecidas? ¿Algo sobre dónde las han enterrado?

—No, que yo sepa, no ha dicho nada sobre eso. Lo siento.

Claudia Amara estaba encerrada en la habitación especial para enfermos peligrosos del nuevo sanatorio mental de Bermeo. El inspector que llevaba oficialmente el caso de Barba Azul había viajado desde Bilbao para interrogarla con el visto bueno de sus médicos, pero ella no había dicho una sola palabra. Además del estirado inspector bilbaíno al que Katixa escribió para contarle las noticias, tal y como solía hacer su madre antes que ella, dos especialistas en patologías mentales femeninas viajaron desde Madrid para estudiar su condición: querían escribir un informe que sirviera para confirmar una nueva teoría científica que ellos habían bautizado como «el síndrome de la esposa de Barba Azul». Por lo que le contaron, al verlos aparecer, Claudia se quedó en un rincón de su habitación mientras canturreaba algo ininteligible.

—Ojalá hubiera podido encontrarlas: a Nagore y a las demás chicas, quiero decir. —Katixa dio un trago a su vaso para bajar el nudo de rabia y lágrimas que se había formado en su garganta—. Mi madre ya había perdido la cabeza antes de morir, pero me habría gustado poder enterrarlas a las dos juntas. Creo que es lo justo.

—Las encontraremos, a todas ellas. Yo no pienso dejar de buscarlas y sé que tú tampoco. Además, algún día cuando el asunto se olvide y ya no la visiten médicos famosos, inspectores o periodistas, Claudia se dará cuenta de que ya no tiene la atención del mundo, y entonces querrá hablar. Para Claudia la atención y la lástima lo son todo, sin eso se marchita. Ahora se escribe sobre ella, Moisés y sus crímenes en los medios, pero algún día todo eso se acabará y no le quedará más remedio que darnos algo. Las encontraremos. —Ofelia apretó la mano de Katixa un momento—. Tampoco ha querido hablar sobre el paradero de Moisés, que continúa desaparecido, prefiere cargar ella con toda la culpa por los crímenes.

—Qué pareja tan encantadora.

—Sí, son tal para cual. Dicen que desde que la internaron solo intenta arrancarse las gasas de la cara para verse las quemaduras; han tenido que atarla a la cama para evitar que se infecte las heridas. Los médicos pudieron salvarle el ojo izquierdo, pero las cicatrices y marcas que le van a quedar en el rostro y el cuello son espantosas y nunca van a desaparecer.

Katixa levantó su vaso en el aire.

—Brindo por eso.

Las dos bebieron otro trago de sidra.

—Registré sus cosas después de que se la llevaran, lo puse todo patas arriba: busqué en su habitación, en su armario, debajo de su cama, en el sótano... —dijo con el sabor de la sidra todavía en la lengua—. Pero no encontré nada que pueda ayudarnos a dar con Moisés o a descubrir dónde están las chicas. Lo que sí encontré fueron más cartas de amor entre ellos dos, unas viejas fotografías atadas con un cordel rojo en las que aparecen unas mujeres vestidas de manera anticuada posando en una playa que no reconozco, y una trenza de pelo.

—¿Una trenza? —se sorprendió Katixa.

—Sí, creo que era la trenza que me cortó al poco de llegar aquí. Culpó a Anastasia de eso, pero en realidad ella nunca le pidió que me cortara el pelo, fue solo cosa de Claudia. —Ofelia bajó los ojos hacia el suelo, ese mismo suelo blanco y negro de la cocina que había visto caer los mechones de su pelo mientras las tijeritas pasaban cerca de su oído—. Encontré otra trenza con pelo del mismo color que el mío, pero esta parecía más antigua; creo que era de Cora. Seguramente le hizo lo mismo a ella.

—Vaya —murmuró Katixa—. Espero que nunca le permitan salir del sanatorio.

—Yo también. —Ofelia se rio nerviosa solo con la posibilidad de que su tía estuviera libre—. Decidirán la fecha del juicio cuando los doctores terminen de examinarla y las heridas de su rostro se curen. El fiscal me ha dicho que quiere solicitar para ella la pena máxima por la gravedad de sus delitos. Nunca saldrá de ese hospital.

Cuatro días después de que se llevaran a Claudia, Ofelia, aún dolorida, puso patas arriba el dormitorio de su tía. No encontró nada. Tampoco encontró nada que los pudiera ayudar a dar con las chicas desaparecidas en el sótano, donde Claudia pasaba casi todo el tiempo. Sí que se guardó el extraño librito de mapas que Moisés le había regalado años atrás, con su siniestra dedicatoria. «Más profundo que el océano y más oscuro que el fondo oscuro. *Hic sunt dracones.*»

Registró el sótano durante días, pero no encontró ni rastro del álbum de fotografías de difuntos, con las fotografías de los muertos que pasaban por sus manos. Ofelia lo buscó, sabía dónde lo escondía —ella misma le había ayudado a tomar algunas de las imágenes—, pero el álbum no estaba ahí. «Ella también tiene su propio álbum de cosas muertas», había dicho Anastasia.

—Mientras registraba las cosas de Claudia, encontré esto.

Ofelia sacó algo del bolsito de abalorios negros que había dejado sobre la mesa junto al tocado. Al principio Katixa pensó que era un colgante o un collar de algún tipo, hasta que vio el cristal de cuarzo en el extremo de la cadenita.

—El péndulo. Aún recuerdo cómo jugó conmigo la noche en que me atacaron en el puente, la muy desgraciada.

El cristal reflejó la luz lluviosa que entraba por la ventana de la cocina.

—Estoy pensando en quedármelo.

Ofelia pasó las yemas de los dedos por los cantos afilados del cristal.

—¿Como un trofeo o una especie de premio? —bromeó su amiga.

—Sí, algo así, supongo.

—¿Puedo hacerle una pregunta?

—Sí, aunque después de habernos bebido un vaso de sidra cada una, no sé si el resultado será muy fiable —dijo entre risas—. Ya sabes cómo va: siéntate derecha en la silla y apoya bien los pies en el suelo.

Katixa dejó el vaso y obedeció, ella se colocó el anillo en el dedo anular y dejó caer la cadenita.

—¿Sabes lo que estás haciendo?

—No —reconoció ella—. Vamos, haz tu pregunta.

—No quiero regresar a mi casa y vivir yo sola donde antes vivía con mi madre y mi hermana; ¿puedo quedarme aquí contigo?

El cuarzo dibujó un círculo amplio sobre la mesa. Ofelia la miró con sus extraños ojos y sonrió.

—Claro que puedes.

CUARTA PARTE

—

MAREA BAJA

Julio de 1903

1889

Moisés Páramo espera entre las sombras. Lleva un rato escondido en el soportal de la iglesia; hace frío, es una de esas tardes oscuras y lluviosas de invierno, pero no le importa, le gusta la sensación de pasar desapercibido, oculto a la vista. En invierno las calles se vacían antes y Moisés sabe bien que menos gente es igual a menos testigos. Es paciente, como todo buen cazador. Lleva casi dos horas oculto, esperando el mejor momento para salir de su escondite y coger lo que ha ido a buscar. No era lo que él quería, ni siquiera se le había ocurrido, pero no había podido dejar de pensar en ello desde que lo vio.

La casa de las Aranguren es pequeña y estrecha, nada que ver con algunas otras casas mucho más elegantes que se levantan frente a la ría. La madre ha salido hace un rato a entregar un encargo a pesar del frío, pero a través de la ventana de la salita puede ver a las dos hermanas. Están cosiendo un vestido de novia.

La mayor lleva puestas unas gafas para ayudarse a coser los infinitos metros de gasa blanca que formarán la falda, y que ahora están extendidos por toda la habitación como una delicada nevada. La pequeña, con su pelo oscuro y lacio, se entretiene jugando con los botones que hay dentro de una caja. Las dos son menudas pero guapas, y Moisés las estudia un momento más antes de decidirse a salir de entre las sombras.

Lleva puesto un bonito traje sobrio, sencillo pero lo bastante distinguido, que Claudia ha comprado para él a través de un catálogo de moda masculina. Siempre se pone ese traje cuando quiere pasar desapercibido: en un pueblo lleno de pescadores y marineros llama más la atención un desconocido vestido de pescador que uno con traje.

Toca la puerta de la casa de las Aranguren dos veces. La hermana mayor abre, todavía con las gafas puestas y su pelo mal recogido en la nuca, algunos mechones se han soltado y le enmarcan el rostro.

—Buenas tardes, soy el señor Ibarra. Represento a la familia Campo-Martínez. Vengo a recoger un vestido de novia.

Moisés sonríe con amabilidad, sabe que el traje y el cabello peinado hacia atrás le hacen parecer un hombre respetable. Además, no es la primera vez que finge ser otra persona y se le da bien, tiene mucha práctica.

—Qué raro. Mi madre no me ha dicho nada sobre que vendría alguien hoy a recogerlo y ella tiene bien anotadas las visitas de los clientes —responde Nagore—. De todas formas, el vestido en cuestión lleva mucho trabajo y no está acabado aún.

—Sí, ya lo sé. Pero a la señorita y futura novia le hace mucha ilusión tener el vestido antes de la fecha. Seguro que lo entiende, siendo usted también una joven...

Nagore Aranguren duda un instante; el hombre de su puerta parece distinguido y viste bien, no tiene motivos para dudar de su palabra. Pero hay algo en sus ojos, un destello que se enciende cuando las mira a ella y Katixa, que se ha acercado a la puerta abierta para ver con quién habla su hermana.

—No está acabado todavía, ya le he dicho que es un encargo muy especial y lleva mucho trabajo terminarlo como es debido. No puede llevárselo —dice Nagore—. Al vestido aún le falta por coser la hilera de botones de nácar en la espalda.

—Claro, lo comprendo. En fin... Tendré que darle la mala noticia a la señorita, una lástima. Ese vestido es tan importante para ella, de verdad que le gustaría mucho tenerlo un poco antes de tiempo; además, eso haría que las considerase a su madre y usted para futuros encargos. —Moisés la mira un instante, dejando que sus palabras calen en ella—. Y bien sabe

Dios que habrá muchos encargos en el futuro: vestidos de fiesta, ropa de viaje, vestidos de tarde para recibir visitas... La señorita tiene una vida social muy intensa, pero bueno, si aún faltan por coser los botones de la espalda...

—Espere —le interrumpe Nagore—. Vuelva dentro de un par de horas. Mi hermana y yo terminaremos de coser los botones para que pueda llevarse el vestido de la señorita esta misma tarde.

Moisés sonríe, ahora su sonrisa no es amable: es la sonrisa de un lobo.

—Muchas gracias. Volveré entonces.

Nagore Aranguren cierra la puerta sin decir nada más. No le ha gustado el desconocido de ojos hambrientos, pero necesitan conseguir una clienta tan buena como la señorita Campo-Martínez. Katixa y ella se sientan en el suelo de la salita, abren la cajita de madera donde guardan los delicados botones de marfil enviados especialmente desde Francia para ese encargo, y empiezan a coser la larga hilera en la espalda del vestido de novia.

Moisés se levanta los cuellos de la chaqueta para protegerse del frío y se aleja por las calles vacías, rumbo al puerto. Sonríe entre la niebla que llega desde el mar. Cora, su princesa prisionera, estará preciosa con ese vestido de novia.

TODO EN LA VIDA

—

Ofelia soñó que regresaba al acantilado de Santa Catalina. Era una noche de tempestad y el viento del norte arrastraba la bruma marina hasta el faro como un velo siniestro. La lluvia empañaba el cristal en la torre de piedra mientras proyectaba su rayo de luz, que volaba sobre el páramo cubierto de hierbas altas. Llevaba puesto el mismo vestido de novia que la primera vez que estuvo allí, la pesada tela empapada por la lluvia tirando de ella hacia abajo, haciéndole casi imposible avanzar. Un velo blanco de muselina le cubría la cara bajo la tormenta y tenía algo en la mano derecha: era una corona de lirios blancos. La corona de flores estaba empapada por la lluvia y pesaba en su mano, podía sentir el ligero aroma de los lirios en el aire nocturno.

La luz del faro barría el acantilado iluminando los hierbajos y el borde del precipicio un instante. Era entonces cuando veía a Ulises Morgan, de pie, muy cerca del borde. Sonreía bajo la cortina de lluvia, con esa sonrisa casi infantil suya, que a ella siempre le había gustado. Ofelia corría hasta él, pero algunas zarzas se aferraban al encaje de su vestido a su paso como si intentaran retenerla.

Cuando por fin llegaba hasta Ulises, veía que él estaba sangrando: tenía una herida abierta en la cabeza, cerca de la línea del pelo. La sangre le caía profusamente sobre el rostro empapando su camisa blanca. En la oscuridad le parecía que la sangre era negra, viscosa.

—¡¿Qué te ha pasado?! —le gritaba por encima del viento que soplaba en su oído.

La sonrisa de Ulises se volvía más amplia. Sangraba tanto que apenas podía ver sus ojos azules debajo de la sangre que manchaba su cara y su ropa.

—Solo puedes preguntar lo que ya sabes.

Su voz le sonaba extraña, había algo distinto en su manera de hablar.

—¡Pero no sé qué es lo que ya sé!

Ulises abría la boca para responder, pero en vez de palabras, de ella brotaba un torrente de agua negra. No emitía ningún sonido, Ulises no tenía voz y sus dos pesadillas se encontraban después de años.

Ofelia le miraba asustada, pero antes de que pudiera volver a preguntar, Ulises daba un paso atrás y se dejaba caer de espaldas por el acantilado. Ella se asomaba a tiempo de ver cómo su cuerpo impactaba contra la superficie revuelta del mar y se hundía entre la espuma blanca de las olas.

Cuando ya no podía verle, tiraba la corona de lirios al mar y se alejaba del acantilado caminando entre las hierbas altas.

El sol brillaba en el cielo esa mañana. Seguramente ese sería uno de los días más calurosos de aquel verano. Pronto el otoño se apoderaría de todo, los días se volverían más cortos y la luz anaranjada del verano dejaría paso al resplandor lechoso que anuncia el invierno. Pero todavía faltaban semanas para aquello y Ofelia no había dejado de pensar en su extraño sueño, donde Ulises se dejaba caer por el acantilado de Santa Catalina mientras la tempestad descargaba su furia sobre ellos.

«Solo puedes preguntar lo que ya sabes», había dicho Ulises en su sueño.

Era temprano y Katixa aún dormía en su habitación cuando ella bajó la escalera hasta el primer piso. Si Anastasia se despertaba y necesitaba algo, Katixa podía ocuparse de ella hasta que Ofelia estuviera de regreso. Tenía la necesidad de bajar al pueblo y asegurarse de que Ulises Morgan estaba bien.

Siete meses más tarde, aún no habían reparado la quemadura que el aceite del farol había dejado en el suelo del pasillo, así que la marca, oscura e irregular, la miraba desde la mitad del pasillo cada vez que pasaba cerca. Secretamente, Ofelia evitaba pisar encima de la quemadura. La rodeó por el costado como solía hacer y salió por la puerta.

Algo en los pueblos de la costa había cambiado después del arresto de Claudia Amara. No era un cambio perceptible con los ojos, porque a simple vista todo seguía igual: las casitas blancas con sus ventanas y puertas de colores, el paisaje verde que lo inundaba todo, el murmullo de la ría o el ir y venir de las embarcaciones, pero ahora todo era diferente. El monstruo había sido descubierto. Barba Azul tenía rostro y nombre por fin.

Nadie había visto a Moisés Páramo por la zona desde que se descubrió su terrible verdad —aunque las patrullas de guardias y voluntarios le buscaban sin descanso entre los bosques y por los caminos más alejados—, pero Barba Azul había dejado de ser una sombra oculta en la oscuridad esperando a la puesta de sol para llevarse a su próxima víctima. Ahora era un hombre de carne y hueso, y estaba solo. La mayoría de los vecinos, que durante años habían vivido aterrorizados, intuían ahora que era solo cuestión de tiempo que Moisés Páramo acabara preso o muerto.

La tienda de ultramarinos de las hermanas Arrieta estaba abierta desde el amanecer, como siempre. Al pasar por delante, Ofelia saludó con la mano a Juana Arrieta, que estaba tras el mostrador terminando de empaquetar con papel de estraza marrón los pedidos de aquel día. El olor familiar a especias y *patxaran* casero inundó el aire de la mañana. Junto a la puerta abierta de la tienda siempre había un expositor de madera con la prensa del día, excepto cuando llovía, que Juana lo metía dentro para evitar que el agua estropeara el papel. Ofelia pasó por delante y leyó el titular de uno de los periódicos con más tirada del país:

«La última esposa de Barba Azul»

El artículo lo firmaba A. de Martisol. Vio una fotografía antigua de Claudia bajo el titular y sonrió.

Un par de meses atrás, Ángel de Martisol le había escrito desde Madrid para contarle que estaba considerando la posibilidad de escribir un libro sobre los asesinatos de Barba Azul, dado el interés que habían despertado sus crímenes en todo el país. Ya tenía un par de ofertas suculentas por el libro —que no había comenzado a escribir aún— pero quería contar con la colaboración de Ofelia, o al menos, tener su visto bueno para contar su historia. Ella todavía no había decidido si quería colaborar en el libro de Martisol y guardaba sus cartas junto con la tarjeta de visita que le dio aquel día en el puerto.

En sus cartas, Martisol también le confesaba lo que ella ya sabía: había sido Claudia quien le contó todo acerca de ella y de su madre Cora, para poder escribir su famoso artículo «La hija de Barba Azul». También le juró que de haber sabido entonces que Claudia Amara era cómplice de Barba Azul, jamás la habría aceptado como fuente. Ofelia decidió devolverle el favor a su «querida tía» enviándole a Martisol la fotografía que ilustraba su nuevo artículo, para asegurarse de que el dolor que había provocado, los crímenes —y de paso, también su rostro— no se olvidaran nunca.

Bajó por la calle más antigua del pueblo hasta llegar a la casa de los Morgan. Contuvo la respiración un momento y llamó a la puerta.

Dylan Morgan apareció en el umbral con su ropa de trabajo: pantalones de mahón azules y una camisa blanca de algodón fino. Los últimos botones de su camisa no estaban cerrados, así que pudo ver la piel de su cuello que bajaba hasta su pecho. Le pareció que su pelo oscuro estaba ligeramente más corto que la última vez que habían hablado, un par de semanas antes. Sus ojos brillaron al verla.

—Hola, Ofelia.

—Perdona que me presente a esta hora de la mañana...

—Para mí no es tan temprano, ahora saldremos a la mar.

Se rio un poco incómoda.

—Claro.

Dylan estuvo a su lado cuando se descubrió la verdad sobre Claudia, asistió al funeral de Maravillas e incluso ayudó a Katixa a mudarse a la casa sobre la colina, pero algo había cambiado entre ellos dos para siempre. Ofelia podía sentir cómo se apartaba de ella, sin ninguna explicación por su parte y sin que ella pudiera hacer nada: había una sombra, un vacío entre ellos que crecía cada día. Un muro invisible. Apenas se había visto a solas con él desde la tarde que Marcel Laguna se presentó en el taller de su familia para detenerle. Después de eso había intentado hablar con él un par de veces para dejarle claro que ella nunca pensó que él fuera Barba Azul, y que sin duda esa pobre muchacha se había confundido al identificarle, pero Dylan no se había mostrado muy dispuesto a hablar con ella. Más bien parecía decidido a evitarla a toda costa, así que después de algunos intentos fallidos —y poco dignos—, Ofelia se dio por vencida.

Ahora él se dedicaba a gobernar la flota de barcos de su familia, se había vuelto un hombre responsable que intentaba ganarse de nuevo el respeto de sus hombres y de sus vecinos después de lo sucedido con Marcel. Era un patrón justo y sereno, un hijo entregado y ya nunca se le veía en las tabernas del puerto. Todo el mundo parecía encantado con el cambio de Dylan, pero a Ofelia le dolía casi físicamente estar lejos de él; era un dolor similar a quedarse sin aire bajo el agua: empezaba como un malestar en el pecho y pronto se convertía en un tormento que borraba de su mente cualquier otro pensamiento. Dylan Morgan había sido el centro del mundo para ella —él era prácticamente la única persona que la había apoyado desde el principio— y ahora apenas formaba parte de su vida.

—¿Qué haces aquí? ¿Sucede algo?

—Todo va bien, yo... ¿Está Ulises? Tengo que hablar con él.

Una media sonrisa cruzó deprisa sus labios y ahí estaba otra vez: el viejo Dylan al que tanto añoraba.

—Claro. —Se dio la vuelta hacia el interior de la casa para llamar a su hermano—. ¡Ulises! Ofelia está aquí.

Ella le miró sorprendida.

—¿Ulises? ¿Qué ha pasado con «enano»?

—Ahora tengo que dar ejemplo delante de mis hombres y de mi familia, intento ser un hombre mejor.

—A mí me gustaba el hombre que eras antes.

—Pues eras la única. —Dylan se rio con pesar.

La brisa era cálida y el salitre que arrastraba con ella subía desde el puerto por la calle para quedarse pegado en su piel y en su pelo. Le gustaba el inconfundible olor de los días de verano flotando en el aire. Dio un paso hacia él, tan cerca que la mano de Dylan rozó su falda.

—Te extraño —murmuró ella junto a su pecho.

Los dedos de Dylan se enredaron un instante en su pelo y ella sintió el calor que emanaba de su cuerpo por encima de la brisa de verano y el olor a salitre de sus labios cerca de los suyos.

—Ofelia, ¡qué bien que hayas venido!

Ulises Morgan apareció en la puerta y Dylan se apartó de ella igual que si su cercanía le quemara la piel.

—Es tarde, debo asegurarme de que todo está listo para salir a la mar. Ya nos veremos, Ofelia.

Y Dylan se alejó por la calle sin mirarla ni una sola vez. Ella le vio alejarse hasta la esquina y desaparecer detrás del último puente de piedra en dirección a la bahía.

—¿Te apetece pasar? En la cocina hay café recién hecho y pastas de mantequilla con guindas.

—No tengo hambre, pero gracias.

Ulises también había cambiado en los últimos meses. Ya no quedaba ni rastro del muchacho tímido y curioso que conoció en la playa: se había convertido en uno de esos hombres de sonrisa profesional en los labios y traje nuevo cada semana. Ulises era eficiente, cordial y trabajador. Seguramente él siempre había sido así, pero en los últimos meses se había vuelto aún más evidente.

—Quería ver si estabas bien, he tenido una pesadilla...

—¿Una pesadilla?

Entonces se dio cuenta de lo ridículas e infantiles que debían de sonarle sus palabras al sereno hombre de negocios que tenía delante.

—Sí, perdona, yo..., no debería haber venido. Estás ocupado y ya veo que estás bien, te dejo seguir con tus asuntos. Siento haberos molestado.

Ofelia dio media vuelta para marcharse calle arriba, pero Ulises la detuvo.

—Espera, por favor. No te vayas.

Le cogió la mano y Ofelia se dio cuenta de lo mucho que extrañaba también al pequeño de los Morgan.

—No te lo he contado, porque se supone que aún no está cerrado del todo, pero vamos a empezar a construir nuestros propios barcos como siempre quiso el abuelo Devon: Astilleros y Vapores Morgan e Hijos. Quería que te enteraras por mí.

—Vaya, enhorabuena.

Ulises sonrió encantado.

—Gracias. Estamos muy emocionados: imagina no tener que comprar más vapores en Francia o en Inglaterra, ni más motores ni repuestos, eso se acabó. Los construiremos aquí mismo, en el pueblo, y también construiremos embarcaciones por encargo para otras empresas o cofradías. —Hablaba deprisa y no podía dejar de sonreír mientras le explicaba los pormenores de su nuevo negocio—. Esto nos cambiará la vida, Ofelia, ¡a todos! El pueblo dejará de depender de la pesca para sobrevivir. Esto es el futuro, lo que mi abuelo siempre soñó.

A ella nunca le había interesado demasiado la pesca, el precio del cebo o las embarcaciones: todo eso era un universo único de los hombres, donde ella no tenía permitido el paso, y sin embargo se había acostumbrado a vivir en un pueblecito pesquero; le encantaba el ruido de los barcos mecidos por las olas en el puerto a última hora de la tarde, la ropa abrigada de los marineros, las canciones tristes que contaban historias sobre viajes o amores imposibles, o vivir mirando al mar, siempre atenta al viento del norte. Una parte de ella temía que convertir su pequeño pueblo en una potencia industrial terminaría por borrar las últimas huellas de todo lo que conocía y amaba.

—Me alegro mucho, suena como algo muy grande.

—¡Y lo es! Ahora que por fin nos hemos librado de la sombra de Barba Azul, podemos seguir adelante. Mi mayor deseo es que este pueblo y todos los demás pueblos de la costa dejen de ser famosos solo por su nombre y sus crímenes, que todo el mundo nos conozca por nuestra industria y nuestros astilleros.

Ofelia cayó de pronto en la cuenta de que nunca llegaron a preguntarle a Penélope Morgan —antes Penélope Fuentes— por sus extrañas palabras en aquel viejo artículo que aterrorizó a Maravillas Aranguren. Pero pensó que ahora ya tampoco tenía ninguna importancia.

«Barba Azul no perdona a las chicas rebeldes.»

—Bueno, según el inspector que lleva el caso, aún faltan algunas respuestas: no hay ni rastro de las chicas desaparecidas, Moisés Páramo sigue libre y nadie le ha visto desde hace meses. No creo que todo esto haya terminado. —Ofelia bajó la mirada—. Es como una herida que nunca se cierra.

Pero Ulises negó con la cabeza.

—Se terminó, Ofelia. Comprendo que para ti sea más difícil de aceptar que para el resto porque se trata de tu familia, al fin y al cabo, pero ya no hay misterio ni más pistas que seguir: Moisés Páramo es Barba Azul y solo es cuestión de tiempo que alguno de los guardias o voluntarios que peinan la zona le atrape y esta pesadilla termine para siempre. Deja que acabe ya, tienes derecho a pasar página y empezar a pensar en tu futuro. —Se cruzó de brazos y la miró en silencio unos instantes—. Mi padre está dentro discutiendo los últimos flecos del acuerdo con unos importantes inversores que han venido desde Santander y Bilbao. En cuanto firmemos el acuerdo tendremos el capital necesario para poder empezar a construir barcos: vamos a reconvertir el taller de reparaciones que tenemos cerca del puerto para que sea la sede central de la empresa y el astillero. El futuro.

Ofelia intentó sonreír.

—Enhorabuena, de verdad. Y supongo que ahora que la empresa va a crecer tanto, tu padre te necesitará aquí para que le ayudes con todo y ya no volverás a la universidad.

—Sí, regresaré dentro de dos o tres semanas, he conseguido retrasar mi vuelta, pero tengo que incorporarme al curso como los demás alumnos o perderé mi plaza en la universidad. De todos modos, este será el último curso. Después de primavera me quedaré aquí, en el pueblo: ese es el acuerdo al que he llegado con mi padre. Él preferiría que no volviese a Bilbao, como tú dices prefiere tener a su mano derecha cerca hasta que el acuerdo esté firmado.

—Apuesto a que tus padres están muy orgullosos de ti, no has cumplido siquiera veinticinco años y vas a ser el gerente de una gran empresa naviera.

—Sí, se podría decir que lo tengo todo en la vida. —Ulises la miró fijamente—. O casi todo.

Ofelia parpadeó sin comprender.

—¿Casi todo? Eres el hijo perfecto, todo el mundo te aprecia, te has convertido en un hombre culto y refinado con un futuro brillante por delante, no creo que te falte nada en la vida.

Una sonrisa tímida cruzó los labios de Ulises.

—Bueno, esta no es la manera en la que había planeado hacerlo —empezó a decir un poco avergonzado—. Tenía todo planeado en mi cabeza para poder hacerlo como es debido.

Cogió la mano de Ofelia con delicadeza. Aunque Ulises siempre había sido el más calmado de los dos hermanos, ahora temblaba bajo su traje hecho a medida. Ofelia no comprendió lo que estaba pasando hasta que se arrodilló frente a ella.

—No lo tengo todo en la vida, pero podría tenerlo si tú me aceptas; Ofelia, ¿quieres casarte conmigo?

1892

Cora escucha las olas que chocan contra la entrada de la cueva. El agua burbujeante del mar se cuela por la grieta en la pared de su cárcel e inunda el piso inferior de la gruta. El viento pasa deprisa entre las rocas formando un remolino en sus oídos mientras le agita el pelo. Los susurros atraviesan incluso las gruesas paredes de las entrañas de la montaña caliza, llamándola. Al principio los ignoraba, pero con el paso de los años esos susurros se han vuelto más poderosos que nada que Cora haya conocido en su vida, más poderosos incluso que Moisés.

Ofelia está sentada en el rincón más seco de la cueva; no habla mucho, pero se ha convertido en una jovencita hermosa y pálida. Con sus mismos rasgos lánguidos y sus pies imposibles, para Cora es como mirarse en un espejo cubierto de bruma marina.

«Vuelve al mar, monstruo.» Recuerda cómo cambió de opinión y la sacó de entre la espuma de las olas después de dejarla allí para que se ahogara cuando era solo una recién nacida. Pero algunas noches Cora se arrepiente de haberla salvado y no haber dejado que su cuerpecito arrugado y pálido se hundiera entre la espuma. Y no es la pena que una madre prisionera siente al ver a su hija encerrada en la misma jaula que ella: no la dejó entre las olas por piedad, o para librarla de un destino tan oscuro como el suyo propio. No. Es por algo siniestro que late debajo de su piel y que lucha por salir, arañándola desde dentro. Su verdadera naturaleza oculta tras su apariencia delicada y frágil. Cora se pregunta si ella es un monstruo también, igual que su madre o su hermana Claudia. Por eso dejó a su hija recién nacida sobre las olas para que se ahogara.

Pero Ofelia no conoce nada más del mundo que esa cueva tenebrosa y el pedazo de mar que lame la entrada de su celda. Ofelia es una flor que crece en la oscuridad.

Cora mira a su hija y de repente siente una lástima infinita por ella en el corazón; solo dura un instante porque los susurros vuelven a subir por su oído hasta el mismo centro de su ser. Camina hasta Ofelia y le retira el pelo enredado de la cara, ella se asusta y le gruñe al sentir su contacto y le da un manotazo, pero al momento recupera esa educación que ella misma le ha inculcado, sonríe y le pide disculpas con la mirada, siempre en silencio: su niña salvaje con ojos de criatura marina. Piensa que tal vez la crueldad y la violencia son un rasgo familiar de las Amara: como sucede con la piel blanca o el pelo claro. Su propio legado monstruoso.

—El mar me llama, oigo cómo me susurra al oído. El mar también te llamará a ti algún día, Ofelia. Y cuando eso suceda, no tendrás más remedio que marcharte.

Ofelia está entretenida pasando las páginas de una vieja revista de moda y estilo con las imágenes casi borradas por la humedad, pero se olvida de la revista un segundo para mirar a su madre. En un gesto maternal y extremadamente raro en ella, Cora le pasa la mano por la mejilla en señal de despedida antes de alejarse y bajar el desnivel de piedra que las separa de la gruta principal.

Desde allí ve la grieta en la montaña por la que no deja de entrar el agua, la sonrisa torcida en la piedra. El mar y la lluvia han entrado en la cueva y el agua le cubre hasta más arriba de las rodillas cuando camina hacia la salida. Fuera, la tempestad sacude la superficie que se ha convertido en espuma blanca. Cora se acerca a la entrada de la cueva y siente la lluvia empapando la cara y el pelo, el agua dulce se le antoja muy distinta del agua salada. Sus pies tiemblan entre las rocas y una ola más alta que las demás sube hasta la atalaya natural y la golpea. Mira una vez más hacia la cueva que ya ha dejado atrás y piensa en la chica silenciosa a la que está a punto de abandonar. Escucha los susurros del mar en su oído, llamándola.

Cora salta al mar revuelto, el vestido tira de ella hacia el fondo mientras la tempestad golpea la costa. La espuma blanca la engulle.

EL IDIOMA OLVIDADO

—

El último día de aquel verano amaneció cubierto de nubes, pero el bochorno llenaba el aire desde el amanecer. Cerca de la costa siempre hacía mucho más calor al final del verano, y a mediodía, el calor sofocante y húmedo que llegaba desde el mar ya se había colado en las casas y se quedaría instalado allí hasta bien entrada la noche.

Anastasia Amara había salido al pequeño balcón en la fachada oeste de la casa fúnebre, el único de todo el caserón. Antes nunca salía ahí —prefería bajar al jardín detrás de la casa desde donde podía ver el mar—, pero la rodilla le dolía espantosamente con cada paso y no podía bajar sola la escalera. No le gustaba pedir ayuda a Ofelia para moverse, y mucho menos a Katixa, que se había instalado en su casa sin pedirle permiso y solo con el visto bueno de Ofelia. Había dejado el herbario abierto sobre la cama y se había levantado de la mecedora, instalada en una esquina de su dormitorio, donde pasaba casi todo el tiempo, para caminar hasta el balconcillo con ayuda del antiguo bastón de Claudia.

A pesar del calor asfixiante, que inundaba el aire, Anastasia llevaba puesto un vestido de tarde de color teja con bordados negros y paneles de raso negro en el pecho, y el pelo sobre los hombros: en los últimos meses cada vez recurría menos a su inseparable alfiler de plata, que a menudo descansaba olvidado sobre cualquier mesa. Ahora su pelo suelto le daba un aspecto más feroz, alejado de esa mujer impecablemente arreglada que siempre llevaba un recogido en la nuca. Eso sí había cambiado: por lo demás, Anastasia seguía ocultando cada centímetro de piel debajo de vestidos, pesadas faldas y blusas de manga larga.

Sentada en la silla de forja blanca de jardín, bajo la sombrilla amarilla que Ofelia había dispuesto allí para ella, respiró el aire caliente. La temperatura no bajaría hasta después de la puesta de sol, cuando el viento virara en alta mar empujando la bruma fría desde el norte. Mascullò una maldición, y abrió el abanico de varillas de hueso y tafetán que tenía sobre la mesita, a juego con la silla. Cerró los ojos y escuchó el mar en la distancia, muy lejos, llamándola. Tarareó una cancioncilla sin notar que Ofelia la observaba desde la puerta del dormitorio.

—Veo que se ha levantado. Si se cae y se rompe la otra rodilla tendré que conseguirle una silla de ruedas —le advirtió Ofelia.

—Si me caigo y me rompo la otra rodilla, espero que tú o la otra me rematéis. No voy a vivir como una lisiada encerrada en mi propia casa los días que me queden —mascullò sin mirarla.

Ofelia se encogió de hombros.

—Me parece bien, la dejaremos morir de hambre entonces. ¿Qué era esa canción que estaba cantando? —preguntó como si no estuviera muy interesada en el asunto.

La había reconocido nada más escucharla: era esa cancioncilla triste y en un idioma desconocido que solía escuchar en sueños. Esa misteriosa melodía la había perseguido, repitiéndose en su cabeza. Anastasia sonrió al escuchar una nota de curiosidad en su voz.

—Es solo una vieja canción que solía cantar mi madre cuando alguna de mis hermanas tenía miedo y no podía dormir. Está en norn, una antigua lengua escandinava que se hablaba en las islas del norte de Escocia. Hoy ya casi ha desaparecido, olvidado, pero era el idioma de nuestra infancia. El idioma de mi madre.

Así que ese era el idioma de la extraña canción de sus sueños. Sabía que Anastasia no iba a contarle nada más. Ofelia suspiró y atravesó el dormitorio principal de la casa sin molestarse en pedir permiso. Anastasia aún se revolvía algunas veces cuando ella entraba en su habitación sin llamar, pero con el paso de los meses había ido aprendiendo a ignorarla, aunque algunas veces se preguntaba si precisamente así fue como empezó Claudia a convertirse en lo que era: aceptando la crueldad de su propia madre como algo normal, un mal inevitable de su carácter.

—Por lo que tarda la comida, cualquiera diría que ya habéis empezado a dejarme morir de hambre —protestó debajo de la sombrilla.

Ofelia se apoyó en el marco de la puerta del balcón, el sol de mediodía le picó en su piel pálida.

—Sea amable o Katixa volverá a ponerle demasiada guindilla a su plato por error.

—Sí, por error... Siempre he odiado estos últimos días de calor al final del verano, menos mal que son escasos y suelen terminar con una tormenta —murmuró Anastasia—. Este es el lugar más parecido a nuestro hogar que pude encontrar, precisamente por eso lo escogí para empezar de nuevo, pero odio este maldito calor asfixiante, casi puede sentirse la tensión en el aire. Tan solo hace falta una chispa para que se desate un incendio, o algo peor.

Secretamente, Ofelia también odiaba esos días calurosos, algo curioso viniendo de alguien que vive en una zona donde el sol es un bien preciado, y donde la bruma marina empapa los huesos en los días más oscuros del inverno. Pero esos extraños días de calor intenso la hacían sentirse... débil.

—Dicen por ahí que vas a casarte con el pequeño de los Morgan. Siempre pensé que preferías al mayor, más alto y apuesto, pero supongo que él no siente lo mismo por ti. —Ahora era Anastasia la que fingía no estar muy interesada en el asunto.

—No le he dado una respuesta aún —dijo sin mirarla.

Antes de marcharse, le había dicho a Ulises que necesitaba un poco de tiempo para pensar en su proposición, sobre todo después de lo que le había pasado en los últimos meses. Por supuesto, Ulises lo entendió porque él siempre lo entendía, pero le había rogado que se decidiera antes de que él se marchase.

«Si vas a rechazarme, prefiero enterarme cuanto antes, para no estar haciéndome ilusiones como un tonto», le había pedido Ulises.

—¿Y cómo se ha enterado de eso? Ya nunca sale usted de casa.

Desde el balconcillo se veía el lateral más soleado de la fachada y parte del jardín. La pared exterior del caserón desprendía calor acumulado, y el aroma dulce de los magnolios que crecían cerca de la entrada de la finca inundaba el aire.

—Esa cotilla de María del Carmen Onandía que viene a visitarme me lo ha contado. Solo sube a la casa para mirarme por encima del hombro y fingir lástima por mí, pero me pone al día de todos los chismes del pueblo. Solo por eso vale la pena soportar su presencia anodina.

Ofelia se refugió debajo de la sombrilla junto a la silla de su abuela.

—No le sobran las amigas precisamente, ni la gente que se molesta en sentir lástima por usted, aunque sea fingida, así que sea amable con María del Carmen. Su hija es una de las víctimas de Barba Azul y todavía no se sabe nada de sus cuerpos. Agradezca que la mujer venga a merendar y no a asfixiarla con un almohadón.

Los ojos fieros de Anastasia se clavaron en ella.

—Que lo intente siquiera. Te aseguro que todavía puedo defenderme muy bien, y también puedo hacer daño. A pesar de mi pierna no soy una completa lisiada, no cometas el mismo error que yo cometí con... con Claudia.

Solo cuando mencionaba el nombre de su hija perdía ese tono orgulloso y desafiante que siempre tenía en la voz.

—Descuide, no lo haré. Me ha escrito una carta pidiéndome que vaya a visitarla al hospital.

La carta había llegado dos días atrás. Cuando la vio en el buzón que había en el camino que subía a la casa junto con el resto de la correspondencia, pensó en tirarla, hacerla trizas y dejar que el viento se llevara sus mentiras muy lejos. Ya tenía el sobre entre las manos para romperlo, pero entonces pensó en Katixa: tal vez en esa carta había una disculpa o una explicación, puede que incluso alguna pista sobre el paradero de Moisés o de las chicas desaparecidas. No podía romperla sin leerla, se lo debía a Katixa y a las demás.

Estaba escrita en papel barato y tenía el membrete del hospital en la parte superior de la página, con la misma letra menuda que las cartas de amor que encontró en la cueva de Santa Catalina, la misma letra que había visto tantas veces antes de aquella tarde.

> Querida Ofelia:
>
> Me recupero despacio de mis heridas, el dolor es casi insoportable y no se apiada de mí ni un minuto, pero me siento más fuerte cada día. Los doctores no permiten que me vea el rostro debajo de las vendas para evitar que me haga más daño o que tenga un colapso nervioso al ver las quemaduras.
>
> Hay cierto asunto urgente que me gustaría comentar contigo, si fueras tan amable de venir a visitarme.
>
> Un abrazo,
>
> Tu tía CLAUDIA
>
> P. D.: ¿Qué tal está madre? Espero que no muy disgustada conmigo.

Anastasia fingió que las noticias sobre su hija no la afectaban, pero el abanico tembló ligeramente en su mano y las enormes aguamarinas de sus anillos reflejaron los rayos del sol igual que si fuera la superficie del mar.

—¿Y vas a ir a visitarla?

—No lo he decidido aún.

Anastasia se rio sin nada de humor.

—No has decidido si irás a visitar a tu tía y no has decidido si te casarás con el menor de los Morgan. Tu madre también odiaba tener que decidir: ella prefería esperar a que los problemas se resolvieran solos.

Ofelia no estaba de humor para hablar de su madre con

ella, así que dio media vuelta y caminó hacia el interior de la habitación, fresca y en penumbra.

—Katixa ha preparado huevos revueltos con setas y pastel frío de bonito para comer —le dijo sin mirarla.

—¿Quieres un consejo de abuela?

Ofelia ya estaba en la puerta del dormitorio lista para marcharse y no volver a visitarla hasta la hora de la cena, pero en el último momento sintió curiosidad y se dio la vuelta.

—Claro —respondió sin ocultar la ironía de su voz.

Anastasia se había movido bajo el parasol; ahora la miraba con sus ojos de depredadora, ya no parecía una anciana impedida.

—Si no has decidido nada, es que en realidad no quieres ninguna de esas cosas: no vayas a visitar a Claudia y no te cases con ese hombre.

1892

Ofelia acaricia de nuevo los pequeños botones de nácar que cierran el puño del vestido. Conoce a la perfección el tacto pulido de los botoncitos de madreperla o los reflejos irisados que centellean cuando los acaricia la luz del sol. Ha visto a su madre llevando ese mismo vestido muchas veces, todavía puede recordarla si lo intenta con todas sus fuerzas. Cora: con su pelo rubio aclarado por el agua salada cayéndole hasta más abajo de su cintura, su piel casi transparente a causa del encierro —excepto por los pocos ratos en los que salía a nadar junto al acantilado— y sus pies con cicatrices. Mira sus propios pies sobre la roca mojada y vuelve a pensar en ello: «¿Podré llegar nadando a tierra?».

Puede ver la línea irregular de la costa cuando se asoma al pequeño promontorio natural que se levanta, caprichoso, en la entrada de la cueva. No está lejos —no para ella, al menos, acostumbrada al agua helada del Cantábrico y a su oleaje traicionero—; aún se siente fuerte y capaz de nadar a braza hasta esa pequeña cala rocosa abrazada por un bosque, que ve desde su cárcel.

Ya lo ha intentado dos veces y las dos ha terminado nadando de regreso a la seguridad de su gruta: su jaula y el único hogar que conoce. Pero esta vez es diferente: Ofelia está segura de que él no regresará. Han pasado meses desde que su madre se hundió entre la espuma de las olas, y en ese tiempo ha tenido que aprender a pescar con las manos y a recoger agua de la lluvia para no morir. Él no ha ido a llevarle comida o agua dulce desde que descubrió que su princesa prisionera se había marchado. Regresó una única vez para llevarse el fonógrafo y algunas cosas más que habían pertenecido a Cora. Desde entonces, Ofelia está sola en su gruta.

Lleva meses sin pronunciar una palabra y sin oír nada más que el sonido constante de las olas o el viento del norte. Las palabras, los modales de señorita y las buenas maneras que le enseñó su madre han empezado a desdibujarse en su memoria. Todo perdido. Olvidado.

Los meses de soledad y aislamiento han cubierto sus recuerdos con una niebla espesa a través de la que es imposible ver. Ofelia centra todas sus energías en sobrevivir y ya apenas recuerda cosas como el color de los ojos de su madre, el sabor de ese postre de hojaldre, canela y crema dulce que él le llevaba a Cora un día al año para celebrar el día en que la «rescató», o esa canción para dormir que su madre solía cantarle en un idioma extraño.

Ofelia acaricia la línea de botones en el puño otra vez, con sus ojos fijos en la costa, mientras piensa en huir; sí, sabe que puede llegar nadando a tierra.

Es después de mediodía cuando oye el chapoteo de las olas contra el casco de madera de su barquita. Por un momento Ofelia cree que se trata de un sueño —las primeras semanas de soledad tuvo sueños febriles en los que caminaba por un bosque alfombrado de agujas de pino hasta un pequeño cementerio en la ladera de una colina verde—, tan solo cuando escucha su voz llegándole desde la abertura de la gruta se da cuenta de que no está soñando.

—Cora..., mi princesa —murmura él entre las sombras—. ¿Has regresado ya?

Moisés Páramo es un hombre normal. No hay nada destacable en él, ningún indicio o marca que pueda llevar a sospechar lo que esconde debajo de la piel: su verdadera naturaleza monstruosa.

Ofelia ha pensado en matarle muchas veces. Algunas noches, su madre y ella se quedaban despiertas fantaseando con la mejor forma de deshacerse de él.

Sus pies chapotean en los charcos de agua salada que se forman en el suelo cuando el mar se retira de la cueva. Ofelia puede oír sus pasos acercándose a la terraza donde ella le espera, oculta tras su vieja cuna. Cuando está justo debajo salta sobre él, cayendo encima de Moisés como lo haría un gato sobre su presa. Grita cuando lo derriba de un golpe, pero no se dará cuenta hasta mucho después: es la primera vez que emite algún sonido desde que su madre la dejó. Ofelia patalea intentando alcanzarle, herirle, pero la larga cola del vestido de novia se le enreda en las piernas volviéndola lenta. Después de un instante de sorpresa Moisés se levanta del suelo y consigue retroceder unos pasos apartándose de ella. Un hilo de sangre brilla en su labio: Ofelia puede verlo un momento antes de que él se limpie el corte con la manga de su abrigo.

Ofelia gruñe enseñando sus dientes.

—Algún día te devolveré al mar. Monstruo.

Moisés Páramo camina deprisa hasta la entrada de la cueva, de vuelta hasta su bote de remos. Ella le sigue hasta la grieta en la pared, arrastrando el vestido sobre el agua de mar, y le mira hasta que él se aleja y desaparece de su vista con su barquita de remos.

Mira a la costa, a esa cala rocosa rodeada de árboles, y acaricia los botones de nácar en el puño de su vestido. Sí, puede llegar a tierra nadando; pero no lo hará: Ofelia nunca escapará de esa cueva.

Todavía faltan casi diez años de soledad y encierro en esa cueva hasta la noche de la galerna: la noche en que el *Annabelle* se hundirá para siempre en las aguas del Cantábrico llevándose sus secretos al fondo oscuro. La misma noche en que Moisés Páramo escapará antes del naufragio y regresará a esa cueva, para arrastrarla hasta el faro de Santa Catalina y devolverla al mar.

UNA CHISPA

Dylan Morgan no había salido a faenar aquel día, igual que tampoco había salido al mar el día anterior. En lugar de eso, se había quedado en el taller para supervisar la llegada del nuevo material, las herramientas y los equipos necesarios para la nueva etapa de la empresa. Ya tenían el visto bueno de sus socios comerciales, el jugoso contrato firmado y el dinero en la cuenta bancaria, de modo que su padre y su hermano Ulises se habían propuesto comenzar cuanto antes a construir barcos.

Astilleros y Vapores Morgan e Hijos era una realidad. Aquella misma mañana y con la ayuda de Dylan, cuatro hombres habían terminado de colocar el nuevo y flamante cartel con el nombre de la empresa sobre la gran puerta del taller.

Pero reconvertir el taller de reparaciones en una pequeña empresa naviera no era tan sencillo como Silvestre Morgan había previsto, ni tampoco tan barato: tuvieron que comprar un par de toneladas de material solo para poder empezar: grúas especializadas, nuevos equipos de trabajo para los hombres... Una fortuna en suministros y herramientas que esa tarde él estaba terminando de catalogar y registrar. Eso sin contar con que ahora necesitaban más mano de obra para sacarlo adelante, así que de entrada habían contratado a otros veinte hombres. Aun así, las previsiones de su padre eran optimistas y se habían propuesto botar el primer vapor antes de la próxima primavera.

Además de Dylan y del nuevo capataz, todavía quedaban media docena de hombres en el interior del edificio terminando de supervisar las diferentes tareas. Cada uno tenía su labor: durante todo el día el taller había sido un hervidero de hombres, trabajadores, pescadores y transportistas entrando y saliendo con cajas o arrastrando bultos. Ahora casi habían terminado por fin, pero el calor acumulado en la nave por los hombres y la maquinaria era insoportable. Dylan se limpió el sudor de la frente con el dorso de la mano y levantó la mirada de la lista de inventario que había pasado revisando las últimas dos horas.

—Matías, voy a salir a tomar el aire fresco al puerto. Si alguno de los hombres quiere salir a respirar o acercarse a la taberna de Marian a tomar algo, este es el momento; creo que nos esperan dos o tres horas más de trabajo para dejarlo todo preparado para mañana —le dijo Dylan al capataz que su padre había contratado para ayudarle los primeros meses—. Todo el que quiera tiene mi permiso para salir a refrescarse y estirar las piernas un rato.

Matías Sierra había llegado desde Burgos buscando un pueblecito tranquilo donde instalarse y comenzar una nueva vida con su esposa Cecilia, que estaba gravemente enferma. Matías confiaba en que el aire suave de la costa aliviara los problemas respiratorios de su mujer. Era un hombre de pocas palabras y trabajaba bien, Dylan confiaba en él lo suficiente como para dejarle un rato al mando.

—Claro, jefe.

El sol empezaba a caer en el horizonte por fin. Dylan dejó que el viento salado y caliente le llenara los pulmones un momento y se alejó de la nave, caminando con las manos en los bolsillos. El taller familiar se levantaba al pie de la colina, sobre una lengua de tierra que le habían ganado al mar varios años atrás pero que se adentraba en el agua un poco más adelante. Rodeó el edificio para tomar el camino que llevaba hasta el puerto; las embarcaciones de menor calado estaban amarradas y se mecían despacio en la marea que empezaba a subir. Cerró los ojos para escuchar las olas que llegaban debilitadas hasta la playa, el sonido familiar de los cascos chocando entre sí o las voces distantes de los hombres que le llegaban desde el taller. Permaneció así un momento, después no podría recordar exactamente cuánto tiempo había pasado, pero no abrió los ojos hasta que oyó el sonido de un cristal haciéndose añicos.

Dylan se volvió en dirección al ruido justo a tiempo de ver a dos hombres que salían de las proximidades del taller y corrían colina arriba de vuelta hacia el bosque, los dos vestidos de negro y con el rostro cubierto.

—¡Eh!

Les gritó y echó a correr en su dirección, pero el olor a humo le alcanzó antes de llegar siquiera a la entrada del taller. Se detuvo sin comprender todavía lo que acababa de pasar, aunque su mente le gritaba que algo terrible acababa de suceder. Un humo blanco y espeso salía por las ventanas abiertas del edificio. Corrió hacia la puerta cuando oyó la explosión. La onda expansiva le sacudió la ropa y levantó el polvo acumulado en el suelo, los cristales de las ventanas estallaron y cayeron sobre la lengua de tierra como lluvia afilada.

Uno de los cristales le cortó el brazo, la sangre caliente empapó deprisa el algodón de su camisa de trabajo. El humo salía en grandes columnas blanquecinas por los agujeros donde antes estaban las ventanas.

Oyó los gritos de angustia de los hombres que seguían trabajando dentro de la nave y corrió hasta la puerta del taller.

—¡Socorro! ¡Estamos aquí!

Reconoció la voz de Matías, gritando al otro lado de la puerta. Intentó abrir, pero vio que alguien había atado los dos picaportes de los portones con una cadena y un candado para evitar que se pudieran abrir.

—Pero ¿qué...?

Dylan tiró de la cadena con todas sus fuerzas para tratar de abrir las puertas lo suficiente para que el humo saliera del edificio, pero la cadena estaba caliente y se quemó la palma de las manos al tocar el metal.

—¡Matías! ¡¿Qué ha pasado?! —gritó por encima de los gritos que salían del edificio.

—¡Jefe! ¡Ayuda! —Matías golpeaba la puerta con los puños—. ¡El extremo norte de la nave está en llamas!

—¡La puerta está cerrada! Alguien ha pasado una cadena entre los tiradores.

—Cabrones...

Tosió, el humo ya ascendía por la colina junto al taller. Dylan miró la cadena y el candado.

—¡Voy a buscar algo para cortar la cadena!

Escuchó los gritos de terror de los hombres encerrados dentro de la nave, algunos suplicándole que no se marchara. Dylan buscó con la mirada a su alrededor alguna herramienta que aún no hubieran guardado e inventariado y que fuera útil para cortar la cadena, pero no había nada, solo una montaña de cajas de madera vacías y un par de bidones sucios de aceite industrial. Se acercó a la puerta del taller todo lo que pudo; el calor del fuego que irradiaba le quemó en la mejilla.

—Escucha, Matías, voy a correr hasta el pueblo para buscar algo con lo que cortar la cadena. Te juro que no tardaré más de cinco minutos en volver y sacaros de ahí —le prometió.

El humo le bajaba por la garganta, no se parecía al humo de las parrillas o de las sardinas asadas de verano: este era denso y ácido, el tipo de humo tóxico que se genera cuando arden productos químicos. Dylan recordó los barriles de brea, aceite de motor o disolvente que había clasificado aquella mañana, además de las toneladas de madera.

—No, por favor, jefe. No nos dejes —suplicó Matías al otro lado de la puerta—. No quiero morir así.

—Nadie va a morir. —Dylan se cubrió la boca y la nariz con el brazo para intentar respirar entre el humo—. No os voy a dejar. ¡Volveré con algo para cortar esa cadena!

Corrió en dirección al puerto tan deprisa como pudo, intentando no pensar en los gritos agónicos de los hombres encerrados en el taller.

La columna de humo era cada vez más gruesa y el viento la arrastraba hacia el centro del pueblo. Desde donde estaba vio que algunos vecinos ya corrían en su dirección para ayudar. Le pareció que el puerto estaba a un millón de kilómetros, pero no dejó de correr, el aire caliente del atardecer se mezclaba con el olor a quemado que salía del taller y el calor inconfundible del fuego que le empujaba a su espalda. Oyó otra explosión más violenta que la primera, y se volvió un momento para mirar: las llamas salían por las ventanas y por el quicio de la puerta. Le costaba respirar, el aire se había vuelto espeso y sus piernas ágiles ahora parecían hechas de plomo.

Los gritos de los hombres salían del edificio y se elevaban con el humo para llegar hasta donde estaba. Ese aullido desesperado le heló la sangre y le perseguiría durante meses, pero Dylan dio la vuelta para seguir su carrera hasta que el camino de tierra dio paso a las calles empedradas.

Tardó lo que le pareció una eternidad en llegar a la explanada del puerto, tenía un plan y sabía dónde estaba lo que necesitaba para cortar la cadena. En su carrera se cruzó con varios vecinos que corrían hacia las llamas, pero él sabía que, sin algo para cortar el metal, los hombres encerrados en el taller no tenían ninguna posibilidad de sobrevivir.

Atravesó la bahía dejando a un lado las tabernas y las últimas casas del pueblo para tomar el camino que llevaba hasta la ermita de la Atalaya y el Beletxe, que asomó al fin detrás de una colina.

Llegó bajo el gran pórtico de piedra y abrió la puerta de madera. En el Beletxe guardaban algo de material, herramientas, viejas velas, redes o aparejos. Las ventanas eran pequeñas y la planta estaba en penumbra, pero lo recorrió con la mirada hasta dar con la cizalla que usaban para cortar pernos o los cabos más gruesos que se quedaban enredados en los bajos de los barcos.

La cogió y salió disparado sin molestarse en cerrar la puerta. Corrió todo el camino de vuelta hasta el taller, pero antes de llegar ya vio el brazo de humo que ahora cubría la calle y los tejados de las casas más cercanas al puerto. El humo era tan denso que había hecho desaparecer el edificio del taller. Notó el peso de la cizalla de acero en su mano mientras se adentraba en el humo. Muchos vecinos ya habían llegado a la zona del incendio, algunos se habían organizado y se pasaban cubos llenos de agua de mar unos a otros formando una cadena humana para intentar apagar las llamas que ya salían por la puerta y las ventanas.

—¡No se abre!

Dos hombres trataban de romper el candado golpeándolo con el extremo de un remo. El ruido de los golpes secos y constantes contra la cadena y la puerta sonaban por encima del ruido del fuego que devoraba las vigas de madera del edificio.

—¿No hay puerta trasera? —preguntó una mujer que se cubría la boca con un pañuelo para no ahogarse con el humo.

—También está cerrada, lo he mirado —respondió uno de los hombres.

—Vamos, tú: deja eso y sujeta la cadena —le ordenó Dylan a uno de los que golpeaba el candado.

El hombre obedeció: dejó caer el remo y levantó la cadena envolviéndola con el bajo de su camisa para no quemarse. Dylan colocó las cuchillas en uno de los eslabones de la cadena, apretó las empuñaduras de la cizalla con todas sus fuerzas y dejó escapar un grito mientras le temblaban los brazos por la tensión.

El metal se cortó por fin y la cadena cayó a sus pies con un golpe seco junto con el candado, igual que una serpiente muerta que acaba de hincar los colmillos y a la que ya no le queda veneno. Los gritos de los hombres dentro de la nave se habían acallado. Nadie empujó la puerta del taller desde dentro para intentar salir.

Dylan tiró la cizalla al suelo, estaba agotado y el humo le picaba en los ojos y en la garganta, pero su corazón latía desbocado y la adrenalina corría por su sistema haciendo que sus manos temblaran.

—Patrón Morgan... —le llamó uno de los hombres que estaban fuera, su mirada era la de alguien que sabe que algo terrible ha sucedido. No añadió nada más, no era necesario: ya nadie gritaba dentro pidiendo ayuda.

Dylan asintió, él tampoco oía los gritos desde hacía unos minutos. Empujó la puerta con el hombro y por fin entró en el taller envuelto en una columna de humo denso.

Ofelia estaba ayudando a Katixa a terminar de cerrar la casa familiar. Su hermano y ella aún no habían decidido qué harían con la casa, suponían que la venderían o se la arrendarían a alguna de las familias que previsiblemente iban a instalarse en el pueblo atraídas por la posibilidad de encontrar trabajo en el nuevo astillero.

Después de guardar en los armarios todos los objetos personales que Katixa no se había llevado a la casa fúnebre sobre la colina, y de recoger la ropa de cama de su madre en el viejo baúl familiar, habían terminado de fregar el suelo y ahora cubrían los pocos muebles que quedaban repartidos en las habitaciones con sábanas viejas para protegerlos del polvo y de la humedad. Fue Katixa quien cubrió la mecedora en la que murió su madre, el último mueble de la casa. Cuando hubo terminado cerró todas las cortinas y contraventanas. Antes de marcharse echó un último vistazo a la casa que había sido su hogar toda su vida, ahora habitada por sombras y fantasmas bajo las sábanas, y cerró el portón de la entrada.

—¿Crees que fue Moisés quien me robó las llaves y el diario aquella noche en el puente? —le preguntó a su amiga mientras cerraba la puerta usando la llave de su madre.

—Sí, supongo. —Ofelia lo pensó mejor y añadió—: ¿Quién iba a ser si no? Imagino que Claudia nos escuchó cuando hablábamos del diario con las pistas y los recortes sobre Barba Azul alguno de los días que viniste a casa; se lo comentaría a Moisés y él quiso quitártelo para comprobar si sabíamos algo que pudiera señalarle a él o a la loca de mi tía; te robó todo lo demás solo para desviar la atención de lo que buscaba en realidad.

Katixa empujó la puerta para asegurarse de que estuviera bien cerrada, se guardó la llave en el bolsillo y las dos echaron a andar calle abajo. A esa hora de la tarde el sol ya no calentaba las piedras.

—Sí, tal vez fue eso... —Katixa se encogió de hombros, pero no parecía muy convencida.

—¿Qué es ese olor?

—Es humo.

Miraron al cielo y vieron la nube de humo oscuro que se enredaba en los tejados y las chimeneas de las casas pasando deprisa sobre sus cabezas.

—¿De dónde viene?

Ofelia supo la respuesta de inmediato, aunque después no podría explicarle a su amiga cómo lo había sabido.

—Del taller de los Morgan.

Empezaron a correr calle abajo, sus faldas de verano eran ligeras, pero se les enredaban en las piernas. Ofelia estuvo a punto de tropezar con una piedra que sobresalía de entre las demás que formaban el suelo de la calle. Desde donde estaba ahora podía ver el último puente del pueblo y detrás, el puerto. El muro de humo era tan denso que el estuario había desaparecido tras él y no dejaba ver los barquitos o el rompeolas ni tampoco el nuevo astillero.

—Dios mío... —murmuró Katixa cuando la alcanzó.

—Dylan.

Ofelia corrió dejando atrás las últimas casas, cruzó el puente de piedra sobre la ría. Tuvo que abrirse paso entre algunos vecinos que miraban incrédulos la pared de humo que se levantaba un poco más adelante. Se detuvo solo cuando llegó al final de la explanada cerca del frontón, justo donde el humo engullía la colina verde que abrazaba la bahía. Había muchos vecinos y curiosos ahí que no se atrevían a acercarse más, también vio a dos hombres sentados en el suelo recuperando el aliento con la mirada perdida: estaban manchados de algo oscuro y grasiento que parecía hollín. Uno de los hombres lloraba en silencio mirando hacia el lugar donde debería estar el taller, las lágrimas dejaban un surco en sus mejillas manchadas.

—¿Qué ha pasado? —le preguntó a una mujer que se retorcía las manos.

—Ha habido una explosión en el taller de los Morgan, creen que ha sido provocada porque justo antes han visto salir a dos hombres con la cara tapada. Han salido corriendo colina arriba hacia el bosque. Los muy desgraciados... Estarán ya a kilómetros de aquí.

Le temblaba la voz, pero sus palabras casi no llegaban a Ofelia.

—Pero ¿y qué pasa con los hombres que estaban dentro? ¿Han logrado salir todos?

No tuvo que esperar su respuesta, fue suficiente con ver la expresión desencajada en el rostro de los dos hombres sentados en el suelo.

—No, han muerto tres trabajadores que sepamos, incluyendo al nuevo capataz, ya se han llevado sus cuerpos. Hay otro muy grave por el humo y esos dos que han conseguido salir por su propio pie cuando les han abierto las puertas. —La mujer rompió a llorar de pronto—. Es una tragedia: se ha perdido todo, ese astillero era el futuro de esta costa... y esos pobres hombres abrasados vivos, y sus familias. Qué desgracia.

Ofelia notó un zumbido llenando sus oídos, se tambaleó, pero caminó decidida hacia la pared de humo. Casi le pareció que caminaba en sueños a través de la niebla que solía formarse en el bosque justo antes del amanecer, pero el humo era mucho más denso que cualquier niebla que ella hubiera visto. El silencio era insoportable. Después de cruzar el último puente había oído los gritos ahogados e incluso los sollozos de algunos de sus vecinos, pero ahora no oyó nada, el humo se lo había tragado todo.

Tosió y se llevó la mano a la boca sin dejar de avanzar. Un poco más adelante intuyó un destello brillante de color naranja: el fuego aún ardía entre el humo. Le costaba respirar y el aire tenía un olor acre. Sus pies tropezaron con algo en el suelo: era un cubo vacío que alguien había dejado atrás.

Por fin vio la silueta del taller aparecer entre el humo. Algo caliente le rozó la mejilla y después el brazo, era ceniza. El viento había cambiado de dirección, tal y como había predicho su abuela, y ahora soplaba desde el norte. Pronto llegaría la tormenta para apagar los últimos rescoldos del incendio.

La ceniza todavía caliente flotaba en el aire. Ofelia vio una figura de pie frente a las puertas abiertas del taller. Estaba rodeado de cubos de agua volcados y miraba cabizbajo el cartel con el nombre de la empresa que ahora estaba ennegrecido en el suelo. El hombre estaba de espaldas a ella, pero le reconocería en cualquier parte.

—Dylan...

Pronunció su nombre con los labios resecos por el humo. Él se dio la vuelta cuando la oyó. Su ropa de trabajo y su rostro estaban manchados del mismo hollín grasiento que el de los dos hombres que había visto antes sentados en el suelo. Se fijó en que había sangre en su brazo mezclada con los restos del humo y su pelo oscuro estaba salpicado de cenizas.

Dylan la vio aparecer entre el humo con su falda ondeando en el viento del norte, y pensó que el mismo humo tóxico que había asfixiado a sus hombres le estaba provocando alucinaciones. Creyó que se moría, que estaba tumbado solo sobre el suelo sucio y su cerebro emitía sus últimos destellos brillantes, como una lámpara que titila antes de apagarse para siempre. Pero entonces le llamó otra vez, pronunciando su nombre de esa manera secreta que solo ella conocía.

—Dylan.

Caminó hasta Ofelia y cayó de rodillas frente a ella, derrotado por el fuego y la pérdida, se abrazó a su cintura y rompió a llorar.

EL CORAZÓN DE AGUA

Madalena Costa desapareció cerca del barrio de Bedaroa. Trabajaba por las tardes repartiendo los pedidos de la tienda de ultramarinos de las hermanas Arrieta entre los vecinos que vivían en los barrios más apartados de Ea. Tenía diecinueve años y cuidaba de su padre, un pescador retirado un par de años atrás por su mala salud.

Bedaroa era un pequeño barrio sobre las colinas, apartado de la costa, formado por *baserris* y casitas desperdigadas a lo largo de sus caminos secundarios.

De Madalena Costa solo encontraron la cesta de mimbre en la que llevaba los pedidos de los clientes, siempre bien protegidos con un pañuelo que los cubría para evitar que se mojaran o que les diera el sol durante el trayecto. Desde allí se veía el frondoso bosque de pinos que cubría las colinas ondulantes, y al fondo, el mar. La cesta apareció volcada en un cruce de caminos, muy cerca de la iglesia de Bedaroa. Además de la cesta, en el suelo de tierra encontraron dos pedazos de queso de leche de oveja —aún envueltos en papel de estraza—, un bote de moras en almíbar y un manojo de pimientos secos. No había sido un robo.

La terrible noticia de que Barba Azul había atacado de nuevo se extendió deprisa por todo el valle y llegó hasta Lekeitio esa misma noche. Habían atrapado a su cómplice y amante, pero Moisés Páramo seguía libre. Los vecinos de Ea y otros pueblos cercanos se organizaron antes del anochecer para buscar a Madalena. Ya conocían al monstruo por su nombre y apellido y no estaban dispuestos a darle otra víctima.

Helena Laguna coordinaba la búsqueda tomando los datos a los voluntarios y repartiéndoles un pequeño mapa con la zona de búsqueda, además de faroles y fósforos para quien los necesitara. Ofelia esperó su turno en la hilera de voluntarios para inscribirse, y cuando Helena Laguna la vio, escribió en la lista «Ofelia Páramo» asegurándose de que ella lo viera junto al nombre de Katixa Aranguren, y le entregó el mapa y el farol sin dirigirle ni una palabra.

—No la culpo: inundé su casa y casi mato a su hermano. A pesar de todo lo que sucedió, me apena haber perdido su amistad —le dijo a su amiga cuando volvió junto a ella.

—Bueno, técnicamente tú no inundaste su casa, fue la crecida de la ría y la lluvia.

—Si algún día siente que es capaz de perdonarme, yo estaré encantada de volver a llamarla «amiga». Es igual, ¿por dónde empezamos a buscar?

Ofelia encendió el farol y acercó el pequeño mapa a la luz para ver qué zona de búsqueda les había tocado.

Katixa miró a su alrededor: había tantos voluntarios que los caminos perdidos y el bosque aparecían iluminados hasta donde alcanzaba la vista con las luces de los farolillos, como un ejército de luciérnagas.

—No estoy segura. Supongo que deberíamos empezar por el principio, por el lugar donde desapareció Madalena.

—Fue un poco más al norte. Encontraron su cesta y los pedidos cerca del *baserri* de la señora Mendiondo.

Las dos empezaron a caminar en dirección al viejo caserío, tomaron una curva y enseguida dejaron atrás el grupo de voluntarios y sus voces. La noche era mucho más oscura allí, sin las lámparas de sus vecinos. Había estado lloviendo toda la mañana y el suelo en esa zona estaba encharcado, la humedad del bosque cercano llegaba hasta ellas flotando en el aire de la noche.

—Pobre Madalena, tiene que ser aterrador ir por estos caminos sola y oír pisadas detrás de ti. —Un escalofrío recorrió a Katixa solo de pensar en ello—. Ojalá la encontremos sana y salva. Sé que es ingenuo pensarlo porque nunca hemos encontrado a ninguna, pero no hace ni cinco horas que se la ha llevado. Puede que, por una vez, tengamos suerte y ganemos.

Ofelia apartó los ojos del camino lleno de sombras para mirar a su amiga.

—¿Qué?

—Nada, es solo que nunca te había oído hablar así, con esperanza.

Katixa se rio con amargura.

—Yo no diría tanto, más bien con algo parecido a la esperanza. Es solo que esto no termina nunca: pensaba que después de lo de Claudia él ya no se llevaría a ninguna otra chica, que saldría huyendo para alejarse lo más posible de esta costa.

Ofelia miró a su amiga, cabizbaja: Katixa ya empezaba a intuir que nunca jamás volverían a ver a Madalena. Quiso consolarla: decirle que todo iría bien, que sí, que esta vez sí tendrían suerte, que ganarían. Pero no quería mentirle, así que avanzó en silencio.

El terreno se volvió más empinado y pronto apareció la enorme silueta del *baserri* que se erguía un poco más adelante. Era uno de los más antiguos de toda la costa, con las paredes de piedra gruesa, entrada en arco, un balcón en el frente de la fachada y el tejado a dos aguas para que la lluvia pudiera resbalar fácilmente.

—Ya casi estamos, me parece que hay luz en una de las ventanas del primer piso. Lo mismo la señora Mendiondo está levantada y puede contarnos algo.

Un resplandor suave titilaba en la noche, distorsionado por el cristal de la ventana.

—¿Has hablado con Dylan desde la explosión?

Ofelia se mordió el labio antes de responder.

—No. He ido a su casa para ver cómo se encuentra, pero su madre me ha dicho que estaba descansando y no me ha dejado entrar.

—Penélope Morgan es muy educada, pero dicen por ahí que puede ser una auténtica bruja cuando se lo propone. Todavía recuerdo cómo hablaba de la pobre Clara Iriarte cuando desapareció en aquel viejo artículo sobre Barba Azul... Siento que no hayas podido ver a Dylan.

—Ya, yo también.

No le había visto desde la tarde en que el taller de los Morgan ardió hasta los cimientos. Después de abrazarla y llorar contra su cintura Dylan se quedó así todavía un momento más. Ella dejó que sus dedos se perdieran entre su pelo abundante y oscuro. Le gustaba sentir el calor de su cuerpo pasando a través de la tela de su ropa para llegar hasta su piel siempre fría.

—Dylan —le dijo entre el humo—. ¿Qué ha sucedido?

Él no había respondido inmediatamente, en vez de eso la había estrechado un poco más fuerte, como si tuviera miedo de que fuera a desvanecerse entre sus brazos.

—Ya no queda nada. Se acabó, todo está perdido.

El viento terminó de arrastrar el humo que los envolvía y algunos vecinos se acercaron para contemplar lo que aún quedaba en pie de lo que iba a ser el futuro del pueblo. El taller de los Morgan era apenas un esqueleto ennegrecido. La explosión había hecho saltar por los aires las ventanas y parte del tejado, después las llamas se habían ocupado de arrasar todo lo demás. El armazón del edificio humeaba y dentro quedaban pequeños incendios que se apagarían a la mañana siguiente y solo después de haber consumido todo el disolvente que los alimentaba. Dylan se levantó y se alejó caminando hacia el pueblo sin decir nada más, atravesando el velo del humo que todavía llenaba el puerto. De eso hacía ya cuatro días y no había vuelto a verle desde entonces.

—Es extraño pensar que Madalena estaba en este mismo cruce hace solo unas horas. Pobrecilla. —La voz de Katixa la devolvió a la realidad—. ¿Qué es eso que hay en el suelo?

Ofelia tardó un momento en reaccionar, perdida en sus recuerdos, pero levantó el farol para iluminar la zona que Katixa le señalaba.

—Justo ahí, ¿lo ves?

—Es... creo que es una mancha de algo.

Ofelia se acercó a la misteriosa mancha que oscurecía el

suelo de tierra y se agachó para inspeccionarla. De forma irregular, tenía los bordes suaves y difuminados. Alargó la mano libre y la tocó.

—Es un líquido, es pegajoso. —Se había pringado las yemas de los dedos—. Madalena llevaba algunos pedidos de la tienda de ultramarinos cuando desapareció, ¿verdad?

Katixa asintió y se agachó a su lado.

—Podría ser mermelada, o quizá miel —dijo sin muchas esperanzas de que así fuera.

—O podría ser sangre.

Oyeron un crujido a sus espaldas, y se dieron la vuelta sobresaltadas justo a tiempo de ver el extremo del cañón de una vieja carabina saliendo de la oscuridad.

—¿Quiénes sois? —les preguntó una voz áspera.

Katixa fue la primera en reaccionar: se puso en pie despacio.

—Señora Mendiondo, estamos con el grupo de voluntarios que buscan a la chica que ha desaparecido esta tarde.

Les apuntaba una mujer menuda y ligeramente encorvada, con aspecto de haber cumplido ochenta años hacía tiempo, puede que incluso noventa. Vestía de negro de pies a cabeza y llevaba el pelo canoso oculto bajo un pañuelo.

—La chica, sí. Justo ahí fue donde encontré la cesta con todas sus cosas tiradas por el suelo.

Ane Mendiondo bajó la escopeta por fin.

—Esto no funciona, hace años que la tengo solo para asustar.

—Pues asusta —murmuró Ofelia.

La señora Mendiondo se acercó a ella y la estudió con curiosidad bajo la luz suave del farol hasta que pareció decidir que podía hablar delante de Ofelia.

—Algunas veces hay monstruos por estos caminos, niña —dijo con su voz reseca—. Tengo que estar preparada.

—Yo no soy ninguna niña. ¿Y de qué monstruos habla? Hoy se han llevado a una chica frente a su casa, ¿se refiere a eso?

Ane Mendiondo miró intranquila a la arboleda que se levantaba al otro lado del camino.

—Su padre está impedido y muy preocupado por ella, no

tiene más familia; ¿ha visto algo que nos pueda ayudar a encontrar a esa chica? —preguntó Katixa.

Ane se rio y sus facciones se volvieron más afiladas.

—¿Encontrarla? No, no creo que la encontréis, pobre muchacha. —Se persignó deprisa—. Algunas noches escucho al monstruo pasearse arriba y abajo por este mismo camino, sobre todo las noches sin luna. Le oigo incluso con las contraventanas echadas y la chimenea encendida. Algunas veces llora y otras le oigo rumiar entre las sombras, por eso yo siempre duermo con un ojo abierto. Y con mi escopeta cerca, claro.

Las dos amigas intercambiaron una mirada.

—¿El monstruo? ¿Se refiere al hombre al que apodan Barba Azul?

La señora Mendiondo se acercó a Katixa, tan cerca de ella que esta pudo sentir su respiración entrecortada en el rostro.

—No, niña. Y no estoy hablando de ningún hombre, me refiero al monstruo.

Los sonidos de la noche se volvieron más intensos, la oscuridad pareció cerrar un círculo asfixiante alrededor de las tres mujeres y de la llamita que bailaba dentro del farol. Delante de ellas, en un lado del camino, se levantaba el *baserri* Mendiondo, y detrás de donde estaban paradas comenzaba el bosque. A Ofelia le pareció ver con el rabillo del ojo que algo se movía entre los árboles, en la línea que separaba el camino del bosque. Se volvió para mirar, pero todo parecía estar en calma, solo una ráfaga de viento frío que salió de lo más profundo del bosque y le acarició el brazo al pasar. Sus pelillos se erizaron por el beso gélido.

—¿Sabe qué es esa mancha que hay en el suelo? —Katixa la señaló con un gesto de la cabeza—. Madalena llevaba una cesta con pedidos de la tienda de ultramarinos; ¿se le rompió algo cuando Barba Azul la atacó?

—Yo estaba detrás de la casa, dando de comer a las gallinas porque son muy suyas y les gusta comer siempre a la misma hora; si no, me rechazan la comida, tienen sus costumbres como pasa con las personas —empezó Ane—. Oí un golpe y cosas cayéndose al suelo, supongo que sería la cesta. Después voces y luego un grito. Corrí hasta la casa para buscar la escopeta, pero cuando salí, la pobre chica ya no estaba y de ella solo quedaba la cesta con todas las cosas caídas por el suelo, así que he ido a avisar al vecino más cercano.

—¿Dice que ha oído voces? ¿Y no habrá reconocido de quién eran o qué estaban diciendo?

—No. Pero el monstruo no habla, nunca, así que supongo que serían la pobre chica desaparecida y ese al que llaman Barba Azul.

Ofelia lo pensó un momento: la historia de Ane Mendiondo no sonaba tan descabellada. Miró al camino solitario y no le costó mucho imaginar a Madalena, con su gran cesta de mimbre apoyada en la cadera para ayudarse a llevar más peso, dejando escapar un grito mientras Moisés salía de su escondite para lanzarse sobre ella. Sí, todo parecía muy claro. Y, sin embargo, no terminaba de tener sentido.

—Ha oído cómo se le caía la cesta con las cosas, después las voces y después el grito, ¿en ese orden?

Katixa la miró, sus ojos oscuros brillaban con el fuego: estaba pensando lo mismo que ella.

—¿Por qué iba a hablar con él después de que se le cayera la cesta?

—Tal vez ella no tuviera miedo de él, o Moisés fingió que la ayudaba a recoger las cosas del suelo y cruzaron algunas palabras mientras tanto. Puede que sea así como se lleva a las chicas: fingiendo que es amable o que está lisiado y necesita su ayuda.

—No —aseguró Ane—. Todo estaba esparcido por el suelo cuando yo salí a mirar. Incluida la mancha del suelo.

A lo mejor Moisés estaba herido; después de todo llevaba meses escondiéndose para evitar ser arrestado, no era tan descabellado suponer que estaba más débil y puede que incluso herido. Ofelia miró la mancha en el camino un momento más.

—¿Y qué hay de la otra chica? —preguntó de repente—. Clara Iriarte, ella desapareció en este mismo camino hace unos veinticinco años, fue la primera joven de la zona a la que se llevó Barba Azul; ¿se acuerda de ella? ¿Vio u oyó algo raro entonces?

—Pues claro que me acuerdo de ella, mi memoria todavía funciona bien, mi problema son las piernas —protestó Ane, pero su tono se suavizó enseguida—: Clara Iriarte, yo la conocí. Era deslumbrante como la luna llena, tenía el pelo cobrizo y las pestañas largas. Solía pasear por los caminos solitarios antes de la puesta de sol, a algunos no les gustaba nada y a otros les gustaba demasiado, ya me entendéis.

Las dos asintieron en silencio.

—Aquella vez, cuando desapareció, también hubo voluntarios buscándola durante días enteros con sus noches y todo. Pasaban por delante de mi casa gritando su nombre, uno de ellos incluso intentó colarse en mi huerto para asegurarse de que yo no le había hecho nada a la muchacha y la tenía enterrada entre las tomateras y los pimientos. —Ane dejó escapar un bufido.

—¿Sabe qué fue lo que le pasó? A Clara. ¿Se la llevó ese monstruo que oye algunas noches?

—No. A Clara tampoco se la llevó el monstruo —respondió muy convencida—. El día que desapareció escuché cómo discutía con alguien en el camino, cerca de aquí. Al principio solo hablaban, pero enseguida la conversación fue subiendo de tono y por cómo discutían tenía que ser alguien a quien ella conocía. Me preocupó y salí para ayudarla, pero ya no estaba.

—¿Clara Iriarte y Moisés se conocían? Pero no hay nada entre sus pistas que indique que ellos ya se conocían antes de que él se la llevara. A lo mejor hemos pasado algo por alto... —comentó Katixa pensativa.

Una ráfaga de viento sacudió las ramas de los árboles en el bosque a su espalda; Ofelia volvió a tener la sensación de que algo se movía entre los troncos oscuros de los árboles que crecían más cerca del camino.

—¿Él? No, yo no he dicho nada de un hombre. —Ane Mendiondo negó con la cabeza—. Clara Iriarte discutía con una mujer.

Antes incluso de llamar a la puerta de los Morgan, Ofelia ya sabía que Penélope saldría a recibirla. Había pasado todo el camino hasta allí pensando en la mejor manera de atravesar las defensas de esa mujer educada y siempre amable. Ofelia prefería enfrentarse a personas desagradables y a las miradas hostiles, porque al menos a ellos sabía cómo tratarlos, pero Penélope era de esas raras personas capaces de desmontar sus ataques o de imponer su voluntad a los demás sin perder la sonrisa.

—Ofelia, querida —la saludó nada más abrir la puerta—. Ulises está reunido con su padre en el despacho, pero si no te importa esperar a que terminen, yo puedo hacerte compañía en la cocina.

Decidió no contarle que no estaba allí para ver a Ulises.

—Eso me gustaría, gracias —dijo con su mejor sonrisa.

Y así consiguió entrar en la casa por fin: había decidido enfrentarse a Penélope con sus mismas armas.

Dejaron atrás el impresionante recibidor, con el elegante papel pintado importado desde Inglaterra, la lámpara de cristales o el gran espejo con el marco cubierto de pan de oro para avanzar por el pasillo hasta la cocina.

A diferencia del recibidor o de las oficinas de la empresa, la cocina de la casa de los Morgan era pequeña y anticuada: muebles de madera desiguales con la pintura desconchada en los bordes, cortinas baratas de algodón y un viejo fogón de hierro en un rincón. El aire tenía el aroma dulzón de las flores pasadas que había dentro de un jarrón en el centro de la mesa. Ese olor, tan bien conocido por ella, le hizo arrugar la nariz al recordarle a Claudia y los funerales.

—Perdona que te reciba en la cocina, pero hace años que la salita forma parte de las estancias de la empresa —se disculpó Penélope—. Estaba a punto de preparar un poco de té, ¿te apetece?

—No, muchas gracias. —Se le hizo un nudo en el estómago al recordar la infusión especial que preparaba Claudia—. Un vaso de agua será suficiente.

Penélope le dedicó una sonrisa breve antes de colocar la tetera sobre el fuego. Tarareaba una cancioncilla mientras cogía la taza y buscaba un vaso en la alacena. Penélope tenía el pelo castaño y los mismos ojos azules que sus dos hijos. Llevaba puesto un conjunto de tarde: falda larga de corte campana de cuadros marrones y verdes, y una blusa en color crudo con volantes y nervios.

—Me alegro de que hayas pasado a vernos, últimamente la desgracia se ha cebado con nuestra familia y agradecemos las visitas de nuestros vecinos más que nunca: vapores averiados, incendios... —se lamentó—. Y eso sin contar que nuestros inversores nos reclaman los fondos a pesar de lo sucedido en el taller.

—Siento oír eso. ¿Ya saben qué fue lo que pasó?

—No hay nada seguro, me temo. Dicen que la explosión fue cosa de dos hombres pagados por uno de los socios de mi esposo: al parecer le resulta más rentable, económicamente hablando, cobrar el seguro ahora que esperar a que el negocio empiece a funcionar y dé beneficios, y para algunos, las vidas de sus propios trabajadores no valen nada. Es terrible. Aunque también ha podido ser un competidor molesto por nuestro éxito o los anarquistas; sé que ellos suelen utilizar tácticas parecidas en sus ataques. —Penélope le sonrió igual que si acabara de recordar algo importante—. Pero no hablemos de esas cosas. Vosotras también habéis pasado por mucho en los últimos meses. Nunca se sabe lo que ocurre realmente dentro de una familia, ¿no te parece?

Los ojos de Penélope centellearon, duró apenas un momento, pero fue suficiente para que Ofelia se diera cuenta. Aunque no la había invitado a hacerlo, Ofelia se sentó en una de las sencillas sillas de madera y enea.

—He oído que Anastasia está impedida después de lo que sucedió con Claudia, ¡qué cosa tan terrible! No puedo ni imaginarlo, todos estos años viviendo en el pueblo como una más y resulta que estaba enredada con Barba Azul.

—Sí, es terrible. Supongo que nunca se llega a conocer bien a las personas, ni siquiera a nuestros vecinos.

—Bueno, a mí me gusta creer que tengo buen ojo con las personas. —Penélope sonrió con frialdad—. Mi hijo me ha contado lo de su proposición, me alegro mucho por vosotros dos. Desde que os conocisteis, Ulises siempre ha tenido sentimientos muy fuertes por ti, una madre sabe esas cosas.

Ahí estaba otra vez, esa manera amable de hablar que escondía un «pero» o una acusación no demasiado sutil.

—Pero me preocupa un poco que os estéis precipitando en vuestra decisión. Me agradas, Ofelia, a pesar de lo que ha sucedido con Claudia. No te culpo a ti, claro, aunque no creo que estéis preparados para el compromiso que supone el matrimonio —añadió con su mejor tono de preocupación materna—. Los dos tenéis edad suficiente para casaros, y yo os daría mi bendición, por supuesto, pero el matrimonio supone una gran responsabilidad y también un gran sacrificio. Al casarse, uno debe cargar con los secretos del otro; ¿estás preparada para algo así?

—La verdad es que todavía no he decidido aceptar la propuesta de Ulises, pero es bueno saberlo. Gracias.

Por fin consiguió arrancarle a Penélope una mirada de verdadero interés.

—Oh, qué interesante. ¿Y para qué has venido entonces? Dylan no está en casa, ahora se pasa los días lamentándose en lo que queda del taller. Por supuesto él finge que va allí para evaluar los daños del incendio y buscar alguna pista que lo ayude a descubrir a los hombres que lo hicieron. Pero le conozco bien, es mi hijo y una siempre sabe lo que empuja a sus hijos, y Dylan es una fuerza de la naturaleza: determinado, cabezota, apasionado, rebelde e impulsivo, cualidades muy atractivas en un hombre, pero malas en un marido.

Ofelia tragó saliva; esa mujer de aspecto dulce, con su eterna falsa preocupación por sus hijos, conseguía sacarla de sus casillas.

—Te lo digo solo porque sé bien que algunas muchachas del pueblo siempre han estado un poco enamoradas de mi hijo mayor. Pero Dylan es una tormenta, esa es su naturaleza. Mi consejo es que no te pongas en su camino.

Más que un consejo le pareció una amenaza.

—Tampoco he venido para ver a Dylan. De hecho, quería

hablar con usted... Cuando Clara Iriarte desapareció, usted se refirió a Moisés Páramo como Barba Azul.

—Vaya, qué tema tan extraño para una visita formal, aunque comprendo que sientas curiosidad después de todo en lo que se ha visto envuelta tu familia últimamente con ese desagradable asunto de Barba Azul...

Ofelia no respondió a su provocación, se limitó a esperar a que continuara.

—Barba Azul. Todo el mundo le llama así desde hace años. —Sonrió, pero su sonrisa tembló ligeramente—. Tampoco sé por qué deberíamos tener tanta deferencia con un asesino de chicas.

—Es cierto, no deberíamos. Pero Clara Iriarte desapareció hace unos veinticinco años, y por aquel entonces nadie le llamaba de esa manera: Barba Azul. Clara fue la primera, y cuando ella se esfumó no había nada que hiciera sospechar que el mismo criminal atacaría de nuevo. Es extraño que usted ya supiera que desaparecerían más chicas.

Ahí estaba otra vez, ese ligerísimo temblor en su sonrisa amable. Penélope sabía mucho más de lo que dejaba entrever.

El silbido de la tetera sobre el fogón de hierro rompió el silencio tenso entre las dos mujeres.

—No recuerdo mucho de lo que sucedió con Clara Iriarte —se disculpó ella, retirando la tetera con cuidado de no quemarse—. Pero no era difícil imaginar que, después de ella, otras chicas correrían su misma suerte. Es una lástima, pero siempre hay chicas como Clara Iriarte.

Penélope sirvió el té en su taza sin ninguna prisa y se sentó frente a Ofelia a la mesa.

—¿Chicas como Clara? Quiere decir, ¿chicas rebeldes? «Barba Azul no perdona a las chicas rebeldes», eso fue lo que usted dijo en un periódico.

Penélope removió el té humeante en su taza con una cucharilla asegurándose de hacer todo el ruido posible para intentar ponerla nerviosa.

—Sí, justo a eso me refiero. Chicas que piensan que pueden ir por ahí como si nada malo fuera a pasarles, creen que tienen derecho. Y fíjate lo que les pasó a la pobre Clara y a las demás chicas desaparecidas, todas ellas se creían muy especiales: mejor que el resto de nosotras. —Una nota de impaciencia se coló en su voz, tranquila hasta ese momento—. Como a la hermana de esa amiga tuya. Nagore Aranguren quería ser modista, ¿lo sabías? No le bastaba con trabajar con su madre cosiendo dobladillos o zurciendo medias, no, ella soñaba con marcharse de aquí para abrir su propio negocio de costura en Bilbao o en Madrid, como si las demás no tuviéramos sueños... Pero una tiene que saber dónde están los límites.

Ofelia miró el vaso vacío en la mesa frente a ella. Decidió que no le contaría a Katixa lo que esa mujer acababa de decir acerca de su hermana perdida.

—¿La conocía bien? A Clara.

—Sí. Todo el mundo conocía a Clara, y desde luego ella se aseguraba de que fuera así: le gustaba llamar la atención, sobre todo la de los hombres. Era muy hermosa, tú me recuerdas un poco a ella. Clara también tenía el corazón de agua.

—¿El corazón de agua?

Penélope sopló su té sin prisa y le dio un trago antes de responder.

—Sí, así es como solía llamarlo mi madre al menos: «el corazón de agua». La mayoría de las personas creen que nada es más destructivo que el poder del fuego, pero se equivocan. El fuego puede reducir a cenizas un edificio o una ciudad entera, pero siempre deja algo tras de sí: cenizas, brasas... Un rastro de lo que existía antes. El agua, por el contrario, no deja nada a su paso, puede anegar todo un valle y parecerá que nunca existió otra cosa, nada bajo la superficie. El poder destructivo del agua es mucho mayor que el del fuego y algunas personas, personas como Clara Iriarte, como tú o incluso como mi querido Dylan, lleváis esa misma destrucción dentro. Puede que nunca jamás se desate, pero es vuestra naturaleza. Una tempestad en el corazón.

Ofelia pensó en ello un momento, puede que Penélope tuviera algo de razón. Para ella, Ulises era una laguna en calma, pero Dylan... Dylan era el mar embravecido.

—Es una hermosa manera de describir algo terrible —murmuró, todavía pensando en ello.

—A menudo las cosas más terribles tienen los nombres más hermosos.

Había algo vagamente amenazador en las palabras de Penélope, como una profecía, una promesa. Estaba a punto de preguntarle por ello cuando oyó el sonido de la puerta principal al abrirse. Ofelia se levantó de la silla empujada por una fuerza invisible y un momento después vio a Dylan aparecer en el vano de la puerta de la cocina. Él pareció muy sorprendido de verla allí.

—Ofelia... —Él se sorprendió al verla—. ¿Has venido por Ulises?

Llevaba la camisa arremangada a la altura de los codos y podía intuirse el vendaje en el brazo donde la lluvia de cristales de la explosión le había herido. Tenía una mancha de hollín en la mejilla.

—¿Eso es lo único que vas a decir? Después de la explosión y de toda una semana sin hablar conmigo, ¿nada más?

—Es lo único que quiero saber —respondió con la voz áspera.

Querer a Dylan era fácil porque era como amar el mar: algo inevitable. Pero el mar puede ser salvaje y cruel algunas veces; el mar puede devorar todo lo que amamos. Dylan era el mar. Ofelia sonrió con amargura.

—¿Qué te hace tanta gracia?

—Nada, es solo que acabo de comprender algo que me ha dicho tu madre.

Ofelia se despidió de Penélope desde el pasillo y caminó hasta la puerta, pero él estaba en su camino y no se apartó. Pasó tan cerca que sintió el olor a madera quemada en el aire y el calor que desprendía su piel.

—¿Por qué has aceptado? —preguntó él en voz baja—. La proposición de mi hermano, ¿por qué has aceptado?

—Hace tiempo me prometiste que si me casaba con Ulises tú lo entenderías. ¿Lo recuerdas? —Ofelia cerró los ojos—. Me lo prometiste.

No quería volverse para mirarle, pero sabía que sus labios estaban cerca, bastaría con que ella volviera la cabeza para besarle. Escuchó cómo él tragaba saliva e intuyó su nuez subiendo y bajando en su cuello, sus dedos casi se rozaron.

—Te prometí que lo entendería, no que me fuera a parecer bien —susurró casi en su oído.

Después Dylan se alejó por el pasillo dejándola allí sola, con una mano en el pomo de la puerta de entrada y la otra rozando el lugar vacío en el aire donde antes había estado él.

Abrió la puerta y salió de la casa deprisa. Caminaba calle arriba, dejando atrás la sombra de la casa de los Morgan, y dobló la esquina que daba a la ría que la recibió con su murmullo familiar. En algún momento había empezado a llover, pero ella no lo notó hasta que llegó al puente de piedra que unía las dos orillas del pueblo. La lluvia fina había empapado los bloques de piedra volviéndola más oscura. A esas horas las calles estaban ajetreadas, a pesar de la llovizna.

Ofelia sentía ganas de llorar, las lágrimas le inundaban la garganta, así que se detuvo en la mitad del puente y se asomó sobre el borde; su pelo suelto cayó a los lados de su cara igual que una cortina. El agua bajaba limpia lamiendo las paredes de las casas y los edificios que se levantaban en los márgenes de la ría; en las zonas más oscuras donde la luz del sol no alcanzaba, el verdín cubría los pilares de algunas casas como un tapiz de terciopelo verde. Ofelia se quedó allí un momento más, mirando sin ver realmente hasta que oyó unos pasos rápidos acercándose a ella.

—No te cases con Ulises.

Dylan estaba de pie junto a ella. Era evidente que había salido corriendo tras ella nada más marcharse de la casa, porque su pelo estaba despeinado y la mancha de hollín aún era visible en su mejilla.

—¡¿Y a ti qué más te da?! —le gritó, al borde de las lágrimas—. Me evitas durante semanas, me castigas con tu silencio y tu indiferencia, estoy harta. Así que dime, ¿por qué no debería casarme con Ulises, que siempre ha sido sincero respecto a lo que siente por mí? Tu cariño es cambiante, como las mareas que van y vienen...

Pero Dylan cubrió la distancia que los separaba y la besó. Sus labios cálidos sabían a salitre y a verano, como ella siempre había imaginado. Sintió cómo la estrechaba por la cintura y la levantaba unos centímetros del suelo.

—Eres idiota, Dylan Morgan —le dijo con una sonrisa contra sus labios.

Sus ojos de agua centellearon y la besó de nuevo.

—Sí, ya lo sé. Nunca llegaste a responderme...

Ofelia le miró sin comprender sus palabras.

—Aquella noche, después de cazar la ballena, me dijiste que la gente de este pueblo me seguiría hasta el fin del mundo, ¿lo recuerdas?

Lo recordaba. Había pensado en esa noche muchas veces desde entonces.

—Tú me preguntaste si yo también te seguiría...

—¿Y lo harías? —La esperanza flotó en la voz de Dylan Morgan—. ¿Vendrías conmigo?

—Hasta donde termina el mar.

Muchos vecinos los vieron besarse en el puente de piedra sobre la ría ese primer domingo de otoño, incluido Ulises Morgan.

EL ABRIGO PERDIDO

Ya era mediodía cuando Ulises llamó a la puerta de la casa sobre la colina. Con el paso de las horas, la llovizna fina de la mañana se había ido convirtiendo en una espesa cortina de agua. El traje de lanilla gris que llevaba Ulises, el mismo que había llevado durante la reunión con su padre aquella mañana, estaba empapado por la lluvia, y sus caros zapatos de piel, fabricados en Barcelona, chapoteaban a cada paso mientras subía la cuesta que llevaba hasta la casa fúnebre.

Ofelia aún sonreía recordando el beso de aquella mañana cuando abrió la puerta roja de la entrada, pero la sonrisa se congeló en sus labios al ver al menor de los hermanos Morgan.

—Ulises, hola.

Estaba de pie bajo el pórtico, empapado de pies a cabeza mientras la lluvia caía a su alrededor. Llevaba bajo el brazo un paquete grande envuelto en papel de estraza, debía de ser algo importante porque intentaba protegerlo de la lluvia con su cuerpo.

—Hola, Ofelia.

Conocía bien a Ulises, tanto que con solo ver la expresión dolida en su rostro supo a qué había ido hasta allí. Si no los había visto con sus propios ojos en el puente esa mañana, seguramente alguien ya le habría contado lo sucedido entre ella y su hermano.

—Ya sé por qué estás aquí, Ulises —empezó a decir—. Y siento mucho cómo ha resultado todo al final, pero no lo habíamos planeado ni nada parecido. Tú mejor que nadie conoces a Dylan y sabes que tu hermano puede ser bastante impetuoso, pero aun así tú no te merecías eso. Lo siento.

Ulises negó con la cabeza, algunas gotas de agua resbalaron desde su pelo hasta sus mejillas.

—Tienes razón, no me lo merecía, y mucho menos después de haberte hecho una petición formal de matrimonio. Pero no estoy aquí por mi orgullo herido. Quería advertirte.

Ofelia le miró sin comprender.

—¿Advertirme? ¿Advertirme de qué? ¿Qué llevas ahí envuelto? —le preguntó haciendo un gesto con la cabeza.

—Una prueba.

El sonido intenso de la lluvia llenó el silencio tenso.

—¿Una prueba de qué?

Ulises apretó los labios como si no quisiera dejar salir las palabras.

—Es extraño: pasé muchos años admirando a mi hermano, lo único que deseaba era llegar a ser como él —dijo con una sonrisa triste—. Pero ahora sé que Dylan no es bueno para ti ni para nadie: él tiene un lado que no conoces, un lado siniestro que le empuja a hacer cosas malas. Hay algo oscuro en él.

—¿Cosas malas?

—Cosas terribles. Tú misma lo has dicho: conozco a Dylan mejor que nadie. Le he guardado el secreto durante demasiado tiempo porque me daba vergüenza contarlo y porque no quería que manchara aún más el buen nombre de nuestra familia, pero ya no puedo seguir haciéndolo. No quiero que sufras, por eso tienes que saber la verdad.

—No sé de qué hablas.

—Claro que lo sabes. En el fondo siempre lo has sabido.

Si pensaba en ello, aún podía sentir los labios calientes de Dylan contra los suyos, sus pies en el aire cuando él la había levantado en volandas en el puente o su risa de felicidad entre su pelo húmedo. No, Ulises mentía. Tenía que estar mintiendo.

—Comprendo que te sientas herido por lo que ha pasado esta mañana en el puente —empezó a decir con suavidad—. Estás en tu derecho a sentirte traicionado, pero...

—No estoy celoso, Ofelia. Yo siempre he intentado protegerte de él y de la verdad, pero después de lo de esta mañana en el puente estoy preocupado por ti: no eres tan buena juzgando a las personas como crees. Eres demasiado confiada.

—¿Te refieres a lo que pasó con Claudia? Sí, tienes razón: Claudia me engañó, pero nos engañó a todos, también a ti —se defendió—. Conozco a Dylan, será muchas cosas, pero eso que estás insinuando no tiene ningún sentido. Moisés Páramo y Claudia son los responsables de todo.

Oyeron los pasos de Katixa dentro de la casa y su voz mientras discutía con Anastasia desde la escalera. Ambas se pasaban casi todo el tiempo discutiendo.

Ulises solo volvió a hablar cuando estuvo seguro de que Katixa no estaba escuchando.

—Madalena Costa ha desaparecido, cerca del camino que sube hasta Bedaroa.

—Sí, eso ya lo sé. Katixa y yo estuvimos la pasada noche buscándola por la zona, pero si estás insinuando que Dylan tiene algo que ver con su desaparición...

—Piénsalo: Dylan ya fue sospechoso del intento de secuestro de una chica en el camino del valle, ella misma le identificó.

Ofelia puso los ojos en blanco.

—Pero eso fue un error. Yo estaba delante cuando lo hizo y esa pobre chica se equivocó al identificar a Dylan. Además, él estaba contigo en ese momento, tú mismo se lo contaste a Marcel Laguna cuando se presentó en vuestra casa.

—Mentí. Dylan no estaba conmigo aquel día. —La voz de Ulises se rompió un poco al final—. Mentí para darle una coartada a mi hermano.

—No, imposible. Tu padre...

—Mi padre fue quien me pidió que mintiera por Dylan, todo fue cosa suya. Ya estaba esperando la comitiva cuando Marcel trajo a Dylan a casa. Lo hizo para proteger el nombre de nuestra familia y nuestro negocio del escándalo que habría supuesto para nosotros. Es la misma razón por la que le apartó de los negocios: porque siempre ha sospechado que hay algo oscuro en Dylan.

El sonido constante de la lluvia golpeando el tejadillo del

pórtico lo llenaba todo. Aunque no tenía frío, Ofelia se abrazó a sí misma mientras las ideas se agolpaban en su mente.

—No. No te creo. Dylan puede ser muchas cosas, pero no es un asesino. Fue Moisés, siempre ha sido Moisés Páramo. Claudia no le ha contado a nadie dónde se oculta, sigue libre y ahora se ha llevado a Madalena mientras ella hacía su reparto entre las casas más alejadas. Eso es lo que ha pasado. ¿Y qué pasa con las fechas? Las desapariciones empezaron hace veinticinco años: Dylan ni siquiera había nacido entonces.

Pero Ulises negó con la cabeza, algunas gotas de lluvia resbalaron por su pelo.

—No sé bien dónde termina la culpa de Moisés Páramo y dónde comienza la de Dylan, puede que lleven años trabajando juntos, pero sí sé que has estado ciega, Ofelia, lo que sientes por mi hermano te ha cegado y puedo demostrarlo. Puedo probar que Dylan es Barba Azul.

—¿Cómo? —Su voz tembló.

Ulises le entregó el paquete envuelto que llevaba bajo el brazo. Era blando, pero más pesado de lo que parecía a simple vista. El papel crujió entre sus dedos mientras Ofelia lo abría.

Era el abrigo de marinero de Devon Morgan. El mismo abrigo que él aseguró que había perdido cuando Marcel Laguna le interrogó después de que la muchacha le acusara.

—Este abrigo perteneció a mi abuelo Devon. Dylan empezó a usarlo después del naufragio del *Annabelle*, era imposible verlo sin él puesto.

—Lo recuerdo. —Ofelia se acercó el abrigo, olía como Dylan: a esa mezcla única de limón, verano y agua salada. Sí, era su abrigo—. ¿Y esto qué demuestra? Cuando Marcel Laguna le interrogó en el taller, Dylan ya le contó que lo había perdido, cualquiera ha podido cogerlo.

—No lo perdió. Piensa, Ofelia: él nunca se separaba del dichoso abrigo. Lo escondí yo para que no lo encontraran y no pudieran relacionarlo con lo que había sucedido.

—No. Imposible.

Sin embargo, una parte de ella empezó a recordar todos esos extraños cambios de humor de Dylan: algunas veces estaba pletórico, feliz, y de pronto se volvía taciturno y callado; pensó en sus ausencias inexplicables, en el modo en que se escondía de ella durante días con cualquier excusa ridícula y luego reaparecía como si nada hubiera pasado.

—El hombre que atacó a Katixa la noche que fuisteis a hacer de detectives junto a la ría, el que le robó el diario, ¿lo recuerdas? Tú le viste, Ofelia.

—Iba deprisa, estaba oscuro y llovía, no pude verle bien. Es verdad que Katixa dijo que el hombre que la atacó llevaba puesto un abrigo de marinero, pero este es un pueblo costero, muchos tienen un abrigo así.

Pero entonces recordó algo.

—La quemadura —murmuró Ofelia—. La chica que identificó a Dylan dijo que el abrigo del hombre que la había atacado tenía una quemadura en el puño derecho cerca de la costura, del tamaño de una moneda o de un botón. Katixa también lo vio, la noche que la atacaron en el puente.

—Lo siento mucho, sé que le quieres de verdad y yo también, es mi hermano y sé que mucha gente en este pueblo lo ve como a un líder, por eso mismo me esforcé tanto para conseguir estudiar en Bilbao: quería apartarme de él y de su influencia. ¡He intentado contártelo tantas veces desde entonces! Pero vosotros estáis muy unidos y no sabía cómo hacerlo. Perdóname, te he puesto en peligro al no atreverme a contarte toda la verdad y eso es algo que nunca podré perdonarme.

Ulises dijo algo más, pero ella no le escuchó, acariciaba los bordes carbonizados de la quemadura en el puño del abrigo con la yema de los dedos. Era una cicatriz en la tela gruesa, una prueba irrefutable. ¿O acaso no habría otro abrigo quemado? ¿Dylan era Barba Azul? No podía creerlo, una parte de ella se resistía y luchaba contra la posibilidad de que ese hombre con ojos de agua que le había salvado la vida, dos veces, fuera un asesino de mujeres. Y, sin embargo, el abrigo estaba en sus manos.

—Escúchame: lo que he venido a decirte es que creo que sé dónde podría estar retenida Madalena Costa.

Solo cuando escuchó cómo mencionaba a Madalena levantó los ojos de la quemadura en la tela.

—¿Qué? ¿Crees que Madalena Costa aún está viva? —le preguntó.

—Bueno, lleva poco tiempo desaparecida, no es tan descabellado pensarlo. Estoy casi seguro de haber encontrado dónde esconde Dylan a las chicas, hace varios días que le sigo cuando sale de casa antes del amanecer. Según le dice a todo el mundo, va a buscar pistas sobre el incendio del taller o a trabajar para salvar lo poco de la estructura que aún queda en pie, pero yo le he seguido y he visto adónde va en realidad. Creo que he descubierto dónde están los cuerpos de las chicas.

Ofelia negó con la cabeza, el peso del abrigo en sus manos se hizo casi insoportable.

—¿Y adónde va? —preguntó con un hilo de voz.

—Al faro de Santa Catalina, en el acantilado.

A Ofelia le costaba respirar y se llevó una mano al costado donde Claudia la había golpeado con el bastón. Habían pasado meses desde aquello y su costilla se había curado, pero algunas veces le dolía con la misma intensidad que si su tía acabara de golpearla con su bastón.

—Moisés me tiró por el acantilado de Santa Catalina después de huir del naufragio del *Annabelle*. No hay nada en el mundo que pueda hacerme regresar a ese lugar, ni hablar. No.

Pero pensó en Katixa, en Maravillas Aranguren con la memoria destruida por la enfermedad todavía esperando a su hija Nagore, o en todas las demás madres que seguían esperando a que sus hijas regresaran a casa. Apretó el abrigo de paño con más fuerza entre las manos.

—¿Crees que podemos encontrar a las demás desaparecidas? ¿O lo que quede de ellas?

Ulises asintió convencido.

—Sí, pero no puedo hacerlo yo solo y no sé bien en quién más confiar. Si tengo razón, Moisés también estará allí. La vida de esa chica podría estar en juego. Podemos terminar con todo este horror esta misma noche. Los dos juntos.

—¿Y qué pasará si nos descubren en Santa Catalina?

Ulises intentó sonreír para tranquilizarla, pero fracasó.

—Bueno, sigue siendo mi hermano, no creo que me haga ningún daño. Y menos si tú me acompañas.

Ofelia miró el abrigo en sus manos mientras intentaba tragar las lágrimas que se habían formado en su garganta.

—Tenemos que avisar a los guardias. Hay voluntarios buscando a Moisés por toda la costa. Si sabes dónde está, debemos decírselo a ellos.

Ulises negó con la cabeza y la sujetó por el codo para obligarla a mirarle.

—¡No podemos hacer eso! Los guardias van armados y esos voluntarios de los que hablas son padres o hermanos de algunas de las chicas desaparecidas; si ven a Moisés o a Dylan, los matarán sin más y nunca sabremos dónde están los cuerpos. Y no pienso permitir que mi hermano muera en un camino como un perro. —Hizo una pausa y suavizó el tono—: Sé que a mí me escuchará y a ti también, por eso mismo te pido que me acompañes.

Dylan Morgan, el hombre al que amaba, al que había amado desde que abrió los ojos en su playa secreta, era un monstruo bajo la superficie. «Quería enseñar a mis hijas a desconfiar de algunos hombres, sobre todo de los que parecen mansos; esos son los peores», había dicho Anastasia cuando le contó la verdad sobre su familia. Pero Dylan Morgan no era un hombre manso, él era como una tempestad, un golpe de mar. Dylan, que había llegado a convertirse en el centro mismo de todo su mundo con su media sonrisa irresistible y sus ojos cambiantes. ¿Sería eso lo que le sucedió a su tía Claudia con Moisés Páramo? No, ella no era igual que Claudia o que su madre, ella podía escoger, así que levantó los ojos del abrigo para mirar a Ulises.

—Te espero en el acantilado de Santa Catalina esta tarde, a las ocho, si es que aún confías en mí después de todo.

—Allí estaré —prometió Ofelia.

Ulises pareció satisfecho con su respuesta, asintió y después se alejó por el jardín delantero en dirección al camino que bajaba al pueblo hasta desaparecer bajo la lluvia.

Detrás de ella, la puerta roja se abrió. Katixa la miraba preocupada, Ofelia ni siquiera la había oído acercarse por el pasillo hasta el vestíbulo.

—¿Cuánto tiempo llevas ahí?

Su amiga tardó un momento en responder, sus ojos estaban clavados en el ovillo de paño azul oscuro que Ofelia tenía en sus manos.

—El suficiente —respondió Kati, aún mirando el abrigo—. Lo he oído casi todo. ¿Qué vamos a hacer?

Ofelia se volvió para mirarla con los ojos inundados de lágrimas.

Al final del jardín apareció el primer rayo anunciando la tormenta que golpearía la costa aquella noche.

Eran casi las ocho y media de la tarde cuando Ofelia vio aparecer el faro de Santa Catalina, detrás de una curva en el camino. Había tardado más de dos horas en llegar hasta allí evitando el camino que pasaba demasiado cerca de la costa. Había tomado los caminos secundarios entre las colinas que subían y bajaban atravesando un bosque de abedules y fresnos en dirección al este. A media tarde había dejado de llover, pero el cielo estaba cubierto de nubes amenazantes. Los días eran más cortos, así que la luz en el horizonte empezó a desaparecer antes de que ella hubiera tenido tiempo de salir del bosque.

Había logrado convencer a Katixa para que la esperara en casa. Por supuesto, ella había insistido en acompañarla al faro, pero tras una larga discusión en la cocina, por fin la había convencido de que sería más fácil razonar con Dylan y lograr que confesara dónde estaban las chicas si estaba sola con Ulises.

«Prométeme que no me seguirás», le había pedido Ofelia, pero ahora, con cada chasquido en el corazón oscuro del bosque y con la promesa de la tormenta en el horizonte, empezaba a arrepentirse de haber ido sola.

Antes de salir de casa se había asegurado de coger algo afilado por si acaso necesitaba defenderse: el alfiler de plata de Anastasia. Ella ya apenas lo utilizaba así que Ofelia lo cogió de su tocador y lo llevaba bien disimulado entre su pelo recogido. No lo hizo porque pensara que Dylan pudiera hacerle algún daño —ni siquiera ahora que Ulises le había contado toda la verdad sobre él podía creerlo—, sino por Moisés. Él también podía estar allí y no quería arriesgarse. Tembló bajo el chal de lana cruzado que llevaba para protegerse de la lluvia solo de pensar en tener que enfrentarse a él. Puede que Moisés Páramo no fuera Barba Azul después de todo, pero sin duda él era el monstruo de sus pesadillas y ya había intentado deshacerse de ella una vez.

Bajó una pendiente resbaladiza cubierta de helechos y por fin salió del bosque. El viento del norte la golpeó en la cara en cuanto salió al páramo, allí no había árboles para protegerse y los acantilados estaban tan cerca que pudo oír las olas furiosas rompiendo más abajo. El haz de luz del faro la deslumbró un instante y se cubrió los ojos con la mano para poder ver.

Cruzó el camino que separaba el límite del bosque de la torre del faro, las hierbas altas que crecían salvajes le rozaron los tobillos al pasar igual que si fueran los dedos helados de un espíritu intentando retenerla. Intentó no pensar demasiado en ello mientras avanzaba.

El edificio del faro apareció entre la neblina que salía de la tierra. Ofelia había soñado muchas veces que regresaba allí, al lugar donde comenzó todo, pero no había tenido el valor de dejar que sus paseos la llevaran de vuelta hasta el acantilado. Un par de veces, en sus salidas matutinas entre la bruma del bosque, había intuido la figura estilizada del faro asomando a través de las copas de los árboles, pero siempre daba media vuelta cuando lo veía aparecer para regresar tan rápido como podía a la casa sombría sobre la colina.

Un rayo cortó el cielo iluminando el camino con su luz mortecina; duró solo un instante, pero Ofelia recordó aquel extraño sueño que había tenido unas cuantas noches atrás en el que ella llevaba un velo blanco cubriéndole el rostro y una corona de flores en la mano. En su sueño, Ulises no podía hablar y se dejaba caer de espaldas por ese mismo acantilado. La luz del faro dio otra vuelta sobre ella y por un segundo tuvo que mirar su mano para estar segura de que no llevaba ninguna corona de lirios blancos.

Empezó a llover mientras Ofelia caminaba cerca del acantilado. No le gustaba estar tan cerca del borde, pero aquel era el único paso despejado entre las hierbas altas y las piedras, que aparecían desperdigadas por el claro.

—Ofelia. —Alguien la llamó en voz baja.

Vio una figura familiar un poco más adelante, esperándola cerca del faro, de pie bajo la lluvia que caía espesa como una cortina. Era Ulises.

—Te dije a las ocho.

Llevaba los cuellos levantados para protegerse del viento y la lluvia que caía de costado, pero temblaba debajo de su abrigo.

—He tenido que convencer a Katixa para que no me siguiera y atravesar todo el bosque. No llego tan tarde.

Estaban los dos junto al faro que se levantaba casi en la misma punta del cabo con el mismo nombre. Desde allí había una vista perfecta del camino por el que ella había llegado y del bosque más allá, así que si alguien se acercaba desde esa dirección lo verían llegar. A su espalda solo estaba el final del acantilado y cincuenta metros más abajo, el mar oscuro. Ofelia lo sabía bien.

—Hace años, cuando se construyó este faro, tenía una luz roja fija, ¿lo sabías? De niño me aterraba venir aquí en mitad de la noche, porque me parecía que el acantilado entero estaba en llamas. Ya no soy un niño, pero esta noche vuelvo a tener miedo de este lugar.

Le pareció que Ulises hablaba como si estuviera muy lejos de allí. No la miraba, sus ojos estaban perdidos en algún punto de la oscuridad que los rodeaba.

—¿Dónde crees que están las chicas? —le preguntó Ofelia con urgencia mirando a su alrededor, buscando alguna señal que les indicara el lugar de la tumba de las chicas—. No hay muchos lugares en los que ocultar un cuerpo por aquí... ¿Ulises?

Él no respondió, así que Ofelia le rozó la manga del abrigo para llamar su atención.

—Madalena Costa y las demás chicas: has dicho que sabes dónde están.

La lluvia era más intensa ahora, tanto que Ofelia notó que

los tacones de sus botines abotonados se hundían ligeramente en el barro. Bajó la mirada hacia sus zapatos y cuando miró a Ulises de nuevo, la expresión de su rostro había cambiado. Ofelia parpadeó sin comprender, aunque tuvo la intuición de que algo no iba bien.

—No están lejos. Siempre han estado aquí, donde termina el mar y comienza el abismo. —Él la miró y entonces Ofelia lo supo.

—El talud submarino —murmuró para sí—. Ahí es donde están las chicas desaparecidas. Por eso nunca hemos encontrado sus cuerpos: es casi imposible sacarlas de ese acantilado bajo la superficie, es demasiado profundo. Es una tumba perfecta.

Había recordado aquellos sueños en los que estaba atada a la cadena de un ancla en el fondo del mar. Junto a ella, otras chicas flotaban sobre el fondo oscuro, todas ellas también atadas por el tobillo. Y todas ellas tenían los ojos abiertos y miraban a la superficie lejana, tratando de alcanzarla pero sabiendo que ya nunca regresarían.

—¿Ulises? —Había un ligero temblor en su voz.

Algo pesado la golpeó en la nuca y la hizo caer al barro.

—Lo siento mucho, Ofelia. Lo he intentado, de verdad que sí —murmuró Ulises mirándola desde arriba con compasión—. Yo no quería que las cosas terminaran así entre nosotros, pero no me has dejado opción. Tú me has obligado a hacerlo.

Estaba mareada por el golpe, le dolía la cabeza y podía notar el olor de la tierra mojada entrando por su nariz. Tosió un par de veces y cuando se llevó la mano a la nuca sintió su sangre caliente empapándole el pelo y manchándole los dedos.

—¿Qué has hecho, Ulises?

Él se llevó las manos a la cara como un niño que intenta ocultar su vergüenza.

—Él solo ha hecho lo que hace un buen hijo: obedecer a su padre.

Silvestre Morgan estaba de pie junto a ella. Todavía tenía en la mano la piedra con la que la había golpeado.

—Usted...

—Sí. Mi padre siempre apostó por Dylan como guardián del legado de los Morgan, supongo que se veía a sí mismo en él, pero yo sabía que esas cualidades hacen débil a Dylan; él nunca hubiera podido continuar con nuestro legado. A mi hijo mayor no le gusta obedecer órdenes y le mueve la pasión, justo lo contrario que a Ulises. —Le dedicó una mirada a su hijo—. Desde niño se ha desvivido por ser un buen hijo y un buen nieto, por agradar a los demás. Por eso nunca llegué a contarle a Dylan nada sobre nuestro legado. Él es débil, y su amor por ti le ha hecho más débil aún. El patrón más joven de la costa convertido en un títere de «la sirena», en el hazmerreír de todos, y todo por tu culpa. Desde que apareciste en esa playa supe que tendríamos que acabar contigo tarde o temprano... Te pareces tanto a ella... A mi amada Clara.

Ahora llovía con tanta fuerza que el charco que se había formado bajo las manos de Ofelia le cubría los dedos, Ofelia se agarró a la tierra embarrada y sintió cómo entraba bajo sus uñas. La pared redonda del faro estaba tan cerca que pensó que si alargaba el brazo podría apoyarse en ella para intentar levantarse.

—Compréndelo, no teníamos otra opción. Las desgracias ya hace tiempo que se nos acumulan: naufragios, competencia, ruina económica y ahora esa maldita explosión en el taller..., pero Ulises no quería sacrificarte, así que él mismo escogió a las chicas que han ido ocupando tu lugar durante este tiempo: la hija de los Azkona, esa chica de Mundaka o Madalena Costa. Sus vidas a cambio de la tuya.

Un rayo cayó muy cerca de donde estaban iluminando el paisaje a su alrededor con un fogonazo.

—¿Has sido tú? ¿Tú has matado a esas pobres chicas? —le preguntó a Ulises mientras el sonido del trueno retumbaba en el campo abierto.

Él no respondió, solo bajó la cabeza.

—No, Ulises no ha matado a ninguna chica. Todavía. Le he estado enseñando a cubrir sus huellas y a ser paciente, tal y como me enseñó a hacer mi padre. Verás, algunas mujeres sois demasiado soberbias para ser buenas madres o esposas, pero aun así podéis servir para algo: vuestro sacrificio ayuda a toda la comunidad. Nunca hemos estado tan unidos como cuando Barba Azul se lleva a una chica. No matamos por matar, no somos salvajes, tenemos un propósito: ayudamos a todo el mundo al deshacernos de las que son como tú.

Ofelia se rio sin nada de humor, con una risa baja que le rascó la garganta.

—¿Qué te hace tanta gracia? —preguntó Silvestre indignado.

—Vosotros. —Se rio un poco más contra el barro—. No tenéis ningún propósito, lo que tenéis es solo una excusa. Escogéis a esas chicas al azar y las matáis porque queréis hacerlo, porque matarlas os hace sentir que sois importantes: el líder de esta comunidad, así es como te gusta verte a ti mismo, pero no eres nada. Solo un hombrecillo patético que se creyó las mentiras de su padre.

«Pero en el fondo solo eran chicas normales», había dicho Katixa meses atrás: eso era lo único que realmente tenían en común todas las víctimas de Barba Azul.

Dirigió la mirada hacia Ulises.

—Y tú... Tú has dejado que tu propio hermano cargue con la culpa a ojos de todo el mundo y has intentado hacerme creer que era un monstruo.

—¡Y tú has estado encantada de creerlo! A pesar de lo mucho que Dylan te ama, tú no has dudado en desconfiar de él y venir esta noche aquí, ¡conmigo! —gritó Ulises por encima de la tormenta—. Solo he tenido que enseñarte un abrigo quemado para convencerte. Eres como todas las demás.

—Después del asunto de la ballena y la avería del *Penélope* no teníamos liquidez suficiente para comprar piezas o pagar un nuevo motor. Le dije a Ulises que había llegado el momento de unir al pueblo con un nuevo sacrificio: la lamia que nos ha traído la mala suerte y la desgracia a todos. Ulises intentó cazar a esa chica por su cuenta para salvarte, pero ella logró escapar. —Los cristales de sus gafas estaban empapados por la lluvia, así que Silvestre se las quitó con calma y las guardó en el bolsillo de su abrigo—. La muy estúpida debió de confundirle con su hermano, por eso tuvimos que inventarnos una coartada para Dylan. En realidad, no era para Dylan, sino para Ulises.

—Llevabas puesto el abrigo de Dylan, igual que cuando atacaste a Katixa en el puente para robarle el diario... Fuiste tú, yo misma os hablé del diario en la playa unos días antes, nadie más que vosotros lo sabía.

Ahora todo empezaba a tener sentido: las misteriosas ausencias de Ulises, las largas horas que pasaba a solas con su padre, sus idas y venidas desde Bilbao que no siempre coincidían con el curso académico o con las vacaciones, o el cambio en su carácter, que había notado en los últimos meses: Ulises estaba más animado y seguro de sí mismo desde que Moisés Páramo cargaba con la culpa de los pecados de los Morgan, además de con los suyos propios.

—Devon también era mi abuelo. Tengo el mismo derecho que Dylan a usar su abrigo —se defendió Ulises con los puños apretados a ambos lados de su cuerpo—. Él iba por ahí sin saber siquiera lo que ese abrigo significa para nosotros, no tenía derecho a usarlo, por eso se lo quité. Igual que los botones: uno por cada chica sacrificada.

Los botones. De repente Ofelia recordó esa madrugada fría en la que vio a un hombre de pie frente a la tumba de Devon Morgan, dejando algo sobre su lápida. Un pequeño botón, eso era.

—Advertí muchas veces a mi padre de que era una mala idea, pero no era de los que escuchan, precisamente... —se lamentó Silvestre—. Él solía llevar uno encima, como un amuleto: un botón con forma de ancla, pintado de un verde vivo. Uno de los hombres que trabajaban en el vapor era el padre de una de las muchachas desaparecidas y lo reconoció nada más verlo, incluso después de tantos años. Se encaró con mi padre para pedirle una explicación, por eso se pelearon. Supongo que antes de que la galerna los sorprendiera, ese desgraciado de Moisés logró escabullirse con el salvavidas para deshacerse de ti, temiendo que el *Annabelle* volviera a puerto y se descubriera la verdad sobre Barba Azul; y también sobre él.

«Pronto empezarán a sospechar de mí», había dicho Moisés mientras la arrastraba por ese mismo acantilado. Por eso la había sacado de la cueva precisamente aquella noche: le preocupaba que la posible investigación de los delitos de los Morgan pusiera a los investigadores sobre la pista de otra joven que desapareció años atrás: Cora Amara. Ofelia era la prueba viviente de su crimen.

—Pero el *Annabelle* nunca regresó a puerto —murmuró Ofelia; ahora todo cobraba sentido por fin—. Vuestro secreto se hundió junto con el barco.

Un rayo dibujó el perfil familiar de Ulises y ella le miró preguntándose dónde estaba el chico dulce que había conocido casi dos años atrás. Puede que ese chico solo existiera en su imaginación.

—Ahora me alegro de no haberte querido nunca.

Las palabras le salieron sin pensar, empujadas por una fuerza invisible. Vio el daño que causaban en Ulises y le pareció que ya no se sentía tan seguro como hacía un instante.

Ofelia aprovechó ese momento para levantarse del suelo con agilidad y lanzarse sobre Silvestre con todas sus fuerzas. Gritó de rabia bajo la lluvia y dejó que sus años sobreviviendo en esa cueva se apoderaran de ella. Derribó al hombre y ambos cayeron, sintiendo el impacto de su cuerpo al golpear contra el suelo mojado. Le mordió en la mejilla con todas sus fuerzas, sus dientes clavándose en la carne hasta que la sangre caliente le llenó la boca. Silvestre aulló de dolor, un grito de puro terror. Ella escupió la sangre, junto con el pedazo de carne que le había arrancado, notando todavía en su boca el sabor metálico de la sangre de Silvestre. Estaba a punto de volver a atacarle cuando Ulises la sujetó por debajo del pecho para quitársela de encima a su padre.

Silvestre se levantó del suelo, se tambaleaba y tuvo que apoyar una mano contra el faro para no perder el equilibrio. Estaba mareado y sangraba profusamente. Con la mano libre se cubría la herida de la mejilla, regueros de su sangre bajaban por la mandíbula manchando el cuello de su camisa. Ofelia intentó liberarse, pero Ulises la tenía bien sujeta por la cintura; sintió su respiración contra su cuello y su corazón latiendo con fuerza contra su espalda. El haz de luz del faro pasó volando sobre ellos y la sangre que se escurría entre los dedos de Silvestre le pareció negra como la brea.

—¿Lo ves? Te lo advertí, hijo. Ella nunca te amará, es como todas las demás. —Le temblaba la voz—. Ulises lo hizo para salvarte, pensaba que tarde o temprano te darías cuenta de cuál es tu lugar, pero yo sabía que se engañaba porque conozco bien a las que son como tú: las mujeres que se creen con derecho a hacer lo que les dé la gana, en vez de abrazar vuestro lugar natural en el mundo. Las que son como tú nunca cambiáis, mi padre me lo enseñó cuando acabamos con Clara Iriarte. Ella fue la primera para mí.

Al mencionar su nombre, Ofelia empezó a intuir lo que sucedió la tarde en que desapareció Clara.

—Mi matrimonio con Penélope ya estaba casi decidido por nuestras familias, pero yo amaba a Clara mucho más de lo que he amado nunca a nadie —empezó a decir—, pero ella era como tú. Me dio falsas esperanzas, igual que has hecho tú todo este tiempo con Ulises. Me dejó creer que podría amarme, aunque en realidad solo le interesaba ser libre. Yo solía vigilarla por su propio bien cuando se bañaba desnuda en el mar. Me escondía entre los arbustos y la observaba mientras se quitaba los zapatos y el vestido y lo dejaba doblado en la orilla para meterse en el agua. Lo hacía como si fuera un ritual, algo sacado de un cuento de hadas; ella era una verdadera sirena.

Ofelia imaginó a Silvestre Morgan, con unos quince o dieciséis años, espiando a Clara desde detrás de los cristales de sus gafas y soñando con el día en que sería suya.

—Una tarde me descubrió. Se enfadó mucho, yo intenté explicarle que la amaba y que no hacía nada malo: después de todo, ella se desnudaba y yo solo la miraba, nada más, pero me gritó. Se atrevió a decirme que yo era un pervertido, un vulgar mirón, eso me rompió el corazón. Después se lo contó todo a la única amiga que tenía en el mundo, Penélope, para advertirla del tipo de hombre que supuestamente era yo. Quería romper nuestro compromiso, pero Penélope no la creyó.

«Clara Iriarte discutía con una mujer», eso había dicho Ane Mendiondo cuando les habló de la tarde en que desapareció Clara. Discutía con Penélope, ellas dos eran amigas.

—Clara habría arruinado mi futuro en este pueblo, yo no podía permitirlo, así que se lo dije a mi padre. Él me enseñó qué es lo que se debe hacer con las que son como tú. Había llegado el momento de hacerme cargo del legado de los Morgan. Mi madre fue la primera, por eso tuvimos que huir de nuestra tierra. —Silvestre tomó aire y se apartó del faro, la sangre seguía saliendo por la herida en su mejilla—. Nos fue bien aquí, sentían lástima de un pobre viudo con un niño a su cargo, y mi padre enseguida consiguió hacerse un nombre y comprar el primer vapor. No podía permitir que Clara lo pusiera todo en peligro contando historias sobre mí. Ella fue la primera para mí, siempre es así: para estar seguros de que nunca jamás revelaremos el secreto, la primera tiene que ser una mujer a la que ames, aunque ella sea, bueno..., como tú. Mi hijo pensaba que había esperanza contigo, pero has besado a su hermano delante de todos después de que Ulises te pidiera formalmente matrimonio para intentar salvarte. Mereces la muerte.

Ahora la tormenta estaba encima de ellos, la lluvia caía con tanta fuerza que apenas podía oír su propia respiración acelerada. Había perdido el chal en la pelea con Silvestre y podía sentir el abrazo de Ulises, reteniéndola a través de su vestido empapado.

Otro rayo cortó el cielo sobre ellos impactando en la cúpula del faro. El resplandor brillante iluminó la noche y solo un instante después un estruendo resonó en los acantilados. La vidriera y la linterna del faro estallaron en un millón de pedazos que cayeron sobre ellos como una lluvia afilada. Silvestre gritó, pero su voz fue engullida por el eco de la explosión. La cortina de cristales reflejó la luz del fuego que empezó a arder en la cúpula del faro, como una gigantesca antorcha bajo la tormenta.

Ofelia sintió que Ulises aflojaba su abrazo y aprovechó ese momento para darle un cabezazo con todas sus fuerzas y escapar. Era rápida también fuera del agua, había crecido dejando que sus instintos más salvajes resistieran dentro de ella, así era como su madre le había enseñado a sobrevivir en aquella cueva. Ofelia corrió por el camino en dirección a los árboles, segura de que podría despistarlos ayudada por la oscuridad una vez que estuviera en el bosque.

El suelo del páramo se había vuelto resbaladizo por la lluvia, sus zapatos se hundían en la tierra con cada paso y le pesaba el vestido, pero corrió tan deprisa como pudo. Sentía que alguien iba tras ella, podía oír la respiración rápida y las pisadas entre las hierbas altas. A su espalda, el calor del fuego que devoraba el faro. El bosque estaba tan cerca que ya casi podía sentir el aire húmedo que salía de la tierra acariciándole la mejilla, pero entonces sus pies tropezaron con una raíz y cayó al suelo.

El golpe en el costado le cortó la respiración. Intentó levantarse, pero sus músculos no la obedecían, escuchó las olas y comprendió que estaba cerca del borde del acantilado. Solo podía ver el cielo oscuro sobre ella y un poco más allá un resplandor naranja; pensó que era el amanecer en el horizonte, pero se dio cuenta de que era el incendio en el faro iluminando la noche.

El rostro familiar de Ulises Morgan apareció entre la lluvia y un momento después Silvestre se inclinó sobre ella, colocó sus manos alrededor de su cuello y apretó.

—Debería hacerlo él para continuar con la tradición familiar, pero este lugar se llenará pronto de vecinos por culpa del maldito incendio. —Silvestre apretó con más fuerza—. Así que lo haré yo.

Ofelia pataleó contra el suelo tratando de soltarse, empezó a ver destellos brillantes en el aire de la noche y comprendió que se estaba ahogando. Le ardía la garganta, como si respirase el mismo fuego que devoraba la torre del faro. Su cerebro se quedaba sin aire. Miró a Ulises buscando su ayuda, pero él no se movió, la miraba con los ojos llenos de lágrimas. La sangre caliente de Silvestre manaba desde su herida en la mejilla hasta la frente empapada por la lluvia. Entonces Ofelia notó que algo afilado se clavaba en su cabeza: el alfiler de plata de

Anastasia. Con sus últimas fuerzas, se llevó la mano al pelo para quitarse el alfiler y con un grito de furia lo hundió en el costado de Silvestre.

Silvestre la soltó y se levantó, miró la aguja clavada en su costado como si no terminara de creer lo que acababa de pasar. Se la arrancó y la tiró lejos.

Ofelia tosió, le quemaban los pulmones y la cabeza le daba vueltas. Sintió que sus manos se hundían en el barro cuando se apoyó, pero consiguió levantarse. Le temblaban las piernas debajo de su vestido empapado. Sabía que no aguantaría otro golpe. Ulises dio un paso atrás al ver que ella se levantaba.

El fuego bajaba por la estructura del faro abrazándolo como una enorme serpiente de todos los naranjas posibles. Algunos cascotes del exterior del faro cayeron al mar envueltos en llamas. Ahora el ruido de la tormenta sobre ellos se mezclaba con el sonido del fuego que devoraba la estructura del faro.

Ofelia vio a Katixa aparecer entre los árboles un poco más adelante. Por un momento pensó que la falta de aire había dañado su cerebro de alguna manera haciéndole ver visiones, pero entonces recordó a su amiga, sentada en una de las sillas de la cocina y fingiendo que cosía el dobladillo de una falda. «Prometo que no te seguiré.» Le había mentido, claro, pero nunca antes se había alegrado tanto de ver a su amiga. Seguramente había salido por la puerta diez minutos después que ella.

Algo brillaba en la mano de Katixa, pudo verlo con el resplandor del fuego mientras se acercaba a Silvestre por la espalda.

Él estaba de espaldas a la línea de árboles y aún no la había visto, caminó hacia Ofelia, tambaleándose. Ella retrocedió un paso, pero entonces sintió el viento del norte en su espalda agitando su pelo: estaba muy cerca del borde del acantilado.

—¡Ojalá hubieras muerto la noche que ese miserable de Moisés Páramo te empujó por este mismo acantilado! —gritó Silvestre por encima del sonido de las olas—. Todos nos habríamos ahorrado muchos problemas si nunca hubieras aparecido en esa playa.

Ulises vio a Katixa acercándose a su padre y corrió hacia ella para detenerla, pero un rayo arañó el cielo nocturno y golpeó a Ulises. El impacto fue tan brutal que Ulises salió despedido por la descarga y se quedó tumbado boca arriba en el suelo.

Una ráfaga de viento avivó el incendio, las llamas crepitaron al devorar la estructura interior de madera del faro. Katixa llegó hasta Silvestre y el fuego se reflejó en el filo del cuchillo que llevaba en la mano cuando lo levantó para cortarle el cuello desde atrás.

—Esto es por Nagore.

La sangre de Silvestre cayó sobre la pechera de su camisa, derramándose igual que un torrente de agua negra. Se llevó ambas manos hasta el cuello en un intento inútil por mantener la sangre dentro de su cuerpo. Sus ojos todavía conservaban la mirada de sorpresa cuando cayó sobre el barro.

Ofelia y Katixa se abrazaron bajo la lluvia mientras se aproximaban hacia donde estaba Ulises. El chico convulsionaba en el suelo donde lo había tumbado el rayo. Se había mordido la lengua por los temblores y un hilo de sangre caía por su barbilla. El rayo había dejado un patrón con forma de finas ramas de árbol que se extendía cubriendo la piel de su cuello y su cara.

Ofelia miró a su amiga, todavía con el cuchillo para filetear pescado en su mano manchada de sangre.

No muy lejos de donde estaban, resonó un trueno que sacudió el bosque y los acantilados.

Tres horas después, en la mansión lúgubre sobre la colina, Katixa y Ofelia tomaban té en la cocina silenciosa mientras decidían que nunca le contarían a nadie lo que había sucedido en el acantilado de Santa Catalina.

—Le maté a sangre fría, en venganza. No fue en una pelea o para defender mi vida: le corté el cuello porque es lo que me prometí que haría cuando encontrara a Barba Azul. Pero no quiero ir a prisión por él.

Ya habían limpiado el alfiler de pelo de la sangre de Silvestre y lo habían devuelto al tocador de Anastasia sin que ella se diera cuenta. Fuera, la tormenta ya pasaba de largo y volaba tierra adentro. Ofelia colocó las manos alrededor de su taza humeante y miró a su amiga.

—No irás a la cárcel. Dejaremos que Moisés Páramo cargue con toda la culpa, desde luego se lo merece por lo que nos hizo a mi madre y a mí, y todo el mundo cree que es culpable igualmente. Podemos guardar un secreto más.

—Sí, podemos guardar un secreto más.

Tres días después enterraron a Silvestre Morgan en el cementerio de Ea. Tardaron más de lo normal porque un patólogo viajó hasta el pueblo para certificar que Silvestre había muerto a manos del famoso asesino llamado Barba Azul. Durante el funeral, Penélope vestía de riguroso luto, pero no lloraba detrás del velo de encaje que le cubría el rostro. Dylan estaba de pie a su lado, con gesto serio y un traje negro que había sido de su padre antes que suyo. Tras la muerte de Silvestre, él era el único gerente de Vapores Morgan e Hijos y también se había convertido en el cabeza de familia.

Dylan sujetaba la silla de ruedas de Ulises, que vegetaba ausente protegido del aire helado de la mañana por una elegante manta de cuadros de lana peinada que le cubría el regazo.

Cuando Ofelia se soltó del brazo de Katixa y se acercó a los Morgan para darles el pésame después del panegírico, vio que las marcas en forma de ramas de árbol que le había dejado el rayo empezaban a desaparecer de la piel de Ulises.

—¿Cómo está? —le preguntó a Dylan.

—Igual. No responde a los estímulos y no ha dicho una sola palabra desde que le encontraron en el faro al lado del cuerpo de nuestro padre. El doctor Leguina dice que la descarga del rayo ha podido afectarle al cerebro tanto como presenciar el asesinato de nuestro padre, no sabe si algún día volverá a hablar o a levantarse de esta silla.

Ulises tenía la mirada perdida en las muchas coronas de flores de todos los colores que adornaban la tumba de Silvestre. Se fijó en que entre ellas no había lirios blancos.

—Lo siento mucho.

El viento gris barrió el cementerio y revolvió el pelo de Dylan, que no la había mirado durante el funeral.

—El inspector que lleva el caso de Barba Azul nos ha asegurado que es solo cuestión de tiempo que detengan a Moisés Páramo. Todo el mundo le está buscando, sobre todo después de matar a nuestro padre —dijo entre dientes—. Odio a tu padre por lo que nos ha hecho.

En silencio, Penélope agarró a su hijo del brazo y los tres se alejaron por el camino empedrado hacia la salida del cementerio sin volverse para mirarla ni una sola vez.

—Sí, yo también odio a tu padre por lo que nos ha hecho —murmuró Ofelia cuando ya estaba sola.

Tres semanas después, Ofelia y Katixa fueron al moderno sanatorio de Bermeo a visitar a Claudia Amara. Era una tarde oscura de otoño, el edificio principal se levantaba con su forma de capilla entre las nubes que se amontonaban en el horizonte. Cruzaron el muro de piedra que rodeaba las instalaciones y pasaron bajo las palmeras que crecían en la entrada y se agitaban furiosas con el viento del norte.

—Extraño lugar para unas palmeras —murmuró Katixa.

Una hermana de la caridad las acompañó hasta el patio interior. Desde la puerta observaron a Claudia, sentada en uno de los bancos mirando las nubes que volaban deprisa sobre ella.

—No tiene permiso para estar con otras internas. El doctor cree que es mejor mantenerla aislada en su habitación sin que tenga contacto con nadie, solo tiene autorización para estar en el patio una hora a la semana —les informó la hermana—. Estaré en la puerta por si necesitan algo.

—Yo prefiero esperar aquí, tu tía me pone los pelos de punta.

—Claro, lo entiendo.

El viento golpeaba las paredes del patio, algunos hierbajos habían sobrevivido a las primeras heladas y asomaban entre las piedras del suelo.

—Gracias por venir, Ofelia. He leído en los diarios todo acerca del incendio del faro de Santa Catalina y el asesinato de Silvestre Morgan. ¿Es cierto que su hijo menor podría quedarse para siempre como un vegetal? A lo mejor pueden instalarle en una de las encantadoras habitaciones de este hospital, para que me haga compañía.

Claudia hablaba con tranquilidad, con el mismo tono amable y manso que solía utilizar. Aunque hacía frío, solo llevaba puesto un camisón blanco de algodón, de manga larga y cuello, sin cordones ni lazos para evitar que intentara quitarse la vida. La quemadura del aceite caliente en su rostro ya había sanado, pero las cicatrices le cubrían la mitad del rostro y bajaban por su cuello dando a su piel un aspecto rojo escarlata. En algunas zonas la quemadura había sido tan grave que la carne aparecía hundida y deformaba sus rasgos.

—Accedí a venir a cambio de que ayudaras a la policía en la investigación. Así que dime, ¿para qué querías verme?

—Eres mi sobrina, me preocupo por ti.

—Claro. ¿Sabes dónde está Moisés? Toda la policía le está buscando. Si nos dices dónde se esconde, cuando den con él puede que lo detengan en vez de pegarle un tiro.

Claudia hizo algo parecido a una sonrisa con sus labios deformados por la quemadura.

—No le encontrarán. Siempre se le ha dado bien pasar desapercibido, y es mejor así, ¿verdad? —Le guiñó un ojo—. No queremos que le dé por contarles a los investigadores quién era realmente Barba Azul.

Era imposible que ella supiera lo que había pasado realmente la noche en que ardió el faro de Santa Catalina, y sin embargo tenía esa maldita sonrisa en sus labios fundidos. Lo sabía.

—No pasa nada, te guardaré el secreto. Quería que vinieras porque he estado viendo a tu madre en sueños y... también cuando estoy despierta. Cora siempre fue un fastidio, pero ahora me ronda a todas horas y quiero que me deje tranquila. Está enfadada conmigo y no puedo descansar así. Tienes que pedirle a tu madre que me deje tranquila, a ti te escuchará. Necesito descansar para poder recuperarme y salir de aquí.

—Tú nunca saldrás de aquí. —Ofelia casi escupió las palabras. Se inclinó para poder mirarla a la cara desfigurada—: Cora está muerta, y espero que su fantasma nunca te deje tranquila.

Dio media vuelta y caminó deprisa deseando alejarse de Claudia cuanto antes.

—¡¿Muerta? ¿Quién ha dicho que Cora está muerta? Fue ella quien salvó a ese fogonero de morir ahogado tras el naufragio del *Annabelle*! —le gritó—. ¡Te aseguro que no es su fantasma el que me visita!

Sus piernas temblaron debajo de su vestido, pero no se volvió para mirar a su tía, llegó junto a Katixa, que la esperaba cerca de la puerta. El viento frío silbó a su espalda.

Tres meses después, una tarde de invierno, Ofelia bajó hasta su playa secreta para ver atardecer. Hacía muchos meses que no iba por allí. La marea se acercaba cada vez más a la orilla y el agua salada se colaba entre los guijarros con un susurro que ella reconocería incluso con los ojos cerrados.

Dylan estaba de pie cerca de la orilla. Al verle de espaldas, tan alto y flaco, casi le pareció que estaba viéndole por primera vez.

—No sabía que estabas aquí, puedo marcharme y dejarte a solas con tus pensamientos, si lo prefieres.

Dylan le dio una patada a uno de los cantos rodados que formaban el suelo de la cala, la piedra salió volando y se hundió entre la espuma blanca de las olas cercanas.

—Esta también es tu playa.

Ofelia escuchó el dolor en su voz, el mismo dolor que siempre había estado ahí, debajo de todas las capas de rebeldía y orgullo: el tipo de dolor afilado que se instala en el corazón como el viento helado que llega desde el mar.

—¿Cómo estás?

—Mejor. He estado ocupado últimamente, esta es la primera vez que vengo aquí en semanas.

—Sí, ya, he oído que ahora eres el director de Vapores Morgan e Hijos. Felicidades. Aunque siento que hayas tenido que dejar el mar, sé cuánto te gustaba salir a navegar.

—Bueno, el mar sigue en su sitio y puedo venir aquí a verlo siempre que quiera. Además, cada día me gusta más el puesto de gerente —le dijo con su inconfundible media sonrisa en los labios—. Reflotar la empresa familiar, o lo que queda de ella más bien, es una tarea casi imposible y arriesgada, supongo que por eso me gusta. Me atraen las cosas imposibles. —Se rio en voz baja—. Dirigir la empresa también me hace sentir que ellos siguen de alguna manera con nosotros.

Ofelia se puso de puntillas y le abrazó. Sintió el calor que salía de su cuerpo, su olor a salitre y a limón, y su corazón de agua latiendo deprisa contra su pecho. Nunca podría contarle lo que realmente había sucedido la noche en que su padre murió y su hermano cayó en esa especie de coma. Para todo el mundo, Moisés Páramo era Barba Azul y el asesino de Silvestre Morgan, que había muerto como un héroe protegiendo la vida de su hijo menor. Ella no podía romperle el corazón.

—He perdido a mi padre, a mi hermano y también a ti —murmuró en su oído con la voz rota—. No te culpo por lo que hizo Moisés, siento lo que te dije en el cementerio. Nosotros no somos nuestras familias.

Se separó un poco de él, solo lo necesario para poder mirarle a sus ojos de mar.

—Tienes razón, no lo somos. Y a mí no me has perdido.

Le acarició la mejilla y él cerró los ojos al sentir su contacto. Ofelia le dejó un beso rápido en los labios y se alejó caminando sobre los guijarros de vuelta al sendero que subía entre los árboles.

—¡Te estaré esperando aquí! —le gritó Dylan por encima del sonido de las olas que rompían a su espalda.

Ofelia esbozó una pequeña sonrisa y se adentró en el bosque, sabiendo que la tarde siguiente bajaría por el camino sinuoso entre los árboles para encontrarse con Dylan Morgan.

EPÍLOGO

—

EL MONSTRUO

El viento del norte había soplado sin descanso durante todo el día arañando los cristales de las ventanas con sus garras invisibles, intentando entrar en la casa. Ofelia volvió a guardar la primera fotografía que se hicieron los hermanos Morgan y ella en su cajita metálica, junto con la tarjeta de visita de Ángel de Martisol; aún no había decidido aceptar su oferta de trabajo. Se aseguró de que las ventanas gemelas de la habitación en el desván estuvieran bien cerradas y bajó la escalera.

De vez en cuando se preguntaba qué habría sido de Moisés Páramo. Unos meses atrás, un periódico publicó que se le había visto cruzando la frontera con Francia. Todavía le buscaban para interrogarle por las desapariciones de las chicas a lo largo de toda la costa, pero, para Ofelia, Moisés había vuelto a convertirse en lo que siempre fue: un fantasma.

Anastasia estaba en la planta baja, sentada en su sillón frente a la chimenea de la sala para las visitas pasando las páginas amarillentas de su misterioso herbario de flores secas. Siempre necesitaría el bastón para caminar, pero últimamente bajaba sola la escalera para sentarse a mirar el fuego. Por las tardes Katixa se sentaba a coser a su lado en una especie de silencio pactado.

Ofelia recorrió el largo pasillo hasta la puerta principal y la abrió. Fuera, el viento que llegaba desde el mar sacudía los árboles del jardín delantero e inclinaba las hierbas doblándolas a su voluntad. Más allá del jardín de la casa fúnebre empezaba el camino que bajaba hasta el pueblo, y detrás del camino, el bosque oscuro.

Algunas noches soñaba que alguien la espiaba desde allí, oculto entre los árboles. En sus sueños solía ser Moisés Páramo quien la acechaba a la puesta de sol, pero otras noches soñaba con ese monstruo del que había hablado Ane Mendiondo. Lo imaginaba merodeando por el bosque en las noches más oscuras.

Salió al jardín y se acercó al limonero que crecía en el límite del patio trasero: muy cerca del lugar donde Katixa y ella quemaron el vestido y el velo de Anastasia para ocultar que ella siempre había sido la mujer de blanco. La brisa marina sacudió sus ramas y el aroma a flor de azahar inundó el aire. Ofelia escuchó a lo lejos el murmullo del mar, llamándola.

AGRADECIMIENTOS

Muchas gracias a los lectores y lectoras que llegáis hasta aquí, hasta la última página de mis novelas. Gracias a quienes sacáis tiempo para acercaros a mis presentaciones, charlas y firmas, y a quienes me seguís a través de Twitter (@AlaitzLeceaga), Facebook (@AlaitzLeceaga), Instagram (@AlaitzLeceaga). A todos los que sacáis mis libros de las bibliotecas, o esperáis cola pacientemente para que os dedique el libro. Gracias a periodistas, *bloggers* y reseñistas, y a cuantos leéis y comentáis mis historias. Gracias a libreros y libreras, que hacéis un trabajo maravilloso recomendando novelas en librerías grandes y pequeñas. No me olvido de los editores extranjeros que siguen apostando por mis historias, y gracias también a esos lectores que me siguen desde todos los rincones del mundo.

Gracias a Justyna Rzewuska de Hanska Literary & Film Agency, por sus consejos y su sinceridad. Gracias a mi familia por guardarme los secretos. Y gracias siempre a mi marido por no soltarme de la mano.

Aunque los escenarios y leyendas que impregnan este libro son reales, esta es una historia de ficción.

Terminé de escribir este libro durante la pandemia de COVID-19. Vaya mi agradecimiento para todos y todas los que han luchado por mantenernos a salvo, mi abrazo para quienes aún sufren, y mi recuerdo para los que ya no están pero no serán olvidados.